KB053920

이광수 장편소설
사랑

책임 편집 · 한승옥
고려대학교 국어국문학과 및 동대학원 졸업(문학박사)
현재 숭실대학교 국어국문학과 명예교수
저서 『이광수연구』(선일문화사, 1984), 『한국 현대장편소설 연구』(민음사, 1990), 『한국
전통비평론 탐구』(숭실대학교 출판부, 1990), 『한국 현대소설과 사상』(집문당, 1995),
『기문학론』(태학사, 1996), 『현대소설의 이해』(집문당, 1998), 『이광수
문학사전』(고려대학교 출판부, 2002), 『이광수 장편소설 연구』(박문사, 2009), 『한국
전통문예론 연구』(지식과교양, 2011)

한국문학전집 35
사랑
이광수 장편소설

초판 1쇄 발행 2008년 2월 29일
초판 6쇄 발행 2021년 11월 30일

지 은 이   이광수
책임 편집   한승옥
펴 낸 이   이광호
펴 낸 곳   ㈜문학과지성사
등록번호   제1993-000098호

주   소   04034 서울 마포구 잔다리로7길 18(서교동 377-20)
전   화   02)338-7224
팩   스   02)323-4180(편집) 02)338-7221(영업)
전자우편   moonji@moonji.com
홈페이지   www.moonji.com

ⓒ ㈜문학과지성사, 2008. Printed in Seoul, Korea

ISBN 978-89-320-1839-3 04810
ISBN 978-89-320-1552-1(세트)

이 책의 판권은 저작권자와 ㈜문학과지성사에 있습니다.
서면 동의 없는 무단 전재 및 복제를 금합니다.

이광수 장편소설
사랑

한승옥 책임 편집

문학과지성사 한국문학전집 35

| 차 례 |

1. 이 책에 실린 작품은 이광수가 1938~39년에 창작한 것으로, 여기서는 1950년 박문출판사 간행본을 저본으로 하고, 일신서적출판사본(1995)을 참조하였다.

2. 이 책의 맞춤법은 1988년 1월 19일 문교부 교시 '한글 맞춤법'에 따르는 것을 원칙으로 하였다. 단 작품의 분위기에 영향을 준다고 판단되는 방언이나 구어체 표현, 의성어, 의태어 등은 그대로 두었다.

> 예) 내 써주께.
> 자는 체하고 엿을 보고

3. 원본의 한자는 가급적 한글로 바꾸었으며, 작품 이해에 도움이 될 만한 한자는 그대로 두고 괄호 안에 넣었다. 반복적으로 등장하는 한자어는 최초에만 괄호 안에 한자를 병기하고 후에는 한글로만 표기하였다.

4. 대화를 표시하는 「 」혹은 『 』는 모두 " "로, 대화가 아닌 강조의 경우에는 ' '로 바꾸었다. 책 제목은 『 』로, 노래 제목은 「 」로 표시하였다. 말줄임표 '‥' '‥' '‥‥' 등은 모두 '‥‥‥'로 통일하였다. 단 원문에서 등장인물의 머릿속 생각을 표시하는 괄호는 작은따옴표(' ')로 바꾸었고, 작가가 편집자적 논평을 붙인 부분은 괄호(( )) 안에 표시하였다.

5. 외래어 표기는 1986년 1월 7일 문교부 고시 '외래어 표기법'에 따라 바꾸었다. 단 작품의 분위기에 영향을 주거나, 의미상 혼동을 일으킬 수 있는 경우에는 원본을 그대로 살렸다. 그리고 일본어의 경우에는 원문대로 표기하고 미주에서 일본이 원문을 표시하였다.

> 예) ① 수없는 사랑의 씬을 그리면서
> ② 이 노라꾸로 봐!

6. 과도하게 사용된 생략 부호나 이음 부호는 읽기에 편하도록 조정하였다.

7. 책임 편집자가 부가적으로 설명이나 단어 풀이가 필요하다고 판단한 경우에는 본문에 중괄호(〔 〕)로 표시해놓거나 책 뒤쪽에 미주로 설명을 붙여놓았다.

서문 序文

　나는 사람이 평등되지 아니함을 믿는다. 지력으로나 의지력으로나 체력으로나 다 천차만별이 있지마는 그중에도 '옳은 것,' '아름다운 것'을 아는 힘, 느끼는 힘에 있어서 더욱 그러함을 믿는다. 그리고 나는 이것을 슬퍼하지 아니한다. 도리어 사람의 이 차별이야말로, 무한한 향상과 진화를 약속하는 것이니, 벌레가 향상하기를 힘써 부처님이 될 수 있음을 믿을 수 있는 것이다. 그러기에 나같이 더럽고 어리석은 중생도 부처님의 완전을 바라는 기쁜 희망으로 이 고달픈 인생의 길을 걸어갈 수가 있는 것이다.

　나는 우리들 중생 중에 때로 뛰어난 사람이 나오는 것을 본다. 석가여래라든가 여러 보살이라든가 예수라든가 하는 어른들이시다. 나는 그이들도 본래는 나와 같은 중생이셨더니라고 배울 때에, 너도 나와 같이 될 수 있느니라고 가르치심을 받을 때에 한량없는 고마움과 기쁨을 느낀다. 나는 가장 아름다운 몸과 가장 아름다운 음성과 가장 높은 지혜와 한량없는 사랑과 힘과 공덕을 가진 '사람'이 되어서 모든 중생의 사모함을 받고 그들에게 기쁨과 힘과 구원이 될 수 있음을 믿는다. 나는 대홍서원의 영원한 생명으로 중생의 사랑의 의지가 될 수 있음을 믿는다. 사람들아, 이에서 더한 희망이 또 있겠는가?

나는 이 모든 향상과 진화가 오직 우리가 짓는 업으로 되는 것을 믿는다. 고마우신 하느님은 이 우주가 인과율에 의하여 다스려지도록 지어주셨다. 우리네 벌레와 같은 중생이 하는 조그만 '일'(업)도 하나도 스러짐이 없이 내 예금 구좌에 기입이 되는 것이다. 이 저축들이 모이고 모여서 내일의 나, 내생의 나, 천겁 만겁 후의 나를 결정하는 것이다. 이야말로 하느님의 크신 은혜다. 만일 이 세상에 거름 준 나락이 거름 안 준 나락보다 못되는 일도 있다고 하면, 우리네가 살아가기가 얼마나 힘들 것일까. 밥을 먹어도 배고픈 수도 있고 불을 때일수록 방이 더 추워가는 일도 생긴다면, 우리는 어떻게 살아갈까? 원인이 있으면 반드시 결과가 온다는 것—이것이 어떻게나 고마우신 섭리자의 은혜인가?

나는 사랑이 일체 유정물의 생명 현상 중에 가장 숭고한 것임을 믿는다. 그러나 꼭 같은 탄소로도 숯도 되고 석묵도 되는 반면에 금강석도 되는 모양으로, 다 같이 사랑이라 하더라도 천차만별의 계단이 있고 품이 있는 것을 믿는다. 이성 간의 사랑에 있어서도 마찬가지다. 음남탕녀의 사랑과 현사 숙녀의 사랑과를 같이 볼 수 없는 것이니, 그 사이에는 하늘과 땅만 한 가치의 충동이 있는 것이다.

육체의 결합을 목적으로 하는 사랑이 가장 많겠지마는 그것은 마치 생물계에 사람보다도 벌레가 많다는 것과 다름없는 것이다. 육체의 결합과 아울러 정신에 대한 사모를 짝하는 사랑이야말로 비로소 인간적이라는 이름으로 불려질 자격을 가지겠지마는 한층 더 올라가서 육체에 대한 욕망을 전연 떼어버린 사랑이 있는 것이 인류의 자랑이 아닐 수가 없다. 그것은 일시적인 우리 육체 속에 있는 '영원한 존재'를 인식하는 데서만 생길 수 있기 때문이다. 바다를 못 본 하백[1]은 황하의 개천 물을 세상에 가장 큰 물로 안다. 이러한 사랑을 보지 못한 사람은 육체를 안 보는 사랑을 공상으로만 생각하거니와, 그에게는 어느 때에나 한번 코페르니쿠스를 만나서 새 우주를 깨달아야 할 시기가 필요할 것이다.

　사랑의 극치로 말하면, 물론 무차별, 평등의 사랑일 것이다. 그것은 부처님의 사랑이다. 모든 중생을 다 애인같이, 외아들같이 사랑하는 사랑일 것이다. 그러나 거기까지 가는 노중에는 어느 한 사람만이라도 육체를 떠나서 사랑하는 대목도 있을 것이다.

　육체를 떠난다는 것은 동물적 본능을 떠난다는 말이다. 그 말은 '이기욕'을 일체로 떠난다는 말과도 같다. 완전히 '나를 위하여'라는 '욕심'을 떠나고 '오직 그를 위하여' 사랑할 때에 그것이 비로소 '자비심'의 황금색을 띤 사랑이 되는 것이다.

　오늘날까지의 문학에는 원망이라든가, 질투라든가, 욕심이라든가, 미움이라든가, 성냄이라든가, 이러한 사나운 감정이 너무 많이 취급되고 강조되지 않았는가 한다. 이러한 추폭[2]한 감정은 늘 사람에게 불행과 악을 주는 근본이 된다. 사랑이라는 부드러운 감정조차도, 많은 문학에서는 사나운 감정을 곁들이기를 좋아하였다. 이것은 대조라든가, 대중의 심리에 맞춘다든가 하는 문학적 기술의 편의를 위함도 있겠지마는, 역시 사람에게 있고 싶고 발달되고 싶은 것은 부드러운 감정일 것이다. 사랑, 동정, 기쁨, 슬픔 등등. 이러한 부드러운 감정만으로 문학적 작품을 만든 이가 과거에도 없지는 않았다. 불교의 여러 설화라든가, 근대에도 톨스토이의 말년의 단편 설화들은 그 예다.

사람은 저마다 제 오막살이 한 칸을 가지고 있는 모양으로 저마다 제 세계 하나를 가지고 있다. 그러나 그 오막살이들이 다 대견치 못한 것임과 같이 사람은 항상 제가 들어앉은 세계를 벗어나서 더 크고 넓은 세계를 찾아야만 한다.

'끝없이 높은 사랑을 찾아 향상하려'는 애씀—독자여, 이것이 또한 아름다운 제목이 아닌가.

이것이 내 소설 『사랑』의 서문을 대신할 만한지는 독자 스스로 판단하시기 바란다.

끝으로 한 말씀. 내가 쓴 모든 장편소설은 신문에 연재된 것이기 때문에 그날그날 한 회 한 회씩 쓴 것이었고 또 신문 연재물이라는 관념을 뗄 수가 없었다. 내 지금까지의 소설로서 끝까지 다 써가지고, 또 연재물이라는 데 관련된 여러 가지 제한도 없이 써가지고 세상에 발표하는 것은 이 『사랑』이 처음이요, 또 내 인생관을 솔직히 고백한 것도 이 소설이 처음이다. 이것은 『그의 자서전』 이후의, 이를테면 내 최근의 작품이다. 다만 한 되는 것은 이것을 한 일 년만이라도 더 묵혀서, 더 보고, 더 생각하고 더 고쳐

서 발간하지 못하는 것이다. 내 힘으로 할 수 있는 데까지만이라
도 수정하기 전에 내놓게 된 것이 양심에 매우 거북하다.

북한산(北漢山) 기슭에서

이광수(李光洙)

사모하는 이의 곁으로

"그래, 정말 오늘은 가는 거야?"

박인원(朴仁遠)은 회색 파라솔을 한편으로 기울이고 석순옥(石荀玉)의 곁으로 바싹 다가선다.

"그럼, 안 가구?"

순옥은 옥색이라기에는 너무 진하고 남이라기에는 너무 연한 파라솔을 한편으로 기울이면서 걸음을 잠깐 멈추고 의외인 듯이 인원을 돌아본다. 순옥의 흰 얼굴과 인원의 가무스름한 얼굴이 서로 마주친다.

"왜?"

순옥은 다시 걸음을 걸으면서 인원의 묻는 뜻을 떠보려는 듯이 묻는다. 순옥도 결심은 한 일이지마는 제가 장차 하려는 일이 원체 누가 듣든지 이상하게 생각할 일이기 때문에 가슴의 불안한 울렁거림이 없을 수 없었다.

"아니, 글쎄."

인원은 잠깐 말을 끊었다.

"남들이 이상하게 보겠단 말이지. 순옥이 오빠도 이상하게 생각하실 거 아냐?"

"이상하게 생각하믄 어때? 간호사 되는 것이 왜 그렇게 못 할 일인가?"

순옥은 힘 있게 선언한다.

"그야 그렇지만. 전문학교까지 졸업하구 중등교원 자격까지 가진 사람이 말야, 중등학교 교원 노릇을 하다가 말구 간호사 시험을 치러가지구, 그리구 남의 병원에 간호사로 들어간다는 게 퍽 수상하지 않느냐 말야."

"수상하라지."

"글쎄, 어저께도 밤새도록 한 말이지만 더 잘 생각해보란 말야. 그래 순옥이가 그 병원에 간호사로 들어가기루니, 그 선생 곁에 날마다 있을 수가 있기루니 그것으로 만족할 테야? 사모하는 이 곁에 있는 것만으루 만족하겠느냐 말야? 되려 더 못 견디지 않겠느냐 말야. 차라리 떨어져 이렇게 마음으루만 사모하구 있는 편이 낫지 않겠어? 내 말이 그 말이거든. 안 그래? 게다가 세상에서는 필시 이러쿵저러쿵 순옥이 말을 할 것이구. 또 그래 저, 허영(許榮)이란 양반이 가만히 있을 거야? 이제 또 무슨 지랄을 할지도 모를걸. 그 군이 밤낮 병원으루 찾아나 가면 어떡허느냐 말야?"

인원의 말에 순옥은 한참이나 대답이 없이 걸어가더니 샌전 병문에 다다라서 우뚝 서며,

"언니! 아무런 일이 있어도 난 갈 테야. 이 골목으로 들어갈 테야. 난 그 어른 곁에만 있으면 만족이야. 그 밖에 내가 무엇을 바라겠수. 십 년 동안 두구두구 혼자 사모하던 어른 곁에 있게만 되면 그만이지. 안 그렇수 언니? 자 가요. 나하구 안선생님 병원 앞까지만 같이 가요. 그리구 변치 말구 내 보호자가 되어주어요, 언니."

이런 말을 하는 순옥의 그 원체 젖은 눈에는 눈물이 번쩍 빛난다. 스물세 살 된, 남의 선생 노릇 하던 여선생이라고 보기에는 너무도 순진하다고 인원은 생각하였다.

"가!"

인원은 다만 이 한마디로 순옥의 손을 잡아끌고 청진동 골목을 들어섰다. 칠월 장마를 기다리는 더위는 찌는 듯하였다. 순옥의 연옥색 은조사[1] 깨끼저고리[2] 등에 두어 군데 촉촉이 땀이 비친다. 순옥이가 옥색 계통의 빛깔을 좋아하는 것도 안빈(安賓)의 글에서 받은 감화다. 안빈이란 지금 순옥이가 간호사 지원을 하려고 찾아가는 병원 원장이다.

인원의 눈에는 순옥의 옥색 저고리와 옥색 모시 치마를 보는 것이 다 슬펐다. 이뤄지지도 못할 사랑을 안고 애쓰는 동무의 정경이 가여웠다. 나이는 비록 두 살 터울밖에 아니 되지마는, 학교로는 한 반 차이밖에 아니 되지마는 인원은 순옥을 마치 어린 동생 같이 사랑해왔고 순옥도 인원을 친형이나 다름없이 따랐다. 두 사람이 서로 사랑하기 벌써 칠 년이나 되는 동안에 피차의 사이에는 비밀이란 것이 없었다. 기회만 있으면 한방에 있기를 원하였지마는 기숙사에서조차 그렇게 뜻대로 되지는 아니하였다. 그 동안 순옥이가 어느 시골 학교에 교원 생활을 하느라고 한 이태 떠나 있는 동안을 제하고는 거의 날마다 아니 만나지는 못하였다. 이제 인원은 이 동무를 안빈의 병원으로 보내게 됨에(들어가게 되는지는 아직 모르지마는), 순옥을 위한 슬픔 외에 인원 자신의 슬픔이 솟아오름을 깨닫는다.

"여기야."

순옥은 벽돌 대문 앞에 섰다.

'安賓內科小兒科醫院'〔안빈내과소아과의원〕이라는 흰 페인트, 검은 글씨의 간판이 붙고, 다른 기둥에는 '醫學士 安賓'〔의학사 안빈〕이라는 칠도 아니 한 나무쪽 문패가 붙어 있었다.

건물은 심플한 벽돌 이층으로, 동남쪽으로는 발코니를 넓게 한 것이 아마 환자의 일광욕 소용인 듯하여 걷어 올리고 내릴 수 있는 캔버스 차양을 하였고, 뜰에는 오동나무 한 그루와 소나무 한 그루가 있어서 오동나무의 퍼렇고 널따란 잎이 탐스럽게 집 벽을 슬쩍슬쩍 스치고 있었다. 집의 전체의 인상은 병원이라기보다는 검소한 산간의 주택인 것 같았다.

현관 앞에 인력거 한 채가 놓이고 숭숭 얽은[3] 키다리 인력거꾼이 발판에 걸터앉은 것은 아마 어떤 환자가 타고 온 것인 듯.

"언니두 들어가."

하고 순옥은 약간 상기한 얼굴의 땀을 손수건으로 꼭꼭 찍어내면서 인원의 손을 잡아끈다.

"내가 무엇 하러 들어가?"

"언니두 들어가. 갔다가 나하구 같이 가."

순옥은 혼자 들어가는 것이 갑자기 심히 허전함을 깨달았다. 인원과만 같이 가면 마음이 든든할 것만 같았다.

인원은 순옥의 마음을 알아주어서 순옥의 뒤를 따라서 들어갔다.

'受付'〔수부〕라고 써 붙인 구멍에 가서 순옥이가 명함을 내었더니 퍽 왈살스럽게 생긴 간호사가 눈망울을 굴려서 순옥을 훑어보면서,

"병 보셔요?"

하는 말은 퍽 퉁명스러웠다.

"잠깐 원장 선생님 뵈옵고 여쭐 말씀이 있어서 왔습니다. 지금 바쁘시면 선생님 일 끝나실 때까지 대합실에서 기다리고 있을 테야요."

순옥은 그 왈살스러운 간호사의 입에서 필시 나올 듯싶은 말을 미리 알아차리고 방패막이까지 하고는 인원과 함께 대합실에 들어갔다.

대합실에는 긴 교의가 두어 개 벽에 기대어 놓이고 가운데는 둥근 테이블 하나, 교의 두 개가 놓여 있었다. 간 반 남짓한 방이었다. 테이블에는 보는 없으나 신문과 잡지가 있었고, 방 한 편 구석에는 화탁⁴ 위에 조그마한 자기 화병에 글라디올러스가 꽂혀 있었다. 그리고 벽에는 위창 오세창(葦滄 吳世昌)의 낙관이 있는 전자⁵ 횡축⁶이 걸렸는데, '病生於亂心心攝而病自瘳'〔병생어란심심섭이병자추〕라고 썼다. '병은 마음이 어지러워진 데서 생기는 것이니, 마음이 잡히면 병이 저절로 낫는다'는 말이다.

16

그리고 다른 벽에는 역시 그 글씨로, '無勞汝形無搖汝精可以長生'〔무로여형무요여정가이장생〕이라는 액이 붙었다. '네 몸을 곤하게 말고 네 마음을 흔들리게 말라. 그리하면 오래 살리라'는 장자의 말이다.

이러한 것들은 다 원장 안빈의 생각에서 나온 것임이 분명하였다.

순옥과 인원은 창으로 뜰을 바라보았다. 그 창밖에는 바로 아까 밖에서 보던 오동나무의 퍼런 몸뚱이와 넓적넓적한 잎이 보였다. 맞은편에 보이는 돌담은 옛날 유물인 듯하여서 담쟁이덩굴이 성하였다.

"언니!"

"왜?"

"될까?"

"글쎄."

방에는 다른 사람도 없건마는 순옥과 인원은 귓속말로 이런 담화를 하고 있었다.

"병원이 좋은데. 정하구, 조용하구."

인원은 이런 소리를 하였다.

"저 간호사가 무서워."

순옥은 퉁명스럽던 그 말소리와 불량스러운 눈자위를 생각하였다. 아마 그와 한방에 있게 될는지 모를 것을 생각하면 무서운 생각이 났다.

인원이가 하품을 한 번 할 때쯤 되어서 대합실 문 핸들을 달그락달그락하는 소리가 들렸다. 달그락거리기만 하고 문이 열리지 아니하는 것을 보고 순옥이가 문을 열었다. 밖에 선 것은 예닐곱 살이나 되어 보이는 사내아이였다. 머리는 서양 아이 모양으로 앞을 길게 남겨서 가르고 남빛 니커보커즈[7]에 수병복 적삼을 입었다. 얼굴이 맑으나 퍽 약해 보였다. 순옥은 직각적으로 그것이 원장의 아들인가 하였다.

그 소년은 누구를 찾는 듯이 방 안을 한 번 휘둘러보더니,

"내 그림책."

하고 누구를 향하여 말하는지 모르게 한마디 하고는 도로 나가려는 것을 순옥이가,

"그림책 이 방에 두었었어? 내 찾아주까?"

하고 그 소년의 손을 잡아 끌어들이고 문을 닫았다. 순옥은 그 소년의 얼굴을 대하고 손을 잡는 것만으로도 가슴이 울렁거렸다. 순옥은 그 소년의 어린 얼굴에서도 안빈의 모습을 발견하였기 때문이다.

그 맑고도 부드러운 눈, 둥그스름한 얼굴. 순옥이가 안빈을 직접 대한 것은 오직 한 번뿐이었다. 지난 사월, 간호사 시험을 치르러 왔을 때에 순옥은 여러 날 여러 날 별러서 안빈의 병원에 한 번 진찰을 받으러 온 일이 있었다. 그때에 순옥의 가슴이 얼마나 울렁거렸던지 안빈은 청진을 하다가 말고 잠깐 순옥의 얼굴을 바라본 일까지 있다. 아마 금시에 심장이 터질 듯이 뛰었을 것이다. 그러나 안빈은 순옥에게 아무 말도 묻지 아니하였다. 그것은 처음 육체를 남자에게 내어놓는 수줍은 처녀에게는 흔히 있는 일로 알았기 때문이었다. 이렇게 안빈에게 진찰을 받았다는 말은 인원

에게도 하지 아니하였다.

"괜찮으시오. 조금 감기 기운이 있어요."

하는 한마디가 순옥이가 들은 유일한 안빈의 음성이다. 순옥은
"내 그림책" 하는 그 소년의 음성에서 안빈의 음성을 찾은 것같이
생각하였다.

"그림책 어디 두었어?"

순옥은 조그마한 책장 앞에 구부리고 앉았다.

"어저께 여기 놓았는데."

소년은 방 안을 또 한 번 둘러보았다.

"자, 우리 찾아보아."

순옥은 책장 문을 열고 책과 잡지를 뒤지기 시작한다. 인원도
곁으로 와서 뒤져내는 책을 구경한다.

신구약 성경. 불경을 알아보기 쉽게 해설한 책들. 톨스토이의
소설들, 이야기들. 여러 문사들의 소설들, 시들. 한문 서적들, 그
중에도 노자, 장자, 논어, 맹자, 중용 등 본문과 주석들. 동화책,
그림책, 사진 화보들, 들. 모두 환자나 환자 가족들이 기다리는
동안에 마음대로 뽑아 보라는 것이다.

"응, 이거. 이거야."

소년은 그중에서 개가 군복을 입고 병정 노릇 하는 이야기책 하
나를 찾아 들고 그 자리에 퍼더버리고[*] 앉아서 그림 보기를 시작
한다.

"아가, 성이 무엇?"

"응?"

"네 성이 무엇이야?"

"안가."

"본은?"

"응?"

"본 말야. 본 몰라?"

"순흥 안가지 무어야?"

"나인 몇 살이구?"

"이 노라꾸로⁹ 봐!"

소년은 좋아라고 박장¹⁰을 한다.

순옥도 인원도 웃었다.

"나이가 노라꾸로야?"

인원이가 소년의 턱을 치어든다.

"여섯 살이야."

"너 병원에 왜 왔어?"

소년은 말없이 인원을 쳐다본다.

"너 아버지 누구셔?"

순옥이가 꼭 알고 싶었다.

소년은 이번에는 순옥이를 쳐다본다. 그러나 대답할 필요도 없다는 듯이 그림책을 들고 나가버린다.

"그 애가 안선생 아들야."

순옥은 혼잣말 모양으로 중얼거렸다. 그리고 안빈의 아들이 자기와는 무슨 혈연관계나 있는 것처럼 반가운 것이 이상하다고 생각했다.

"석순옥씨."

하는 소리가 들린다. 그 퉁명스러운 간호사의 음성이나 아까보다는 부드러운 듯하였다.

"네."

순옥은 잠깐 머리와 옷매무시를 만지고는 인원에게 기다리고 있으라는 눈짓을 하고는 핸드백을 들고 대합실에서 나와서 진찰실로 들어갔다.

거기에는 어떤 젊은 어머니가 돌잡이가 되었을 듯한 우는 아이의 옷을 입히고 있었다. 금방 진찰을 마친 모양이었다. 어린애는 아픔과 무서움으로 그 눈물 흐르는 눈에는 불안이 차 있었다.

"괜찮겠습니까?"

하는 어머니의 근심스러운 묻는 말에, 원장은,

"기관지염과 소화불량을 겸하였습니다. 열이 좀 높습니다. 먹이는 것을 주의하셔야겠는걸요."

하고 어린애의 팔목을 한 번 더 잡아본다.

"입원을 하라시면 입원을 하겠는데요."

"그러면 한 사오일 입원을 시키시지요."

"병실이 있습니까?"

이 말에 퉁명스러운 간호사가 원장을 보고,

"삼호실에?"

하고 묻는다.

"그래."

간호사는 원장의 허락을 듣고 젊은 어머니를 데리고 진찰실에서 나가버린다.

이때까지 문 안에 비켜섰던 순옥이가 안빈의 앞에 나아가 말없이 허리를 굽힌다.

안빈은 교의에 앉은 대로 잠깐 고개를 숙여서 답례하고 앞에 놓인 명함을 집어 보며,

"석순옥씨셔요?"

하고 순옥을 바라본다.

"네."

"앉으시지요. 내게 무슨 하실 말씀이 있으시다고요?"

"네."

순옥은 말이 잘 나오지를 아니한다. 안빈은 순옥에게서 말이 나오기를 기다리느라고 고개를 숙여 "돌 석, 순초 순, 구슬 옥" 하고 순옥의 이름자를 본다. 순초 순(荀) 자가 상당히 어려운 글자여서 필시 순옥의 이름을 지어준 사람이 한문을 좋아하는 사람이리라 하였다.

"말씀하시지요."

안빈은 한 번 더 순옥을 재촉하였다. 순옥의 몽상적인 눈, 열정적인 입술, 그의 이지적인 흰 이마 등을 보고 어디서 한번 본 사람인 듯하다고 생각하였다. 더구나 그 이름에 순초 순(荀) 자가 언제 본 이름인 것 같았다.

순옥은 가슴이 울렁거리고 머리로 온몸의 피가 다 올라간 듯하여 말을 해야겠다고는 생각하면서도 입이 열리지를 아니하였다.

'그래두 말을 해야 돼!'

22

순옥은 이렇게 결심하고 입을 열었다.

　"선생님."

하고 우선 불러보았으나 그 소리는 제 소리 같지 아니하였다. 어디 멀리서 울려오는 모를 사람의 소리 같았다.

　"네, 말씀하세요."

　"선생님. 저는 지난번 간호사 시험에 합격하였습니다. 그래서 선생님 병원에 두어줍시사고."

하고 순옥은 핸드백에서 간호사 시험 합격 증명서를 내어서 봉투에서 뽑아서 안빈의 앞에 내놓았다.

　안빈은 순옥이가 내어놓는 면허장을 슬쩍 보고는 순옥을 한 번 다시 바라보았다. 그리고 한참이나 말이 없다가,

　"네 알았습니다."

하고 또 한참이나 눈을 감고 무엇을 생각하는 모양이더니,

　"그럼, 미안하지만 내 집으로 가서서 내 아내를 한번 찾아보시지요. 집은 삼청동이야요. 바루 당집" 앞입니다. 내 전화를 걸어두지요."

하고는 간호사 면허장을 집어서 순옥을 준다.

　순옥은 이것이 무슨 뜻인지를 몰랐다. 채용한다는 말인지 거절한다는 뜻인지 알 수가 없었으나 순옥에게는 그 이상 더 말할 용기가 없어서 곧 일어나 말없이 허리만 굽히고는 방에서 나왔다.

　순옥이가 다시 응접실에 들어갔을 때에는 거기는 어떤 양복 입은 청년 둘이 가운데 테이블을 새에 두고 마주 앉아 있었다. 그중에 한 청년은 얼굴이 수척하고 눈만 커다랗게 보이는 것이 아마

환자인 듯하고, 맞은편에 앉은 한 사람은 혈색은 그리 좋지 못하나 병색이 없는 모양이어서 그 병자를 데리고 온 친구인 듯싶었다. 그 눈이 커다란, 병색을 띤 청년은 머리를 길게 길러 아무렇게나 갈라 젖힌 것이라든지 눈에 정신생활 하는 사람의 빛이 보이는 것이라든지 필시 문학청년이나 화가라고 순옥은 생각하였다.

낯선 남자들을 피하여 창밖을 바라보고 섰던 인원은 순옥이가 들어오는 것을 보고 순옥이 편으로 마주 오면서,

"됐어?"

하고 물었다.

순옥은 다른 사람들이 있는 곳에서 안빈과 회견한 결과를 말할 수가 없다고 생각하고,

"가! 가!"

하고는 두 청년을 향하여 약간 고개를 숙여 인사하고 파라솔을 들고 나왔다.

병원 문을 나서서 안국동 쪽을 향하고 수송동 골목으로 걸어갈 때에 인원은 순옥의 적삼 뒷자락을 잠깐 쳐들어주면서,

"아이, 어쩌면 이렇게 땀을 흘렸어! 사람이 왜 그렇게 헤식어.[12] 어깨까지 웬통 땀이 내뱄으니."

하고는 소매 구멍에 넣었던 손수건을 빼어서 순옥의 등 뒤로 손을 넣어 두 어깻죽지의 땀을 씻어주고 더욱 다정한 목소리로,

"아이, 어쩌면 앞가슴에까지 내뱄나. 그리운 임 앞이기로 그다지 땀 뺄 것이 무어야. 가엾어라. 이걸로 가슴에 땀도 좀 찍어내요."

하고 땀 씻던 수건을 순옥이 손에 쥐여준다.

"언니, 안선생 앞에 가 앉았더니 말은 안 나오고 가슴만 울렁거리고 자꾸만 땀이 나는걸."

순옥은 인원을 바라보며 적막하게 웃는다.

"그렇기도 할 게야. 십 년이나 그리던 임 앞에 갔으니 안 그래."

"아이 참 언니두. 그리던 임이 무어요."

"그럼, 임이 아니고 무엇이야. 노래나 시에 그런 것을 임이라고 안 쓰나베."

"아니야. 선생님이야, 스승님이야."

"그래 어떻게 됐어? 두어주신대?"

"글쎄, 무슨 뜻인지 몰르겠어."

"안선생이 무어라셨는데 뜻을 몰라?"

"그래 그 말씀 다 내가 했지. 간호사로 두어달라고, 면허장을 내보이구. 그랬더니 언니, 안선생이 픽 말씀허기 어려운 듯이 한참이나 생각하시더니만, 내 아내한테 가 보시지요, 하고 그러겠지. 집은 삼청동인데, 바루 당집 앞인데, 전화는 걸어주신다고. 그러니 그게 무슨 뜻이오. 언니?"

"대관절 써주세요, 안 써주세요 하고 물어보지를 못해?"

"어떻게 물어보우? 그 말도 안 나오는 걸 가까스로 한걸. 왜 날더러 그 부인을 가 보라고 하실까?"

"글쎄나 말야. 아마 판관사령[13]인 게지."

"판관사령이 무어요?"

"판관사령두 몰라? 마누라헌테 눌려 지내는 사내 말야, 처시하

말야."

"아이 언니두. 안선생님이 그러실 어른이오?"

"어떻게 알아? 순옥이는 그이 쓴 글을 보고 안선생 안선생 그러지만, 그이가 어떤 인지 지내봤어? 여편네가 사나워서 눌르면 눌렸지 별수 있나?"

"그러기루 안선생 같으신 남편을……"

"순옥이 같으면——순옥이가 안선생님 부인이면 절대 복종할 테지?"

순옥은 인원의 말이 대단히 무엄한 것 같아서, 자기의 안선생을 모욕하는 것 같아서 좀 불쾌하였다. 그러나 동시에 순하디순한 자기 어머니가 주정뱅이 아버지 앞에 한마디도 거역하지 못하고 순종하는 것을 생각하고 자기도 어머니의 성품을 받아 순종하는 성질——남편을 존경할 운명을 가지지나 아니하였나 하였다.

순옥은 자기가 오래 대답하지 않는 것이 인원의 마음을 괴롭게 할까 두려워서 고개를 돌려 억지로 웃는 낯을 지으며,

"언니는 혼인허면 남편을 눌르고 살 작정이오?"

하였으나 이것은 다 억지로 지어서 하는 말이요, 순옥의 마음에는 그러한 농담을 할 여유가 없었다.

"눌르잖구. 남편두 남편 나름이겠지만. 아무러기루 내야 일생 혼인하겠길래——."

하고 잠깐 자기 신세를 슬퍼하는 듯이 시무룩한 낯을 보이다가 다시 쾌활하게 웃으며,

"그래 대관절 날 또 안선생 부인한테루 끌구 가는 게야?"

하고 가기 싫다는 듯이 우뚝 선다.

"그럼 어떡허우? 가 보아야지."

"고만둬. 여편네한테 쥐여지내는 사내를 무얼 사모해? 그렇게 애써서 간호사로 들어갔다가 안빈이란 몇 푼어치 안 되는 그저 그렇구 그렇구 한 사내다 하고 낙망허게 되면 어떡헐 테야? 그러니 내 말대루 멀리서 바라만 보고 있어요. 가까이 지내면 사내란 다 그렇구 그렇지 별사람 있겠어? 잔뜩 믿고 바라고 갔다가 낙심허는 날이면 순옥인 또 죽네 사네 안 헐 테야? 무얼 문학을 배워서 문사나 되었거든 시나 소설이나 쓰고 있을 게지, 또 의학을 배우는 건 무어고 개업을 하는 건 다 무어야? 그게 다 여편네한테 쥐여서 그러는 게 분명하단 말야. 그러니 애여[14] 그 병원에 간호사루 갈 생각은 말어요. 우리 한강에나 가 바람이나 쐬고 들어와."

"언니 내 앞에서 왜 그런 말씀을 하슈? 제발 다른 말씀은 다 해도 안선생 흠담은 말어주어요. 더구나 언니 입에서 그런 말이 나오는 것이 들리면 내 가슴에 칼을 박는 것 같어. 언니 말대루 내가 간호사로 들어갔다가 실망을 하게 될는지도 모르지. 그렇지만 그때에는 나는 죽어버릴 테야. 안선생도 믿을 수가 없구, 내가 살어서 무엇 해. 언니 가기 싫거든 먼저 집으로 가요. 나 혼자 갈 테야."

순옥은 뒤도 아니 돌아보고 뻘뻘 걸어간다.

인원은 순옥의 순진한 열정에 다시금 놀라지 아니할 수 없었다. 자기도 어떤 사람에 대하여 그러한 사랑을 느껴보았으면 할 때에 마음이 적막함을 깨달았다.

순옥이가 한 삼사십 보나 앞서서 걸어갈 때에 인원은 말없이 그 뒤를 따랐다.

인원이가 순옥을 따라잡았을 때에도 순옥은 아직 새뜩한[15] 것이 풀리지를 아니하여서 인원이가 곁에 온 줄을 알면서도, 그것이 반갑고 고맙다고는 생각하면서도 짐짓 모르는 체하고, 동십자각 쪽을 향하여서 새침하고 걸었다.

순옥은 인원이가 어떻게나 깊이 저를 사랑해주는지를 잘 안다. 칠 년 동안 도무지 변함없는 애인과 같은 동무다. 이따금 말다툼을 하는 일이 없는 것도 아니었다. 인원은 이따금 사정없이 남의 아픈 자리를 긁어주는 버릇이 있었다. 순옥이가 소중히 여기는 것을 "그까짓 것" 하고 조롱하는 버릇도 있었다. 순옥이가 바라는 것보다는 너무 쌀쌀한 점도 있었다. 또 인원의 그 날카로울 만큼 밝은 눈과 냉정한 이지가 순옥의 어수선하고 몽상적인 속을 너무도 빤히 들여다보는 것이 면구스러운 수도 있었다. 그러나 여학교 적부터 사귀어온 여러 동무들 중에 끝까지 순옥을 사랑해주고 아껴주고 진심으로 위해주는 이는 인원뿐인 줄을 순옥은 잘 안다. 성격으로 보면 순옥은 몽상적이요 순정적이요, 문학을 좋아하고 종교적 동경이 강한 데 반하여, 인원은 이지적이요, 쌀쌀하고 글을 곧잘 쓰면서도 문학은 좋아하지 아니하고 피아노도 잘 친다는 칭찬을 들으면서도 음악도 사랑하지는 아니하고, 예배당에도 다니고 성경도 보고 아침저녁에 기도도 올리면서도 별로 종교적 열정이 있는 것 같지도 아니한, 이를테면 퍽 냉정하고 실제적인 사람이었다. 그러나 이렇게 두 사람의 성품이 같지 아니하면서도 두 사람은 뜻이 서로 맞았다. 서로 떠나면 그립고 같이 있으면 즐거웠다. 서로 놀려먹고 말다툼을 하는 것조차 두 사람에게는 기쁨이 되었다. 이러한 성격의 차이가 순옥으로 하여금 인원을 형처럼 의지하게 하고, 인원으로 하여금 순옥을, 비록 마음 아니 놓이는 어린 동생 같으면서도 무슨 큰 장래를 가진 천재를 우러러보는 듯한, 귀여움과 존경을 아울러 가지게 하는 것이었다.

순옥이가 안빈에게 심취하는 것도 인원에게는 잘 알 수는 없는 일이었다. 인원도 안빈의 시와 소설을 보기는 보았다. 거기서 다른 작가의 것에서 볼 수 없는 높고 깨끗한 감격을 받기도 받았다. 그러나 인원에게는 그뿐이었다. 그렇지만 순옥은 안빈이 없이는 살 수 없는 것 같았다.

순옥의 이러한 열정적인 성격을 인원은 대개는 몽상적이라고 가엾이도 여기지마는 때때로 부러워도 하였던 것이었다.

"순옥이 노았어?"[16]

인원은 가만가만 뒤로 걸어가서 순옥의 우산 시울[17]을 잡아당기었다. 순옥은 어린 계집애들이 하는 모양으로 고개를 까딱까딱해 보이며 상그레 웃었다.

"순옥이 내가 잘못했어. 소중하디소중한 안선생 험구를 해서. 부러 그랬으니 용서해요. 순옥에게 소중한 어른이면 내게두 소중한 어른 아냐. 그렇지?"

순옥은 만족한 듯이 또 고개를 까딱까딱한다.

안빈의 집은 찾기가 쉬웠다. 더구나 아까 병원에서 보던 소년이 세발자전거를 타고 방울을 울리고 오는 것을 만나서 얼른 알아내었다.

"안선생님이 아버지시지?"

하는 순옥의 말에 소년은 자전거를 젓기를 쉬고 두 사람을 치어다보면서 고개를 까딱까딱하였다. 소년도 아까 보던 사람인 것을 알아내고 안심하는 웃음을 보인다.

"집이 어디야?"

"저어기."

소년은 조그마한 손가락과 턱으로 가리켰으나 어디를 가리키는지 알 수 없었다.

"어머니 계셔?"

소년은 고개를 흔들었다.

"어머니 안 계셔? 어디 가셨어?"

소년은 대답 없이 자전거를 돌려놓고 발을 저어서, 오던 것과는 반대 방향으로, 아마 자기 집 쪽으로 달려가더니 한 모퉁이를 돌 때쯤 해서 뒤를 돌아본다. 두 사람이 오지 않는 것을 보고 소년은,

"와!"

하고 손을 허긴다.[18]

순옥과 인원은 안빈 부인이 있고 없는 것은 잊어버리고 그 소년이 하는 양이 귀여워서 무심코 소년의 뒤를 따랐다. 소년은 두 사람이 오는 것을 보고는 만족한 듯이 또 자전거를 저었다.

"여기야. 이게 우리 집이야요."

하고 소년은 어떤 오랜 집 대문 앞에서 자전거를 내리더니 자전거를 대문 문지방으로 끌어 넘기며,

"들어와요!"

하고 두 사람을 재촉한다. 순옥은 소년의 손에서 자전거를 빼앗아서 문지방을 넘겨주고,

"어머니 멀리 가셨어?"

하고 소년의 머리를 쓸어준다.

"순이 엄마!"

하고 부르는 소리에, 식모인 듯한 여인이 나오고, 그 뒤로 네댓 살 된 계집애가 따라 나온다.

식모는 순옥과 인원을 힐끗 보더니,

"어디서 오셨어유? 병원에서 오셨어유?"

"네, 병원으로 댕겨와요."

"들어와서 기다리시라구요. 병원에서 전화가 왔다구, 손님이 오시거든 들어와 기다리시게 하라구, 그리시구 아씨가 잠깐 다녀 들어오신다구 어디 나가셨어유. 이리 들어오세유."

두 사람은 소년의 행동을 인제 알아차리고 한 번 더 소년을 바라보고 웃었다.

"아이, 어쩌면."

하고 순옥은 소년을 껴안고 뺨을 비볐다.

"글쎄나 말야. 아주 어른 같애."

인원도 소년의 두 손을 잡아 흔들었다. 소년은 대단히 만족한 모양이었다.

순옥과 인원은 대청에 올라갔다. 삼간 대청에 북창이 열리고 뒤에 송림도 보여서 서늘할 성싶으나 워낙 짓무르는 날이라 바람

한 점 들어오지 아니하였다.

순옥은 손길을 펴서 부채질을 하면서 문들이 활짝 열린 안방과 건넌방을 들여다보았다. 보통 살림집이요, 특별한 것은 없었다. 건넌방으로 들어가는 지게문[19] 위에, '安賓樂道齋'[안빈낙도재]라는 액이 붙은 것이 눈에 띄었다. '낙도'란 안빈의 호의 뜻인가 하고 웃었다. 안방 서창 앞에는 발기계 재봉틀이 놓였다.

"저 재봉틀이로군, 언니."

순옥은 감격한 듯이 소리를 질렀다. 인원도 그것을 보았다. 금으로 쓴 글자와 금으로 그린 무늬들이 군데군데 떨어진 낡은 재봉틀이었다.

"으응."

인원도 안빈의 글에서 본 것을 생각하였다.

안빈이가 삼 년이나 병을 앓는 동안, 또 안빈이 칠 년이나 의학 공부를 하는 동안, 그 부인 천옥남(千玉男)이가 학교 교원 생활과 이 재봉틀로 살림을 하여갔다는 것이다. 달달달달 울리는 재봉틀 소리가 남편의 앓는 신경을 자극할 것이 두려워서 동네 아는 집에 재봉틀을 갖다가 놓고 밤이면 삯일을 하였다는 것이다.

"지금도 바느질을 하시나?"

하고 순옥이가 혼잣말 모양으로 중얼거리는 것을 순이 엄마라는 식모가 곁에서 듣고,

"그럼은요. 아씨께서야 잠시나 쉬이시나유. 몸이 노상 편치 못하시지만 그래도 병원 간호사들 옷이랑 애기네들 옷이랑 선생님 와이샤쓰랑, 늘 일을 하신답니다. 그리구는 저 토끼 먹이시구."

하고 대단히 감탄하는 어조였다.

"토끼라니?"

하고 이번에는 인원이가 순이 엄마를 보고 묻는다.

"우리 토끼 많아. 이리 와, 저어기."

토끼라는 말에, 마룻바닥에 엎드려서 그림책을 보고 있던 소년
이 벌떡 일어나, 뒤 툇마루에 쓱 나서며 손을 들어 가리킨다.

순옥도 인원도 소년을 따라서 뒤 툇마루에 나서서 바라보았다.
늙은 소나무 밑에 철망을 두르고 그 속에 토끼장을 지어놓았는
데, 하얗고 발그스레한 토끼들이 귀를 쫑긋쫑긋하고 입을 오물오
물하면서 가댁질[20]을 하고 있었다.

"물지 않아. 한 마리 잡아 와?"

소년이 자랑스럽게 두 사람을 보았다.

"아서. 잡아 오지 말어. 잡아 옴 울지 않어?"

"아냐. 무 잎사귀 주믄 좋아해. 윤(潤)이가 토끼를 때려주니까,
응응, 윤이를 보면, 응응, 토끼가 달아나, 하하하."

소년은 곁에 선 계집애 동생 윤이의 귀를 잡아당긴다.

"아가, 네 이름은 무엇이야?"

하는 순옥의 말에 소년은,

"내 이름은 협(浹)이야. 젖을 협 자. 아주머니 젖을 협 자 알어?
내 써주께."

하고 방에 들어가서 연필과 종이를 가지고 나오더니 마룻바닥에
엎드려서 '浹'〔협〕자를 써다가 보인다.

"잘두 썼네. 동생 이름은?"

"윤이. 하하 윤이가 무엇이야. 윤이. 젖을 윤 자, 윤이."

"순이 엄마, 오빠가 또 흉보아."

윤이가 순이 엄마 치마에 매달리며 협이를 흘겨본다.

"동생 그렇게 놀려먹는 거 아니야."

인원이가 협이를 보고 눈을 흘긴다. 협은 잠깐 머쓱한다. 아버지도 동생을 놀려먹어서는 못쓴단 말을 여러 번 했기 때문이다.

협은 얼른 머쓱했던 표정을 풀더니, 인원의 눈을 피하여 순옥의 곁으로 가서,

"저 토끼 무어 하는 건지 알어?"

하고 묻는다.

"참, 거 무어 하는 게야? 나 몰라."

이것은 협의 머리를 만지는 순옥의 말.

"협이가 잡아먹는 게지, 그렇지?"

이것은 웃는 인원의 말.

"아니야. 내가 솔개민가, 토끼를 잡아먹게."

하며 협은 인원을 한 번 흘겨보고 순옥에게 착 달라붙으며,

"아버지 영구하는 거야. 이렇게 주사두 놓구. 응응, 이렇게 피두 빼구 영구하는 거야."

하고는 또 한 번 인원을 힐끗 본다. 인원은 협이가 자기에게 호의를 아니 가지는 것을 보고 웃는다.

"오, 연구. 아버지 연구하시는 거야?"

하는 순옥의 대답에, 협은 만족한 듯이 고개를 까딱까딱하며,

"병원에, 응응, 아버지 병원에 영구실이 있어. 거기는 아무두

못 들어가. 정말야. 아버지밖에 아무두 못 들어가. 거기 별거 다 있어요. 현미경두 있구. 피두 있구. 들어감 야단 만나."

하고 고개를 쌀래쌀래 흔든다.

"그래, 협이두 한번 야단 만났어?"

하는 인원이 말에 협은 씩 웃고 말이 없다.

"협이가 한번 크게 아버지한테 걱정을 듣고 종아리를 맞았군. 그리구 엉엉 울었군."

이것은 인원의 말이다.

"아냐, 아버지 안 때려. 엄마가 때려."

"언제 어머니가 때리셨어? 거짓말."

이것은 순이 엄마의 항의다.

"아냐, 정말야. 엄마가 이렇게 볼기짝을 안 때렸어? 내가 응응, 거짓말했어?"

이때에 안빈의 부인 천옥남이가 돌아온다.

옥남이가 옥색 모시 치마 적삼을 입은 것을 보고 인원은 순옥의 옥색 옷을 아니 돌아볼 수가 없었다. 같은 안빈을 사모하는 두 여성의 같은 차림차림!

옥남은 심히 수척하였다. 그 얼굴에는 수녀에게서 보는 듯한 싸늘한, 성스럽다고 할 만한 기운조차 돌았다. 키가 좀 후리후리한 편이기 때문에 더욱 몸이 가늘어 보였다.

옥남은 대청에 올라서는 길로, 일어나 인사하는 두 여자를 번갈아 보면서,

"오셨어요? 기다리시게 해서 미안합니다."

하는 목소리는 대단히 맑았다. 그러나 몸이 약한 탓인가 좀 힘이
없었다.

"석윤옥씨?"
하고 옥남은 두 여자의 얼굴을 본다.

"제가 석순옥이야요."
순옥이가 낯을 붉히며 고개를 숙인다.

"오 참, 석순옥씨. 이름자를 잘못 기억해서. 용서하세요."
하고 옥남은 한 번 더 순옥을 훑어본다.

"전 박인원이야요. 순옥이허구 동창 동뭅니다."

"네, 박인원씨. 앉으세요. 우리 집이 이렇답니다. 앉으세요. 병
원에서 전화가 왔는데, 어머니가——친정어머니가 의전병원[21]에
입원을 하여 계셔요. 오라고 불르셔서——실례했습니다."

세 사람은 앉았다. 순옥이도 인원이도 옥남이가 권하는 부채로
바람을 내기 시작한다.

"순이 어멈, 가게에 나가서 참외 댓 개 들여보내라구, 노랑 참
외 잘 익은 걸루."

"어머니 나두. 나두 가게에 가."

"엄마 나두."
하고 협이와 윤이 두 아이도 어멈을 따라 나간다.

순옥은 옥남의 입에서 무슨 말이 나오려나, 그것이 마음이 조였
다. 자기가 옥남의 남편 되는 안빈을 사모한다기로 그것이 옥남
에게 대하여 무슨 죄가 될 것은 없다고 생각하면서도 무엇인지
모르게 마음에 굴하는 바가 있는 것이 괴로웠다. 더구나 옥남의

36

대단히 예민한 눈이 자기를 바라볼 때면 어떤 압박을 아니 느낄 수가 없었다. 옥남은 순옥보다 나이도 십여 년 훨씬 위겠지마는 나이만 아니라 모든 것에 자기보다는 수가 높아서 도저히 자기 적수가 아니 되는 것 같았다. 그것이 약간 섭섭하게도 느껴졌다. 안빈의 높고 깊은 심경을 알아줄 힘을 가진 이는 오직 순옥 자기뿐이기를 바라는데, 오늘 만나 본 인상으로 보면 옥남은 자기보다 한층 더 안빈을 알아볼 사람인 듯하기 때문이었다. 그처럼 옥남은 순옥의 눈에는, 예사 아내, 예사 여성으로 보이지 아니하는 것이었다.

순옥이도 인원이도 아무 말이 없이 앉았는 것을 보고 옥남이는 이 침묵을 깨뜨릴 사람이 자기인 것을 느꼈다. 안빈의 전화는 이러하였다.

"석순옥이라는 여자가 간호사 지원을 하오. 나 보기에는 그가 간호사에는 합당치 아니한 인물인 듯한데, 모처럼 찾아왔으니 사정이나 들어주고 섭섭하지 않도록 잘 말해서 보내시오. 필시 무엇을 잘못 생각하고 간호사 지원을 하는 성싶으니 간호사란 어떠한 직업인 것을 잘 설명하여서 될 수 있거든 바른길로 인도해주시오."

하는 것이었다.

순옥을 척 대할 때에 옥남도 그가 간호사에 합당한 여자인 것 같이는 생각하지 아니하였다. 혹시 실연 같은 일이 있어서 홧김에 간호사가 되려는 것이나 아닌가, 이렇게 생각하였다. 옥남이가 보기에 순옥은 심상한 여자 같지는 아니하였던 까닭이다.

옥남은 마침내 입을 열었다.

"그런데 석순옥씨, 간호사 지원을 하신다구요?"

"네."

순옥이가 이렇게 대답할 때에 인원은 염려스러운 듯이 순옥을 바라본다. 순옥이가 또 땀을 흘리기 시작하는구나 하였다.

"왜 간호사가 되시려고 하세요? 저렇게 예쁘게 생기신 이가? 지금 나이는 몇이신데?"

"스물세 살이야요."

"그동안은 어느 병원에 계셨던가요?"

"아니요."

순옥은 무엇이라고 대답할 바를 몰랐다.

인원은 자기가 대신 나설 자리라고 생각하였다. 또 설사 순옥이가 자기의 과거를 바로 말하지 아니할 작정이었었다고 하더라도 옥남이라는 도저히 범상치 아니한 사람이 묻기를 시작한다면 필시는 다 실토를 안 하고는 못 배기리라고 인원은 생각하였다. 그래서 인원이가 대신 대답을 하였다.

"순옥이는 저와 ○○전문학교 동창이야요. 학교를 졸업하구는 평양○○여자고보 영어 교사로 가서 지난 삼월 학기까지 일을 보았습니다. 그리구는 의학을 배우고 싶으나 이제 또 동경이라두 가서 학교에 다닐 수도 없구,──순옥이 평생소원이 앓는 사람 도와주는 일이야요. 그래서 우선 간호사가 되어서 병원 일을 보면서 의학 공부라두 한다구, 그래서 이번 간호사 시험을 치렀어요. 순옥이 오빠도 의산데 북간도 교회 병원에 있어요. 그렇지만 북간도 가 있어가지구는 공부두 되지 않겠구요. 서울에 있기는 있어야겠는데, 그러니 어디 아무런 데나 가 있을 수가 있습니까. 그래서 안선생님 병원에만 있게 된다면 안심하고 있을 수도 있구요, 또 순옥이 오빠도 안선생님 병원에만 있는다면 마음을 놓으시겠구요. 그래서 이렇게 온 것입니다. 그런데 순옥이가 통 수줍어서 말씀을 다 여쭙지를 못하는구먼요."

"네에. 내 그저 얼른 뵈어도 간호사 될 이가 아닌 것 같은데. 네에, 그렇기루 고등여학교 선생을 고만두시구 간호사를."

옥남은 매우 놀라는 양을 보인다.

"학교에서두 다시 와달라구 지금까지두 그런답니다. 학교에서는 몸이 약하다구 핑계를 하구 사직을 했거든요. 그래서 저두 많이 권했어요, 학교루 도루 가라고. 그래두 막무가내야요. 순옥이가 워낙 뜻이 굳어서요, 한번 마음에 작정하면 도무지 변하지를 아니한답니다."

이것은 인원의 말이다.

"그저, 아직 나이가 어려서 그런지는 몰라두 교사 노릇 하기가 싫어서요."

순옥이 비로소 한마디 한다.

"응, 그러세요. 그럼 내일 아침 병원으로 가시지요. 그렇지 않어도 안선생이 간호사를 한 분 구하던 길야요. 본래 두 사람이 있다가 하나가 시집을 가서. 그럼 내일 병원으로 가세요. 원체 나한테 안 오셔도 좋은 걸, 안선생이 성미가 이상하셔서요."

하고 옥남은 빙그레 웃으며,

"여자 직원을 채용하는 데는 날더러 보라나요. 그럴 필요 없다구, 남들이 웃는다구, 암만 그러니 안선생이란 이가 들어요. 두 분도 내가 퍽 강짜나 하는 여편네로 알지 마세요."
하고 또 웃는다.

순옥과 인원도 입을 가리고 웃었다. 옥남은 잠깐 얼굴빛이 흐려지며,

"우리 큰애가 살았으면 벌써 스무 살이나 될 텐데. 나 같은 노파 다 된 사람이 강짜가 무슨 강짜요?"
하고는 일부러 하는 듯이 소리를 내어 웃는다.

참외가 왔다. 옥남이가 진정으로 다정하게 하여주는 대접에 순옥이까지도 유쾌하였다.

그날 저녁이다. 안빈이가 집으로 돌아와서 저녁상을 받은 때에 옥남은 순옥의 말을 꺼내었다.

"석순옥이가 왔어요, 박인원이라는 동무 하나하구."

"응, 그래서?"

"석순옥이는 전부터 아셔요?"

"아니."

"그런데 아마 당신 글을 보고 당신을 따라오나 봅디다."

"왜?"

"암만해두 그런 것 같애."

"왜? 무슨 말을 해?"

"아니, 말이야 하겠어요만, 내 생각에 그렇단 말야요. 그렇지 않구야 왜 전문학교까지 졸업하구, 고등여학교 선생까지 다니던

사람이 간호사가 되려 드우? 게다가 제 오빠가 의사가 되어서 북간도 병원에 있다구 하는데."

"고등여학교 교사?"

"으응, 평양서 ○○여학교 영어 교사 노릇을 이태나 했다는걸."

"아니 나이가 몇 살인데?"

"스물셋이래. 제 말은 의학을 배우구 싶어서, 학교에는 갈 수 없구, 그래서 간호사가 되련다구 그럽디다마는 암만해두 그것은 핑곈 것 같애. 사람은 무척 상냥하구 재주두 있나 봅디다."

"그래 무에라구 했소?"

"그래 내일 아침에 병원으루 오라고 했지. 작히나²² 좋소? 당신 연구 조수도 시킬 수 있구, 비서도 될 수 있구. 내가 내일 아침에 병원으루 오라고 했으니 두셔요. 그 사람이 내 마음에 들어."

안빈은 말없이 고개를 흔든다.

"왜 그러시우?"

옥남은 짜증 내는 양을 보인다.

"아냐, 간호사로는 너무 아름답다고만 생각했는데 인제 당신 말을 듣구 보니 또 너무 인텔리요."

"왜, 석순옥이가 곁에 있으면 당신 마음이 움직일 것 같슈?"

옥남은 남편을 바라보고 웃는다.

"마음이 흔들리면 어떡하오?"

안빈도 웃는다.

"어디 한번 시험을 해보시구려. 열렬한 연애가 되면 어떠우? 난 당신이 한번 열렬한 연애를 하는 것을 보구 싶어. 당신이야 어디

일생에 연애다운 연애를 해보셨수? 내가 괜히 혼자 날쳤지. 당신
이 눈두 끔적 아니 하시는 걸. 당신두 나이 사십이 넘었으니 인생
두 오정을 지나시지 아니하셨수? 이제 마지막 기휠는지 모르지."

"쩟쩟, 쓸데없는 소리 그만 하오."

안빈은 숭늉을 마시고 밥숟갈을 놓는다.

옥남은 남편에게 한 말이 정당치 못함을 곧 뉘우쳤다. 비록 그
것이 가벼운 농담이라 하더라도 그 말 속에는 보기 흉한 질투의
그림자가 있었음을 부인할 수가 없었다. 그 말을 하여가는 동안
에 일종의 흥분이 생김을 억제할 수 없었다.

"그건 부러 한 말씀야요. 석순옥일 병원에 두세요. 지금 있는
여간호사가 너무 무뚝뚝해서, 사내 녀석 같아서 도무지 여자다운
부드러운 맛이 없어. 그래도 얌전한 간호사가 하나 있어야 환자
들에게도 위안이 되겠지. 병원두 빛이 나구요. 그러니 부디 석순
옥이를 두세요. 또 제가 의학이 소원이라니 공부를 시켜서 의사
가 되게 해주면 작히나 좋아요."

하고 잠깐 말을 끊었다가 가벼운 한숨을 지으면서,

"또 당신두 하루 종일 병원에서 병자들에게 시달리구 연구하시
느라구 애쓰시구. 술을 자시나 담배를 자시나, 인생의 낙이라고
는 하나두 없으신데, 곁에서 아름다운 젊은 여성이 부드러운 손
으로 수종[23]을 들어드리면 그래도 다소간 마음의 위안이 아니 되
겠어요? 나는 석순옥이 아니라 그보다 백 갑절 더한 여자가 당신
곁에 있더라두 터럭 끝만치라도 남편으로서의 당신의 마음을 의
심허지는 않어요."

"아니, 당신 맘속에 그런 생각이 드는 것부텀이 벌써 석순옥이를 병원에 두는 것이 옳지 않다는 뜻이라구 생각허우. 내가 왜 적극적으로 내 아내를 기쁘게는 못 해주어도 아내를 괴롭게 할 근심이 있는 일을 허겠소? 그러니까, 나는 석순옥이를 병원에 아니 두기로 작정을 하였소. 또 원체 간호사로 합당헌 사람두 같지 않구."

석순옥이 문제는 잘 때까지도 계속이 되고, 또 이튿날 아침 안빈이가 병원으로 떠날 때까지도 계속이 되었다. 그리다 마침내 옥남이가,

"내 말씀대로 해주세요. 내가 석순옥이한테 허락한다고 약속을 헌걸. 인제 뒤집으면 우습지 않소? 또 정말이야, 석순옥이를 병원에 두는 것을 기회로 당신도 더 수양하고 나도 더 수양하면 안 좋와? 그러니 하느님께서 보내시는 사람으루 아시구요 두어주세요. 그래야 또 내 낯이 나겠어. 협이 윤이두 이상하게 그 사람을 따르는구려. 참 그두 이상한 일이야. 석순옥이가 간다니깐 협이는 가지 말라고 그러구, 또 윤이가 울구 매달린단 말이야. 내 참 알 수 없는 일이야. 다 무슨 인연인가 봐. 우리 애들이 남을 그렇게 따라요? 아이들이 사람을 알아본다는데 석순옥이 맘이 착허길래 애들이 따르오. 꼭 내 말대로 허세요."

하는 말로 결론이 되고 말았다.

의외에도 옥남의 허락을 받고 안빈의 집에서 나온 순옥은 꿈 같은 기쁨에 마음을 진정할 수가 없었다.

"언니가 말을 잘했어. 난 도무지 말이 안 나오는구먼."

"글쎄, 낯은 왜 붉어지고 땀은 왜 흘려? 사람이 그렇게 헤식어서 무엇에다 써? 그러니까 안선생 부인이 이상하게 생각할 것이 아니야? 그의 눈을 봐요, 아주 사람의 속을 꿰뚫어 보겠던데. 순옥이가 두 번만 더 그이하고 이야기를 하면 속을 말짱 다 빼놓고 말 거야. 무척 예민한 사람이야."

"참 그래. 말이랑 모두 사정이 있으면서도 퍽이나 날카로운 것 같어. 그러니까 그 애들 봐요. 애들이 눈치가 빠하지 않어?"

"순옥이."

"으응."

"그이가 강짜라고 그랬지?"

"그래."

"그게 조심할 게야. 알았어, 순옥이?"

순옥은 웃으면서 고개를 까딱까딱한다.

만일 아내가 남편의 모든 것을 다 가지는 것이라고 하면 순옥이가 안빈에게서 얻으려는 것이 옥남에게서 빼앗는 것이 아니 될 수 없다고 생각할 때에 순옥은 마음이 괴로웠다. 그러나 다음 순간에 순옥은 이렇게 생각하였다.

'나는 안선생의 곁에 있어서 내 힘껏 그이를 도와드리는 것밖에 아무것도 안선생에게서 구하는 것이 없다. 그의 몸을 내가 구하지 아니함은 물론이어니와, 그의 마음도 나는 구하지 아니한다. 나는 다만 내 정성과 사랑을 그에게 바칠 뿐이지, 터럭 끝만큼도 그에게서 바라는 것이 없다.'

이렇게 생각하다가 순옥은 담대한 어조로,

"언니, 난 도모지 그런 일이 있을 것 같지는 않어."

하고 인원을 바라보았다.

"그런 일이라니?"

"아아니, 지금 언니가 말한 강짜니 무어니 하는 그것 말야."

"강짜야 순옥이가 하나? 안선생 부인이 할 일이지."

"아아니, 안선생 부인이 결코 그런 야비한 생각은 안 내리란 말이야."

"어떻게 알어? 순옥이가 안선생 가슴속에 파고들어가는 줄만 알면 저절로 안선생 부인의 강짜가 나올 것 아니야?"

"내가 파고들어가지를 않거던. 안선생 가슴에 파고들어가지를 않거던."

"그렇게 맘대로 될까? 그리운 사람 곁에 밤낮 같이 있으면서 그 가슴속에 아니 파구들어가구 배길까?"

"언닌 아직도 날 몰라."

"무얼 모른단 말야?"

"나를 어떤 사람으로 알고 그러우? 내가 안선생 곁에 십 년 있기루니 안선생께 대한 내 사모하는 마음을 입에나 뻥끗할 줄 알구?"

"그럴라면 무엇 하러 애써서 그 곁에 가 있는 거야?"

"그러니깐 언니는 내 속을 몰라본단 말이야. 난 일생 그 어른 곁에만 있으면 고만이야. 내가 무슨 맘으로 그 어른 곁에 있는지 그 어른은 몰라주셔도 좋아."

"에구머니, 그리고 어떻게 살어?"

"난 그래두 좋아. 그래두 좋은 게 아니라 그것이 좋아."

"할 수 없어서 하는 소리 아닐까? 안선생은 이미 아내 있는 남자이니까 순옥이가 아무리 사랑해도 혼인할 수는 없으니까, 그러니까 헐 수 없이 단념하는 게 아니야?"

인원의 말에 순옥은 약간 분개한 듯이 걸음을 뚝 멈추며,

"언니는 참 나를 몰라보아. 어쩌면 언니두 그렇게 나를 몰라주어. 내가 어디 혼인의 대상으루 안선생을 사모허는 게요? 그이가 내 남편이 되구 내가 그 아내가 되구 싶어서, 그래서 내가 그이를 사모하는 게요? 아니야, 난 정말 아니야. 내가 안선생을 사모하는 사랑은 연애라든지 혼인이라든지보다 훨씬 높은 사랑이라구 나는 믿어요. 도리어 내 사랑에 연애라든지 혼인이라든지 그런 생각이 티끌만치라도 섞이면 그것은 내 사랑의 타락이라고 믿어요."

"글쎄, 그런 사랑도 있을까? 난 모르겠어."

"언니, 두고 보아요. 두구두구 보아요. 내 사랑이 어떤 사랑인가."

인원은 순옥과 더 논쟁하기를 원치 아니하였다. 인원이가 보기에 순옥의 사랑이라는 것은 극히 몽상적이었으나 그렇더라도 깨뜨려주기에는 심히 아까운 높은 몽상이라고 생각하였다.

그날 밤 순옥은 자는 둥 마는 둥 하였다. 잠이 들 만하면 깨고 들 만하면 깨었다. 내일부터는 그렇게 오래, 열서너 살 된 계집애 적부터 사모하던 이의 곁으로 가서 날마다 그이의 곁에 있느니라 하면 한없이도 기쁘기도 하고 두렵기도 하였다.

순옥의 생각에는 안빈은 이 세상에서는 둘도 없는 높은 혼을 가진 사람인 것 같았다. 안빈의 글은 순옥에게는 모두 하늘에서 오

는 소리와 같았다.

　그는 안빈의 책들을 성경과 꼭 같이 소중하게 대접하였다. 기숙사 시대에는 아이들에게 놀림을 받으면서도 변함이 없었다. 그리고 신문이나 잡지에 난 안빈의 사진을 오려서는 다른 아이들 못 보는 곳에 붙여놓고 몰래 바라보고는 좀더 분명한 사진이 있었으면 하고 애를 태웠다.

　그런데 내일부터는 바로 그이의 몸의 곁에 있게 되는 것이다. 잠깐잠깐만도 아니요, 하루 종일——온종일!

　순옥의 머리에는 여러 가지 공상이 일어났다. 젊은 여자다운 여러 가지 공상이다. 그러나 그 여러 가지 공상 중에서 거룩하지 못하다고 생각되는 것은 다 눌러버렸다. 그것은 감각적인 모든 공상들이다.

　"언니, 두구 보아요, 두구두구 보아요. 내 사랑이 어떤 사랑인가!" 하고 인원에게 장담한 것을 생각하면 마음이 흡족하였다.

　식전에 일어나는 길로 순옥은 자리 위에 꿇어앉아서 시편 이십삼 편을 펴놓았다. 이것은 학교에서 암송하던 것이다.

　"여호와 내 목자시니

　내게 부족함이 없으리로다.

　나를 푸른 풀밭에 누이시고

　잔잔한 물가에 이끄시도다.

　나의 영혼을 도로 찾으시고

　그 이름을 위하여 옳은 길로 인도하시도다.

　또 내 비록 죽음의 음침한 골짜기로 다닐지라도

해 받기를 두려워 아니하노니
대개 주께서 나와 함께 계심이로다.

〔……〕

진실로 선하심과 인자하심이 나의 사는 날까지 나를 따르리니
내가 여호와의 전에 영원토록 거하리로다."

"시편 이십삼 편야?"

자던 인원이가 순옥이가 부스럭거리는 바람에 깨었다.

'저것이 오늘 아침에는 무엇을 하누?'

하고 자는 체하고 엿을 보고 있던 것이다.

"으응."

"순옥이 여호와는 안선생이지?"

순옥은 대답이 없다.

"오늘 여호와의 전에 영원히 거하러 가는 거구."

인원은 깔깔 웃었다. 순옥은 대답은 아니 하나 인원의 말이 옳다고 하였다.

"어젯밤에 가만히 생각해보니깐 순옥이 생각두 알아지는 것 같애. 중들이 나무나 쇠루다 부처 모양을 맨들어놓구 그 곁에서 일생을 살면서 아침저녁에 그 앞에서 수없이 절을 허구 하소연을 하는 뜻두 알아지는 것 겉구. 정말야, 나두 안선생 겉은 이가 한 분 있구두 싶어. 순옥이, 내가 안선생을 사모하면 순옥이는 어떡헐 테야? 마음에 불쾌하지 아니할 테야? 강짜 아니 할 테야?"

인원은 벌떡 일어나 앉으며 또 깔깔 웃는다.

순옥은 반정신으로는 그저 시편을 보고 반정신으로는 인원의

말을 듣고 있다가,

"언니두 인제 안선생을 바루 아는 날이면 나와 같이 그 어른을 안 사모하고는 못 배길걸."

하고 성경을 덮어놓는다.

"그래두 강짜 안 할 테야?"

"숭해라. 강짜란 게 그런 데 쓰는 말야?"

"그런데 말야, 순옥이. 순옥이 지금 시편 이십삼 편 보았지?"

"응."

"이십삼 편은 우리가 육체를 떠나서 영혼으로 여호와라는 육체 없는 이를 사모하는 거 아니야?"

"그래."

"근데 말야, 육체를 가진 사람이 같이 육체를 가진 다른 사람을 사랑하는데 말야, 그렇게 완전히 육체를 떠나서 혼만을 사랑할 수가 있느냐 말이어든. 중들 모양으로 돌루 깎은 부처라면 몰라두, 우리와 같이 육체를 가진 사람, 더구나 이성, 그중에두 젊은 이성이 되구 보면 말야 그 육체가 늘 먼저 눈에 뜨이지 않느냐 말야?"

"난 안 그럴 것 겉애!"

순옥은 단언한다.

"난 암만해두 육체가 눈에 걸릴 것 같단 말야. 그래서——내가 속되구 잡년이 되어서 그런지는 모르지만두, 되려 아가 삼 장에 마음이 끌린단 말야."

하고 인원은 부끄러운 듯이 씩 웃는다.

"아가 삼 장?"

순옥은 인원이가 웃는 영문을 모른다.

"으응, 아가 삼 장을 읽어보아요. 인내, 내 찾아주께. 가만있어, 내 읽어주께 들어."

인원은 성경을 펴들고 읽는다.

"내가 밤에 침상에 있어서 내 마음에 사랑하는 자를 찾더니 찾아도 얻지 못한지라. 이에 일어나서 성읍으로 돌아다니며 내 마음에 사랑하는 자를 거리에서나 큰길에서 찾으리라 하고 이에 저를 찾으나 만나지 못한지라. 성읍에서 행순하는 자들이 나를 만나니 내가 묻기를, 내 마음에 사랑하는 자를 너희가 보았느냐 하고 저희를 떠나 조금 지나가다가 내 마음에 사랑하는 자를 만나매 저를 붙잡고 놓지 아니하며 데리고 내 어미의 집에 들어가니 곧 나를 잉태한 자의 방이로다."

다 읽고 나서 인원은 책을 덮어놓으며,

"어때? 이게 인생의 사랑이라는 게 아닐까 말야."

하고 웃는다.

"……"

"마음에 사랑하는 자를 만나매 붙잡고 놓지 아니하며 데리고 내 어미의 집에 들어가니 말야, 나를 잉태하던 자의 방에서 말야, 거기서 둘이서 시편 이십삼 편두 부르는 게 아닌가 말야? 순옥이 어때?"

"아무려나 언니는 용하게도 갖다가 붙이우."

"무얼? 무얼 용하게 갖다 붙여?"

"시편 이십삼 편하구 아가 삼 장하구 말야."

"그럼 그렇지 않어? 뭐야? 사랑하는 남녀가 내외가 되어서 재미있게 살면서 둘이서 시편 이십삼 편을 부르는 게지 무에야? 이봐! 젊은 사람이 시편 이십삼 편만 어떻게 부르구 사느냐 말야."

"성읍으루 나가 돌아댕겨야지."

"그럼."

두 사람은 웃었다.

"사람은 육체로는 동물이니깐 동물적 사랑두 하구 영혼으루는 신이니깐 신적 생활, 즉 종교적 생활두 해야 한다구 안선생두 안 그랬어?"

"그랬지. 그런데?"

"그런데 육체로는 동물이면서 동물을 버리구 신의 사랑만을 하려 드는 것이 아니냔 말야?"

"왜, 난, 머, 사람의 사랑──동물적 사랑을 부인한다우? 그것두 하느님께서 주신 것임에야 틀림없지. 내가 만일 허영 같은 사람을 사랑할 수가 있다면 그것은 지금 언니가 말씀하는 사랑이겠지. 저의 어머니 집으루 끌구 들어가는 사랑 말야. 그렇지만 내가 안선생께 대한 것은 아가의 사랑이 아니라 시편 이십삼 편의 사랑이란 말야."

"순옥인 아가의 사랑은 없어두 살겠어?"

순옥은 멀거니 한참이나 생각을 한다.

"그것두 가지구는 싶어. 하지만 둘 다 못 가진다면 하나는 버려야지."

"어느 걸?"

"아가를."

하고 잠깐 쉬었다가, 순옥은 인원을 바라보며,

"언니는? 언니는 시편을 버리지? 아가를 가지구?"

"망할 것!"

"그럼?"

"난 둘 다 버려!"

"둘 다?"

"으응. 둘 다 있을 것 같지 아니허니깐."

두 사람은 말없이 시무룩해진다.

순옥은 아침을 먹고 안빈의 병원에를 가느라고 나섰다.

박사 안빈

순옥이가 안빈의 병원에서 간호사 생활을 한 것도 벌써 삼 년. 순옥의 나이도 이제는 스물여섯이 되던 해였다. 안빈이가 연구하던 것이 완성되고 그 학위 논문이 ○○제국대학 의학부 교수회를 통과하여 안빈은 의학박사 학위를 얻었다.

안빈의 학위는 다만 그 연구 결과의 중요성으로뿐만 아니라, 그 연구의 뒤에 숨은 미담으로 하여 신문의 이야깃거리가 되었다.

안빈의 연구 내용이 직접 이 이야기에 관계가 없는 일이니 그것을 자세히 설명할 필요는 없을 것이나, 안빈과 석순옥의 이야기를 아는 데 필요한 정도의 기록은 해야 할 것이다.

안빈이가 이 연구를 시작한 것은 폐병 환자의 치료를 목적으로 한 것이었다. 폐병 치료에 안정 요법이 가장 중요한 것임은 의사가 아니라도 다 아는 것이다. 그런데 이 안정이란 것이 말은 쉬워도 실행에 들어가서는 심히 어려운 것임을, 안빈은 자기의 병중에도 경험하였거니와 자기가 의사가 되어서 남을 치료할 때에 더욱 그러함을 깨달은 것이다.

그것은 무슨 말인고 하면, 우리가 안정을 필요로 할 때에 신체의 안정을 실행하기는 어린아이를 제하고는 비교적 용이하지마는, 이 신체의 안정이라는 것은 오직 근육의 소모를 절약함에 불과하는 것이요, 근육의 소모를 보충하기는 다량으로 섭취할 수 있는 함수 탄소나 지방으로 할 수 있는 것이어서 비교적 보충이 용이하지마는, 가장 어려운 문제는 이른바 정신의 안정이다. 비록 몸을 가만히 둔다 하더라도 정신의 활동이 쉬지 아니하면 신경 조직이 끊임없이 소모가 되는데, 이 신경 세포라는 것이 우리 몸을 조성한 세포 중에 가장 귀족적이어서, 이 신경 세포의 소모를 보충하는 것은 주로 단백질과 비타민인데, 이것만은 함수 탄소나 지방 모양으로 섭취할 수가 없으므로, 자연히 그 부족액을 다른 내장의 성분에서 빼앗아 올 수밖에 없는 것이다. 이리하여서 원체 소화불량을 겸하는 성질인 폐병 환자는 그의 안정할 수 없는 정신 활동으로 하여서 갈수록 일반 장기, 따라서 일반 건강의 쇠약을 초래하게 되는 것이다.

이에 안빈은 (1) 폐병 환자의 정신 작용이 항진되는 원인이 무엇인가? (2) 정신 작용 중에 가장 신체의 조직, 따라서 일반 건강, 따라서 투병력(병과 싸워서 이기는 힘)을 소모하는 것이 무엇인가? 사고 작용인가, 감정 활동인가? (3) 그러면 그 앙분된 정신 작용을 억압할 방법은 무엇인가? 하는 문제를 제기하게 된 것이었다.

안빈은 이 문제가 해결되기 전에는 폐병의 완전한 치료는 바랄 수 없음을 깨달았다. 오늘날과 같이 영양, 안정, 일광 요법을 폐병의 유일한 요법으로 삼는 데는 틀림이 없으나 그 중심이 되는 안정 요법의 정체를 알아내기 전에는 폐병 요법은 어찌 보면 자연치료요, 또 어찌 보면 자가치료여서 병자 자신의 힘에 맡겨둘 수밖에 없는 것이다.

이에 안빈은 병리학, 내과학, 치료학, 생리학, 심리학 등 모든 영역의 문헌을 읽기 일 년에, '감정 내지 정서 활동과 그 생리학적 결과'라는 데 대해서 아직 과학적 탐구가 불충분함을 밝히 알고, 그 이듬해 의학회에 참석하였던 길에 모교인 ○○제국대학의 내과, 정신과, 병리학, 생리학, 네 교수를 찾아 이 연구 테마에 대한 의견을 말하고, 동시에 문과 시대에 심리학 교수던 심야 박사를 찾아서 이 연구 제목에 관한 것을 말하였다. 다른 교수들은 안빈의 말을 공상적인 것같이 여겨서 탐탁하게 들어주지 아니하였으나, 병리학 교수 아파 박사와 심리학 교수 심야 박사 두 분만은 대단히 좋은 테마라 하여 격려하는 말도 하고 또 아무 때나 필요 있는 때면 자기네 교실 연구 설비를 이용할 수 있다는 허락을 주었다. 내과 교수가 임상의의 빠지기 쉬운 영업 심리에서 이러한 연구를 등한히 생각하는 것은 용혹무괴[24]지마는 생리학, 정신과 교수들이 심히 냉랭한 것은 안빈에게는 의외였다.

안빈의 연구가 심리학, 병리학에도 관계 아니 됨이 아니나 주로 생리학적이라고 생각하매 생리학의 생전 교수가 냉담한 것이 좀 불만이었으나 연구의 실적을 가지고 생전 교수를 움직이리라 하고 안빈은 이 연구를 시작하였다.

그래서 우선 집에 실험용인 토끼를 기르고, 병원에 고양이와 개를 먹이고, 밑층 병실 하나를 떼어서 연구실을 만들었다.

현미경, 서적, 약품 등 연구실의 시설에 적지 않이 돈이 들었으나 안빈은 이것을 그의 경제적 후원자인 김부진에게 청할 수는 없었다. 이 병원을 짓기에도 기지 아울러 삼만 원 가까운 돈을 김부진에게 꾸었은즉, 이제 또 성공 여부도 알 수 없는 연구 자금을 청할 수는 없을 것이다. 그러면 개업한 수입이 많으냐 하면 그렇지도 못하였다. 안빈이가 문사로서 얻었던 명성은 결코 의사로서의 수입을 돕는 것은 아니었고 도리어 해치는 것이었다. 문사 시대[25]의 가난한 친구들은 물론이어니와, 그 친구들의 친구까지도 진찰 무료 약값 무료의 특전을 요구하였고, 심한 것은 입원 무료까지 청하는 자가 있었다. 그뿐 아니라 "돈 가지고 왔소?" 하고 미리 묻지 아니하고 우선 병 치료부터 해놓고 본다는 안빈식 병원 경영법으로는 도저히 넉넉한 수입은 바랄 수가 없었다. 이러하기 때문에 연구실 설비 만여 원은 안빈에게 있어서는 지극히 큰 부담이었다. 안빈은 돈이 생기는 대로 한 가지 한 가지 사들였다.

이 일에 대해서 안빈은 그 아내 옥남에게 감사하지 아니할 수 없었다. 옥남은 안빈의 사업을 잘 알아주어서 지성으로 실험용 동물을 먹이고 또 생활비를 절약하였다. 그는 개업 이래로 새 옷 한 벌, 우산 한 개를 사지 아니하였고 의복은 전부 손수 재봉틀에 박았고, 구두도 신지 아니하였다. 남편의 연구가 끝나기까지 식모도 두지 아니한다고 뻗대었으나 몸이 약한데 그래서는 안 된다는 말에 뜻을 굽혔다.

안빈은 아내 옥남이가 자기와 혼인한 이래로 근 이십 년간을 자기를 위하여서 헌신적으로 고생한 것이 일변 고맙기도 하고 일변 애처롭기도 하여서 개업만 하면 약한 아내를 좀 편히 쉬게 하고 안락한 생활을 시켜보리라고도 생각하였으나 또다시 아내를 고생시키게 되는 것이 미안하고 슬펐다. 다만 아내가 남편의 일을 제일로 알고 인류의 복리를 위해서 우리 몸을 바치는 맛을 아는 것으로 참을 수가 있었다.

안빈은 맨 처음으로 공포(무서워하는 것)의 감정을 실험하였다. 토끼와 고양이와 개를 결박하여놓고 칼로 찌르려는 모양을 보이고 무서운 표정과 소리를 내게 하고, 이 모양으로 한 오 분 동안 공포의 감정을 일으킨 뒤에 그 피를 뽑아 거기 전에 없던 물질의 유무를 검사하는 것인데 공포의 감정이 일어난 때와 지나간 뒤에 오는 혈압, 호흡 등의 변화는 물론이어니와 혈액의 적혈구와 백혈구의 변화도 정밀히 검사하였다.

이렇게 간단히 써놓으면 쉬운 것 같지마는 안빈이가 공포의 감정에 대한 동물 실험은 첫 결과를 얻은 것이 실로 실험을 시작한 지 일 년 반이나 되어서였다. 그동안의 수없는 실패, 수없는 고심은 이런 일 해본 사람이 아니고는 도저히 상상할 수도 없을 것이다. 특별히 될 듯 될 듯하다가는 틀어져서 지금까지 애쓴 것이 모두 다 수포에 돌아가고, 또 새로 재출발을 하지 아니하면 아니 됨을 발견한 때의 안빈의 고통은 결코 작은 것이 아니었다.

그러나 세 번이나 되풀이한 끝에 일 년 반 만에 안빈은 공포 후의 개 제이호(동물에는 모두 번호가 있었다)의 혈액에서(이것은 나중에 붙인 이름이지마는), 안피노톡신 제일호 Anpinotoxin No. 1를 발견한 것이었다. 이것은 일종의 독소로서 운동 중추를 마비하여 사지가 힘이 없고 떨리기만 하고, 입도 잘 벌어지지 아니하고, 눈이 곧아[26]오고, 호흡이 얕아지고, 침이 마르고, 오줌똥이 저절로 나오고,──신체에 이러한 변화를 일으키게 하는 것임과, 또이 독소가 혈액에 있어서 백혈구를 중독시켜 그 기능이 심히 약해지고, 심한 경우에는 백혈구의 수가 준다는 사실도 발견되었고, 그 화학적 구성식도 대개 판명되어서 탄소, 질소, 인 등의 결합물인 것까지 판명되었을 때의 그의 기쁨은 비길 곳이 없었다.

공포의 실험 결과를 정리해놓고 안빈은 둘째로 분노(성내는 것)의 실험을 착수하였다. 공포의 실험에서도 곤란을 받지 아니한것이 아니지마는 분노의 실험에서 더 곤란한 것은, 토끼는 물론이어니와, 개나 고양이도 좀처럼 성을 내어주지 않는 것이었다. 무엇을 주었다가 빼앗거나 또는 못 견디게 굴거나 하면 처음에는 성내는 때도 있었지마는 차차 낯이 익어지면 도무지 성을 내지아니하고 부러 장난하는 줄로 알거나 그렇지 아니하면 겁을 내었다. 그러므로 한 동물을 가지고 두 번 이상 실험하기가 어려워서 몇 번이고 새 동물을 갈아들이지 아니하면 아니 되었다.

안빈은 닭을 이용해보았다. 수탉 두 마리를 싸움을 붙여서 그싸움이 극도에 달한 때를 이용하는 것인데 마침 적수를 만나서볼만한 싸움을 시키는 것도 용이한 일이 아니었다. 그러나 닭의 실험에서 분노의 감정은 조류에 있어서도 같은 반응을 일으킨다는 사실을 발견할 수가 있었다.

또 안빈은 뱀을 사다가 분노의 실험을 하였는데 그 실험의 결과로 분노란 점에서도 뱀이 어떻게 독한 동물인 것을 실증할 수가 있었다.

석순옥이가 간호사로 안빈 병원에 들어간 것은 바로 이러한 때였었다.

순옥이가 간호사로 들어온 지 얼마 아니 하여서 어떤 날 병원 시간이 끝난 뒤에 안빈이가 병원 뒤꼍 개장 앞에 앉아서 개하고 싸우는 것 같은 소리를 듣고, 순옥은 창틈으로 한참이나 바라보다가 진찰실로 뛰어 들어와서 어간호사더러,

"형님, 선생님이 저 개를 가지고 무얼 하세요?"

하고 물었다. 순옥의 눈에는 안빈이가 개를 향하여 하는 꼴이 심상치 아니하였던 것이다. 사람이 개하고 싸운다면 대단히 우스운 말이지마는, 안빈이가 우리 속에 있는 개를 향하여 하는 태도는 사람이 개하고 싸운다고밖에 형용할 수가 없었던 것이다.

어간호사는 순옥이가 놀라서 어리둥절하는 양을 보고 웃으면서,

"왜 오늘 첨 보아? 선생님이 날마다 개하고 싸움을 안 하시면 고양이하고 싸움을 하신다오. 개 괭이만 아니어요. 토끼하고도 쌈하고 뱀하고도 쌈하고 쥐하구두 싸우고, 안 싸우는 것이 없으시다우. 인제 두구 보아요. 순옥씨하구두 싸우러 드실걸."

하고 웃는다.

순옥은 영문도 모르고 따라 웃으며,

"아니 인자하신 어른이 즘생들하고 싸움은 왜 하셔요?"

"성을 내게 하시는 거야."

"그래서? 성을 내가지고는?"

"성난 다음에는 피를 뽑아요. 그럼 핏속에 무엇이 있다나? 벌써 이태째 된다우. 지난봄까지는 즘생들 혼을 내시는 게야."

"혼을 내시다니?"

"무섭게 만들거든, 이렇게 칼을 들고 이렇게 찌르는 시늉을 하고. 그러면 개나 괭이가 무서워할 것 아니야? 그래 잔뜩 무서워지면 덜덜 떨어요, 사죽을 못 쓰고! 그렇게 무서워지면 피를 뽑는 게야. 그런데 이상한 게 있어. 토끼나 괭이한테 무슨 약을 주사를 놓으면 꼭 무서운 것 모양으로 덜덜 떨고 사죽을 못 쓰겠지. 헌데 요새에는 그 무서운 걸 안 하시고 싸우는 것만 하시는 게야."

"네에. 아 무슨 연굴 하시는군."

하고 순옥은 다시 안빈이가 개하고 싸우는 것이 보이는 창으로 가 보았다. 개는 마침내 잔뜩 골이 나서 짖고, 입을 벌리고 어릉대고 앞발로 허우적거렸다. 안빈의 얼굴에도 한바탕 분하게 싸운 사람과 같은 표정이 있었다.

"어간호사!"

하고 안빈은 크게 소리를 질렀다.

"네에."

하고 어간호사는 주사기 넣은 갑을 들고 뒤꼍으로 뛰어나갔다. 순옥은 창에 붙어서 숨을 죽이고 안빈이 하는 양을 바라보았다. 안빈은 개장 문을 여는 듯 그리로 내미는 개 입에다가 쇠로 만든 굴레를 씌우고, 참말 익숙하게 올가미로 앞발 둘을 졸라매었다.

그러고는 개를 꺼내어 땅에 눕히고 그것을 타고 앉는 듯이 한 발로 누르고, 사람으로 이르면 팔굽이나 무르팍마디라고 할 만한 데를 바늘로 꽂아서 열 그램쯤의 피를 뽑았다.

이렇게 되매, 개는 벌써 분노의 감정이 스러지고 다만 공포의 감정을 가지고 애원하는 듯한 소리를 질렀다.

안빈은 피를 뽑은 주사통을 어간호사에게 주고 개의 결박을 끄르고 우리에 다시 집어넣고, 마지막으로 개의 굴레를 벗기고, 그러고는 미리 예비하였던 쇠고기 한 점을 개에게 던져주었다. 개는 지금까지 제 몸에 일어난 모든 불행한 일을 다 잊어버린 듯이 한 발로 고깃점을 밟고 이빨로 그것을 물어뜯었다.

"오늘은 마침 개가 성을 잘 냈습니다."

이것은 어간호사의 치하였다.

"글쎄, 오늘같이만 성을 내주었으면 좋으련만 성내도 쓸데없는 줄을 두 번째나 알았으니까 담번에는 어려울걸!"

어떤 날 밤에 서로 싸워서 머리와 몸에 크게 상처가 나고 피투성이가 되어서 정신을 못 차리는 사람 둘이 경관 안동[27]하여 안빈의 병원에 메워서 들어왔다. 이것은 물론 응급 치료를 위한 것이어니와, 안빈에게는 실로 하늘이 주신 큰 기회였다. 그중에 한 사람은 칼을 맞아서 실혈이 많았기 때문에, 곧 수혈을 아니 하면 아니 되었으므로 수혈하는 것을 기회로 피를 얻을 수가 있었다.

응급 처치가 끝난 뒤에 안빈은 곧 두 사람의 피를 가지고 실험실에 들어가 자기가 정해놓은 여러 가지 절차를 따라 검사하기를 시작하였다. 안빈의 얼굴에는 시시각각으로 만족한 빛이 떠돌았다. 성난 동물의 혈액에서 발견한 것과 똑같은 독소가 사람의 혈액에서도 발견됨을 알았을뿐더러, 또 한 가지 예기하지 아니하였던 큰 발견을 하였으니, 그것은 칼 맞은 사람의 혈액 속에 아드레날린과 비슷한 어떤 일종 특수한 반응을 가진 물질을 발견한 것이다. 이 물질은 나중에 여러 가지 실험을 한 끝에 알아낸 것이어니와, 상당히 강하게 알칼리성을 가진 것으로, 동물의 혈액에서 검출되는 독소를 중화하는 성질이 있는 것이 판명되었다. 이것은 분노로 말미암아 혈액에 생긴 독소를 소멸시키기 위하여 생리적 자위력(自衛力)으로 분비된 것이 분명하건마는 대체 이것을 분비하는 기관이 무엇인가를 알아내기에는 여러 가지 곤란을 돌파하지 아니할 수 없었다. 그러나 마침내 안빈은 그것이 비장에서 분비되는 것임을 발견하였다. 이것은 실로 우스운 것에서 힌트를 얻은 것인데, 속담에 뱃심 좋은 사람을 비위 좋은 사람이라고 하는 것을 생각하고 토끼의 비장을 떼어내는 수술을 한 뒤에 그 토끼에게 공포 또는 분노에서 생기는 혈액 중의 독소를 주사하면 그 주사의 효력이 비장 있는 동물에서보다 시간으로 보아 십 배 이상이나 긴 것을 발견하였다.

이 모양으로 칼싸움한 두 사람의 피가 큰 도움이 되어서 분노의 감정과 혈액에 생기는 독소의 관계에 대한 연구가 완성되어 그 독소를 안피노톡신 제이호Anpinotoxin No. 2라고 명명하고 그 독소를 중화하는 비장에서의 분비물을 안티 안피노톡신 Anti-Anpinotoxin, 그것을 약해서 안타닌이라고 불렀다. 이론상으로 무서워하는 사람에게나 성난 사람에게 안타닌을 주사하면 그 무

서움, 성남이 풀릴 것이다. 만일 비장을 떼어낸 사람(비장을 떼어
내는 병이 있다)을 몇 사람 만날 수가 있다 하면 안타닌이 사람의
몸에 일으키는 효과를 확인할 수 있을 것이다.

　이렇게 공포와 분노의 실험이 성공한 뒤에 안빈은 슬픔의 실험
을 하기로 결심하였다. 안빈의 생각에 인류의 생명을 가장 많이
좀먹는 정서(情緖)는 슬픔과 걱정과 그리고 연애라고 본 까닭이
다. 더구나 안빈이가 직접 목적으로 하는 폐병 환자의 심리 상태
중에 가장 치료에 방해되는 것이 이것이었다. 그런데 이 슬픔이
라든가 그리워하는 것이라든가 하는 감정은 동물로 실험하기에는
심히 어려운 것을 발견하였다. 왜 그런고 하니, 첫째 그리워하는
즉 연애는 동물에 있어서는 일 년에 한 번 일정한 기간에만 생기
는 것이요, 인류와 같이 사철 어느 때에나 생기는 것이 아니며,
또 슬픔으로 말하면 인류에 있어서는 일생을 두고 무시로 경험하
는 것이지만 동물에 있어서는 자식을 빼앗긴 때, 어떤 소수의 동
물에서는 그 배우[28]를 빼앗긴 때밖에는 일어나지 않는 모양이요,
그것도 인류 모양으로 오래 두고 끌고 가는 것이 아니라 길어야
이틀이나 사흘을 지나면 단념하고 다시 새로운 생활을 시작할 결
심을 하는 모양이어서, 한 동물의 일생에 슬픔의 기간이란 인류
의 그것의 몇천분지 일도 못 되게 짧은 것이다.

　안빈에게 슬픔의 실험에 첫 기회를 제공한 것은 새끼 아홉 마리
를 낳은 우리나라 재래종의 개였다. 개 중에 새끼에게 대한 애정
이 가장 많기로 우리나라 개가 으뜸이라는 말을 들은 안빈은 특
별히 우리나라 재래종인 암캐를 실험용으로 택한 것이다. 분노에

있어서는 셰퍼드에 비길 자가 없지만, 새끼를 사랑하는 어미의 애정에 있어서는 단연히 우리나라 개가 으뜸이었다. 새끼가 난 지 사오일쯤 지나서 새끼 아홉 마리 중에 한 마리를 감추었더니, 어미 개는 한참이나 슬픈 소리를 하며 헤매었고, 그 이튿날 새끼 한 마리만을 남겨놓고 여덟 마리를 감추었을 때에는 어미 개의 슬퍼하는 양은 차마 볼 수가 없었다. 입과 앞발로 땅바닥을 후비고, 짖는 소리, 끙끙대는 소리는 애통 그 물건인 듯하였다. 그가 미친개 모양으로 꼬리를 축 늘이고 애원하는 눈으로 사람을 바라보는 눈에는 눈물조차 어린 것 같았다.

"용서해라. 네 새끼들은 하나도 안 건드리고 고대로 있어. 내 연구를 위해서 어미로서의 네 슬픔을 잠깐만 참아다우."

어미 개의 모양을 바라보고 있던 안빈은 저도 모르게 이런 말을 아니 할 수 없었다. 참으로 안빈의 가슴은 뻑적지근함을 깨달은 것이었다. 안빈의 등 뒤에서 이 광경을 보고 섰던 순옥은 손으로 울음이 터져 나오려는 입을 막고 고개를 돌렸다. 안빈의 혼자 중얼거리는 말이 순옥의 가슴을 찌른 것이었다.

실험이 다 끝나고 몽글몽글한 강아지 여덟 마리가 도로 제 어미 앞에 모여질 때에 이 어미 개는 웅! 하는 한마디를 하고는 아탁시아[29] 상태에 빠져서 사지에 맥이 풀린 듯이 땅에 쓰러져버리고, 어미를 잃었던 강아지들은 주둥이를 내둘러 어미의 젖을 찾았다. 순옥은 안빈의 두 눈에 눈물이 핑 도는 것을 보았다.

안빈이가 어미 개의 슬픔의 피를 가지고 실험실에 들어가서 그 피를 검사하고 있을 때에 실험실 문을 두드리는 소리가 들렸다.

안빈은 앉은 대로,

"누구요?"

하고 소리를 질렀다.

"저예요. 순옥입니다."

"왜 그래?"

"잠깐 여쭐 말씀이 있어요."

순옥의 음성이 떨렸다. 안빈은 문을 열었다.

"선생님, 지금 제 피를 좀 빼어보셔요."

"피를? 왜?"

"제가 지금 선생님이 개 실험하는 걸 보고 대단히 마음이 슬펐습니다."

순옥의 숙인 얼굴은 크게 부끄러움이나 당한 사람 모양으로 빨갛게 되었다. 안빈은 말없이 이윽히 순옥을 바라보고 있다가,

"이리 오오."

하고 앞서서 진찰실로 들어간다. 순옥은 울렁거리는 가슴을 안고 그 뒤를 따랐다.

"주사기 가져와."

순옥은 이십 그램 주사기를 갖다가 안빈의 앞에 놓고 환자 앉는 걸상에 앉아서 왼팔 소매를 걷어 올리고 안빈의 앞에 내놓았다. 옆에 있던 어간호사가 어리둥절하여 이 광경을 바라본다.

하얀 순옥이 팔오금에서 빨간 피가 솟아 주사통에 반쯤 찼다. 안빈은 바늘 들어갔던 자국을 알코올 솜으로 씻고 반창고를 붙여주었다.

안빈은 피를 뽑는 동안에 순옥이 심계(심장 뛰는 것)가 대단히 항진되고, 또 그 얼굴이 붉고 눈이 빛나는 것을 보았다. 거기서 안빈은 순옥의 가슴속의 울림이 자기의 가슴에 반향됨을 느끼고, 그 반향을 안은 채로 실험실로 들어왔다. 맑은 유리관에 옮겨 담은 순옥의 피, 그것은 여느 피와 같이 보이지는 않았다. 유리관을 잡은 안빈의 손가락에는 순옥이 피의 따뜻한 감각이 스며드는 것 같았다.

"석순옥이는 예사 간호사로 와 있는 사람은 아니다."

안빈은 이렇게 중얼거리고 그 이상 더 생각하려고 하지 않았다.

그러나 안빈의 생각은 안빈의 말을 고분고분히 들으려 아니 하였다. 아까 개 우리 앞에서 반 시간 남짓 순옥이가 자기 등 뒤에 섰던 것을 안빈도 모르지는 아니하였다. 순옥이가 그동안에 무슨 생각을 하고 어떠한 감정을 가졌던고 하는 것이 이 유리관 속에 있는 붉은 피에 다 설명이 되어 있는 것 같았다.

'사랑?'

'안 될 말!'

안빈의 눈앞에는 왼편 팔을 내놓고 앉았는 순옥과 실험실 문밖에 고부슴하고[30] 섰는 순옥, 간호사로 써달라고 처음 찾아왔던 순옥의 모양이 새로운 빛과 뜻을 가지고 떠 나왔다. 그때에 귀밑까지 붉힌 순옥의 모양이 자기의 가슴에 주던 알 수 없는 쇼크, 안빈이가 순옥을 삼청동 집으로 보내며 전화로 그 아내 옥남에게, 이 사람이 간호사에 합당치 아니한 듯하니 좋게 말해서 보내라고 한 것이 기실 이 때문이었었다.

아무리 해도 실험하는 과학자의 냉정한 정신 상태에 돌아가지를 아니하여 안빈은 실험 탁자 위에 놓인 순옥의 피와 어미 개의 슬픔의 피를 바라보고 멀거니 앉아 있었다.

안빈의 눈은 의문의 순옥의 환상을 따르다가 다시 앞에 놓인 시험관의 피 위에 떨어졌다. 왼편에 놓인 것이 순옥의 피, 오른편에 놓인 것이 어미 개의 피, 눈으로 보기만 하여서는 분별할 수 없는 사람의 피와 개의 피. 그 속에 들어 있을 슬픔의 형적[31]인 독소, 신경 세포의 노폐물, 만일 이것을 문학적으로 표현한다면 생명의 촛불이 슬픔의 푸른빛을 발하고 타고 남은 재, 그것조차도 그 성분에 있어서는 별로 틀림이 없을 것이다. 사람과 개, 그것은 엄청나게 계급이 틀리는 두 존재이지마는 생명 현상에 있어서는 기쁨, 슬픔, 성냄, 사랑함, 이러한 것에 일 도, 이 도 하고 도수로 헤아릴 만한 차이가 있을 뿐일 것이다. 사람과 개, 이것을 다른 마음 다른 생명이라고 하기보다는 한 마음의 한 생명의 색다른 나타남이라고 보는 것이 안빈의 생각이다. 안빈은 동물의 혈액과 인류의 혈액을 여러 가지 방면으로 비교하면 비교할수록 모든 중생이 다 한마음으로 되었다는 불교 사상을 승인하지 아니할 수가 없었다. 그러면 사람과 개와의 차이는 무엇일까. 혈액의 성분에서 보는 화학적 차이 말고 본질적으로 가치의 차이를 생기게 하는 것이 무엇일까. 다시 말하면, 개의 생명에 무엇을 가하면 그 몸이 사람의 몸으로 변하고, 그 마음이 사람의 마음으로 변할 수가 있을까. 안빈은 눈앞에 순옥과 어미 개를 그리어본다. 그 둘은 하나이면서 결코 하나는 아니다. 어미 개에서 순옥에게까지 올라가는 거리는 엄청나게 큰 것이어서 도저히 우리가 가진 수의 관념으로 헤아릴 수는 없는 것이다. 안빈은 개와 순옥과의 거리만한 거리를 순옥 이상으로 올라가서 있을 만한 생명을 상상하여보았다. 그것은 우리로서는 상상할 수 없는 높음과 깊음과 아름다움을 가진 존재일 것이니, 우리가 만일 그의 앞에 나아가 설 경우가 있다고 하면 우리는 필시 우리 스스로의 추악한 모양이 부끄러워서 감히 낯을 들지 못할 것이다. 진화의 한량없는 계단에 그러한 높은 존재가 없으랄 법이 있을까. 다만 거친 것만을 보기에 족하도록 생긴 우리 눈이 마치 엑스선이나 우주선을 보지 못하는 모양으로 우리보다 높은 존재를 보고 분별할 힘이 없을 뿐이 아닐까. 그 높은 존재를 천사라든가 하늘 사람이라든가 한다고 하면 또 거기서 그와 우리와의 거리만큼 더 높이 올라간 존재가 있고, 또 거기서 또 그만큼 더 올라간 존재가 있어서 그 끝이 하느님이라 부처님이라 하는 것이 아닌가.

이렇게 생각하고 안빈은 하느님의 피, 부처님의 피라는 것을 상상하면서 앞에 놓인 시험관에 고요히 고여 있는 두 가지 피를 바라보았다.

"바란스의 차이, 바란스의 차이."

하고 혼자 중얼거리고 혼자 웃었다.

안빈은 여기서 공상을 끊어버리고 다시 피를 탄소니 질소니 하는 원소들의 화합물이라는 견지에서 분석하기 시작하였다.

안빈은 예기한 대로 이 두 가지 혈액 속에서 슬픔의 정서의 결과인 어떤 독소를 검출하기에 성공하였다. 그것을 안피노톡신 제

삼호라고 명명하였다. 이 독소는 운동 중추와 지각 중추를 마비하고 그와 반대로 연락 중추를 자극하여 사고력을 병적으로 앙분시키는 작용이 있는 것을 그 후 여러 가지 실험을 통하여 분명히 할 수가 있었다.

  그런데 이 실험에서 안빈은 놀라운 결과 하나를 발견하였으니, 그것은 순옥의 혈액 속에서 아모로겐Amorogen이라는 일종의 방향산(芳香酸) 계통의 물질을 발견한 것이다. 이것은 지난봄에 실험용 동물들이 암내를 냈을 때에 채취한 혈액에서도 우연히 발견된 것인데 안빈은 분노의 연구에만 골몰하였기 때문에 그 정체를 포착할 여유가 없이 지나쳐버리고 말았던 것이다. 아모론이란 이름은 훨씬 나중에 이 물질이 연애라는 정서의 산물인 것을 확정한 뒤에 붙인 것이다. 아모로겐이나 아모론이 사랑이라는 희랍말을 어원으로 한 것은 말할 것도 없다. 이 아모론은 이성에 대한 애정이 격발될 때에 혈액 중에 생기는 물질로서 그것을 독소라고 부르지 아니한 까닭은 그것이 신체의 어느 기관도 중독을 시키거나 마비시킴이 없이 도리어 적극적인 자극을 주어서 활동을 활발하게 하는 것이기 때문이다. 아모론이 일종의 방향산이기 때문에 이것을 다량으로 혈액 속에 포함한 동물체에서 일종의 향기를 발산하여 이성의 후각을 통하여 그 애정을 자극하는 것이요, 동시에 모세관과 각종 선기(腺器)를 확장시켜 피부면의 혈액의 순환을 활발히 하는 동시에 모든 선의 분비를 성하게 하여 육체적으로는 살과 털을 윤택하게 하고 심리적으로는 그리움, 기쁨, 사랑 같은 부드럽고 유쾌한 정서를 발하게 하는 것이다.

이 물질은 유기린(有機燐), 유황, 탄소, 수소, 산소, 질소 등으로 된 것이니 신경 세포의 분해물임을 미루어 알 수 있거니와, 그중에 놀라운 것은 이 물질의 용액에서 금 이온을 검출할 수 있는 것이다. 이것으로 보아서 사랑이라는 감정이 비록 독소가 되어 동물체를 해하는 것이 아니라 해도 신경의 소모, 알기 쉽게 말하면 생명 그 물건의 소모가 여간 크지 아니함을 알 것이어서, 시인들이 사랑을 가리켜서 생명의 연소라 함은 이유 없는 말은 아니다.

안빈은 사랑으로 소모되는 동물체의 금분[32]이 어떤 식물을 통하여 보급되는 것인가, 혹은 곡식 채소 등 식물성 식료품을 통하여서인가, 또한 금상(金床)을 통과하는 음료수를 통하여 섭취되는 것인가 하는 문제를 제출하여보았으나 그것은 그렇게 수월하게 해결될 문제는 아니었다. 아무려나 지구를 조성한 성분 중에 금이 가장 귀한 모양으로 동물체를 구성한 성분 중에도 그러한 듯싶어서 사람의 모든 활동 중에서 오직 사랑의 활동에만 쓰려고 금을 아껴두는 것이 흥미 있는 일이라고 안빈은 한 번 더 미소하지 아니할 수 없었다.

아모로겐의 발견에 대하여 안빈에게 남은 또 한 문제는 이성 간의 사랑과 부모의 자녀에게 대한 사랑이며 형제간의 우애와 로마인들이 그처럼 소중히 여기던 우정 같은 사랑과 맨 나중으로 또 맨 꼭대기로 자비라는 사랑과의 관계다. 가령 부처님이 중생에 대하여 자비심을 품으실 때에 그 혈액에 나타나는 것도 역시 아모로겐일까, 이에 대해서 안빈은 부처님의 피, 하느님의 피를 연상한 것이다.

어미 개가 새끼들에게 젖을 먹이고 그 몸을 핥아줄 때에 뽑은 피에는 역시 아모로겐 비슷한 성질이 있는데 거기는 이성 간의 사랑에서 나온 아모로겐에서 다량으로 검출되는 유황과 암모니아 분이 극히 미량이었고 금 이온이 좀더 왕성하였다.

어떤 날 순옥이가 안빈의 연구 보고초를 정서할 때에 이러한 구절을 발견하였다. (순옥은 안빈의 원고를 정서하는 일을 맡아 하게 되었다. 이것은 순옥에게는 지극히 큰 기쁨이었다.)

"성적인 애정을 경험한 동물의 혈액에서 검출되는 아모로겐에서는 다량의 유황과 암모니아를 본다. 이것이 그 혈액에 자극성이면서 약간 불쾌감을 주는 비린내에 가까운 냄새를 발하게 하는 원인인 듯하다. 새끼에게 젖을 먹이고 그 몸을 핥아주고 있는 어미 개의 혈액에서 검출되는 아모로겐에서는 극히 소량의, 겨우 형적이나 있다고 할 만한 유황질과 암모니아질이 있을 뿐이요, 금 이온이 현저히 증가함을 본다. 그리고 그 혈액에서는 비린내와 같은 자극성인 악취가 없고 심히 부드러운 방향을 발할 뿐이다."

안빈은 아모로겐 중에 유황질과 암모니아질이 없는 화학물을 아우라몬 Auramon이라고 명명하였는데, 이 이름은 아우루스 Aurus 즉 금이란 말과 사랑이란 말을 합한 것이니, 금이온의 존재를 특색으로 한다는 의미다. 실험의 결과로 보건댄, 암모니아나 유황으로 신경을 자극하면 광포성을 발하는데, 이것이 이성의 애정에서 가끔 보는 광포성의 원인이라고 안빈은 생각하였다. 아우라몬은 이러한 광포성을 제거한 사랑, 즉 자비의 표상이 되는 것이다.

그러나 이기욕을 떠난 우정조차 그 실례를 구해 보기 어려운 이 세대에서 자비심만을 가진 성인의 혈액을 실험용으로 구하기는 절망적이라고 아니 할 수 없어서 가장 거기 근사한 것을 오늘날 인류에서 구하자면 현숙한 어머니의 아기를 안은 가장 무심한 상태를 찾을 수밖에 없다고 안빈은 생각하였다.

어떤 날 순옥이가 안빈의 논문 중에서 이러한 구절을 정서하다가 붓대를 놓고 혼자 생각하였다.

'내가 안선생을 대할 때의 내 혈액에 생기는 것이 아모로겐일까, 아우라몬일까. 그것은 아모로겐일 리는 없다. 그 속에는 유황이나 암모니아가 티끌만치라도 있을 리는 없다. 내가 안선생에게 대해서 무슨 부정한 욕심이 있느냐. 아무것도 없다. 나는 그 어른을 생각할 뿐이다. 나는 그 어른에게 털끝만치라도 기쁨을 드리기 위하여 내 몸도 혼도 다 바칠 뿐이다.'

이렇게 생각하고 순옥은 예전에 뽑은 자기의 피를 생각하였다. 그리고 가슴이 울렁거림을 금치 못했다. 그때에 뽑은 그 피 속에서 안선생은 과연 무엇을 발견하였을까. 다만 어미 개의 정경을 불쌍히 여겨서 생긴 안피노톡신 제삼호만을 발견하였을까. 또는 그 밖에 아모론 같은 것은 발견하지 아니하였을까. 순옥은 그날 어미 개의 슬픔을 실험하던 날 자기가 아마 반 시간이나 안빈의 등 뒤에 서서 참말 간절하게 안빈을 사모하던 것을 기억한다. 안빈의 어깨에 팔을 걸고 그 가슴에 제 얼굴을 비비고 싶던 것을 기억한다. 그때에는 아직 아모론이니 아우라몬이니 하는 것은 몰랐을 때거니와, 그때 그 피를 검사한 안빈은 무엇을 발견하였는지 알 수 없는 노릇이다.

이렇게 생각할 때의 순옥은 낯이 화끈거렸다. 어떻게 다시 안선생을 대하나. 오늘날까지 그의 얼굴을 대한 것을 생각만 해도 부끄러웠다.

'그때 내 피에서 아우라몬이 발견될 수가 있었을까. 만일 그랬으면 얼마나 좋을까. 얼마나 안선생님에게 나 순옥이가 높이 보였을까.'

그러나 순옥에게는 그것은 바랄 수 없는 일도 같았다. 자기의 안선생에게 대한 사랑이 자기가 생각하기에 비록 깨끗한 것 같아도 자기 순옥이란 것이 원체 높지 못한 존재이기 때문에 도저히 그 사랑이 아우라몬을 발생할 수 있을 종류의 것이 될 수 없는 것 같았다. 안빈이가 순옥의 피를 담은 실험관 마개를 뽑을 때의 안빈의 코를 찌른 것이 무엇일까. 아우라몬의 맑고 그윽한 향기였을까. 아모로겐의 비릿비릿한 유황과 암모니아의 냄새였을까.

순옥의 숨은 찼다.

'나는 안선생께 또 한 번 피를 드릴 테야. 전연히 유황과 암모니아가 없는 금 이온과 그윽한 향기만을 가진 피를 드릴 테야. 그것이 언젤까. 언제든지 내 일생에 한 번은 꼭 그러한 날이 올 것이다. 그때에 비로소 안선생이 나를 참으로 사랑할 것이다. 그날이 내 날이다. 응 그럼, 그날이 내 날이야!'

그러고는 순옥은 주사기로 피를 뽑은 왼편 팔오금을 한 번 쓸어보고 빙그레 웃고는 다시 원고 정서하기를 시작하였다.

아모로겐 연구에 관하여 안빈의 가슴을 뭉클하게 하는 한 사실이 있다. 그것은 순옥의 피에서 발견한 아모로겐의 원인에 관해서다. 처음에는 안빈은, 순옥이가 약 반 시간 동안 자기의 등 뒤에 서 있던 것이 그 원인인 줄로 추정하였지만, 다시 생각해보건댄 사춘기(思春期)의 청년 남녀에게는 언제나 있는 것일는지도 알 수 없고 또 그렇지 아니하더라도 순옥이가 어떤 다른 남자를 사모하는 것이 원인이었을는지도 알 수 없는 일이었다. 그렇다고 청년 남녀의 피를 마음대로 구하기도 어려운 일이요, 더구나 연애 중에 있는 청년 남녀의 피, 그중에도 금시에 서로 포옹 정도 이상의 접촉을 가진 청춘 남녀의 피를 구하기는 사실로 보거나 인도상으로 보거나 불가능에 가까운 일이었다. 그 후 몇 기회에 젊은 남녀의 혈액을 얻어 분석한 결과로 보면 약간 아모로겐의 형적을 인정할 수도 있었으나 금 이온을 검출할 수는 없었다.

한번은 진찰실에서 순옥이가 안빈을 보고,

"인제 학회에 가실 날이 얼마 아니 남았는데 실험하실 것은 다 끝나셨어요?"

하고 물었다.

"할 수 있는 실험은 다 끝난 셈이지."

"할 수 없는 실험은 무엇이에요."

안빈은 대답이 없었다.

"선생님 논문을 베끼다가 보니깐 슬픔에 대한 것하구 사랑에 대한 것하구가 아직 자료가 부족하다고 하시지 않으셨어요?"

"그렇지만 그것이야 실험할 수 없는 걸 어쩌나? 이번 봄까지에 동물의 아모로겐은 그만하면 넉넉하게 실험이 되었지만 인류야 실험할 수 있나? 그건 할 수 없는 거야. 그리고 또 슬픔으로 말하더라도 어디 그렇게 슬픈 사람의 피를 얻을 수가 있나? 사람의 피는 그때 순옥이 피하고 내 피하고 둘이지. 그 밖에 또 환자 피 몇이 있었지마는——."

"슬픔이란 것은 그때 말씀하시던 그 번민 말씀이지요?"

"글쎄, 그것이 제일 복잡하구두 몸을 소모하는 것같이 보이는데 억지로 해봐도 잘 안 돼."

하고 안빈은 픽 웃는다. 안빈은 무대에서 배우가 하는 모양으로 번민을 일으켜보려고 무척 힘을 써보았으나 암만해도 현실미가 생기지 아니하였다. 햄릿의 번민이나 베르테르의 번민이나 이런 것도 시험해보았고 죽은 아들이 그렇게 애처롭게 앓다가 숨이 넘어갈 때의 기억을 일으켜도 보았고, 또 자기를 그처럼 사랑하고 자기를 위해서는 몸도 혼도 다 바치는 아내가 자기의 인생관과 우주관을 아무리해도 알아주지 아니하여 사랑하는 남편과 아내가 서로 통할 수 없는 딴 세계에 살지 아니하면 아니 될 안타까움도 생각해보았고, 또 이것은 안빈 자신에게도 알리고 싶지 아니한 것이나 순옥이와 순옥의 피가 자기에게 일으키는 꽤 무거운 고민도 생각해보았으나 벌써 안빈에게는 슬픔에게, 번민에게 전 생명을 내맡길 그러한 청춘은 다 지나가버린 듯싶었다. 이런 것을 생각하고 순옥을 향하여 픽 웃은 것이었다.

이튿날은 일요일이었다. 늦은 봄이라기보다는 이른 여름이라고 할 날씨이어서 신문에는 향락의 하루라는 둥 월미도가 어떠니 우이동이 어떠니 하는 상춘의 향락에 관한 기사가 많이 실린 그러한 일요일이었다. 날이 좀 흐렸으나 그 흐린 것이 도리어 꽃 날리는 늦은 봄날다웠다. 한 달에 두 번 쉴 수 있는 순옥의 일요일이다. 순옥은 다른 때 같았으면 인원을 병원으로 부르거나 그렇지 아니하면 자기가 인원의 집으로 갈 것이언만 오늘은 허영(許榮)과 같이 월미도 구경을 가기로 하였다.

순옥이가 안빈의 병원에 온 지 한 삼 개월 만에 어떻게 알았는지 허영은 순옥이 주소를 알아가지고 자주 편지를 하고 전화를 걸었다. 그 편지는 대개는 시(詩)였다.

"거, 웬 편지가 그리 많이 와? 허생이란 대관절 누구요?"

이렇게 어간호사에게 조롱이라기보다는 책망을 받은 적도 여러 번이었다. 영 답장을 아니 하다가 몇 번에 한 번 아주 싸늘한 어조로 다시는 편지를 말라는 엽서를 하면, 한참 동안 뜸하다가는 또다시 편지를 시작하였다.

그 편지에 의하건대 허영은 하루 한 번씩 안빈의 병원에 와서 보지도 못하는 순옥이를 생각하고 가노라고 하였다.

허영은 학생 시대로부터 순옥을 따르던 몇 남자 중의 하나로 육칠 년 되도록 순옥에 대한 사랑을 변치 아니하고 따라다니는 시인이다. 순옥도 허영을 미워하는 것은 아니다. 허영은 속이 깊거나 생각이 높은 사람은 아니라 하여도 노상 천박한 시체 청년은 아니요, 그의 순옥에 대한 사랑은 매우 순정적이었다. 만일 안빈에게 대한 사모가 없었다 하면 순옥은 불만하나마 허영의 사랑을 받았을는지 모른다. 순옥의 가슴속에 안빈에게 대한 사모가 있는 가운데는 다른 남자의 그림자가 들어갈 여지가 없었다. 순옥의 눈에 안빈과 비교해 볼 때에 다른 남자들은 너무도 평범했다. 허영의 시도 청년 남녀 간에 상당히 애독을 받는 것이지만, 순옥이가 그것을 안빈의 시와 비교할 때에는 꾀꼬리 소리에 대한 참새 소리와 같았다.

이러한 허영을 순옥이가 오늘 어찌해서 따라나선 것일까?

그날 아침에 서울역에 나갔던 사람은 서울역 정문 옆 퍼런 항공 우편통 곁에 약간 초록빛 나는 스코치 양복에 같은 외투를 팔에 걸고 역시 초록 계통의 소프트를 쓰고 상아로 손잡이 한 단장에 몸을 기대고 섰는 젊은 신사 하나를 보았을 것이다. 그는 남대문에서 나오는 전차가 정류장에 설 때마다 몇 걸음 앞으로 나서서는 내리는 사람들을 바라보았다. 그는 사랑하는 사람을 기다리는 초조한 빛을 감추려고도 하지 않는 듯하였다. 이 사람은 물어볼 것 없이 석순옥을 기다리는 시인 허영이다.

허영은 의외에도 어젯밤 속달로 순옥의 편지를 받았다. 그것은 오늘 오전 여덟 시 십 분 차로 인천을 같이 가자는 사연이었다. 이 편지를 받은 허영의 기쁨은 더 말할 필요도 없을 것이다. 미칠 듯하였다 하는 한마디면 족할 것이다. 그는 편지를 받은 길로 양복집으로 가서 양복을 다려달라고 맡겨놓고 이발소로 가서 이발을 하고 그러고는 참말 자는 둥 마는 둥 그의 시인적 상상력으로 월미도에서 일어날 순옥과 자기와의 수없는 사랑의 씬[33]을 그리면서 밤을 새웠다.

"다 되었다. 칠 년 적공을 오늘 이루었다."

하고 평생 처음으로, 진정으로 하느님 고맙습니다, 하는 기도를 올렸다.

그의 스포츠맨다운 체격을 보아도 알거니와 그는 여간해서 종교적 신앙을 가질 사람은 아니었다. 자기가 퍽 물질적이요, 관능적인 것이 순옥의 몽상적이요, 신앙적인 것을 그리워하는 것이라고 자기 스스로 해석하였고, 또 순옥을 대하여서도 자기와 순옥과 둘이 합하는 것이 반쪽과 반쪽이 합하여 완전한 하나를 이루는 것이라고 여러 번 말했다. 여덟 시가 거진 다 되어서 허영의 마음이 밥 잦듯 졸아들 때쯤 하여 옥색 모시 치마 적삼을 입은 순옥의 모양이 서대문으로 돌아서 오는 전차에서 내려섰다.

허영은 무엇에 놀란 사람 모양으로 허둥허둥 순옥이가 오는 편으로 마주 걸어갔다. 순옥도 허영을 보았으나 못 본 체하고 걸어왔다.

허영은 어젯밤부터 벼른 대로 순옥의 앞에, 길바닥에 오른편 무릎을 꿇으면서 두 손을 깍지를 껴서 순옥의 앞에 높이 쳐들고,

"오, 나의 여왕이시여!"

하고 머리를 흔들었다. 그러나 그 소리가 가늘고, 또 하도 의외여서 순옥의 귀에는 무슨 소린지 알아들을 수가 없었다.

"웬일이세요? 무르팍이 아프세요?"

하고 순옥은 놀라면서 우뚝 섰다.

허영은 싱거운 듯이 일어서며 무릎의 먼지를 떤다.

"괜찮으세요?"

"무엇 말씀이야요?"

"갑자기 무릎을 꿇고 쓰러지시게."

"오른편 무릎을 꿇고, 오 나의 여왕이시여 하고 부른 것이여요."

"아우마!"

순옥은 그제서야 놀라기도 하고 부끄럽기도 하였다. 그 말을 듣고 보니, 다른 사람들이 빙긋빙긋 웃고 지나가는 듯해서 낯이 화끈하였다.

"아머니, 그게 무슨 짓이세요?"

순옥은 떨리는 다리로 허영보다 앞서서 걸으면서 책망조로 톡 쏘았다.

"내 마음에 있는 것을 고대로 표현한 것이 무엇이 잘못입니까. 순옥씨 구둣등에 입을 못 맞춘 것만도 죄송한데."

하고 싱글벙글하는 허영을 볼 때에 순옥은 몸에 소름이 끼침을 깨닫고 오늘의 모험에 어떠한 큰 위험성이 있지나 아니한가 무시무시하였다. 차를 타고 앉아서도 순옥은 한 번 더,

"글쎄 그게 무슨 짓이세요? 길바닥에서 무릎을 꿇는 건 다 무어구, 오 나의 여왕이시여는 다 무어야요? 누가 아는 사람이 보았으면 이를 어찌해!"

하고 허영을 몰아세웠다. 그것은 차 속에서나 월미도에서 또 그런 쑥스러운 일이 있을까 하여 방패막이를 하자는 것도 있었던 것이다.

인천까지 가는 동안에 허영은 매우 흥분한 모양으로 도무지 안접[34]을 못 하고, 앉으락, 일락 순옥의 마음을 기쁘게 해볼 양으로 애를 썼다. 그러나 순옥은 원래 애정도 없건마는 더욱 질려서 뽀

로통하고 있었다. 일일이 허영의 대꾸를 하다가 종작없는[35] 허영이가 이 조인광좌[36] 중에서 또 무슨 서양식 연극을 연출할지도 모르는 까닭이었다. 순옥이가 하도 쌀쌀한 데 화가 났는지 허영은 다른 자리에 가서 담배만 피우고 있었다.

그러나 시오유 호텔에 다다라서 바다를 바라보는 삼층 남향 방을 점령하고 앉아서부터는 허영은 새로 기운을 내었다.

"아이참, 글쎄 그게 무슨 짓이세요?"

순옥은 바다를 향한 등교의에 앉아서 또 한 번 허영을 책망하였다. 그러나 그 어조는 아까보다 부드러워서 얼마쯤 유머를 띠었다.

"순옥씨. 그게 내 진정야요!"

허영의 눈은 빛났다.

"그렇게, 시바이(연극)를 하는 게?"

순옥은 웃는다.

"하. 순옥씨는 서양식 교육만 받아서. 왜 우슬착지(右膝着地)하고 첨앙존안(瞻仰尊顔)하야 목불잠사(目不暫捨)하고, 아 무에더라? 오, 그리고 이렇게 합장(合掌)하고, 우요삼잡(右繞三匝)하고, 그리고는 에에, 또 옳지, 물러가 일면(一面)에 주(主)."

"그게 다 무슨 소리야요?"

"부처님 앞에 가면 말야요, 오른편 무릎을 이렇게 꿇고, 이렇게 합장하고, 이렇게 부처님 얼굴을 쳐다보되 잠시도 눈을 떼지 아니하고요, 그리고는 이렇게 부처님을 싸고 오른편으로 이렇게 이렇게 세 번을 돌고, 그리고는 이렇게 한편 구석에 물러 나와서, 이렇게 공손하게 꿇어앉아서 부처님 처분을 기다리거든요."

허영은 일변 말을 하며, 일변 그대로 한다. 순옥을 싸고 세 바퀴를 돌아서 저편 구석에 가서 꿇어앉는다. 아주 정말인 듯이 웃지도 아니하고.

순옥은 허영이가 하는 일을 처음에는 웃음으로 알았으나, 허영의 표정이 갈수록 더욱 엄숙하여지고 그 숨길까지도 씨근거리는 양을 보고는 웃어버릴 수도 없는 듯한 무거운 압박을 느꼈다. 순옥은 아무쪼록 허영을 보지 아니하려고 멀거니 바다 쪽을 바라보고 있다가 허영에게로 고개를 돌리며,

"그러시지 말고 이리 와 앉으셔요."

하고 맞은편 등교의를 가리켰다.

허영은 그 약간 지방 기운 많은 얼굴 근육을 씰룩거리며 순옥이가 가리키는 교의에 와 앉는다.

"오늘 좀 여쭐 말씀이 있어서, 바쁘신데 인천까지 오십시사고 했어요."

순옥은 이렇게 말을 시작하였다.

"네에?"

"제가 잘못 아는지 모르겠습니다만, 허선생께서 저를 사랑하시는 것 같아요."

"잘못 아시는 게 뭡니까. 칠 년 동안 한결같이——."

"허선생께서 저를 잘못 보신 것 같아요."

"뭘 잘못 봅니까?"

"뭘 보시고 절 사랑하세요?"

이 말에 허영은 벌떡 일어나서 이번에는 두 무릎을 꿇고 깍짓손

을 하고 순옥을 쳐다본다.

"아이 그러시지 마시구."

"이게 말입니다."

"그건 하느님 앞에서나 부처님 앞에서 하는 게지요. 옛날 서양 무사들이나 하는 일이구. 흉해요. 일어나 앉으세요."

"순옥씨가 내 하느님이세요."

"오오, 불라스피머스!" 하느님께 죄 되는 말씀예요."

"아니 정말입니다. 하느님께서는 순옥씨를 당신으로 알고 찬미하고 예배하라고 내게 명령을 하셨어요. 순옥씨를 비너스라고도 해봤습니다. 그러나 순옥씨는 내게는 예술의 힘만이 아니라, 창조의 신이시고 구원의 신이세요."

"아이참, 하늘이 무서운 말씀도 하시네."

"정말입니다. 내가 아는 말이 그 말뿐예요. 그 이상 말은 나는 배우지를 못했습니다. 그러나 이 말들도 내가 순옥씨를 사랑하고 사모하는 뜻을 십분지 일도 표현하지 못합니다. 내 말에 거짓이 있으면 금시에 하늘에서 벼락이 내리고 저 바다가 뒤집힐 거예요. 어떻게 맹세를 하랍니까. 이 이상 무엇을 가리켜서 맹세를 하랍니까."

"글쎄 그게 잘못 생각이란 말씀예요. 제가 무엇인데 여러 억만 명 인류 가운데 한 계집애, 그것도 변변치 못한 한 계집애를 그렇게 하느님같이 아신다는 것이 쇠통 거짓 말씀이 아니라면 근본적으로 잘못 생각하신 것이어든요."

"아뇨. 이것이 이론이면 잘잘못이 있겠죠. 그러나 이것은 내 신넘이니까니, 신앙이니까니, 거기는 절대로 잘못이 있을 수가 없습니다."

"허선생은 시인이시니까 참 말씀을 잘하셔. 말씀이 아름답구, 힘이 있구. 그렇지만 그것이 그저 시죠, 정말일 수는 없세요. 그것이 정말이면 큰일 나게. 그동안 내게 하신 여러 편지에 쓰신 말씀이 다 정말 같으면 허선생은 벌써 돌아가셨을 거예요. 지금까지 살아 계시더라도 몸은 바짝 마르셨을 것입니다. 그렇게 몸이 피둥피둥하신데, 정말 그렇게 애를 태시구야 그러실 수가 있어요? 그러니까 제가 다 알아요. 허선생의 편지는 글공부구, 말씀하시는 건 웅변 공부구, 그렇게 무릎을 꿇으시고 합장하시는 건 연극 공부구요. 아네요? 제가 바루 알았죠?"

순옥은 제 말이 과도하였다고 생각하면서도 웃지 아니할 수가 없었다. 이 말을 들은 허영은 얼굴 근육만 씰룩거릴 뿐이요, 말이 나오지 아니하였다. 수치와 분노를 뒤섞은 감정이 가슴에 끓어올랐다. 그중에도 순옥의 마지막 웃음소리가 허영의 자존심을 사정없이 짓밟았다. 순옥은 교의에서 일어나며,

"전 가서 목욕하고 올 테에요. 허선생도 목욕이나 하세요."
하고는 밖으로 나가버렸다. 순옥이가 나가는 뒷모양이 사라지자 허영은 두 주먹을 불끈 쥐고 이를 악물고 부르르 떨었다. 그 눈에는 잠깐 살기가 지나갔다. 그러나 허영 자신도 그것이 무슨 뜻인지를 몰랐다. 허영은 옷을 활활 벗어버리고 유까다[38]를 입고 타월을 들고 나가려다가 도꼬노마(일본식 방의 상좌)[39]에 놓인 순옥의 큼직한 핸드백이 눈에 띄어서 우뚝 섰다.

"이 속에 뭣이 들었나?"

하며 허영은 검정 가죽으로 만든 핸드백을 쳐들고는 당장 열어보려는 듯이 장식에 손을 대었다가 열지는 아니하고 손가락으로 꼭꼭 눌러보면서 달그락하는 소리가 이상한 듯이 고개를 두어 번 기웃거리고, 그러고는 그 핸드백의 서너 군데에 제 입을 대어보고 그러고는 도로 제자리에 놓고 그러고는 그 곁에 떨어진 초록줄 남 줄 있는 순옥의 손수건을 들어 열정적으로 코와 입에 대고 그러고는 마치 앞서 나간 순옥을 따라잡기나 하려는 듯이 문 닫히는 소리도 요란하게 나가버린다.

순옥이가 목욕탕에서 돌아온 때에는 허영은 벌써 돌아와서 컬러 넥타이까지도 다 하고 교의에 앉아 있었다.

"전 머리 빗을 테니 잠깐 나가 산보하고 오세요."

하는 순옥이 말에 순순히 일어나 나가는 허영의 뒷모습을 순옥은 가엾은 듯이 바라보았다. 허영을 내쫓고 순옥은 감은 머리를 볕에 말리면서 바다를 바라보고 서 있었다. 때마침 밀물이어서 치맛자락 같은 물 끝이 조금씩 조금씩 기어 올라오는 것이 보였다. 서울서 온 듯싶은 오륙 세, 칠팔 세 되는 아이들이 모래성을 쌓고 놀다가 밀물에 쫓겨서 무어라고 소리를 지르면서 자리를 옮기고, 거기 또 밀물이 들어오면 또 옮기고 하였다. 아이들이 피놓고 쌓아놓고 한 사업들은 조금씩 조금씩 물결에 먹혀서 마침내는 흔적도 없이 사라지고 마는 것이 인류의 역사를 보는 것 같아서 순옥은 마음이 서글펐다. 썰물에 나갔던 낚싯배들이 둘씩 셋씩 흙물빛 돛을 달고 월미도 쪽으로 올라가는 것도 보였다.

"경치 좋죠?"

하는 소리에 고개를 돌려보니 허영이가 물가 세모래판에 서서 머리 풀어헤친 순옥이 모양을 쳐다보고 있는 것이었다.

순옥은 말없이 고개를 끄덕여 보였다. 허영의 손에는 코닥 사진기가 들려 있었다. 순옥은 자기가 그 카메라 속에 들었는가 하여 깜짝 놀랐으나 그 조그마한 사진기에 삼층에 선 제 얼굴이 도저히 분명히 박혀지지 아니할 것을 생각하고 마음을 놓았다. 그러고는 허영에게 아니 보이도록 방에 들어와 앉아서 얼른얼른 머리를 틀었다.

허영이가 바닷가에 나가서도 그 눈이 순옥을 떠나지 않은 것은 물을 것도 없다. 머리를 풀어헤치고 무심코 난간에 기대어 선 젊은 여성의 포즈는 비록 애인이 아니라 하여도, 남성에게 무심할 수는 없는 것이다. 허영은 양복 주머니에 감추어 갔었던 사진기계로 순옥의 모양을 필름이 자라는 대로 박는 것이었다.

"왜 제게 말씀도 안 하시고 사진을 박으세요? 그 필름 이리 주세요."

허영이가 방에 들어온 뒤에 순옥은 이렇게 짜증을 내었다.

"염려 마세요. 그냥 보아도 누군지 알아볼 수가 없는데 사진으루야 더구나 모르죠."

"그럼 그건 해서 뭘 해요?"

"나 혼자만은 알거든요. 나 혼자만은 화안하게 볼 수가 있단 말예요."

허영은 이런 소리를 하고 웃었다.

"무얼 그러세요? 부러 그러시지."

"어떻게도 그렇게 내 사랑을 몰라주십니까? 순옥씨께서도 사랑을 해도 보시고 받아도 보셨겠지만——."

"아녜요. 전 누굴 사랑해본 일도 없구 사랑을 받아본 일두 없습니다. 또 일생에 장차두 사랑을 하거나 받거나 할 생각두 없구요."

"사랑을 안 받으시더라도 제 사랑만은 아니 받지 못하십니다. 순옥씨께서 받으시거나 말거나 저는 제 속에 있는 사랑을 말짱 순옥씨 문전에 갖다가 바칠 것이니까요."

"제 문전에?"

"네. 제가 찾아가. 문을 안 열어주셔. 그래도 날마다 찾아가. 죽는 날까지 순옥씨 문전에 날마다 찾아가거든요. 가서는 받으시거나 말거나 피 묻은 제 사랑을 댁 문전에 두고 온단 말씀야요. 피눈물을 흘리면서."

"아이참, 말씀도 재미있게 하셔. 모두 시야, 호호호."

점심이 들어왔다. 하녀는 무엇인가 알아내려는 눈으로 허영과 순옥을 번갈아 본다.

"좋으시겠어요."

하녀는 이 두 사람이 몰래 시로 만나는 작자들이로구나, 하고 진단한 뒤에 이런 소리를 한마디 던진다.

서로 더 먹으라고 권하는 말도 없이 싱겁게 밥을 먹고 있는 두 사람의 모양을 본 하녀는 흥이 깨어져서 더 농담도 아니 하고 밥상을 들고 나가버린다.

"아이, 저렇게 물이 많이 들어왔어요."

순옥이가 먼저 무거운 침묵을 깨뜨린다. 순옥이가 보기에, 허영은 제 쌀쌀한 태도에 퍽 고민하는 모양이었다.

"참말요. 저 바다로 한정 없이 가보았으면."

허영은 한숨을 지운다.

"허선생!"

순옥은 등교의에 앉으면서 허영을 부른다.

"네?"

"제가 분명히 말씀드릴 것은요."

"네. 말씀하셔요."

"제가 속에 있는 대로 말씀할께 노여시지 마세요, 네."

"순옥씨가 발로 제 머리를 밟기로니 성낼 허영이가 아닙니다."

"아이, 그렇게 말씀하시니깐 더 말씀하기가 어렵습니다."

"아니, 말씀하셔요. 무슨 말씀이나 고맙게 듣습니다."

"저는 허선생을 좋은 어른으로 존경은 해요."

"천만에."

"그리고 허선생께서 저를 끔찍이 사랑해주시는 것두 알아요."

"고맙습니다."

"그리고 그처럼 저 같은 것을 사랑해주시는 뜻을 고맙게두 생각해요. 이 세상에서 아마 허선생만큼 저를 사랑해주실 이가 과거에두 없었거니와, 미래에두 없을 줄두 잘 알아요."

"그렇게 생각해주십니까. 그렇게꺼정 저를 알아주십니까?"

하는 허영은 금시에 웃음과 울음이 한꺼번에 터져 나올 것 같았다.

"그렇지만 말씀야요."

하고 순옥은 고개를 숙이고 잠깐 입술을 빨았다. 칠 년을 두고 차마 못 해오던 말을——그것은 역시 허영을 절망시킬 말을 하기가 참으로 어려웠다.

"네, 말씀하셔요. 저는 순옥씨께서 그렇게까지 저를 알아주시는 줄은 몰랐어요."

순옥은 더욱 말하기가 어려워졌다. 그러나 이렇게 머뭇머뭇하다가는 마침내 말할 용기를 잃어버리고 말 것만 같아서 고개를 번쩍 들면서,

"그런데 말씀야요, 제가, 제가 선생께 원할 것이 하나 있어요."

하고 순옥은 또 고개를 숙인다.

"원이오?"

"네."

"무슨 원이 있으십니까. 제가 순옥씨께 원할 것이 있지, 순옥씨가 제게 무슨 원이 있으셔요?"

"제 원을 꼭 들어주세요."

"네, 말씀만 하셔요. 무엇은 안 들어드립니까. 내 목숨이라도 버려라 하시면 금시에 버리겠습니다."

"다른 원이 아니라요."

"네, 말씀하셔요."

"선생께서요."

"네."

"저를요."

"네."

"선생께서 저를요."

"네, 제가 순옥씨를요?"

"네, 선생께서 저를요."

"말씀하셔요. 무슨 말씀이라도 하셔요."

"그럼 말씀해요. 허선생께서 저를요, 인제부터는 사랑하시지 말아주셔요. 내버려주셔요. 그것이 제 소원이야요. 저를 아주 잊어버려주셔요!"

순옥은 말을 마치고 허영을 바라보았다. 어쩌면 그렇게 기름기 있는 얼굴이 갑자기 피 한 방울 없이 해쓱해질까. 그것은 마치 안 피노톡신 제일호 중독이 된 상태와 같았다. 분명 그는 아탁시아 상태에 빠졌고 동시에 아타락시아[40] 상태에 빠진 것 같았다. 순옥은 그의 코에 숨이 있는가를 의심할 지경이었다.

'이것은 결코 시인의 웅변도, 배우의 연극도 아니다! 이것이야 말로 진정이다!'

순옥은 허영을 바라보고 이렇게 생각하지 아니할 수 없었다.

죽은 듯하던 허영은 고개를 들고 길게 한 번 한숨을 쉬고 나서 잘 떠지지 않는 눈을 가까스로 뜨며,

"그게 정말씀예요?"

"무엇이요?"

"순옥씨께서 저를 버리신단 말씀이 정말씀예요?"

"버리다니요? 제가 뭘 허선생을 버리고 말고 합니까. 허선생께서 다시는 저를 생각하시지 마시란 말씀예요. 아주 잊어버리시란

말씀예요. 생각하셔도 쓸데없는 걸 생각하시면 뭘 하십니까. 그러니 아주 남아답게 생각을 뚝 끊어버리시란 말씀예요."

"아니 그게 정말씀이에요?"

"그럼요. 제가 왜 거짓 말씀을 여쭙니까?"

"아니, 저를 떠보시는 말씀이 아니라, 정말 저를 발길로 차 버리신단 말씀예요?"

"네, 정말씀입니다. 오래 두고 별러서 오늘 그 말씀을 여쭙자고 인천으로 모시고 온 것이에요. 제가 태도를 애매히 가지는 것이 도리어 허선생께 죄가 되는 듯싶어서요. 허선생께서도 늙으신 어머님의 외아드님이시라는데 어서 혼인을 하셔야죠. 뭐 그러신 것도 아니시겠지만 혹시나 저 같은 것을 믿으시고 천연[*]하시면 되겠어요. 그래서 오늘 제가 단단히 마음을 집어먹고 똑바로 여쭙는 것입니다."

"제가 다른 여자와 혼인을 할 것 같습니까?"

"왜 안 하셔요."

"아니요. 그건 저를 모르시는 말씀이십니다. 순옥씨한테 버림을 받는다면 저는 일생 다른 여자하고는 혼인을 안 해요."

"그거야 자유시죠."

"절더러 단념하라고 하신 것은, 허영아 너는 죽어라, 하시는 말씀입니다. 순옥씨를 잃어버리고 허영이가 이 세상에 살아 있을 것 같습니까. 칼로 목을 따 죽지 아니하면 염통이 터져서라도 죽을 것입니다. 죽고말고요. 어떻게 살아요? 빛을 잃고 생명을 잃은 사람이 어떻게 삽니까. 허영이는 죽는 날입니다. 순옥씨, 허영이가 죽어도 괜찮습니까?"

허영은 어성이 떨리고 어음[42]이 분명치 못한 것까지도 있었다. 그 빛 없는 눈, 들먹거리는 가슴, 발은 숨소리, 혈색 잃고 떨리는 입술, 이러한 것을 볼 때에 순옥은 제 마음에 평형을 안정하기가 심히 어려웠다.

"네, 그럼요. 사시거나 돌아가시거나 다 자유시죠."

하고 야멸친 마지막 말을 던지기는 던졌으나 그 음성은 힘이 없고 또 떨렸다. 지금까지의 순옥은 허영을 귀찮은 존재, 좀 이상야릇한 성격을 가진 사람, 어디 이것이라고 집어내서 힘 잡을 것은 없으면서도 암만해도 사랑해지지 않는 인물로 생각하여왔으나 한걸음만 넘어가면 죽음의 경계에 들어설 듯한 이 순간의 허영의 모양을 대할 때에는 그러한 생각들은 다 사라지고 오직 불쌍한 생각만이 순옥의 뼈를 저리게 하였다.

"네, 죽거나 살거나 다 제 자유죠."

하고 고개를 푹 수그리는 허영의 말은 벌써 이 세상에서 오는 소리는 아닌 것 같았다. 허영은 분명히 몸을 움직일 힘을 잃어버린 동시에 그의 마음도 움직임 없는 혼돈 상태에 빠진 것 같았다. 그의 가슴 앞에 힘없이 축 늘어진 머리가 가쁜 숨결을 따라서 들먹거릴 따름이었다.

'어쩌면 그렇게도 낙심할까. 커다란 남자가 저렇게도 축 늘어질 법이 있을까.'

하고 순옥은 실연의 타격이라는 것을 처음으로 목격하고 그것이 어떻게나 무서운 것임을 알았다. 만일 안빈이가 자기더러 곁에 있지 말고 물러가서 다시 오지 말라고 하면 그때에 자기가 받을 타격이 이런 것일까 하고 순옥은 전신에 소름이 끼침을 깨달았다.

'가이없는 인생!'

'가이없는 허영!'

순옥의 눈에 허영은 벌써 자기의 사랑을 구하는 장정인 남성이 아니요, 길가에 쓰러진 불쌍한 강시[43]와 같았다.

'차마 못 할 일이다.'

하고 순옥은 길게 한숨을 쉬었다. 허영의 숨결과 같이 순옥의 숨결도 가쁘고, 입에 침이 마르고, 손끝 발끝이 싸늘하게 식어 올라왔다. 허영의 심장의 아픔이 쑥쑥 순옥의 심장에도 울려오는 것 같았다.

상사병, 상사뱀, 하는 생각이 순옥의 머리에 지나간다. 주인집 딸을 짝사랑으로 사모하다가 병들어 죽은 머슴이 뱀이 되어서 주인집 딸의 몸에 감겼다는 이야기가 있을 수 있는 이야기라고 생각하였다.

고요한 방에는 물결 소리가 이따금 울려왔다. 순옥의 팔뚝시계는 오후 두 시를 가리켰다. 가슴이 뻐근하고 갈빗대들이 오그라드는 것 같아서 숨을 쉬기가 어려웠다.

허영은 의식을 상실한 중병 환자와 같이 그 머리와 어깨가 이따금 경련을 일으키는 모양으로 떨릴 뿐이었다.

'가엾어, 불쌍해.'

이러한 측은한 마음이 천 근의 무게로 순옥을 내려눌렀다. 그동안이 한 시간 반은 지났을 것이다. 순옥은 이 씬을 차마 더 끌 수는 없다고 생각하고 벌떡 일어나서 도꼬노마에 놓인 핸드백을 열고 그 속에서 가제로 싼 주사기와 약병과 시험관을 꺼내었다. 순옥은 주사기와 다른 제구를 들고 다시 아까 앉았던 등교의에 와 앉았다.

순옥은 약병들을 테이블 위에 벌여놓고 나서,

"허선생!"

하고 불렀다.

허영은 대답이 없다.

"허선생, 여보세요."

세 번째 부르는 소리에 허영은 비로소 고개를 쳐들었다. 그의 얼굴에 눈물은 없었으나 오래 울고 난 사람과 같이 허탈된 빛이 보였다. 순옥은 한 번 더 가엾다고 생각하였다.

허영은 테이블 위에 벌여놓은 병들과 순옥의 손에 들린 주사기를 보고 눈을 좀 크게 떴으나, 그런 것에 호기심을 가질 마음의 여유도 없는 것 같았다. 그래도 그렇게 얼음 가루가 날리던 순옥이 얼굴에 부드러운 웃음이 떠도는 것을 보고는 허영은 얼어붙었던 몸이 약간 녹는 듯함을 아니 느낄 수 없었다.

순옥은 허영의 얼굴에 조금 생기가 도는 것을 보고 한 번 더 부드럽게 웃으면서,

"수고 좀 해주셔요. 미안하지만 제 피를 좀 뽑아주세요. 이리 오세요. 이리 가까이 오세요."

하면서 왼편 팔을 소매를 걷고 테이블 위에 내어놓았다. 금방 목욕을 하고 나온 젊은 살은 옥같이 희고도 솜같이 부드러워 보였다.

"피를 어떻게 뽑아요?"

허영은 순옥이가 시키는 대로 순옥의 곁에 와 선다.

"이 주사침으로요 여기를 푹 찌르세요. 요기요. 파란 정맥이 뵈지 않아요? 침 끝이 요 정맥 속으로 들어가도록 찔러가지고 이 주사통을 쭉 누르고요. 이 유리 방맹이를 지그시 빼세요. 그러면 피가 나옵니다."

하고 주사기를 허영에게 준다.

허영은 반 정신밖에 없는 사람 모양으로 주사기를 받아 들고 순옥의 팔오금을 들여다보았다. 순옥은 한 손으로 팔 윗마디를 꼭 누르고 주먹을 발끈 쥐어 정맥이 두드러지게 하려고 애를 썼으나, 비록 몸이 수척한 편이라고 하더라도 역시 젊은 여자의 몸이라 정맥이 뚜렷하게 나오지를 않았다.

"여자의 혈맥이 돼서 이렇게 희미합니다. 요 파르스름한 데를 사정없이 푹 찌르세요."

"아프시죠?"

"괜찮습니다. 어서 찌르세요."

허영은 떨리는 손으로 주사침 끝을 파르스름한 데 대고 꼭 눌렀다. 순옥이 팔은 잠깐 움칠하였다.

"인제 잡아당겨보세요."

허영이가 주사기의 유리봉을 지그시 뽑는 대로 빨간 순옥의 피가 솔솔 주사통 속으로 솟아올랐다.

"십오라고 쓴 데까지 올라오도록 뽑으세요."

피는 차차 차 올라와서 오를 지나고 십을 지나고 십오에 다다랐다.

"그만 빼세요."

허영은 피 든 주사기를 들고 후유 한숨을 내쉬었다.

"고맙습니다. 첫 번이신데도 썩 잘하세요. 아주 의사 같으신데. 이제 저 교의에 앉으세요. 이번에는 허선생 피를 좀 뺄 텐데 주시겠어요?"

"그건 뭘 하는 겝니까?"

이것이 죽음의 고민에서 깨어난 허영의 첫말이었다.

순옥은 주사기의 피를 시험관에 넣고 거기다가 갈색 유리병에 든 약을 몇 방울 떨어뜨려서 꼭 마개를 하여 놓고 주사기에 묻은 피를 알코올로 씻어서 찻종 하나에 쏟아버린 뒤에 테이블 위에 내어놓은 허영의 팔오금을 알코올 솜으로 빡빡 훔치면서,

"슬픈 피, 괴로운 피를 시험해보는 게예요. 저도 오늘처럼 슬프고 괴로운 날은 없었습니다. 허선생께서도 무척 괴로우신 모양이에요. 그렇지만 슬픈 사람의 피가 제일 깨끗한 피라나요. 그럼 용서하세요. 아프시면 어떻게 해."

하고 순옥이가 주사침을 가지고 주저하는 것을 보고 허영은,

"어서 피를, 제 피를 뽑으세요. 제 몸에 있는 피를 죄다 뽑으셔도 좋습니다. 순옥씨께 소용이 되신다면 한 방울도 안 남기고 제 피를 다 드려도 좋아요. 만일 괴로운 피, 슬픈 피가 있다면 그 점으로 지금 제 피가 넉넉히 표본이 될 것을 믿습니다."

"고맙습니다. 주먹을 좀 쥐셔요. 팔 웃마디를 꽉 누르시고, 네, 됐습니다. 인제 손을 펴셔요, 누른 것도 놓시고."

아까 순옥의 피가 솟던 모양으로 주사통에는 허영의 슬픈 피 괴로운 피가 솟아올랐다.

순옥은 주사침을 빼고 침 자리에 반창고를 바르고 손바닥으로 두어 번 꼭꼭 누르고 나서 와이셔츠 소매를 내려주고 또 한 번,

"고맙습니다. 아프셨겠어요. 제가 뭣인데 마음으로나 몸으로나 허선생을 아프시게만 해드려요?"

하고는 피를 다 처치하고 피를 담은 실험관과 주사침을 핸드백에 넣어서 아까 놓았던 자리에 갖다 놓고 교의에 돌아올 때에는 허영은 순옥의 피 씻은 찻종을 입에 대고 마시고 있었다. 순옥은 깜짝 놀라며,

"어머나! 그게 뭔데 잡수셔요!"

"순옥씨 피를 마셨습니다. 핏속에 생명이 있다고 하지요. 순옥씨 몸으로 돌아다니던 피를 마셨습니다."

하는 허영의 두 눈에서는 눈물이 주르르 흘렀다.

순옥은 한 손으로 교의 등을 잡고 거기다가 몸을 기대는 듯이 얼빠진 사람 모양으로 멀거니 서 있었다. 그동안에 또 물결 소리가 들리고 시계 소리가 들렸다.

순옥은 두어 걸음 테이블 옆으로 나오며,

"허선생!"

하고 부드러운 소리로 불렀다.

허영은 눈물이 어룽어룽한 낯을 쳐들었다.

"허선생."

"네."

두 사람의 음성은 다 같이 떨렸다.

"허선생. 저를 허선생 마음대로 한번 안어보세요. 삼 분 동안만 제 몸을 허선생께 맡겨드릴게요. 여기 이렇게 선 채로 저를 안어 보세요."

하고 순옥은 팔을 벌렸다.

"정말씀이야요?"

허영은 어리둥절한다.

"네에, 정말입니다. 그러나 삼 분 동안만, 여기 이렇게 선 채 로."

허영은 마지못하는 듯이, 심히 부끄러운 듯이 교의에서 일어나 서 양복저고리 소매로 아이들 모양으로 눈물을 이렇게 저렇게 씻 고 순옥의 두 어깨를 껴안는다.

순옥을 껴안은 허영은 팔만 아니라 전신을 부르르 떤다. 그의 숨결은 임종하려는 사람과 같고, 그 눈에는 새로운 눈물이 고여 서 주르르 두 뺨으로 흘러내린다. 입술에는 경련이 일어난다.

처음 이성에게 안겨보는 순옥의 가슴도 흔들릴 것 같았다. 오직 순옥에게는 잘 알 수 없는 남성의 애욕의 고민――특별히 허영이 라는 좀 못난 듯하고도 순진한 남성의 애욕의 고민에 대한 호기 심과 측은히 여기는 마음이 거의 열정의 화약고에 불을 지르기를 금하고 냉정한 제삼자인 관찰자의 태도를 잃지 않게 하였을 뿐 이다.

두어 치 거리를 새에 두고 순옥의 얼굴과 눈을 들여다보는 허영 의 눈에는 순옥의 얼굴이 온 천지에 가득히 차는 것 같았다. 그

검고 맑은 눈알이 바다 모양으로, 또 맑은 밤하늘 모양으로 한없이 한없이 멀리 퍼지는 것 같았다. 그러나 허영은 차차 눈이 희미하기 시작하였다. 그것은 다만 솟아오르는 감격의 눈물 때문만이 아니었다. 그의 폭풍과 같이 격동하는 감정이 마침내 그의 신경 계통을 혼란케 하는 것이었다.

순옥은 허영의 눈에 점점 불길이 이는 것을 보았다. 그것이 마치 성난 맹수의 눈에 일어나는 빛과 같다고 생각될 때에 순옥은 몸서리가 쳐졌다. 두 어깨를 감아 안은 허영의 팔은 점점 조여들어서 숨이 답답할 지경이었다. 그 숨결은 더욱 거칠어지고 더욱 뜨거워져서 마치 열대 사막을 거쳐 오는 바람결과 같았다. 그 숨결에는 차차 일종의 냄새가 풍기기 시작했다.

'아모로겐! 유황과 암모니아 냄새!'

순옥은 이렇게 생각하고 고개를 약간 돌렸다.

"허선생!"

"네."

"눈을 감으세요."

허영은 눈을 감았다. 그러고는 뺨을 순옥의 뺨에 꼭 갖다가 붙였다. 순옥은 피하려고도 아니 하였다. 허락한 삼 분 동안에 허영으로 하여금 실컷 자기의 체온에 만족게 하리라고 결심한 것이다. 그러나 순옥의 숨도 가빴다.

순옥의 눈은 허영의 어깨 위에 놓인 제 팔목의 시계에 있었다. 까만 초침이 째깍째깍 소리를 내며 오똘오똘 돌고 있었다.

'이 분 십 초, 십오 초, 삼십 초, 사십 초, 오십 초, 오십오 초,

오십육, 칠, 팔, 구.'

초침을 따르던 순옥의 눈은 시계를 떠났다. 순옥은 고개를 허영의 머리에서 멀리 떼며,

"허선생, 삼 분 되었습니다."

하고 선언하였다. 허영은 눈도 뜨지 아니한 채로, 떨어지려는 순옥의 머리를 한 팔로 끌어당기면서,

"일 분, 일 분, 일 분만 더!"

하고 얼버무렸다. 순옥은 빙그레 웃었다. 그리고 또 시계를 보기 시작하였다.

'오 초, 십 초, 십오 초.'

까맣고 몽토록한 초침은 오똘오똘 오똘오똘 째째거리고 뛰었다.

허영의 팔이 순옥의 허리께로 흘러내릴 때에 순옥은 얼른 그것을 끌어올렸다. 또 흘러내리려는 것을 또 끌어올렸다.

'사십오 초, 오십 초, 오십오 초, 오십육, 칠, 팔, 구.'

순옥은 시계를 찬 손으로 허영의 어깨를 가볍게 떼밀면서, 그러나 부드러운 소리로, 마치 매달리는 어린것을 떼어놓으려는 어머니와 같은 감정을 생각하면서,

"허선생, 인제 사 분이 지났습니다. 인제 놓셔요."

하고 한숨을 쉬었다.

"마지막입니다. 일 분만 더. 네, 일 분만, 일 분만 더. 더는 말씀 안 해요."

허영은 이렇게 보채었다.

'십 초, 이십 초, 이십일, 이, 삼, 사, 오.'

까마몽톨한[44] 순옥의 초침이 또 달음박질을 시작하였다.

허영의 입술이—펄펄 끓는 입술이 순옥의 뺨을 스치면서 돌기를 시작하였다. 순옥은 어쩔까 하고 잠깐 주저하였으나 허영의 입술이 순옥의 입술을 찾기 전에 얼른 고개를 돌렸다.

'사십오 초, 육 초, 칠 초……'

허영의 몸이 순옥의 가슴에 실리기 시작하였다.

'오십오 초, 육, 칠, 팔, 구.'

순옥은 몸을 한편으로 비키면서,

"허선생, 인제 오 분입니다. 인제 그만 놓셔요."

하고 등에 붙은 허영의 팔을 가만히 떼고 몸을 빼쳐 나와서 등교의에 앉았다.

허영은 얼빠진 사람 모양으로 그 자리에 펄썩 주저앉았다. 순옥은 초인종을 눌렀다.

"하녀가 옵니다. 교의에 가 잘 앉으셔요."

허영은 몸을 내던지듯이 교의에 앉았다. 하녀가 왔다.

"차 가져오구, 심[45]해 와요. 아, 참, 자동차 하나 부르구."

하녀는 나갔다가 차를 넣어 가지고 들어와서 자동차는 불렀다고 하였다.

"허선생, 차 잡수세요."

순옥은 차 한 잔을 허영에게 주었다. 허영은 차를 받아서 입에도 아니 대고 테이블 위에 놓는다. 허영은 순옥의 촉감이 아직도 몸에 닿은 듯하여 정신을 수습할 수가 없었다.

"허선생."

"네."

"인제 만족하십니까?"

"고맙습니다. 무에라고 감사할 말씀이 없어요."

순옥은 빙그레 웃었다.

"허선생."

"네?"

"그렇게 하는 것이 사랑인가요. 그렇게 서로 껴안고 살을 대고 그러는 것이?"

허영은 대답이 없다.

"허선생."

"네?"

"인제 기쁘세요?"

"네, 기쁩니다. 순옥씨가 영원히 제 품에 계시면 얼마나 기쁠까요?"

허영은 한숨을 쉬며 입이 마른 듯이 차를 들이마신다.

"허선생."

"네?"

"그렇게 눈을 감으시고라도 젊은 여자의 몸을 안기만 하시면 만족하신다면야, 하필 순옥이라야 할 것은 무엇 있어요? 다른 젊은 여자의 몸뚱이도 마찬가지 아니겠어요? 그러니깐 인제부털랑 제 생각은 마세요. 저보다 더 젊고 육체도 풍후하고 더 건강하고 더 말썽 없이 잘 순종하는 여자를 한 분 택하셔서 어서 혼인을 하세요. 허선생 결혼식에는 제가 들러리를 서드리든지, 웨딩 마치를 쳐드리든지 할 테니. 그게 좋지 않아요? 아차 잊었네. 미안하지만 제 피 한 번 더 뽑아주셔요. 선생님 피도 또 한 번 주시고요. 사랑에 불타시는 피가 어떠한가 좀 알아보고 싶어요."

허영은 말이 없었다.

서울역 앞에서 순옥은 전차로 따라올 듯한 체세를 보이는 허영에게,

"허선생님 안녕히 가세요. 오늘 실례 많이 했습니다."

하고 전차에 뛰어올랐다.

순옥이가 병원에 돌아온 것은 저녁 여섯 시 조금 전이었다. 안빈은 그때까지도 병원에 있었다. 일요일 오후는 원장 안빈이 입원 환자의 병실을 순회하여 말로 위안을 주는 시간이었다. 약보다 부드러운 말, 부드러운 말보다 정성스러운 마음, 이것을 병 치료의 주안으로 삼는 안빈은 여느 날 회진 시간에도 그것을 실행하지 아니함이 아니지마는 특별히 일요일 오후를 순전히 그 일을 하는 시간으로 떼어놓은 것이다. 병자를 위로한다고 해서 괜찮습니다, 낫습니다, 이러한 말을 하는 것이 아니고 도리어 아무리 어려운 병이라도 어떤 정도까지 그 병의 성질을 잘 알아듣도록 병인 당자와 그 가족에게 설명하여주고, 어떻게 어떻게 하면 그 병은 고칠 수 있는 것이라는 자신을 주고 병의 가장 해로운 것이 희로애락의 감정을 발하여 동요시키는 것이요, 병을 치료하는 가장 큰 힘이 몸과 마음을 조용하게, 고요하게, 편안하게 가지는 것이라고 설명하여준다.

환자들은 안빈의 이 정신적 치료 방법을 신임하였다. 그리고 안

빈의 화평한 얼굴과 정성된 위안의 말을 접하고 난 뒤에는 환자들은 한결 병이 가벼워진 것같이 느꼈다.

순옥이가 병원에 돌아왔을 때에는 안빈은 아직 예방의를 입은 채로 진찰실에 앉아 있었다.

"댄겨왔습니다."

순옥은 안빈이가 아직 집에 가지 아니한 것을 다행히 여겼다.

"인천 갔었드라구."

안빈은 순옥을 바라보았다.

"네 월미도 다녀왔어요."

"월미도?"

"네, 혈액을 몇 가지 얻어 왔습니다."

하고 순옥은 핸드백 속에서 혈액 넣은 시험관 넷을 꺼내어 안빈에게 보인다. 그 시험관에는, A1, A2, B1, B2라고 번호가 씌어 있었다. 안빈은 그 시험관을 받아 서창으로 드는 볕에 잠깐 비치어 보면서,

"이건 웬 피요?"

하고 의아한 듯이 순옥을 바라본다. 순옥은 고개를 숙이면서,

"번민하는 피하구 사랑하는 피하구야요. 그중에 측은의 피도 있을는지 모릅니다."

"번민의 피하구 사랑의 피?"

"네."

"그런데 이 피는 어디서 어떻게 얻은 거요?"

순옥은 고개를 더 숙이고 이윽히 말이 없다가,

"시험이 다 끝나시거든 말씀 여쭙겠어요."

하고 또 한참 주저하다가,

"그런데 선생님, 그 피 시험하실 때에는 저도 곁에서 보게 해주세요."

"왜?"

"글쎄, 그랬으면 좋겠어서 그럽니다."

안빈은 순옥의 뜻을 알 수 없다는 듯이 한 번 순옥을 훑어보고 나서 더 캐어묻는 것이 합당치 않을 것을 알고 화두를 돌려서,

"그런데 이 피는 채취한 지 몇 시간이나 됐소?"

"한 시간 내지 한 시간 반쯤 됐어요."

"그럼 순옥이 이리 와."

하고 안빈은 그 시험관들을 들고 실험실로 갔다. 순옥은 그 뒤를 따랐다. 안빈은 실험실에 들어가 전등을 켜놓고 실험상 앞에 앉으면서,

"교의 하나 갖다 거기 앉아."

"괜찮아요. 저 여기 서서 봐요."

"넷을 다 검사하자면 두 시간은 걸릴걸."

"괜찮습니다."

하고 순옥은 안빈의 왼편 어깨 너머로 시험을 바라볼 수 있는 위치에 서고 그의 한 손은 안빈의 교의 등을 짚었다.

안빈은 A2라고 쓴 시험관의 마개를 뺐었다. 안빈은 마개 뺀 시험관의 입에 코를 대어보며,

"강한 아모로겐!"

하고 소리를 질렀다. 그리고 그 피를 다른 시험관에 갈라 넣어서
몇 가지 시약을 쳐보고 그러고는 나머지 피를 침전시키기 위하여
시험관 세우는 자리에 세워놓고 또 한 번,

"아모로겐!"

하고 소리를 질렀다.

다음에 마개를 뺀 것은 A1이라고 쓴 것이었다. 안빈은 킁킁하
고 소리를 내며 그 냄새를 맡아보고는 몇 번인지 모르게 고개를
기웃거렸다. 그것은 그 피에서 아모로겐 속의 자극성 취기가 나
기 때문이었다. 이것은 오 년 동안 인류의 혈액과 동물의 혈액을
시험하는 동안에 일찍 보지 못한 현상이다. 안빈은 대단히 중대
한 흥미를 느낀 듯이 자리에서 일어나서 책장에서 서너 권 책과
약장에서 서너 가지 약을 가져다가 시험상 위에 놓았다. 그러고
는 분주히 책 페이지를 떠들어 보았다. 그러고는 또 한 번 A1의
피를 맡아보고 그리고 그 피를 다른 시험관에 따라 거기다가 지
금 약장에서 찾아온 시약 하나를 몇 방울 떨어뜨리자 시험관에서
는 옥도정기 빛과 같은 증기가 피어오르고, 그 냄새는 안빈의 등
뒤에 선 순옥이 코에까지 왔다. 순옥은 저도 모르게 손으로 코를
막았다. 구리다거나 고리다는 말로는 도저히 그 백분지 일도 형
언할 수 없는 지독히 흉악한 냄새다.

"취소(臭素)다!"

하고 안빈은 고약한 냄새도 잊어버린 듯이 연필을 들어서 시험상
위에 놓인 메모랜덤 백지 위에 'A1=취소'라고 적어놓았다.

순옥은 화학 교과서에서 불소니 취소니 하는 것을 배운 것과 선

생이 취소 발생하는 시험을 할 때에 아이들이 코를 막고 낄낄거리던 것을 기억하고, 또 그때에 선생이 이 취소를 우습게 설명하여,

"이 취소는 모든 원소 중에 제일 냄새가 고약한 원소다. 그러므로 우주 안에 가장 냄새 고약한 물건인데, 이를테면 악한 사람의 욕심 썩어지는 냄새라고나 할까. 너희들의 마음에서는 일생에 취소가 발생하지 않도록 주의해."

하던 것도 기억되고 또 오늘 월미도에서 허영이가 이 취소를 발생하느라고 애쓰던 모양을 생각할 때에 순옥은 쓰디쓴 웃음을 금할 수 없었다.

A1의 피를 처치하고 난 안빈은 대단히 흥분된 듯이 교의에서 벌떡 일어나 두 손으로 순옥의 두 어깨를 잡고,

"순옥이, 고맙소. A1에서 내가 기다리던 것을 찾았소. 애욕의 번민 속에 반드시 있으리라고 상상하였던 취소를 찾았소. 역시 애욕에서 오는 번민이라는 건 더러운 게야. 냄새 고약한 게구. 순옥이 고맙소."

하고 순옥의 어깨를 한 번 흔들고는 다시 걸상에 앉는다.

다음에 안빈의 손에 들린 것이 B1이다. 순옥은 제 피가 바야흐로 시험되리라는 것을 보고 가슴이 자주 뛰었다. 안빈은 우선 유리관의 마개를 빼고 그 냄새를 맡아보았다.

"아모로겐!"

하고 안빈이 연필을 들어, 'B1 아모로겐'이라고 메모랜덤에 적을 때에는 숨이 막힐 듯했다. 그래서 속으로 순옥은,

'B1이 어째 아모로겐야?'

하고 혹시 자기가 번호를 섞은 것이 아닌가 하고 의심하였다.

몇 가지로 실험한 결과로 안빈은 'B1 아모로겐'이라고 쓴 곁에 'ANP3'이라고 적었다. 그것은 B1 혈액 속에서 아모로겐 외에 안 피노톡신 삼호가 검출되었다는 뜻이다.

안빈은 B1의 결과에 대하여서는 그다지 흥미를 느끼지 않는 모양이었다.

마지막으로 안빈의 손에 마개가 뽑힌 것은 B2호 시험관이었다.

안빈은 전과 마찬가지로 그 시험관 입에다가 코를 대었다. 안빈은 그 피 냄새를 깊이깊이 들이마시는 것 같았다. 순옥은 아득아득하여지리만큼 흥분이 되었다. 허영을 불쌍히 여기느라고 자칭하던 B1의 피에도 유황과 암모니아 냄새가 코를 찌르는 아모로겐뿐이었었다 하면, 오 분 동안이나 허영의 품에 안겨 있던 B2의 피는 더 알아볼 것도 없을 것 같았다. 자기 순옥은 결국 범상한 한 계집, 동물의 한 암컷에 지나지 못하는가, 하고 몸부림하고 울고 싶었다. 그래서 순옥은 차마 메모랜덤에 씌어지는 안빈의 글자를 바로 볼 수가 없어서 고개를 옆으로 돌리고 눈을 감고 있었다. 마음 같아서는 실험실에서 뛰어나가 한정 없이 달아나고도 싶었으나 그리할 의지력조차도 순옥에게는 남지 아니하였다.

그때에 순옥의 귀에,

"아우라몬, 퓨어 아우라몬!"

하는 소리가 들렸다. 그러나 그 소리는 멀리멀리서 희미하게 들려오는 소리와 같았다.

"순옥이, 아우라몬야. 성인의 피에서나 발견되리라고 생각하였던 아우라몬야."

하고 교의에서 일어설 때에 순옥은 뇌빈혈을 일으킨 사람 모양으로 안빈의 몸에 쓰러지고 말았다.

"순옥이, 순옥이."

이렇게 다섯 번이나 부른 때에야 순옥은 휴우 한숨을 내쉬고 눈을 떴다. 그러나 아직도 순옥은 제 몸을 가누지 못하고 안빈의 가슴에서 머리를 들지 못했다.

아마 이삼 분이나 지나서 순옥은 비로소 정신을 차려서 가는 음성으로,

"선생님 B2의 결과가 무엇입니까?"

하고 물었다.

"아우라몬, 순수한 아우라몬. 성인의 피에서나 얻어보리라고 상상하고 있던 아우라몬야. 순옥이 정신 차려요. 난 그것이 뉘 핀 줄 아오. 그것이 순옥이 피야."

하고 손으로 순옥이 머리를 쓸어주었다.

순옥은 다만 입 안엣소리로,

"선생님, 선생님."

할 뿐이었다.

안빈의 품과 가슴에 몸을 의탁한 순옥은 마치 흠씬 어머니의 젖을 먹고 잠이 들어버린 어린아이 모양으로 차차 숨소리가 깊어지고 느려졌다. 뇌빈혈 상태로 창백하던 얼굴에도 홍훈이 돌았다. 더구나 검고 부드러운 머리카락에 삼분지 일쯤 가려진 한편 귓바퀴가 마치 복사꽃 모양으로 불그스레하고 그보다도 맑았다. 반쯤

벌린 입술도 어린애 입술 모양으로 떨리고, 그 사이로 보이는 하얀 이빨에 부딪혀 울리는 듯한 숨소리가 들릴락 말락 하게 씩씩하는 음향을 발하였다.

십여 년이나 마음으로 사모하고 삼 년 동안이나 그 사모하는 이의 곁에 있으면서도 사모한다는 뜻도 발표하지 못하던 순옥은 우연한 기회에 비록 무의식적으로라도 사모하는 이의 가슴에 안겨지게 되매, 지금까지 그립고 긴장하였던 마음이 탁 풀어져서 마치 수면 상태에 빠진 것 같았다.

그리워하기로 말하면 안빈이가 순옥을 그리워함도 순옥이가 안빈을 그리워하는 것에 지지 않았을 것이다. 안빈이가 처음 순옥을 만났을 때에 가슴에 알 수 없는 동요가 일어났다는 것은 그 아내 옥남에게 대하여서도 자백한 일이지만, 그로부터 삼 년 동안이 동요는 갈수록 더하여갈 뿐이었다. 안빈은 순옥의 눈이 항상자기 위에 있어서 자기가 원하는 바를 한 걸음 앞서서 알아차리고는 그 시중을 하려고 애를 쓰는 눈치라든지, 순옥이가 말로나 표정으로 발표는 못 하면서도 자기를 지성으로 위하고 아끼는 그진정이라든지, 그러면서도 자기의 진정이 혹시나 드러날까 하여서 감추려고 애쓰는 그 가련한 정경이라든지, 이런 것을 안빈은순옥을 대할 때마다 시시각각으로 느끼지 아니할 수가 없었다. 순옥의 이러한 애정에 대해서 안빈은 힘써서 무관심 무감각한 태도를 가지려 하였지만, 표면으로 그리하면 그리할수록 마음속에움직이는 귀엽고 사랑스러운 정은 더욱 열도를 높이는 것이었다.

안빈은 순옥의 자기에게 대하는 애정이 이른바 연애의 정이라고는 믿지 아니한다. 더구나 자기가 순옥에게 대한 것은 어린 동생이나 자녀에게 대한 애정 이외의 것이 아닌 것을 믿으려고 한다. 그렇지마는 그것이 혈속 아닌 이성 간에 생기는 것이기 때문에 주관적으로나 객관적으로나 문제가 되는 것이라고 생각하였다.

'순옥이가 언제나 내 곁에 있었으면.'

하는 생각이 일어날 때에는 안빈은 혼자 깜짝 놀란다. 순옥이가 도저히 언제까지든지 자기 곁에 있을 수는 없는 사람이라고 생각할 때에 이 마음은 더욱 견딜 수 없게 간절하여진다.

안빈은 이 모양으로 순옥에게 대하여 간절한 애정을 느끼는 것이 그 아내에게 미안함을 깊이 느낄뿐더러, 겸하여 이따가 스러질 이 육체에 관한 모든 욕심에서 떠나려는 자신의 수도 생활에 어그러짐을 느낀다.

'내가 사랑하는 것이 순옥의 몸인가, 또는 순옥의 그 맑고 아름다운 마음인가.'

이렇게 생각할 때마다 안빈은 후자라고 단정하지마는, 그래도 순옥의 몸을 떠나서 그 마음의 존재를 인식할 수 없음을 생각하매, 그것이 매우 슬프고 괴로웠다.

지금 순옥이가 자기의 팔과 가슴에 안겨 있을 때의 자기의 혈액에 과연 아무 변함도 일어남이 없을까. 눈에 보여지는 순옥의 몸, 귀에 들려지는 그 숨소리, 코에 맡겨지는 순옥의 육체의 향기, 그리고 팔과 가슴을 통하여 촉감되는 순옥의 체온과 부드러움. 이러한 모든 감각들이 과연 안빈의 몸에 아무러한 반응도 일으킬 수가 없을까.

안빈은 영명수선사(永明壽禪師)의 말에,

"고기를 씹을 때에 그 맛이 나뭇개비와 다름이 없거든 고기를 먹어도 좋다. 젊은 여자를 품을 때에 그 촉감이 시체를 품음과 다름이 없거든 젊은 여자를 가까이하여도 좋다."

하는 말을 생각하고 지금의 제 마음을 반성하여보았다.

그는 자기가 성인이 되려 하는 뜻을 품은 한 속인에 지나지 못함을 재인식 아니 하지 못했다. 순옥의 몸은 장차 시체로 변할 것, 그것이 흙과 물로 변하여버릴 것까지도 눈에 보이지 아니함은 아니었다. 그러나 그렇게 변할 것이 비록 한순간 후라 할지라도 변할 그때까지는 아름다운 존재임에 틀림은 없었다. 우주에 있는 만물 중에 사람의 몸처럼 아름다운 것이 있을까. 사람의 몸 중에도 어린 아기와 사랑에 타는 젊은이의 몸처럼 아름다운 것이 있을까. 다른 세계에는 비록 지구의 인류보다 더 아름다운 존재가 있다고 하더라도 현재의 이 지구 위에서는 어린 아기와 사랑에 타는 젊은이의 몸이야말로 아름다움의 마루터기가 아닐 수 없다. 비록 이따가 스러질 허깨비라 하더라도 무심코 가슴에 몸을 던진 순옥은 찬미할 아름다운 존재였다. 하물며 그 몸속에 전혀 물욕을 떠난 아우라몬의 혼이 들어 있다고 생각함에랴.

'더할 수 없이 귀엽고 아름답고 소중한 존재.'

안빈은 속으로 이렇게 부르짖었다.

그러나 안빈은 이러한 상태를 오래 계속하는 동안에 금이 납으로 변할 것을 두려워했다. 금과 납은 결코 질적으로 다른 것은 아니다. 전자(電子)의 진동수의 높고 낮음으로 납이 금도 되고, 금도 납이 되는 것이라고 물리학이 가르친다. 안빈은 천만겁에 한 번 얻은 금을 납으로 변할 것이 아깝기도 하고 두렵기도 하였다.

안빈은 이렇게 생각하고 순옥의 얼굴과 목과 손을 보매, 그것이 모두 금빛을 발하는 듯하였다. 불상에 도금을 하는 까닭이나, 부처의 살이 진금색이라는 뜻이 알아지는 것 같았다. 마치 이 지구가 순금으로 되었으면 온통 금빛일 것같이 사람이 모든 물욕을 떼고 아우라몬으로만 되었으면 당연히 진금색을 발할 것이다.

"순옥이!"

하고 안빈은 순옥을 붙들어 일으켜 세웠다. 순옥은 자다가 깨는 사람 모양으로 눈을 떴다.

"순옥! 일생에 변치 말고 아우라몬으로 살어. 순옥이 한 사람이 세상에 있는 것이 전 인류의 복일 것이야. 아우룸 아우룸(金)! 순옥은 일생을 진금으로 살아, 응. 납이 되지 말고 납이 되지 말고."

"선생님!"

"응."

"제 피가 정말 아우라몬이었어요?"

"그럼."

"삼 년 전에 처음 보신 제 피는?"

"그것도 아우라몬. 그러나 아모로겐이 좀 섞였었고."

"선생님."

"음?"

"지금 제 피에는——지금 제 피에야말로 유황이나 암모니아는 조금도 없을 것 같습니다. 선생님 가슴을 통해 오는——통해 오는

112

──아이 무엇인지 말을 모르겠어요. 어쨌으나 선생님 몸에서 무엇이 흘러나와서 제 몸과 마음을 왼통 깨끗하게 만들어서──왼통 새 조직이 되어서 지금야말로 순수한 아우라몬이 있을 것 같아요."

"그런 소리 하는 것 아니야."

"왜요?"

"왜던지."

"지금 제 피를 좀 뽑아서 검사해주셔요."

"아니."

"왜 그러세요?"

"지금 순옥의 피는 성인의 피어든."

"선생님."

"왜."

"제가 선생님 곁에만 있으면, 선생님을 모시고만 있으면 성인이 될 것 같아요. 그렇지만, 그렇지만, 저 혼자──선생님을 떠나 있으면 도루 한 계집애고요. 아까 월미도에서도 처음 선생님을 생각하지 아니하고 어떤 남자하고 이야기를 하고 있을 때에는, 그때에도 제 깐에 꽤 건방진 자존심을 가지고 있었습니다마는 그때에 뽑은 피에서는 아모로겐이 나왔습니다. 그것이 B1호야요. 그런데 B2호는 어떤 남자의 품에 오 분간이나 안겨 있다가 뽑은 핀데, 그것이 아우라몬이라고 하셨습니다. 그것은 그 오 분 동안에 저는 줄곧 선생님을 생각하고 있었어요. 제가 말씀 안 드리더라도 선생님은 제가 오늘 월미도 갔던 일이 무슨 일인지 아실 줄 믿습니다. 또 길게 말씀 여쭈려고도 아니 해요. 제 마음을 제가 아느니보다 선생님이 더 분명히 들여다보십니다. 아무려나 제게 아우라몬이 있다면 그것은 선생님의 것야요. 순옥은 선생님 곁에 뫼시고 있는 동안만 아우라몬을 가진 계집앱니다."

안빈은 순옥의 말을 들으매, 등골에 땀이 흐름을 깨달았다. 순옥은 자기를 성인으로나 아는 성싶었다. 안빈은 자기가 문사 시대의 여러 작품에 성도적인 생활과 감정을 그리기를 좋아도 하고, 힘도 썼다. 심히 높고 깨끗한 감정을 그린 자기의 작품들이 순옥과 같은 순진한 청년에게 마치 작자인 안빈 자기가 그러한 높고 깨끗한 사람인 것처럼 인상 주었는가 하면 일변 부끄럽고 일변 괴로웠다.

안빈의 편으로 보면, 자기는 남달리 심히 깨끗하지 못한 감정의 소유자이기 때문에, 그 때문에 도리어 작품 중에 깨끗한 것, 성스러운 것을 애써 그린 것이다. 제 마음의 더러움에 진저리가 나서 창작 생활에서나 그 진저리 나는 더러움을 벗어나보려는 노력에 불과한 것이었다. 안빈이가 성인이 되려고 결심도 하고 애도 쓰는 것은 사실이어니와, 또 그와 한가지로 도저히 금생에서는 더러운 속인을 벗지 못하리라고 자탄하는 것도 사실이다.

사랑이 비칠 때

　그해 유월 마지막 교수회에 안빈의 학위 논문이 통과되어 생리학으로는 의학박사의 학위를 얻게 되고, 심리학으로 문학박사의 학위를 얻게 되었다. 처음에는 대수롭지 않게 여기던 생리학의 생전 교수도 안빈의 논문을 보고, 또 학회에서 한 안빈의 설명과 실험을 본 뒤에는 대단히 안빈을 칭찬하여 안빈의 연구가 생리학의 한 신기원을 짓는 것이라고까지 격찬하였다. 실로 학위 논문이 삼 개월 이내에 통과한다는 것은 기록적이었다.

　심리학의 심야 교수가 처음부터 안빈의 후원자인 것은 이미 말한 바이어니와, 병리학의 아파 교수도 심야 교수만 못지않게 안빈의 학설을 지지하였다. 이리하여서 안빈의 논문은 급속도적으로 통과된 것이었다.

　학회에서 발표한 안빈의 학설과 시험의 결과가 학계에 큰 파란을 일으킨 것은 말할 것도 없거니와, 문제가 통속적 흥미를 끄는 것이기 때문에 신문을 통하여 일반의 센세이션도 근래에 드문 것이었다. 서울서 발행되는 신문에도 안빈의 연구를 도와준 배후의 두 여성이라 하여 안빈의 부인 천옥남과 간호사 석순옥에 대한 기사와 사진들이 났다. 더구나 간호사 석순옥이가 고등교육을 받고 중등교원까지 다니던 미인이요, 재원이라는 것을 근거로 삼아서 신문 기자들은 여러 가지 로맨스를 꾸며놓았다.

의사로서의 안빈의 성공은 예전 문사이던 때의 생활까지도 더욱 빛을 내는 것처럼 신문들은 여러 날을 두고 안빈에 관한 기사를 취급하였다.

이러한 기사에 대하여 무관심할 수 없는 사람 둘이 있으니, 그것은 안빈의 아내 천옥남과 석순옥의 애인으로 자처하는 허영이었다. 허영은 여러 날을 두고 고민하던 끝에 마침내 안빈의 병원을 찾았다.

'의학사 안빈'이라는 문패가 아직도 그대로 붙어 있었다. 허영은 안빈에게 특별히 응접실에서 만나기를 청하여 단도직입으로,

"나는 허영이야요. 석순옥은 내 애인입니다."

이렇게 큰소리로 선언하였다.

안빈은 이 심상치 아니한 말법에 잠깐 놀랐으나 태연하게 정면으로 허영을 바라보며 대답하였다.

"그러십니까?"

"그런데, 신문을 보건대, 안박사께서 내 애인 석순옥을 사랑하시는 것처럼 말이 났으니, 그것이 사실입니까?"

"나는 그런 말씀을 대답할 필요가 없을 줄 압니다."

"그러면 신문 기사가 사실무근이라고 생각하십니까?"

이에 대하여서도 안빈은 대답이 없었다.

"그러면 석순옥이가 선생을 사모한다는 사실은 인정하십니까?"

그때에야 안빈은 낯에 웃음을 띠면서,

"글쎄, 그것이 다 허영씨께서 내게 물으실 말씀도 아니고, 또 내가 허영씨에게 대답할 말씀도 아니라고 생각합니다."

"어째 그렇습니까?"

"허영씨 말씀이 석순옥씨가 애인이라고 하시니 그러면 애인과 애인끼리의 관계를 나 같은 제삼자에게 물으시는 것이 우습지 않아요?"

허영은 말이 막혀버렸다. 한참이나 고개를 숙이고 앉았다가,

"안선생."

하고 떨리는 듯한 음성으로 말을 시작한다.

"안선생, 그러면 석순옥씨와 나와 혼인을 하게 해주세요. 나는 안선생의 인격을 믿습니다. 결코 안선생은 나 같은 후배의 애인을 뺏으시거나 하실 양반이 아닌 것을 믿어요. 석순옥씨와 나와 혼인을 하도록 해주시면 일생을 안선생을 은인으로 모시겠습니다."

"글쎄, 그것도 내가 무어라고 대답할 말씀이 못 됩니다. 왜 그런고 하니 두 분이 서로 애인이시라는데 내가 그 새에 설 필요도 없고요, 또 혼인을 허락하고 아니 하는 것은 석순옥씨 존친속 되시는 이들이 하실 일이지, 내 병원에 와 있는 간호사라고 내가 혼

인을 해라 마라 할 처지가 못 되지 않아요. 이것은 내가 할 말씀이 아니지만, 허영씨께서 모처럼 나를 찾아주셨으니 말씀입니다마는 허영씨께서 석순옥씨와 혼인할 마음이 계시면 나를 찾아오셔서 이러한 말씀을 하실 것이 아니라, 우선 석순옥씨한테 허락을 얻으시고 그다음에 석순옥씨 존친속을 찾아보시는 것이 옳겠지요. 나한테 오셔서 그런 말씀을 하시는 것은 대체 어떻게 생각하시고 하시는 일인지 나는 허영씨 뜻을 알 수가 없습니다."

안빈의 말을 듣고 허영은 처음에 가지고 왔던 분개한 듯하던 기운도 다 스러지고 무엇에 낙심한 사람 모양으로 풀이 죽어버렸다.

잠시 두 사람 간에는 말이 없었다. 안빈은 문득 지난 사월에 순옥이가 월미도서 가져왔다는 A1 A2라는 혈액을 생각하고 A1이라는 혈액 중에 취소와 연(鉛)이 포함되어 있던 것을 생각하면서 허영의 고민에 싸인 얼굴을 바라보았다.

이때에 응접실 문을 두드리는 소리가 났다.

"누구요?"

하는 안빈의 말에 문을 열고 들어선 것은 순옥이었다.

"선생님, 환자 와서 기다리십니다."

하고 나서 허영이가 앉았는 것을 발견하고 순옥은 깜짝 놀라는 모양으로 눈을 크게 뜨고 몸을 움칠하였다.

순옥이가 어안이 벙벙하여 섰을 때에 허영이가 벌떡 자리에서 일어나서 두어 걸음 순옥이 앞으로 와서 서면서,

"순옥씨."

하고 웃는 낯으로 불렀다. 순옥은 대답이 없다.

"아, 제가 지금 선생님 뵙고 혼인 중매를 서주십사고 청을 했어요."

"네에, 어디 혼처가 나셨습니까?"

하고 순옥은 비로소 입을 열었다.

"혼처가 나다니요? 석순옥씨하고 말씀이야요."

"네에, 석순옥이란 여자가 또 어디 하나 있습니까?"

"그게 무슨 말씀이셔요? 지금 이 방에 내 앞에 서 계신 석순옥씨 말씀이야요. 따루 석순옥이가 천 사람 있기로, 만 사람이 있기로 허영에게 무슨 상관입니까?"

"그러시다면 잘못 생각하셨습니다. 지금 여기 있는 석순옥이는 허선생과 혼인한다는 말씀을 꿈에도 한 일은 없습니다. 월미도에서도 분명히 말씀드렸거니와, 그때에 여쭌 말씀을 허선생께서 잊어버리셨다면 이 자리에서 또 한 번 분명히 여쭙겠어요. 이번엘랑은 다시는 잊지 마시기 바랍니다. 석순옥은 허영씨와 혼인할 마음은 털끝만치도 없습니다. 알아들으셨습니까. 다시는 잊어버리시지 마시기 바랍니다."

순옥의 말은 맵고 쌀쌀하였다. 허영의 얼굴은 처음에는 빨갛게 되었다가 곧 창백하게 변하였다. 허영이의 뺨과 입술이 경련을 일으킨 것같이 실룩거리더니 눈에 약간 살기가 떠오른다.

"저는 바쁩니다. 그럼 안녕히 가세요."

하고 순옥이가 돌아서 나가려는 것을,

"수, 수, 순옥씨."

하고 허영은 순옥이 앞을 막아서며,

"순옥씨, 그러면 월미도서 하신 일을 잊어버리셨나요?"

"뭣을 잊어버려요?"

"순옥씨가 내게 하신 일 말씀요."

순옥은 허영의 이 말에 피가 끓어오르는 듯 분개함을 깨달았다.

"뭣을 잊었느냐구 물으십니까. 말씀해보세요."

"순옥씨가 내게 안기셨죠. 그것을 잊어버리셨느냔 말씀이야요?"

"네, 분명히 제가 허선생께 안기어드렸습니다. 그러나 그때에 제가 무엇이라구 말씀을 하였구, 또 허선생은 무엇이라구 말씀을 하셨던가요? 저는 허선생께 다실랑은 저를 생각두 마시구 찾지두 마시구 편지두 마시라구 말씀 여쭈었죠. 그때에 허선생은 고맙습니다, 고맙습니다 하구 우셨죠. 허선생은 여자의 몸만 안으시면 만족하시니, 저보다 더 젊구 더 살찐 여자를 고르셔서 혼인하시라구 말씀했죠. 그랬으니 어떡하란 말씀입니까? 제가 뭣을 잊어버렸습니까? 제가 잊어버린 것은 한 가지밖에 없습니다. 그것은 허영이란 이의 존재야요."

순옥이가 이러한 말을 하는 동안 안빈은 가만히 눈을 감고 있었다. 곧 일어나 나가고도 싶었으나 두 사람을 여기 두고 나가는 것은 두 사람에게 대하여 다 불친절한 것이라고 생각하였다. 그리고 순옥의 말 마디마디가 힘 있게 날카롭게 날아올 때에 그렇게 부드러운 순옥의 속에, 그렇게 따뜻한 순옥의 마음에, 어디 저렇게 날카로운 칼날들과 얼음 조각들이 감추어 있었던가 하고 놀라지 아니할 수가 없었다.

"말씀은 뭣이라고 하셨든지 내 품에 안기셨던 사실은 소멸할 수 없는 것이 아니야요?"

허영은 남성의 위신을 보전할 양으로 있는 힘을 다 쓰는 모양이다. 그래도 전신에 살과 칼을 맞은 허영의 마음이 비틀거리는 것은 감출 수가 없었다.

순옥의 눈에 차고 날카로운 빛이 번개같이 한 번 지나가더니,

"네, 지금 생각해보니 내가 잘못했습니다. 나는 길가에 쓰러진 강시가 다 된 사람에게 내 옷을 벗어 덮어주었더니, 그 사람이 다시 살아나서 덮어주었던 내 옷을 증거로 내게 대드는 양을 봅니다. 해서는 안 될 사람에게 해서는 안 될 일을 한 것은 깊이 뉘우칩니다."

하는 말을 던지고는 순옥은 뒤도 돌아보지 아니하고 나가버렸다.

다 끊기다 남은 허영의 생명의 마지막 한 가닥이 순옥이가 던지는 칼날에 아주 끊어져버리고 말았다. 이제 이 시체를 처치하는 것이 안빈의 임무임을 깨달을 때에 안빈은 괴로웠다.

안빈은 자리에서 일어나 실신한 듯이 섰는 허영의 어깨에 손을 얹으며,

"허영씨, 과거의 두 분의 관계가 어떠한 것인지는 나는 모릅니다마는 오늘 광경으로 보건대는 허영씨는 단념하시는 것이 좋을 것 같습니다. 내가 보기에는 일루의 희망도 없는 것 같습니다. 그렇지만 허영씨, 연애가 인생의 전체는 아니니까, 연애 말고도 인생에게는 수없이 크고 높은 임무가 많으니까 과히 낙심 마세요. 환자가 와서 기다린다니 나도 오래 모시고 얘기할 수가 없습니

다."

하고 나가려 하는 것을 보고, 허영도 모자를 들고 안빈보다 앞서
서 걸어 나가며,

"안박사, 나는 신문에서 전하는 말이 사실이라고 믿고 갑니다."
하고는 인사도 없이 가버렸다.

그날 온종일 순옥은 일이 손에 붙지 아니하였다. 도무지 마음을
진정할 수가 없었다. 허영이가 다녀간 일이 끝없이 마음을 어수
선하게 만들었다. 더구나 안빈의 앞에서 연출한 일막극은 안빈의
눈에 자기의 값을 말 못 되게 떨어뜨린 것같이 생각되어서 순옥
은 안빈의 앞에서 고개를 들기가 부끄러웠다. 하필 이날따라 순
옥이가 진찰실 당번이어서 온종일 안빈의 곁에 있지 아니하면 아
니 되었다. 순옥은 몇 번이나 안빈의 명령을 잘못 알아듣기도 하
고, 정신없이 일을 저지르기도 하였다. 그렇다고 안빈이가 책망
을 하거나 낯빛을 변하는 것도 아니언마는, 그러니까 순옥은 더
미안하고 더 부끄러웠다. 그날 일이 다 끝난 뒤에 순옥은 안빈에
게 사죄하기로 결심하고 열기 어려운 입을 열었다.

"선생님, 제가 오늘 잘못한 것을 용서해주세요."

"뭘?"

"매양 잘못하는 일이 많지마는 오늘 선생님 앞에서 그런 추태
를 보여서 죄송하고 부끄럽고 무엇이라고 여쭐 바를 모르겠습니
다."

"응, 허영씨 일?"

"네, 그이가 제가 학생 때부터 그렇게 편지질을 하구 기숙사로

찾아오구, 또 제 오빠한테두 여러 소리를 해서 편지질을 하구 그 랬어요. 제가 병원에 온 뒤에도 자꾸 편지질을 하구 만나자구 그 러구, 전화를 걸구 찾아오구 그래서 견딜 수가 없어서 지난 사월 에 월미도루 오라구 했습죠. 단념하라는 말두 할 겸 또 기회가 있 으면 혈액 채취도 할 겸 월미도서 하루 만났습니다. 그런 것이 모 두 제가 철이 없어서 제 깐에는 잘한다는 것이 이 꼴이 되었어요. 괜히 제가 와서 선생님께 폐만 끼쳐드리고 나중에는 선생님 명예 까지 손상해드리고, 저는 어떡하면 좋을지 모르겠습니다. 더 선 생님께 폐를 끼치지 말구 병원에서 나가구 싶은 마음두 있어요. 제가 나가는 것이 옳다구는 생각하면서두."

하고 말하기 어려운 듯이 한참이나 주저하다가,

"정작 나가리라 하고 맘을 먹으면 나가지지를 아니합니다. 선 생님 곁을 떠나서는 살 것 같지를 않습니다. 이런 생각을 하면 선 생님께 걱정을 드릴 줄 알면서두."

하고 고개를 숙이고 입술을 물어 울음을 삼킨다.

안빈은 눈을 감고 한참이나 말없이 생각하더니,

"순옥이, 인과라는 말 들었소?"

하고 순옥을 바라본다.

"인과요?"

"응, 인과. 인과라는 말에 두 가지가 있지. 오늘날 과학에서 인 과율이라고 하는 인과와, 불교에서 말하는 인과와 결국은 마찬가 지지마는, 이 우주와 인생을 지배하는 제일 근본 되는 법칙이 인 과의 법칙이란 말야. 원인이 있으면 반드시 결과가 있고, 어떤 결과가 있으면 반드시 그 결과를 생하게 한 원인이 있다 하는 것이 그게 인과라는 게야. 헌데 사람들은 자연계에는 인과율이 있는 것을 믿으면서도 사람의 일에는 인과가 없는 것처럼 오해하는 일이 많아. 그렇지만 그것이야 물론 그릇된 생각이지. 사람과 자연계와 다를 것이 아니어든. 모두 한 법칙의 지배를 받는 것이야. 그런데 사람들이 이 인과라는 것을 믿지 못하기 때문에 불평이 생기고 원망이 생기고 모든 번뇌가 생기는 게야. 우리가 만일 생각으로나 말로나 또는 몸으로나 무슨 일을 하나 했거든 말야, 그 일의 결과가 우리에게 돌아올 것을 피할 수가 없고 또 그것을 뒤집어서 말이지, 우리가 무슨 일을 하나 당하거든, 원, 그것이 우리에게 좋은 일이든지 싫은 일이든지 간에 그 일을 당하게 한 원인을 우리의 과거에서 찾을 수가 있단 말야. 일언이폐지하면 제가 심은 것은 제가 거둔다는 말인데, 이 인과율을 믿고 안 믿는 것이 인생관의 근거가 되는 거야."

순옥은 안빈의 말이 옳다고는 생각하나, 왜 이 자리에서 이 말을 하는가 하고 의아스러운 눈으로 안빈을 바라본다.

안빈은 웃으며,

"어때, 순옥이도 인과 믿소?"

"네, 믿습니다."

하고 순옥은 무서워하는 것, 슬퍼하는 것, 성내는 것이 낱낱이 혈액에 나타나던 것을 생각한다.

"그러면 말야, 순옥이가 허영씨 때문에 마음고생을 하는 것도 과거에 지어진 어떤 원인의 결과라고 보는 것이 옳겠지. 또 허영씨 편으로 보아서, 허영씨가 순옥이 때문에 괴로워하는 것도 허영씨가 과거에 지은 어떤 원인의 결과일 것이고. 안 그래?"

순옥은 대답이 없다.

"그런데 사람이란 남의 일에는 인과를 승인하면서도 제 일에는 제가 당하는 것을 제가 당연히 받을 인과라고 생각지 아니하고 부당하게 받는 우연, 즉 횡액이라고 생각한단 말야. 인과율이 지배하는 이 우주 간에 횡액이라는 것이 있을 수가 있나. 우연이란 것은 인과와는 반대니까 터럭 끝만 한 우연 하나라도 통과되는 날이면 이 우주는 부서지고 말 것이어든. 사람이 제 일에 관해서 인과성을 믿지 아니하는 것이 그것이 이기욕이란 말야. 제가 잘못한 과보는 받기 싫고 현재에 잘못한 과보도 받지 아니할 수도 있다는 어리석은 생각야. 그것을 불교 말로 치(癡)라고 부르지, 어리석을 칫자. 인과의 법칙을 깨뜨리고서 좋은 것은 다 제가 가지겠다, 좋지 아니한 것은 하나도 안 갖겠다, 이것을 탐(貪)이라고 그러고, 그리다가 바라는 좋은 것이 오지 않거나 안 바라는 좋지 아니한 것이 굳이 오거나 할 때에 화를 내고 앙탈을 내고 하는 것은 진(瞋)이라고 그러고, 그래서 탐과 진과 치와 이 세 가지를 삼독(三毒)이라고 부르지. 그런데 이 삼독의 근원이 인과를 무시하는 치란 말야. 그러니까 사람이 한번 치를 깨뜨리고 인과의 도리를 똑바로 본다고 하면, 불평이 있을 까닭이 없고 원망이 있을 까닭이 없지. 그렇지 않겠나? 복을 받거나 화를 받거나 결국은 제가 당연히 받을 값을 받는 것이니까 누구를 원망할 사람이 있어야지. 그러면 하느님은 무엇일까. 하느님이란 인과응보를 추호

차착[46] 없이 공평하게 시행하시는 주재자야. 도무지 속일 수도 없고 잘못할 수도 없는 정확한 기록자시고 심판자시거든. 그런데 말야, 사람이 이 도리를 모르고 제가 당하는 일을 무서워하고 슬퍼하고 성내고, 이러면 이럴수록 점점 악의 인을 더 쌓는 것이란 말야. 그렇다고 하면, 우리가 할 일이 무엇인가. 날마다 시시각각으로 당하는 일을 좋은 일이거나 궂은일이거나 원하는 일이거나 원치 아니하는 일이거나 다 묵은 빚을 갚는 셈 치고 순순히, 한 걸음 더 나가서는 감사하는 마음으로 받고, 그리고는 제 과거와 현재의 생활에 대해서는 참회적 비판을 사정없이 가해서 보다 나은 미래의 인을 짓는 것이야. 알아들었소?"

"네."

"그래, 내 말을 옳게 생각하오?"

"네."

"옳게 생각하는 것하고, 옳게 느끼는 것하고, 마지막으로 옳고 옳지 않은 것이 문제가 되지 아니하고서 아주 제 것이 돼버리는 것하고, 이렇게 아는 데 세 가지가 있소. 다들 안다는 것이 첫째에 그치고들 말아요. 둘째 계단까지 가는 사람도 드물고, 셋째 계단은 있는 줄도 모르는 사람이 많아. 기실은 아는 것이 셋째 계단에 올라가서야 비로소 행(行)이 되어 나오는 것이오. 그렇게 생각하지 않소?"

"네, 그렇게 생각해요."

"허영씨 문제도 그렇다고 보시오. 순옥이가 허영씨를 미워하거나 원망할 이유는 없는 거요."

"그렇습니다."

"순옥이, 전생 내생이라는 것을 믿소."

"내생이란 것은 믿어지는데 전생이라는 게 믿어지지 않아요."

"응, 성경에는 전생이란 말이 없으니까. 그렇지만 내일이 있으면 어저께도 있는 것이지. 전생이란 것이 아니 믿어지면 어저께나 작년만 믿어도 좋지. 금생에 순옥이란 사람이 있는 것이 한 사실이고 보면, 그 순옥이가 생기게 된 원인이 있지 않겠소? 이만한 몸을 가지고 이만한 마음을 가지고 이만한 환경 속에 태어나서 이만한 기쁨과 이만한 슬픔을 보게 된 금생의 순옥이 원인이 아닐까?"

"저는 모르겠어요."

"나는 그것이 전생이라고 믿소. 그렇지 아니하면 인과의 줄이 끊어지니까. 그렇지 않어?"

"네."

"그러고 보면, 순옥이란 사람이 금생에 있는 것도 한 생명의 끝없는 사슬의 한 매듭이 아닐까. 그러므로 순옥은 생김생김과 맘씨와 성명은 여러 가지로 같지 않다 하더라도 과거에 있어서도 수없이 나고 죽었고, 미래에도 수없이 나고 죽고, 또 나고는 죽고, 또 나고, 이렇게 끝없는 매듭을 지어갈 것이라고 나는 믿소. 안빈이라 하는 나도 그렇고. 그러니까 금생의 순옥은 전생의 결과인 동시에 내생의 원인이라고 보는 것이 옳겠지. 이렇게 생각하면, 순옥이 일생에 허영이란 사람이 나선 것도 결코 우연한 일이 아니라고 믿소. 다시 말하면, 순옥과 허영이란 두 사람의 전생으로서부터 오는 은원(恩怨) 관계를 금생에 청산해버리지 아니하면 내생까지도 또 끌고 갈 것이란 말요. 한번 떨어진 은원의 씨는 몇천만 생을 지나더라도 열매를 맺어버리지 않고는 결코 소멸되지 않는 것이 인과의 법칙이니까. 그럴 것 같지 않소?"

"네, 선생님 말씀대로 믿어집니다."

"석가세존의 말씀을 들으면, 이 세상에 중생들이 태어나는 것은 이 은원의 씨 때문이라고 하셨소. 혹 누굴 사랑하였다 하면 그것은 은이 되고, 또 누굴 미워하였다고 하면 그것이 원이 되어서, 이런 것을 업(業)이라고 하는데, 이러한 업 때문에 우리에게 난다고 하는 것, 즉 생의 보라는 것이 생긴다고 하셨소. 그래서 전생에 은의 업을 많이 지은 사람은 복을 가지고 태어나고, 원의 업을 많이 지은 사람은 그 원수들과 한데 모이도록 태어나서 그들에게 보복을 받는단 말야. 그러니까 도무지 은과 원의 업을 짓지 아니한다면 우리에게는 다시 중생의 몸을 가지고 태어날 인연이 없단 말야. 이렇게 생사의 인연을 영영 끊어버리는 것은 불교 말로 열반이라고 하는 것야. 그리고 태어나지 아니하면 아니 될 업이 없이 이 지구뿐 아니라, 수없는 세계에 그 세계의 중생들을 건지려고 일부러 자유로 중생의 몸을 쓰고 나오는 이를 불교 말로 보살이라고 부르지. 이 보살이라는 존재를 제하고는 우리 중생들은 다 나고 싶은 마음이 있어서 난 것이 아니라, 전생의 업으로 아니 날 수 없어서 태어난 것이란 말야. 그래가지고는 청산해야 할 과거의 업을 청산하지 못할뿐더러, 또 그 위에다가 겹겹으로 새 업을 더 지어 붙인단 말야. 내 말 알아들었소?"

"네, 알아들은 것 같아요."

"나는 이것이 진리라고 믿소. 내가 순옥이에게 대해서 허영씨 사건을 이리 해라, 저리 해라 말할 수가 없지마는, 지금 말한 인과의 원리에 비추어서 총명하게 판단하기를 바라오."

"그래도 그 사람하고 결혼할 수는 없어요. 대하면 싫고, 생각만 해도 싫은 걸 어떻게 합니까."

"아니, 꼭 혼인을 하란 말은 아니오. 아까 그이가 왔을 때에 순옥이 하는 말에 성난 기운이 있어서 새로운 악업을 짓는 듯싶으니 말이오."

"그 사람이 하도 무리한 말을 해서 저도 발끈 성이 났습니다."

"글쎄 내 말도 그것이오. 순옥이가 아까 허영씨에게 하던 말이 얼른 생각하면 말로는 대단히 잘되었어. 웅변이라고 할 만하지. 경우에 틀린 말도 없었고 누가 들어도 옳은 말이라고 하겠지마는 다시 생각하면―더 깊이 생각하면 말요, 그 옳은 듯한 속에 큰 잘못이 있단 말요. 그 잘못이 뭣인지 알겠소?"

"제가 불민해서 모두 잘못이죠."

"아니, 그렇게 할 말이 아냐. 이 세상에는 잘못이라고 하는 말에 있는 잘못보다도 잘했다고 하는 말에 있는 잘못이 더욱 크고 무서운 것이란 말야. 아까 한 말로 보더라도 허영씨가 한 말은 누가 들어도 경우 없는 말이지, 무지한 말이고. 그렇지마는 그 말은 마치 빗나간 화살 모양으로 아무도 다친 사람이 없어. 그렇지마는 순옥의 말은 경우가 바른 말이기 때문에 도리어 그 한마디 한마디가 모두 허영씨의 가슴에 박혀서 아픔을 주고 피를 흘렸단 말야. 이를테면 허영씨는 함부로 팔다리를 휘둘렀지만 순옥이 몸에는 할퀸 자국 하나도 안 나고, 순옥이 말은 비단 헝겊으로 싼 것 같았지만 허영씨를 만신창이를 만들었단 말야. 이게 요긴한데야. 바른말 하노라는 것이 악업을 짓는다는 것을 세상 사람이 잘 모르는 것이거든. 생각을 해보아요. 오늘 순옥이 말을 듣고 돌아간 허영이란 사람의 가슴이 얼마나 아프겠나. 그가 제 잘못을 생각해서 이것이 다 제가 받을 당연한 값이라고 생각하면야 문제가 없지마는 어디 사람이 그렇게 현명한가. 다들 나라고 하는 색안경을 쓰고 세상을 보는 때문에 제 잘못이라고 생각하나? 제가 당한 아픈 것만을 생각하거든. 지금 허영씨도 순옥이 말에서 받은 상처가 아프고 쓰릴 터이지. 그 아프고 쓰린 것을 몇 갑절 해서 순옥에게 돌려보내고 싶을 테지. 이리해서 세상에 악의 씨와 원수의 씨가 끊어질 줄을 모르고 눈사람 모양으로 굴러갈수록 더욱 커진단 말야. 그런 줄 아시오?"

"선생님 말씀을 들으니 그렇습니다. 그렇지만 당장은 분해서 참을 수가 없었어요."

"누구나 분해서 그러지. 분한 걸 참을 때에 악의 씨가 죽어버리는 것이야. 분해서 그랬노라고 하는 말이 사람들의 정당한 평계 같이 되어 있지마는, 분해서 한 일의 결과가 몇 갑절 더 보태어서 당자에게로 돌아올 것을 생각한다면 그게 무슨 평계 될 것은 있나. 결국 어리석은 게지. 성경에 참아라, 용서해라 하는 것이라든지, 불교에서 인욕(忍辱)이라고 하는 것이라든지 다 결과를 미리 생각해가지고 어리석은 우리들을 가르치신 성현의 말씀이어든."

"그러면 제가 아까 허영씨에게 어떻게 했으면 좋았겠어요?"

"글쎄, 어떻게 했더면 좋았을까?"

하고 안빈은 빙그레 웃는다. 순옥도 안 웃을 수 없었다.

"내 생각 같아서는 안녕하십니까 하는 말씀으로 친절하게 인사나 하고 나왔더면 좋았겠지. 이것이 상책일 것이고. 중책으로 말하면, 저편에서 혼인을 청할 때에 저 같은 것을 그처럼 생각해주시니 고맙습니다. 그러나 저는 청하시는 말씀에 응할 마음이 없으니 미안합니다. 이쯤 말하는 것이겠지."

"제가 취한 것이 가장 하책이었어요."

"순옥이로는 최하책이지."

"그보다 하책도 있습니까?"

"그야 얼마든지 있지. 이 녀석 저 녀석 할 수도 있고 다시 그런 소리를 하면 주둥이를 어찌한다거나 경을 친다거나 또는 쥐어박는다거나, 여자로서 그런 반응할 방법이 여러 가지 있을 테지."

이 말에 순옥은 참을 수 없는 듯이 두 손으로 입을 싸고 고개를 돌리고 한참이나 웃는다.

"왜 웃어?"

"제가 한 것이 꼭 그것야요."

"그것이라니?"

"이 녀석 저 녀석 하고 주둥이를 어찌하고 주릿댈 앤기고[47] 쥐어박고 욕설을 하고요, 제가 한 것이 그것이 아니고 뭣입니까?"

"바로 생각했소. 그러면 오늘 순옥이가 허영씨를 때리니만큼 얻어맞더라도, 그때에는 또 성을 아니 낼 테지."

"제가 얻어맞아요?"

"그럼 얻어맞지 않어. 주먹으로 맞지 않으면 말로라도 얻어맞을 것이고. 말로 아니면 마음으로라도 얻어맞을 테지. 천사가 돌아서면 사탄이 되는 거와 같이, 제일 무서운 원수는 마음 돌아선 애인이니까."

순옥은 고개를 숙이고 잠깐 생각에 잠겨 있다가 가볍게 한숨을 쉬면서,

"선생님, 그러면 제가 어떻게 하면 좋아요?"

"뭣을?"

"글쎄 이 일 말씀예요. 허영씨 일 말씀예요."

"가만히 있지."

"그러다가 저편에서 들고 나서 있는 소리 없는 소리 세상에다 중상을 하면 어찌합니까?"

"가만히 받아야지."

"그걸 어떻게 예방할 도리는 없겠습니까?"

"순옥이가 허씨하고 혼인을 한다면 예방이 되겠지."

"그렇겐 말고요. 혼인이야 싫은 사람하고 어떻게 혼인을 합니까."

"세상에 어디 그리 좋은 사람이 있나? 사람이란 대개 다 그렇고 그렇고 하지. 순옥이 맘에 흡족할 만한 그러한 완전한 사람이 이 지구 상에 있을 것 같지도 않고 또 그러한 사람이 있다기로니 그 사람과 짝이 되자면 순옥이가 또 세상에 없는 완전한 사람이 되어야 할 것이 아냐?"

이 말이 순옥에게는 퍽 듣기 거북한 말이었다. 제 자존심을 일부러 분지르려는 말같이도 들리고, 건방지다는 조롱같이도 들렸다. 그러나 그것이 안빈의 말이기 때문에 다음 순간에 순옥은 마음에 평정을 회복할 수가 있었다. 안빈은 자기의 말이 순옥의 마음에 일으키는 반응을 순옥의 눈과 얼굴을 통하여 엿보았다.

"선생님, 그러니까 저는 제 힘껏 완전한 사람이 될 때까지는 혼인을 안 해요."

이렇게 말을 하고도 순옥의 마음은 아주 편안치는 못하였다.

"글쎄, 혼인 아니 하고 허영씨의 입을 막을 도리는 없겠지. 그러면 가만히 있어서 오는 대로 받는 게지. 저편에서 부르거든 나서서 대답하고 부르지 않거든 가만히 있고, 저편에서 부르지도 않는데 순옥이가 먼저 나설 것은 없어. 원체 사람의 처세법이 누가 부르기 전에 먼저 나서는 것은 의롭지도 못하고 이롭지도 못한 것이거든. 장자의 말에도 감이후응(感而後應)이라고 했어. 그게 부르기 전에는 나서지 말라는 말야. 이번 일이 그렇지 않아? 가만히 있는 허영씨를 순옥이가 월미도로 불러내어서 비위를 건드려놓은 것이어든. 순옥이야 잘하노라고 한 것이지. 또 저편을 위해서 한 것이고. 그렇지마는 저편에서 청하기 전에 해주는 일은 저편의 뜻을 맞추기가 어려운 것이오. 비겨 말하면, 사람이 가려운 곳을 가리키면서 긁어달라고 청할 때에 그 자리를 긁어주면 실수 없이 그 사람의 뜻을 만족시킬 수가 있지마는, 저 사람이 가려우려니 하고 긁어준다면 그 사람은 그것을 고맙게 생각하지 아니할뿐더러, 도리어 아픈 자리를 건드려서 성이 나게 할는지 모

를 것 아냐? 이것이 감이후응이란 말야. 부르기 전에는 나서지 말
라는 말이고. 그렇지 않어?"

"네 알았습니다."

시계가 여섯 시를 친다.

"아이 선생님, 댁에 가실 시간 되셨습니다. 제가 긴 말씀을 여
쭈어서."

그날 저녁때였다. 삼청동 안빈의 집에는 배은희(裵恩姬)라는
여자 손님이 와 있었다. 그는 천옥남의 여학교 적 동창으로, 그
아버지는 목사였으나 자기는 예수교 대반대라고 떠들기를 좋아하
던 여자로 별로 옥남을 찾아오는 일이 없던 그가 불쑥,

"옥남이, 옥남이 있어?"

하고 안중문에 들어설 때에는 옥남은 놀랍기도 하고 반갑기도 하
였다.

"아이, 이거 누구야? 은희야."

하고 손님의 손을 붙들어 대청으로 끌어 올리는 옥남도 갑자기
이십 년이나 옛날의 처녀 시절에 돌아간 듯이 마음이 들떴다. 주
객 두 사람은 허물없이 아무렇게나 펄쩍 주저앉아서 이야기의 문
이 터졌다.

"옥남이 말랐어. 어쩌면 저렇게도 말랐어. 이쁘기는 그저 이쁘
면서."

"이쁜 건 다 무어야? 여편네가 나이 사십이면 환갑 진갑 다 지
냈지. 내야 밤낮 앓아서 이 모양이구. 난 인제 며칠 더 못 살아
요."

"숭해라. 왜 그런 소릴 해? 병나면 다 죽나?"

"병나면 죽잖구. 병 안 난 사람두 죽는데 병나구 안 죽어? 그런데 은희야말로 도무지 안 늙으니 웬일이야? 십 년은 젊어 보여."

"흥, 안 늙어? 이 손을 보아요. 손등이 글쎄 이렇게 나무 껍데기처럼 되는구먼. 어디 옥남이 손 좀 보아."

"내 손 봐야 이렇지. 뼉다귀에 껍질 덮어논 것 아니야? 노랗기는 왜 이렇게 노래?"

은희는 옥남이 손을 제 손바닥 위에 놓고 정답게 주믈락주믈락 하면서,

"그래도 옥남이 손은 보들보들해. 손이 이렇게 보들보들해야 귀격이라는데."

하고 깜짝 놀란 듯이 옥남의 손을 놓고 바로 앉으면서,

"아이참, 내 정신 보아. 대문 안에 들어서는 길로 축하를 하자든 노릇이 깜박 잊어버리고 딴 수다만 늘어놓았으니."

하고 두 손을 땅에 짚고 절하는 모양을 하면서,

"의학박사, 문학박사 안빈 부인, 축하합니다."

하고 고개를 들었다.

"망할 것, 그게 다 무슨 숭물[48]이야!"

마침 협이와 윤이가 밖에서 놀다가 들어오는 길에 이 광경을 보고 순이 엄마한테 보고나 하려는 듯이 한뎃솥[49]에 저녁을 짓고 있는 뒤껼으로 돌아간다.

"다들 컸는데. 아들 이름이 협이지. 딸은 무엇?"

"윤이, 젖을 윤 자."

"응, 협이, 윤이. 문사 양반이시라. 아들 따님 이름두 이쁘게 지셨는데. 아니, 또 애가 하나 있지?"

"응 돌잡이."

"개 이름은 무엇?"

"정이, 삼수변에 고요 정 한 자."

"퍽두 어려운 글잘세. 그게 무슨 자야?"

"그게 물 고요하다는 글자겠지, 낸들 아나? 저의 아버지가 지어준걸. 저 아버지가 고요한 것을 좋아하니깐."

"고요한 것이 좋기야 하지. 부산한 것이 무에 존가? 내야말로 일생을 부산하게 지내니깐 고요한 게 인젠 무척 그리워. 남편이라는 게 부산하지 아니한가, 우리 집은 애들까지 부산해. 아이고 그 부산한 생각을 하면 골치가 지끈지끈 아퍼요."

이 말에 옥남은, 은희의 연애도 해보고 이혼도 해보고 재혼도 해본 곡절 많은 생활을 눈앞에 그려보고 그것을 자기의 극히 단순한 생활과 비교해본다. 옥남은 자기의 단순한 일생이 이렇게 보면 적막한 것도 같지마는 그래도 그것이 깨끗하였던 것이라고 생각하는 자긍과 만족을 아니 느낄 수 없었다. 은희가 세상에 여러 가지 소문을 뿌리고 돌아다니는 동안에 옥남은 첫사랑 첫 남편을 지키고 아무 소문 없이 사십 평생을 살아온 것이었다. 신혼시대에 남편과 가난한 생활을 할 때나 남편이 오래 앓는 동안에 병구완을 할 때에나 남편이 다시 학교에 들어가 의학 공부를 할 때에나 그는 재봉틀을 돌려 어려운 생활을 보태어오면서도 불평한 생각을 가져본 일이 없었다. 남편을 위하여서, 자식들을 위하여서 하는 일이라면 어떠한 고생도 옥남에게는 다 낙이 되었다. 맏아들 한(漢)이가 죽은 때에 크게 정신적 타격을 아니 받음이 아니었으나, 주심이나 도로 찾으심이나 다 하느님의 뜻이라고 생각하고 원망하는 마음을 일으키지 아니한 옥남이었다. 삼사 년 전부터 몸이 약하기 시작하여서 금년 철 잡아서는 부쩍 쇠약하여져서, 날마다 한나절은 누워서 지낼 지경이 되었지마는 옥남은 이것도 다 하느님의 뜻이어서 인력으로는 어찌할 수 없는 것이라고 단념하고 있다. 어린아이들을 볼 때에는 자기가 만일 죽으면 저것들이 어찌 되나 하는 어미로서의 걱정이 아니 생김도 아니요, 그러할 때에는 걷잡을 새 없이 눈물이 고여 오르지 아니함이 아니나, 그래도 옥남은 자녀들이 세상에 나온 것도 하느님의 뜻인 거와 같이 잘 자라고 못 자라는 것도 하느님의 섭리요, 사람의 힘이 아니라고 생각하고는 애를 태우는 일이 없었다. 더구나 남편 안빈에게 대하여서는 그를 남편으로 삼는 자기의 행복을 가장 크게 감사할 것으로 생각하고 있다. 남편은 세상에서 구하기 어려운 높은 인격자로 믿고 자기는 그 남편의 아내 되기에는 심히 부족한 자라고 진정으로 믿고 있다.

옥남이가 보기에 안빈에게는 자기 힘으로는 헤아릴 수 없는 크고 높은 것이 있다고 믿겨졌다. 안빈이가 연구에 골똘한다든가, 병원에 마음을 쓴다든가, 집에 돌아오더라도 자기로는 알 수 없는 딴 세상에 사는 때가 있는 듯한 것이 아내로서 섭섭하지 아니함도 아니었다. 남편이 자기만을 생각하기를 원하는 아내의 욕심을 옥남도 아니 가짐이 아니었으나 그것은 다 자기가 부족한 탓이라고 저를 책망함으로 눌러버렸다.

옥남은 은희가 찾아온 것을 일변으로 환영하면서도 일변으로는 경계하는 태도를 가진다. 그것은 은희라는 사람은 그 고혹적인 인생관과 언변으로 사람의 마음을 뒤흔들어놓는 힘이 있는 것이었다. 그의 유물론적이요 향락주의적인 입론은 현실적이라는 강렬한 색채를 가지고 남의 이상주의적인 신앙과 신념을 동요시키는 힘이 있었다. 예전 안빈이가 오래 앓을 때만 하더라도,

"마음에 드는 남자하구 슬쩍슬쩍 좀 놀아요. 청춘이 한번 가면 다시 와?"

이러한 소리로 옥남을 유혹한 일조차 있었다.

"남편 몰래 좀 그러면 어때? 안 그러는 사람 어디 있나? 사내들은 다 그러는데 우리라구 못 그럴 건 무에람. 다 늙어빠진 뒤에야 인생이 무슨 재미야?"

이러한 소리도 하였다.

"에그머니나, 그게 무슨 소리야!"

하고 옥남은 은희의 말을 책망하였지마는, 또 유혹에 넘어가지도 않고 말았지마는, 그래도 그런 소리를 들은 뒤로는 때때로 유혹의 달큼한 소리가 마음을 간질임을 금할 수가 없었다.

'오늘은 또 무슨 소리를 하려노?'

하고 옥남은 일변 호기심도 없지 아니하면서도 또 한편으로는 무서웠다.

"근데, 옥남이 왜 그렇게 말라?"

은희는 다시 화두를 옥남의 신상으로 돌린다.

"밤낮 앓아서 그렇다니깐."

은희는 고개를 살래살래 흔들고, 옥남을 말끄러미 들여다보면서,

"내가 다 알아. 그렇잖아도 오늘 그 말을 할 양으로 내가 왔어."

하고 마침내 옥남의 마음을 뒤흔들어놓으려는 본목적의 작업에 착수한다.

'오, 인제 시작이로구나.'

하고 옥남은 빙그레 웃으며,

"은희가 무얼 다 안단 말야?"

하고 맞장단을 울린다.

"옥남의 속을 말야——옥남이가 얼마나 속이 상하는가를 말야."

"내가 무슨 속이 상해? 나는 참말 속상하는 일은 하나도 없어. 그저 몸이 아파서 그렇지. 밤낮 몸이 아프니깐 세상이 신산하기야 하지, 허지만 속상하는 일은 참 없어."

"그렇게 잡아떼면 누가 속나? 내가 다 아는걸."

"은희, 무얼 말야?"

"무얼 말야는 무엇이 무얼 말야야? 여편네 속상하는 일이 한 가지밖에 더 있어?"

"무어?"

"남편이 딴 계집 눈 걸어두는 게 속상하는 일이지 무어야?"

"은희두 그런 일이 속이 상해? 저두 영감 몰래 곧잘 그런 짓을 한다면서."

"난 그렇더라두 저편은 안 그랬으면 하는 게 사람의 욕심이든. 또 말야, 나 같은 건 저도 한 짓이 있으니깐 하기야 속이 상할 염

치두 없지. 정말 영감한테 대들다가두 뒤가 꿀리거든. 하지만 옥
남이야 나와 다르지 않어? 그야말루 숫처녀루, 첫사랑으루, 첫 남
편으루 시집을 와서 사십 평생에 남편의 병구완, 공부 치다꺼리
하느라구 좋은 청춘 다 보내구, 사내라구는 다른 사내 소맷자락
한번 못 스쳐보구 말야. 말야 바루 옥남이같이 얌전한 아내가 어
디 있어? 옛날 같으면야 열녀정문감이라. 그러니깐 불쌍하기두
그지없구."

"불쌍하긴?"

"그럼, 불쌍하지 않구. 사십 평생에 인생 낙이라구는 도무지 못
보다가 인제 늙마[50]에나 좀 낙을 볼 만하게 되니깐 영감님이 놀아
나시구. 자기가 박사가 된 것이 뉘 덕이라구. 그러기에 사내란 도
무지 믿을 수가 없단 말야. 글쎄 안선생이 그럴 줄을 누가 알았
어? 천하 사람이 다 그래두 안선생만은 안 그래야 옳거든. 어디
그럴 수가 있나? 어디, 옥남이를 예사 아내와 같이 생각할 게야?
그 갖은 고생을 다 하구. 나 같으면 벌써 내버리구 열 번은 달아
났을 게야. 원체 내외란 남인데, 정 있구 의리 있어야 내외지, 정
두 의리두 다 떨어진 다음에야 남이지 무에야? 남보담두 더하지
—원수지, 원수야. 안 그래?"

"그런데 은희는 무슨 소릴 듣구 그런 말을 해? 아니, 놀아나는
건 다 무에야?"

옥남의 눈에는 칼날이 선다.

"이건 모르나 뵈."

"무얼 모른다구 그래?"

140

"아아니, 안박사가 석순옥이하구 그렇구 그런 줄은 세상이 다 아는 거 아냐?"

"석순옥이하구 그렇구 그런 건 다 무에야?"

"아니, 이건 아주 밤중일세. 신문두 못 보나? 아주 세상에 짜아 한데."

"괜헌 소리들야. 남의 말 좋게 하는 사람 어디 있나? 다들 발만 보아도 무엇까지 보았다구."

옥남은 자신 있는 듯이 농쳐버린다.

"아니, 이건 정신이 있나 없나? 그래 석순옥이가 어떤 계집앤 줄 알구? 낯바닥이 이쁘장한 것을 믿구 ○○학교 시대부터 연애 잘하기루 유명한 계집애야. 글쎄 생각만 해보아요. 고등여학교 선생까지 내놓구 무엇 하러 안박사 병원에 간호사루 들어오는 거야? 그것만 보아두 벌써 알 거 아니냐 말야? 옥남이가 숙맥이 되어서 삼 년 동안이나 속아 살았지. 애초에 안박사가 석순옥이를 간호사루 끌어들인 것이 벌써 다 그렇구 그렇구 한 속내가 있는 것 아니겠어? 참말 옥남이는 밤중일세."

"흥흥."

하고 옥남은 웃으면서,

"아이, 은희두. 순옥이를 간호사루 채용한 것이 내가 한 것이지 안박사가 했나 왜? 안박사는 석순옥이를 안 쓴다구, 간호사감이 아니라구 그러셨구. 그런 것을 내가 우겨서 쓴 것인데 무슨 소리를 다 해? 호호호."

하는 말에 은희는 잠깐 말문이 막혔다가 다시 얼굴에 비웃는 웃

음을 띠며,

"흥, 그게 사내들의 수단이라나. 제가 좋아하는 계집의 험구를 하는 것이 사내들의 수단여든. 아 어디 그 여자 쓰겠더냐구, 얼굴인들 그거 어디 쓰겠더냐구, 사내들이 이런 소리를 하거든 벌써 그 여자에게 마음이 쏠린 줄만 알아요. 내가 모를라구. 옥남이는 아직두 세상을 모른다니깐. 그러니깐 영감한테 감쪽같이 속아 넘어가지."

"아냐, 안은 은희 말과는 반대야."

"어떻게?"

"석순옥이가 온다구 할 때에 말야, 안의 말이 무엇이라는구 하니, 들어보아요. 석순옥이가 너무 얼굴이 어여쁘구 또 너무 인텔리 여성이 되어서 못쓰겠다구. 그래 내가 그랬지. 왜 석순옥이를 곁에 두면 마음이 움직일 것 같으냐구. 그랬더니 이 양반 대답 보아요. 글쎄 만일 그렇게 되면 어찌하느냐구. 그러니깐 애여 좋게 말해서 돌려보내는 것이 좋다구. 그래서 내가 부쩍 우겼지. 어디, 당신, 석순옥이를 곁에 두구 한번 당신 인격을 시험해보라구. 그러다가 사랑이 생기면 사랑을 해두 좋다구. 이렇게 내가 부쩍 우겨서 석순옥이를 병원에 두게 된 것인데, 괜히 남들이 알지두 못하구."

옥남은 다시 유쾌한 듯이 또 자신 있는 듯이 웃는다.

은희는 눈을 크게 뜨고 옥남의 말을 듣고 있었다. 왜 그런고 하면, 옥남의 말은 보통 인정과는 달라서 참이라고 믿어지지 않기 때문이었다. 그러나 또 돌이켜 생각하면 옥남이가 그렇게 할 만도 한 여자였다. 그러나 은희는 자기의 소신을 버리고 그대로 항복하기는 싫었다. 옥남의 눈에 남편과 석순옥에게 대한 질투의 불길이 일어나는 것을 보지 아니하고는 만족할 수가 없었다.

"글쎄 그때에 그랬기루니, 그동안 삼 년이나 지나는 동안에 둘의 새에 사랑이 생기지 말라는 법은 어디 있어? 그렇지 않아도 안 박사와 석순옥이 사이에 사랑이 생긴 증거가 분명히 있는걸."

"무슨 증거?"

"몰라, 왜?"

"무어?"

"아니, 저 석순옥이가 말야, 본래 약혼한 남자가 있었거든."

"그래서?"

"왜, 저 시인 허영이 말야."

"허영이? 그래서?"

"굳게 굳게 약혼꺼정 하구, 월미도인가 어디서 하룬가 이틀인가 같이 자기까지 했대."

"그래?"

"그런데 요새에 와서는 허영이를 배반한단 말야, 석순옥이가. 저는 벌써 마음에 정한 사람이 있노라구. 그런데 그 마음에 정한 사람하구 석순옥이하구 둘이서 허영이를 미친개 몰아세듯 했대요. 그래서 허영이가 분해서 이를 갈구 다닌다누. 그 군이 열정가 여든. 인제 누구 하나를 죽이거나 제가 죽거나 큰일을 내구야 말 게야."

"그래서?"

"그래서가 무에야?"

"왜?"

"아이참, 이 못난아. 석순옥이가 마음에 작정한 사람이라는 게 누군데? 누군지 알어?"

"그것이 안박사란 말이지?"

"안박사란 말이지는 다 무어야? 배짱두, 어쩌면 그렇게 누그러졌어?"

"왜?"

"왜라니? 그래두 옥남이는 괜찮은 거야?"

이 말에 옥남은 웃는다.

"모두 은희가 잘못 알았어."

"무엇을?"

"모두 다. 우선 안빈이란 어떤 사람인지를 모르는 말이구, 또 순옥이가 어떤 사람인지를 모르는 말야. 첫째 안빈이란 사람은 누구를 속이지는 못하는 사람야요. 만일 안이 석순옥에게 애정이 가서 세상에서 말하는 것과 같은 일이 생겼다구 하면 벌써 내게 말했을 거야. 그보다두."

하는 옥남의 말이 끝이 나기도 전에 은희는 깔깔 웃고 옥남의 무릎을 탁 치면서,

"애, 이 못난아, 제 계집보구 의논해가며, 오입하는 사내가 이 세상 천하에 어디 있어? 바루 살인 강도한 것은 제 계집한테 통정할지 몰라두, 그래 딴 계집 보아 댕기는 사내가 제 계집한테 아씨, 소인 이러이러한 계집하구 좋아하오니 그리 아시옵소서, 하

144

구 원정[5]]드리구 하는 사람 있단 말야? 이게 어린애야, 천치, 바보야."

하고 인제야 자기의 잃었던 승리를 회복한 듯이 유쾌하게 웃어 댄다.

　옥남은 그래도 고개를 설레설레 흔들면서,

　"아니, 아니! 천하 사람이 다 그런대두 안만은 안 그래! 안이 다른 계집하구 누워 자는 것을 보구 왔다구 해두 나는 안 믿어. 설사 그런 광경을 내 눈으로 보았더라두, 나는 내 눈을 의심할지언정 안이 그런 부정한 일을 하리라구는 안 믿어. 또 설사 어떤 여자와 같이 어디를 갔다든지, 그보다 더하게 여러 날을 한방에서 한자리에서 잔 일이 있다손 치더라두 말야, 나는 안이 부정한 행위나 부정한 마음이 있으리라구는 믿지 않을 테야. 남편을 못 믿구 어떻게 살어? 못 믿을 바이면, 은희 말마따나 차라리 달아나구 말지. 또 말야, 아내까지 남편을 안 믿어준다면 그 남편 된 사람은 어느 천지에 발을 붙이느냐 말야, 안 그래? 그야, 안이 순옥이한테 다소 애정이야 가질 테지. 순옥이란 애가 또 남의 사랑을 끌 만두 하거든. 다른 사람들은 석순옥이를 어떻게 보는지 몰라두, 내가 보기에는 (내가 삼 년 동안이나 두구 보지 않았어? 석순옥이를) 내가 보기에는 무척 얌전하구 순진한 애야요. 집에두 가끔 오지. 와서는 제 집처럼 방을 다 치우구, 걸레질을 다 치구. 나두 아주 순옥이하구 정이 들었어. 인제는 어린 동생이나 딸 같은데. 내게두 그러니 안박사한테는 더할 거 아니야? 제가 오래 두구 사모하는 이구, 또 이성이구 하니깐 더할 테지, 그야."

"옳지, 그래두 옥남이두 순옥이가 안박사를 사모하는 줄은 아는구면. 노상 바보는 아닌데."

"그야 순옥이가 안박사를 사모하지. 사모하길래 고등여학교 교사두 그만두구 간호사 시험을 치러가지구 병원에 와 있는 거 아니야? 석순옥이가 간호사 된 것이야 안선생 곁에 있구 싶어서 그러는 게지."

"옳지, 그런 줄까지 아는구면."

"그럼 몰라?"

"그래, 그런 소리는 옥남이보구 제가 해? 순옥이가?"

"그런 소리야 물어보지 않기루 모를까?"

"그래, 그런 줄 알구두 석순옥이를 그냥 둔단 말야?"

"왜? 그럼 어떡허구?"

"내어쫓지."

"왜?"

"왜라니? 제 남편을 사모하는 계집인 줄 알면서 그것을 남편의 곁에 있게 해?"

"왜, 그게 어때? 내 남편을 사모하는 여자가 내 남편을 도와주구, 위해주는 게 무엇이 나빠? 내가 못 하는 일을 대신 해주는 건데, 그것이 고마울 법하지, 미울 것이 무엇이냐 말야?"

"아니 옥남이, 그것이 다 정말야?"

"정말 아니구."

"에이, 거짓말!"

"왜, 거짓말야?"

"그렇기루 딴 여자가, 그두 나보다두 젊은 여자가 제 남편을 사랑한다는데 그래 아무렇지두 않단 말야? 샘이 안 난단 말야? 천하에 그런 아내가 어디 있어? 원, 다, 무슨 소린지."

"아니, 난 은희 속을 모르겠어."

"무엇을 몰라?"

"그럼 다른 여자들이 다 내 남편을 미워해야 좋겠나? 그두, 만일 내 남편이 어떤 여자와 부부 관계 같은 것을 맺어서 무엇 한다면 나두 가만 안 있지. 이혼이라두 하지, 한 남편, 한 아내가 하느님의 뜻이니깐. 허지만 내 남편을 남편으로 삼자는 것이 아니라, 이를테면 석순옥이 모양으로 말야, 원, 무엇을 존경해서든지, 원글을 존경해서든지, 인격을 존경해서든지 말야, 남편으로 사모하는 것이 아니구 다른 것으로 선생으로든지, 또 혹은 지기로든지 사모한다는 것이면 아내 된 내가 내 남편의 영광으로 기뻐할 것이지 싫어할 것이 무엇이야? 안 그래?"

"난 안 그래! 내 남편을 사모한다는 계집이 있다면 나는 쫓아가서 야단이라두 할 테야. 만일 순옥이 같은 게 내 남편 곁에 있어? 그러면 나는 하루두 못 배겨. 당장에 가서 네 이년, 하구 멱살을 추켜들구 칼부림이라두 하구야 말 테야. 그래 그걸 보구 견디어?"

"그러니깐 은희는 안빈이란 사람이 어떤 사람인지 모른단 말야. 또 순옥이란 애가 어떤 앤지두 모르는 게구. 그야 사람두 사람 나름이지. 허지만 안빈이란 사람은 그런 사람은 아냐. 순옥이두 그런 계집애는 아니구."

"인제 두구 보아요, 인제 내 말을 생각하구 후회할 날이 있을 테니."

"그럼, 은희는 날더러 어떡허란 말야?"

"어떡허긴. 오늘루 순옥이를 병원에서 내어쫓아버리지. 다시는 발길두 못 하게 하구."

"홍홍."

"무어가 홍홍야?"

"자기네들끼리 정말 좋아하는 것이라면 내어쫓는다구 떨어질 거야? 더하면 더하지."

"아이, 옥남이는 당최 말 못 할 사람야. 바보야!"

"하하핫하."

"웃긴 왜 웃어?"

"아니, 은희는 남의 속두 모르구 그러니깐 우습지 않어?"

"그래 잘 웃어!"

"왜, 노았어?"

"노야긴. 평양감사라두 제가 마다면 할 수 없지. 옥남이가 시앗을 하나 아니라 백하나를 보기루니 무슨 상관야?"

"글쎄, 은희 속은 내가 알아요. 내가 우리 남편한테 속는가 봐서 은희가 나를 위해서 그러는 게지만 내가 모를까. 내 남편은 그런 사람이 아니라니깐. 내 남편이 만일 나를 속이는 일이 있다면 나는 당장에 죽어버리구 말 테야. 내 남편은 그런 사람이 아니니 걱정 말어요. 나는 안빈이가 어떠한 사람인지 다는 몰라도 한 가지만은 잘 알어——그것은 무엇인구 하니, 결코 속이지 않구 부정한 일 아니 한다는 것, 이것 하나만은 천하가 다 무어라구 해두 나는 꼭 믿어. 그러니깐 나는 행복된 아내란 말야."

은희는 마침내 옥남의 마음을 흔들지 못하고 좀 불쾌한 낯으로 가버렸다. 옥남은 은희를 보내고는 자리에 드러누웠다. 은희 때문에 과히 흥분이 되고 또 이야기를 많이 한 것이 몸을 상할까 두려워함이었다.

은희가 간 뒤에도 옥남의 흥분은 용이히 가라앉지를 아니하였다. 옥남은 마치 큰 싸움이나 하고 난 것같이 사지가 떨리고 신경도 떨렸다.

자기 남편에게 대한 은희의 공격에 대하여 옥남은 용감히 응전한 것을 스스로 만족히 여긴다. 그래서 은희가 쏘는 독한 화살이 한 개도 남편의 몸에 맞지 아니하도록 막아낸 것이 마치 나라를 위해서 목숨을 내놓고 싸워 이긴 것만큼이나 기뻤다.

'안 될 말이지. 내 목숨이 살아 있는 동안 내 남편의 명예에 대해서 칼을 던지는 자가 있으면 그 칼을 내 몸에 받고, 활을 쏘는 자가 있으면 그 살을 내 가슴에 받지!'

이렇게 생각하고 옥남은 빙그레 웃는다.

오늘도 은희가 쏜 독한 살이 남편의 몸에 아니 박히기 위하여 옥남의 가슴에 받은 살이 한두 대만은 아니었다. 옥남은 그 남편에게로 날아가는 살을 손에, 몸에, 가슴에 함부로 맞은 것이었다. 용감하게 은희를 대하여서는 웃기까지 한 옥남도 은희를 보내고 나니 아팠다. 은희가 있을 때에도 아니 아픈 것은 아니었으나 마치 용사가 전투 중에는 아픈 것을 잊는 모양으로 그때에는 아픈 것을 잊고 있었다.

과연 옥남은 남편 안빈을 믿는다. 안빈이가 결코 자기를 속이거
나 부정한 일을 아니 할 줄을 믿는다. 또 순옥이라는 여자의 순결
도 믿는다. 그러나 그러나, 그래도 은희의 말을 들으면 옥남은 아
니 아프지 못하였다. 왜 그런지 모르게 무엇인지 모르게 아팠다.

'은희의 말과 같이 남편의 가슴속에 순옥의 양자가 귀엽게, 사
랑스럽게, 뗄 수 없이 깊이깊이 박혔는지도 모르지.'

이렇게 생각하면 싫었다. 슬펐다. 그러나 옥남은 질투의 감정이
가슴속에 일어나는 것이 두려워서 가만히 눈을 감고 있었다. 그
러면 역시 지나간 삼 년 동안 순옥에게 대한 질투의 감정이 저도
모르게 마음속으로 흘러 내려온 것도 같았다.

안빈이가 집으로 돌아왔다. 안빈은 아내의 얼굴이 해쓱하고 눈
이 할딱한[52] 것을 보고,

"왜, 오늘 몸이 아팠소?"

하고 아내의 손을 잡아보았다. 손은 싸늘하였다. 다시 이마를 만
져보았다.

"괜찮아요. 은희가 왔다 갔어 그래 이야기를 좀 했더니."

하고 옥남은 머리카락을 거두어 올리고 매무시를 고치며,

"순이 어멈, 선생님 오셨어, 상 드려."

하는 소리에 뒤꼍에서 토끼하고 놀던 협이와 윤이가,

"아버지!"

하고 뛰어 들어온다.

안빈은 매달리는 두 아이의 머리를 쓸어주고 나서,

"정이는 자나?"

하고 아내의 얼굴을 본다.

"어멈이 업었어요."

"열이 좀 있는 것 같소."

하고 안빈은 앙상하게 여윈 아내의 옆모양을 바라보고 한숨을
쉰다.

'혼자 어느 요양원에 보내어서 안정한 생활을 하게 해야 할 텐
데.'

하고 안빈은 또 한 번 한숨을 쉰다. 자기가 남편이면서, 또 의사
면서 앓는 아내의 병을 떼어주지 못하는 것이 슬펐다. 약이 없어
서 안 되는 것도 아니었다. 좋다는 약과 좋다는 주사는 다 하여보
았다. 그래도 아내의 병은 조금씩 조금씩 더하여갈 뿐이었다. 여
름 동안 좀 빤하다가는 겨울부터 이른 봄에 걸쳐서 자주 감기가
드는 경로를 통하여 해마다 해마다 몸은 쇠약할 뿐이었다. 그러
나 아이들을 다 떼어놓고 혼자 어느 요양원으로 가라는 말은 안
빈의 입으로서는 나오지 아니하였다. 그래서 다른 의사의 진찰을
청하여서 그러한 말을 하게도 하였으나 옥남은 언제나,

"아무러면 천년만년 삽니까. 사는 날까지 살다가 죽으면 고만
이지요."

하는 대답으로 의사의 권고를 일축해버렸다. 옥남은 죽는 날까지
힘 미치는 대로 남편을 위하여 할 만한 일을 하다가 하느님께서
부르시는 날 '네, 갑니다' 하고 나서면 그만이라고 믿고 있었다.

저녁이 끝나고 아이들을 재우고 나서 옥남은 안빈을 보고,

"나 어디 피서를 좀 갈까 보아요."

하고 적막하게 웃었다.

안빈은 이것이 정양을 권할 수 있는 호기라고 생각하였다.

"요양원에 좀 가 있다 오구려. 후지미라구, 아주 여름에 시원한 높은 벌판에 지은 요양원이 있소. 병원이 아니야. 호텔 모양으로 차려놓은 데야."

"요양원은 싫어요."

옥남은 머리를 살래살래 흔든다. 옥남은 남편의 앞에서는 마치 이십 갓 넘은 신혼한 아내와 같이 웃고 말하는 것이었다.

"왜?"

"그 먼 데를 어떻게 가우? 저 나가노껜 말이지요?"

"그래."

"싫어요. 난 원산이나 송전이나 한 달 가 있다 올 테야."

"그럼 한 달 가 있어보구려. 그래두 해수욕은 좋지 않소."

"더우면 바닷물에 가만히 들어앉았지요."

"그럼 아이들은 두고 가시오."

이 말에 옥남은 눈을 크게 뜨면서,

"아이들을 두구 어떻게? 내 병이 옮는다면 몰라두 담두 아니 나오는데 설마 옮을라구요."

"아니, 옮지는 않지마는 아이들을 데리구 가서야 마음을 써서 되우?"

"아이들 두구 가면 더 마음을 쓰지요. 괜찮아요. 순이 어멈은 아이들을 잘 보아주어요. 그리구 아이들이 눈앞에 보여야 정양이 되어요. 마음이 기쁘구 편안해야 정양이지요."

안빈은 말없이 고개를 끄덕끄덕한다.

"그럼, 나 내일이라두 가게 해주세요."

"내일?"

이번에는 옥남이가 고개를 까딱까딱한다.

"내일은 안 돼."

"왜요?"

"가 있을 데를 마련하구야 가지."

하고 안빈은 잠깐 무엇을 생각하다가,

"그럼 이렇게 합시다. 내 이 밤차로 내려가서 있을 데를 마련해놓고 전보를 치께. 전보 받는 대로 오구려."

"병원은 어떡하시구?"

"석군더러 한 일주일 보아달라지, 봄에 학회에 갈 때 모양으루."

석군이란 순옥의 오빠 석영옥이었다. 그는 북간도 제중원에 취직하여 있다가 학위 준비로 K대학 내과에 와 있는 사람이었다. 안빈이가 학회에 갈 때에도 석군에게 부탁하고 간 것이었다.

"밤차루 가시면 곤하지 않으시우?"

"무얼. 그럼 준비해야지. 벌써 열 시야."

남편을 떠나보내고 옥남은 울었다. 남편이 그처럼 자기를 위해주는 것이 느껴웠던[53] 것이다. 하루 종일 병원에서 얼마나 고단했으랴, 하면 모기장 속에서 편히 잠자기가 미안한 듯하였다. 지금 남편은 동두내 골짜기로 지나갈 것이다. 지금은 철원 벌판을 지

나갈 것이다, 하고 어린것들의 배를 이불로 가리어주면서 어느
새에 울기 시작한 벌레 소리를 듣고 있다가 잠이 들었다.

이튿날 오후에 안빈으로부터 옥남에게 전보가 왔다.

'집 얻었다. 밤차로 오너라. 차표는 순옥에게 부탁하였다. 약
잊지 말아라. 남편.'

이러한 뜻이었다. 저녁에는 순옥이가 차표와 침대권을 사가지
고 와서 짐을 쌌다. 약과 주사기를 넣은 조그마한 가방도 있었다.

순옥이가 땀을 뻘뻘 흘리며 짐을 싸느라고 왔다 갔다 하며 몸을
움직이는 양을 옥남은 물끄러미 바라보고 서 있었다. 은희가 하
던 말을 생각한 것이다. 순옥은 옥남과 마찬가지로 수척한 편이
었다. 마치 될 수 있는 대로 살을 절약하여서 이루어진 몸과 같았
다. 이것이 순옥에게 청수하다는 인상을 주었다. 그러나 몸이 모
두 조화가 잘되어서 단단하지는 못하더라도 구석이 빈 데가 없었
다. 날씬하게 팬 목도 약하다고까지 보이지는 아니하였고 몸을
놀리는 것이 마치 무용으로 연단한 것과 같이 리듬이 있었다.

"순옥이 몸매는 이쁘기두 해!"

하는 옥남의 말은 결코 듣기 좋도록 하는 인사말은 아니었다.

"아이, 사모님두."

하고 순옥은 짐을 묶다 말고 팔로 이마의 땀을 씻으면서 옥남을
보고 웃었다.

"정말야. 지금까지두 늘 그렇게 생각했지마는 오늘은 짐을 묶
노라고 여러 가지로 몸을 놀리는 양을 보니깐 참 순옥이 몸이 잘
두 생겼어. 얼굴두 어느 모로 보든지 이쁘구."

순옥은 짐을 다 묶고 나서 부채질을 하면서,

"인제 잊어버리신 것 없으셔요?"

하고 짐을 휘둘러본다.

"누나두 가. 순옥이누나두 가, 응?"

하고 협이가 순옥의 손에 매달리면,

"누나두 가!"

하고 윤이도 순옥의 딴 손에 매달린다.

"저년. 계집애두 누나라구 그러니? 언니라구 그러지."

옥남이가 웃는다.

"참 순옥이두 갔으면 좋겠어."

옥남은 은희의 말과 순옥과를 비교해본다. 그러할 때마다 옥남은 그것을 스스로 부끄럽게 생각한다. 무심코 순옥을 대하지 못하는 자기가 심히 비열하게 생각했다.

"입원 환자가 몇 분이나 돼?"

옥남은 이렇게 화제를 돌린다.

"여덟 분이야요, 만원입니다."

"중증 환자는 없나?"

"그 심장병 앓는 이하구, 그리구는 저 문씨하구요. 그담엔 폐렴 앓는 어린애가 하나 있는데 열이 내렸어요. 그리구는 별루 중한 인 없습니다."

"아 참, 순옥이 오빠는 오신대?"

"네. 벌써 왔어요."

"어떡해? 공부에 바쁘신 이를 저렇게 번번이 여쭈어서."

"아이 별말씀 다 하셔요. 오라비두 임상 실습이 되니깐 좋아하는데요."

"그래 논문이 거진 다 되셨나?"

"웬걸요. 인제 일 년밖에 안 된걸요."

"아버니는 돌아가셨다지?

"네. 제가 열다섯 살 적에."

"어머니는?"

"어머니는 집에 계셔요."

"평양?"

"네."

"며느님 데리시구?"

"네. 제 동생이 또 둘이나 있어요. 또 조카들두 있구요."

"다 학교에 다니나?"

"네. 조카들은 안직 어리구요."

"동생들은? 오래비?"

"제 바루 다음 동생은 계집애구요, 그다음이 오라비야요."

"다 무슨 학교에 댕겨?"

"여동생은 ○○고등여학교 사년생야요. 열여섯 살이구요. 그리구 남동생은 열넷인데 금년에 중학교에 들어갔어요."

"순옥이 동생두 열여섯 살이면 한창 이쁠 나일세. 이름이 무엇?"

"분옥이야요."

"분옥이? 무슨 자?"

"초두 밑에 나눌 분 한 자요."

"어렵기두 하이."

"아버지가 한문을 좋아하셔서 그런 어려운 글자를 붙이셨어요."

"그래 분옥이두 순옥이 닮았어? 순옥이처럼 그렇게 맑구 이뻐?"

순옥은 웃고 대답이 없다.

"자동차 왔어유."

하고 순이 어멈이 뛰어 들어온다.

집은 수원 아주머니라는 안빈의 먼촌 고모 되는 늙은 마나님께 맡기고 옥남이 사 모녀와 순이 어멈은 원산으로 갔다.

식전 원산 역두에는 안빈이가 나와 있었다.

"아버지!"

"아버지!"

하고 협이와 윤이가 안빈에게 매달리고 순이 어멈의 품에 안긴 정이도,

"아빠, 아빠."

하고 조그마한 손을 내어 흔들었다.

옥남은 행복된 듯이 남편을 바라보았다.

안빈이가 가족을 위해서 얻은 것은 송도원 바닷가에 있는 별장이었다. 바로 문 앞이 바다요, 백사장이 있고, 담을 둘러막은 뜰까지도 있었다. 이층에도 큰 방이 하나 있고 밑층에는 응접실까지도 있어서 상당히 사치한 집이었다. 방들을 돌아보고 이층 난

간에서 바다를 바라보며 옥남은 곁에 섰는 남편을 보고,

"웬걸 이렇게 좋은 집을 얻으셨어요? 집세가 퍽 많겠어요."

하면서 미안하다는 듯이 남편을 한 번 돌아본다.

'돈도 넉넉지 못할 텐데' 하는 걱정과, '남편이 애써서 번 돈으로' 하는 생각에 옥남은 가슴이 뻐근한 것 같았다.

"염려 말어. 여기서 가을까지 편안히 있으시오."

아내의 말없는 심정을 알아차리는 안빈은 이러한 부드러운 말과 함께 부드러운 눈을 아내에게 던졌다.

아래층에서는 아이들이 벌써 쿵쾅거리기를 시작하였다.

"이 이층을 당신 방을 삼구 아무쪼록 안정하시오. 자 숨을 좀 깊이 들여마셔보아요. 이 바다 냄새, 이게 오존이라구 아주 몸에 좋은 게야. 바다 냄새 나지?"

옥남은 어린 계집애 모양으로 고개를 까딱까딱한다.

"또 저 퍼런 바다와 흰 모래밭을 반사하는 광선이 좋은 게야. 자외선이 많구, 공기 중에는 더러운 티끌이 없구. 여기서 몸이 까맣게 되두룩 일광욕을 해요. 헤엄은 치지 말구. 가만히 저 모래판에 나가 드러누웠기만 해. 아이들두 빨가니 벗겨서 내어놓구. 오늘은 곤하니 집에서 푹 쉬구 내일부터. 좋지, 마음에 들지?"

옥남은 또 고개만 까딱하고 수척한 얼굴에 가득 웃음을 띠고 남편을 바라본다.

안빈은 감격하는 듯이 아내를 껴안아서 가만히, 그러나 오래 입을 맞춘다. 옥남의 두 뺨이 발그레해지고 숨이 쌔근쌔근한다. 옥남은 남편의 지극한 사랑 속에 취한 것 같았다.

이날은 오래간만에 옥남이가 남편과 온종일을 같이 있었다.

"낮잠을 한잠 자."

하고 남편이 손수 자리를 깔아주고 아이들을 데리고 바닷가로 나간 뒤에도 옥남의 눈은 남편의 뒤를 따랐다. 남편은 옥남이가 잠을 깨어서 일어나기만 하면 보일 만한 모래판에다가 작은 텐트를 치고 놀고 있었다. 순이 엄마가 저녁 준비를 하게 하기 위하여 안빈은 정이까지도 혼자 맡아 가지고 있었다. 수영복을 입은 남편과 아이들이 바로 집 앞 물가에서 놀고 있는 것을 보고야 옥남은,

"고맙습니다, 고맙습니다."

하고 두 손을 합하여 가슴에 안고는 자리에 누웠다. 그 '고맙습니다'는 하느님께 사뢰는 기도인지 남편에게 하는 말인지 옥남 자신도 몰랐다. 하느님과 남편과를 구별할 수가 없는 것같이 옥남에게는 느껴졌다.

"철썩 우루루, 철썩 우루루루."

하는 음향, 장단 맞춰서 울려오는 물결 소리를 들으면서 옥남은 한잠을 늘어지게 잤다. 다시,

"철썩 우루루루, 우루, 철, 철썩 우루루루."

하는 소리를 들으며 잠이 깬 옥남은 곧 난간에 나가서 앞을 바라보았다. 텐트 속에 세 아이를 재우고 남편이 석양 누르스름한 빛을 보이는 바다를 바라보고 있었다.

옥남은 남편 있는 데로 따라 나갔다.

"한잠 잤소?"

"네. 이것들두 자요?"

옥남은 아이들을 본다.

"그애들도 한 반 시간은 잤어."

"당신두 한잠 주무실 걸 그랬지요?"

"난 어젯밤에 잘 잔걸."

"당신두 원산이 처음이시우?"

"원산은 처음이 아니지만, 송도원 해수욕은 처음이야. 당신두 처음이지?"

"난 처음이야요."

"어떻소?"

"좋아요. 난 어떻게 좋은지 모르겠어요."

옥남은 부끄러운 듯이 웃는다. 안빈도 빙그레 웃는다.

"좋거든 명년에두 옵시다."

"글쎄."

하고 잠깐 쉬어서 옥남은,

"내가 명년까지 살까요?"

하고 적막하게 웃는다.

"원, 쓸데없는 소리!"

"내 병이 나을까요?"

"그럼 낫지 않구 폐병이 못 고치는 병이라구 한 것은 옛날 말이야. 지금은 Heilbar라구 아주 정해놓은 병이오. 잘 안정만 하면 나아."

"글쎄요."

"석가여래 말씀에 이런 말씀이 있어. 병을 고치는 데 세 가지요긴한 것이 있느니라구. 첫째는 마음 가지기, 둘째는 병구완, 그리구 셋째가 의약이라구. 과연 옳은 말씀야——일섭심(一攝心), 이간병(二看病), 삼의약(三醫藥)이라구."

"그래요. 제 마음이 첫째지."

"첫째는 앓는 사람이 마음을 고요히 가지는 것이지마는 또 곁에서 잘 간호해주는 이가 있어야 해. 병원에서두 의사보다두 간호사가 병인의 병을 낫게 하는 힘이 커. 그러니깐 좋은 간호사 있는 병원이 좋은 병원이야."

"간호사는 첫째 친절해야지요."

"친절이란 그렇게 중요한 것이 아니야. 겉으루 친절하지 아니한 간호사 어디 있나? 속으루 병자를 사랑해야 돼요. 속으루 진정으루 말야. 그렇게 사랑하는 마음이 아니 생기구야 정말 친절이 나오나, 정성은 나오구? 병자란 의사와 간호사에 대해서는 대단히 예민하단 말야. 저 의사가 내게 정성이 있나 없나, 저 간호사가 정말 나를 위해주나 아니 하나, 그것만 생각하거든. 그래서 의사나 간호사가 지성으로 하는 것인지, 건성 예로 하는 것인지 병자들은 빤히 알구 있어요. 왜 어린애들이 그렇지 않은가? 아무 말아니 하더라두 어른이 저를 귀애하는지 미워하는지 다 알지 않소?"

"참 그래요."

"병자두 마찬가지야. 저 의사가 나를 위하는지, 저 간호사가 건성 예로 저러는지 다 알아가지구는 만일 저를 위하지 않는 줄만알면 마음이 괴로워지거든, 하루 종일. 이것이 병에 큰 해란 말야. 불쾌하구, 괴롭구 한 것이. 그러면 신경이 흥분하구, 잠이 안 오구, 입맛이 없구, 소화두 잘 안 되구. 그런데 병자가 마음이 편안하구 기쁜 날은 밥두 잘 먹구, 또 내리기두 잘하구 그렇거든. 그래, 회진을 해보면 병자들이 어떠한 마음으루 있는지 대개 알어."

"순옥이는 잘하지요?"

"잘해. 그래 병자들이 순옥이만 찾지."

"순옥이는 참 좋은 사람야."

안빈은 옥남을 힐끗 본다.

"어젯밤에두 차표를 사가지구 와서 짐을 모두 제 손으로 묶구, 땀을 뻘뻘 흘려가면서. 그리구는 차를 탄 뒤에두 청량리까지 저두 타구 오면서 아이들을 다 재워주구, 내 옷을 다 개켜주구, 그건 참 끔찍해요."

이 말에 안빈은 제가 서울 올라가면 순옥을 원산으로 보내리라는 생각을 해본다.

"가만있으우. 내 들어가 목욕물 끓여놓으께 여기 앉어 있으우. 좀 드러눕든지. 하늘을 바라보구 드러누워보아, 구름장 가는 것두 바라보구. 옷 입은 채루 괜찮아, 아무것두 안 묻어. 옳지 그렇게. 가만있어, 벼개 만들어주께. 이렇게 이렇게 모래를 모아놓구, 수건을 하나 덮어놓으면 벼개가 되거든. 보아요, 애들 벼개두 다 그거야. 그리구 드러누웠노라면 물결들이 끝없는 자장노래를 불러준단 말야——그야말루 영원의 노래지——하느님 작곡, 하느님 작사, 하하하하."

옥남도 웃었다.

"그럼 거기 가만히 누워 있어. 여름이니깐 목욕물두 잠깐 끓어."

남편이 뛰어 들어간 뒤에 옥남은 남편이 하라는 대로 가만히 누워서 하늘을 바라보고 있었다. 얼른 보면 그저 한 빛으로 푸른 하늘 같지마는 가만히 들여다보면 눈에 보일락 말락 한 구름들이 수없이 오락가락하였다. 그것은 마치 상긋한 베일과 같았다. 더 오래 바라보노라면 그 베일 폭들이 더러는 동으로, 더러는 서로, 또 더러는 북으로, 이 모양으로 흘러가는 방향이 달랐다. 그것은 높이를 따라서 기류의 방향이 다른 것이었다.

어떤 때에 높은 산이 있는 서쪽으로부터 꽤 큰 구름장이 가장자리에 여러 가지 변화를 일으키면서 동쪽을 향하고 흘러왔다. 그것은 한참 동안은 온 하늘을 덮을 듯한 형세를 보이더니마는 바다 위로 한참을 흘러나가서는 마치 눈 녹듯이 슬슬 녹아버리고는 다시 아까 모양으로 베일 같은 눈에 보일락 말락 한 엷은 구름들이 종종중중 달음질을 하였다. 그중에 약간 두께 있는 구름장은 강하게 일광을 반사하여서 언저리에다가 무지개와 같은 광채를 발하였다. 이루 헤아릴 수 없는 푸른 하늘의 변화였다.

옥남은 고개를 바다 쪽으로 돌려본다. 팔월 수평선에는 석양의 구름 봉우리들이 뭉게뭉게 피어올랐다. 거무스름한 놈, 하얀 놈, 누런 놈, 뾰족한 놈, 뭉투룩한 놈, 한없이 기어오르는 놈, 가로 퍼져나가는 놈, 그들은 잠시도 가만히 있지를 아니하였다. 이편 봉우리를 바라보다가 아까 보던 저편 봉우리를 돌아보면 벌써 어느 것인지 알아보지 못하게 변하여버렸다. 다시 이편을 바라보면 그것도 또 몰라보게 변하고 말았다. 하나가 둘이 되고, 둘이 하나가 되고, 뾰족하던 것은 뭉투룩해지고 뭉투룩하던 것이 도로 뾰족해지고, 그중에 어떤 것은 바다 속으로 잠겨버리는 듯이 순식간에 자취를 감추어버리고 말았다.

'끝없는 변화와 무상, 그러나 또 끝없는 새로운 창조와 영원.'

옥남은 안빈의 이러한 글귀를 생각하여본다.

물결 소리가 조금씩 조금씩 높아진다. 바닷빛도 아까와는 다른 빛으로 변하였다. 누르스름하던 것이 젖빛으로 변하였다. 그러나 좀더 멀리를 바라보면 검푸른 빛이었다.

"철, 철, 철썩, 주르르, 철썩."

하고 하나 둘 셋, 하나 둘 셋 하는 삼박자로 소리를 내었다. 그러다가는 한 박자 쉬는 일도 있고 또 한 박자를 둘에 갈라서 자주 치는 일도 있었다.

"철, 철, 처르르. 철, 철, 처르르."

하고는 한 박자 쉬고 이번에는,

"처르르, 철, 철."

이 모양으로 박자를 바꾸는 것이었다. 서울 생장으로 바다와는 인연이 먼 옥남에게는 이것은 처음으로 듣는 바다의 곡조요, 바다의 노래였다.

"하느님 작곡, 하느님 작사."

옥남은 남편이 하던 말을 한번 중얼거려본다. 단조한 듯하면서도 결코 두 번도 같은 소리는 없는 이 곡조를 옥남은 알아듣는 듯하였다. 하늘에 흐르는 엷은 구름들이 하나도 같은 모양이 없는 것이 이 곡조를 알아듣게 하는 데 큰 도움이 된다고 옥남은 생각한다.

'천지의 리듬.'

옥남은 문득 이러한 말을 생각하고 기뻤다. 그러나 천지는 끝없는 리듬의 연속이다. 끝없는 빛의 변화, 형상의 변화, 소리의 변화——그래서 끝없는 새로움과 끝없는 움직임! 옥남은 이러한 생각이, 이러한 느낌이 시가 될 것 같다 하고 빙긋 웃고, 그러고는 남편을 생각하였다. 남편은 이 하늘이나 바다의 뜻을 다 아는 것 같았다.

'끝없는 바다의 노래——영원의 노래'를 가르쳐준 것도 남편이었다. 순옥도 남편의 이 힘에 사모하는 마음이 생긴 것인가 하였다. 옥남은 음악을 좀 배우고 그림을 배우다가 말았다. 그러나 문학은 옥남과는 인연이 멀었다. 안빈이가 쓴 책들 중에도 옥남은 보지 못한 것이 있었고, 본 것이라도 그리 큰 감격을 받지는 못하였다. 또 그것이 그렇게 중대한 것이라고도 생각지 아니하였다. 아마 이것은 안빈 자신이 자기의 작품을 대수롭지 않게 여기는 때문인지도 모른다. 그러나 안빈이가 자기의 작품을 대수롭게 여기지 않는 것은 그것이 제가 마음에 사모하는 바, 원하는 바의 만분지 일도 표현이 못 되었다 하는 불만에서지마는 옥남이가 안빈의 작품에서 감격을 받지 못하는 것은 안빈이가 대수롭지 않게 여기는 그 경지조차도 옥남에게는 알아볼 수 없이 높고 먼 것이라고 생각하기 때문이었다.

어디서 우렛소리가 옥남의 귀에 들려왔다. 옥남은 벌떡 일어나서 우렛소리 오는 곳을 찾으려고 돌아보았다. 저 멀리 영흥(永興) 쪽 검은 구름 봉우리에 시퍼런 번개가 번뜩이는 것이 보였다.

"소내기가 오려나?"

옥남은 하늘을 바라본다. 석양을 받은 구름 조각들이 어지러이 날고 거의 산머리에 가까이 간 해가 구름장들 사이로 헤매고 있었다.

"물 끓었소."

하고 안빈이가 뛰어나왔다.

구름의 설렘, 바다의 설렘, 우레, 번개, 이러한 설렘에 깨었는가 아이들도 눈을 번쩍 떴다. 안빈은 정이를 안고, 옥남은 협이와 윤의 손을 잡고 집으로 들어갔다.

이튿날이었다. 바다에 들어가기가 싫다고 떼를 쓰다시피 하던 옥남도 마침내 수영복을 입고 안빈과 아이들과 함께 해안으로 나왔다. 나오면서도 옥남은 아무쪼록 남편의 눈을 피하였다. 그것은 자기의 수척한 몸을 남편에게 보이기가 부끄러운 것이었다.

마르기로 말하면 안빈도 마른 편이었다. 그의 팔과 정강이에는 시퍼런 정맥이 솟아 나온 것이 보였다. 옥남은 남편의 몸이 피둥피둥하지 못한 것이 슬펐다.

옥남의 몸은 눈같이 희었으나 빛이 없었다. 여자가 사십이 되면 몸에 빛을 잃을 때도 되었지마는 그래도 기름기 없는 피부 속으로 파르스름한 정맥의 그물이 비치인 것을 보면 한숨이 아니 나올 수가 없었다. 자기도 젊었을 때에는 목욕탕에 가서 도홍색으로 보이는 팽팽하던 피부도 있었다. 손등도 부어오른 듯이 토실토실하고 윤이 짤짤 돌던 때도 있었다. 그러나 지금은? 지금은 젖통까지도 늙은이 모양으로 축 늘어지고 말았고 손등 발등은 성긋성긋 뼈가 비치고 살빛까지도 거무스름하게 되고 말았다. 이러한 몸을 남편의 눈앞에 내놓기가 부끄럽기도 하고 미안하기도 하였다.

"자 이렇게, 바닷물에 몸을 좀 담가보아요."

하고 안빈은 정이를 안고 윤이를 끌고 바다로 들어간다.

협이와 윤이와는 물을 절벅절벅하며 깨뜩거린다.[54]

옥남이는 무서운 데나 들어가는 것처럼 한 발 두 발 바다로 들어간다. 그리 차지 아니한 물결이 옥남의 장딴지를 만져주었다.

볕은 따갑고 물결은 잔잔하였다. 이백 미터쯤 북쪽 해수욕장에는 울긋불긋한 여자들의 머리와 검은 남자들의 머리가 수없이 푸른 물 위에 떠 있었다. 세상의 모든 걱정 근심을 다 잊고 오직 청춘과 건강만을 즐기는 것 같았다.

"이만큼 들어와!"

안빈은 옥남을 보고 소리쳤다.

"여기 깊지 않아. 자 보아."

협이가 젖가슴까지 차는 물을 가리키며 어머니의 용기를 일으키려고 애를 쓴다.

"선뜩하지 않지?"

안빈이가 가까이 오는 옥남을 보고 묻는다.

"시원해요."

"헤엄칠 줄 아우?"

"헤엄이 무어야요? 바다가 처음인데."

"바다가 처음이야?"

"바라만 보았지 누가 들어가보았나요?"

"흥, 옛날 여학생이 되어서. 저기 있는 저 울긋불긋한 것이 다 여학생들야."

"우리 학교에 다닐 때에야 누가 기집애가 뻘거벗구 바다에를 들어가요?"

"흠흠. 꽤 변했지."

"무서워요."

"무엇이?"

"바다가."

"왜?"

"하두 넓구, 얼마나 깊은지도 모르겠으니."

"안 무서워어."

하고 협이가 모가지까지 물에 담가본다.

"하늘은?"

"하늘이야 늘 보는 게지만."

"그래두 넓고 깊기루 말하면 하늘이 더하겠지."

"그야 그렇지만."

하고 옥남은 하늘을 쳐다보며 웃는다.

"며칠 사귀면 또 바다두 정이 들지. 바다두 우리 동무니까."

"우리 동무?"

"그럼, 동무 아니구."

"하늘도 동무구요?"

"그럼 다 동무지. 다 우리 놀이터라면 놀이터구, 또 극장이라면 극장이구, 활동사진 스크린이라면 스크린이구. 그러니 무서워할 것이야 아무것두 없지."

"그렇긴 그래. 그래두 어찌 생각하면 바다랑 하늘이랑, 또 이 한량없는 무엇이랄까, 생명의 깊은 소랄까, 그것을 끝없는 시간과 공간이라구 한다지요? 그것이 모두 무서운 때가 있어요."

"제 그림자두 무서운 때가 있으니까. 자 거기 펄썩 주저앉아보아요, 이렇게. 에 시원하다. 처음엔 좀 선뜩해도 한참만 있으면 시원해. 정이두 좀 들어가자."

옥남은 남편의 말을 거스르기 어렵다는 듯이 바닷물에 몸을 담근다. 두어 번, 흑, 흑 느껴졌으나 남편이 걱정할 것이 두려워서 참는다. 자기 몸은 마치 한량없이 깊은 검은 물속에 잠겨버린 것 같았다. 온통 물이요, 제 몸뚱이가 없어지고 머리만 남은 것이 우습기도 하였다.

협과 윤이는 벌써 물에 익어서 앉았다 일어났다 하고 장난을 치고 있었다. 그래도 가끔 뒤를 돌아보아서는 아버지와 어머니가 그 자리에 있나 없나를 알아보고야 마음을 놓고 또 놀았다.

옥남도, 늠실늠실 물결들이 어깨와 목을 치고 지나가는 것이 유쾌하였다. 정이는 엄마한테 간다고 두 손을 내밀고 떼를 썼다. 엄마에게로 옮아간 정이는 엄마의 목을 두 팔로 꼭 껴안고 깔깔대고 웃었다. 옥남이가 유쾌하여지는 것을 보고 안빈은 만족하였다.

"이 바닷물은 말야, 우리 지구에 있는 물질치구 아니 포함한 것이 없거든. 그럴 것 아니오? 몇백만 년을 두구 물들이 말야 땅속으로 돌아다니면서 지구의 성분을 녹여다가는 바다에 몰아넣거든. 그러니깐 혹은 원소대로, 혹은 염류와 같은 화합물로, 도무지 없는 것이 없단 말야, 이 물에."

하고 안빈은 바닷물을 한 손바닥 떠가지고 주르르 흘리며,

"지구를 약탕관에 넣구 달여내인 물이 이 바닷물이란 말야. 그러니까 약으루 말하면 없는 약이 없을 거 아니오?"

"그래서 해수욕이 좋다는 건가요?"

"그야, 약만을 위한 것이야 아니지. 약으로 말해두 없는 것이 없어서 그것이 해수욕을 하는 중에 우리 피부를 통해서 흡수가 되지마는, 그것 외에도 우선 오존——즉 산소인데 보통 산소는 오우 투(O_2)가 아니오? 오우 투 알지?"

"그럼, 그것이야 모를라구요."

"그런데 오존은 오우 쓰리(O_3)란 말야. 이놈이 호흡기에 썩 좋은 것이어든. 자 맡아보아요. 이 좀 새큼한 듯한 냄새가 오존 냄새야. 그리구 또 일광, 그중에두 자외선 말야. 이것이 바닷가에는 강하거든. 그리구 또 물의 온도의 자극, 또 물의 압력의 자극, 또 물결이 이렇게 출렁출렁 몸을 치는 것두 이를테면 다리를 밟거나 주무르는 셈이어든. 이런 것이 다 좋은 것이구. 그러구 또 말야, 바다에 이렇게 척 들어와 있으면 마음이 아주 넓어지지 않소. 근심 걱정이 다 없어지구, 내 마음이 이 바다와 같이 훤칠하게, 무연하게 되지 않어?"

"참 그래요!"

"그게 다 약이야."

"무엇 하러 이런 약들이 다 있을까요?"

옥남은 웃는다.

"당신 병 고치라구."

안빈도 웃는다.

한참 있다가 안빈은,

"한 달 동안 바다의 말을 잘 배우시오."

하고 흰 거품을 불고 달려드는 물결을 손으로 만진다.

"바다의 말, 바다의 이야기, 바다의 노래, 흠흠흠."

옥남이가 웃는다.

"자, 인제 나가. 모래에 나가서 놀아."

"어째 죽기가 싫어요. 이렇게 언제까지나 살구 싶은 생각이 나요."

"올라잇. 그래야지."

"당신의 사랑과 당신의 위대한 것을 처음 느끼는 것 같아요."

"고맙소. 늘 그 생각으루, 응."

"그래두 모두 무상하니깐, 모두 변하니깐."

"여보."

"네."

"그래두 이 바다나 하늘보다는 우리 생명이 기우."

옥남의 눈이 번쩍 빛난다.

안빈의 눈도 빛난다. 두 사람의 눈에는 눈물이 있었으나 그것이 보통 슬픔의 눈물이 아닌 것은 말할 것도 없었다.

"자, 나가. 너무 오래 있으면 추워."

안빈은 아내를 안아 일으켰다.

그날 밤 자리에 누워서 옥남은 하늘이랑, 바다랑, 또 바다의 노래랑, 끝없는 우주의 리듬과 생명의 리듬이랑, 우리의 생명이 바다보다도 하늘보다도 길다던 말이랑, 남편의 사랑이랑, 어린 것을 생각하고 있었다. 물결 소리가 들리고 서늘한 바닷바람에 모기장이 펄렁거렸다. 세 아이는 벌써 잠이 들고 그 저편에 누운 남편도 잠이 들었는지, 또는 무슨 생각을 하고 있는지 고요하였다. 한식구가 이렇게 한자리에 소도록이[55] 모여 자는 것이 옥남에게는 더할 수 없이 대견하였다. 한 번 더,

'언제까지나 이렇게 살아 있고 싶어.'

하는 생각을 하였다.

전등도 끄고 초승달도 벌써 넘어갔지마는 방 안은 하늘빛과 바닷빛으로 황혼만큼은 훤하였다. 정이, 윤이, 협이, 남편의 누운 모양이 보이고 특히 얼굴들만은 무슨 빛이나 발하는 것같이 더 분명하게 보였다.

옥남은 아내로의 사랑, 어머니로의 사랑, 이 모양으로 사랑 속에 잠겨서 바다 소리를 듣고 있다.

"철썩, 처르르, 처르르르, 철썩."

옥남은 잠이 들지 아니하였다. 남편과 이야기가 하고 싶었다. 그러나 잠이 든 남편을 깨우기가 미안하기도 하였다. 그래도 이야기가 해보고 싶었다. 옥남은 몸을 반쯤 일으켜서 아이들 너머로 넘썩[56] 남편의 얼굴을 들여다보았다. 반듯이 누운 그의 가슴이

간격 맞게 들먹거리고 숨소리도 순하게, 깊게 들렸다.

"주무시우?"

옥남은 귓속말 모양으로 물어보았다.

대답이 없다.

"잠이 드셨군."

하고 옥남은 도로 몸을 자리로 끌어왔다.

"응, 나 불렀소?"

그제야 안빈도 잠이 깨었다.

"깨셨어요, 내 소리에 깨셨수?"

"응, 왜? 잠이 안 와?"

"응, 잠이 안 와요."

"왜? 몸이 괴롭소?"

"아니. 몸은 편안해요."

"그런데 왜 잠이 안 드우?"

"너무 기뻐서요."

"무엇이?"

"당신이랑 아이들이랑 이렇게 함께 있는 게."

"언제는 떠나 있었나, 왜?"

"그래두."

"그래두 무어?"

"지금까지는 다들 멀리멀리 떠나 있다가 오래간만에, 오래간만
에 오늘 처음 다시 반가운 식구끼리 만나서 한자리에 이렇게 누
워 자는 것 같아요. 자꾸 기쁘구, 가슴이 울렁거리구. 이 밤이 한

천년이나 길었으면 좋겠어."

하고는 잠깐 쉬었다가 고개를 들어서 아이들과 남편을 바라보며,

"이 밤이 새면 또 다들 멀리멀리 서로 떠날 것만 같아서. 이제 떠나면 또 언제 이렇게, 이렇게 한데 모일는지 모를 것만 같아서."

"왜?"

"글쎄, 왜 그런지 그런 생각이 나요. 방정맞은 생각이지요?"

하고 옥남은 도로 베개에 머리를 던진다.

"방정은 왜?"

"글쎄, 방정맞은 생각 아닐까요?"

"인생이 정말 그렇거든."

"인생이 그렇지요? 언제까지나 사랑하는 식구들끼리 언제까지나 이렇게 한데 모여 있을 수는 없지요?"

"그럼."

"그렇게 생각하면 슬퍼요."

"그렇지만 아주 떠나는 것이 아니니까. 내가 인제 서울을 가더라두 오는 토요일이면 또 올 것 아니오?"

"그야 그렇지만. 서루 죽어서 떠나면 다시 만날 수가 없지 아니해요? 그야말루 영이별이 아니야요?"

"그래도 또 만날 날이 있지."

"언제요?"

"만날 인연이 오는 날."

"글쎄. 그렇게 다시 만날 날이 있으면 좋지만. 다시 만날 날이 있는 줄 믿더라두 떠나기는 슬픈 일인데, 이것이 영이별이로구

174

나, 하면 슬프지 아니해요?"

잠시 말이 끊기고 물결 소리만 들린다.

안빈은 옥남의 생각이 이 지경에 이른 것을 다행히 여겨,

"우리가 이번에 만난 것이 처음인 줄 아시오?"

하고 이번에는 안빈이가 고개를 들어서 옥남 쪽을 바라본다.

"글쎄, 처음이 아닐까요?"

옥남도 고개를 들어서 안빈을 바라본다.

"당신과 나와는 과거에도 여러 천만 번 수없이 부부가 되었거니와, 미래에도 여러 억만 번 또 수없이 부부로 만나는 것이야."

"글쎄 그럴까요? 성경에두 부활하는 날은 서루 만난다구 하긴 했지마는."

"그렇게 한 번만 또 만나는 것이 아니야, 수없이 여러 번 만나는 거지."

"글쎄, 그랬으면 작히나 좋겠어요. 그렇게 믿어지질 아니하니깐 걱정이지요."

"그럼, 사람이 죽으면 어떻게 될 것 같소?"

"아무것두 없어질 것만 같어. 무엇이 남겠어요? 다 썩어져서 없어지지. 숯이 다 타면 불이 스러지구 재만 남는 모양으루. 안 그럴까요?"

"저마다 그렇게 스러지나?"

"저마다라니?"

"아주 성인이 다 되어서, 부처님이 다 되어서 말요. 아무 원두한두 욕심두 다 없어져야 스러진다는 거요. 불교에서 그것을 열

반이라구 아니 하우? 그렇지만 원두 많구 한두 많구 욕심두 많은 우리 중생들은 스러지려야 스러지지를 않는다는 것이오. 그 원과 한과 욕심을 다 풀구야 스러지지."

"그럼 스러지는 게 좋은 것이게?"

"그럼 좋지 않구!"

"왜요?"

"왜라니? 모든 걱정, 근심이 다 없어지니 좋지 않아. 다시는 병두 고생두 없구."

"흠흠."

옥남은 웃는다.

"정말이오. 우리가 산다는 것이 오죽 고생이오? 이 어린것들두 한평생 살아가자면 고생이 적소? 벌써부터두 무엇이 뜻대루 안 되어서 보채구 떼를 쓰구 하는 거 아니오? 인제 자라서 어른이 되면 더하지 않소? 더 힘이 든단 말야."

"그렇긴 해요."

옥남은 한숨을 쉰다. 한참 있다가 옥남은,

"그럼, 우리가 죽으면 어떻게 되우?"

하고 고개를 들어서 남편을 바라본다.

"또 나는 게지. 죽는다는 게 새루 난다는 뜻이어든."

"어디? 무엇으루요?"

"우리가 태어날 만한 데루, 우리가 태어날 만한 것으루. 소위 업보라는 것이지. 선이나 악이나 제 값만큼 말야."

"그렇기두 해요. 이치는 그럴 것두 같애요. 그렇지만 우리 몸이

죽어버리면 무엇이 가서 태어날까요. 영혼이 나가서 태어나나
요?"

"씨가 땅속에 들어가 묻히면 썩지 않소?"

"썩죠."

"아주 썩나?"

"싹이야 나죠."

"그게지. 사람이나 짐승이나 다 그게야. 우리 몸에는 물두 있구
흙두 있구, 이를테면 흙을 물루 반죽해서 된 것이 우리 몸이지마
는 그 밖에 이 물과 흙을 가지구 우리 몸이 되게 하는 생명이라는
것이 있거든. 이 생명이란 것이 불루 태워두 타지 아니하는 거란
말요. 제가 할 일을 다 하고 나서면 스러지는 것이란 말야."

"생명이 할 일이란 무엇일까요?"

"수없지. 우선 지금 당신의 소원이 무엇이오?"

"당신 모시구 아이들하구 같이 있는 거야."

"그럼, 그 소원이 당신의 내생을 결정하는 것이 되겠지. 가령
당신이 그 소원을 가지구 죽는다구 하면 말요, 내 아내가 되구 애
들 어머니가 되기 위해서 또 태어난단 말야."

"내가 죄가 많으문?"

"당신이 무슨 죄가 있어? 당신만큼 깨끗한 일생이라면 그만한
소원은 넉넉히 달할 거요."

"나를 너무 높이 보셔."

"아니."

"그렇지만 죄가 있으면 말야."

"죄가 크면 그 죗값을 먼저 하구 나서야 소원을 달할 테지."

"벌을 받아서?"

"어디 벌을 주는 자가 있는 것두 아니요, 또 벌을 받을 자가 있는 것두 아니지. 또 죄니 죄 아니니 하는 것이 없지. 일언이폐지하면, 제 손으루 다음번 저를 이룬단 말요. 거기 추호나 차착이 있을 리가 있소? 이 우주란 곧 인과의 법칙이니까, 그 법칙의 고동이 하나만 틀리더라도 우주는 깨어지는 것이어든."

"그것이 불교 이치요?"

"석가여래께서 먼저 가르치신 것이니까 불교 이치라구 하겠지마는, 누구나 우주와 인생을 바루 보면, 이 이치에 도달하구야 말 것이니까 불교 이치라는 것보다는 그냥 이치지—그것이 진리란 말이오. 진리야 하나뿐 아니오?"

"그럼, 영생은 저마다 있게?"

"그럼."

"그럼, 죽는 건 없게요?"

"오늘이 죽고 내일이 나는 셈이지."

"그럼, 내가 지금 죽더라두, 이다음 생에두 당신이랑 아이들이랑 다시 만나서 같이 살 수 있나요?"

"그럼. 인연만 남으면."

"인연이 남다니?"

"서루 사모하는 마음이 남으면 말야."

"당신은 다음 생에 나하고 또 부부루 만나기를 원치 않으시우?"

"나하구 또 만났으면 좋겠소?"

"네. 언제구. 몇억만 번이구. 그렇지만 나 같은 부족한 사람을 아내루 삼는 게 당신께는 고통일 거야."

하고 옥남은 길게 한숨을 쉬며 자기가 정신으로나 몸으로나 남편만 못한 것을 생각한다. 그러는 옥남의 눈에는 눈물이 돈다.

옥남의 말에 안빈도 눈이 쓰려짐을 깨달았다. 갑자기 말이 나오지를 아니하였다.

"여보!"

한참 잠잠한 뒤에야 안빈은 일어나 앉으며 입을 열었다.

"네?"

옥남의 소리는 떨렸다. 그는 두 손으로 눈을 가리고 돌아누웠다. 마치 아직 나어린 처녀 모양으로. 실로 옥남의 속에는 늙지 아니하는 처녀의 마음이 있었다.

"여보!"

안빈은 한 번 더 불렀다.

"네?"

옥남은 억지로 고개를 돌렸다.

안빈은 옥남에게로 상체를 굽히며,

"당신과 나와 부처가 되어서 생명의 의무를 다할 때까지 세세생생에 아내가 되고 남편이 됩시다. 그러구 이 애들두 세세생생에 우리 자녀가 되게 하여서 잘 사랑해주구 잘 인도해줍시다. 이 소원은 반드시 이루어질 것이오."

하고 옥남의 손을 더듬어서 꼭 쥐었다.

옥남은 다른 손으로 옥남의 손을 잡은 남편의 손을 꼭 눌렀다. 마치 영원히 아니 놓치려는 듯이.

잠잠한 어두움을 통하여 물결 소리가 울려온다. 백랑성(白狼星)이 그 희고 밝은 광채를 발하며 이 부처의 침실을 비추고 있었다.

안빈은 옥남의 가슴이 자주 뛰는 소리를 들은 것같이 생각하였다. 그렇지 않아도 병으로 숨이 좀 찬 옥남의 숨소리는 마치 높은 언덕이나 뛰어 올라온 사람의 숨소리와 같았다. 다만 옥남의 숨소리에는 부드러움이 있을 뿐이 달랐다.

'이거 너무 흥분해서 안 되겠는데.'

하고 안빈은 의사로서의 직업적 걱정이 나왔다. 그러나 그러한 말로 아내의 행복된 종교적인 심경을 깨뜨리고 싶지는 아니하였다.

얼마 있다가 옥남은,

"그게 정말일까요?"

하고 남편의 손을 더욱 꼭 누르며 물었다.

"무엇이?"

"이생에서 죽더라두 내생에서 다시 만날 수 있다는 것이. 당신이랑, 아이들이랑 죽은 한이꺼정두?"

"그럼. 내가 그것을 꼭 믿으니 당신두 꼭 믿으우."

"당신이 믿으시는 것이문 나두 믿어야 하겠지만."

하고 옥남은 잠깐 말을 끊었다가,

"다시 만나더라두 서루 누군지 알아볼까요? 전생의 의식을 다 잃어버리지 아니할까요? 아무리 생각해두 나는 전생의 기억이 없는데."

"왜 없어?"

"어디 있소? 나는 아무 기억두 없는데."

"어린애가 나면서 젖을 빠는 것두 전생의 기억이구, 낫살 차면 이성을 그리워하는 것두 전생의 기억이구, 욕심쟁이가 욕심을 내는 것두 전생의 기억이구, 다 전생의 기억이지. 본능이니 기질이니 하는 것이 다 전생의 기억이어든."

"그럴까요?"

"그럼, 그렇지 않구."

"허긴 그렇기두 해요. 허지만 전생에 당신과 만났던 기억이 어디 있어요? 당신은 전생에 날 만났던 기억이 있어요?"

"그럼."

"어떻게?"

"당신이 여름 방학에 동경서 오는 기차 속에서 나를 처음 만나지 않았소?"

"응. 누마즈(沼津)서부터."

"그때에 나를 처음 만나니까 어떱디까?"

"왜 그런지 모르게 반가워요. 의지하구 싶구. 공연히 부끄럽구, 가슴이 울렁거리구."

"그것 보아! 그게 전생의 기억 아니오? 당신이 나를 만나러 이 세상에 태어났으니까 나를 보구는 알아본 것이어든. 그렇지 않으면 허구많은 사내에 왜 나한테루 시집을 오우?"

"하하하하, 참 그래요. 허지만 당신은?"

"무엇?"

"날 처음 보실 때에 어떠셨어요?"

"나두 그랬지."

"무얼요?"

"왜?

"그때, 차가 끊어져서 이와꾸니(岩國)에서 조고만 여관에서 방이 없어서 당신하구 나하구 한방에서 하룻밤을 지내지 않았어요?"

"그랬지."

"당신은 벽을 향하구 돌아누워서는 꼼짝두 안 하구 잠만 자던데, 난 혼자 밤을 꼬박 새웠건만."

"핫하핫하."

"왜 웃어요?"

"그럼 남의 처녀하구 부득이 한방에 자게 된 사내가 그렇게 아니 하면 어떻게 하우? 핫하핫하하."

"그러셔두 나처럼 가슴이 울렁거리면야 잠이 오겠어요?"

"당신은 여자니까 내가 무서워서 못 잤겠지."

"아냐요! 나는, 당신께서는 마음이 없으신 걸 억지로 당신한테 시집을 왔어. 오시가께 뇨오보오(억지로 떠맡겨진 아내라는 일본말)야요, 호호호호."

"인제 그만 자우. 너무 이야기를 오래 했소."

안빈은 자리에 누웠다. 두 사람은 한참이나 말이 없었다. 바람이 자는지 물결 소리가 잔잔해진다.

"한마디만 더."

하고 옥남이가 이번에는 일어나 앉는다.

"자라니까."

"한마디만."

"무어?"

"참 그런 것두 같애요."

"무엇이?"

"아니, 당신을 처음 만날 때에 말야요. 그때에 당신이 어디서 한번 본 사람 같거든요. 한번만 본 사람이 아니라, 퍽 반가운 사람인데 오래 떠났다가, 오래 두구 찾다가 찾다가 만난 것 같단 말야요. 당신의 기름한 눈이랑, 우뚝한 코랑, 그리구 음성이랑, 지금 생각해보니깐 그때에 내 생각에 당신이 처음 보는 이 같지가 아니했어요."

옥남의 음성은 매우 명랑해졌다. 그리고 한참 웃고 난 뒤에 옥남은 말을 이어서,

"그래 대번에, 이이가 내 남편 될 이라구 마음에 든단 말야요. 웃지 마세요."

"옳게 생각했소. 자 인제 자우."

"졸리세요?"

"아니, 당신 몸에 해롭단 말요."

옥남은 남편의 말대로 드러눕는다.

옥남은 전생과 내생을 두루 생각하다가 잠이 들었다. 옥남의 잠든 숨소리를 듣고 나서, 안빈은 덧문을 소리 안 나게 닫고 자리에 누웠다.

아침 여섯 시, 저녁 여덟 시쯤 해서 어떤 중년 내외가 어린애를 하나는 안고 둘은 손을 끌고 해안으로 산보를 하는 것이 사오일 계속되는 동안에 사람의 눈을 아니 끌 수가 없었다. 처음에는 젊은 남녀가 아니기 때문에 사람들의 주의를 끌지 못하였지마는, 나중에는 젊은이들이 아니기 때문에 도리어 주의를 끌게 되었다.

남편이 어린애를 안고 아내가 두 아이를 걸려 데리고 남편과 가지런히 해 돋는 물가로 천천히 걸어가는 양의 미감[57]을 청년 해수욕객들도 알아보기 시작한 것이었다. 조선에서는 보기 드문 이 광경을 주목하는 사람들은 깊이 주목하였던 것이다.

이 부부가 물가로 걸어가는 양은 종용 그것이요, 화평 그것이었다. 이따금 물가에 앉아서 먹을 것을 사냥하다가 날아가는 물새들을 바라보는 외에 별로 한눈도 팔지 아니하고 꼭 같은 무거운 걸음으로 그들은 송림 끝, 강과 바다가 합수하는 목까지 걸어가서는 모래 위에 한참 앉았다가 일정한 시간이 되면 거기서 일어나서 다시 물가로 걸어 내려오는 것이었다.

'의좋은 내외, 화평한 가정, 점잖은, 교양 있는 사람들.'

이 내외는 보는 사람들에게 이러한 인상을 주었다.

'그게 누굴까? 조선 사람일까?'

하는 의문은 마침내 그야말로 안빈 부처임을 알게 되었다.

그것이 안박사 부처라는 말이 한 입 건너 두 입 건너 송도원 손님들에게 알려지자, 안빈 부처의 아침저녁 산보는 더욱 센세이션을 일으켰다.

"용서하십시오. 안박사 아니십니까?"

"네, 안빈이야요."

"그러십니까?"

이 모양으로 자청하여 인사하는 사람도 생기고,

"실례올시다마는, 선생님 가족사진을 한 장 박게 해줍시오."

하고 가지고 다니는 코닥으로 사진을 박는 사람도 생겼다.

안빈이가 송도원에 있다는 말이 돌자 안빈의 독자, 환자, 친구, 모르는 사람들, 이렇게 수많은 사람들이 안빈을 찾게 되었다.

옥남은 남편의 명예가 높은 것을 새삼스럽게 느끼고 그러한 남편의 아내가 된 영광을 황송하게 생각하였다.

"선생님 부인이셔요?"

"네, 내 아냅니다."

이렇게, 안빈을 찾는 사람들이 옥남에게 경의를 표할 때면 옥남은 자기의 초라함을 깊이 느껴서 부끄러웠다.

"선생님 오래 계셔요?"

"아내가 몸이 약해서요. 아내는 팔월 한 달 여기 있겠구요, 나는 오늘 밤차루 서울루 갑니다. 병원이 있으니까요."

"네, 그러십니까?"

이러한 인사도 몇십 번인지 모르게 하였다.

"선생님을 참 여기서 뵈옵기는 의외요, 또 행복입니다."

"선생님 작품은 어려서부터 읽고 늘 사모하였습니다."

이러한 청년들의 인사도 여러 번 받았다.

"어, 이 어른이 안박사시오? 어, 참, 갸륵하십니다. 신문상으로는 여러 번 존성을 듣자왔지요."

이러한 대단히 점잖은 인사를 하는 이도 있었다.

사람들이 이러한 말을 할 때마다 안박사는 수줍은 청년과 같이,

"네, 안빈야요. 천만에 말씀입니다."

이러한 말로 대답할 뿐이요, 여러 말이 없었다. 그러고는 저편에서 더 무슨 말을 할까 보아 두려워하는 듯이 공손하게 인사를 하고는 가던 길을 갔다.

안빈은 사람들에게 이러한 존경을 받는 것이 괴로웠다. 물론 그러한 사람들 중에는 단지 호기심을 가지고 구경 삼아 안빈에게 인사를 청하는 사람도 있겠고, 또 더러는 의학박사, 문학박사 하는 허명을 보고 그러는 이도 있겠지마는, 순결해 보이는 청년들 중에는 분명히 자기를 '숭배'하는 듯한 표정을 보이는 이도 있었다. 이것이 안빈을 괴롭게 하는 것이었다.

안빈은 응공(應供)이란 말을 생각한다. 남에게 물질로나 정신으로나 대접을 받을 만하다는 뜻이다. 이것은 아라한(阿羅漢) 지경에 달한 사람이 비로소 가지는 덕이요 자격이다. 또 부처의 열 가지 칭호 중에 첫머리로 꼽히는 칭호다. 중생 중에 어른이 되고 스승이 되어서 중생의 복전(福田)이 될 수 있는 이가 비로소 누릴 수 있는 덕이다. 그러한 덕을 가진 이조차도 남의 대접을 받는 것은, 대접하는 중생에게는 복이 되더라도, 대접(물건이나, 절이나, 칭찬이나)을 받는 이편에는 무거운 짐이 되는 것이어든, 하물며 그만한 덕이 없는 자이랴. 응공의 덕이 없는 자가 중생의 공양을 받는 것은 밥 한 알갱이라도 모두 제 몸을 태우는 지옥의 불이 되는 것이다. 그만한 값이 없이 제 식구들에게 공양을 받는 것도 죄

송하거든 하물며 남들에게랴.

안빈은 젊어서부터 시와 소설 등 문학을 썼다. 그것이 안빈에게
꽤 큰 명성을 가져왔다. 안빈은 처음에는 그 명성을 대단히 기뻐
하였고, 또 자기의 문학적 능력과 공적은 그 이상의 명성을 얻기
에도 합당하다고까지 생각한 일도 있었다. 그러나 자기의 문학적
작품이라는 것이 대체 인류에게 무슨 도움을 주나? 도리어 청년
남녀의 '정신의 배탈'이 나게 하고 '도덕의 신경쇠약'이 되게 하
는 것이나 아닌가? 대체 세계의 문학이란 것은 또 그런 것이 아닌
가? 그것도 다분히 담배나 술이나 또 더 심한 것은 춘화도가 아닌
가? 안빈은 톨스토이가 영국과 불국의 대문학이란 것을 매도한
것을 기억한다. 그리고 동시에 자기의 초기의 작품들을 스스로
매도한 것을 기억한다.

이렇게 생각할 때에 안빈은 소위 시니 소설이니 하는 것을 쓰면
서 중생이 땀 흘려 이룬 밥을 먹고 옷을 입는 것이 하늘이 무서운
것 같았다. 더구나 제가 생각하기에 그렇게 변변치 못하고 도리
어 해독이 있으리라고까지 생각되는 제 작품이란 것을 보고 순결
한 청년 남녀들 중에서 그것 때문에 저를 사모한다는 말을 듣거
나 편지를 볼 때에는 그는 바늘방석에 앉은 것 같았다. 그가 먹는
밥이 알알이 지옥불이 되고 그가 받는 독자들의 칭찬이 마디마디
정죄하는 선고가 되는 것 같았다.

이에 안빈은 단연히 자기가 주간하던 문예 잡지 『신문예(新文
藝)』를 폐간하고 의학을 배우려고 다시 학생이 된 것이었다.

안빈의 잡지 『신문예』는 십 년 가까이 문예계의 중심 세력이었

다. 여기서 수십 명의 시인과 소설가도 나왔다. 『신문예』는 단연히 문학사에 중요한 몇 페이지를 점령할 것이요, 안빈은 삼십이삼 세에 벌써 문단의 거장이요, 지도자의 지위를 확보하였던 것이다.

그러하던 안빈이, 그러한 『신문예』를 폐간하고 일체 문사 생활을 청산한 것이 세상에서는 큰 의문으로 생각되지 아니할 수 없었다. 문단의 친구들은 직접 안빈을 대하여 그 그릇된 결심을 돌리기를 권고하였다. 옥남도 남편의 처사에 처음에는 깜짝 놀랐다.

이리하여 안빈은 문필 생애를 버리고 의사가 된 것이었다. 정성껏 병을 보아주고 밥을 먹는 것은 적이 안심이 되었다. 그리고 병들어 불쌍한 사람의 고통을 덜어주고, 또 마음에 위안을 주는 것이 안빈의 성미에 맞았다. 안빈은 모든 병자를 다 무료로 치료하고 싶었으나 그에게 그만한 복력이 없는 것이 슬펐다. 만일 돈이 많을진댄 안빈은 돈을 말하지 아니하고 병자를 보았을 것이다. 이러지 못하는 것을 안빈은 복력이 부족한 것이라고 믿는다. 복혜구족(福慧具足)할 때에 비로소 대의왕(大醫王)이 되는 것이어서, 그때에야 중생의 마음과 몸의 병을 다 고칠 수 있다 하거니와, 안빈은 이것을 믿는 것이다. 그러한 정도에 달할 때까지는 안빈은 다만 환자가 진찰료와 약값을 주면 받고, 안 주면 독촉하지 아니하는 것과, 아무리 가난한 사람이 왕진을 청하더라도 걸어서라도 가 보는 것으로 겨우 양심의 만족을 얻는 것이었다.

이러한 것이 혹은 방면위원[58]에게, 혹은 경찰관서에 알려져서 신문에 무슨 큰 칭찬이나 되는 듯이 크게 오르는 것이 안빈에게

는 고통이었으나 그것은 무가내하였다. 안빈은 다만 그러한 일을 당할 때마다,

'부끄럽다, 황송하다.'

하는 생각을 한 오 분 동안씩 묵상함으로 이것을 참았다.

이러한 일이 다 안빈의 명성을 높이는 원인이 된 것이지마는 그러한 명성은 문사로의 명성보다는 그다지 괴롭지 아니하였다. 문사로의 명성만은 안빈에게 있어서는 차마 견디기 어려운 수치와 같았다.

안빈은 오래간만에 병원과 연구실 속의 세상에서 해수욕장이라는 모든 사회의 견본시[59]와 같은 세상에 나와서 그 싫은 문사로의 명성을 다시 받게 될 때에 마치 오래전에 잊어버린 옛 죄악을 들추어냄을 당하는 것 같아서 불쾌하였다.

일주일을 가족과 함께 보내고 토요일 밤차로 서울로 올라올 때에는 가족을 떠나는 것은 섭섭하였으나, 그 '명성'을 떠나는 것이 기뻤다.

불보살의 명성밖에 취할 명성이 어디 있는가. 마음의 모든 때가 벗겨지고, 탐, 진, 치의 모든 번뇌가 다 스러지고, 다시는 마음이 네라 내라 네 것이라 내 것이라 하는 데 얽매이지 아니하고, 그리해서 벌써 나고 죽는 사슬을 완전히 끊어버려서, 내가 하는 일이 오직 중생을 건지는 일이 될 때에, 내 손이 능히 중생의 아픈 데를 만져서 고칠 수 있고, 내 말이 능히 중생의 마음의 괴로움을 씻어주는 감로가 될 수 있을 때에, 그때에야말로 명성이 전 지구상에만 아니라 헤아릴 수 없는 여러 세계, 온 우주 간의 모든 중

생 세계에 퍼질 것이니, 이 명성은 나를 위한 명성이 아니라, 중생이 듣고 와서 병을 고침을 받고 잘못된 길에서 건져짐을 받게 하기 위하여 있을 것이다. 그 밖에 모든 명성은 실로 몇 푼어치 안 되고, 또 며칠 가지 못하고, 또 몇 사람에게 알려지지도 못하는 보잘것없는 헛것이다. 마치 유치장 구석 벽에 손톱으로 새겨서 적어놓은 죄인의 이름과 같은 명성이다. 안빈은 이렇게 생각하는 것이었다.

쌍곡선

아침 햇빛에 바다가 금빛 물결을 늠실거릴 때에, 아침 차에 내린 순옥은 송도원 해안으로 자동차를 달리고 있었다. 안빈의 병원에 온 지 삼 년이 넘도록 이틀 이상을 안빈의 곁을 떠나본 일이 없는 순옥은 어젯밤 서울역을 떠날 때에 눈물이 쏟아졌다. 잠시 떠나는 것인 줄은 알면서도 어차피 간호사 한 사람을 더 두어야 하게 되었으므로 곧 새 간호사 하나를 고빙[66]하고, 순옥이가 원산으로 오게 된 것이었다.

"순옥, 원산 좀 가줄 수 있겠소?"

하고 안빈이 순옥을 보고 물을 때에,

"네."

하고 순옥은 무슨 뜻인지도 분명히 모르고 대답하였다.

"나 개인의 일을 해달래서 미안하오마는 우리 집 동무를 가 좀 해주우. 주사도 놓아주구, 체온두 검사해주구. 자세히 말 안 해두 다 잘 알아 할 줄 믿소."

"네."

이렇게 해서 순옥이가 원산으로 오게 된 것이었다.

차 속에서 새벽에 잠이 깨었을 때에 순옥은 심히 허전하였다. 병원에 있을 때에는 아침에 눈만 뜨면 진찰실을 다 정돈할 만해서, 여덟 시 한 십 분 전쯤 되면 안선생이 오실 것을 믿고 기뻐하였던 것이다. 안빈의 얼굴이 현관에 보이고 순옥이 안빈의 모자를 받아 들면 순옥은 행복한 하루를 가질 수 있었던 것이다. 그러나 이제는 해가 떠도, 여덟 시가 되어도 안빈은 만날 수 없는 것이다. 하면 순옥은 열차가 거꾸로 굴러가기를 바랐다.

그러나 순옥의 팔뚝시계 소리와 함께 차차 멀리멀리 안빈으로부터 멀어지는 것이었다. 가만히 생각하면 오백오십 리라는 서울이 오만 오천 리만큼이나 멀어져서 도저히 다시는 돌아갈 수 없는 것 같았다.

순옥의 자동차는 해안 제일호 안빈의 명함이 붙은 별장 앞에 닿았다.

"문 열어주세요."

를 서너 번이나 부른 때에야 정이를 업은 순이 엄마가 대문을 열었다.

"아이, 병원 아씨셔."

하고 깜짝 놀라며 순옥의 손에 든 가방을 받아 들었다.

"정이야, 아가."

하고 순옥은 순이 엄마의 등에서 정이를 받아서 안고 뺨을 비비며,

"사모님 안녕하셔요?"

하고 물었다.

"네, 안녕하셔요."

하고 순이 엄마는 가방을 들고 들어가며,

"아씨, 병원 아씨가 오셨어요."

하고 이층을 향하여 소리를 지른다.

"아이, 아직 주무시는걸."

순옥이가 순이 엄마를 본다.

"주무시기는, 벌써 일어나신걸요. 선생님이 안 계셔서 식전 산보두 안 나가시구. 아기들하구 이층에서 바다 구경하구 계셔요."

"아이, 순옥이 왔어?"

옥남이가 이층에서 내려다본다.

"순옥이누나!"

"순옥이누나!"

협이와 윤이가 엄마 겨드랑이 밑으로 순옥이를 내려다보며 부른다. 순옥은 정이를 안은 채로 이층으로 올라간다.

"순옥이누나!"

"순옥이누나!"

두 아이는 순옥의 허리에 치마를 안고 매달린다. 순옥의 팔에 안긴 정이는 제 순옥이를 빼앗기기를 겁내기나 하는 듯이 조그마한 두 팔로 순옥의 목을 껴안고 깨닥깨닥 웃는다.

순옥은,

"협이 잘 있었어? 윤이두 잘 놀구?"

하고 한 손으로 이 애의 머리를 껴안아보고 저 애의 머리도 껴안아본다. 그리고 순옥은 눈물이 쏟아질 듯한 것을 참는다.

순옥은 안빈의 아들딸들을 보면, 제 혈속과도 같이 그렇게도 반가웠다. 안빈에게 가까운 것이면 제게도 가깝고, 안빈에게 소중한 것이면 제게도 소중하였다. 지금도 문밖에서 순이 엄마를 만났을 때에 껴안고 싶도록 반가웠다.

"글쎄 어쩌문 저렇게두 순옥이를 따러? 친동기기루 저렇게 따를 수가 있나? 아마 무슨 큰 인연이 있는 게야."

옥남은 아이들이 순옥에게 매달리는 것을 보고 이렇게 말하였다. 이윽고 아이들을 다 떼어놓고 순옥이가 자리에 앉은 뒤에 옥남이가,

"그래 순옥이 어떻게 왔어?"
하고 물었다.

"선생님께서 가라구 하셔서 왔어요. 사모님 모시구 있으라구요."

"그럼 오래 있게?"

"언제 오란 말씀은 없으시구요."

"응. 아무려나 잘 왔어. 선생님 계시다가 올라가신 뒤로는 아주 쓸쓸하더니 인제는 순옥이가 와서 같이 있게 되어서 좋겠어. 제일은 아이들이 저렇게 좋아하구. 아이참, 순옥이 세수나 해야지."

"세수한 게 이래요."
하고 순옥은 웃는다.

"순옥이가 떠나두 병원은 괜찮은가?"

"새 간호사가 하나 왔어요."

"아무리 새 간호사가 왔기루니 순옥이 하던 일을 할 수가 있나? 선생님 말씀이, 병자들이 순옥이만 찾는다던데. 또 이러시던데, 좋은 병원이란 좋은 간호사 있는 병원이라구. 병자의 병이 잘 낫는 것은 의사보다두 간호사에 달린 것이라구. 그렇게 선생님이 순옥이 칭찬을 하셔요."

순옥은 부끄러운 듯이 말은 없고 고개만 숙일 뿐이었으나 안빈이 자기를 칭찬하였다는 말은 뼈에 사무치게 기뻤다. 천하 사람들이야 다 무어라고 하든지 안빈에게만 쓸모 있는 몸이 되었으면 하는 것이 순옥의 소원이었다.

그날 오후에 순옥은 처음으로 바다에 나갔다. 새로 수영복을 사고 고무 모자를 하고 캡까지 사려다가 옥남이가 아니 산 것을 보고 커다란 타월 두 개를 샀다.

순옥이가 익숙하게 수영복을 입고 정이를 안고 나서는 양을 보고 옥남은,

"참, 순옥이가 이쁘기두 해. 몸이 옥으루 깎은 것 같애."

하고 순옥의 하얀 팔을 탐스럽게 만져보며,

"참 이쁘게두 생겼어 어쩌문. 몸은 나처럼 여윈 편이면서두, 살결이 이렇게 분결 같구. 순옥이 어머니께서 이렇게 이쁘시지?"

하며 순옥이 면괴하리만큼[61] 순옥을 훑어본다.

"아이 사모님두."

"글쎄 옷을 벗구 그렇게 수영복을 입구 나서니깐 참 깜짝 놀라

겠어. 내가 남자라두 이런 몸을 보면 반할걸."

할 때에 옥남의 눈에는 남편의 모양이 번뜩인다. 그리고 순옥이
가 하얀 간호복을 입고 남편의 곁에 있는 양이 보인다.

이러한 옥남의 말을 듣는 순옥도 옥남이가 이렇게 제 육체에 대
해서 주목하는 것이 일종의 질투나 아닌가 의심한다. 그리고 몸
에 소름 비슷한 것이 끼침을 깨닫는다.

"엄마 어서 와! 무엇들 해!"

하고 벌써 밖에 나가 서서 어른들이 나오기를 기다리는 아이들의
소리가 옥남과 순옥을 구원해준다.

순옥은 정이를 안고 옥남의 뒤를 따랐다.

오늘도 볕은 잘 났다. 하늘은 남빛이었고 바람은 별로 없으면서
도 물결은 좀 일었다.

순옥은 한 팔에 정이를 안고 한 손에 협이를 끌고 바다로 들어
갔다. 옥남이도 인제는 바다와 사귀어서 곧잘 깊은 데까지도 들
어오고 또 목까지 물에 잠그기도 한다.

갈매기들이 떠돌았다.

누런 돛을 단 배들이 덕원 쪽에서 원산 쪽을 향하고 저어 간다.

원산서 욕객을 실은 발동기선이 온다. 사람들이 죽 이쪽을 바라
보고 있었다.

"순옥이는 해수욕해보았지?"

"네."

"원산두 와보았어?"

"네, 학교에서 한 반이 왼통 와서 텐트를 치구 한 이 주일 있다

가 간 일이 있어요."

"그럼 헤엄두 잘 칠 줄 알겠네?"

"조금 쳐요."

"얼마나?"

"학교에 다닐 때에는 한 마일은 쳤어요."

"한 마일?"

옥남은 눈을 크게 뜬다.

"네."

"아유, 그럼 여기서 저 삼바시(선창의 일본말)까지는 갔다가 돌아오구두 남겠네?"

옥남은 사람들 많이 있는 선창 쪽을 본다.

"네, 그만큼은 갔다 올 것 같애요."

"이 주일 동안에 그렇게 배워지나?"

"그전에두 좀 배웠어요."

"어디서? 평양서?"

"네, 대동강에서요."

"참, 대동강이 있지. 평양서는 여자들두 헤엄을 치나?"

"학교에서 가르쳐주어요."

"응, 학교에서."

"네."

"우리가 처음 학교에 다닐 때에는 교군을 타거나 인력거를 타지 않으면 치마 쓰구 다녔다누."

"사모님, 어느 학교에 다니셨어요?"

"그때에야 이화하구 진명밖에 있었나? 난 소학교는 진명 다니구 고등학교는 관립——지금 고등여학교지."

"네에. 그리구는 동경 가셨습니까?"

"응."

"미술학교에 다니셨다구요?"

"무얼. 음악두 배우노라, 미술두 배우노라 하다가 말았지. 그때에는 음악을 배운다면, 이년 광대가 되련, 기생이 되련, 이러시구, 미술을 배운다면, 이년이 환쟁이가 되려나, 이러시구, 아버지께서 말야. 세상이 퍽은 변했어."

옥남은 멀거니 옛날 일을 생각한다.

아이들을 재워놓고 나서 순옥은 오래간만에 한 이십 분 동안 헤엄을 치고 텐트로 돌아와서 귀에 들어간 물을 빼었다.

"참, 그렇게 한바탕 헤엄을 쳐보았으면 속이 시원할 것 같애."

하고 옥남은 부러운 듯이 순옥의 젖은 몸을 바라보았다. 순옥은 안 할 일을 하였구나 하고 헤엄친 것을 후회하였다.

아이들을 데리고 집으로 돌아가면 목욕을 하고, 그러고는 옥남은 순옥의 손에 주사를 맞고, 이 모양으로 하루하루의 생활이 계속되었다.

순옥은 몸소 반찬가게에도 가고 생선집에도 가서 반찬거리를 사다가 옥남에게 여러 가지 반찬을 만들어주었다. 양식을 곧잘 만들어서,

"아주 제격인데."

하는 옥남의 칭찬을 받았다.

"인제 좀 누워 계시지요."

순옥은 이 모양으로 옥남의 요양 생활을 감독하였고, 옥남도 마치 입원한 모양으로 순옥의 말을 잘 들었다.

"허전해. 순옥이 이층에 와서 나하구 자선 안 돼?"

순옥이가 온 지 이틀 만에 옥남은 제 모기장 속으로 끌어다가 자게 하였다. 순옥은 옥남이가 잠이 드는 것을 보고야 잠이 들었고 밤중이면 한두 번씩 깨어서 옥남과 아이들의 이불을 바로잡아 주고 또 가만히 옥남의 등에 손을 넣어 식은땀을 흘리지나 않나 검사해보았다. 그리고 날마다 옥남의 온도표와 음식 먹은 분량과 잠잔 시간, 산보한 시간, 바다에 들어간 시간, 그날의 기분 등을 자세히 적어서 안빈에게 보고하였다.

"오늘도 보고 썼어, 내가 말 잘 듣는다구?"

이렇게 옥남은 농담 삼아 물었다. 그래도 그 보고를 보여달란 말은 아니 하였다.

순옥이 처음 와서 한 사오일간은 옥남은 순옥을 알아보려는, 떠보려는 마음을 가지고 있었고, 가끔 불쾌에 가까운 질투에 가까운 생각도 일어났으나 순옥이가 그렇게도 지성으로, 그렇게도 표리 없이 도무지 저를 잊어버리고 오직 옥남과 아이들만 위하는 것을 보고는 옥남은 순옥에게 대한 모든 거미줄을 걷어버리고 말았다. 그리고 순옥에게 대하여 정이 들고 말았다.

자기가 절반은 어림으로, 나머지 절반은 체면으로 은희를 향하여 순옥을 설명한 것이 다 참인 줄을 깨달을 때에 옥남은 기뻤다. 그동안 순옥에게 대하여 다소 의아의 눈을 가지고 보아온 자기의 마음을 부끄럽게 생각하였다.

순옥이가 온 뒤 첫 일요일 아침에 안빈이가 왔다가 월요일 오후 차로 서울로 돌아간 날 밤, 그 밤은 음력 칠월 보름달이 환하게 밝았었다.

아이들을 다 재워놓고 옥남은 모기장에서 나와서 발코니에 놓인 등교의에 앉으며,

"순옥이."

하고 불렀다. 순옥도 가만히 제 팔 위에 얹은 협의 팔을 내려놓고, 일어나 나왔다.

"네."

"달이 좋아."

"오늘이 음력으루 칠월 열나흘이야요."

"모레가 칠월 기망[62]이로군."

"네."

"벌써 여름두 다 갔지?"

"네, 얼마 안 남았어요."

"벌써 버러지들이 우는데, 저것 봐!"

물결 소리 사이로 벌레 소리들이 울어온다.

"네, 벌레들이 웁니다."

"아마 벌써 쓰르라미가 울 거야."

"그렇겠어요."

바람이 없다. 물결 소리 쿵쿵하건마는 바람은 없다. 한 소나기 내릴 듯한 무더운 밤이다. 그래도 하늘에는 뜬 구름장들이 날아

다니고 있다.

"참 세월은 빨라, 벌써 벌레가 울다니. 여기두 며칠 안 있으면 다들 가구 쓸쓸해지겠지."

"네. 팔월 스무날께 되면 학생들이나 교사들은 가니깐요."

"순옥인 세월 빠른 게 설지 않어?"

"아직 모르겠어요."

"지금 몇 살?"

"스물여섯예요."

"스물여섯. 나보담 열일곱 해 아래. 내가 열여덟 살에 딸을 낳았으면 순옥이만 할 테지. 우리 한이가 살았으면 인제 스물한 살이겠어. 한이가 죽은 지두 벌써 십 년이나 되었어. 지금 어디 가서 무엇이 되어 있는구?"

옥남은 남편의 윤회 전생한다는 말을 생각하면서 한이가 사범 부속보통학교의 제복을 입고 란도셀을 지고, "어머니" 하고 부르며 대문으로 들어오던 것을 생각하고 추연해진다.

순옥은 옥남의 추억을 깨뜨리지 아니할 양으로 한참 잠자코 있다가,

"사모님."

하고 불렀다. 그 소리는 젊었다.

"응?"

"사모님."

"왜?"

"저를 딸루 알아주세요. 한이 대신으루."

"순옥이 고마워."

"저는 한이를 보지는 못했어두, 퍽 잘나구 재주 있었을 것 같아요."

"잘난 건 몰라두 재주는 있었어. 제 반에서두 늘 첫찌구. 아버지를 퍽 위했어요. 퍽 많구. 얼굴 모습두 제 아버지 닮았었지. 그렇던 게 그만 죽었어."

"무슨 병으루 그렇게 되었습니까?"

"맹장염을 모르구 내버려두어서 그것이 터져서 복막염이 되었다던가? 입원해서 사흘 만에 그만 그렇게 되었어. 의사를 보였건만 그 의사가 잘 진찰두 아니 해보구 괜찮다구만 해서 내버려두었더니. 쩻, 허지만 다 제명이겠지. 바루 칠월 열엿샛날야. 아침에는 그 애가 말짱하게 정신이 들어가지구, 아버지 나 인제 나았어. 아프지 않아요, 이러구는 무얼 먹기두 하구 이야기두 하구 그리더니, 글쎄 그날 저녁때에 갑작스레 가구 말았어. 정신없이 창가를 하나 부르구."

"창가를요?"

"응. 아주 목소리를 높여서, 좀 목소리가 떨리긴 했어두."

"아이 저를 어째!"

"한아, 한아, 내가 엄마다, 아버지두 계시다 해두 못 알아듣는 걸 '어둔 밤 쉬 되리니, 네 직분 지켜서,' 글쎄 이 찬미를 석 절을 다 부르는구면, 정신없이. '찬 이슬 맺힐 때에 급히 일어나, 해 돋는 아침 될 때 힘써 일하고, 그 빛이 진하여서 어둡게 되어도, 할 수만 있는 대로 힘써 일하라' ─글쎄 이렇게 분명히 부른단 말야.

선생님이 이 찬미를 좋아하셔서 늘 부르셨거든. 그래서 너덧 살 부터 한이두 그 찬미를 배워가지고 늘 부르더니, 마지막으루두 글쎄 그 찬미를 부르구 갔어."

옥남은 한숨을 짓는다. 순옥도 열두 살 먹은 앓는 애가 그 찬미 부르는 광경을 눈앞에 그리고 몸이 오싹해진다. 이러한 경우에 어떠한 말을 해야 될지를 몰라서 순옥은 고개만 숙이고 있었다.

"순옥이."

"네."

"괜히 이런 소리를 해서 안됐어."

"아이 원."

"어미 마음엔 이런 이야기만 해두 좀 나을 것 같애. 허지만 사 람이란 무정한 거야. 한이가 죽을 때에야 도무지 살 수 없을 것 같았지. 가슴이 아프구, 쓰리구. 앉아두 그 생각, 누워두 그 생각, 내가 죽기만 하면 그 애를 만나만 본다면 당장에 죽기라두 하겠 어요. 그걸 보면 황송한 말루, 부모나 남편두 자식 같지는 못한가 보아. 아주 못 견디겠는걸. 꼭 죽겠는걸. 선생님두 아주 못 견디 시겠는 모양야. 그때에 선생님이 바루 병이 좀 나으실 만했었거 든. 그럴 때에 글쎄 그렇게 귀애하던 외아들이 죽으니 오죽하셨 겠어. 그래, 나는 선생님 계신 데선 울지두 못했어요. 언짢어하실 까 보아서. 그러던 것이 인제는 이렇게 울지두 않구 그 이야기를 하게 되었으니 사람이 무정한 거 아니야? 참 이상두 해요. 그 애 산소에 잔디 풀뿌리가 붙어서 퍼렇게 무성하게 되니깐 슬픔이 줄 어버려. 허기는 그래야 산 사람이 살겠지만. 자식 죽을 때 슬픔이

일 년만 꼭 고대루 계속한대두 꼭 말라 죽구 말 거야. 반년만, 석
달만 꼭 고대루 계속해두 못 살 거야. 못 살구말구. 글쎄 무엇 하
러 그렇게 태어났다가 그렇게만 살다가 가는 거야? 부모의 가슴
에 칼을 박구. 선생님 말씀마따나 그게 다 인연이겠지, 업보구?"

"그렇겠지요."

"그럼 업보란 말이 옳아요. 그렇지 않으면 하느님께서 일부러
그런 악착한 일을 하실 리가 있나? 다 제 업보지. 모두 내 죄구."

옥남은 달을 바라보며 한숨을 짓는다.

순옥도 인생의 무상함이 슬퍼지고 어머니 되는 것이 어떻게 어
려운 일인지 알아지는 것 같았다.

옥남은 한참이나 생각에 잠겨 있다가 순옥에게로 웃는 낯을 돌
리며,

"순옥이도 시집가지 말라우."

"네."

"시집가서 남편두 병 없이 오래 살구, 자식두 낳는 대루 앓지두
않구 죽지두 않는다면 좋지만 어디 세상에 그런 사람이 있어?"

"그래요."

"흥흥, 그래두들 다들 시집두 가구 장가두 들구, 허기야 그래야
세상이 망하지 않구 유지가 되겠지만. 다들 내야 설마, 남들은 과
부두 되구 참척⁶³두 보구 시앗두 보구 소박두 맞구, 그렇지만 내야
설마, 이래서들 시집을 가지. 나두 그랬으니깐, 허허허허. 허지만
그것두 제 업보겠지. 세상에 나구 싶어서 나온 것이 아닌 모양으
루 시집두 제가 가구 싶어서 가는 것은 아닌가 보아. 선생님 말씀

이, 이 세상에 와서 부부가 되는 것두 다 전생 여러 생의 인연이
라서. 아마 그런가 보아."

하고 옥남은 요전번에 남편이 하던 말을 기억한다. 차에서 처음
만날 때에 반가웠던 것이 전생의 기억이라던 것을.

두 사람은 한참이나 말없이 달빛에 어른거리는 바다를 바라보고
있었다. 갈마반도[4]와 섬들이 무슨 그림자인 것같이 졸고 있었다.

얼마를 이렇게 말없이 있다가 옥남은 문득 고개를 돌리며,

"순옥이."

하고 불렀다.

"네."

순옥이도 눈을 바다로부터 옥남에게로 돌린다.

"내가 다 알어."

옥남은 이러한 말을 순옥에게 던진다. 순옥은 무슨 말인가 하고
눈을 크게 뜬다. 무엇이라고 대답할 바를 모른다.

"순옥인 내가 모를 줄 알지?"

옥남의 눈에는 이상한 웃음이 있었다.

"사모님, 무엇을 말씀이에요?"

순옥의 몸은 굳어진다. 가슴이 뛴다.

"순옥이가 왜 고등여학교 교사두 그만두구, 왜 간호사가 되었
는지 내가 다 알어."

옥남의 말에 순옥은 얼굴에 모닥불을 퍼붓는 것 같았다. 만일
밤이 아니었던들 순옥의 얼굴이 주홍빛으로 변한 것이 보였을 것
이었다. 순옥의 고개는 더욱 수그러질 뿐이었다.

"순옥이."

옥남은 순옥이가 대단히 제 말을 듣기가 거북한 듯한 것을 짐작하고 부드러운 음성으로 불렀다. 옥남은 제 말이 순옥의 마음을 괴롭게 하기를 원치 아니하였다.

"네."

하는 순옥의 대답은 들릴락 말락 하였다. 부끄러워서 대답하는 소리가 작아졌다는 것보다는 너무도 가슴이 자주 뛰어서 자연 어눌해진 것이었다.

"순옥이."

"네."

"내가 순옥이를 괴롭게 할 양으로 이런 말을 하는 것이 아니야. 나는 도리어 순옥의 그 깨끗하구두 열렬한 사랑을 감탄해서 하는 말야요. 그러구, 순옥이가 그처럼 안선생을 사모하면서, 그처럼 삼 년──이라니 벌써 사 년이 아니야? 사 년이나 안선생 곁에 날마다 있으면서두 순옥이 가슴속에 있는 사랑을 한 마디두 안선생한테 말도 못 하는 그 고통이 얼마나 할까 하구 생각하면 나두 뼈가 저려. 아마 이런 일은 세상에 둘두 없을 일이어든. 둘이 있을 수가 있나. 아무두 믿지두 아니할 거야. 어디 그럴 법이 있겠느냐구 누구나 그럴 거야."

하고는 옥남은 잠깐 말을 끊었다가 손으로 책상을 가볍게 두어 번 두들기면서, 아까보다도 더욱 명랑한 음성으로,

"순옥이."

하고 부른다.

“네.”

“순옥이 그 심경은 아마 나 하나밖에는 모를 거야. 이것이 내 주제넘은 말인지 모르지마는 아마 안선생두 모르실걸. 그럼 모르시구말구. 순옥이 동무 중에는──그 저, 박인원인가 원 그런 이가 순옥의 이러한 심경을 아는 이가 있는지 모르지마는, 그렇더라두 내가 순옥의 심경을 아는 것과는 비길 수 없으리라구 믿어요. 왜 그런고 하면, 나는 아주 관계없는 제삼자가 아니어든, 내 말이 우스운지 몰라두.”

옥남의 말은 점점 흥분한 빛을 띤다.

“안선생 말씀이 사람의 모든 일을 인연이라구 하셨지만 그 말씀이 옳아. 나두 처음에는 안선생의 인연이니 인과니 하는 말씀을 다만 비유로만 여기구, 그렇게 그대루 믿으려구는 아니 했어요. 첫째 내 예수교 신앙과 어그러지는 것 같아서 어째 하느님 말씀에 어그러지는 이단만 같아서 믿으려구 아니 했어. 그랬던 것이 인제 와서는 차차 그 말씀이 그대루 믿어지는 것 같아요. 그럼 그렇구말구. 사람의 일은 모두 인연이야. 그날 말야, 순옥이! 순옥이가 박인원이하구 우리 집에 처음 오던 날 말야. 순옥이 내 말 들어?”

옥남은 푹 수그린 순옥의 관자놀이를 손가락으로 꼭꼭 누른다.

“네에.”

순옥은 마지못하는 듯이 고개를 든다.

“글쎄, 그날 처음 우리 집에 오던 날 말야.”

“네에.”

"글쎄 그렇게 고개 수그리지 말구 내 말을 좀 잘 들어요. 내가 이것을 벼르구 별러서 하는 말야. 또 순옥이하구 단둘이서밖에는 못 할 말이구. 또 순옥이한테밖에는 못 할 말이구. 우리 둘이 말야, 순옥이하구 나하구 이 세상에 왔다가 맺어진 이상한 인연이어든. 가장 큰 인연이구. 참 신비한 인연 아냐? 그러니 내 말을 좀 잘 들어요, 순옥이."

"네 잘 들어요. 그런데 좀 선선하시겠어요. 가운을 입으시지요."

순옥은 얼른 일어나 방에 들어가서 가운을 들고, 또 아이들이 배를 내놓지 아니하였는가를 보고 나와서 가운을 옥남의 등 뒤로 걸쳐주고 그러고는 제자리에 와 앉는다.

이렇게 몸을 좀 움직이고 나니 순옥은 기운이 펴지는 것 같았다. 고개를 똑바로 들어서 달빛이 비추인 옥남의 얼굴을 바라볼 수도 있었다. 옥남의 수척한 얼굴에는 수녀의 얼굴에서나 볼 듯한 성스러운 기운이 돌았다. 순옥은 오늘 밤에 더욱 옥남을 높이 인식하지 아니할 수 없었다. '질투의 감정을 잊어버린 여성의 거룩한 아름다움'을 본 것 같았다.

"그런데 말야."

옥남은 순옥이가 평심이 되는 것을 보고 안심하는 듯이 빙그레 웃고 나서 말을 계속한다.

"그날 내가 밖에서 들어오니깐 순옥이가 우리 집 대청에 앉았다가 내가 들어오는 것을 보구 일어나지 않았어? 좀 낯을 붉히면서."

"자세히두 보셨어요."

순옥은 이런 말을 하고 웃을 여유까지도 얻었다.

"자세히두 본 게 아니라, 글쎄 그게 이상하단 말이라니깐, 그게 인연이라니깐. 순옥을 척 보니깐 벌써 알겠는걸. 벌써 초면 사람 같지가 않단 말야. 어디서 퍽 깊은 관계를 가지구 지내다가 어찌 어찌 서로 흩어졌다가 오래 서로 찾던 끝에 옳지 인제야 만났구 나, 하구 만나는 사람 같단 말야. 그래서 순옥이를 척 보니깐 벌 써 내 가슴이 설렌단 말야. 똑바루 자백을 하면 반드시 그때에 순 옥이가 반가와서 내 가슴이 설렌 것은 아니야. 반갑다는 것보다 는 도리어 무시무시하구 무에라구 할까, 일종의 불안이랄까, 경 계랄까, 무에라구 해야 좋을지는 모르지마는 어쨌으나 나보다는 무척 힘이 강한 적수를 만나는 듯한 그런 생각이 나요. 아이참 우 쉬. 그게 아마 여자들이 동성끼리 간에 가지는 일종의 질투심일 테지. 사실 말이지, 순옥이, 나는 순옥이를 첫 번 한 번 보고 강한 질투심을 느꼈어요. 저 사람은 필시 내게 있는 모든 화평과 행복 과 자존심을 다 빼앗어 갈 적이리라, 이렇게 생각했어요. 순옥이, 정말야 이건 내 진정의 참회야."

옥남은 잠깐 말을 끊고 바다를 바라본다. 마치 지나친 마음의 흥분을 가라앉히려는 사람과 같이, 옥남의 눈앞에 전개된 달빛에 비추인 바다는 곧 지난 삼 년간에 자기가 겪어온 마음의 바다였 다. 눈앞에 보이는 바다에는 아침저녁의 고요한 거울과 같은 바다 가 있었던 모양으로 옥남의 마음 바다도 그러하였고, 또 눈앞에 보이는 바다에 때로 성난 검푸른 물결이 일어나던 것과 같이 옥남의 마음 바다도 그러하였다. 여자의 마음 바다를 뒤집는 폭풍은 질투인 줄을 옥남은 잘 알았다. 바다에 일어나는 폭풍은 오직 바닷물만을 뒤집을 뿐이요, 바다 그 물건을 깨뜨릴 수는 없으나 여자의 마음 바다에 일어나는 질투의 폭풍은 능히 영혼을 둘러엎어버리는 힘이 있음을 옥남은 잘 알았다. 질투의 폭풍에 몸째 마음째 부서져버리는 여자는 도리어 질투의 힘을 인식하지 못할 것이다. 그는 질투의 제바람에 부서져버리고 말기 때문에. 오직 능히 질투의 폭풍을 이기어본 사람만이 질투의 힘이 어떻게 무서운 것임을 인식할 것이다. 저 큰 바다에는 폭풍이 일으키는 무서운 파도에 부서진 뱃조각들과 해골 조각들이 수없이 구르는 모양으로, 인생의 바다에는 여자의 질투의 풍랑에 부서진 수없는 가정과 남녀의 조각들이 뒹구는 것이다. 폭풍에 살아남은 사람만이 오직 폭풍의 무서운 이야기를 사람들에게 전하는 모양으로 애욕과 질투의 파선에서 면해 난 사람만이 능히 이 무서운 이야기를 세상에 전할 수가 있는 것이다. 옥남은 이러한 사람 중에 하나다.

"순옥이."

하고 옥남은 바다로부터 고개를 순옥에게로 돌린다.

"네?"

"나는 다른 사람이 내게 순옥이 말을 해주기 전에 벌써 순옥이가 안선생을 사모하는 사람이로구나 하구 직각적으로 알았어요. 그리구 순옥은 필시 안선생이 내게서 만족하지 못하는 무엇을 만족시킬 사람이로구나 하구 직각적으로 알았어요. 순옥이가 안선생 곁에 있으면 나는 그만큼 안선생에게서 멀어지리라, 이렇게 순옥을 처음 대하는 순간에 직각이 된단 말야. 나는 벌써 나이가 많은데 순옥은 젊구, 나는 병이 있는데 순옥은 건강하구, 머, 이런 것뿐만은 아니야. 또 순옥은 나보다 얼굴두 잘나구 예술가 타입이구, 머 이런 것뿐만두 아니야. 무엔지 꼭 바로 집어 말할 수는 없어두 어쨌으나 순옥은 안선생을 내게서 완전히 빼앗아 갈 사람만 같단 말야."

"사모님."

순옥은 옥남의 말을 차마 더 듣지 못하여서 옥남을 불렀다. 무슨 말을 할 양으로 불렀는지 저도 모르건마는 옥남의 말을 더 견디지 못해서 부른 것이었다.

"순옥이 내 말을 더 들어요. 내 말을 듣기가 순옥에게 좀 거북할 줄두 내가 알어. 그렇지만 내가 이 말을 하는 것은 결코 순옥을 괴롭게 할 양으로 하는 말은 아냐. 아까두 말했지만, 전생부터 계속되어오는 순옥이하구 나하구의 인연이 어떠한 결과를 내게 발생했나, 그것을 말하려는 것이니깐 순옥이가 내 말을 끝까지 들어줄 의무가 있어요. 순옥이 끝까지 들어줄 테야?"

"네, 끝까지 듣겠어요."

두 사람의 빛나는 눈이 서로 마주친다. 순옥도 옥남의 입에서 무슨 말이 나오든지 끝까지 다 들으리라는 결심을 하였다. 설혹 옥남의 말을 들어가다가 순옥의 마음이 도저히 그 고통을 이기지 못하여서 심장이 터지는 일이 있다손 치더라도 옥남의 입에서 나오는 말을 하나도 빼지 아니하고 다 들으리라고 결심하였다.

"사모님 어서 말씀하세요. 제게 대해서는 조금두 인정사정 두

시지 말고 말씀해주세요. 처음에는 사모님 말씀을 듣잡기가 퍽 거북했습니다마는, 인제는 무슨 말씀이나 하나 빼놓지 않구 다 듣기루 결심하였습니다. 그리구 사모님 말씀을 다 듣고 나서는 저두 무슨 여쭐 말씀이 있을 것만 같아요. 사모님께서는 제가 여쭙는 말씀두 다 들어주시리라고 믿습니다. 네, 어서 말씀해주세요."

순옥은 이런 말까지 하고 옥남을 바라보았다. 옥남은 순옥의 얼굴에 전에 보지 못하던 매섭다고 할 만큼 날카로운 표정이 있는 것을 발견하고 잠깐 놀랐다.

"그럼, 순옥이 말을 듣구말구. 순옥이두 내게 하구 싶은 말이 퍽 많을 거야. 지나간 삼사 년 동안에 순옥이 마음속으루 나를 향해서 한 말두 적지 않았을 것 아니야? 그러니 내 말을 다 듣구 나거든 순옥이두 속에 있는 대루 다 꺼내놓아요. 우리 둘이 이야기루 이 밤을 새워보자구."

하고 옥남은 저도 무슨 뜻인지 모를 웃음을 한바탕 깔깔대고 웃는다. 그러다가 제 웃음에 놀라는 듯이 얼른 웃음을 집어삼켜버리고 다시 이야기를 시작한다.

"그런데 순옥이를 보구 그렇게 이상하게 생각한 것은 나만이 아니야요. 안선생도 첫 번 순옥을 보구서 나 모양으루 가슴이 설레셨던 모양이야, 하하하. 글쎄 이러시는구먼. 그날 저녁에, 순옥이가 다녀간 그날 저녁에 말야. 선생님이 오시더니마는 순옥이를 간호사로 써서는 안 된다구. 왜 그러시느냐니깐 선생님 말씀이 말야, 순옥이가 아무리 보아두 간호사 될 사람은 아니라구, 너무

미인이구 너무 인텔리라구 그러시겠지. 그래서 내가 왜 순옥이가 곁에 있으면 당신의 마음이 흔들릴 것 같으시우 하니깐, 위험을 느낀다구 그러시겠지. 그러다가 무슨 위험한 일이 생기면 어떡하느냐구 그러니까 애시에 간호사로 안 쓰는 것이 좋다구, 그러신단 말이야. 그리는 걸 내가 부쩍 우겼지. 그럼 더욱 좋지 않으냐구. 만일 당신 마음에 순옥에게 대한 사랑이 생기거든 한번 실컷 사랑을 해보라구. 또 그렇지 아니하면 당신이나 내나 순옥이 때문에 한번 크게 수양을 해보자구. 당신은 곁에다가 사모하는 순옥이를 두고두 사랑의 문지방을 넘지 않는 수양을 해보구, 나는 또 나대루 가장 위험성이 많은 순옥이를 당신 곁에 두고두 남편에게 대한 신임을 변치 말구 또 질투의 열등감정을 일으키지 아니하는 수양을 해보자구, 이렇게 우겨댔지. 그래서 내가 우겨서 순옥을 병원에 있게 한 것이에요. 그러니 안선생두 순옥을 처음 보시구 가슴이 설레신 거 아니야? 난 이것이 순옥이가 미인이 되어서만 그런 것이라구만은 생각지 아니해요. 역시 안선생 말씀마따나 인연이야. 인연이라두 이만저만한 인연이 아니라 전생 다생(多生)에 깊이깊이 맺힌 인연이야요."

여기까지 말하고 옥남은 말을 끊고 길게 한 번 한숨을 쉰다.

옥남의 말을 듣는 동안에 순옥을 숨을 쉬었는지 아니 쉬었는지 기억할 수가 없었다. 쿵쿵쿵 하고 제 귓속으로 들리던 심장 소리까지도 가끔 잊어버린 때가 많았다. 옥남이가 한숨 쉬는 것을 보고, 순옥도 비로소 길게 숨을 내쉬었다.

"그런데 말야."

하고 옥남은 어성을 좀 떨어뜨려서 말을 계속한다.

"그런 지가 지금 삼 년이 다 지나고 사 년째가 아니야? 그동안
에 만일 우리 세 사람이—안선생하구 순옥이하구 나하구 말이
야, 마음 속속들이 깨끗하게 냉정하게 조금두 뜻이 흔들리지 아
니하구 불결한 감정이 일어나지 아니하구 지냈다구 하면 그런 좋
은 일이 어디 있겠어? 참 인생의 미담이지. 그것이 성도의 생활이
아니구 무엇이야? 나두 은근히 한편으루는 지극히 파란을 기다리
는 일종의 악마적 호기심이 있으면서두 또 한편으루는 이 성도적
승리의 기쁨을 기대하였어요. 그렇지만 나는 마침내 성도가 못
되는 것을 깨달았어. 순옥이 앞에 이런 말을 하기가 체면에두 안
됐구 심히 부끄러운 일이지마는 나는 그동안에 여러 번 안선생을
의심두 해보구 순옥에게 대해서 강한 질투두 가져보구 가지가지
평범한 여자가 가지는 열등감정이란 다 가져보았어. 또 곁엣 사
람들이 가만두나? 이 사람 와서 이런 말 하구 저 사람 와서 저런
말 하구, 그러지 않아두 건들먹건들먹하는 내 마음을 뿌럭지부터
흔들어 뽑을 양으루 별에별 소리를 다 하지 않아? 그래두 겉으루
만은 멀쩡하게 꾸며놓아요. 좋지 못한 소리 하는 내 동무를 보구
도 겉으루만은 번드르하게 나는 남편을 믿노라, 또 순옥이가 그
럴 사람이 아니라, 그런 말을 하구. 안선생께 대해서는 순옥에게
관한 감정을 터럭 끝만큼두 빵끗한 일이 없었지. 물론 낯색에도
낸 일이 없었구. 이를테면, 내가 의식하는 위선자 노릇을 해온 것
이지. 그러니깐 아마 안선생은 나를 맘이 깨끗한 아내로 아실 게
야. 순옥이, 내가 이렇게 한 것이 남편을 속였다면 속였다구두 할

수 있지마는 원체 벤벤치 못한 나로서야 이밖에는 더 할 길이 없었어. 남편을 속이는 것이 죄인 줄도 알지마는 큰일 하는 남편을 괴롭게 해드리는 죄보다는 낫다구 믿었어. 괴로워하더라두 마음이 악하게 생겨먹은 나 혼자나 괴로워하지, 죄 없는 남편과 순옥이까지 괴롭게 할 것이 무어야? 이렇게 생각한 것이어든. 그리구 또 내 생각에 하느님께 빌구 부처님께 비노라면 내 마음두 높고 깨끗한 마음이 되어서 이러한 의심, 질투 같은 더러운 감정을 다 씻어버리구 가을 하늘같이 맑구 깨끗하게 될 날도 있으려니, 그것을 믿구 빌어오기두 했구."

여기까지 말하고는 옥남은 마치 말하기에 기운이 지친 사람같이 고개를 뒤로 젖혀서 교의에 기대어버리고 만다.

"사모님, 괴로우세요?"

"아니, 몸은 괜찮어."

"들어가 누우시지요. 너무 말씀을 많이 하셨는데. 오늘은 주무시구 내일 말씀해주시지요."

순옥은 옥남이가 너무 흥분하여서 병이 더칠 것을 두려워한다. 욕심 같아서는 옥남의 말을 들을 대로 다 듣고 저도 할 말을 다 하고도 싶었으나 옥남은 병인이요, 순옥이 저는 이 병인을 간호하는 직분을 가진 사람인 것을 생각한다.

순옥의 말에 옥남은 기운 있게 고개를 들면서,

"순옥이, 고마워. 그저 내 건강을 염려해서. 내가 순옥의 그 진정을 다 알아요. 그렇지만 내가 하려던 마음에 먹었던 말을 순옥이한테 다 하구야 잘 테야. 그러지 않구는 잠이 들 것 같지 아니

한걸."

하고 일어서서 자기를 붙들어 일으키려고 제 곁에 와 선 순옥의
손을 잡으며,

"순옥이, 잠깐만 더 앉아. 내가 할 말을 생각하느라구 그러는
게지, 몸이 곤해서 그러는 것은 아니야."

하고 순옥을 순옥의 교의 있는 쪽으로 떠민다.

"그래두 너무 흥분하시면 안 되십니다. 지금은 지치는 줄 모르
셔두 내일은 고단하실걸요."

하고 순옥은 옥남에게 떠밀리지 아니하려고 버티고 선다.

"아냐, 괜찮아. 또 설사 건강에 좀 해롭기로니 대수야. 몸보다
두 영혼이 귀하지 않어? 나는 지금 순옥이보구 이 말을 하는 게
내 영혼에 중대한 일이어든. 인제 얼마 아니 남은 내 육체의 목숨
을 가지구 내 더러운 영혼을 깨끗이 하는 데 쓴다면야 금시에 죽
기루 무엇이 아까워? 자, 순옥이 앉아요."

순옥은 더 반항하지 못하고 제자리에 와서 앉는다.

"순옥이."

"네?"

"순옥이는 내가 이번에 왜 갑작시리 원산을 왔는지 알어?"

"네?"

순옥은 무엇이라고 대답할 바를 몰랐다.

"순옥이는 내가 피서나 하러 온 걸루 알지?"

"네, 정양하시러 오신 줄 알았어요."

"그렇게 알 테지. 안선생보구두 그렇게 말씀했으니깐. 그렇지

만 내가 이번에 갑작시리 원산에 온 동기는 그것이 아니야요."

"네?"

"질투를 못 이겨서 왔어."

"네에?"

순옥은 눈을 크게 뜨고 놀란다.

"순옥이야 놀라겠지. 안선생두 이 말씀을 들으시면 놀라실 거야. 그렇게 겉으루는 요조숙녀같이 얌전을 빼던 년이 질투의 불길을 못 눌러서 원산으로 달아났다면 안선생이 얼마나 놀라실 거야? 순옥인들 얼마나 놀라구?"

"질투라니요?"

순옥은 제 귀를 의심한다. 그리고 갑자기 손발이 식어 올라오는 것 같았다.

"질투지. 순옥에게 대한 질투."

"네에? 제게 대한 질투?"

"으응. 안선생과 순옥이와 사이에 지나간 삼 년간에 사랑의 관계가 있어왔었구나. 적더라도 최근 한 일 년 내에는 분명히 안선생과 순옥이 사이에는 연애 관계가 생겨 있었구나, 하는 단정, 추정이랄까 어쨌으나 그렇게 믿게 된 데서 생긴 질투야. 그러한 질투가 생기자 나는 중대한 결심을 아니 할 수 없었던 말야. 그것은 무엇인구 하니, 내 마음속에서 이 질투의 뿌리를 빼어서 불살라버리거나 그렇지 아니하면 나 자신을 파멸해버리거나. 파멸해버린다는 건 죽어버린단 말이지. 왜 내가 이렇게 생각했는고 하면, 만일 내가 이 질투의 뿌리, 질투의 뿌리라는 것보다두 질투의 불

길이라구 하는 것이 나을는지 모르지. 이 질투의 불길을 가슴에
품은 대루 내 몸이 세상에 살아 있다구 하면 필시 무서운 비극이
생기구야 말 것이 아니야? 안선생에게나 순옥에게나 또 나 자신
은 말할 것두 없거니와 저 어린것들에게나 필시 회복할 수 없는
큰 파멸을 가져오구야 말 것이어든. 그럴 거 아니야? 그런데 나는
안선생을 사랑해요. 또 저 어린것들두 사랑하구. 또 아무리 내가
질투에 눈이 어두웠다 하더라두 순옥이를 미워할 이유는 터럭 끝
만치두 없단 말야. 다만 이론으로만 그런 게 아니라 내 감정이 그
래요. 내 감정이 순옥이를 미워해지지를 않어. 되려 이상하게 가
련한 생각이 나구 애착심이 난단 말야. 아마 이게 내 영혼이 아직
아주 썩어져서 아주 악해지지 아니한 고마운 증거인지 모르지.
그렇지 아니하면 설명할 수 없는 무슨 깊은 인연이거나. 그러니
깐 내가 취할 길이 원산을 오는 것이란 말야. 좀 멀리 떨어져서
조용하게 저를 석방두 하구, 또 기도두 해서 내 마음을 가을 하늘
같이 가을 달같이, 내가 가을 하늘같이란 소리를 여러 번째 했네,
하하하하. 그렇게 속으루 생각하던 것이 돼서. 내 마음이 완전히
질투의 검은 구름에서 벗어나면 나는 승리자의 기쁨을 안구 도루
집으로 돌아가는 거야. 그렇지 못하면, 만일 도저히 이 질투를 이
기지 못하면 나는 최후 수단을 취한단 말야."

"최후 수단이라뇨?"

순옥의 말은 떨린다. 말만 떨리는 게 아니라, 전신이 떨리고 이
빨이 떡떡 마주친다. 등골에서는 얼음냉수가 여러 줄기로 죽죽
흐르는 것 같았다. 달빛에 비추인 옥남의 해쓱한 얼굴이 순옥의

눈에는 마치 매서운 환영같이 보였다. 바로 몇 분 전에 그렇게도 성스럽던 '질투를 잊어버린 여성'의 얼굴이 어쩌면 저렇게도 무섭게 변할까 하고 순옥은 머리카락이 쭈뼛쭈뼛함을 깨달았다.

"최후 수단이 하나밖에 더 있어? 죽는 게지."

"돌아가시다뇨?"

"살아서 죄를 짓느니보다는 죽어 없어지는 것이 낫지 않어? 또 나같이 병든 몸이 그냥 두기루 얼마나 더 살 거야? 해수욕한답시구 바다에 들어가 놀다가 한 오 분 물속에 코를 담그구 있으면 그만 아냐? 그럼 누가 자살이라구 할 리두 없구. 그저 몸 약한 사람이 아마 기운이 지쳐서 심장마비가 되었느니라, 그럴 거 아니야?"

"아머나, 사모님!"

하고 순옥은 참다못하여 두 손으로 낯을 가리고 테이블에 엎더지듯이 앞으로 쓰러진다.

"아니, 순옥이!"

"……"

"하하하하, 이봐 순옥이."

"네?"

"왜, 내가 지금 그런다는 거야? 원산 올 때에 그렇게 생각하구 왔었단 말이지. 이봐 순옥이."

"네."

그제야 순옥이가 고개를 들고 건침을 삼킨다.

"아이 쩟쩟, 순옥이가 사뭇 어린애야. 그러기루 그렇게 기겁을 할 게 무어 있어?"

옥남은 순옥의 손을 잡아당기며 웃는다. 그때에야 순옥은 다시 맑고 깨끗한 옥남의 얼굴을 보았다.

'그러면, 그 무섭던 얼굴은 어디 갔나?'

순옥은 이렇게 생각할 때에 또 한 번 전신에 소름이 끼침을 금할 수가 없었다. 그것은 진실로 옥남의 얼굴의 변화이던가. 그렇지 아니하면 순옥 자신의 마음의 환상이던가.

"저는 도무지 그러신 줄은 몰랐습니다."

순옥은 비로소 정신을 수습하여서 입을 열었다.

"무엇을? 무엇을 몰랐어?"

"사모님께서 저 때문에 그처럼 괴로워하신 줄을 말씀야요. 만일 그러신 줄을 벌써 알았으면야, 제가 지금까지 병원에 있을 리가 있겠어요? 벌써 제가 병원에서 나와서 안선생님 안 계신 데루 갔지요. 저는 제가 그처럼 큰 죄를 짓구 있는 줄은 도무지 몰랐어요. 그리구——"

"아니, 큰 죄는 순옥이가 무슨 큰 죄야?"

"그럼, 큰 죄가 아니에요? 게서 더 큰 죄가 어디 있습니까. 저 하나루 해서 선생님 가정에 그처럼 큰 불행을 드렸다구 하면, 그런 큰 죄가 또 어디 있습니까. 저는 지금 사모님 말씀을 듣구 나니, 어떻게 할 바를 모르겠어요. 금시에 제가 없어져버린다구 해두 그동안 삼 년 동안에 선생님께와 사모님께 끼친——끼친 손해랄까, 불행이랄까는 도저히 보상할 수가 없어요. 사모님께서 그렇게 생각하셨다면 저는 사모님 마음을 편하시게 해드리기 위해서는 무슨 일이라두 하겠어요. 죽어버려두 아깝지 아니합니다. 저는 가슴이 아프구, 미안하구, 도무지——."

"아아냐, 순옥이. 내 말을 아직 다 안 들었어. 지금까지 말한 것은 내가 원산 올 때까지에 가졌던 생각을 말한 것이야. 그러길래 내가 아까 말할 때에도 그랬었노라구, 저랬었노라구, 늘 대과거루 말하지 않았나 왜? 내가 지금 그렇게 생각한다는 것이 아냐. 지금 내가 그렇게 생각할 양이면야 내가 순옥이보구 이런 말을 하겠어? 안 하지. 내가 원산 올 때에는 그러한 생각으루 왔는데 말야. 그것두 내가 원산 떠나는 날 어떤 내 동무가 와서 순옥이가 약혼했던 남자가 안선생으루 해서 순옥이와 파혼이 되게 되어서 죽네, 사네 한단 말을 한단 말야. 그 밖에두 여러 가지 세상 소문을 말하구. 그러니깐 그만 내 약하구 어리석은 마음에 지금까지 곧잘 누르구 왔던 의심과 질투의 불길이 일어났단 말야. 그래서 내가 원산을 온 것인데, 원산 와서 안선생하구두 단둘이서 한 일주일 지내보구, 또 순옥이하구두 벌써 반달이나 지내는 동안에 나는 완전히 내 잘못을 뉘우쳤단 말야."

"그것은 사모님께서 저를 위로하시느라구 하시는 말씀이 아니셔요?"

"아아니. 나는 그렇게 거짓말하는 사람은 아냐. 글쎄 내 말을 들어보아요. 끝까지 들어보구서 순옥이가 할 말을 하라구. 애초에 그렇게 하기루 약속한 것이 아냐? 순옥이 괴로워 말어요. 순옥이가 잠시라두 괴로워하면 내 마음이 아파. 순옥이, 순옥이."

"네?"

"난 순옥이를 사랑해."

"……"

"진정 말야, 난 순옥이를 사랑할 뿐 아니라 숭배해요. 나는 순옥이한테서 참말 사랑이란 어떠한 것인가를 배웠어. 지금까지 내가 사랑이라구 생각하던 것이 어떻게나 저급하구 동물적이던 것을 깨달았어. 순옥이, 순옥이!"

"네에?"

"내 말을 들어?"

"네."

"순옥이."

"네에?"

"내 말을 믿어?"

"……"

"순옥이!"

"네에?"

"지금 내가 순옥에게 하는 말을──하는 참회를 고대루 믿어주어, 응. 나는 이것이 하느님 앞에서 하는 말야, 하느님께 여쭙는 참회의 기도와 같은 심정으로 하는 말루 알구 내 말을 믿어주어요. 왜 그런구 하니, 이것은──내가 하는 말은 말야, 순옥에게는 대수롭지 아니한 말인지 몰라두 내게는 심히 중대한 말이야요. 이것이야말루 내가 거듭난 자백이요 선언이어든. 나는 이 선언을 내게 바른길을 가르쳐준 순옥이 앞에서 반드시 한번 말하는 것이 옳다구 믿어요. 그리구 순옥이로 하여금 내 거듭난 증인이 되어주기를 청하는 것이야요. 순옥이, 내 말 들어?"

"네."

순옥의 혼란되었던 마음은 하늘에서 비추어오는 듯한 일종 거룩한 빛으로 안정이 됨을 깨달았다. 그 거룩한 빛은 옥남에게서 오는 것이었다. 사실 옥남의 얼굴은 더욱더욱 빛이 났다.

"순옥이!"

"네?"

"그러한 더러운 생각을 가지구 원산에 온 내가 말야, 순옥이하구 같이 있어서 순옥이가 하는 양을 본 뒤로는 마치 봄볕을 받은 얼음장 모양으로 내 마음이 슬슬 녹아서 풀어진단 말야. 처음 순옥이가 올 때에야, 옳지, 순옥이가 어떤 여잔지 어디 좀 보자, 하고 다소 악의를 품은 눈으로 순옥을 살폈을 거 아냐? 순옥이 용서해요. 나를 위하구, 나를 애끼구 하는 생각밖에 도무지 딴생각이 없는 순옥을 비록 잠시 동안이라두 의심과 질투를 가지구 대했다면, 그것이 지옥에 떨어질 죄가 아냐? 암, 그렇구말구."

하고는 옥남은 한 번 한숨을 쉬고 나서, 말을 이어 한다.

"그렇지만 하느님께서 날 같은 죄인을 아주 버리시지 아니하셔서 성신의 힘을 주셔서 나로 하여금 순옥의 참모양을 보게 하셨단 말야. 암, 그것이 성신의 힘이지 내 총명일 수가 있어? 아까 말한 모양으루 순옥이하구 하루 이틀 같이 있으면 있을수록 내 마음에 맺혔던 악의가 차차 풀려버린단 말야. 그리구 순옥의 모양이 나보다 자꾸만 높아 보이구, 깨끗해 보이구, 거룩해 보이구, 그와 반대루 내 꼴이 점점 초라하게, 아주 말 못 되게 초라하게

변한단 말야. 나는 나 자신에 대해서 일종의 혐오와 비애를 느낄
지경이었어요. 그래두 모든 죄인들이 다 그렇게 하는 모양으루
나는 다 으스러진 내 꼬락서니를 다시 줏어 모아서 일으켜 세우
고 순옥의 눈같이 흰 모양을 진창 속에 처넣구 발루 밟아버려 볼
양으로 반항을 하구 발악을 해보았어요. 참말 부끄러운 일이지.
그러나 마침내 나는 완전히 순옥의 발 앞에 꿇어 엎대지 아니할
수 없는 때를 당했어요. 아이, 그것이 어떻게나 고마운 순간일까?
그야말루 내 영혼이 구원받은 순간이었어요!"
하고 옥남은 감격을 이기지 못하는 듯이, 말을 그치고 한숨을 쉬
며 두 손을 마주 쥐어 읍하는 모양으로 가슴에 대고 기도하는 사
람 모양으로 한참 우러러본다.

"순옥이!"

"네."

"그게 어느 순간인지 순옥이 알어?"

순옥은 말없이 고개를 숙인다. 순옥의 가슴속에 감격이 고여오
름을 느낀다.

"그것이 언젠구 하니, 바루 비 오던 날 저녁, 내가 좀 열이 올라
서 괴로워하던 날 저녁, 바람이 불구, 물결 소리가 높구, 그런 날
기억하지?"

"네."

"그날 저녁에 잠결에 웬 보드라운 손이 내 등을 스친단 말야.
깨보니 순옥이가 내 등에 손을 넣어서 가만히 땀을 씻기지 않았
어? 그때가 새루 세 시야. 내가 잠이 깨는 듯한 기척을 보구는 순

옥이가 살그머니 빠져서 자리루 돌아가지 않았어? 그리구는 그 이튿날두 또 그다음 날두 밤 세 시쯤 되면 순옥이가 내 곁에 와서 내 손을 가만히 만져보구, 그리구는 가제루 손을 싸가지구는 내 이마의 땀을 씻구, 그리구는 등으루 손을 넣어서는 등골의 땀을 씻구, 그리구는 한 번 가만히 한숨을 짓구, 그리구는 살그머니 일어나서 순옥이 자리루 돌아가서는 아이들 이불을 덮어주구, 머리를 한 번 더 만져주구, 그리구는 기도를 하는 모양으로 잠깐 가만히 앉았다가 누워 자지 아니했어? 첫날, 둘째 날, 셋째 날, 나는 얼마나 순옥이를 껴안구 울구 싶었을까? 그때 순옥이는 천사와 같이 환히 빛이 났어. 순옥이 몸에서는 사람의 몸에서는 맡을 수 없는 향기가 나구, 그리구 그 손의 보드라움, 따뜻함! 순옥이, 이것으루 나는 순옥의 참모양을 보았어. 순옥이는 화식 먹는 사람이 아니라구, 천사라구. 관세음보살님이시라구. 밤중마다 그렇게 앓는 나를 염려하구, 그렇게두 자비스럽게 도한[65] 흘리는 내 몸을 아껴서 땀을 씻어주는 것이, 이것이 어머니가 자식에겐들 이루 할 일이야? 이것이 지어먹구 할 수 있는 일이야? 사람의 마음으루는 못 할 일이 아니야? 그것두 하루 이틀두 아니구 날마다 밤중에 내가 잠이 깊이 들어서 모르는 날이 있었지. 순옥은 하룻밤두 거르지 아니했을 거야. 순옥이, 이런 것을 보구두 내가 거듭나지 아니할 수가 있겠어? 이러한 순옥을 나는 날 같은 동물적인 여자와 같은 여자루만 여기구 의심두 하구 질투두 하구, 했다구 생각하면 어떻게 내가 하늘이 무섭지 않겠어? 순옥이 이렇게 해서 나는 순옥의 참모양을 보구 참사랑이란 무엇인가를 배웠어. 그때에 벌써 내가 뛰어 일어나서, 내 이마와 등의 땀을 씻겨주는 순옥의 발 앞에 엎드려 울기라두 할 것이지마는, 나는 그러는 것이 도리어 순옥의 거룩한 일을 깨뜨리구 더럽히는 것만 같아서 모르는 체하구 있었어요. 그러나 순옥이가 잠이 든 뒤에 나는 순옥을 향해서 합장하구 울었어요."

여기까지 말한 옥남은 음성이 떨리고 울음이 북받쳐 오름을 깨달아서 입술을 물어서 울음을 삼키려다가 마침내 흑흑 느껴서 운다.

순옥 자신도 눈물이 쏟아지는 것을 금할 수가 없어서 한참이나 울다가, 깜짝 놀라는 듯이 벌떡 일어나서 옥남의 곁으로 가서 느껴 우는 옥남의 어깨를 가볍게 흔들면서,

"사모님, 사모님, 우시지 마셔요. 사모님이야말루 사람은 아니십니다. 신이십니다. 사모님, 몸에 해로우십니다. 인제 고만 들어가 누우셔요."

"순옥이!"
하고 옥남은 어깨 위에 놓인 순옥의 손을 덥석 쥐어서 와락 잡아당기어서 그 손등에 힘 있게 입을 맞추고는 다시는 아니 잃어버리려는 듯이 가슴에다가 꼭 품는다.

잊어버렸던 듯한 물결 소리가 다시 울리기 시작한다. 달이 벌써 서쪽으로 기울어서 집 그림자가 모래 위에 길다.

옥남은 순옥에게 끌려서 방으로 들어왔다. 순옥은 옥남이가 누운 자리가 편하도록 손으로 펴서 반듯하게 만들어주고, 옥남의 곁에 앉아서 싸늘하게 식은 옥남의 손을 만지면서 열이 삼십칠

도 이삼 부는 넘지 아니할까 하고 염려하였다. 서창으로 드는 달
빛이 모기장을 통하여 옥남의 얼굴을 훤하게 비추었다.

"사모님!"

순옥은 옥남의 기분을 상할까 하여 잠깐 주저하다가, 결심으로
옥남을 불렀다.

"왜?"

"주사 한 대 맞으시지요."

"무슨 주사?"

"좀 편안히 주무시게, 흥분이 되셨으니."

"이 기쁜 흥분을? 지금 상태를 언제까지나 계속하는 주사가 있
다면 열 대라두 맞을 테야."

"그래두 벌써 밤이 자정이 넘었는데요."

"괜찮어. 이 세상에서 백 년을 살더라두 지금같이 기쁜 때는 다
시 만나기가 어려울 것 같애. 그동안두 순옥이가 와 있는 동안 늘
기뻤지마는 내가 내 속을 순옥이한테 말을 하구 나니깐 더욱 기
뻐. 내 영혼에 아무러한 티두 그림자두 짐두 아무것두 거리끼는
것이 없구 끝없는 허공을 자유로 훨훨 날아댕기는 것같이 그렇게
나는 마음이 가볍구 기뻐요. 순옥이 이것이 죗짐을 벗어놓은 기
쁨일까. 이 순간에 내가 이 몸을 떠나버린다면 나는 죄를 안 받을
것 같애. 순옥이, 이것이 다 순옥이 덕이야. 순옥이 깨끗한 영혼
이, 깨끗한 사람이 나를 지옥 속에서 구원해내 주었어. 암만해두
순옥이는 사람이 아니야. 사람의 모든 욕심을 떠났으니 벌써 사
람은 아니지 무에야? 그 허영이란 이가 순옥이를 이러한 순옥이

루 알구 사랑하는 것일까. 그저 아름답구 재주 있는 한 여자루만 알구 사랑하는 것이 아닐까? 순옥이두 몸이 여자루 생긴 것을 보면 여자는 여자겠지만, 벌써 여자의 마음은 떠난걸. 순옥의 마음 속에두 애욕이 들어갈 수가 있을까? 질투가 들어갈 수가 있을까? 내가 보기에는 순옥이는 어떤 남자를 이성에 대하는 욕심으로 사랑할 수 있을 것 같지는 않어. 이를테면 보통 여자들 모양으루 생물학적 사랑을 할 사람 같지는 않어. 순옥이는 벌써 사람들의 생물학적인 모든 욕망에서는 초월한 사람만 같어. 관세음보살과 같이 무슨 방편으루 짐짓 여자의 몸을 쓰구 사람의 형태루 세상에 나타난 신만 같어. 사람들이 보기에 순옥이 얼굴이 저렇게 아름답지마는 순옥이 마음에는 그것은 임시루 쓴, 흙으루 만든 가면일 거야. 아무 때에 벗어던져두 아깝지두 않을. 마치 톨스토이의 이야기에, 미카엘 천사가 구둣집 머슴의 탈을 쓴 것 모양으루. 나는 순옥이가 이 세상 어떤 남자하구 연애를 했다구 하면 순옥이 입으루 그 말을 하더라도 안 믿을 테야. 어떤 임금님의 어여쁜 딸이 병신 거지와 연애를 했다면 믿을까 몰라두. 나는 남자 중에 그런 사람을 하나 보았지. 그것은 안선생이구, 그리구 여자로는 순옥이야. 순옥이 내 말 들었어?"

옥남은 고개를 숙이고 앉은 순옥의 손을 잡아당긴다.

"네, 다 들었습니다."

"순옥이, 내 말이 옳지? 내가 순옥이를 바루 보았지?"

"제 생각에는, 지금 사모님이 하신 말씀은 제게 관한 말씀이 아니구 사모님 자신을 두구 하신 말씀이라구 믿어요. 저야말루 사모님을 그러신 어른으루 뵈었어요. 그리구 만일 그 말씀이 다 저를 위한 말씀이라면 절더러 그런 여자가 되라구 훈계하신 말씀으루 믿구요. 저는 사모님의 이 훈계를 잘 받아서 일생에 지켜갈 테야요. 제가 이렇게 미거하지마는 아직 나이가 젊으니깐 일생 두구 수양하면 그런 여자가 될 것두 같아요. 아무려나 저는 사모님께서 지금 마음이 편안하시구 기쁘시다니 그것만 다행으루 생각합니다. 또 사모님께서 저를 그처럼 사랑해주시는 뜻을 깊이깊이 가슴속에 새기구요. 저를 얼마나 사랑하시길래 그처럼꺼정 보시겠어요? 왼통 제게는 당치두 아니한 말씀이지만."

이렇게 말하는 순옥의 눈에는 눈물이 흘러 떨어진다.

"아아니! 아아니! 만일 겸사가 아니구 순옥이가 정말 그렇게 생각하면 그것두 다 순옥이가 순옥을 과소평가하는 거야, 또 순옥이 자신을 모르는 거구. 마음이 깨끗하구 겸손한 사람이 매양 그런 법이지마는."

그로부터 한 반 시간쯤 되었다. 잔다고 눈들을 감고 있기는 하였으나 옥남이나 순옥이나 잠이 들 리가 없었다. 모두 오늘 밤에 생긴 일을 되풀이하고 있었다. 자기네 생각에도 그것은 인생에 흔히 있기 어려운 광경이었다. 여름 바다, 깊은 밤, 달빛을 받아서 영원의 노래를 중얼거리는 물결 소리를 반주로 연출된 이 극의 한 장면이 두 사람의 가슴에 깊이깊이 인이 박임을 깨달았다.

물결 소리가 고요한 밤을 가벼이 울리고, 뜰 가 벌레 소리가 끊일락 이을락, 기울어가는 달그림자가 고요히 고요히 시간의 벌판으로 미끄러져 가고 있었다. 이때에

"순옥이, 자?"

하는 옥남의 소리가 울렸다.

"네, 아직 안 잡니다."

"도무지 잠이 안 들어. 순옥이는 또 주사를 놓는다구 하겠지마는 괴로워서 잠이 아니 오는 것이 아니라 기뻐서 잠이 아니 오는 거야. 이대루 영원히 영원히 시간이 흘렀으면 좋겠어. 순옥인 안 그래?"

"저두 그래요. 저두 기뻐서 잠이 아니 와요. 사모님의 사랑이 너무두 크셔서."

"순옥이."

"네?"

"그런 인사말은 말어."

"아냐요. 인사말씀이 무엇입니까? 정말씀입니다."

"순옥이."

"네."

"순옥이가 정말 나를 믿구 사랑해?"

"네."

"그러면 순옥이, 내 원을 들어줄 테야?"

"무슨 원이십니까?"

"무슨 원이든지."

"제가 할 수 있는 일이면 무엇이나 해드리겠어요."

"꼭 그러지?"

"네."

옥남은 웃통을 반쯤 일으켜서 세 아이 건너로 순옥을 바라보며,

"이 아이들 말야."

하고 협이와 윤이와 정이의 자는 얼굴을 보고 나서,

"이 세 아이."

하고 한숨을 지운다. 순옥도 자리에 일어나 앉으며,

"네."

하고 옥남의 말이 무슨 뜻인지를 몰라서 아이들과 옥남의 얼굴을 번갈아 본다.

"어미 생각에 걸리는 것은 자식밖에 없거든."

"네."

"내게는 이 세 아이가 유일한 이 세상에서의 보배야."

"그러시구말구요."

"정이는 아직 핏덩어리니깐 무엇이 될지 모르지마는 협이하구 윤이하구는 잘 길러서 잘 가르치기만 하면 하낫 구실들은 할 것 같아. 어미의 제 자식 보는 눈을 믿을 수는 없지마는, 어미는 변변치 못해두 저의 아버지는 피야 좋지 아니한가."

"그럼은요. 협이, 윤이는 말씀할 것두 없구요, 정이두 벌써 어른 같은걸요."

하고 순옥은 삼 년 전에 병원에서와 삼청동에서 처음 협이를 볼 때 일을 기억한다. 인제는 벌써 협이가 열한 살, 윤이가 아홉 살, 그때에는 갓난이던 정이도 벌써 네 살이다. 순옥이가 보기에 아이들은 다들 선량하고도 영리하였다.

"그럼 말야 순옥이, 암만해두 내가 오래 살 것 같지를 않아요.

고작해야 일 년을 넘길 것 같지가 않어."

"사모님, 왜 그런 생각을 하세요? 차차 건강이 회복되시는걸."

"아니. 내가 내 죽을 날을 내다보는 것 같어. 또 우리 친정집이 사십을 넘겨 사는 이가 별루 없어요. 어머니만은 환갑을 넘기시구두 아직 살아 계시지만."

"그렇다구 다?"

"쯧, 그야 그렇지. 그렇지만 내가 내 병을 아는걸. 아무려나 나는 앞으루 얼마 못 살어요. 그런데 말야, 나는 죽는 것은 무섭지 않어. 웬일인지 젊었을 때에두 죽는 것은 도무지 겁을 안 냈어요. 내가 죽으면 어린것들 데리구 안선생이 어떡하시나, 그것만 걱정이었지. 나는 더 살구 싶은 마음이 아주 없다면 거짓말이라구 할는지 몰라두, 별루 살 욕심은 없는 사람야요. 그런데 인제는 안선생두 사업의 기초두 잡히시구, 인제는 내가 살아서 먹을 것을 벌어야 할 것두 없구, 다만 하나 마음에 걸리는 것이 이 아이들야요. 그것두 다 어리석은 생각이겠지. 다 저희들의 분복[66]이구, 또 하느님께서 다 알아서 하실 일이겠지──성경에두 그렇게 말씀하셨으니깐. 나 자신의 내일 일두 내가 알 수 없는 것인데, 자식두 남이어든, 다른 목숨의 장래 일을 염려한다는 게 다 어리석은 일인 줄두 알지마는 어미의 정이란 본래 어리석은 것이어든. 내가 턱 죽으면 저것들이 의지할 데가 없는 것같이만 생각히지 않어? 그래서 내가 앞으루 얼마 못 산다 하면 이 아이들이 마음에 걸린단 말야."

"글쎄 사람의 일이야 알 수 없습니다마는, 돌아가시기는 사모님이 왜 돌아가십니까?"

"글쎄, 죽는다 치구 말야. 십상팔구는 그렇지 않어? 그런데 말야, 내가 순옥이한테 청할 게 무엇인구 하니, 내가 죽거든 이 아이들을 다 맡아서 길러달란 말야. 그렇게 해주어요. 순옥이."

"글쎄 사모님이 그렇게 말씀하시면 저는 무에라구 말씀 여쭤야 좋을지 모르겠어요."

"왜? 그렇게 하마구 대답하면 그만 아냐?"

순옥은 실로 무엇이라고 대답할 바를 몰랐다. 지금까지 명랑하던 마음이 좀 흐려지는 듯함을 깨닫는다. 내가 죽거든 네가 내 자리에 들어서라 하는 듯한 옥남의 말을 어떻게 들어야 할 것인지 순옥은 갈팡질팡 아니 할 수가 없었다.

"그야, 내가 이렇게 말하는 것이 어떻게 생각하면 순옥을 모욕하는 것이라구 볼 수두 있지. 전정이 구만리 같은 남의 색시더러 내가 죽거든 아이들을 길러달라는 말이 노엽게 듣자면 노엽게두 들릴 게야. 내가 죽거든 내 대신 들어와서 계모가 되어달라는 말 같이두 들리구 하지마는 순옥은 그렇게 생각하지는 않을 거야. 내가 친동생같이 또 딸같이 순옥을 생각하길래, 그리구 믿기루 말하면 친동기나 자식보다두 더 믿길래 내가 이 말을 하는 줄두 알 거 아니야? 순옥이 그렇게 알지?"

"네."

"고마워 순옥이, 고마워. 그러니깐 내 청을 들어달라구. 이건 너무 노골적으루 말하는 것두 같지만, 만일 순옥이가 원하면 안선생과 혼인을 해두 좋아요. 그러면 안선생두 얼마나 행복되실 거야? 허지만 그것까지는 내가 할 말이 아니구. 아무려나 순옥이가 이 애들 보호자만 되어주면 나는 안심이야, 만족이구. 또 똑바루 말하면야 순옥이가 안선생과 혼인 못 할 것은 무어 있나? 내 생각에는 두 분이 꼭 맞는 배필일 것 같어. 그저 한 가지 흠은 안선생이 나이가 많구 전실 아이가 셋씩이나 있는 것이지마는 순옥이가 그거 생각은 안 하겠지."

"아이, 사모님두. 그런 말씀은 마셔요. 왜 그런 숭한 말씀을 하셔요."

"숭한 말? 그게 왜 숭한 말야?"

"숭한 말씀 아니구요. 게서 더 숭한 말씀이 어디 있습니까?"

"왜? 내가 죽은 뒤에 순옥이가 안선생하구 혼인한다는 것이 그렇게 숭할 것은 무엇이 있어?"

"안선생님은 제 선생님이셔요. 언제까지든지 제 선생님이셔요. 제게 인생의 바른길을 가르쳐주신 어른이시니 선생님이시죠. 세상에 선생님에서 더 높은 관계가 어디 있습니까? 저는 선생님께 대해서 꿈에라도 연애니 혼인이니 하는 생각만 해두 무엄하구 황송하다구 생각합니다. 혼인이란 저와 대등한 사람하구 하는 것이죠. 선생님하구 혼인하는 법이 어디 있습니까?"

"그래, 순옥이 말이 옳아. 내가 높이 생각하는 어른하구 혼인이 될 수가 없는 것이야. 만일 또 그런 일이 있다구 하면 그것은 모독일 거야. 과연 그럴 거야. 부부란 인생으로서 중요한 제도이겠지마는 결국 생물학적 관계에 지나지 못하는 것이지. 도덕적으로 참된 기초 위에 선 부부라야 종족 번식의 큰 직책과 국민 문화적 보존자루 의미가 있는 거지마는 까딱 잘못하면 애욕 만족의 방편에 불과하는 것이니깐. 참 그래, 인생의 관계 중에 가장 거룩하구 영원성을 가진 것이 사제 관곌 거야. 예수와 인류, 부처님과 중생, 그것이 다 사제 관계니깐. 하긴 그래, 사제 관계가 제일이야. 사제 관계 이상의 관계가 없어. 가깝기루나 영원하기루나 그래. 임금, 스승, 어버이라구 했지. 참 그래, 그런데 나는 사제 관계라는 것을 지금까지 모르구 있었거든. 그래, 선생님과 제자! 그걸 부부 관계에 비길 수가 있나. 스승과 제자, 어버이와 아들딸보다두 더 중한 관계야. 그래 그러니 세상에 부모처자를 가진 사람은 저마다이지마는 마음으루 이 어른은 내 스승이시다, 정말 선생님이시다, 할 만한 선생을 가진 사람이 몇이 되나? 그러니깐 세상 사람들은 사제 관계란 것을 잊어버리구 말았지. 그런 것이 있다구 생각하는 사람조차 없을 지경이구."

이 모양으로 옥남은 혼잣말 모양으로 중얼거리더니, 문득 고개를 번쩍 들며,

"순옥이."

하고 부른다.

"네."

순옥은 지금까지 옥남이가 중얼거리는 소리를 한마디 빼지 않고 듣고 있었다. 그리고 옥남이가 어떻게 두뇌가 명석한 사람인 것을 탄복하고 있었다. 그럴뿐더러 제가 속으로는 어렴풋이 그러한 이치를 생각하면서도 아직 이름 지어 분명히 가리지 못하였던 것을 옥남의 말로 하여 그 관념을 분명히 할 수도 있었다. 그것은

자기가 안빈에게 대한 사모의 정에 관하여서였다.

"순옥이, 나는 인제야 분명히 순옥이가 안선생을 사모하는 정이 무엇인가를 분명히 알았어. 전에는 순옥이가 안선생께 대해서 사랑——연애라는 사랑 말야——그러한 사랑을 가지면서두 처지가 처지가 되어서 그것을 발표하지 못하구 속으로만 그립게 나가는 것이라구 생각했어. 순옥이를 단순히 젊은 여성으로만 본 거지. 그리구 순옥이가 날마다 속으로 그렇게 사랑하는 안선생의 곁에 있으면서 용하게 참는다구, 그 참는 것이 거룩하다구, 사랑해서 안 될 사람에게 대해서 문지방을 넘지 아니하는 것이라구, 이렇게 생각하구 순옥을 장하다구 여겼어. 순옥이뿐 아니라, 남편인 안선생께 대해서두 그만큼밖에는 생각을 못 했단 말야. 그러기에 사람이란 남의 일을 제 정도만큼밖에는 모르는 거야. 제 마음 생김만큼밖에는 모르는 거란 말야. 순옥이는 안선생을 남성으루가 아니라 스승으루 사모하고, 안선생은 순옥을 여성으루가 아니라 제자루 사랑하시는 것을 내가 몰라보았단 말야. 나는 일생에 그러한 감정을 경험해본 일이 없거든. 나는 남자면 남자, 여자면 여자, 남자와 여자와 사이에 생기는 사모하는 정은 연애——이렇게밖에 생각할 힘이 없었단 말야. 그랬어, 그럼, 꼭 그랬어. 순옥이 그렇지? 내가 바루 생각했나?"

"사모님 말씀을 듣구 저두 알아진 것 같아요."

"순옥이."

"네."

"순옥이는 언제부텀 안선생을 사모했어?"

"열네 살부텀이야요."

"어떻게? 책을 보구?"

"네."

"열네 살부터?"

"네."

"그럼, 십이 년? 십삼 년쩰세."

"네."

"안선생을 만나기는 그날 나한테 오던 날이 처음이구?"

"네."

"그래 처음 만나 뵈니깐 반가워?"

"네. 어려서부텀 한번 뵈었으면 했거든요."

"그래, 안선생 곁에 있구 싶어서 학교두 고만두구 간호사가 되었지?"

"네."

순옥은 이마가 가슴에 닿도록 고개를 숙인다.

"아이참, 정성이 끔찍두 해. 그래 안선생 곁에 오니깐 기뻐?"

"네."

"삼사 년이 되어두 도무지 변하지 않어. 식거나 더 간절하거나."

"선생님 곁에 뫼시구만 있으면, 선생님을 위해서 무슨 일이라두 늘 하구만 있으면 기뻐요. 더 바라는 것두 없구요."

"일생이라두 선생님을 뫼시구 있구 싶어?"

"네."

하고 순옥은 잠깐 주저하다가,

"그래두 일생 선생님을 뫼시구 있을 복은 없을 것 같아요. 제가 왜 평생 열네 살 먹은 어린 계집애대루 있지를 못하나, 그런 생각이 늘 나요. 이렇게 커다란 계집애가 되구 보니, 모두 선생님께랑 불편이 많은 것 같아요. 어떤 때에는 협이와 윤이가 부럽구요. 제가 선생님 따님으루 태어났으면야 일생을 뫼시구 있기루 누가 무에라구 하겠어요? 따님은 못 되더라두, 왜 선생님의 먼촌 조카루라두 못 태어났나, 이렇게 생각이 되구요. 그렇지만 저는 이것을 후회는 아니 해요. 다 제 인연이 박한 것이라구, 이만큼이라두 선생님을 뫼시구 있게 된 것만 제 분에 넘는 큰 복이라구요, 그렇게 고맙게 황송하게만 생각하구 있어요."

"아이, 어쩌면, 어쩌면. 그렇게두 간절하게 선생님을 사모할까? 나두 그런 감정을 경험해보았으면."

옥남은 한참 멀거니 무엇을 생각하다가,

"순옥이."

하고 누웠던 몸을 일으킨다.

"네."

"그러니깐 내 말대루 내가 죽거든 아주 안선생을 일생 뫼시구 살라구. 나는 부러 하는 말이 아냐. 진정야."

"사모님, 그런 말씀은 다시는 제게 하시지 마셔요. 사모님께서 그런 말씀은커녕 그런 생각만 하시구 계시더라두 저는 다시는 병원으루 아니 갈 테야요. 어떠한 일이 있더라두 저는 그런 일은커녕 그런 생각두 아니 할 테야요. 만일 제 마음속에 그런 생각이 일 초 동안이라두 일어나는 때가 있다면 그때에는 벌써 저는 저를 잃어버릴 것입니다. 만일에 불행이 있어서, 사모님께서 무슨 일이 생기셔서 애기들을 절더러 돌아보라구 하시면 그것은 하겠어요. 그렇지만."

"알았어! 알았어! 순옥이의 뜻을 잘 알았어! 순옥이의 새로운 한 면을 내가 또 분명히 발견했어. 자, 우리 자, 인제. 순옥이 잘 자."

"사모님, 안녕히 주무셔요. 너무 오래 말씀을 하셔서."

"괜찮아. 인제는 베개에 머리만 붙이면 곧 잠이 들 것 같아. 순옥이 마음 놓구 자. 나 잠드는 거 기다리지 말구."

"네, 자요. 안녕히 주무셔요."

"또 밤중에 내 땀 씻어줄 생각두 말구."

"네, 염려 마셔요."

"아차, 새루 한 시를 치네."

어디서 "땡" 하고 시계 치는 소리가 들린다.

"순옥이."

"네."

"우리, 늦도록 자. 일찍 일어나지 말어."

"네."

"하기야 이 장난꾼들이 가만있나. 순옥이 잘 자."

"네. 어서 주무셔요."

이튿날 아침, 바다에 안개가 끼다가 해가 올라오는 대로 살살 걷혔다. 바다는 금으로 갈아놓은 거울과 같이 잔잔하고도 아름다웠다. 실로 옛날이야기에나 나올 듯한 아침 경치였다.

순옥이가, 옥남이가 잠을 깨지 않도록 소리 안 나게 살그머니 일어나 발코니에 나가서 이러한 아침 경치를 앞에 두고 아침 기도를 올리고 있을 때에 옥남이도 일어나 나왔다.

순옥이가 기도를 올리는 동안 옥남이도 잠깐 기도를 올렸다. 순옥은 곁에 옥남이가 나와 선 것을 보고 놀랐다.

"어느새 일어나셨습니까. 제가 나오는 소리에 잠이 깨셨어요?"

"아니. 순옥이 기도 소리에 잠이 깨었어."

하고 옥남은 순옥을 보고 웃었다.

"제 기도 소리에?"

순옥은 소리를 내지 아니하고 기도한 것을 생각하였다.

"응. 순옥이 기도 소리가 하늘에까지 울렸거든. 내가 못 들어?"

순옥도 그제야 웃었다.

"아이, 사모님두."

"참 오늘은 아침 경치가 좋기두 해. 하늘과 바다가 왼통 금빛이야."

"참 그래요. 저는 이런 아침 경치는 처음야요."

"나두. 아마 이런 아름다운 아침은 일 년에두 몇 번 안 될 거야."

"그럴 것 같아요. 저는 몇천 년에 처음이 아닐까, 그런 공상을 했어요."

"아마 꼭 이런 경치야 영원에 한 번뿐이겠지."

"아이, 사모님은 시인이셔."

"그렇게 생각하면 시인인가?"

"그럼은요."

"아이 저 해! 저 해가 구름 속에서 나왔어."

"네, 참."

"그 구름들이 모두 구름이 아니라, 오색 무엇이랄까, 비단이래 두 말이 안 되구, 무지개래두 말이 안 되구."

"글쎄 말씀야요. 불타는 것두 같구. 그런데 그 빛이 미처 볼 새가 없이 변해요."

"그래, 잠시두 단 두 순간두 같은 대루 있지를 않지?"

"네, 변화 그것이야요."

"아이 저 보아요. 저 해에서부터 바루 우리 앞에까지 금빛 길이 닿지 않았어? 바루 우리 앞에까지?"

"네, 아이참. 요한묵시록에 있는 새 예루살렘 길 같아요. 길이 왼통 금이구."

"그러기루 어쩌면 저렇게두 길 같을까? 금빛 모전[67]을 깔아놓은 길이야. 하느님께서 우리를 찾아서 걸어오실 길인가? 우리더러 하느님 나라루 걸어오라시는 길인가? 순옥이 나는 저 길을 걸어가구 싶어. 저 금빛 물결 위루, 저 길이 닿는 곳까지 걸어가구 싶어. 거기를 가면 필시 모든 더러운 것이 없구, 깨끗한 것만 있는 하늘나랄 거야. 안 그래, 순옥이?"

"네, 그럴 것 같습니다. 우리 앞에는 저러한 금길이 있건마는, 언제나 늘 있건마는 우리가 그 길을 본 체 아니 하구 어두운 가시밭 죽음의 그늘루 걸어가는 것만 같아요. 그러나 사모님께서는 분명 저 금길을 걸어가십니다. 저 하늘나라 길을요."

"순옥이야말루."

"아이, 제가 어떻게요?"

"아니야, 순옥이는 분명 저 길을 걸어가는 사람야. 순옥이!"

"네."

"협이랑 윤이랑 정이랑, 저 애들을 꼭 순옥이가 이끌구 하늘 길
을 열어주어, 응?"

바다의 금빛과 하늘의 오색 빛도 순식간에 다 스러지고 천지는
예사 천지로 되어버렸다. 아침의 영광스러운 찬송과 기도가 끝나
고 예사 날의 일이 시작된 것이었다.

"엄마아."

하는 정이의 소리가 나고 협이와 윤이도 잠을 깨어서 더러는 옥
남에게, 더러는 순옥에게 매달렸다. 옥남과 순옥은 아까 생각하
던 하늘 길을 생각하면서 아이들을 보았다.

"하늘 가는 밝은 길이 내 앞에 있으니

슬픈 일을 많이 보고 큰 고생 하여도

하늘 영광 밝음이 어둔 그늘 헤치니

예수 공로 의지하여 항상 빛을 보도다"

하는 순옥의 찬미 소리가 밑에서 울려 올라오는 것을 옥남은 듣
고 있었다. 순옥은 부엌에서 옥남을 위하여 토스트를 구우면서
이 노래를 부르는 것이었다. 옥남이도 젊었을 때에 즐겨 부르던
이 찬미가 불러보고 싶었다. 그래서 목소리를 아껴가면서 한
절을 불렀다. 순옥이도 부엌에서 옥남의 노랫소리를 들었다.

옥남이는 지난밤에 잠이 부족하였건만도 이날 매우 기분이 상쾌하였다. 아침도 여느 날보다 많이 먹고 또 맛나게 먹었다.

그날 점심때에 순옥은 집에서 점심을 차리고 있었다. 토마토랑 고구마랑 감자랑 이런 것으로 비린 것 들지 아니한 양식을 만드는 것이었다. 우유와 닭의 알만을 넣은 청초하고 싱싱한 안식교인식 요리를 만드는 것인데, 이것은 순옥의 집이 몇 해 동안 순안에 있을 때에 안식교 선교사의 집에서 먹어보고 배운 것이었다.

순옥의 어머니가 안식교의 세례를 받은 관계로 순옥의 오빠 영옥과 순옥이네 형제도 안식교인이었다. 다만 술을 좋아하고 한시를 좋아하는 아버지를 제하고는 순옥의 가족은 모두 안식교인이었다. 안식교에서는 토요일을 안식일로 삼아서 절대로 안식할 것을 명하기 때문에 순옥이네 형제는 학교에 다니면서도 여러 가지로 곤란을 당하였다. 영옥은 마침 졸업 시험이 토요일에 걸치게 되어서 그것을 쉬었기 때문에 졸업이 문제가 되었으나, 마침 학교가 기독교 학교인 덕으로, 신앙 문제를 중히 여겨서 추후 시험을 치르기를 허해주어서 낙제만은 면한 것이었다.

이러한 안식교의 엄격한 종교 생활이 순옥이와 및 그 형제들의 인격을 형성하는 데 큰 힘을 준 것은 말할 것이 없다.

'깨끗한 생활, 하느님다운 생활, 성경대로의 생활.'

이것이 안식교도들의 생활의 목표요, 준칙이었다. 순옥은 비록 안식교의 교리 중에서 여러 가지 점에 대하여 신앙을 잃었다 하더라도 그 생활 방식만은 순옥의 것이 되고 말았다.

이래서 순옥은 안식교의 채식주의를 좋아한다. 순옥은 선천적으로 살생을 싫어하는 마음이 있었다. 이것은 그 할머니에게서 받은 것인지 모른다. 순옥이가 열 살도 다 되기 전에 돌아갔지마는 순옥의 할머니는 정성스럽게 염불을 모시는 이였다. 순옥의 기억에 그 할머니는 비린 것을 자시지 아니하였다. 그리고 손자들을 보고도,

"살생을 해선 못써. 살생을 많이 하면 내생에 병이 많은 법이야."

이러한 말과,

"저 소가 우리 조상인지도 몰라. 날짐승 길짐승들도 다 한두 번씩은 우리 부모나 형제가 되었던 중생들이다. 다들 악업을 지어서 저렇게 축생보를 받는 거야."

이러한 말도 하던 것을 기억한다. 순옥이가 특별히 그 할머니의 귀염을 받았기 때문인지는 몰라도 순옥에게는 그 할머니는 퍽 소중하게 보이는 기억이었다. 이런 것이 다 합해서 순옥은 안식교식 채식 요리를 좋아하는 것이다. 순옥이가 감자를 삶아서 으깨고 있을 때에 대문에 달린 방울이 울렸다. 순옥은 앞치마를 두른 채로 콧등과 이마의 땀도 씻지 아니한 채로 현관에 나가보았다.

"아이구, 언니!"

순옥은 거기 인원이가 찾아온 것을 본 것이었다.

"언니, 언제 왔수?"

"아침 차에."

인원은 순옥의 모양을 훑어보며 빙글빙글 웃고 있었다. 인원은 경쾌한 송고직[68] 원피스를 입고 있었다. 그것은 흰 바탕에 초록 줄

이 있는 꽤 산뜻한 감이었다.

"아침 차에 오구 그래 인제야 날 찾는 거야?"

하고 순옥은 앞치마에 손을 씻으면서 눈을 흘겼다.

"아이들을 데리구 왔거든. 사년생 수영 연습을 시키란다누. 그래 텐트 치느라, 무엇 하느라, 어디 떠날 수가 있어?"

"아무려나 올라와."

"그런데 무얼 하는 거야, 저 꼴을 하구?"

"점심 차려."

"인제는 또 식모 노릇까지 하나?"

하다가 인원은 문득 안박사 부인이 안에 있지나 아니한가 해서 고개를 흠칫하고 말끝을 죽인다. 순옥은 그 눈치를 알고.

"안 계셔. 아이들 데리구 바다에 나가셨어."

"그럼, 이따 올 테야."

하고 인원은 끄르던 구두끈을 도로 매려 든다.

"그게 무슨 소리요? 올라와."

순옥은 인원의 손을 잡아끈다.

"점심 차린다면서 어디루 올라오란 말야?"

"부엌으루."

"부엌으루? 인젠 또 나를 남의 집 부엌으루까지 끌어들이는 거야?"

"부엌이면 어떠우?"

"부엌데기 찾아온 손님이니 부엌으로 들어간다?"

인원은 순옥을 따라서 부엌으로 들어간다. 순옥은 곧 감자 으깨

던 것을 계속한다. 인원은 그 재줏기 있는 눈으로 부엌 속을 한 번 휘둘러보더니,

"오, 또 그 알량한 안식교 요리야?"

하고 킁 하고 지어서 코웃음을 한다.

"왜, 알량은 왜?"

"그럼 알량 아니구."

"언니는 얼마나 잘한다구."

"그러니깐 난 숫제 안 하거든. 그래 이건 마님 잡술 거야?"

"마님이라니?"

"순옥이 주인댁 마님 말야."

"흠흠흠흠, 아이 언니두. 그 조그만 몸뚱이에 어디다 그런 재담을 다 넣구 댕기우?"

"곧잘 하네. 인제는 요리집 쿡으루만 가두, 순옥이 먹을 걱정은 없군."

"아이, 언니두. 그런 입심 부리지 말구 이 고구마 껍질이나 좀 벗겨주우."

"인제 또 일을 시키는 거야? 이건 벗겨서 무얼 해?"

인원은 손을 씻고 쪄낸 고구마 껍질을 벗기기 시작하면서,

"이건 벗겨서 무엇 하는 거야?"

"그것두 으깨지."

"으깨는 것밖에 모르는구면."

"왜 다 알지."

"또 무얼?"

246

"지지구 볶구, 채두 치구, 무치기두 하구."

"옳아, 인제는 어멈 다 됐는데. 인제는 어디 아범이나 하나 얻어 가야 안 해?"

"참, 언니, 그 일 어찌 되었수?"

"그 일이라니?"

"아이, 그 언니 혼인 일 말야."

"흥, 누구 좋으라구 내가 그렇게 만만하게 혼인을 해?"

"누구 좋으라구라니?"

"사내들이 장가가 들구 싶어서 상성⁶⁹들을 하는 걸 보니깐 혼인이란 사내들 좋은 일이야. 우리네가 무슨 상관야."

"허허허허."

"허허가 아니라, 그렇지 머야? 그러니깐 난 심사루 시집 안 갈걸. 아 참, 순옥이."

"응."

"순옥이 애인이 왔다지."

"내 애인?"

"응. 순옥이가 '사랑하는'이 아니라, 순옥이를 사랑하는 애인 말야."

"허영이?"

"그래."

"어디 왔어? 여길 왔어?"

"으응. 인제 순옥이 또 큰일 났어."

"왜?"

"왜라니? 그 화상이 가만있을 거야? 또 길바닥에서 오오 여왕 이여를 부르지 않을 거야?"

순옥은 일하던 손을 잠깐 쉬고,

"그러기루 이제, 또 설마."

"흥, 잘 설마겠어. 나하구 한차루 왔는데."

"한차루? 오늘 아침 차루?"

"왜 아니야, 내가 찻간에 자리를 잡으러 댕기느라니깐 글쎄 이 화상이, 아, 박선생님, 이러구는 내 짐을 빼앗아서 제 옆자리에 놓는구면. 제가 길 쪽으루 비키구, 나를 창밑 자리를 내어준단 말야, 그러니 할 수가 있어? 앉었지."

"그래서?"

순옥은 달걀을 까서 저어서 거품을 낸다.

"허, 그 화상이 날 자리를 좀 빌려주구는 자릿세를 단단히 받는단 말야."

"자릿세라니?"

"자꾸만 이야기를 하자는구면, 그 지지한 소리."

"무슨 소리?"

"무슨 소리겠어. 순옥씨 이야기지."

"무에라구?"

"자기는 그처럼 순옥씨를 사랑하노라구, 순옥씨는 자기의 생명 이라구. 왜 그 문학청년들이 하는 소리 안 있어? 그저 그 소리 지."

"그래서?"

"그런데 순옥씨가 마음이 돌아서구 보니 자기는 몸은 아직두 살아서 돌아다니지마는 죽은 사람이라구. 산송장이라구."

"산송장이라구?"

"응. 그래서 내가 이랬지. 왜 아주 돌아가시지 아니하셨어요? 허선생이, 아아 나는 나의 여왕을 잃구 죽노라 하구 좋은 시나 한편 쓰시구 돌아가시면 순옥이가, 그때에야말루 허선생을 생각하구 울 게 아니야요? 죽는다 죽는다 말씀만으루만 그러시니 그 헛방을 누가 믿어요? 이렇게 말했지."

"아이참 언니두, 말두 잘두 했소. 내 속이 다 시원하우. 그래서? 그러니깐 무어래?"

"아아 박선생님, 허영이가 그렇게 될 날이 멀지 아니합니다요, 그러겠지."

"하하, 그래서 언닌 무에랬수?"

"언제 그렇게 하셔요? 그랬지."

"그래?"

"언제라구 기한은 말할 수 없노라구. 그래서 내가 할 동 말 동 이시로군요, 그러니깐, 이 화상 말이, 순옥씨가 정말 안박사와 연애를 하는 줄만 확실히 아는 날이면 박선생님은 허영이가 죽는 것을 보실 것입니다. 그런단 말야."

"아이참, 그래서?"

"그래 내가, 허선생께서는 아직두 순옥이가 안박사와 서루 사랑하는 줄을 모르셔요? 그랬지."

"아이 언니두, 그건 다 무슨 소리요?"

"그러니깐 이 작자가 펄쩍 뛰면서, 아니 박선생님, 그게 정말입니까. 순옥씨가 안박사와 서루 사랑한다는 말이 그게 정말입니까. 그러는구면."

"그래서?"

"그래서 내가, 아니 그게 정말 아니구요, 그리구 시치미를 딱 떼었지."

"아이 언니두. 그게 다 무슨 소리유?"

순옥은 기가 막혀서 감자 으깬 것과 달걀과 크림과 버무리던 것을 놓고 우뚝 선다.

"왜, 내가 거짓말했어?"

인원은 순옥을 노려본다.

"무어, 언니가 날보구 부러 그러는 게지."

"부러는 왜? 곧이곧대루 한 말이지."

"아이 언니가 미쳤어."

순옥은 시무룩해진다.

"어떻게? 이 고구마두 으깬다지? 내가 좀 으깨주까?"

인원은 으깨는 그릇에다가 껍질 벗긴 고구마를 담고 힘껏 으깨기를 시작하면서,

"어서 일이나 해, 멀거니 섰지 말구. 패니시리 점심 늦었다구 마님한테 쫓겨나지 말구."

"아이 언니, 정말 허영이보구 그렇게 말했수? 내가 안선생을 사랑한다구?"

"그럼 순옥이가 안선생을 미워한다구 말했어야 옳았나?"

250

"아이, 그렇게 남 애먹이지 말구. 그러지 않아두 허영이가 있는 소리 없는 소리 하구 돌아다니는데 언니 입으루 그런 소리를 하문 어떡허우? 언니가 한 말이면 다 내 말루 알걸."

순옥은 대단히 걱정이 되는 모양을 보인다.

"글쎄, 어여 일이나 하면서 내 말을 들어보아."

"그럼 어여 말을 해요."

"내가 그렇게 말하니깐 이 작자가 펄펄 뛴단 말야. 아직두 순옥이를 단념을 못 한 모양이어든. 아아 가버린 나의 임이여, 어쩌구 어쩌구 하구 시를 짓구."

"어디다가 그런 시를 지어서 내었나?"

"못 봤어? 그동안에 난 것두 백 편은 될 거야."

"신문을 안 보니깐."

"그러니깐 말야, 이 허영이란 양반이 펄펄 뛰면서, 그게 정말이냐구, 어디서 들었느냐구 그런단 말야. 그래, 내가, 세상이 다들 그러지 않아요? 그랬지. 그러니까 화상이, 그래두 그 말은 뉘게서 들었느냐구 대라구, 자기는 사생 관계가 되는 일이라구, 작자가 죽는다는 소리는 퍽은 내세우지. 제까짓 게 열 번 죽기루 저의 어머니밖에야 누가 눈이나 깜빡할 줄 알구, 내 그런 쑥은. 그래서 하두 밉길래루, 내가, 허선생은 왜 내가 순옥이하구 친한 줄 모르시우? 이랬지."

"아이, 언니두, 점점 고약한 소리만 하네. 이를 어째."

"그러니깐 이 작자가 얼굴빛이 파랗게 질리면서 ── 정말야, 아주 잿빛이야요. 그 군이 순옥이를 사랑하기는 무척 사랑한단 말야. 사람은 양징[70]이야요. 좀 못나서 그렇지, 거짓말은 아니 해. 아주 파랗게 질리던걸—아주 사상이야요. 눈이 다 곧아지구. 그런 걸 보니깐 아직두 순옥에게 다소 희망을 가지구 있는 모양야. 그리구 제 말마따나 순옥이가 생명인 모양이구. 말이야 바루 제 따위가 백 년을 살기루니 어디서 또 순옥이 같은 이쁜 여자를 만나 볼 거야? 죽여주우 하구 물구 늘어지는 것이 상책이지."

"물구 늘어지지 않아 감구 늘어져보우."

"어디 두구 보까?"

"무얼 두구 보아요?"

"허영이가 잔뜩 순옥이 치마꼬리에 매달려서 떨어지지 아니하면 어떡헐 테야? 그리구 세상으루 돌아다니면서 석순옥인 내 계집이요, 인천서 사흘이나 동침을 했소, 하고 돌아다니면 순옥이가 어떡헐 테야? 다른 데루야 시집 못 가지."

"누가 시집을 간대? 하구 싶은 대루 다 하라지."

"그럼 내가 그렇게 훈수를 하까? 허영씨더러 순옥이 치마꼬리에 물구 늘어지라구. 그러지 않아두 내가 차에서 벌써 훈수를 다 한걸."

"또 무슨 소리를 했길래?"

"그 작자가 그렇게 펄펄 뛰길래 내가 이랬지. 안박사하구 석순옥이 연애한다는 소문은 세상에 짜아한데, 그 소리를 내인 사람은 허선생이라구 하더라구."

"아이구 말씀두 잘두 하셨수. 그래 언니가 그러니깐 그 쑥이 무에랍디까?"

252

순옥은 마음이 놓이는 듯이 웃는다.

"허, 그 말을 들으니깐 해부닥⁷¹이야?"

"글쎄 사실이 그렇지 않수? 그 군이 괘니시리 돌아다니면서 그런 밑두 끝두 없는 소리를 퍼뜨려놓지 않수? 안박사 부인 귀에까지."

하다가 순옥은 괜한 말을 했다 하고 말을 끊는다.

"아니, 주인마님이 젤러스⁷²를 하시는 거야?"

인원이가 접시를 닦다가 말고 눈을 반짝하면서 순옥을 본다.

"아니, 글쎄, 그런 소리를 하구 돌아다니니, 안선생 부인의 귀엔들 왜 안 들어가우?"

"그래, 무어래? 안선생 부인이?"

"안선생 부인은 성인이셔."

"옳아. 칠거지악이라구 질투를 아니 하신단 말이지?"

"에이 언닌. 언닌 무슨 말이나 그따위루 해."

순옥이가 새뜩한다.

"아냐, 나두 안선생 부인이 이 소문에 대해서 어떠한 태도를 가지시는가 하는 게 궁금했거든. 보통 여자의 마음으루는 한바탕 풍파를 내구야 말 것이어든. 그래서 묻는 말야."

인원의 말에 순옥이도 새뜩한 것이 풀리면서,

"참 그래. 언니 말이 옳아. 보통 여자 같으면 가만있지는 않을 거야."

"그럼, 가만있어? 그만 못한 소문에두 죽네 사네 하는데, 날 같아도 한바탕 들었다 놓구 칼모틴⁷³ 병이나 먹겠네."

"아이, 언니두. 그래 안선생님 부인두 처음에는 질투가 생기셨노라구, 그러나 지금은 다 없어졌노라구, 날보구 글쎄 우시면서 참회를 하시는구면."

"순옥이하구 같이 있어보니깐 순옥이 어떤 사람인지 잘 알았노라구?"

순옥은 고개를 끄덕여 보인다.

"예끼, 요 여우야."

하고 인원은 닦던 접시로 순옥을 때리려는 시늉을 한다.

"왜 남더러 여우라우?"

"그럼 여우 아니구? 시앗까지 감복을 시키니 여우 아냐?"

"언니 그 말 좀 삼가요!"

"왜 내가 무슨 말 잘못했어?"

"시앗은 다 무어유?"

"남편의 제자루 사랑할 줄을 알면 사모님이구, 그렇지 못하구 샘을 내면 시앗이지 무에야?"

"언니두 둘러대기는."

"그래 지금은 아주 원만야?"

"무엇이?"

"사모님과 순옥이 사이가 말야."

"그럼, 사모님은 성인이시라니깐."

"질투가 일어났더라면서?"

"질투가 일어난 것을 떼어버리는 것이 성인이어든. 내가 질투가 났었노라, 내가 그런 열등감정의 노예가 되었던 것을 부끄러

254

위하노라, 이것이 성인이 아니구 무에유? 아주 질투가 아니 일어
난다면 그것은 신이게, 신 다 되었게."

"그래. 순옥이 말이 옳아."

인원은 감격하는 듯이 멀거니 창밖을 바라보더니 한숨을 한 번
길게 쉬며,

"아무려나 순옥이하구 사흘만 같이 있으면 원수라두 아니 반하
구는 못 견딜 거야. 저를 잊어버리구 꼭 저편 생각만 하니 그럴
거 아니야? 순옥인 천사야, 정말 천사야."

하고 귀여운 사람을 보는 눈으로 순옥을 본다.

"아이, 언니두. 언니가 늘 나를 그렇게 보아주시는 게지."

순옥의 눈에서는 눈물이 흐른다.

인연의 길

벌써 서울에는 첫눈이 날렸다. 날마다 시퍼런 으스스한 일기다.
김장을 씻는 여인네의 손등과 뺨 들도 퍼렇게 얼었다.

의학박사 안빈 내과 소아과 의원 대합실 밖 오동나무도 잎이 꺼
멓게 서리에 얼어서 떨어졌다. 순옥은 단단히 마음을 먹고 병원
시간이 끝날 때까지 저 맡은 직분을 다하였다. 그러고는 단단히
마음을 집어먹고 원장실 문을 노크하였다.

"누구요?"

하는 것은 안빈의 음성이었다.

"저야요, 순옥입니다."

"왜?"

"잠깐 여쭐 말씀이 있어요."

"들어와."

순옥은 안빈 책상 옆에 가 선다.

"무슨 말이오?"

"선생님!"

하고 말허두를 내려 할 때에 벌써 순옥은 울음이 치밀어 올라옴을 깨달았다. 어저께부터 그렇게 마음을 먹노라는 것이, 결코 아무러한 일이 있더라도 눈물은 보이지 아니하리라고 결심하고 또 결심하였던 것이 이 모양이었다.

안빈은 순옥의 기색이 심상치 아니함을 깨닫고 책상에서 일어나서 마주 앉는 테이블 앞으로 와 앉으면서,

"이리 와 앉으시오."

하고 맞은편 교의를 가리켰다.

순옥은 안빈이가 지시하는 대로 안빈의 맞은편 의자에 걸터앉았다. 그러나 안빈의 음성은 마디마디 순옥의 슬픔을 더 자아올리는 듯하였다.

안빈은 순옥이가 말을 내기를 기다리면서 길게 한 번 한숨을 쉬었다. 안빈은 순옥의 말을 듣기 전에 벌써 그 슬픔을 다 알 수 있는 것 같았다. 순옥의 슬픔이라면 안빈의 곁을 떠나게 되는 일밖에 없을 것을 안빈은 안다. 그러기로 무슨 까닭에 갑자기? 하고 안빈은 순옥의 입이 열리기를 기다렸다.

순옥은 치받치는 울음을 꼭꼭 씹어 삼켜서 다시는 고개를 들지 못하도록 꾹꾹 눌러놓느라고 하고 나서야 고개를 들어서 안빈을 바라보았다.

"선생님!"

"응, 말하우."

"저는 혼인하기로 작정했습니다."

불의에 듣는 이 말에 안빈도 아니 놀랄 수가 없었다. 분명히 안빈의 눈썹이 위로 올라가고 눈이 빛났다. 그러나 안빈은 곧 낯빛을 제대로 회복하였다.

"혼인?"

"네."

안빈은 말없이 한참이나 순옥을 바라보고 있었다.

"혼인할 때 되면 해야지. 벌써 약혼이 되었소?"

"아직 약혼은 안 했어요."

"그럼 피차에 말루만 허락을 하구?"

"네."

"응."

하고 안빈은 또 한참 잠잠하다. 무엇이라고 말을 해야 될지 창졸간에 갈피를 잡을 수가 없었다. 다만 그 일이 안빈에게도 큰일임에는 틀림이 없었다. 평소에도, 아무 때에나 순옥은 자기의 곁을 떠나서 어디로 갈 사람이요, 또 가야만 할 사람인 줄은 알고 있었건만 이렇게 불의에 당하고 보니 마음의 평형을 바로잡기가 매우 곤란하였다.

"그래, 신랑은 누구요?"

하고 안빈의 말과 표정에는 다소 어색한 데가 있었다.

"허영입니다."

"허영씨?"

안빈은 또 한 번 놀랐다. 허영이가 자기와 순옥을 원망하는 듯한 시들도 보았다. 그러던 끝에 순옥이가 다른 사람과도 아니요, 허영과 혼인을 한다는 말에는 아니 놀랄 수 없는 것이었다.

"네."

순옥도 안빈의 낯빛을 엿보았다.

"그래 어머님께며 오라버니께두 승낙을 얻었소?"

"아직 말씀 아니 했습니다."

안빈은 힐끗 한 번 순옥을 바라보고 순옥이가 이 일을 안빈 자기에게 맨 처음으로 말하는 심정을 헤아려본다. 그러할 때에 일종의 슬픔이 떠오름을 금할 수가 없었다.

순옥은 안빈이가 무슨 생각에 잠겨 있는 것을 한참이나 바라보고 있었다. 잠시 가라앉았던 눈물이 다시 터지려고 하였다.

두 사람이 다 말이 없기 한참 동안.

"선생님!"

하고 순옥이가 먼저 입을 열었다.

"말하시오."

"제가 잘못 생각한 것이 아닙니까?"

"무엇이?"

"허영하구 혼인하는 일이 말씀야요."

"그것을 내가 어떻게 아나?"

"선생님께서 말아라 하시면 아니 할 테야요."

"그게 말이 되오?"

"그래두 저는 선생님 뜻을 거슬리구 싶지는 아니해요. 저는 선생님께서 지시하시는 대루 일생을 살구 싶어요."

"그것두 이 경우에서는 아니 할 말이오."

"그럼, 제가 허영하구 혼인해두 좋겠습니까?"

"글쎄, 그걸 다른 사람이 어떻게 아나?"

순옥에게는 안빈의 말은 너무도 냉랭하였다. 섭섭하고도 야속하리만큼 냉랭하였다.

"선생님이 그렇게 제 혼인에 대해서 모르신다구 하시면 제가 어디 가서 누구의 지시를 받습니까?"

하는 말에는 흥분이 있었다.

안빈은 순옥의 심정을 상상 못 함이 아니었다. 순옥이가 가엾기도 하였다. 솔직하게 말하면 안빈은 순옥이가 허영과 혼인하는 것을 찬성할 수가 없었다. 안빈이 보기에 허영은 선량한 사람이나, 굳게 선 신념이 없고 또 그러한 신념을 가질 수도 없는 사람이었다. 이러한 사람은 선량하면서도 범죄 할 수 있는 타입이라고 안빈은 보았다. 그러나 이 경우에 안빈은 가부를 말하는 것이 옳지 않다고 굳게 정하였다.

그러나 안빈은 순옥에게 대하여 한마디 말을 아니 할 수가 없었다. 그래서 안빈은 오래 생각한 끝에,

"순옥이가 총명하게 잘 생각해서 하시오. 내가 이 일에 대해서 내 의견을 솔직하게 말하지 못하는 것이 유감도 되구, 또 순옥에게 섭섭두 하겠지만 나로는 가부를 말할 수가 없소."

하고 한참 말을 끊었다가 다시,

"갑자기 허영씨하구 혼인을 하게 되었다니 무슨 부득이한 사정이 있소?"

하고 묻는 말로 대답을 삼는다.

"네. 좀 까닭이 있어서요."

하고 순옥도 냉랭하게 대답한다.

"무슨 까닭?"

여기 와서 순옥은 다시 아까 슬픔으로 돌아왔다. 그러나 순옥은 이 까닭을 안빈에게 말할 수는 없었다.

순옥은 어찌하여 갑작스레 허영과 혼인할 작정을 하였는가.

원산서 한 달 남짓하게 있는 동안에 옥남은 신열도 좀 내리고 식욕도 증진되고 체중도 한 킬로쯤이나 늘어가지고 돌아왔다.

"이건 다 순옥이 때문야요."

하고 옥남은 남편에게 순옥이가 어떻게 지성으로 자기를 간호한 것을 말하였고, 안빈도 옥남이가 한 말을 순옥에게 전하면서 순옥에게 치사하였다.

그러나 서울의 가을 일기, 그중에도 첫겨울에 걸쳐서는 호흡기가 약한 사람에게는 서울의 일기는 심히 좋지 못한 것이어니와, 금년따라 시월, 십일월에 걸쳐서는 심히 일기가 불순하였다. 장마와 같이 궂은비도 여러 날을 오고 갑자기 추워지기도 하고 바람도 불고 하여 인플루엔자도 채 아니면서 열이 높고 기침이 심한 감기가 많이 유행하여 그것으로 죽는 사람도 상당히 있었고 그 감기 끝이 개운치를 못해서 쿨룩쿨룩 기침을 계속하는 환자도 많았다. 안빈의 병원에 오는 환자로 보더라도 이러한 것이 많았다.

옥남도 이 유행성 감기에 걸려서 삼 주일이나 신고한 끝에 가슴의 증상이 심히 나빠져서 좌우 폐의 침윤이 가속도적으로 진행하

게 되어서 신열은 삼십팔구 도를 오르내리고, 또 담에서 다량의
결핵균을 검출하게 되었다. 안빈도 말은 아니 하나 옥남에게 대
해서는 절망인 모양이었다.

이리해서 아이들과 격리도 할 겸, 안빈이가 수시로 돌아볼 틈도
얻기 위하여 옥남은 안빈의 병원에 입원을 하게 되었다. 안빈이
가 실험실로 쓰던 방에 침대 하나를 들여놓고 입원을 시켰다가
나중에는 순옥이가 그 곁에서 자기로 되어서 침대 하나를 더 들
여놓았다.

"순옥이 나하구 한방에서 자도 괜찮어?"
하고 옥남은 병이 전염할 것을 걱정하였다. 그러나 옥남은 병이
중해가면 갈수록 순옥에게 더욱 애착을 가졌다. 약이나 음식도
순옥의 손에서 먹어야 하고 자리를 고쳐준다든가 몸을 씻는다든
가 하는 것도 순옥의 손으로 하여야 만족하였다.

옥남은 자기의 병을 잘 알았다. 그래서 기침을 할 때에는 반드
시 휴지로 입을 막고 하였고, 담 한 방울 다른 데 아니 떨어지도
록 조심하였다. 그러고는 알코올 면으로 가끔 손을 소독하고 담
을 뱉은 뒤에는 반드시 옥시풀로 양치를 하였다. 자기가 음식을
먹고 난 그릇이나 수저는 반드시 자기 손으로 크레졸 물에다가
집어넣었다. 순옥이가,

"아이, 제가 잘 소독하께요."
하고 아무리 말려도 막무가내였다.

협이와 윤이가 학교에서 돌아오는 길에 들르면 결코 곁에 가까
이 오지 못하게 하였고 또 병실에 오래 있기를 허하지 아니하고

십 분이 못해서,

"어서 아버지 뵙구 집으로 가거라."

하고 쫓아버렸다. 그리고 순옥이더러 번번이 아이들 손을 소독하고 양치를 시켜줄 것을 일렀다. 그러지 아니하여도 순옥은 더운 물로 아이들을 세수를 시키고 손발을 씻기고 눈에 안약을 넣어주어서 집으로 보내었다.

옥남은 원래 천품도 자상하거니와 병이 본래 신경을 예민케 하는 병인 데다가 아마 병중에 더욱 깊어지는 신앙 때문도 있어서 저를 잊고 남의 일만을 염려하는 것이 더욱 심하게 되었다. 순옥이가 혹시 감기 기운이나 있을 때에는 옥남은 제 병을 잊어버리고 순옥을 위해서 염려하였다.

그러나 옥남이가 밤낮에 잊지 못하는 것은 남편과 아이들이었다.

"내가 없으니, 선생님 반찬을 어떻게나 해드리는지?"

순옥을 보고 옥남은 수없이 이런 걱정을 하였고, 갑자기 날이 추워지든지, 바람이 불면 새벽에 잠을 깨어서는,

"애들 내복을 잘 찾아 입혀주나?"

하고 염려하였다. 그러면 순옥은,

"그럼, 제가 가 보까요?"

하고 아침 일찍이 삼청동 집으로 가서는 안빈의 밥상에 반찬이 무엇이며 아이들이 밥 먹는 모양이며 또 협에게는 어떠한 내복에 어떠한 양말, 윤에게는 무엇, 정에게는 무엇을 찾아 입힌 것 등을 알아다가 옥남에게 보고를 하였다.

"순옥이가 아이들을 맡아가지구만 있으면 나는 아주 마음을 놓

으련마는, 수원 아주머니두 사람두 좋구 정성두 있지마는 그래두 옛날 어른이 돼서, 또 나이가 많으시구."

이러한 걱정도 하였다.

"사모님, 그럼 제가 밤이면 삼청동 가서 자구 오까요?"

어떤 날 순옥은 이렇게 제의를 해보았다.

"순옥이가 삼청동 가 자면 병원에 밤에 무슨 일이 있으면 어떡허구?"

"무어요? 수선이두 있구 계순이두 있는걸요, 그리고 선생님께서 여기서 주무시구."

이리하여서 순옥은 밤이면 삼청동에 가 자고 아침에 아이들을 학교에 떠나보내고는 병원으로 왔다. 그리고 안빈이가·아내의 병실 순옥이가 자던 침대에서 자기로 되었다.

순옥이가 삼청동 집에서 아이들을 거두게 됨으로부터 아이들은 딴 아이들이 되었다. 세수도 깨끗이 시키고 계집애들은 머리도 잘 손질을 하여주고 의복도 깨끗하게 늘 다리밋발이 서 있었다.

"순옥이가 아이들을 거두니깐 아이들이 딴 아이들이 되었어."

하고 어떤 일요일날 세 아이가 다 순옥을 따라서 병원에 온 것을 보고 옥남이가 감탄하였다.

"모두 어미 없는 자식들 같더니, 내가 거둘 때보다도 더 나아. 몸들도 좋아지구."

옥남은 이렇게 만족하였다. 그리고 제가 죽으면 순옥이가 아주 저 아이들을 거두어주려니 하면 마음이 놓였다.

순옥은 아이들만을 돌아보는 것이 아니라, 안빈의 뒤도 거두었다. 내복, 칼라, 와이셔츠, 양말을 아침마다 구김살 없이 준비하여놓고 또 양복과 넥타이도 다리미로 다려서는 양복장에 걸어놓았다.

병원에서 자도 아침밥을 먹으러 오는 안빈은 늘 옷이 이렇게 준비되어 있는 것을 보고는 순옥을 바라보았다. 그러나 아무 말이 없었다.

민감한 옥남이가 남편의 의복이 눈에 뜨이지 아니할 리가 없었다. 날마다 새 칼라, 다린 넥타이, 그리고 줄지고 솔질 잘한 양복, 이것이 다 순옥의 손으로 되는 것임을 모를 리가 없었다. 그리고 순옥의 손에 남편의 뒤가 거두어지는 것은 아이들이 거두어지는 것과는 같지 아니하여서 옥남은 누를 수 없는 슬픔을 깨달았다. 자기에게만 허락되었던 일이 자기의 손을 떠나서 순옥에게 넘어간 것 같았다. 남편의 음식을 만들고 옷을 만지는 것이 어떻게나 아내의 기쁨이었다는 것을 옥남은 더욱 절실하게 깨달았다. 속속들이 제 손으로 만져진 옷을 입고 제 손으로 만든 음식을 먹고 나서는 남편, 그것이야말로 참말로 제 남편인 것 같았다. 평생에 침모를 안 두어보고 비록 식모를 두더라도 반찬만은 꼭 제 손으로 하던 옥남이기 때문이라고 생각해보았으나, 역시 제 남편의 의복 음식에 남의 손이 닿게 하고 싶지 아니한 것이 아내의 진정이라고 옥남은 생각하였다.

'그것도 잠시라면, 얼마만 지나면 다시 내 손에 돌아올 수 있는 일이라면.'

옥남은 남편을 앞에 놓고 이렇게 생각한다.

'그러나 인제는 영원히 다시 내 손에 안 돌아올 일!'

할 때에 옥남은 눈물이 쏟아짐을 금할 수가 없었다. 의복과 음식뿐이 아니었다. 남편 전체가 이제는 다시는 내 품에는 돌아오지 못한다. 그렇게도 사랑하던 남편, 그렇게도 그립던 남편, 그의 품에 안길 때에 그렇게도 기쁘던 남편, 그 남편은 이제는 다시는 내 것이 못 되고 만다. 옥남은 옆 침대에서 잠이 든 남편을 바라보면서 혼자 울었다.

날로 수척하여가는 제 몸, 날로 노랑꽃이 피고 쭈글쭈글하여가는 제 피부, 움쑥 들어가는 제 눈과 두 뺨, 뼈마디만 보기 싫게 불툭불툭 불거진 제 손가락들, 해골이 다 된 제 사지, 이런 것을 보고 만져보고 생각할 때에는 차마 이 추악한 꼴을 남편에게 보이고 싶지 아니하여서 남편 앞에서는 목까지 이불을 쓰고 손도 내놓지 아니하려 하였다. 의사의 흰 예방복을 입은 남편이 청진기를 들고 가슴을 보려 할 때에도 옥남은 춥다는 핑계로 곧잘 거절하였다. 그러면 안빈은 애써 보려고도 아니 하였다. 기실 인제는 볼 필요도 없는 것이었다. 온도표만으로도 옥남의 병은 짐작할 수 있었고 얼굴만 바라보아도 알 수가 있는 것이었다. 남편이 나간 뒤에 옥남은 식은땀이 흐르는 가슴을 쓸어본다. 갈빗대가 불근불근하는 가슴, 김빠진 경기구 모양으로 후줄근하게 늘어진 두 젖, 그 어느 것에나 포근하고 말랑말랑한 맛은 없었다.

옥남은 처녀 적을 생각하고 신혼 시절을 생각해본다. 원래 가냘픈 편이요, 풍후한 육체는 아니었건만 그래도 그때에는 포근포근함이 있었고 야드르르함이 있었다. 그러나 그것은 꿈결같이 다

스러져버리고 말았다. 이제는 해골이 다 된 이 몸! 게다가 무서운 결핵균이 가슴 가득 지글지글 끓는 이 몸!

이 몸은 남편에게 보일 몸은 못 된다. 누가 보아도 고개를 돌리고 코를 막고 지나갈 이 몸이 아니냐.

옥남은 때때로 밤에 잠이 깨어서는 남편의 품이 그리워지는 생각이 난다. 남편의 살과 힘 있게 남편에게 안기는 촉각의 기억이 난다. 그래서 옥남은 가만히 고개를 들어서는 자는 남편을 바라본다.

이러할 때에 잠을 사로자던[74] 안빈은 눈을 뜬다. 아내의 빛나는 눈을 본다. 안빈은 자리에서 일어나서 옥남의 침대 곁으로 온다.

"왜? 괴롭소?"

하고 손으로 머리를 만져본다.

새벽이 되어서 열이 내리고 옥남의 이마에는 차디찬 땀이 엉킨다. 안빈은 가제로 옥남의 이마의 땀을 씻긴다.

"어서 주무셔요."

하고 옥남은 일부러 눈을 감는다. 푹 꺼진 눈어염[75]에 전등불의 검은 그림자가 생긴다.

"물 한 모금 마시지."

안빈은 유리병의 물을 약귀때[76]에 따라서 옥남이 입에 대인다. 옥남은 눈도 아니 뜨고 몇 모금 마시다가 어린애 모양으로 고개를 돌린다. 안빈은 약귀때를 힘없이 탁자 위에 놓는다.

안빈은 아내의 생각을 상상해본다. 아내가 잠 못 이루는 이유를 이것인가 저것인가 하고 혹은 의사의 처지로 혹은 남편의 처

지로 추측하여본다. 그러다가 안빈은 한 팔로 옥남의 머리를 꼭
누르면서 제 입을 옥남의 입에 대어준다. 옥남은 마치 정신없이
하는 듯이 이불 속에 있던 팔을 번개같이 뽑아다가 남편의 목을
끌어안는다.

그러나 다음 순간에 옥남의 팔은 힘없이 남편의 목에서 떨어져
서 이불 속으로 다시 들어가고 고개를 돌려서 제 입을 남편의 입
에서 비킨다.

'이 몸은 다시는 남편의 몸에 닿아서는 안 되는 몸!'

이렇게 생각하고 옥남은 눈물을 흘린다. 안빈은 아내의 눈물을
씻길 때에 가슴이 답답함을 깨달았다.

'병 없는 세계!'

'죽음 없는 세계!'

안빈은 속으로 이렇게 부르짖었다. 의사가 되어서 날마다 앓는
사람을 대하는 안빈은 매양 이러한 생각을 아니 할 수 없거니와
그것이 지극히 제게 가까운 사랑하는 사람일 때에 그 생각이 더
욱 간절하지 아니할 수 없었다.

아내의 병을 고쳐주고 싶다. 그 열을 내리고 그 병든 폐를 성하
게 하고, 그리고 그 노랑꽃이 핀 수척한 몸이 다시 살찌게 하고
다시 그 몸에 건강과 젊음과 아름다움을 주고 싶었다.

'그러나 그것은 할 수 없는 일이다!'

하는 결론에 다다를 때에 안빈은 더욱 가슴이 답답함을 깨달았다.

병이 들수록 살고 싶어 하고 병이 중하여 죽을 때가 가까울수록
차마 볼 수 없도록 죽기를 싫어하고 알뜰히도 살고 싶어 하는 것

은 무슨 모순인고! 이 무슨 비극인고!

안빈은 여러 사람의 임종을 보았다. 쓸데없는 줄 알면서도 강심제를 주사하고 산소를 흡입시켰다. 그러나 업보로 예정한 죽을 시각이 임한 때에는 아무러한 강심제도 심장의 근육을 힘 있게 못 하고 아무리 산소를 넣어도 폐가 그것을 빨아들이지 못하였다.

'생명은 약으로 붙들어지는 것은 아니다!'

안빈은 번번이 이렇게 생각하고 때로는 의학까지도 의심하는 일이 있었다. 그러다가는 사람의 지혜가 미치는[77] 한도에서 앓는 이의 고통을 덜고 앓는 날을 짧게 하고, 사람의 힘이 미치는 대로 죽음을 연기시키도록 애쓰는 것이 의학이다, 하고 의사로의 자신을 회복하는 것이었다.

"여보 울지 마우. 모든 것을 하느님께 맡기시구려."

하고 안빈은 옥남의 자리를 바로잡아주고는 제자리에 와서 누웠다.

"나무아미타불. 나무관세음보살."

안빈의 입에서는 저절로 이 소리가 흘렀다.

그러나 며칠을 두고 아내와 한방에서 아내의 괴로워하는 양을 볼 때에, 더구나 오늘 밤의 아내의 괴로움을 볼 때에 괴로움 없는 세계, 죽음 없는 세계를 건설하기를 세자재왕불(世自在王佛)[78] 앞에서 맹세하고 마흔여덟 가지 큰 원을 세운 법장비구(法藏比丘)[79]가 현실적인 인물로 눈앞에 떠 나오지 아니할 수 없었다. 그리고 법장비구가 일백십억의 많은 세계를 두루 연구하고 조재영겁(兆載永劫)에 모든 고행 난행과 모든 공덕을 다 쌓아서 마침내 서방정토[80] 극락세계를 이룩하여 아미타불이 되어 무릇 그 이름을 믿고 그 세계에 나기를 원하는 중생으로 하여금 괴로움의 목숨이 끝나기를 기다려, 이 괴로움도 없고 죽음도 없는 세계에 태어나도록 하셨나니라, 한 것이 모두 금시에 내 눈으로 본 현실같이 생각하지 아니할 수가 없었다. 왜 그런고 하면, 만일 법장비구가 그러한 일을 아니 하였다 하면, 안빈 자신이 그것을 발원하고 시작하지 아니할 수 없기 때문이다. 사랑하는 부모나 남편이나 아내나 자녀나 이런 이들이 나고 늙고 앓고 죽고 모든 것이 뜻대로 아니 되는 괴로움을 당하는 양을 보고 어떻게 이런 모든 괴로움이 없는 세계를 이룰 원을 발하지 아니하랴.

또 이 한량없이 넓은 우주에는 그러한 편안한 세계가 적어도 한둘은 있을 만한 일이다. 그것이 아미타불의 극락세계다, 안양세계[81]다, 정토다──안빈은 이렇게 생각하면서 아내를 바라보았다. 우는지 자는지 모르나 옥남은 남편이 바로 뉘어준 대로 그린 듯이 가만히 있었다. 남편의 사랑의 표시가 옥남에게 위안을 준 것이었다. 음침한 죽음의 그늘로 헤매는 옥남에게 남편 안빈의 애무가 한 줄기 따뜻하고 밝은 빛이 된 것이었다.

안빈은 이불 속에서 가만히 합장하고 또 한 번 정성스럽게,

"나무아미타불!"

"나무관세음보살!"

을 불렀다.

모든 괴로운 중생에게 편안함을 주고 무서움 속에 사는 중생에게 겁 없음을 주신다는 관세음보살이 아내 옥남을 괴로움 속에서 건져 마침내는 아미타불의 극락세계로 인도해주소서 함이었다.

내 힘으로는 어쩔 수 없는 안타까운 이때, 사람의 지혜와 힘의 맨 끝에 선 이때에 사람은 저보다 높은 이의 힘에 매달릴 수밖에 없는 것 같았다. 내 힘으로는 이 이상 더 어찌할 수 없는 사랑하는 아내를 당신께 맡깁니다 하고 나면 마음이 좀 가벼워졌다.

"여청관음행(汝聽觀音行)

선응제방소(善應諸方所)

홍서심여해(弘誓深如海)

역겁불사의(歷劫不思議)

시다천억불(侍多千億佛)

발대청정원(發大淸淨願)"

안빈은 법화경 관세음보살보문품(法華經觀世音菩薩普門品)의 계를 생각해본다. 관세음보살이 나와 같은 힘없는 중생으로 있을 때에 중생들이 괴로워함을 차마 보지 못하여 "내 아무리 해서라도 중생을 괴로움에서 건지는 자가 되리라" 하는 큰 원을 발해가지고 얼만지 모르는 긴 세월에 여러 천억 부처님을 모셔서 도를 닦고 공덕을 쌓았다는 말이다.

"구족신통력(具足神通力)

광수지방편(廣修智方便)

십방제국토(十方諸國土)

무찰불현신(無刹不現身)

종종제악취(種種諸惡趣)

지옥귀축생(地獄鬼畜生)

생로병사고(生老病死苦)

이점실령멸(以漸悉令滅)"

그렇게 무한히 긴 세월에 도를 닦아서 어느 곳에나 나타나서 중생을 괴로움에서 건질 힘을 얻으신 것이다. 마치 내가 중생을 병의 괴로움에서 구해보겠다고 의학 공부를 하여서 의사가 된 모양으로 관세음보살은 중생의 '생로병사고'를 고칠 양으로 큰 원을 세우고 큰 공부를 하여서 신통력과 지방변을 얻으신 것이다.

"염념물생의(念念勿生疑)

관세음정성(觀世音淨聖)

어고뇌사액(於苦惱死厄)

능위작의고(能爲作依怙)"

관세음보살을 정성으로 염하는 자에게는 모든 괴로움——죽는 괴로움 속에서도 의지가 되어주시는 것이다.

"구일체공덕(具一切功德)

자안시중생(慈眼視衆生)

복취해무량(福聚海無量)

시고응정례(是故應頂禮)"

모든 공덕을 갖추셨으매, 중생을 도우실 힘이 있으신 것이다. 많은 재물을 쌓은 부자가 가난한 중생을 도울 수 있는 모양으로 큰 공덕이 있으매, 자비로우신 눈으로 중생을 보시는 것이 뜻이 있는 것이다. 나같이 공덕이 없는 자가 중생을 자비한다는 것은 거지가 가난한 사람을 불쌍히 여김과 같이 아무 효과가 없는 것이다.

나와 같이 힘없는 중생으로서 괴로워하는 중생을 건지리라는 뜻을──원을 세워서 오래고 오랜 동안 부지런히 부지런히 힘쓴 결과로 그 원을 이루셨다는 아미타불이나 관세음보살은 결코 우리와 동떨어진 신이 아니요, 우리와 같은 피를 가진 중생이시다. 다만 선배이시고 선생님이시다──이렇게 생각하매, 더욱 아미타불이나 관세음보살이 현실적이요, 바로 내 곁에 있는 친구와 같았다.

안빈은 한 번 더 병에 괴로워하는 옥남을 두 분에게 맡겼다. 그리고 옥남의 마음에 두 분을 믿고 의지하는 마음이 깨어나기를 빌었다. 옥남은 일래[82]에 더욱 남편에게 대한 애착을 깨달았다. 며칠 더 만나 보지 못할 남편이라는 예감이 이 애착심을 더욱 간절하게 하는 것이었다. 이십여 년 서로 사랑하여왔건마는 아직도 미진한 사랑이 많은 것 같았다. 가슴속에 남은 이 사랑을 남편에게 다 쏟아주지 못하고 죽어버리는 것이 원통한 것 같았다.

안빈이가 곁에 오면 옥남은 마치 연애 시대나 신혼 시대에 경험하던 것과 같이 정답고 그리움을 느꼈다. 저 스스로 이것이 안 된 생각인 줄도 알았다. 마치 몇 날 아니 남은 생명의 동안이 아까운 것만 같았다.

어느 날 밤, 안빈은 아내가 잠이 들기를 기다리느라고 자정이 넘도록 아내의 모양을 살피고 있었다. 안빈도 아내의 근일의 흥분이 자기에게 관한 것임을 잘 알았다. 그것이 심히 가엾기도 하고 또 염려도 되었다. 자기가 아내와 한방에 거처하는 것이 더욱 아내를 흥분케 하는 것이라고 알았으나 그렇다고 갑자기 "나는 집에 가 자겠소" 하는 말은 차마 나오지를 아니하였다. 그래서 그날 밤도 아내의 용태를 염려하던 끝에 안빈은 잠이 들었었다.

문득 안빈은 자기의 몸에 더운 무엇이 닿는 것을 감각하고 잠을
깨었다. 안빈은 놀랐다. 그것은 옥남이가 자기의 침대에 들어와
서 누운 것이었다. 안빈은 통곡하도록 슬펐다. 아내의 심정이 한
없이 가여웠던 것이다.

옥남은 남편이 잠이 깬 것을 알고 그 가슴에 이마를 파묻고 비
비면서,

"나를 좀 껴안아주셔요."

하였다. 그 소리는 대단히 추운 사람과 같이 떨렸다. 춥기도 할
것이다. 그의 손끝은 얼음 같으나 그의 입김과 가슴은 불같이 뜨
거웠다. 아마 신열이 삼십구 도도 넘어서 사십 도 가깝지 아니한
가 하였다.

안빈은 아내의 소원대로 안아주었다. 이 경우는 아내의 무슨 소
원도 거스르고 싶지 아니하였다. 또 아내에게 병인이라는 의식을
주고 싶지도 아니하였다.

"나를 퍽 천한 계집으로 아셔요!"

옥남은 이런 소리를 하였다.

"그러나 이것이 마지막이야요. 다시는 당신의 살에 접할 날은
없을 겝니다. 나는 내 목숨이 앞으로 몇 날 안 남은 것을 잘 알아
요. 이것이 이생에서는 마지막으로 당신의 품에 안겨보는 게야
요. 이 밤이 새기 전에 죽을는지도 몰라요."

옥남은 이런 소리를 하고 울었다.

"여보, 여보."

안빈은 비로소 입을 열었다.

"네."

옥남의 대답은 어린 처녀의 대답과 같이 유순하였다.

"그렇게 자꾸 흥분하면 병에 해롭다니까."

"인제는 해롭구 이롭구가 없어요. 다된걸요. 마지막인걸요."

"사람의 생명이란 알 수 없는 것이오."

"아냐요. 내가 잘 알아요. 당신은 내가 죽는 것을 무서워하는 줄 아시고 그러시지만, 아냐요, 나는 죽는 것이 조금도 무섭지 아니해요. 인제는 더 살구 싶은 생각두 없어요. 그런데 왜 우느냐구 그러시겠지요? 내가 설워서 우는 것이 아닙니다. 기뻐서 우는 거야요. 행복되어서 우는 것이야요. 내가 이 앞에 더 오래 산다면 내가 당신께 큰 실수를 할 수도 있구요, 또 당신께서—그러실 리두 없겠지만—내게 대한 사랑이 변하실 일도 있을지 모르지 않아요? 그런데 내가 며칠 안 해서 꼭 죽을 것을 알구 보니 인제는 도무지 그런 걱정이 없거든요. 인제는 내가 분명히 평생에 당신의 충실한 아내루 사랑받는 아내루 살았거든요. 사랑하는 당신의 곁에서 일평생을 살다가 당신의 앞에 죽게 되었거든요. 아내로서 이런 행복이 어디 있어요. 이런 기쁨은 어디 있구요? 그야 좀더 살구두 싶어요. 그렇지만 사람은 한 번은 죽는 것—아무 때에라두 한 번은 죽는 것일 바에는 당신이 아직두 건강하시구 인생으로 한창이신 것을 보구 내가 당신의 손에 묻히는 것이 얼마나 기쁜 일야요. 또 아이들루 말해두 아직 어리지마는 에미 맘에 그것들이 눈에 밟히지마는, 좋은 아버지가 계신데 무슨 걱정

있어요? 또—내 말을 이상하게 듣지 마셔요. 내가 병이 조금만
더허면 정신을 잃어버릴는지 알아요? 그래서 오늘 말씀하려고 결
심을 했어요."

옥남은 마치 병 없는 사람 모양으로 말이 분명하다. 그 눈은 흥
분으로 빛났다.

"무슨 말요?"

안빈은 아내의 유언을 듣는다는 침통한 심리로 물었다.

"또 아이들은—아이들에게는 나보다 더 나은 어머니가 있어
요."

"그건 또 무슨 말이오?"

"순옥이 말야요. 내가 죽거든 아이들은 꼭 순옥이를 맡겨 기르
셔요."

하고 옥남은 남편을 바라본다.

안빈은 대답이 없다.

"순옥이가—당신은 모르시리다마는 열네 살 적부터 당신을
사모한대요. 그래서 당신을 모시고 있고가 싶어서 교사두 그만두
구 간호사가 된 것이래요. 그래 내가 원산서 같이 있을 적에 선생
님 곁에 있으니깐 기쁘냐구 물었더니, 그렇다구 기쁘다구. 언제
까지나 선생님을 모시구 있구 싶으냐니깐 그렇다구, 그럼 내가
죽거든 선생님하구 혼인하라구 하니깐 그것은 못 한다구, 왜 못
하느냐니깐 선생님하구 혼인하는 법이 있느냐구, 그건 못 한다
구, 그러겠지요. 글쎄 그렇게 오래 사모하는 법이 어디 있어요?
열네 살부터라면 지금 순옥이가 스물여섯이니 만 십이 년 아니야

요? 그리구 사람이 참 얌전해요. 그런 사람은 처음 보아요. 그래 그동안에 순옥이가 당신을 사모하는 눈치를 보여요?"

"아무 말두 없었어."

"눈치루라두?"

"나두 그만큼은 짐작했소."

"순옥이가 당신께 여간 정성이 아니야요. 그러니 내가 죽거든 아이들이랑 다 순옥이를 맡기셔요."

이런 말이 있은 이튿날이었다. 옥남은 순옥을 보고 자기가 안빈에게 한 이야기를 다 옮겼다. 그러고는 옥남은,

"순옥이 노엽지 않지?"

하고 물었다. 순옥은 부끄럽기보다도 울고 싶었다. 그래서 아무 대답도 아니 하고 나왔다.

그날을 옥남이가 하던 말로만 괴롭게 지내다가 병원 시간이 끝난 뒤에 순옥은 인원의 집을 찾아가서 인원을 끌고 삼청동 집으로 왔다.

예민한 인원은 순옥의 얼굴에서 벌써 무슨 괴로움이 있는 것을 간파하였다. 삼청동으로 가는 길에는 순옥은 한 마디도 말이 없었다.

아이들을 다 재워놓고 나서야 순옥은 인원과 마주 앉았다.

"언니, 난 어쩌면 좋수?"

하는 것이 순옥의 첫말이었다.

"왜? 무슨 일이 생겼어?"

인원의 빛나는 눈은 순옥을 뚫어지게 보았다.

"오늘 아침에 말야. 사모님이 날 보시구 이러시는구면 글쎄."

"무어라구?"

인원은 질투라든가, 그러한 불쾌한 것을 상상한다. 그것은 이런 경우에 가장 있을 만한 일이기 때문이었다.

"사모님 말씀이――어젯저녁에 선생님께다가, 내가 죽거든 순옥이에게 아이들을 다 맡기셔요, 이러셨노라구. 그리구는 내가 열네 살 적부터 선생님을 사모한다는 말, 선생님 곁에 있구가 싶어서 간호사가 되었다는 말, 내가 선생님 곁에 있는 것을 기뻐한다는 말, 글쎄 이런 말씀을 다 하셨대."

"그런 말은 사모님이 어떻게 아셔? 순옥이가 말을 했어?"

"으응. 원산서."

"아이참, 그런 말을 부끄러선들 어떻게 해?"

"그러기루, 그렇지, 그렇지? 하구 물으시는 걸 어떡허우?"

"내, 그저 그럴 줄 알았어. 순옥이가 사흘만 그이하구 같이 있으면 속 말짱 뺏긴다구."

"언닌들 어떡허우? 그 어른이 악의루 물으실새 말이지, 나를 사랑하셔서 그러시는걸."

"흥, 시앗 사랑이라."

"또 그런 소리! 정말 사모님은 보통 여자가 아니시우. 나는 그런 이 처음 보아."

"또 성인이시란 말이지?"

인원은 일부러 입을 삐쭉한다. 순옥이를 놀려먹어서 순옥의 무서운 엄숙을 깨뜨려보자는 것이었다. 순옥의 가슴속에 생기는 근심은 인원의 가슴을 동시에 아프게 하는 것이었다. 두 사람은 운명의 쌍둥이였다.

"그래서? 어서 말이나 해."

인원은 삐죽하는 태도를 고친다.

"그러니 내가 어떡허문 좋우?"

순옥은 애원하는 어조다.

"무얼?"

"무얼이라니. 사모님이 선생님께 그런 말씀을 하셨으니 어떡허문 좋으냐 말이오?"

"무얼 어떡허문 좋아. 사모님 말씀대로 허문 고만 아니야?"

"사모님 말씀이 대관절 무슨 뜻이오?"

"무엇이 무슨 뜻이야. 순옥이가 안빈 박사 재취 부인이 되시란 말이지."

"그런 뜻일까?"

"그럼. 설마 순옥이를 유모나 식모루 두란 말야 아니겠지."

"그러니 내가 어떡허문 좋으냐 말이오?"

"글쎄, 사모님 유언대루 하랄밖에. 순옥의 평생소원이 이루어지는 거 아니야. 남들은 눈깔이 시퍼렇게 살아 있는 남의 아내를 내어쫓구두 저 좋아하는 사람하구 사는데, 무슨 걱정야. 전 마누라가 제발 비는 판인데 그런 떡이 어디 있어? 나 같으면 담박에 가겠네, 얼싸꾸나 하구."

"언니두 그게 무슨 말이오? 남은 지금 마음이 괴로워서 그러는데, 농담하구 있수?"

"농담이 왜 농담야?"

"그럼 무어구? 그런 소리가 어디 있어?"

"왜 없어? 난 순옥의 속을 모르겠네. 사모님은 어차피 돌아가실 사모님 아니야?"

"글쎄, 퍽 위태하셔."

"사모님이 돌아가셔, 안선생이 홀아비가 되셔, 아이들은 의지할 곳이 없어, 어차피 안선생이 재취는 해야 해. 그러자면 아무나 데려올 수는 없어. 안박사를 십 년 내 사랑하고 사모해오던 석순옥이가 있어. 그런데 석순옥이는 과년한 처녀야. 게다가 안선생의 마음에두, 안부인의 마음에두 들어. 그나 그뿐인가, 아이들두 벌써 친어머니처럼 따라, 그러면 고만이지 문제가 무어야? 벌써부터 이렇게 부인 연습을 하시면서, 안 그래?"

인원의 말을 들어보면 다 그럴듯하였다. 그러나 그럴듯하면서도 그렇지 아니한 것 같았다. 순옥의 마음 한편 구석에는 인원의 논리에 순복하지 못하는 무엇이 있었다.

'부인 연습!'

과연 지금 순옥이가 하는 일은 '부인 연습'이었다. 남편의 뒤와 아이들의 뒤를 거두면 부인 연습이 아니고 무엇이냐. 더구나 순옥은 날마다 이 부인 연습에 큰 기쁨을 느끼고 있지 아니하냐. 안빈의 몸에 걸친 의복이 어느 것이 순옥의 손에 만져지지 아니한 것이냐? 내복까지도 양말까지도 손수건까지도 모두 순옥의 손으로—정성 담고 애정 담은 손으로 만진 것이 아니냐.

'언제까지나 이렇게 할 수가 있었으면, 언제까지나 안선생 곁

에서 이렇게 살 수가 있었으면.'

이렇게 순옥은 안빈의 옷을 만질 때마다 생각하는 것이었다. 그
러나 순옥의 속에는,

'아내로서는 말고.'

하는 소리가 있었다. 이것이 순옥의 괴로움의 원인이 되는 것이
었다.

순옥은 인원의 말을 듣고 말없이 한참이나 무엇을 생각하더니,

"언니 말이 옳긴 옳아."

하고 휘 한숨을 쉰다.

"옳긴 옳아? 그런데 어떻단 말야?"

"그래두 난 선생님하구 혼인은 못 해!"

순옥의 눈은 울려는 듯이 자주 깜박거린다.

"왜? 영감이 너무 나이가 많아서?"

"난 선생님하구는 혼인은 못 해!"

순옥은 같은 소리를 또 한 번 뇐다.

"글쎄 왜 혼인은 못 하느냐 말야?"

"선생하구 어떻게 혼인을 하우? 선생님하구 혼인을 한다면 내
가 선생님을 모독하는 것 같아. 지금까지 내가 선생님을 사모해
오던 깨끗한 정이 더러워지는 것 같구."

"왜 혼인이란 그렇게 더러운 물건인가?"

"그렇게 더러운 물건은 아니라두, 그렇게 거룩한 물건일 건 무
어요? 남녀가 살을 맞대구 비비는 게 혼인 아냐? 그게 동물적이
지 무어요? 그것두 일종 음탕이지 무어요?"

"아이참, 그럼 혼인하는 사람은 다 더러운 사람이겠네, 다 음탕한 사람이구. 이거 큰일 났군."

인원은 빈정대는 웃음을 웃는다.

"그런 게야 아니지. 혼인하는 남녀가 다 더럽구 음탕한 거야 아니지. 한 남자가 한 여자와만 남녀 관계를 맺는 것은 최소한도의 음탕이니깐. 또 이것으루 종족두 유지되구 가정이란 것두 생기구. 이를테면 인류의 동물적 존재가 유지되는 것이니깐 혼인이 아주 나쁘단 말은 아냐. 다만 혼인할 이와 못 할 이가 있단 말이지. 누가 부모나 형제 자매하구야 혼인하우? 그건 왜 못 하는고 하니 너무두 소중해서, 높아서 못 하는 것이어든. 남편이라 아내라 하는 관계보다 훨씬 높은 관계가 있으니깐 못 하는 것이어든. 그걸 보아두 부부 관계보다두 높은 관계가 있지 아니하우? 내 말이 그 말야, 언니."

인원은 말이 없다. 다만 무슨 깊은 생각을 하는 듯이 멀거니 허공을 바라보고 있다.

순옥은 인원이가 자기의 말에 동감하는 것으로 믿고, 말을 계속한다.

"내가 선생님하구 혼인을 못 한다는 게 그것이어든. 선생님을 남편이라구 부르기는 너무 황송하단 말야. 선생님은 남편보다 몇 백 층 높구 소중하신 어른 아냐? 알기 쉽게 말하면 아버지보다두 소중하신 어른 아냐? 그런 어른과 어떻게 혼인을 하우? 그런 소리만 들어두, 그런 생각만 해두 황송한데. 안 그러우? 선생님을 남편이라구 부르는 게 무엄하지 않수?"

인원은 또 한 번 길게 한숨을 쉬더니,

"그럼 순옥인 어떡헐 테야?"

하고 시무룩한 눈으로 순옥을 바라본다.

"그러니깐 말요. 그러니깐 내가 어떡허문 좋으냔 말야? 지금 사모님은 내가 선생님과 혼인을 하려니 하구 계신 모양이어든."

"사모님이 아무리 그렇게 생각하시더라두 순옥이만 안 하문 그만 아냐?"

"그야 그렇지. 그건 그렇지마는, 난 사모님이, 순옥이가 선생님하구 혼인을 하느니라 하는 생각을 품은 대루 세상을 떠나시는 것이 괴롭단 말야."

"무어?"

"아아니, 내가 선생님과 혼인을 하려니 하는 생각을 가진 대루 사모님이 세상을 떠나신다면 말요, 내가 나중에 아무리 선생님하구 혼인을 아니 하더라두 사모님의 마음에 가졌던 생각은 지워버릴 수가 없지 아니하우?"

"그야 그렇지."

"그러니깐 사모님 돌아가시기 전에, 나는 선생님하구 혼인 아니 한다는 것을 보여드리구 싶단 말요."

"어떻게?"

하는 인원의 물음에 순옥은 괴로운 듯이 입술을 물고 양미간을 찡기더니,

"내가 다른 사람하구 혼인을 해버리면 그만 아니오?"

"그야 그렇겠지만. 누구하구?"

"아무하구든지."

"그런 소리가 어디 있어?"

"허영이하구라두."

"허영이하구?"

인원은 놀라는 눈을 크게 뜬다.

순옥은 한숨을 쉬며 고개만 까닥까닥한다. 순옥의 얼굴의 근육은 마치 대단히 아픈 것이나 참는 듯이 복잡하게 씰룩씰룩한다. 인원은 순옥의 얼굴에 이렇게 괴로운 표정이 일어나는 것은 일찍 본 일이 없었다.

인원도 순옥과 함께 숨소리가 높아진다. 한참이나 침묵이 계속되었다. 순옥의 눈에서는 눈물이 흘러내린다.

"그러기루 허영이하구 일생을 살 수 있겠어?"

하고 인원은 순옥의 손을 잡는다.

"무얼 못 사우? 살지. (한숨짓고 잠깐 말을 끊었다가) 간호사가 환자 간호하는 심 치구 살지."

"그렇게 싫은 혼인을 억지루 할 것은 무어야?"

"어디 별사람 있나? 다 그렇구 그렇지."

순옥의 말에 인원은 말문이 막혀서 다만 고개만 끄덕끄덕하더니,

"순옥이."

하고 순옥의 어깨에 팔을 얹는다.

"응?"

순옥은 귀밑에서 늘어진 머리카락을 씹고 방바닥만 들여다보고 있다.

284

"이봐. 그럴 것이 아니라──날 좀 보아!"

순옥은 고개를 들어 인원을 본다.

"그럴 것 없지 않어? 싫은 사람하구 어떻게 일생을 같이 살어? 하루 이틀두 견디기 어려운걸. 이보아. 그럴 게 아니라, 순옥이가 차라리 일생 혼인을 안 하구 혼자 살면 그만 아냐? 억지루 허영이 하구 혼인한다는 것은 말이 아니어든. 반드시 멀지 아니한 장래에 불행한 결과가 올 것을 빤히 알면서 왜 그런 일을 해? 내가 순옥이 속을 다 알어요. 인제는, 순옥이는 일생에 아무하구두 혼인은 못 할 사람이어든. 왜 그런고 하니, 안선생 같은 남자가 또 어디 있느냐 말야. 순옥이가 안선생을 사모하기가 잘못이구 안선생 곁에 삼사 년씩이나 있기가 잘못이지. 그런 남자를 보다가 어느 남자를 보면 마음에 찰 거야? 순옥이는 또 아니라구 할지 모르지마는 순옥의 애인은 안선생이어든. 순옥의 남편두 안선생이구. 순옥이는 안선생을 존경하는 나마에 그런 것이 아니라구 생각하지마는 사실은 그런 것이어든. 그러니깐 순옥이가 인제 허영이거나 누구거나 다른 남자한테 시집간다는 것은 마치 사랑하는 남편을 두구서 억지루 다른 남자한테 가는 거란 말야. 그러니 아무한테를 가기루니 마음에 찰 리가 있어? 마음이 붙을 리는 있구? 그러니깐 말야, 허영이하구 혼인한다는 그런 자포자기적인 생각은 말구 말야, 차라리 지금 병원에서 나와요. 나와서 일생 나 모양으로 혼자 살 생각을 하란 말야. 그럼 고만 아냐? 어때?"

"그럼 날더러 선생님 곁을 떠나서 살란 말이오?"

순옥은 이렇게 말을 해놓고도 제 말이 너무 노골적인 것이 부끄러워서 고개를 숙였다.

"옳아. 그럼, 다른 데 시집은 가구, 선생님 곁은 안 떠나구, 그러잔 말야?"

"그럼 아주 선생님 곁을 떠나서는 못 살 것 같은 걸 어떡허우?"

순옥은 저를 비웃는 듯이 쓴웃음을 픽 웃는다.

"그럼 허영이하구 혼인을 하구두 그대루 병원에 있잔 말야?"

"으응."

"허영이가 그럭하라구 할 것 같애?"

"애초에 그런 조건으루 승낙을 받구 혼인을 하거든."

"허영이가 그렇게 승낙을 아니 하면?"

"아니 하면 혼인 말지."

"허허허허. 허영이 되기두 꽤 싱거운 일일세."

"왜? 그렇게 안 될 것 같수?"

"글쎄, 허영이란 사내가 지금 순옥이가 갖구 싶어서 허겁지겁이니깐 무슨 말을 해두 혼인만 한다면 네에 네, 할 것은 같지만, 어느 사내가 글쎄, 제 계집을 이전 애인의 곁에 둔 대루 데리구 산담. 낮에는 하루 종일 네 전 애인하구 살구 밤에만 나하구 살자. 하하하하. 글쎄 우습지 않아?"

"언니가 그런 숭한 이름을 지으니깐 그렇지."

"무슨 숭한 이름?"

"전 애인이 무어유?"

"오, 글쎄, 애인이란 말을 하면 순옥이가 질색 팔색을 하지만 우리네 속인의 눈으루 보면 애인임에 틀림없거든. 사랑하는 이성이면 애인이라구 하는 게 이 세상 어법이 아니야?"

"언니두 내 속을 몰라주어."

하고 순옥은 시무룩한다.

"글쎄 말야. 아무리 허영이라두 그렇게는 안 될 테니 그렇게만 알아요. 처음 며칠이야 네에 네, 할 테지. 하지만 며칠만 지나보아요. 그담에는 작자가 남편의 위권을 부리거든. 사내들이 연애할 때에나 여자보구 네에 네, 하지 사흘 밤만 지나면 벌써 왜 이래! 안 돼! 이러구 나서는 거란 말이야. 그담에야 네에 네가 무어야? 이년 저년 소리만 안 들으면 다행인 줄만 알지."

"그럴까? 언니."

"그렇지 않구. 그야말루, 순옥이 문자루 성인이면 몰라두. 어디 허영이가 성인야? 또 다른 남잔들 성인이 어디 있구? 남자들 눈에는 혼인만 해놓으면 아내란 제 소유물이거든. 법률두 그렇지만. 그러기에 아내를 두구 딴 계집을 해두 말두 못 하는 거 아냐. 아내는 딴 서방을 하면 간통죄루 징역을 져두. 안 그래? 아무리 허영이가 못난이라두 그것쯤은 다 안다나. 못난일수록 남편의 위권은 더 내시거든. 다른 걸룬 여편네를 내려누를 것이 없으니깐."

순옥은 더욱 시무룩해진다. 인원의 말이 절절이 옳은 것 같았다. 제가, 허영은 무슨 조건이나 제 말이면 다 들어주리라고 생각한 것이 어리석었던 것 같았다.

"아이구. 그럼 내가 어떡허면 좋아?"

얼마를 잠잠하다가 순옥은 한탄을 발하였다.

"왜? 내 말대루 혼자는 못 살아?"

"병원에서 나오라면서?"

"그럼 그냥 있구라두."

"그럼 사모님이 ──."

"사모님이 그러시기루 어때? 나만 말끔한 담에야."

"그두 그렇지만."

"그럼 그렇게 하라구. 딴생각 말구 지금 모양으루 가만히 있으라구. 그럼 고만 아냐?"

순옥은 또 한숨을 쉬면서 생각한다. 인원은 한참이나 순옥의 대답을 기다리다가 순옥이가 말이 없는 것을 보고, 갑갑하다는 듯이 머리를 벅벅 긁으며,

"그래두 또 무슨, 안 될 일이 있어?"

하고 순옥의 대답을 재촉한다.

"언니!"

하고 순옥이가 우는 것인지 웃는 것인지 모를 웃음을 띠며, 인원을 바라본다.

"왜?"

"이렇게 하면 좋을 것 같애, 언니가 내 말만 듣는다면."

"어떻게? 내 무슨 일이나 다 해주께."

"정말?"

"그럼. 순옥이가 그렇게 애를 태우는 걸 보면 참으루 내 가슴이 아퍼."

"언니."

"왜?"

288

"언니 은혜를 내가 무엇으루 갚수?"

하고 순옥은 운다.

"울긴 왜 울어. 왜 그렇게 센티멘털해?"

"그러기루 언니 같은 이가 세상에 어디 있수?"

"글쎄, 그런 문학소녀 소리는 그만두구, 어여 말이나 해요. 날더러 어떡허란 말야? 어떡허면 순옥이가 무사하겠단 말야?"

"언니. 정말 내 말대루 해주시겠수? 내 말대루 믿어주시구?"

"글쎄 그런단밖에. 왜 순옥이가 그렇게 마음이 약해졌어?"

"그럼 내 말하께."

"어여 말을 해요."

"어떻게 하는고 하니."

"그래."

"언니가."

"글쎄 말을 해."

"글쎄."

하고 순옥이가 웃는다.

"글쎄 그렇게 말하기 어려울 것이 무어야? 시간 가! 벌써 열 시다 됐네."

"언니, 오늘은 나구 자구 가."

"주인집에서 난봉났다구 하게."

"그래두, 오늘만 자구 가요, 전화 걸구."

"글쎄 말이나 해요, 어서. 어디 이거, 갑갑해 살겠나."

"그럼 내 말하께. 내 말대루 해주마구 언니가 약속했수."

"그래."

"어떻게 하는고 하니, 인제 사모님이 돌아가시면 말야."

"그래."

"언니가—."

"내가."

"언니가 선생님하구 혼인을 하셔요."

"아아이, 기가 막혀. 그래 할 말이란 게 그거야?"

"으응."

"인젠 날더러 언니에서 사모님으로 승차를 해달란 말야? 나중엔 못 들을 소리두 없네."

"왜? 언니가 선생님과 혼인 못 할 일이 있수?"

"못 할 일이야 없지만."

"그럼 그렇게 해. 응 그렇게 해주어요. 그렇게만 하면 난 언제까지나 언니 집에 있을 수 있을 거 아니오?"

"옳지. 인제는 날더러 허영이 노릇을 해라?"

"그건 다 무슨 소리요?"

"그럼 그렇지 않구. 나는 사모님 노릇 하구, 선생님과 순옥과는 애인 노릇 하구—그러란 말이지. 하하하하."

"아이, 언니두 그렇게 생각하시우? 그렇게만 언니가 해주신다면 나는 일생 마음 놓구 선생님 곁에 있을 수 있구, 언니 곁에 있을 수 있구—."

"언니 곁에라니?"

"왜?"

"사모님 곁에지."

"호호호호."

"하하하하. 순옥이가 웃었네."

하고 인원이가 손뼉을 치며 깔깔 웃는다.

"아이, 언니 저 아이들 깨겠수. 그럼 웃지 않구 어떡허우? 언니 말에는 초상 상제두 아니 웃구 못 배길걸."

"그럼 며칠 못 살 세상을 나처럼 웃구 지내지 순옥이는 웬 그리 슬픔이 많어? 슬픔이래야 호강에 겨운 슬픔이지만."

"언니두. 왜 내 슬픔이 호강에 겨운 슬픔이오?"

"그럼, 호강에 겨운 슬픔 아니구?"

"아이참, 내 괴로움을 몰라주어서 저래."

"무슨 괴로움야?"

"언니가 내 말대루만 해준다면야."

"어떻게?"

"선생님하구 혼인하는 거 말야."

"난 싫어!"

"왜?"

"누가 두 귀밑이 허연 영감한테루 간담. 게다가 전실 자식이 셋 씩이나 있구. 게다가 더음받이[83] 애인이 있구. 하하하하."

"언니. 저 식모 듣겠소."

"하느님 들으시는데 하는 말을 사람이 들으면 어때?"

"아이 우스갯소리 고만 하구."

"난 인제 갈 테야. 졸려."

"하던 말은 끝두 안 내구?"

"무어 끝낼 말 있어?"

"아까 하던 말. 언니 그 말대루 해주려우?"

"싫다는밖에."

"그러지 말구."

"이건 중매를 드는 거야, 아직 장례두 지내기 전에? 사모님 꿈자리 사나우시겠네."

"그럼 난 내일 허영이 찾아가 볼 테야."

"왜?"

"혼인하자구."

"그렇게 그 화상이 그립거든 가. 누가 가지 말래? 또 인천 가서 사흘 묵나? 아이 졸려, 아아흠."

하고 인원은 하품을 한다. 정말 졸린 모양으로 하품 끝에 눈물이 나온다.

"정말 졸리우?"

"으응 졸려. 어저께 잠을 못 잤어. 또 순옥이 잠꼬대만 들으니깐 더 졸린데."

인원은 또 한 번 커다랗게 입을 벌리고 하품을 한다. 인원의 아랫니 윗니가 참 어여뻤다. 옥같이 희고 이가 고르고 얼굴이 가무스름하기 때문에 흰 이가 더욱 맑게 빛났다.

순옥은 한참 동안 유쾌하던 빛도 다 스러지고 다시 얼굴 근육이 씰룩씰룩한다.

"순옥이."

인원은 웃고 빈정대는 동안에 생각한 말을 하리라, 하고 순옥을 불렀다.

"으응?"

순옥은 한숨을 내쉰다.

"내가 두 가지 방침을 말해줄 테니 그중에 한 가지를 취하라구."

"무어?"

"어떡허는 거구 하니이, 첫째는 순옥이가 안선생하구 혼인하는 것이구. 그것이 원형이정[84]이어든. 만일 그것이 안 되겠거든 지금 모양으루 가만있으라구. 그래서 운명이 끄는 대루 하란 말야. 사람이란 내일 일을 모르는 것이어든."

"운명이나 환경에 끌리구 싶지 않단 말이지. 그리구 제 이성의 명령대루 살아나가보잔 말이지, 언니."

"글쎄, 그게, 안선생 말마따나, 성인의 일이지, 범부(凡夫)의 일이냐 말야? 제 모든 인연을——무에라구 했더라, 옳지 일도양단[85]으로 딱 끊어버리구——또 무엇이? 그 「인연의 길」이라는 안선생 소설에 말야. 응, 중생심, 중생욕을 다 떼어버리구, 그렇지, 순옥이? 그 주인공 학공사문(學空沙門)이라는 중이 말야. 왜 그렇게 맹세하지 않았어?"

순옥은 고개만 끄덕인다.

"그렇게 말야. 삼생인연을 다 끊어버리구, 이 세상 아무것에두 얽매이지 않구 마음이 자재[86]함을 얻어——그랬지? 그러니, 그렇게 되구야 비로소 인연의 길을 끊는다는데. 옳지 또 있지. 그렇게 하더라두 정업인연(淨業因緣)은 그래두 남느니라구. 부처님이나 보살두 이 정업의 과보까지는 면헐 수 없느니라구, 왜 그러지 않았어? 그 학공사문인가.”

"아이 언니두. 안 보시는 체하면서두 다 보셨구려, 다 기억하구."

"순옥이가 하두 보라니깐, 한번 보았지. 그러니 말야. 가만히 있어서 정업인연이 끄는 대루 끌려가라구. 이 몸뚱이란 껍질을 쓰구 있는 동안 이 세상 인연을 벗어날 수 있겠어?"

"언니 말씀이 다 옳아. 그래두, 다른 건 다 못 하더라두, 선생님께 관한 것만은 깨끗이 깨끗이 보전해 가구 싶어요. 내 다른 것을 다 희생해 버리더라두, 하느님 앞에서나 사람의 앞에서나 석순옥이가 안선생께 대한 관계만은 청정하니라, 성스러우니라, 하두룩 하구 싶어요. 그것이 내 소원야. 나 같은 게 무슨 소원이 있수? 그것뿐이지. 만일 내가 이 소원마저 깨뜨린다 하면 나는 모든 것을 잃어버리는 것이야. 내 일생의 목적이 없어지는 거란 말요. 여태껏 쌓아놓은 공든 탑이 무너지는 거구."

순옥은 말을 끊고 한참이나 멀거니 앉았다가 몇 번 말을 할까 말까 하고 주저하는 듯하다가, 인원을 한참이나 바라보다가, 인원의 얼굴에 엄숙과 동정의 빛이 있는 것을 보고야 말을 잇는다.

"언니, 내가 그동안, 삼 년 동안 싸워오기에 얼마나 죽을 고생을 한지 아시우?"

"누구하구 싸워?"

"내가 내 마음하구."

"왜?"

"나두 사람 아니우? 나이가 이십이 넘은 여자 아니오? 그만큼 말하면 언니두 아시겠구려."

하고 순옥은 무슨 무서운 것을 보는 듯하는 표정을 하면서,

"언니 알아들으시지?"

하고 한 번 다진다.

"으응."

하고 인원은 고개를 끄덕끄덕하면서도, 아직도 의문스러운 눈으로 순옥을 본다.

"내가 남달리 잡년이 되어서 그런지 모르지만 이성 그리운 생각이 나요, 때때루."

"알아들었어."

"그런데 내가 하루 종일 선생님 곁에 있지 않수?"

"그렇지."

"이따금 못 견디게 그리운 생각이 나요."

"그랬겠지."

"내 속에 사람이 둘이 들어 있어서 말요. 한 사람은 안 된다! 하지마는 또 한 사람은 팔을 벌리고 덤비지 않우? 그래서는 안 될 어른을 향해서 말야."

순옥은 급히 달음박질이나 한 것처럼 숨이 가빠진다. 그리고 눈매와 입술에는 누구와 금시에 싸우기나 하려는 것처럼 험한 빛을 띤다.

인원은 말없이 고개만 끄덕끄덕한다.

"그런 걸 내가 입술을 꼭 물구, 옳은 마음을 지키느라구, 나 자신의 유혹에 지지 않으려구 부덕부덕[87] 애를 썼어요. 내 핏속에 아모로겐이 생기지 못하게 하느라구, 내 피를 영원히 아우라몬의 상태루 유지하느라구, 삼 년 반 동안이나, 삼 년 반이라기보다는 일천이백 일 동안이나 피 흐르는 싸움을 하지 않았수? 하루에두 몇 번씩 이 싸움이오! 이 피 흐르는 싸움이오! 생명의 기름이 부쩍부쩍 마르는 싸움 말요. 하루에 열 번만 했더라두 만여 번이 아니오? 나는 내가 그동안에 죽지 아니한 것만 신통하게 생각해요. 제일 어려운 때가 언니, 밤이오 밤! 그중에두 봄철의 밤! 죄악의 유혹두 도적놈 모양으루 어두운 그늘로 찾아댕겨요. 어떤 때에는 언니, 싸우다가 싸우다가——그것두 특별히 자주 습격해 올 때가 있거든. 그런 것을 이를 악물고 싸우다가 싸우다가 고만 내 혼이 진력이 나서 축 늘어지는 때가 있어요. 나는 밤에 자다가 말고 몇 번씩이나 손바닥을 입에 대구 내 입김 냄새를 맡아보았을까?"

"그건 왜?"

"사람이란 제 마음속에 생기는 일을 속일 수 있는 줄루 알지? 그건 잘못이오, 언니. 못 속여! 못 속여! 내 마음에 옳지 못한 생각이 나? 그것이 냄새가 되어서 내 몸에서 나는 것이오."

"응. 그 안피노톡신 말야?"

"그래, 아모로겐이랑 아우라몬이랑. 그런데 선생님은 여간 코가 예민하지 않으셔. 시험관에 피를 뽑아 넣지 않우? 그걸 시험약을 넣어보기두 전에 슬쩍 냄새만 맡으시면 벌써 무엇인지 알아내셔요. 안피노톡신 일호인지, 이호인지, 아우라몬인지, 아모로겐인지 단박에 알아내셔요."

"피루야만 아시나?"

"왜? 그냥 겉으로 사람을 대하셔두 벌써 그 사람의 속을 알아보신단 말요. 환자가 오지 않우, 입원하는 사람이? 그러면 말야, 그 환자가 의심이 많은 사람이니, 이렇게 이렇게 하라는 둥 마음에 번민이 있는 사람이니 어떻게 하라는 둥, 글쎄 이렇게 간호사들한테 이르시는 걸 보면 슬쩍 겉으루 냄새를 맡구두 아시나 보아요. 병두 병마다 냄새가 다르다시는걸. 물론 냄새만 맡으시는 것이야 아니겠지. 눈으루 보구, 귀루 듣구 하는 게 모두 그 마음을 판단하시는 재료가 되는 모양야. 그러니 내가 선생님 곁에 가기가 늘 겁이 나지 않우? 그러니깐 아침에 일어나면 내 마음을 깨끗이 해가지구 선생님이 오시기를 기다리지. 그런 때면 선생님 얼굴에 보일락 말락 한 기쁘신 듯한 웃음을 띠시구, 내 마음이 잘 가라앉지 못하구 어수선한 때면, 선생님이 근심스러운 듯, 꾸중하는 듯한 눈으루 나를 보셔요. 그러니 얼굴엔들 마음이 모두 드러나지 않겠수. 우리는 흐린 정신 흐린 눈을 가졌건만두 어떤 얼굴만 보구 그 사람의 마음을 대개 짐작하지 않우? 성난 사람이라든지, 무엇에 기뻐하는 사람이라든지, 허둥지둥 얼빠진 사람이라든지──또 아주 그러한 표정이 습관이 돼서, 고만 굳어져서, 왜 궁상이라든지 복상이라든지, 그렇게 얼굴이 되어버리지 않우? 우리 눈두 그런 것을 알아보는데 선생님이야 말할 것두 없지 않수? 그러니깐 내가 오늘날까지 깨끗이란 내 요새를 지켜왔다는 것두, 기실이야 내 힘이 아니라, 선생님의 힘이시지. 그럼, 모두 선생님 힘이셔."

하고는 혼잣말 모양으로,

"선생님 아니시면 내가 어떻게 되었을지 모르지, 무엇이 되었을지두 모르구."

한 뒤에 다시 인원을 향하여,

"언니. 이게 다 선생님 덕이지. 선생님이 만일 손가락 하나만으루라두, 눈찌 하나만으루라두 나를 유혹하는 태도를 취하셨다면 내가 버티기를 어디서 버티우. 벌써 왼통 아모로겐으루 유황 냄새를 피구 다 타버리구 말았지."

하고 한 번 한숨을 지우고 멀거니 허공을 바라보고 있다가 다시 인원을 바라보며,

"아무리 음탕한 여자라두 선생님 앞에서는 마음이 아니 깨끗해질 수는 없어요. 말씀 한마디나 눈찌 하나가 무엇이나 다 엄숙하시거든. 엄숙하다구 싸늘하게 무섭게 엄숙한 게 아니라, 그중에도 따뜻하구 부드럽구 향기로움이 있으시구. 그러니 그 앞에서 아무리 음탕한 여자기루 어떻게 음탕한 생각을 품수? 게다가 내 마음을 말짱 꿰뚫어 보시니. 말씀은 안 하시지, 말씀야 안 하시지만 내 속을 빤히 다 들여다보셔요. 그러니깐 나두 이러한 선생님 앞에다가 숭한 꼴을 아니 보이려구 마음을 조심하는 거 아니오?"

순옥은 또 한숨을 지우고 한참이나 허공을 바라보다가 또 한 번 한숨을 쉬고 이어 말한다.

"그런데 말야. 선생님 앞에서는 그렇게두 깨끗하구 안정했던 마음이, 선생님을 떠나서 내 방에 혼자 돌아와 있으면 더러운 잡

념들이 끓어오른단 말야. 제목야 여전히 선생이지, 언제나 늘 선생님이지마는 이렇게 혼자 있을 때에는 선생님이 한 이성으루, 한 남자루 내 앞에 나타나는 일이 있단 말야. 그리구는 안구 싶구 그렇구려 언니. 그러면 내가 내 몸을 꼬집지, 시퍼렇게 멍이 들두룩, 이년, 이년, 이년! 하면서. 그러나 이것두 깨어 있을 적 일이지, 꿈을 어떡허우?"

"꿈까지야 어떻게 해? 할 수 없지."

"그래두 원체 마음이 깨끗하면야 꿈엔들 옳지 못한 생각이 나겠수? 평소에 마음속에 숭한 것이 숨어 있으니깐 그것이 꿈에 나오지. 왜 지인무몽(至人無夢)이라구 안 했수? 마음의 번뇌를 다 뗀 사람은 꿈이 없단 말 아니오?"

"그러니 저마다 지인을 바랄 수야 있나?"

"왜 나는 지인이 못 될까? 자기 전에 애써서 마음을 깨끗하게 해가지구, 모처럼 잠이 들면 숭한 꿈야! 그래 꿈을 깨구 나면 울구 싶어요. 제가 원망스럽구. 이건 원체 악하게 생겨먹어서 암만 수양을 하노래두 그저 이 꼴인가 하면 고만 턱 낙망이 되구 말아요. 어려서는 그렇게 깨끗하던 것이 낫살 먹어가면 왜 이 모양이오, 언니?"

"어려서두 깨끗했던 것이 아니지. 왜 그「인연의 길」에 안 그랬어? 사람이 어려서 깨끗한 듯한 것은 이른 봄철 땅과 같으니라구. 땅속에 있는 씨와 뿌리들이 아직 싹이 트지 아니한 거니라구. 그것이 비를 맞구 더위를 만나면 모두 움이 돋아서 대 설 놈 대 서구, 넝쿨 뻗을 놈 넝쿨 뻗구, 꽃 피구 잎 피구 열매 맺구, 향기 발할 놈 향기 발하구, 냄새 내일 놈 냄새 내느니라구. 사람의 마음두 그러니라구. 무에라구 했더라, 옳지 무시——무시라구 했지. 없을 무 자, 비로소 시 자, 무시부터 무명훈습(無明薰習)[88]으루 지어온 모든 업이 인이 되어서 우리 마음속에 들어 있느니라구, 왜 안 그랬어?「인연의 길」에, 순옥이 애인이."

"아이 언니는 정신두 좋으시우."

"그 말은 꼭 옳은 것 같어. 과연 한 살 두 살 나이를 먹구 세상 습기와 세상 햇볕과 세상 바람을 쏘일수록 마음속에 전에 없던 풀과 나무들이 수두룩히 나온단 말야. 이건 언제 나왔어? 이런 것두 내 속에 있던가, 하기 전에 못 보던 것이 나오지 않어 왜? 그 말은 꼭 옳아요. 사람이 나올 때에 깨끗한 천사같이 나와가지구 세상에 나온 뒤에 물이 들어서 악해진다는 것은 암만해두 설명이 불충분하단 말야. 정말 그럴 것 같으면 같은 환경에서 자라난 사람들은 다 같을 것 아냐? 그런데 다르거든. 그걸 보면 사람이란 나올 때에 벌써 저마다 다르게 생겨가지구 나오는 게 분명해. 그러길래 몸이 저마다 다르지 않어. 순옥이처럼 옥같이 희구 고운 몸두 있구, 나 모양으루 숯같이 검구 미운 몸뚱이두 있구. 그러니깐 나두「인연의 길」에 있는 학공사문 말대루 인과응보라는 건 믿어야 할까 봐."

"할까 보긴?"

"아직 채 믿어지지는 않거든, 하하하하. 그게 고대루 믿어지면 성인이게."

"언니가 참 머리가 좋아."

순옥은 평상시에는 별로 깊이 생각하는 것 같지도 아니한 인원이가 이처럼 「인연의 길」의 사상을 철저하게 알아보는 것을 보고 놀랐다.

　"어렵쇼. 인제는 또 머리가 좋다구 치키시는 거야? 사모님 자격이 넉넉해? 하하하."

　"언니야말루 범인은 아니야. 아무것두 아는 체하지 않으면서 무엇이나 다 남보다 잘 알구 계시는걸."

　"이건 왜 이래. 쯧쯧."

　"언니!"

　"왜?"

　"언니 속에두 번뇌가 있수?"

　"번뇌라니?"

　"나 모양으루 뒤숭숭한 생각 말야. 이성이 그립다는 둥, 그런 거 말야."

　인원은 씩 웃고 고개를 숙여버린다.

　"언니 속에는 그런 건 도무지 없을 거만 같아. 언니 마음은 가을 하늘 모양으로 새말갛구 도무지 흐린 구석이 없을 거만 같아."

　"왜? 무얼 보구?"

　인원은 쑥스러운 듯이 웃으며 고개를 든다.

　"무얼 보든지 언니 눈을 보아두 그렇구. 도무지 언니 눈에는 워리(걱정)[89]가 없지 않우. 그리구말구. 도무지 무얼 꺼리는 것이 없지 않우."

　"말괄량이가 돼서 그렇지, 우리 어머니 말씀마따나."

"아냐, 속에 어두운 구석이 있구야 어떻게 눈이나 말소리나 행동이나 그렇게 명랑할 수가 있어? 없지. 그 눈찌를 보고 말을 들으면 속을 못 속이는 거라구 맹자에 그러지 않았수? 그 말이 옳아."

"순옥이두 눈이 맑구 목소리가 고운데."

"응. 언니 말씀마따나 내 눈찌나 목소리가 고울는진 모르지. 그렇지만 고운 거하구 맑은 거하구는 달러. 나는 겉과 속이 같지를 못한 사람야요."

"옳아, 겸사하시는군."

"아냐, 언니. 언니야 내 속을 빤히 들여다보시구 있지만, 난 그렇질 못해요. 내가 거짓되구 싶어서 그런 건 아냐. 참되려구 애쓰는 건 사실야. 참되려구 무척 애를 쓰긴 써요. 허지만 내가 겉과 속이 같지 못한 까닭은——속에 있는 대루 말을 다 할 수가 없거든."

"누군 다 해? 속에 있는 소릴 어떻게 다 해? 그러다간 그것만 하다가 볼일 못 보게."

"그런 게 아니라, 허기야 속에 있는 소리를 어떻게 다 하우? 일생 그거만 해두 다 못 하지마는 내 말은 그 말이 아냐. 내 속에 있는 것을 차마 남의 앞에 드러내놓을 수가 없어서 말을 못 하는 것이어든. 더러운 것이 많구 부끄러운 것이 많어서. 괜찮은 것으로 고르구 골라서 한마디 해놓구두, 하구 보면 부끄러운걸."

"그게 순옥이가 양심이 밝은 까닭이어든. 다른 사람들은 제 속에 있는 더러운 것을 더러운 것인 줄 알지도 못하구 있는 거야. 더러운 줄을 모르니깐 부끄러운 줄두 모르구 남의 앞에 척척 내놓는 거구. 그 구린내 나는 것을 마치 끔찍한 무엇이나 되는 듯이 뽐내지나 않았으면."

"그래두 언니는 안 그럴 거야. 내가 알기루는 언니하구 사모님 네하구 속을 모두 밀어 내놓아두 세상에 부끄러운 것은 없을 거야. 똑바루 말해요, 언니두 정말 나와 같은 번뇌가 있수? 남의 앞에 내놓지 못할 것이? 없지? 언니는 그러길래 언제나 저렇게 버젓하니 그렇지, 언니?"

순옥의 말에 인원의 입가에는 이상한 웃음이 떠돌다가는 스러진다. 그리고 평소에 인원의 얼굴에서는 보지 못하던 근육의 경련이 일어난다. 순옥은 놀라는 듯이 인원의 얼굴을 들여다본다.

"순옥이."

하고 한참 후에 인원이가 입을 연다.

"왜, 언니?"

"순옥이가 참 천사야."

"그건 다 무슨 소리요?"

"순옥의 마음이 깨끗하니깐 나를 깨끗하게 보는 것이어든. 사람이란 다 저 생긴 모양대루 세상을 보는 거야. 내가 그렇게 깨끗한 사람인 줄 알아? 정말 순옥이가 정말 그렇게 알아?"

"그러믄. 언니같이 깨끗한 이가 어디 있수?"

"아냐."

하고 인원은 수없이 고개를 흔들고 나서,

"내가 깨끗한 것이 아냐. 내가 겉으루 보기엔 깨끗할는지 모르지. 나이가 삼십이 가깝두룩 별루 세상에 좋지 못한 소문두 안 내구. 또 명랑한 얼굴루, 명랑하게 깔깔대구 잘 웃구, 그러니깐 순옥이두 내 속에는 아무 워리두 없는 것같이 생각하지. 그런 게 아냐. 내가 무척 조숙했어요. 조숙이라니깐 철이 일찍 났다는 말같이두 들리지마는, 그런 게 아냐. 알아듣기 쉽게 말하면, 발발 달아먹었단 말이지. 그래서, 부끄러운 말 같지만 나는 열두어 살부터 벌써 이성 그리운 생각이 났어요. 그리구 얼굴두 잘나구 돈두 많은 남편한테 시집을 가서 한번 재미있게 살아보리라 하는 욕심이 생기구, 퍽 유치하구, 단순한 생각 같지만 여자의 욕심이란 따져보면 결국 이것이 근본이어든. 안 그래? 여기서 모든 번뇌가 생기구, 모든 죄악이 생기는 거 아냐? 난 그렇게 생각해요. 그러니 가슴속에 이런 욕심을 품은 년이 마음이 편할 리가 있겠어? 학교에 다닐 때에두 어떤 남자가 나를 찾아주지 않나, 내게 반해주지 않나, 이러구 마음을 조였지. 이 세상에서 제일 좋은 제비가 내 손에 뽑힐 것만 같았거든. 그러니깐 하느님께 기도를 드린다구 해두 기실은 내 욕심이 이루어지게 해줍소사 하는 거란 말이야. 그런데 한 해 가구, 이태 가구 해두, 도무지 욕심이 이루어지지 않는단 말이지. 그러니 자꾸만 마음이 조급할 거 아냐. 가끔 화두 나구 원망두 나구. 무엇에 화를 내는지 모르지, 무엇을 누구를 원망하는지두 모르구. 그러니깐 말야, 내 속이 이렇게 번열[90]하구 초조하구——욕심이 부글부글 끓어오르니깐 속이 얼마나 초조할 거야?"

"그래두, 언니. 어디 그런 빛을 보였수? 언제나 늘 명랑했지."

"흥. 그것이 악해서 그런 것이어든. 독해서 그렇구. 내가 왜 독한 계집애 아냐?"

"언니가 어디 악하우? 마음이 단단이야 하시지만."

"순옥이가 모르는 거야. 내가 악하다! 그러길래 속에다가 불덩어리를 감추구두 겉으루는 서늘한 체하는 거 아냐? 속으루는 더러운 욕심을 잔뜩 품구 아귀같이 날치면서두 겉으루는 아주 천연덕스럽지. 실없은 소리나 하구, 깔깔대기나 하구. 겉으루 보면 인원이란 계집애는 마음에 근심 통 없는 것 같지. 흥 이게 악한 것 아니구 무어야? 속으루는 눈물을 흘리면서 겉으루는 웃음을 웃거든. 이게 내야. 그러니깐 이것이 차차 성습"이 되어서, 영 제 속은 남한테 안 보이거든. 말이나 행동이나 다 제 속과는 딴판이라 속은 속대루 끓어라, 겉은 겉대루 서늘한 바람을 내어라, 이거란 말야. 이중생활이지, 외식하는 바리새교인의 생활이구."

"언니가, 부러 하는 말이 아니우?"

"부러가 왜 부러야? 순옥이보구, 진정이지. 그렇지 않아두 순옥이한테 언제까지나 이렇게 가면을 쓰구 대하는 것이 마음이 괴로웠어. 그렇지만 인제는 이 가면이 고만 내 몸에 붙어버리구 말았단 말야, 또 그것이—이 가면이 말야—내 총재산이구. 내게서 이 가면을 벗겨버리면 누가 나를 사람이라구 볼 거야? 순옥이부텀두 십 리만큼이나 달아날걸. 안 그래?"

"그럼 언니한테두 정말 나와 같은 모든 약점이 있수?"

"있수가 무어야? 약점투성이지."

하고 인원은 한참 무엇을 생각하다가,

"내가 순옥이한테 진 은혜가 커요."

하고 순옥을 바라보며 간절한 표정을 한다.

"아이, 언니두. 내가 언니 은혜를 졌지. 언니가 무슨 내 은혜를 받았수?"

"아아니."

하고 인원은 도리도리하고 고개를 흔들다가,

"내게다가 딴 생활의 길이 있는 것을 가르쳐준 것이 순옥이거든. 왜 내가 졸업반 적에──순옥이는 삼 학년이구──그때에 나하구 한방에 있게 되지 않았어? 그 모퉁이 볕 안 드는 방에 말야."

"으응, 아이 그 방 춥기두 하더니, 침침두 하구, 그래두 난 언니하구 같이 있게 된 것만 좋아서. 왜 언니야 나 때문에 그 방에 오지 않았소? 솔밭 바라보이는, 볕 잘 드는 방에 계시다가, 그것이 어떻게나 미안했는지."

순옥은 지나간 옛날을 생각하고 정다운 기억에 잠긴다.

"그래두, 그 방이 내 새 생명을 얻은 방야. 왜 한번 이런 일이 있지 않어? 순옥이가, 내가 볕 잘 드는 방을 버리구 순옥이 때문에 이 우중충한 방에 와서, 그래서 내가 감기가 들었다구, 그리구 퍽 미안해하지 않았어? 그때에 내가 웃으면서 아니라구, 순옥이란 볕이 들지 않느냐구. 햇볕은 낮에만 들구, 밤이나 흐린 날은 안 들지마는 순옥이라는 햇볕은 밤이나 낮이나 맑거나 흐리거나 늘 나를 비친다구, 내가 그랬지 왜?"

"참, 언니가 그리셨어. 그때에 그 말이 어떻게나 기쁜지 울구 싶었어. 그때에 내가 언니를 참 사모했거든."

"그런데 말야. 그때에 나는 그 말을 무심코 한 말이지만, 나중에 생각해보니깐 그것이 다 성신이 내 입을 시켜서 하신 말씀이야. 왜 그런고 하니 순옥이를 보구, 순옥이가 살아가는 모양을 보구 내 영혼이 눈을 떴거든. 내가 지금까지 해오던 생활 이외에 정신생활이라는 것이 있는 줄을 알았단 말야. 가만히 순옥이하구 같이 있어보니깐, 순옥이는 돈 생각두 아니 하구, 시집갈 생각두 아니 하구, 늘 이 세상보다 높은 세상 생각만 하구 있단 말이어든. 순옥이는 정말 하느님을 생각하구 하늘나라를 생각한단 말야. 제 마음이 아주 하늘나라 백성이 되려구 애를 쓰구. 그것이 처음에는 어린 공상으로 뵈었지마는 두구두구 지내볼수록 순옥이가 들어 사는 세계가 지금까지의 내 세계보담 높구 깨끗한 세계 같단 말야. 그렇게 생각하구 보니, 지금꺼정 내가 살아오던 모양이 추하구 부끄럽게 보이거든. 그래서 나두 차차 물질적이랄까, 세간적인 욕망을 버리려구 애를 쓰게 된 것이야. 그것을 버리구 보니깐 참말루 서늘하거든. 왜, 청량이라구 그러지 않았어? 맑을 청 자 서늘할 량 자. 정말 청량이란 말야. 돈이니, 잘난 남편이니, 호화로운 생활이니, 이러한 욕심이 속에 있을 때엔 참말 번열하거든. 참말 불붙는 집이어든——화택(火宅)이란 말야. 그러다가 그런 욕심을 쏙 떠나면 아주 속이 맑구 서늘하단 말야——참말 청량이란 말야."

"언닌, 아주 해탈을 하셨구려."

"해탈? 그럼 청량한 마음이 늘 계속되면 해탈이지. 그렇지만 어디 그래? 지금두 어떤 때에는 어째 적막하구, 무엇이 그리운 것 같구 그래요. 그래서 꼬박 밤을 새우는 때두 있어. 그래두 이 세상에 무슨 그다지 탐낼 것이 있는 것 같지는 않어. 돈이니 좋은 남편이니 그런 생각은 집어치운 것 같구. 그런데두 무엔지 모르게 고적한 생각은 있단 말야."

안방에서 정이가 킹킹 하는 소리가 들린다.

"아이구, 가 오줌 누여주어야겠어."

하고 순옥이가 일어날 때에,

"엄마!"

하고 정이가 울음 끝을 낸다.

순옥이가 안방으로 뛰어 건너간다.

인원은 정이가 "엄마" 하고 부르는 소리에서 형언할 수 없는 날카로운 충동을 받는다.

인원은 한숨을 쉰다. 인원이가 등이 선선함을 깨닫고 뜰을 향한 미닫이를 열었을 때에는 뜰에는 눈이 하얗게 덮여 있었다.

"아이 눈이 왔네."

하고 인원은 밖으로 고개를 쑥 내밀어보았다. 찬 바람이 눈송이를 날려서 인원의 낯을, 목을 때린다.

순옥이가 안방으로 건너가서, 요강 뚜껑 소리가 나고 아이를 달래는 소리가 나고는 방이 다시 고요해진다.

문을 여닫는 소리도 안 들릴 만하게, 순옥이가 다시 인원이가 앉았는 건넌방으로 건너온다.

"다들 잘 자?"

인원은 순옥의 어머니다운 표정을 보며 묻는다.

"잘들 자요."

"밤에 여러 번 깨, 아이들이?"

"아이들은 두어 번 깨지마는 데리구 자는 사람은 여러 번 깨야 돼요. 이불두 차 내던지구, 베개에서두 떨어지구 그러거든. 도무지 맘이 안 놓여요, 아이들 맡아가지구 있으려면. 감기나 안 드나, 밥두 부족하게 먹지나 않나, 과식하지나 않나, 늘 조바심이야. 어머니 노릇이란 참 어려운 게야. 어머니 은혜란 한량없이 큰 거구."

하고 순옥은 한숨을 쉰다.

"순옥이두 어머니 되구 싶은 때가 있어?"

순옥은 웃는다.

"언니는?"

"나는 이따금 어머니 되구 싶은 때가 있어요. 어떤 때에 자다가 깨면 어린애게 젖꼭지를 물리구 폭 껴안아주는 게 퍽으나 좋아 보여. 순옥이는?"

순옥이는 또 한 번 웃는다. 두 사람이 다 한참이나 말이 없다. 얼마 있다가 인원이가 먼저 입을 연다.

"믿구 사랑하는 좋은 남편과 사이에 아들이나 딸을 이쁜 것을 낳아서 기르면 퍽 좋을 것 같애. 순옥이는?"

"어디, 그런 남편이 있수?"

"그건 그래. 또 나는 무어 그리 좋은 아내감이 되나?"

"그도 그렇지."

"그러니 저두 변변치 못한 것이 또 변변치 못한 남편을 얻어서, 변변치 못한 자식들을 낳아놓으면 무엇이 좋을 거야? 인생의 죄악과 불행의 씨만 더 늘쿠는 거지. 안 그래, 순옥이?"

"그래. 그래두 모두들 장가들구 시집가구 자식 낳구 하는 걸 보면 다들 자기들이 팬 듯싶은 게지?"

"하하하하, 참 그래. 지지리 못난 것들이 자식을 보겠다구 부덕부덕 애를 쓰는 것을 보면 우습긴 해. 어떡허잔 말야? 저 같은 걸 또 낳아놓으면 어떡허잔 말야? 무슨 신통한 일이 있을 거야? 게다가 먹을 것두 없는 것들이."

"흥, 참 그래. 나두 혼인한다는 게 생각하면 망계[92]지. <u>흐흐흐흐</u>."

"그야, 왜? 순옥이가 시집을 가서 순옥이 같은 딸만 낳을 수가 있다면야, 그러면야 나는 등을 떼밀어서라두 시집을 보낼 테야, 순옥이를. 허지만 글쎄, 허영이 같은 아들이 나오면 어떡헐 테야?"

"왜 허영이가 무어 부족한 거야 있수? 무어 남만 못한 거야 없지, 풍채나 재주나. 그저, 날 너무 따라다니구 사람이 좀 담박지를[93] 못해 그렇지. 사람은 괜찮다우."

"흥. 어느새에 변호야?"

"변호가 아니라, 실상은 그렇거든."

"그렇기두 하지. 그보담 나은 사람은 어디 있나? 그런데 그 사람이 왜 그렇게 싫어?"

"글쎄, 그건 그래. 나두 싫어요. 괜히 싫어."

"그게 인연인 게지. 좋은 것두 인연이구, 싫은 것두 인연이라니깐."

"그래, 무슨 인연야. 암만해두 허영이하구 나하구는 무슨 인연

310

이 있어. 그렇길래 저편에선 그렇게 날 따르구, 내 편에선 그렇게 싫지?"

"대단히 싫은 것두 병이라나. 암만해두 순옥이가 허영 부인이 되구야 마나 보아."

이렇게 인원은 깔깔 웃고 나서,

"아무려나 우리네 범부는 인연의 길을 끊어버리지는 못하나 봐. 제 마음대루 살아가거니 하면서도 결국은 인연의 줄이 끄는 대루 갖은 모양 다 하는 꼭둑각신가 봐."

하고는 쓴웃음을 한 번 웃고,

"나는 갈 테야. 벌써 열한 시가 넘었어."

하고 일어난다.

순옥은 인원을 더 붙들 염치도 없는 듯이,

"나구 같이 자구 안 가?"

하면서도 자기도 일어나서 인원을 보내었다.

인원을 보낸 뒤에 순옥은 자리에 누웠으나 잠이 오지를 아니하였다. 오늘 밤 두 사람이 한 말에서 아무 결론도 얻지 못하고 만 셈이었다. 그러나, 결론이 없는 중에도 한 결론에 달한 것도 같았다. 그것은 자기가 허영과 혼인하는 것이었다.

순옥은 허영과 혼인하는, 또 혼인한 후의 여러 가지 일을 몽상해보았다. 신혼 생활, 아내로의 생활, 어머니로의 생활 등등. 그런 것을 생각하면 거기도 마음을 끄는 무엇이 있는 것도 같았다. 더구나 인원의 말에 '어머니가 되고 싶은 마음'이란 것이 이상한 힘으로 순옥을 유혹하였다.

이것이 어미 본능이라는 것인가, 하고 순옥은 놀랐다. 왜 그런고 하면, 순옥은 아직 그런 생각—어미라는 생각을 깊이 해본 일이 없는 까닭이었다. 오늘 밤에 인원의 말로 해서, 순옥의 어미 본능이 눈을 뜬 것이었다.

'옳다! 허영과 혼인하리라.'

순옥은 자리 속에서 이렇게 결심을 해본다.

그리고 제가 허영과 혼인하기로 결정하였단 말은, 안빈과 옥남에게 선언할 때, 그때, 버젓한 기쁨과 프라이드를 상상해본다. 그것이 허영심에 가까운 것이지마는 매우 순옥에게 만족을 주었다. 순옥은 자기가 허영과 혼인하는 것이 어떻게 세상 사람으로 하여금 자기와 안빈과의 관계가 결백함을 보고 감탄케 할 것을 생각한다.

이렇게 생각할 때에 순옥은 시각이 바쁜 것 같았다. 어서 날이 새고 수원 아주머니만 오면(그는 밤 동안 수원 다니러 갔었다), 곧 허영을 찾으리라고 결심하였다. 이번에는 허영을 밖으로 불러낼 것이 아니라, 정정당당하게 허영의 집을 찾아가리라고 생각하였다.

이튿날은 일요일이었다. 안박사가 오늘 아침에는 집에 못 온다는 전화를 듣고 순옥은 아이들을 밥을 먹여서, 깨끗이 세수를 시켜서 새 옷들을 갈아입혀서, 손톱까지도 말끔하게 해서 데리고 병원으로 왔다.

순옥이가 아이들을 데리고 병원 문 안에 들어설 때에 안빈은 방금 자동차를 타려고 가방을 들고 나서는 길이었다.

"아버지!"

하고 세 아이는 안빈의 외투에 매달렸다.

안빈은 세 아이의 머리며 등을 한 번씩 만져주고 나서, 순옥을 보고,

"내가 지금 개성으로 왕진을 가는데 어찌 되면 내일 아침에나 올 것 같소. 순옥이 오늘 밤은 병원에서 자우. 수원 아주머니 오셨지?"

하고 차에 올라탄다.

"네, 오셨어요."

"밤에 흥분이 되거든 진정제 하나 놓구."

"네, 안녕히 댕겨오세요."

"아버지 나두 가."

하고 정이가 자동차 문에 매달리는 것을 순옥이가 떼어 안고 자동차는 떠나버렸다.

순옥은 눈물이 쏟아지려는 것을 억지로 참았다. 안빈은 순옥에게는 떠날 수 없는 존재였다. 안빈의 얼굴을 한번 대하면 순옥의 마음은 환하게 밝아졌다. 마치 어두운 그늘에 있다가 볕에 나온 모양으로. 그러나 순옥은 안빈을 떠나지 아니하면 아니 된다 하면 슬펐다.

순옥은 옥남에게 아이들을 보여주고 그러고는 아이들을 도로 삼청동 집으로 데려다 두고, 그러고 허영을 찾으러 나섰다. 허영의 집이 권농동 ○○○번지라는 것은 수없이 오는 그의 편지로 잊힐 수 없이 잘 기억한다. 그러나 물론 한 번도 그 집에 가본 일도 없고 또 가보리란 마음을 내어본 일도 없었다. 순옥은 걸어서

창덕궁 대궐 앞으로 오면서 생각하였다. 이것이 제 마음의 독립한 생각으로 가는 길인가, 또는 인연의 줄에 끌려서 가는 길인가고. 그러고 잠시 넓은 길 한복판에서 주저하였다.

그러나 순옥은 모처럼 지은 결심이 무딜 것이 두려워서 권농동 쪽을 향하고 빨리빨리 걸었다.

"나는 허영과 혼인한다, 혼인한다."

하는 말을 말 안 듣는 누구에게 억지로 타이르는 모양으로 뇌면서 순옥은 걸었다.

허영의 집은 의외에도 얼른 찾을 수가 있었다. 누구에게 길을 물어본 것도 아니언마는, 마치 순옥의 발이 순옥을 끌고 오는 모양으로 종묘 담장 밑, 지은 지 백 년은 넘었을 듯한 기와집 앞에 다다랐다.

"許榮"

이라는 낯익은 글씨로 나무쪽에 쓴 문패가 눈에 띄었다. 오전 아홉 시가 되었건마는 문전에는 한 사람이 나왔다가 들어간 발자국이 눈 위에 있을 뿐.

순옥은 허영의 집 문전에서 무엇에 놀란 듯이 두어 집쯤 비켜섰다. 순옥이가 안으로서 울려 나오는 허영의 책 읽는 소리를 들은 까닭이었다. 무엇을 읽는지는 모르나 커다랗게 소리를 내어서 글을 읽고 있었다. 이 소리를 듣자 순옥은 문득 가슴이 울렁거렸다.

'이 집이 내가 아내로 들어올 집, 저 소리 임자가 내 남편 될 사람.'

이렇게 생각하면 도저히 있을 수 없는 이상한 일만 같았다.

'내가 이 집으로 찾아 들어가지는 못해. 오빠한테 가서 허영을 불러다 달라지. 오늘 공일이니깐 신문사두 쉴 모양이구.'

이렇게 생각하고 순옥은 도망하는 사람같이 빠른 걸음으로 그 골목을 나와서 연못골 오빠의 하숙을 찾았다.

"너 웬일이냐?"

하고 영옥은 누이를 보고 눈을 크게 떴다.

"인제 아침 잡수우?"

하면서 순옥은 잘 닫혀지지 않는 미닫이를 힘을 내어 닫고 영옥의 곁에 와 앉는다.

"세수두 안 하셨구려?"

순옥은 베개 자국이 난 오빠의 머리를 본다.

"응, 지금 일어났어."

하며 영옥은 물 만 밥을 입에 퍼 넣고 젓가락으로 이 접시 저 접시 먹음직한 반찬을 사냥을 하다가 말고 그냥 밥만을 씹어 삼킨다. 정말 먹음직한 반찬이 없구나 하고 순옥은 영옥의 입을 바라보았다.

"왜? 어젯밤에 늦게 주무셨수?"

"응."

"왜?"

"술 먹느라구."

"무어? 술?"

"응."

"인젠 또 술을 잡수시우?"

"교실 사람들이 망년회 하느라구."

"흥, 어머니 들으시면 좋아하시겠수."

"어머니께 그런 말씀 여쭙지 말어."

"그러기루 오빠가 술을 왜 잡수우?"

"그러니깐 서울이 좋다는 거야."

"왜? 서울 사람은 다 술 먹나? 술 잡숫지 마시우."

"흥."

"흥이 무에야? 오빠 난봉나셨구려?"

"흥."

"언니한테 편지하시우?"

"아니. 왜?"

"왜가 무어요? 왜 언니한테 편지 안 하시우? 언니가 그렇게 오빠를 생각하시는데. 오빠 죄 되우?"

"흥."

영옥은 대접의 물을 껄떡껄떡 마시고 나서,

"상 가져가거라!"

하고 소리를 지른다.

"오빠가 요새에 퍽 변하셨어."

"왜?"

"어째 허둥지둥하구 그러시우? 그렇게 얌전하시던 이가?"

"흥."

"무엇이 흥이오."

"그래, 그런 소리 하러 왔어?"

"정말 오빠 그러시지 마셔요. 술이 무슨 술이야. 언니한테 편지
는 왜 안 하시구."

"그래 어째 왔니?"

"어서 나가 세수하세요. 내 방 치우께."

"더운물이 없대."

"하하, 그래 세수 안 하시우?"

"오늘 공일날인데 뭐."

"아이참, 오빠두."

"아침이나 먹구 자려구 했는데."

"어디 좀 갔다 오실 데가 있으니 어서 세수나 하셔요. 저 머리
에 베개 자국 좀 보시우."

"어딜 가?"

"글쎄, 어서, 세수하구 오셔요."

"아이구 찬물에다가."

하고 싫은 듯이 잇솔을 물고 나간다.

"오빠가 왜 저렇게 되었을까, 게을러지구."

순옥은 방을 치우면서 중얼거렸다. 순옥의 눈에는 안식교에서
닦여난 오빠의 얌전하던 지난날을 생각하였다. 너무 얌전하게 청
년 시절을 보낸 전날의 반동이나 아닌가 하였다. 그러고 역시 진
실한 안식교인의 가정에서 자라난 얌전한 올케를 생각하였다. 안
식교의 법에 내외는 일주일 이상을 서로 떠나지 말라고 하였기
때문에 영옥은 서울 올 때에 아내를 데리고까지 온다고 하던 것
이 불과 일 년 반 남짓, 이태도 다 못 되어서 영옥의 생활은 좋지

못한 편으로 변한 것 같다고 순옥은 생각한다.

영옥은 세수를 하고 방에 들어와서 누이가 시켜주는 대로 머리를 빗고 옷을 갈아입는다.

"그래 어딜 가자는 거야?"

"허영씨한테 댕겨오셔요. 좀 데리구 같이 오셔요."

"허영이?"

"네."

"허영인 왜?"

"좀 할 말이 있어서."

"싫다."

"왜?"

"또 무슨 무릎맞춤[94]할 양으루?"

"아냐요."

"그럼 왜?"

"오빠 말씀대루 나 허영씨하구 혼인할 테야요."

"무어? 혼인?"

하고 영옥은 넥타이 매던 손을 쉬고 눈을 크게 뜨고 양복 조끼를 펴들고 섰는 누이를 바라본다.

"네에."

"웬일야? 무슨 일 생겼니?"

"무슨 일이 생겨요?"

"그럼, 왜 갑자기 허영이하구 혼인을 한대? 언제는 허영이 말만 해두 펄펄 뛰던 네가?"

"작정했어요, 허영씨한테 시집가기루."

하고 힘 있게 말하고 순옥은 입술을 꼭 문다. 순옥의 얼굴에는 근육들이 모두 수축이 되는 듯한 표정이 생긴다.

"왜 너 병원에서 무슨 일 생겼구나?"

영옥은 걱정스러운 눈으로 괴로운 표정을 보이는 누이를 바라보면서 불쾌한 몇 가지 장면을 상상해본다.

"아니, 병원에서 무슨 일이 생겨요? 내가 그렇게 작정을 했지."

"안부인 병환은 어떠셔?"

"그저 그러시지요."

"하기야 나을 수 없는 병이지."

"그럼. 자 인제 갔다 오셔요. 아차, 구두를 눅혀드릴걸."

"괜찮다. 그냥 두어라."

영옥은 구두끈을 매면서도 순옥의 일이 마음에 놓이지 아니하였다.

"이 작자가 집에 있을까."

영옥은 순옥의 손에서 모자를 받아 든다.

"있어요."

"어떻게 아니?"

"내가 가본걸."

"가보아?"

순옥은 씩 웃는다.

"허영이 집엘 네가 가보았어?"

영옥은 장갑을 낀다.

"문전까지."

"허영이 집?"

"네."

"갔음 왜 안 들어가보았어?"

"부끄러워서."

"부끄러울 걸 왜 갔어?"

말하는 동안에 영옥은 순옥의 얼굴에서 무슨 단서를 찾으려고 힐끗 근심스러운 눈을 던진다.

"그래 분명히 있든?"

"네, 글 읽구 있던데요."

"흥. 허영이 집엘 갔다? 그래 뭐라구 하라구, 허영이보구?"

"데리구 오셔요."

"네가 만나잔다구?"

"무어라구 하시든지."

"이리루 와?"

"그럼 어디루 오우?"

"쯧, 하긴 다른 데 갈 데두 없다. 넌 여기 있으련?"

"네."

"그럼 있어!"

영옥은 한 번 더 순옥을 힐끗 보고 나간다.

영옥이가 나가버린 뒤에 순옥은 정신 잃은 사람 모양으로 멀거니 영옥이가 사라진 중문께를 바라보고 있었다. 창경원으로부터 사자가 으르렁거리는 소리가 울려왔을 때에야 순옥은 방이 식는 생각을 하고 쌍창을 닫았다.

'만일 내가 사랑하는 이를 기다린다고 하면.'

하고 순옥은 한숨을 쉬었다. 근래에 순옥은 한숨 쉬는 습관이 생겼다. 순옥의 얼굴에도 약간 침울한 자국이 생겼다. 이것이 아주 굳어지면 어떡하나? 하고 순옥은 거울을 대할 때에 가끔 두려운 생각이 난다. '얼굴은 마음이다' 하는 것을 요새에 순옥은 절실히 느낀다.

얼마 아니 하여서 허영이가 오지 아니하느냐? 일생을 남편으로 믿고 살 남자가 반 시간쯤 뒤면 오지 아니하느냐? 그렇다 하면 가슴도 좀 울렁거려야 옳지 아니하냐? 단장이라든지 옷매무시도 좀 돌아보아야 아니 하느냐? 그런데, 그런데 순옥은 그런 생각을 할수록 사지가 축 늘어질 뿐이었다. 그리고 순옥의 마음은 개성으로만 달렸다.

'선생님은 벌써 개성 내리셨을 게다.'

하면 순옥의 마음은 눈 덮인 개성의 골목으로 안빈을 찾아서 헤매었다.

아무리 찾아도 넓은 개성에 안빈을 못 찾아서 허둥지둥하는 저도 보이고, 또 바싹 안빈의 뒤를 따라서 그의 구두 소리를 세고 있는 것도 같았다.

'만일, 지금 내가 여기서 선생님을 기다리고 있는 것이라고 하면.'

생각만 해도 순옥의 심장은 터질 듯이 자주 뛰었다. 그러나 순옥은 차차 안빈에게서 멀어지는 길을 걷고 있지 아니하냐? 이렇게 생각하면 정신이 아뜩해지는 것 같았다.

'그러나 벌써 살은 시위를 떠났다!'

하고 순옥은 제 운명의 화살이 활시위를 떠나서 허공으로 날아가는 것을 상상한다. 어디 가서 무엇을 맞추고 떨어질는지 모르거니와, 그것이 하늘로 올라갈 것이 아니요, 땅바닥에 떨어져서 분질러질 것만은 사실인 것 같았다.

'순옥아! 너는 허영씨와 혼인해야 한다, 혼인해야 한다. 그리고 선생님일랑 일생에——아니 여러 생을 두고두고 정신으로만 사모해야 한다. 순옥아, 그래야 한다!'

순옥은 이렇게 제게 타이르고 벽에 기대어서 우두커니 영옥이 책상에 놓인 네모난 자명종이 똑딱거리는 소리를 세기도 하였다.

영옥은 순옥에 대한 여러 가지 불안을 안은 채로 종묘 담을 안고 돌아서 허영의 집을 찾았다.

"박농 있나?"

하고 영옥은 단장 끝으로 허영의 집 찌그러진 대문을 두어 번 두드리면서 외쳤다. 박농(璞濃)이란 것은 허영의 호다. 박이란 옥을 싸는 겉돌이라고 해서 박농이라고 지었노라는 호다. 옥을 싼다는 것은 물론 순옥이를 싼다는 말이다.

"거 누구야?"

하는, 여성 숭배자적인 음성으로 허영의 대답이 나온다.

"낼세."

하는 영옥의 소리에 어멈이 대문을 연다.

내외할 사람 없는 친구의 집이라 영옥은 단장을 휘두르며 안마

당으로 들어간다.

"이거 누구야? 자네가 웬일인가?"

하고 허영은 그 지방질 낀 얼굴이 온통 웃음이 되어서 건넌방 쌍창을 열어젖힌다.

"왜 난 못 올 사람인가?"

"어서 들어오게."

두 사람은 아랫목에 나란히 앉아서 얼굴만을 돌려 대어서 마주본다.

"원고 쓰나?"

영옥은 파란 책상보 덮인 책상 위에 펴 놓인, 쓰기 시작한 원고지와 던져진 만년필을 본다. 간 반밖에 안 되는 방이언마는 책상일세, 테이블일세, 의잘세, 그림일세, 화병일세, 라디올세, 어수선하게 벌여놓았다.

영옥은 순옥이가 시집을 오면 이 방이 순옥이 방이로군 하고 순옥의 의걸이며 장이며 경대며 이런 것을 들여놓을 것을 상상해 본다.

그러나 다음 순간에는 이 일이 대관절 어찌 되는 일인고? 순옥이가 대체 웬일이야? 하는 근심이 생긴다. 그리고 허영이가 정말 순옥의 남편이 될 것인가를 허영의 얼굴에서나 찾아보려는 듯이 상쟁이 모양으로 허영의 눈이며 입이며 코며 모가지며를 뚫어지게 들여다본다. 그리고 속으로,

'다 괜찮게 생겼는데 사람이 좀 단단치를 못해. 위엄이 없어.'

이러한 생각을 한다.

허영은 영옥이가 찾아온 것이 일변 반갑기도 하고 일변 두렵기도 하였다. 영옥이만 대하여도 반은 순옥을 대한 듯하여 껴안고 싶도록 반갑지마는 그동안 제 입으로 안빈과 순옥의 말을 해 돌린 깐이 있기 때문에 내심에 무슨 큰 책망을 기다리는 듯하여 겁이 나는 것이었다.

"이 사람, 왜 날 그렇게 보나?"

하는 허영의 말에는 좀 겸연쩍은 맛이 있었다. 영옥은 그 말에는 대답 아니 하고,

"자네 지금 원고 쓰나?"

하고 딴전을 쳤다.

"응."

"무슨 원고?"

"그저, 머, 그렇구 그렇구 한 거지."

"그렇구 그렇구 한 것이면 무엇 하러 써? 좀 큰 것을 쓰지."

"허, 나 같은 사람이 무슨 큰 것이 있겠나? 큰북에서야 큰 소리가 나지."

"자넨 왜, 작은북으로 자처하나?"

"양철 대야. 그것두 다 못 쓰게 된 거."

영옥은 허영의 말이 마음에 들었다.

"자네 또 순옥이 험구 쓰구 있나?"

"아아니. 내가 왜 자네 매씨 험구를 쓰나?"

"그래두 자네 글은 다 내 누이 험구라구 세상에서들 그러던데."

"면목 없네."

하고 허영의 얼굴에 있던 웃음이 다 스러지고 기운 없이 고개가 수그러진다. 영옥은 실심해 앉았는 허영을 보고,

'뒤가 무른 사람.'

하고 비평해본다. 버틸 힘 없음이 순옥의 남편을 삼기에 부족한 것 같다. 버틸 힘이 없다는 것은 신념이 없다는 말이 아니냐. 허영은 신념의 사람이 아니다.

'이현령비현령.'

하고 영옥은 혼자 허영을 미덥지 못하게 생각하면서 순옥의 매운 마음과 대조해본다.

"그렇지 않아두."

하고 허영은 고개를 든다.

"내가 자네 매씨와 안박사를 만나면 한번 사죄를 하려구 했네, 참회를 하구."

"그럼, 왜 아직두 안 하구 있나?"

"자네 매씨가 날 만나주시겠나?"

"내 누이를 만나면 사죄를 할 텐가?"

"하구말구!"

허영은 감격적이었다.

"그렇게 사죄할 일을 왜 했나?"

"그저, 하두 타격이 컸으니까, 고만 정신이 평형을 잃어버린 거야. 내가 산송장이어든."

"산송장?"

"그럼 몸뚱이가 아직 살아 있으니까 살아 있는 게지, 내 생명은

그날——자네 매씨한테 거절당하던 날 벌써 죽어버린걸."

"순옥이가 그렇게두 자네게 소중한가?"

"소중한가가 무엇인가?"

"자네 순옥이 어디를 사랑하나?"

"어디라니?"

"아니, 무엇을 보구 순옥이를 그렇게 소중하게 사랑하느냐 말
야."

"모두지."

"모두라니?"

"몸이랑 마음이랑. 특별히 그 정신을."

"정신이라니?"

"아니, 그 순옥씨 아름다운 정신 말야."

"무슨 아름다운 정신?"

"무슨이라니?"

하고 허영은 대답할 바를 모른다.

"난 자네가 순옥이 마음을 모르는 줄 아네. 순옥이 정신이라는
것을 자네는 모르는 모양야."

"내가? 왜?"

"순옥이가 왜 자네를 싫어하는지 아나?"

"내가 못나서 그렇겠지."

"어디가?"

"어디가라니?"

"아니, 자네가 못났길래 계집애들에게 배척을 받겠지마는 말

야. 자네의 그 어디가 못나서 그런지 아느냐 말야?"

"그저 못나서 그렇겠지. 몸두 못나구 마음두 못나구. 나두 내가 못난 줄은 잘 알어."

"정말인가?"

"그럼. 내가 못난 사람이지. 그것까지야 모르겠나."

허영은 쓴웃음을 웃는다.

"나는 자네가 자네 못난 줄을 아노란 말을 믿지 못하네. 자네야 몸이나 마음이나 꽤 잘난 체하구 있겠지."

"아니, 그럴 수가 있나? 내가 내 결점을 잘 알거든."

"정말 자네 약점을 잘 알어?"

"암 알구말구."

"어디 말해보게."

"첫째 돈이 없구."

"돈?"

"응. 요새 세상에 돈이 제일 아닌가. 더구나 시체 여자들이 돈 밖에 아나?"

영옥은 기가 막히는 듯이 킁 하고 웃으며,

"또?"

하고 허영을 바라본다.

"그담에는 남의 비위 맞출 줄을 모르구. 우리는 너무 솔직해서. 더구나 여자들의 비위를 못 맞춘단 말야."

"그래서, 또?"

"얼굴두 잘 못생기구."

"또?"

"말재주두 없구."

"그뿐이야?"

"그저 그러게 모두 못났지."

허영은 제 말을 영옥이가 어떻게 생각하는가 떠보려는 듯이 영옥을 바라본다. 영옥은 속으로,

'이거 큰일 났다. 이 군이 정말 순옥의 짝이 아니로구나!'

하면서,

"박농!"

하고 허영을 바라본다.

"응?"

"자네가 자네 자신두 모르구 순옥이두 모르네. 결국 자네는 순옥의 이쁘장한 외모에 반한 거야. 순옥의 인격의 어느 점이 참으로 사랑할 점인지, 어디가 정말 순옥이의 특징인지두 모르구 사랑한 거 아닌가. 난 자네가 그렇게두 내 누이를 값싸게 보는 줄은 몰랐네."

"아아니, 그건 무슨 소린가?"

"가만 내 말을 듣게. 내 누이의 특색이 어디 있는고 하니 말야. 그것은 세간적 욕심, 즉 물욕이 담박하다는 것일세. 재산이라든지, 세력이라든지 그런 것은 순옥의 염두에는 없다고 나는 단언할 수가 있네. 그 애가 어려서부터두 정신적이었지마는 근래에 와서는 아주 종교적이야. 우리 형제가 다 안식교 가정에서 어려서부터 종교적 분위기 속에서 종교적 훈련을 받구 자라났지마는

내가 근래에 비종교적으로 타락하는 대신에 내 누이는 점점 더 종교적으로 나아간단 말야. 그게 제 천품두 되겠지마는 안박사 영향이 많겠지—안박사는 중이니까. 자네는 또 안박사의 인격두 몰라보나 보데. 자네가 들으면 노열는지 모르지만 순옥이나 안박사는 자네보다 여러 급 위여든, 정신적인 데서 말일세."

"응, 자네 말이 옳아 절절이 옳아."

허영은 난면하는 빛을 보인다.

"인제 알았나? 순옥이가 왜 자네를 싫어하는지?"

허영은 대답할 바를 모른다.

"첫째는 자네가 너무도 세속적이란 것일세. 너무도 현실 속에만 마음이 있고 영원을 보려는—무엇이라구 할까—영원을 보려는 욕구라구 할까, 욕망이라구 할까, 그것이 없단 말야. 그리구 둘째로는 자네가 너무 탐욕이 많아."

영옥의 이 말에 허영은 펄쩍 뛴다.

"내가 탐욕?"

"응. 자네가 탐욕이 많아."

"무얼 보구 그러나. 다른 말은 자네 말을 다 순복하겠네마는 탐욕이 많다는 건 좀 과한데."

하는 허영은 인제 겨우 무변대해에서 제 몸을 의탁할 나뭇조각을 붙든 것같이 되살았다.

"무얼 보구? 증거를 댈까?"

"어디 대보게. 내가 선친이 물려주신 천 냥두 써버리는 사람인데 탐욕이라니."

"우선 자네 방에 너무 세간이 많으이, 이거 어디 좁아서 견디겠나?"

"하하하. 방이 원래 좁아서 그렇지, 세간이 무엇이 많은가, 이 사람."

"그게 탐욕이어든. 방이 좁거든 좁은 방에 합할 만하게 세간을 놓는 거야. 그게 분이라는 거여든. 제 분에 넘는 것을 바라는 것이 탐욕이란 말일세."

"응, 그렇게 말하면 그럴듯해. 하하."

"웃을 말이 아냐. 자네가 이 탐욕을 떼어버리지 아니하면은 순옥이 마음을 못 얻으리."

"순옥씨 마음만 얻는다면야 무엇은 못 떼어버리겠나? 그런데 희망이 있겠나?"

"그게 다 탐욕야."

"그래두 사랑하는 걸 어떡하나? 사랑은 절대 아닌가?"

"자네 정말 순옥일 사랑하나?"

"그게 무슨 말인가?"

"그럼 내 하나 물어보겠네. 자네가 누구를 위해서 순옥이를 사랑하나? 순옥이를 위해서? 자네 자신을 위해서?"

허영은 대답할 바를 모른다.

"제 욕심을 위해서 누구를 제 것으로 만들려구 하는 것은 사랑이 아니어든, 탐욕이지."

허영은 더욱 대답할 바를 모른다. 허영은 아까 몸을 붙일 곳으로 알고 붙들었던 나뭇조각을 놓쳐버리고 다시 향방 없는 물결의 희롱에 제 몸을 맡겨버릴 수밖에 없었다.

영옥은 사정없이 다음 방망이를 허영의 머리 위에 내리친다.

"사랑이란 이기적 동기에서 나오는 불순한 물건은 아니야. 누구를 위해서 저를 희생하는 데서——아낌없이 제 모든 것을——생명까지도 무조건으로, 갚아지기를 바라지 말고 말야. 그 누구에게 내어 바치는 것이 사랑이어든. 남녀의 사랑이나 무슨 사랑이나 말야. 우정두 그렇지, 애국심두 그렇구. 그렇지 않구서 말야, 어떤 남자나 여자가 말일세. 저 사람을 내 것을 만들어서 쾌락이라든지, 원. 요새에 흔히 말하는 행복이라든지의 재료를 삼겠다 하는 그런 사랑은 사랑이 아니라 치정이어든, 치정. 그것은 동물들의 암내 나는 것보다도 열등한 것이란 말일세. 왜 그런고 하니 말야, 날짐승이나 길짐승은 그야말로 단순한 본능의 힘으로, 그야말로 순간적으로 본능의 만족을 해서 종족 보전의 임무를 다하는 것이지마는 사람의 이기적 사랑——치정적 사랑 말일세——그런 사랑은 단순한 본능 이외에 여러 가지 이지적, 의식적인 계획——음모라는 것이 옳겠지——그러한 본능 이외의 다른 욕심이 첨가하는 것이어든. 그러니까 말야, 진정한 사랑이란 저편을 존경하구 사모하구, 그리구 그 존경하구 사모하는 저편을 위해서 내 몸과 마음을 다 바쳐서 저편에게 터럭 끝만 한 도움이라두, 기쁨이라두 드리구 싶다——여기서 비로소 진정한 사랑이 성립되는 것이란 말일세. 적어두 순옥의 사랑관이 그것이란 말일세. 그러니까 그 애는 누구의 사랑을 받을 욕심은 없거든, 오직 누구를 사랑하겠다는 욕심만을 가진 애란 말일세. 여기서 자네와 순옥이와 사이에 멀고 먼 거리가 생긴단 말야."

　줄곧 고개를 푹 수그리고 듣고 앉았던 허영은 영옥이 말이 끝날 때에야 고개를 들었다. 그의 얼굴은 마치 울고 난 사람과 같았다. 그의 눈은 부신 듯하였다.

　"자네 말이 옳의. 절절이 옳의."
하고 허영은 띄엄띄엄 한마디씩 참회도 같고 혼잣말도 같은 소리를 한다.

　"참 그래, 내가 속된 사람야──탐욕 있는 사람이구──자네 말과 같이 그렇지 아니한 체한 것이 내가 못난 것이야."
하고 고개를 수없이 끄덕끄덕하면서,

　"내가 분에 넘는 것을 바라는 사람야──그래, 자네 매씨루 말하면 내가 숭배하구 섬길 사람이지, 내 아내루──암, 그게 도무지 내가 제 분을 모르는 생각야."
하고 또 한참 말을 끊었다가 크게 한숨을 쉬고 나서,

　"그러니 이런 모순이 어디 있나? 내가 내 아내루──내 분에 넘는 사람을 사랑하니──이런 모순이 어디 있나?"
하고 또 한참이나 있다가,

　"그렇지만 단념이 되어야지. 단념해야 할 것을 단념 못 하니 이것두 내가 못난 것이지."
하고 미안한 사람같이 영옥을 바라본다. 영옥은,

　'허영이가 마음은 선량한 사람인데, 모든 선량한 것을 다 모아 놓은 사람인데 그 재료들이 잘 반죽이 못 되었어, 통일이 못 되고.'

332

이러한 생각을 하고 있었다. 영옥은 불현듯,

"좀 나가세."

하면서 일어선다. 이만큼 선량한 인물이니까 매부를 삼아도 큰
화단은 없을 것 같다고 생각하였다.

'제가 순옥이를 따라가겠지. 순옥이 감화를 받겠지.'

영옥은 이런 생각도 해보았다.

"어딜?"

하고 허영은 앉은 대로 영옥을 쳐다본다.

"가보면 알지."

"원고가 좀 바쁜데."

"그렇게 바쁘면 할 수 없구."

"아아니, 어딜 가자는 거야?"

"나한테."

"무엇 하러?"

이 말에는 대답 없이 영옥은 벌써 나와서 구두끈을 맨다.

허영은 두루마기를 떼어 입고 따라 나온다. 만일 순옥이를 만나
러 가는 길인 줄을 알면 허영이가 좀 모양을 낼 것을, 하고 영옥
은 픽 웃었다.

"어머니, 나 댕겨와요."

하고 허영은 안방 문을 향하고 외친다.

"글 쓴다더니 어디를 가느냐?"

하는 좀 억센 듯한 중년 부인의 음성이 들렸다. 그 음성이 영옥에
게는 마땅치 아니하였다. 며느리를 볶지나 않을까 하는 염려가

번뜻 마음에 지나간다.

"친구가 와서 같이 나갑니다. 얼른 댕겨와요."

하고 허영은 층계를 내려선다.

"늦두룩 있지 마라, 술 취하지 말구."

하는 중년 여인의 소리가 대문으로 따라 나왔다.

"자네 술 먹나?"

하고 대문을 나서자 영옥이가 허영에게 묻는다.

"그새에 몇 번 취해서 집에 들어왔더니 어머니가 저렇게 걱정이셔. 선친이 술로 패가를 하시구 마침내는 술로 돌아가셨다구."

"외아드님이니까."

하고 영옥은 허영의 어머니에게 잠깐 동정하고 나서,

"순옥이가 술이라면 질색일세. 나두 어젯밤에 교실 친구들이 망년회를 한다구 술을 좀 먹었다구 했다가 그 애한테 톡톡히 야단을 만났는걸. 고것이 어머니께 그런 말씀을 여쭈었다가는 된벼락이 내릴걸, 여쭙지 말라구 청은 했지만."

"오늘 자네 매씨 만났나?"

허영은 순옥이란 말에 우뚝 걸음을 멈춘다.

"순옥이가 식전에 나 밥 먹는데 와서 자네를 호출을 하는 거야. 그래서 찬물에다 하기 싫은 세수를 하구 자네를 붙들러 간 거야."

"자네 매씨가 지금 자네 하숙에 오셨단 말이야?"

"그렇다니까."

"그래 지금두 계시단 말야?"

"글쎄, 순옥이가 자네를 데려오라는 게야. 그런데 왜 그러나?"

"아니 글쎄."

"왜? 무어 안 된 일이 있어?"

"안 된 일이야 없지만."

"무슨 일인지 몰라두 순옥이가 급히 자네를 만날 일이 있나 보데."

"날? 급히?"

"응, 그 애가 아까 자네 집엘 갔드래."

"우리 집엘? 순옥씨가 우리 집엘?"

"응, 자네가 무슨 글을 소리를 내어서 읽구 있더라든데."

허영은 또 한 번 멈칫 선다. 대단히 놀라는 표정이다.

"아니 자네 매씨가 무슨 일루 내 집엘 오셨을까?"

"자네 만나러."

"글쎄, 무슨 일루 날 만나시려는 거야?"

"글쎄, 가보면 알 것 아닌가? 왜 순옥이 만나기가 싫은가?"

"아아니, 싫을 리야 있나마는."

"그럼, 무서운가. 야단을 만날 것 같아서?"

허영은 그 말에는 대답이 없고,

"내, 그럼 잠깐 집에 댕겨옴세."

"왜?"

"잠깐."

하고 돌아서려는 허영의 소매를 붙들어 당기면서,

"또 못난 짓. 자네 모양내구 오려구 그러네그려?"

"그러기루 이 꼴을 하구?"

"글쎄, 그런 생각을 떼어버려야 한단 말야. 왜 그렇게 사람이 속되냐 말야. 의복이 아무렇기루 어때? 순옥이가 자네 모양낸 것 보구 반할 애 같은가? 어서 가세."

하고 경마[95]를 들어서 끌듯이 영옥은 허영을 끌고 집에 왔다. 허영은 이런 것 저런 것으로 도무지 마음이 편안치를 못하였다. 대관절 순옥이가 왜 자기를 만나려는 뜻을 알 수 없고, 또 이 꼴을 하고 순옥의 앞에 나가는 것이 도무지 마음에 거북하였다.

영옥은 허영을 밖에 세워두고 먼저 방으로 들어갔다.

"왔수?"

하고 순옥은 약간 숨이 차게 묻는다.

"왔어."

하고 영옥은 턱으로 대답하고 순옥의 귀에 입을 대고,

"너 흥분한 끝에, 아주 끊어 말은 말어라."

"끊어 말이라니요?"

"당장 혼인을 허락한다든가, 그러지는 말란 말이다."

"왜요?"

"그러다가 후회하면 어떡하니? 그러니까 이번에는 어름어름해 두고 좀더 신중하게 생각해서 하란 말이다. 허영이가 오늘은 네게 무슨 참회를 하구 사죄를 할 것이 있다니까 그 소리나 들어보구."

"왜요?"

"그렇게 급히 서두를 건 무어 있니, 칠팔 년이나 끌구 오던 일을."

336

"오빠 생각에 무어 합당치 아니한 것이 있어요?"

"무어, 그런 것두 아니지마는──아무려나 짝이 기울어."

"어느 편이요?"

"너는 너무 무겁구 허영이는 너무 가볍구."

"오빠가 전에는 자꾸만 권하시구는."

"그때에야 네가 자꾸 남의 입에 오르내리니까 그런 게구. 또 허
영이두(하고 잠깐 주저하다가 그 말을 끊고)──선량은 해──허지
만──아무려나 네 짝으루는 좀 부쳐."

"여태껏 무슨 이야기 하시구 오셨어요. 허영이하구."

"응. 멘탈 테스트를 해보았지."

"그래 몇 점이나 돼요? 낙제야요, 급제야요?"

"모르겠다. 아무려나 뒷길을 남겨놓고 말을 해."

순옥은 입맛을 쩍 다신다.

"들어오랄까?"

"들어오래셔요."

"여보게, 박농! 들어오게."

영옥이가 부르는 소리에 허영이가 헛기침을 한 번 하고 들어
온다.

"허선생이셔요. 들어오셔요."

하는 말에 허영은 구두끈을 끄르다가 말고 일어나서 허리까지 굽
혀서 순옥에게 인사를 한다. 순옥은 다만 고개만 까딱한다.

"그동안 안녕하셨어요?"

하고 허영은 웃는 낯으로, 그러나 좀 어색하게 말을 순옥에게 붙

인다.

"네. 잘 있었어요."

순옥은 몸을 반쯤 영옥의 뒤에 가리고 앉는다. 순옥과 허영이가 서로 만나는 것은 지나간 여름, 안빈의 병원 응접실에서 그 희비극의 씬을 연출한 뒤로는 처음이었다. 원산에서 허영은 순옥을 만나려고 애를 썼고 찾아까지 왔으나 따버렸다. 순옥과 허영의 눈앞에는 안빈 병원 응접실 광경이 나타났다. 그것이 피차에 픽 불쾌하였다.

"안박사두——안선생께서도 안녕하셔요?"

허영은 더 부드러울 수 없는 어조로 문안을 한다.

"네. 선생님은 안녕하셔요."

"안선생 부인께서 병환이 중하시다지요?"

"네 좀 중하셔요."

"그리 대단치 아니하신가요?"

"웬걸요, 대단하십니다."

"거 안됐습니다. 참 지난여름 원산 갔을 적에두 순옥씨께서 안박사 부인 병을 간호해드리구 계시단 말씀을 들었지요. 박인원씨하구 공교롭게 한차루 갔어요."

"네. 그때에 모처럼 찾아주신 것을 못 뵈어서 미안합니다."

"천만에. 바쁘신데 괜히 찾아가서 도리어 미안합니다. 박인원씨두 안녕하신가요?"

"네, 잘 있어요."

"참 점잖으신 양반이셔요. 두뇌가 명석하시구."

영옥이가 옆에서 두 사람의 말을 듣고 앉았다가 허영을 보며,

"이 사람아, 대체 천하 사람의 문안을 다 할 작정인가? 자네 순옥이를 만나기만 하면 할 말이 있노라구 하지 않았나?"

하고 찔렀다.

"아니, 하두 오래간만에 만나 뵈이니까―벌써 반년이 지났습니다. 참 세월이란 빠르기두 합니다."

"이 사람, 자차[96] 영탄[97]은 자네 책상 앞에서나 하구, 어서 할 말부터 하소. 순옥이두 무슨 할 말이 있다구 안 했니? 어서 할 말들부터 하지 않구."

하고 영옥이가 또 의사 진행을 독촉한다.

순옥이나 허영이나 한참 동안 말없이 고개들만 숙이고 있었다. 영옥은 두 사람을 번갈아 쳐다보며 이 막이 어찌 되는고 하였다. 그렇게 보고 있는 영옥의 눈앞에는 교실에 있는 토끼들이 떠 나온다. 영옥은 고통의 감각과 위액 분비와의 관계를 실험하는 중이었다. 지금 허영과 순옥의 위액에는 어떠한 변화가 일어나고 있을까를 혼자 생각하고 웃었다.

"제가 순옥씨께 크게 사죄할 일이 있습니다."

하고 허영은 두루마기 자락으로 무릎과 발을 둘러싸고 꿇어앉으면서 입을 열었다.

순옥은 말없이 허영을 바라보고 있었다. 허영은 순옥의 시선을 피하면서 말한다.

"여러 말씀 아니 하겠습니다. 제가 그저 정신이 뒤집혀서―네, 정신이 성하고야 그럴 리가 있어요? 그만 그 타격에―지난

여름 일 말씀야요—제 분을 모르고서 원망을 한다면 저를—허영이 저를 원망할 것인 줄을 모르고서 제 깐엔 분김이지요. 있는 소리 없는 소리 해 돌리고, 또 글도—참, 말씀 여쭙기도 부끄러운 일입니다—되지못한 글도 써서—옥 같으신 순옥씨와 성자적이신 안박사—안선생의 명예를 손상케 하여드려서—생각하면 이 혀를 물어 끊어버리고도 싶어요. 붓대 잡는 이 손가락을 분질러버리고도 싶구요—실상 그렇게 해도 아깝지를 아니합니다. 인제는 뉘우쳐요. 아프게 뉘우칩니다. (한숨을 한 번 쉬고 나서) 무슨 면목으로 다시 순옥씨를—만날 면목이 없어요. 그러니 순옥씨 용서해주셔요. 이렇게 사죄합니다."

하고 허영은 두 손을 땅바닥에 대고 이마가 손등에 닿도록 절을 한다.

순옥은 아무 말도 아니 하고 그린 듯이 앉았다. 그리고 그의 눈은 어디 멀고 먼 곳을 바라보는 모양으로 움직이지를 아니한다.

허영은 엎드렸던 몸을 일으켜서 순옥을 바라보았으나 순옥의 무표정한 얼굴이 나무로 깎은 듯이 가만히 있는 것을 보고 영옥을 돌아보며,

"내가 순옥씨한테 사죄한다는 게 이걸세. 말을 다 하자면 길지만 그 말을 어떻게 다 하나? 이만치 허기에두 내 낯에는 모닥불을 퍼붓는 듯, 등에는 얼음냉수를 엎지르는 듯하이. 영옥군, 자네한테두 이렇게 사죄하네."

하고 고개를 한 번 숙이고 나서,

"또 내 눈을 뜨게 해준 사람이 영옥군 자네야."

하고는 다시 순옥의 편으로 고개를 돌려서,

"오늘 영옥형한테 많은 교훈을 받았습니다. 영옥형으로 해서 제 어두운 눈이 떴어요. 제 무명(無明)이 깨어진 것 같습니다. 저는 지나간 모든 것을 다 회개해요. 제가 세속적인 것, 탐욕이 많은 것, 제 분을 모르고 과분한 욕심을 먹었던 것 다 회개해요. 영옥형 말씀이 참 옳아요. 그리구 저는 인제부터 깨끗한 마음으로 순옥씨를 사모할 테야요, 숭배하구요. 다시는 순옥씨더러 내 아내가 되어줍소사 이런 말씀은 아니 하겠어요──그런 생각두 아니 하구요. 다만 이 몸과 맘을 바쳐서 순옥씨께 터럭 끝만치라두 도움이 되거나 기쁨이 될 그러한 일이 있다구 하면 그때엔 애끼지 않고, 기쁘게 이 몸과 마음을 바치겠습니다──이 못난 놈의 몸과 마음이 순옥씨께 쓰일 때가 있다구 하면 말씀야요──그런 일이 있을 리두 없겠지마는."

하고는 감동에 못 이기는 듯 시를 낭음하는 어조로,

"아아 이로부터 나 허영은 깨끗하고 거룩한 외로움 속에 서서, 저 높이 높이, 한량없이 높이 맑은 빛을 발하는 저 하늘의 별을 영원히, 영원히──영원히, 영원히 우러러보고 있을 것입니다."

하고는 다시 예사 어조로,

"그러니 순옥씨, 저를 용서해주셔요, 네?"

하고 또 한 번 절을 한다.

허영의 음성은 떨린다. 허영의 두 눈에는 눈물이 흐른다. 순옥도 깜짝 놀라는 듯이 눈을 크게 뜨고, 희극을 구경하는 흥미로 허영의 말을 듣고 있던 영옥의 얼굴에도 엄숙한 빛이 돈다. 허영의 눈물은 점점 많이 흐르고 마침내 흑흑 느끼기까지 한다. 그는 무엇인지 모르는 슬픔을 누를 수가 없는 것이었다.

"이 사람 울긴 왜 울어?"

하고 영옥이 입을 연다.

"자연 울음이 나네그려. 그게 다 내가 못난 탓이지."

"아서. 왜 울어?"

"그래두 이건 깨끗한 눈물야. 전혀 탐욕을 떠난 눈물일세. 슬프기루 말하면 가슴이 터질 듯한 슬픔이지만 그 속에 형언할 수 없는 기쁨이 솟네그려. 재생의 기쁨야. 거듭나는 기쁨야. 이것이 다 순옥씨와 영옥형의 은혤세."

하고 두루마기 고름으로 눈물을 씻는다.

"허선생!"

순옥이가 비로소 입을 뗀다.

"네?"

허영은 벌겋게 된 눈으로 순옥을 본다. 순옥의 눈에도 눈물이 빛났다. 영옥은 고개를 돌려서 순옥을 본다.

"허선생 지금두 저와 혼인하실 마음이 있으셔요?"

하고 순옥은 비쭉비쭉 울음을 삼킨다.

"아니요, 언감생심으로."

"제 편이 청하더라두 인제는 거절하셔요?"

"네?"

하고 허영은 몸을 흠칫한다.

"제 편에서 허선생께 청혼을 해두 허선생은 안 들으시겠어요?"

그래도 허영은 무슨 뜻인지 못 알아듣는 듯이 순옥과 영옥을 번
갈아 본다. 순옥은 영옥을 바라보면서,

"오빠 말씀하세요!"

하고는 울음을 삼키느라고 입술을 문다.

"이 애가 말야."

하고 영옥은 말하지 아니할 수 없음을 깨달았다.

"이 애가 오늘 자네를 청한 뜻은 말일세, 에에——."

영옥도 말하기가 거북하였다. 이 말 한마디로 누이 순옥의 운명
이 결정되기 때문이었다. 아무리 생각해도 누이를 허영의 아내로
주기는 아까운 것만 같기 때문이었다.

"이 애가 말야. 자네하구 혼인할 뜻이 있노라구 그래서 자네를
불러달란 것이란 말일세. 이 자리에서 곧 작정할 일은 못 되겠지
마는 말야. 이 애 뜻이 그렇다니 자네 의향을 말하게그려. 결정으
루 말하면 어머니두 계시구 내 숙부두 계시니까 다 여쭈어본 뒤
에야 될 일이지마는."

하고 영옥은 예방선을 늘였다. 흥분된 순옥의 가벼운 결단에 대
한 예비였다.

"순옥씨, 그게 정말입니까. 지금 영옥형 하신 말씀이 정말입니
까."

"네."

"저하구 혼인하신단 말씀이 그게 정말야요?"

"네."

허영은 순옥의 "네, 네" 하는 대답에 도리어 맥이 풀렸다. 허영

은 마치 기운이 탈진한 사람 모양으로 한참은 눈도 뜨지 못하였다.

"자네 의향은 어떤가? 기탄없이 말하게그려."

하는 영옥의 말에 허영은 비로소 꿈에서 깬 듯이 순옥의 앞에 넙적 엎디어 절하며,

"고맙습니다, 고맙습니다. 황송합니다. 아아, 순옥씨는 저를 죽음의 그늘에서 건져내시는 신인이십니다. 아아, 도무지 이것이 믿어지지를 아니합니다. 아아 하느님! 당신은 내 기도를 들으셨습니다. 감사합니다."

하고 수없이 이마를 조아린다.

"에이, 박농!"

하고 영옥은 못마땅한 듯이 소리를 지른다.

이리하여 순옥은 허영에게 혼인할 것을 허락한 것이었다.

허영이가 기쁨에 미쳐서 허둥지둥 집으로 간 뒤에 영옥은 울어 쓰러진 순옥을 물끄러미 보고 앉았다가,

"순옥아!"

하고 불렀다.

"네?"

하고 순옥은 눈물이 어룽어룽한 낯을 들어서 영옥을 쳐다본다.

"너, 마음에 흡족하냐?"

순옥은 그렇다는 끄덕임을 보인다.

"후회 안 하겠니?"

순옥은 말없이 입술을 빨다가,

"앞일을 누가 알아요?"

"그야 그렇지. 모두 인연이지."

하고 영옥은 한숨을 쉬었다.

이날 순옥은 병원에 돌아와서 옥남을 대할 때에 마음이 가뜬함을 깨달았다. 그러나 밤에 옥남의 곁에서 자는 동안(잠은 못 들었으나) 시간이 갈수록 무슨 크게 소중한 것을 잃어버린 듯하여서 심히 허전하였다. 그러나 그런 생각이 날 때마다 마음의 허리띠를 꼭 졸라매었다. 좋은 아내가 되어보리라고 몇 번이나 결심을 하였다.

순옥이가 원장실에서 안빈을 대하여 혼인의 결심을 말한 것이 그 이튿날이었다. 마음을 단단히 먹고, 안빈의 앞에서 결코 동요하는 빛을 보이지 아니하리라고 작정하였던 것이 그만 눈물을 보이고 만 것이었다.

안빈에게 혼인과 가정생활에 관한 말을 들을 때, 순옥은 자기의 결심이 너무 단순한 동기에서 된 것임을 깨달았다. '안빈과 자기와의 결백함을 보이기 위하여,' 또 '허영을 가엾이 여겨서'라는 것이 순옥의 혼인 결심의 동기였다. 순옥은 남의 아내가 된다는 것이 여자에게 어떻게 큰 모험인지 알지 못하고 있었던 것이다.

마지막으로 안빈은 시무룩하고 앉았는 순옥을 바라보며,

"그렇게 걱정할 거 없어. 인생의 일생이란 끝없는 수련의 길의 한 토막이니까, 하루니까. 형극의 길이든, 장미의 길이든, 성심성의로 날마다 당하는 일을 잘 치러가면 고만이니까. 원체 인생의 목적이 향락이 아니기 때문에 행복이니 불행이니 그것을 교계[98]할 것은 아니어든. 그것은 모두 인과응보루——금생뿐 아니라, 전생

다생, 무시이래의 인과응보로 오는 것이니까. 치를 빚은 아무 때에나 치러야 하는 것이고──빚이란 아무쪼록 빨리 치러버리는 것이 좋은 일이구. 단지 한 가지 내가 순옥에게 부탁할 것은 무엇에나 잡히지 말라구 빠지지 말구. 행복에나 불행에나 말야, 내 몸이 아프구, 죽는 것까지라도 말야, 다 꿈이고 허깨비요, 물거품이요, 그림자란 것을 잊지 말란 말야. 그래서 좋은 일이 오더라두 꿈이어니, 궂은일이 오더라두 꿈이어니, 이러란 말야. 이렇게 보는 것이 인생을 바루 보는 것이오."

하고는 입을 다물고 말았다.

죽음의 저쪽

옥남은 발등과 손등에 부기가 오기 시작하였다. 처음 며칠은 당자에게 알리지 아니하였으나, 어떤 날 아침에 옥남은 죽을 좀 받아먹으면서 제 손을 뒤적거리며 순옥을 보고,

"순옥이, 내 손이 부었지?"

하고 의심스러운 눈으로 물었다.

순옥은 가슴이 뜨끔하였다.

"네, 좀 부으셨어요, 조꼼."

하고는 옥남이가 이 붓는 뜻을 아는가 하여 걱정스럽게 옥남을 바라보았다.

옥남은 뒤적거리던 손을 힘없이 이불 위에 놓고 한숨을 쉬었다.

순옥은 약귀때에 물을 따라서 손바닥으로 귀때 밑을 만져서 온도를 맞추어 옥남을 먹이고 또 귤을 까서 즙을 내어서 먹였다. 옥남은 순순히 받아먹었다.

옥남은 한참 동안 잠이 든 듯이 가만히 누워 있더니, 문득 눈을
뜨며,

"순옥이."

하고 불렀다.

"네."

"내 날이 며칠 안 남았어."

하고 옥남은 빙그레 웃었다.

"아이, 왜 그런 말씀을 하셔요. 열두 좀 내리시는걸."

"내가 다 알아요. 우리 아버지가 이 병으루 돌아가셨어. 그래서
다 알아. 부으면 마지막이래."

"무얼 그래요?"

순옥도 이 이상 더 할 말이 없었다.

"순옥이."

"네."

"내 발등 부었나 좀 보아주어."

순옥은 벌써부터 아는 일이지마는 이불 끝을 위로 밀어놓고 옥
남의 발을 손으로 만져보았다. 그리고 손가락으로 발등을 꼭 눌
러보았다. 오목하게 들어가고는 다시 나오지를 아니하였다. 순옥
은 손으로 그 자리를 쓸어서 반반하게 만들었다.

"부었지?"

"네, 부었어요, 조곰."

"다리두?"

하고 갑갑한 듯이 옥남은 다리를 제 힘으로 들어서 제 손가락으

로 정강이를 두어 군데 꾹꾹 눌러본다. 오목오목 손가락 자국이 났다. 옥남은 힘없이 다리를 놓았다. 순옥은 정강이의 손가락 자국을 손바닥으로 쓸어 없이해서 이불 밑에 편안히 해놓았다.

옥남은 또 힘없이 눈을 감았다.

얼마 있다가 옥남은 눈을 떠서 옆에 섰는 순옥을 보며,

"좀 앉어. 나 때문에 여러 날 잠을 못 자서 순옥이두 말랐어."

"원 별말씀을. 어젯밤에두 잘 잔걸요."

"그래두 앉어요."

순옥은 교의를 침대 곁으로 바싹 끌어다 놓고 앉는다.

"선생님은 내 몸이 부은 걸 아시지?"

하고 옥남은 순옥의 눈치에서 무슨 비밀을 찾아내려는 것처럼 순옥을 뚫어지게 본다.

"네."

순옥은 이렇게 실토할 수밖에 없었다.

"그래 무에라서? 며칠 못 살겠다구 그러시지?"

"아니요. 암 말씀 안 하셔요."

"순옥이."

"네."

"내가 죽는 건 무섭지 않다구 그랬지. 원산서 순옥이보구?"

"네."

"순옥이, 역시 죽는 게 무서워, 또 싫구."

하고 옥남은 한숨을 지운다.

"그렇게 마음을 약하게 잡수시지 마셔요. 사람의 생명을 하느

님밖에야 누가 압니까?"

"그야 그렇지. 그렇지만 인제는 다된걸."

옥남의 눈에서는 눈물이 흘러내린다. 순옥도 고개를 돌려서 눈물을 씻는다. 얼마 있다가 옥남은 억지로 웃음을 지으며,

"죽음 저편에는 무엇이 있을까?"

하고 순옥을 돌아본다.

"죽음 저편에도 영원한 생명이 있다구 하지 않습니까?"

"글쎄, 정말 있을까? 아주 스러져버리는 것 아닐까?"

"있는 것이 없어지는 것은 없다구 하지 않습니까?"

"저 고개 너머에는 무엇이 있나? 환한 것이 있나, 컴컴한 것이 있나?"

옥남은 혼잣말 모양으로 중얼거리며 멀거니 어디를 바라본다.

순옥은 그 고개 너머는 무엇이 있다고 분명히 옥남에게 알려주지 못하는 것이 안타까웠다. 그리고 옥남의 얼굴을 물끄러미 바라보았다. 옥남의 눈등이 소복하게 부은 것이 눈에 띄었다. 순옥은 깜짝 놀랐다.

한참이나 멀거니 허공을 바라보고 있던 옥남은 입맛을 다시며,

"선생님 아직 안 오셨지?"

하고 고개를 한 번 들었다 놓는다. 곁에 남편이 있으면 좀 덜 허전할 것 같았고 남편은 저 고개 너머에 무엇이 있는지를 밝히 알 것도 같았다.

"아직 안 오신 것 같은데요. 가 보고 오겠어요."

하고 순옥은 옥남의 병실에서 나왔다.

병실 문을 나서니 순옥의 막혔던 눈물이 터져서 쏟아졌다. 순옥은 코를 풀고 현관을 바라보고 그러고는 진찰실 문을 열어보았다. 거기는 수선이가 다른 간호사와 함께 약장을 정돈하고 있었다.

"선생님 안 오셨지요?"

하는 순옥의 말에 수선은,

"어느 새에? 인제 여덟 신걸."

하고는 순옥의 벌겋게 된 눈을 보고,

"왜?"

하고 순옥을 유심히 훑어본다.

"사모님이 얼굴까지 부으셨어."

"얼굴까지?"

수선도 약병을 든 채로 놀란다. 순옥은 병실로 돌아왔다.

"아직 안 오셨어요. 얼른 오시라구 전화루 여쭈어요?"

"아아니."

하고 옥남은 순옥의 눈물에 젖은 눈을 본다.

"순옥이 울었어?"

"아냐요."

"내가 우는 걸 보구 순옥이가 같이 울어주었군."

순옥은 또 울음이 터지려는 것을 참고 식후 삼십 분 가루약을 꺼내 물귀때와 함께 옥남에게 가져간다.

"약 잡수셔요."

옥남은 아무 말 없이 약을 받아먹는다.

순옥은 입가심으로 귤 한 쪽을 옥남의 입에 넣어준다. 그것도 옥남은 순순히 받아먹는다.

"아이들 보구 싶어."

옥남은 이런 소리를 하였다.

"그럼 여기 댕겨서 학교에 가라구 해요?"

"학교 늦지 않을까?"

"인제 여덟 시 십오 분인걸요."

"아서. 지금 선생님 진지 잡수실는지 모르지. 며칠 안 있으면 방학인데. 방학 때에 실컷 보지. 그때까지 살기나 할는지. 아무래도 죽을 때엔 두구 갈걸. 한두 번 더 보면 무엇 하나? 또 이렇게 죽어가는 어미 꼴을 아이들한테 보이는 것도 안된 일이지. 내가 없더래두 순옥이가 있으니깐."

하고 혼잣말같이 중얼거리다가 문득 무슨 생각이 난 모양으로 고개를 순옥에게로 돌리며,

"순옥이."

하고 부른다. 순옥은 또 혼인 말이나 아닌가 하고 걱정이 되면서,

"네?"

하고 대답하였다.

"참, 내 몸에서 냄새 나지?"

하고 옥남은 코를 킁킁해본다.

"아니요. 무슨 냄새가 납니까?"

"아냐, 내 몸에서 냄새가 날 거야. 아버지 돌아가실 임박에도 냄새가 나던데."

"아냐요, 아무 냄새두 안 납니다."

"냄새가 나기루 순옥이가 난다구 하겠어?"

"아냐요, 아무 냄새두 안 나요!"

순옥은 힘 있게 말한다.

"냄새가 날 테지, 고약한 냄새가. 죄 없는 사람은 죽어서 송장
에서두 냄새가 안 난다구 하지만."

하고 옥남은 한참 무엇을 생각하더니,

"이따가 선생님 오실 때쯤 되거든 방문을 활짝 열어놓았다가
닫아요, 순옥이."

"글쎄 아무 냄새두 안 납니다. 나면 약내지요."

"방 안에서 밤낮 오줌똥을 누니 어째 냄새가 없어? 그러구 죽어
가는 사람은 몸에서두 숭한 냄새가 나요. 순옥이 내 말대루 해주
어 응. 선생님 오실 때 되거든 문 열어놓구, 아이들 올 때에두 그
럭하구."

하고 옥남은 길게 한숨을 쉬고 나서,

"남편이나 자식들에게 향내 나는 몸은 못 보이더라두 숭한 냄
새 나는 몸을 어떻게 보여?"

하고 시무룩한다. 순옥은 번개같이 '아내의 마음,' '어머니의 마
음'을 보았다. 그것은 아직 자기로서는 경험하지 못한 심리였다.

순옥은 옥남이가 얼마나 아이들이 보고 싶을까 생각하고 얼른
나와서 삼청동에 전화를 걸었다.

"어디요?"

하는 것은 안빈이었다.

"병원입니다――순옥이야요."

"왜? 무슨 일 있소?"

"사모님께서 애기들이 보구 싶다구 하시는데요. 선생님두 기다리시구."

"으응, 왜? 무슨 별일이 있소?"

"별일은 없어요. 사모님이 오늘은 퍽 비감해하셔요."

"왜?"

"진지 잡수시다가 손등이 부은 것을 보시구는 발두 보시구, 다리두 보시구——."

"그래, 붓는 증세가 무엇이라구 설명을 했소?"

"아닙니다. 사모님께서 벌써 뜻을 다 아셔요."

"얼굴은? 얼굴은 안 부었소?"

"눈등이 소복소복하십니다."

"그래, 대단히 흥분되었소?"

"네, 걱정을 많이 하시구."

"응, 아이들 데리구 간다구."

하고 안빈은 전화를 끊는다.

순옥은 옥남에게,

"선생님이 애기들 데리시구 곧 오신다구요."

하고 보고하였다.

"왜? 내가 보구 싶단다구 여쭈었어?"

"네."

"진지 잡수셨대?"

"그건 못 여쭈어보았어요."

"괜히 아이들 데려오시라구 그랬어."

하기는 하면서도 옥남은 매우 만족한 모양이었다. 입가에 웃음까지도 떠돌았다.

순옥은, 옥남이가 문 열어놓으라던 생각을 잊었으면 하고 있을 때에 옥남은 깜짝 놀라는 듯,

"순옥이, 저 문을 활짝 열어놓아요."

하고 이불깃으로 코를 가린다.

"바깥날이 퍽 추운데요."

"추움 어때? 난 이불 막 쓰구 있으께, 저 창들 열어놓아요. 그리구 리졸 걸레질을 한 번 더 쳤으면 좋겠어."

순옥은 저항하지 못할 줄 알고 창들을 열어놓고 방바닥이며 교의며 문손잡이며, 무릇 사람의 손이 닿을 만한 곳을 말끔히 리졸 걸레로 닦았다.

순식간에 방 안은 싸늘하게 식었다. 바람은 그리 없으면서도 뼛속까지 쏙쏙 들이쏘는 추위였다. 순옥은 얼른 자기 침대에 있던 담요를 걷어다가 옥남의 위에 덮었다. 그리고 눈만 내놓고는 옥남의 머리를 온통 쌌다.

옥남은 더 오래 열어놓기를 주장하였으나 순옥이가 떼쓰듯 해서 한 이 분 만에 창을 닫았다.

"고것으루 방 안의 냄새가 다 빠졌을까?"

"이 분 동안이나 열어놓았습니다. 방이 아주 싸늘하게 식은걸요."

"순옥이, 인제 냄새 좀 맡아보아요."

"아무 냄새두 없습니다."

"아깐 냄새가 있었지?"

"아까두 없었어요."

"공기 속에 균두 다 나갔을까? 그것이 어린것들한테 묻으면 어떻게 해?"

"아이, 균이 무슨 균입니까?"

"순옥이두 인제는 날 속이려 들어."

"아이, 제가 왜 사모님을 속입니까?"

"흥, 아무라두 나 같은 병자야 속일 수밖에 없지만."

하고 옥남은 막 썼던 이불을 턱 아래까지 벗긴다.

"인제는 열이 없으니깐 춥지 않아요. 내 체온이 몇 도?"

순옥은 또 걱정이 생겼다. 옥남의 체온은 삼십오 도 육칠 부 이상을 오르지 아니하였다.

"평온이십니다."

"평온이라니?"

"삼십육 도 오 부야요."

하고 순옥은 거짓말을 하였다.

"열이 없으니깐 좀 편안은 하지만——병이 나아서 열이 내린 겐가, 왜? 인제는 몸에 저항력이 없으니깐 열두 못 올라가는 게지."

순옥은 말없이 듣고만 있었다. 그 듣기 좋은 거짓말을 해서 이 얼마 아니 남은 생명을 속이는 일은 차마 못 할 것 같았다.

"그렇지, 순옥이?"

순옥은 다만 입술을 물 뿐이었다.

"그런 줄 알아. 순옥이가 거짓말을 아니 할 양으로."

하고 쓸쓸하게 웃고 나서,

"내가 다 알아. 상식으로두 알 거 아니야? 왜 사십 도나 되던 열이 갑자기 뚝 떨어져. 손이 이렇게 허여멀끔하구. 또 생각하니깐, 아버지 돌아가실 적에두 이렇게 몸이 싸늘하게 식으셨어. 그랬어. 그런 지 이틀 만엔가 사흘 만엔가 돌아가셨지."

하고는 눈을 감고 가만히 있다.

현관에 자동차 소리가 나고 이윽고 통통거리고 아이들 발자국 소리가 나더니 안빈이 세 아이들을 데리고 옥남의 병실에 들어선다.

협이와 윤이와는 학교에서 배운 대로 어머니를 향하여 허리를 굽힌다. 그러나 언제나 어머니가 가까이 오기를 금하기 때문에 어머니 곁으로 가려고도 아니 하고, 또 인제는 오랫동안 떠나 있는 어머니기 때문에 가까이 갈 생각도 아니 한다. 아이들 생각에는 어머니는 벌써 자기네와 멀어진 존재였다.

안빈은 옥남의 침대 곁으로 가서 옥남이 맥을 잡아보는 체 옥남의 얼굴과 눈을 들여다보았다. 옥남의 손은 얼음같이 싸늘하였다. 그리고 눈도 약간 광채를 잃은 듯하고 입술에도 푸른빛이 났다.

옥남은 물끄러미 아이들을 바라보다가,

"너희들 방학이 언제?"

하고 물었다.

"토요일."

하고 협이가 대답하였다.

"이십삼 일예요."

하고 윤이가 곁에서 보충한다.

"시험들 잘 치렀니?"

하는 어머니의 말에는 협이와 윤이는 씩 웃고 고개를 비틀고 만다.

"협아."

하고 옥남이가 다정스러운 소리로 부른다.

"네."

"너, 나 없어두 아버지 모시구 아버지 말씀 잘 듣구 살지?"

협은 잠깐 옥남을 바라보다가,

"네."

하고는 고개를 숙인다. 협은 어머니의 말뜻을 알아들은 것이다.
협의 눈에서는 눈물이 주르르 흘러내린다. 순옥이가 얼른 협을
돌려 세우고 옥남에게 보이지 않도록 협의 등 뒤에서 협을 안는
듯이 협의 눈물을 씻긴다.

"윤아."

하고 옥남은 다음에는 윤을 본다.

"응?"

"엄마 없어두 아버지 이르시는 말씀 듣구 공부 잘해. 좋은 사람
되구."

하는 어머니의 말에 아홉 살 되는 윤은 어머니를 물끄러미 쳐다
보더니,

"어머니 어디 가?"

하고 묻는다.

"응, 어머니는 어디 가."

"어디?"

"멀리, 먼 나라루."

"언제 와?"

하고 윤은 울먹울먹한다.

"오래오래 있다가."

"몇 밤 자구?"

"오래오래. 여러 밤, 여러 밤 자구 오께 아버지 말씀 잘 듣구 있어, 응."

윤이는 말없이 고개만 까딱까딱하더니,

"난 누구하고 있어?"

하고 어머니를 바라본다.

"아버지랑, 수원 할머니랑, 순이 엄마랑——."

하는 옥남의 말이 끝나기 전에 윤은 순옥의 손 하나를 끌어다가 제 품에 안는 것을 보고 옥남은 쓸쓸히 웃으며,

"응, 순옥이언니하구."

하고 고개를 끄덕여 보인다.

윤은 한 번 방그레 웃고 고개를 까딱까딱하고 순옥의 얼굴을 쳐다보더니 순옥의 눈에 눈물이 맺힌 것을 보고는 돌아서서 순옥의 허리를 안고 느껴 울기를 시작한다.

윤이가 우는 소리에 지금까지 참고 있던 협의 울음도 터져버렸다.

옥남의 눈에서도 눈물이 흘렀다. 정이도 영문도 모르고 덩달아

울었다.

"인제 학교에를 가거라."

하는 안빈의 음성도 떨렸다.

"순옥이, 애들 학교에 보내구, 정이 집에 데려다 두구 오우."

순옥은 안빈의 명령대로 정이를 안고 협이와 윤이더러,

"어머니께 인사 여쭙구 나가."

하였다.

"어머니."

하고 불러놓고는 그 뒤의 말은 나오지 아니하여서 고개들만 숙이
고는 순옥의 앞을 서서 어머니의 병실에서 나왔다.

진찰실로 데리고 와서 세 아이 눈물을 씻겨줄 때에 윤이가 순옥
이를 쳐다보고,

"어머니 어디 가? 정말 어디 가?"

하고 물었다.

"엄마 가지 말어!"

하고 그제야 정이가 발을 동동 구르며 울었다.

"어여 학교에 가요. 학교 시간 늦으면 선생님 걱정하시지 않
어?"

순옥은 이러한 말로 대답을 때워버리고 정이의 손목을 끌고 협
이와 윤이를 데리고 나섰다.

협이와 윤이를 학교 문으로 들여보내고 두 아이가 달음박질로
들어가는 양을 보고서 순옥은 눈물이 앞을 가림을 금할 수 없었다.

'죽는 괴로움.'

'사랑하는 이끼리 떠나는 괴로움.'

순옥은 인생의 슬픈 방면을 가슴 아프게 느꼈다.

순옥이가 정이를 끌고 학교 담 옆으로 삼청동을 향하고 걸어갈 때에 학교 안에서는 아이들의 자갈자갈 떠드는 소리가 들려왔다. 저것들도 모두 떠나는 괴로움, 앓는 괴로움, 죽는 괴로움을 겪지 아니치 못할 생명이거니 하면 인생이 온통 슬픔인 것 같았다.

안빈이가 언젠가,

"아미타불이 괴로움 없고 죽음 없는 세계를 이루시겠다는 원을 아니 세우셨다면 순옥이나 내라도 그 원을 세우지 아니할 수가 없지 않소? 인생은 이렇게 괴로우니까, 이 괴로운 인생을 볼 때에 그들에게 괴로움 없는 세계를 주고 싶다 하는 생각이 아니 날 수가 있소?"

하던 말이 뼈에 사무치게 느껴짐을 깨달았다.

비척거리는 정이를 얼음판 길로 걸려 가는 것이 애처로워서, 그를 쳐들어 안을 때에 정은, 아마 그 어머니의 모양과 말과 모두들 울던 인상이 아니 떨어졌는지, 무서운 때 모양으로 순옥의 목을 두 팔로 꼭 껴안았다. 마치 무엇에나 기대고 매달리지 아니하고는 이 세상이 모두 허전하고 무서운 것 같았다. 다른 때 같으면 정이가 길에서 무엇을 보는 대로 재잘거리련마는 아무 소리도 아니 하고 다만 이따금 한 손으로 순옥의 귀와 뺨을 만적거릴 뿐이었다. 이것이 정말 내가 믿고 의지할 수 있는 순옥인가를 시시각각으로 알아보고야 마음을 놓는 것 같았다.

"정이 춥지?"

하고 순옥이가 물으면, 정은 도리도리하였다. 뺨이 빨갛게 얼었
건마는 어머니 병실에서 받은 쇼크로 추운 줄도 모르는 모양이었
다. 순옥은 정의 신을 벗기고 발을 제 두루마기 밑에 넣어서 겨드
랑에 꼈다. 그것은 분명히 찼다.

"엄마한테루 가까?"

하고 순옥이가 우뚝 서면 정은 힘껏 순옥의 목을 끼며 힘 있게 여
러 번 도리도리하였다. 순옥은 안 할 말을 하였다 하고 한숨을 쉬
었다.

이야기는 병원으로 돌아가──.

순옥이가 아이들을 데리고 나가는 것을 보고 옥남은 눈물을 막
을 수가 없었고 안빈은 그것을 아픈 가슴으로 보고만 있을 수밖
에 없었다. 벌써 위로하는 말을 할 시기를 지난 것을 잘 알기 때
문이었다.

얼마 뒤에 옥남은 눈물을 거두고,

"내가 몸이 부었어요?"

하고 안빈을 바라보았다.

"부었어."

하고 안빈은 옥남의 손을 잡아서 만졌다.

"부으면 마지막이지요?"

"그런 것도 아니야."

"그럼 왜 부어요?"

"신장에 고장이 있어두 붓구, 심장이 약해져두 붓구 그러지."

"옳아. 내가 심장이 약해진 거야요. 그러기에 가슴이 좀 갑갑하

지요. 심장이 약해지면 고만 아니오? 그건 다시 든든해질 수 없지 않아요?"

"그러다가 낫는 수두 있지."

"왜 똑바루 말씀을 안 해주시우? 순옥이두 나를 속이구 당신두 나를 속이구."

"무얼 속이우?"

"내가 죽을 때가 분명 가까웠는데두 똑바루 말씀을 안 하시구."

"속이는 게 아니오. 사람의 힘으로는 살구 죽는 것을 모르는 것이오. 꼭 죽으리라 하던 사람이 살아나는 수두 있구, 또 인제는 살아났다 하던 사람이 갑자기 죽는 수두 있구. 그건 사람의 힘으로는 알 수 없는 일이야."

"그렇기두 하지. 다 죽게 된 사람을 사람의 힘으로 살릴 수는 없지요?"

"없지."

"역시 생명은 미리 정한 것일까요?"

"나는 그렇다구 믿소."

"처음 태어날 때에 너는 얼마 동안 살다가 죽어라 하구 미리 정해놓았단 말이지요?"

"대체루 그렇다구 나는 믿소."

"대체루라니요?"

"이 몸뚱이는 다 내가 지은 업의 보로 생기는 것이니까, 잘나구 못나는 것이라든지 건강하구 병약한 것이라든지, 또 오래 살구 못 사는 것이라든지가 다 제 업으루 정해진 것이니까."

"그럼 위생이니 의학이니는 무어 하는 거야요?"

"업보란 전생에 지은 것만이 아니니까 우리는 날마다 시시각각으로 업을 짓구 또 그 업의 보를 받구 있지 않소?"

"그러면 날 때에 타구난 운명을 내 힘으루 고칠 수두 있을까요?"

"있다구 믿소. 그렇지만 전생 다생의 업보가 하두 많구 크니까, 이생 일생 오십 년이나 육십 년의 노력만 가지구 그것을 다 소멸하기는 어렵겠지. 또 어디 사람이 일생을 좋은 일만 하구 사우? 하나만큼 좋은 일을 하면 둘이나 셋만큼 좋지 못한 일을 해서는 플러스 마이너스 하구 나면, 매양 마이너스가 되어서는 악업의 빚이 점점 커지는 것이 보통이지. 정말 일생을 옳게만 살아간다면——위생으로나 도덕적으로나 경제적으로나 말이오——그렇게 일생을 꼭 옳게만 플러스 편으로만 살아간다면 그야말루 이생 일생만으로두 얼마큼 팔자를 고칠 수가 있겠지. 그렇지만 사람들이 어디 그렇소? 다들 처음 세상에 나올 때보다 더 많은 악업을 쌓아놓구 세상을 떠나기가 쉽지."

"그건 그래요. 참 그래요."

하고 옥남은 멀거니 허공을 바라보다가,

"당신은 내생이 있을 것을 꼭 믿으시우?"

하고 남편을 바라본다.

"나는 꼭 믿소."

하고 안빈은 확신 있는 표정을 한다.

"내 목숨이 뚝 끊어지면 그 뒤에는 어떻게 될까요?"

옥남은 바로 앞에 다닥뜨린 큰 문제라 온몸의 신경을 모두 남편의 대답을 향하여 긴장시켰다. 옥남의 눈에는 새로운 빛이 난다.

"당신의 목숨은 끊어질 수가 없지. 당신의 목숨이 당신의 몸을 떠나는 게지. 그렇게 말하는 것보다두 당신의 몸이 당신의 목숨에서 뚝 떨어지는 거야. 마치 가을이 되면 나뭇잎들이 나무에서 뚝 떨어지는 모양으루. 또 풀들이 말라서 썩어지는 모양으루. 그러나 아무리 나뭇잎들이 다 떨어지더라두 나무는 그냥 살아 있지 않소? 그러다가 봄이 되면 그 나무에서 새잎이 피어나지 않소? 그 모양이지. 당신의 생명두 이 낡은 몸을 벗어버리구는 또 새 몸을 쓰구 나는 게지. 새 몸을 쓰구 나는 게 아니라, 당신의 생명에서 새 몸이 돋아나는 거야. 당신의 업보를 따라서, 혹은 하늘에 혹은 세상에, 또 혹은 아름답게 혹은 숭업게."

"하늘에라니요?"

"이 세상보다 나은 세상두 수가 없구, 이 세상만 못한 세상두 수가 없거든. 그중에서 이 세상보다 나은 세상을 하늘이라구 하지. 이 세상보다 못한 세상을 지옥이니 아귀도니 그러구. 그러니까 무거운 것은 물 밑에 가라앉구 가벼운 것은 공중에 떠오르는 모양으로 우리두 이 몸을 떠날 때에 우리의 성질을 따라서—성질이란 곧 업보여든—우리 자신의 업보를 따라서 제가 날 만한 자리에 가서 나는 거야. 같은 사람으로 태어나더라두 제 업보에 맞는 고장을 찾아 제 업보에 맞는 부모를 찾아서, 제 업보에 맞는 얼굴과 마음을 가지고 태어나게 되어진단 말요. 산을 좋아하는 동물은 산으루 가구 물을 좋아하는 동물은 강이나 바다루 가는 것과 마찬가지지. 그럴 거 아뇨? 가만히 이 세상을 보면 그렇지 않소? 이 우주란 말요, 있던 것이 없어지는 법두 없구, 없던 것이 새루 생기는 법두 없거든. 그것을 물리학에서 물질 불멸, 에네르기 불멸이라구 아니 하우? 생명두 그와 같아서 불멸이니까 그것이 한 자리를 떠나면 제가 가기에 합당한 자리에 갈 수밖에 없지 않소? 돌멩이가 공중으루 올라갈 리두 없구, 새털이 땅으루 가라앉을 리두 없지 않소? 그게 인연이란 것이지. 당신두 인연에 끌려서 왔다가 인연이 다해서 가는 것이구. 인연이 다한다구 아주 다 하면 부처님이 되는 것이지만, 우리네 범부는 전생 다생, 무시이래로 헤아릴 수 없이 많은 인연을 지은 것을 아직 끊지를 못했으니까, 당신으로 말해두 아직 이 앞으로 만나야 할 은인두 수가 없구, 애인두 수가 없구, 또 그 반면으로는 미운 자, 원수 맺은 자두 수가 없을 것이오. 그러니까 이 일생에 인연이 다한다는 건 다른 새 인연을 또 따라간단 말요. 그러니까 내가 늘 하는 말 아니오, 인생의 일생이란 곧 하루 낮, 하룻밤이라구. 깨구 나면 또 하루요, 깨구 나면 또 하루여든. 한 꿈 깨면 또 꿈이요, 그 꿈 깨면 또 꿈이라구 해두 좋구. 꿈속에 꿈을 꾸는 끝없는 꿈이라구 해두 좋구. 이 끝없는 꿈을 깨는 것이 깨닫는다는 것이야. 부처를 본다는 것이구. 부처가 된다는 것이구. 남음 없는 열반이란 것이구——나는 이렇게 믿소. 이것이 진리라구 믿소. 그리구 당신두 내가 믿는 대루 믿기를 바라오. 당신이 만일 이렇게만 믿는다면 앓는 것이나 죽는 것이나 나를 두구 가는 것이나 자식들을 두구 가는 것이나 그다지 애쓰일 것이 없지 않소? 그저 오냐 오냐 보다, 오냐 가는구나! 이렇게만 생각하시구려."

"당신 말씀을 들으면 꼭 그런 것 같은데두 꼭 그렇게 믿어지지를 아니하니 내가 죄가 많아서 그렇지요?"

"잘못된 인생관을 오래 가지구 있었기 때문에 그것이 습관이되어서 그렇지. 그것이 업장[99]이란 것이오."

"어떡허면 그것이 깨어지우?"

"업장을 맑히는 첫길이 참회라구 그러지."

"참회?"

"응, 제 죄를 뉘우친단 말요."

"어떻게?"

"제가 일생에 살아온 일을 가만히 생각해보거든. 모든 핑계를다 떼어버리구."

"핑계요?"

"응, 자기를 변호하는 생각 말야. 그 생각을 다 떼어버리구, 냉정하게, 마치 원수를 비평하듯이 제 일생에 한 일을 가만히 비판해본단 말요. 그러면 제 일생이라는 게 무엇인지 알아질 것 아니오? 그렇게 가만히 몇 번이구 몇 번이구 제 일생에 지낸 일, 한 일을 살펴보면 열에 아홉은 잘못한 일, 부끄러운 일일 것이오. 그렇게 제 모양——제 초라하구 숭한 모양이 눈앞에 분명히 나설 때에 우리 가슴에는 참회의 끓는 눈물이 솟아오를 것 아니오? 이것이 ——이 참회의 끓는 눈물이 말요, 이것이——이것만이 능히 우리 마음의 때를 씻어버릴 수가 있단 말이오. 마치 우리 몸의 때는 목욕물로 씻는 모양으루. 목욕물은 맑은 물이라야 해. 흐린 물에는

때가 안 씻겨. 더러운 물이면 도리어 몸에 때가 묻구. 그런데 우
리 마음에—우리 영원한 생명에 묻은 때는 찌들구 찌들어서 오
직 참회의 끓는 눈물로만 씻을 수가 있는 것이란 말요. 그렇게 마
음의 때가 씻긴 때에 부처님의 은혜가 우리에게 내리는 게야. 마
치 휜칠하게 치워놓은 방에야 볕이 들듯이. 그러면 마음눈이 환
히 열려서 지금까지에 못 보던 진리를 환히 보게 된단 말요."

"당신두 참회할 게 있으시우?"

하고 옥남은 남편의 내려다보는 눈을 우러러본다.

"나?"

하고 안빈은 놀라는 듯이 눈을 크게 뜬다.

"네. 당신께서는 아무것도 참회할 것이 없을 것 같아요."

이 말에 안빈은 눈을 감고 고개를 숙인다. 한참이나 잠자코 있
다가 안빈은 고개를 들며,

"당신 눈에 띄운 것으론 별루 큰 죄두 없을 것 같겠지마는 내
속으로는 내 마음속으로는 말요, 날마다 시시각각으로 죄의 생활
을 하구 있는 것이오."

하는 말에 옥남은 놀란다.

"당신이 속으루 무슨 죄를 지으시우?"

"이루 다 말할 수 없지. 총 맞은 노루가 뛰어가면 가는 대루 길
에 피가 흐르는 모양으로, 죄 있는 사람이 지나간 자국에는 어디
나 죄의 자취를 남기는 것이오. 사십여 년 살아온 내 자취를 돌아
보면 끊임없는 죄의 흔적이오. 한없는 시간과 한없는 공간을 두
루 돌아온 내 자취에는 검은 죄의 흔적이 끝없이 뚜렷이 이어 닿

아왔고, 또 지금두 새로운 검은 흔적을 만들구 있는 것이오. 내가
만났던 중생들 말야, 짐승들이나 귀신들은 말 말고 사람만 가지
구 봅시다. 내가 만났던 사람이 이번 일생에만 해두 몇만 명인지
모르지마는 그 어느 사람에게 대해서두 죄 안 짓구 지나간 사람
은 없단 말요. 그 사람들 중에는 내가 저를 해친 줄을 모르구 지
나간 사람두 있겠지. 그렇지만 그 사람들의 속맘에는 반드시 추
악한 내 모양이 찍혔을 것이오. 내 영혼에는 말할 것두 없구. 당
신두 내게 해침을 받은 피해자 중에 하나요. 당신두가 아니라, 아
마 내 아내인 당신이 가장 큰 피해자일 테지. 당신의 마음눈이 뜨
이는 날은 필시 추악한 남편 안빈을 분명히 보시리다. 이러하기
때문에 나는 누구를 대하든지 부끄러움 없이 대할 수가 없소. 또
두려움 없이 대할 수가 없구. 당신을 대할 적에두 번번이 나는 부
끄러움과 두려움을 느끼는 것이오, 내가 한 깐이 있으니까. 제가
잘못한 것을 억지루 잊구들 살아가지마는 그것이 어디 잊어지우?
잊어지다니! 제 생명에 깊이깊이 새겨진 것이 잊어질 리가 있소?
일후에 모두 셈을 치른 뒤가 아니구는 터럭 끝만 한 것두 스러지
지 아니하는 것이 우주의 법칙이니까, 제가 아무리 잊어버리기루
니 우주가 잊어주우? 하느님이 다 기억하신다구 말해두 좋지. 그
러니까 내가 이 앞에 몇 해를 더 살게 될지는 모르지마는, 내게
해를 받은 사람들에게 그만한 배상을 다 하구 나서 다시는 남에
게 해를 아니 끼칠 때, 그때에야 비로소 내가 참회할 것 없는 사
람이라구 하겠지. 그러나 지금에야 어림이나 있소? 수없는 중생
의 은혜는 많이 지구, 나는 그 대신에 수없는 중생에게 해만 끼치

구 어쩌잔 말이오? 내가 남에게 끼친 해들이 모두 내게루 돌아올 것임을 생각하니, 어째 무섭지가 않겠소? 그것이 오늘 안 돌아오면 내일, 이생에 안 돌아오면 내생에, 또는 내 자손들에게루 돌아오는 것두 있단 말요. 이 무서움, 이 괴로움, 이것이 죄를 지은 자의 특색이어든. 만일 진실로 한 중생에게두 죄를 지은 일이 없다구 하면 왜 무서움이란 것이 있겠소? 겁은 왜 있구? 이렇게 되면 말요──아무 죄두 없구, 따라서 아무 두려움두 없게 되면, 그때에야말루 우리에게 완전한 기쁨이 있는 거야──완전한 행복이 있구, 정말 안심이 있구, 정말 편안히 잠을 잘 수 있는 거란 말요. 왜 그런고 하면 모든 사람이, 모든 중생이 하나두 나를 원망하거나 해치려는 생각을 품는 이가 없거든. 그러니 무엇이 두렵겠소? 그렇게 되면 내 몸에서 빛이 난단 말야, 향기가 나구──. 그때에는 내게 빛이라곤 하나두 없으니까, 내가 중생을 대할 때에 오직 반갑구, 사랑스럽구, 이러한 마음으루 대할 수가 있구──이것이 자비심이란 것이오. 정말 자비심은 죄인에게는 있을 수 없는 것이야. 죄인이 가지는 것은 오직 번뇌뿐이지──무서움뿐이구. 정말 자비심을 가지게 되니까, 그런 사람이 하는 말이나 일이 모두 중생에게 고마움이 되거든. 빚 갚는 게 아니라, 보시하는 게 된단 말요. 이것이 성인이란 것이오, 보살이란 것이구. 성인이 되구 보살이 되는 때에는 벌써 나구 죽구가 없는 거야. 만일 사람이나 기타 어떤 중생의 몸으로 낮추어가지구 세상에 나는 일이 있다 하더라두 그것은 원으로──즉 나구 싶어서 나는 거야. 그에게는 중생에게 진 빚두 없구, 또 저를 위한 욕심두 없으니까, 그가 이 세

상에 나오는 것은 오직 중생을 위해서 나오는 것이어든. 죽는 것
두 그러하구. 그렇지만 우리네 범부로 말하면 이러한 때, 이러한
고장에, 이러한 집에, 이러한 부모의 아들루 혹은 딸루, 이러한
몸을 가지구 나오는 것은 다 중생에게 진 빚을 갚으려구, 그렇지
아니하면 제 욕심을 채워서 새 악업을 더 지어서 그야말루 죄악
의 분량을 마저 채우려구 나는 것이오. 내가 원해서 나는 것이 아
니라, 아니 나지 못해서 나는 것이야. 비겨 말하면, 죄인이 이 세
상을 버리구 감옥에 들어가는 것과 마찬가지요. 죄인이 감옥에
들어가구 싶어서 가우? 국법에서 말하는 악업의 보로 아니 가지
못해서 가는 게지. 범부가 세상에 태어난다는 것은 그런 거요."
하고 안빈은 잠깐 말을 끊었다가 옥남의 손을 두 손으로 다시 잡
으며,

"나는 이러한 죄인이오. 당신께 대해서두 죄를 많이 지었소. 그
러나 나는 이 죄인의 껍데기, 범부의 껍데기를 벗어버리구 성인
이 되려구 애만은 써왔소. 내가 그렇게 애쓰는 양을 당신의 착하
구 깨끗한 마음이 보시구 나를 그처럼 과대하게 평가하는 게요.
나는 당신 생전에 성인인 남편이 못 되어드린 것이 유감이오. 그
러나 언제나 내가 성인이 되어서 당신의 사랑을 다시 받을 날이
있을 것을 믿소. 내 바로 말하리다. 당신의 생명은 의사의 판단으
로 보면 앞으로 얼마 안 남았소. 그러나 그것은 당신의 이 몸의
생명을 말하는 것이구, 당신은 이번 일생을 실로 깨끗하게 보냈
으니까, 다음 생은 훨씬 더 높구 아름다운 사람으로 태어나리다.
나는 그것을 확실히 믿소. 그때에는 내 지금보다 훨씬 좋은 남편

으로 다시 만나서 당신의 은혜를 갚으리다."

하며 다시 한 번 옥남의 손을 꼭 쥐었다. 안빈의 눈에는 눈물이 빛났다.

"황송스러운 말씀두 하시우."

하고 옥남도 울면서,

"나두 오늘부터 죽는 시간까지 참회의 생활을 하께요. 당신이 믿으시는 것을 고대루 믿구 잘 닦아서 다음번에는 좋은 아내가 되어드리도록 힘쓰께요."

하고는 느껴 울었다.

이 일이 있은 후로 옥남은 도무지 슬퍼하지 아니하였다. 편안하고 기쁜 마음으로 죽을 시각을 기다리고 있었다. 남편이 오거나 순옥이가 오거나 늘 빙그레 웃는 낯을 보였다. 그리고 아이들이 오면 곧잘 한두 마디 농담까지도 하였다. 아이들은 어머니가 웃고 이야기하는 것을 보고는 무서워하지 아니하고 저희들도 웃고 떠들었다.

"순옥이, 인제야말로 나는 죽음의 공포를 떼어버렸어. 모두 선생님 은혜야."

옥남은 순옥을 보고 이런 소리를 하였다.

그러나 그 후 사흘쯤 되어서 옥남은 잠드는 듯 혼수상태에 빠져서 여러 시간 만에 한 번씩 겨우 정신이 들었다. 그리고 얼굴과 몸의 부기는 조금씩 더하였다. 하루는 안빈이가 병실에 들어올 때에 마침 옥남은 정신이 들어서 눈을 뜨고 있었으나 도무지 아무 표정이 없고 늘 웃던 웃음도 웃지 아니하였다.

"괴롭소?"

하고 안빈이가 맥을 짚으며 물을 때에 옥남은,

"아니, 왜요?"

하고 명랑하게 대답하였다.

"그럼 왜 웃지 않소?"

"난 웃는 게 그런데."

하고 입 근육이 움직이는 것을 보면 아마 웃는 모양이나 얼굴이 부어서 눈어염의 근육이 움직이는 것은 아니 보이는 것이었다.

"얼굴이 부어서 웃는 게 아니 보이는 게지?"

옥남은 남의 말 하듯 냉정하게 말한다.

안빈은 고개만 끄덕끄덕하였다.

"인젠 당신께 보여드리던 웃음도 영원히 스러졌어요."

하고 옥남은 그 빛 잃은 눈으로 안빈을 바라보았다.

옥남의 그 말이 슬펐다. 실상 옥남의 웃음은 아름다웠다. 예쁜 것이 아니라, 아름다웠다. 화평스럽고 단정스럽고도 단아하였다. 안빈은 혼인 생활 이십여 년에 얼마나 이 옥남의 웃음에서 기쁨과 위로를 받았는지 모른다. 대부분이 역경의 생활인 안빈의 지난 생애에 옥남의 빙그레 웃는 웃음은 큰 힘이 아닐 수가 없었다. 그러나 옥남의 말과 같이 그 웃음을 다시 볼 수는 없게 된 것이었다.

옥남이가 혼수상태에 빠지매, 안빈은 아이들을 삼청동 집에서 데려다가 병원에 두었다. 안빈의 방인 원장실을 아이들의 방으로 정하였다. 그것은 옥남이가 언제 보고 싶다고 하더라도 곧 보여 줄 수 있게 하기 위함이었다. 그리고 옥남의 병실에는 안빈과 순

옥이가 번을 갈아서 지키기로 하고 또 그동안에 두 사람은 번을
갈아서 잠을 자기로 하였다.

　서울의 밤공기가 크리스마스 종소리에 울리는 십이월 이십사일
밤, 밖에는 눈이 내리고 있을 때에 마침 순옥이가 옥남을 지키고
있을 때에 혼수상태에 있던 옥남은 번쩍 눈을 떴다. 때는 자정.

　옥남은 눈을 떠서 방 안을 한 번 휘둘러보더니, 달려와서 곁에
서 있는 순옥을 보고,

　"순옥이야?"

하고 물었다. 그러고는 그것이 순옥인가 아닌가를 분명히 알아보
려는 듯이 순옥의 손을 더듬어서 잡았다.

　"네, 순옥이야요."

　"나 타구 갈 것이 밖에 왔나 봐."

　옥남은 이런 소리를 하였다.

　순옥은 이 말에 몸이 오싹하였다.

　"순옥이!"

　"네."

　"아이, 몸이 끈끈해. 나 좀 씻겨주어."

　"아침에 하시죠."

　"아니, 지금 해야 돼. 미안하지만 몸 좀 씻겨주어, 음. 벌써 타
구 갈 것이 와서 기다리는데."

하고 옥남은 일어나려는 듯한 모양을 한다.

　순옥은 옥남이가 일어나지 못하도록 가만히 가슴을 눌러놓고,

　"그럼, 제가 얼른 물을 끓여 가지고 오께요."

하고 물러서려는 것을 옥남이가 손짓하여 도로 불러서,

"그리구, 이 머리—머리두 좀 빗겨주구. 몸에서 온통 냄새가
나서."

하고 킁킁 냄새를 맡아본다.

순옥은 병실에서 나오는 길로 원장실로 갔다. 안빈은 옷도 다
입은 채로 교의에 앉아서 졸고 있었다.

"선생님, 선생님."

하고 부르는 순옥의 소리에 안빈은 고개를 든다.

"응, 왜?"

안빈은 놀란다.

"병실에 좀 가보셔요."

"왜?"

"사모님이 웬 타구 가실 것이 와서 기다린다구 그러시구, 목욕
을 시켜달라구 그러셔요. 머리두 빗겨달라구 그러시구."

"응."

하고 안빈은 일어나서 병실로 간다.

순옥은 가스에 물을 한 대야 데우고 가제와 타월과 비누를 가지
고 병실로 돌아왔다.

안빈은 옥남의 침대 곁에 말없이 서 있었다.

"당신 좀 나가셔요, 나 목욕하게."

옥남은 이렇게 말하고 또 일어나려는 듯 두 팔을 번쩍 들었다.

"무엇이나 소원대루 해드리시오."

안빈은 나가는 길에 순옥의 귀에 이렇게 말을 하였다.

순옥은 옥남이가 원하는 대로 얼굴이며 귀 뒤며 목이며 몸이며 발까지 말끔 씻겼다. 그리고 머리도 얼레빗으로 빗겨서 틀었다.

"아이 깨끗해! 마음에 죄 없고, 몸에 때 없으면 깨끗할 것 아니야?"

옥남은 이런 말을 하였다.

그러고는 옥남은 옷을 갈아입히라고 졸랐다. 순옥은 옥남이가 입원할 때에 입고 왔던 회색 삼팔[100] 치마와 흰 하부다에[101] 저고리를 입혔다. 단속곳[102]까지도 버선까지도 하나 빼지 않고 입히고 신겼다.

옷을 입은 뒤에는 이불을 치워버리라 하고 또 일어나 앉게 해달라고 졸랐다. 순옥은 이불을 쌓아놓고 거기 기대어 옥남을 일어나 앉게 하였다.

옥남은 마치 성한 사람 모양으로 멀쩡하게 앉아 있었다. 다만 고개를 가누기가 어려울 뿐이었다.

"순옥이 애썼어."

옥남은 이런 말까지 하였다.

그러고는 옥남은 허공을 바라보면서 무얼 혼자 중얼중얼하기도 하고 끄덕끄덕하기도 하였다. 그리고 치마도 만져보고 저고리 끝동[103]도 만져보더니, 고개를 돌려서 순옥을 보고,

"순옥이."

하고 불렀다.

"네?"

"내 몸에서 냄새 안 나?"

"안 납니다."

"내 얼굴이 무섭지?"

"왜 무서웁니까?"

"뚱뚱 부어서."

"그렇게 대단히 부으시진 않았어요."

"분명 내 얼굴이 무섭지 않어?"

"아무렇지두 않으십니다."

"냄새두 안 나구?"

"안 나요. 인제 고만 드러누워셔요. 기운 빠지십니다."

"선생님 뫼셔 와. 아이들두 데려오구. 내가 오시란다구. 인제 병이 말짱합니다구."

"네."

하고 순옥은 다시 원장실로 와서 그 말을 전하였다. 그리고 순옥은 아이들을 깨웠다.

안빈이 먼저 병실로 가고 순옥은 아이들을 옷을 입혀 데리고 정이는 아직 잠도 아니 깬 것을 안고 병실로 갔다.

옥남은 여전히 천연스럽게 앉아 있고 안빈은 그 곁에 서 있었다.

"나 타구 갈 것이 왔어요. 처음 보는 거야요."

옥남은 안빈을 보고 이런 말을 하였다.

"당신은 이 한세상 깨끗이 살았으니, 아무 염려 말고 편안히 가시오."

안빈은 이렇게 말하고 고개를 돌렸다.

"생전에 나 잘못한 것 다 용서하셔요."

하는 옥남의 말은 또렷또렷하였다.

"내야말루."

안빈은 말이 더 나오지를 아니하였다.

"협아!"

하고 옥남은 맏아들 협을 향하여 손을 든다.

"네."

하고 협은 대답하고도 어찌할 바를 모른다.

"어서 어머니 곁에 가드려."

하고 곁에서 귓속으로 하는 순옥의 말에 협은 어머니 곁으로 걸어간다. 순옥이가,

"윤이두 가. 어머니 곁으루 가."

하고 등을 밀 때에 윤도 제 오빠의 뒤를 따라서 어머니의 침대 곁에 가 선다. 순옥은 인제야 겨우 잠이 깨어서 어리둥절한, 그러나 무엇에 놀란 듯이 눈을 크게 뜬 정이를 안고 옥남의 침대 곁으로 갔다.

옥남은 협의 손을 잡고,

"협아."

하고 또 한 번 불렀다.

"응?"

하는 협의 소리는 울음이었다.

"잘 있어, 응. 깨끗하구 착한 사람 돼야 한다."

"응."

옥남은 협의 손을 놓는다.

"윤아."

하고 옥남은 윤을 가까이 오라 하여 그 조그마한 손을 잡고,

"윤아."

하고 한 번 더 부른다.

"응?"

하는 윤은 어머니의 변상[104] 된 얼굴과 옷을 입고 앉았는 양을 바라보고 있었다.

"잘 있어, 응."

하는 어머니의 말에 윤은,

"응."

하고 협의 뒤로 물러선다. 윤이도 다시는 어머니 어디루 가? 하고 묻지 아니하였다.

"정아."

하고 옥남이가 정을 향하여 팔을 벌릴 때에는 정은 무서운 듯이 울면서 고개를 돌려서 순옥의 목을 꼭 껴안았다.

"오냐, 다들 가 자거라."

하고 옥남은 안빈의 손을 잡아서 한 번 흔들고 다음에는 순옥의 손을 잡아서 한 번 흔들고,

"순옥이 고마워. 신세 많이 졌어. 내 잘못은 다 용서해주구 아이들 잘 길러주어. 선생님 잘 도와드리구. 순옥이, 부탁했어."

하고 순옥의 대답을 기다리는 듯이 순옥의 손을 잡은 채로 순옥을 바라본다. 그러나 그때에는 벌써 옥남은 몸이 흔들리고 음성이 차차 흐리기 시작하였다.

순옥은 무엇이라고 대답할 바를 몰랐다. 순옥은 옥남의 생전에 알려주고 싶어서 허영과 약혼을 해놓고도 곧 옥남의 병이 침중해지고 또 도무지 그런 말을 할 기회를 얻지 못해서 약혼했단 말을 못 하고 만 것이었다.

"어서, 그런다구 대답해."

하고 안빈이가 순옥을 재촉할 때에야 순옥은,

"네."

하고 대답을 하였다.

이 말들이 끝나고 옥남은 자리에 누웠다. 그러고는 무슨 말을 하는 모양이었으나 잘 들리지 아니하였고, 또 정신도 분명치 아니한 모양이었다.

안빈은 의사로서 이러한 경우에 할 일을 다 하였다. 직접 심장의 근육에 놓는 주사까지 하고 산소 흡입도 시켰다.

옥남은 가끔 눈을 떠서는 누구를 찾는 모양을 보이다가 안빈이가 얼굴을 보이면 약간 끄덕끄덕하는 것도 같았다.

"탈것 왔으니 나가봐."

이러한 소리도 희미하게나마 하였다.

새로 두 시가 거진 다 된 때에, 강심제 주사 끝에 옥남은 갑자기 눈을 번쩍 뜨고,

"이 죄인을 완전케 하옵시고

또 마음속에 거하심 원합니다

죄 가운데 빠졌던 몸과 마음을

흰 눈보다 더 희게 하옵소서

눈보다 더욱 희어지게

곧 씻어서 정결케 하옵소서."

하는 찬미를 불렀다. 그 소리는 대단히 추운 사람 모양으로 떨렸
으나 말뜻은 다 알아들을 수가 있었다.

"곧 씻어서 정결케 하옵소서."

하는 '하옵소서'가 일부러 하는 모양으로 차차 흐릿하게 되어서
끊기고 말았다.

이날 오전 두 시 반에 옥남은 잠든 듯이 가버렸다. 임종하는 머
리맡에는 옥남의 유언대로 아무도 오지 못하게 하고 오직 안빈과
순옥이만이 옥남의 한편 손씩을 잡고 전등불에 비추인 잠든 듯한
옥남의 창백한 얼굴을 들여다보고 마주 앉아 있었다.

옥남의 장례에는 석영옥, 허영 두 사람이 집사 격으로 일을 보
았음은 말할 것도 없다.

옥남을 죽음의 저쪽으로 보낸 뒤 남은 사람들은 어떠한 길을 밟
으려는고? 그것을 옥남은 못 보고 갔다. 또 옥남이가 죽음의 저편
에서 어찌 되는고? 그것도 뒤에 남은 사람들은 보지 못한다. 그러
나 언제 한 날 피차에 지난 일을 분명히 볼 날이 있을 것이다.

떠나는 길

　순옥이가 다녀간 이튿날은 마침 일요일이어서 아침 일찍이 수송동 안빈 병원에 순옥을 찾았다. 순옥이가 다녀간 뒤에 인원은 잠을 이루지 못하였다. 순옥의 그 애타서 우는 양이 도무지 잊히지를 아니하였다.

　허영은 날마다 순옥에게 혼인을 재촉하였다. 안빈 부인이 돌아가셨으니, 지금 곧 병원을 나와서 혼인을 한다는 것이 너무 박정하지 아니하냐 하는 순옥의 핑계로 끌어오기가 벌써 석 달이나 되었다. 인제는 순옥이가 차일피일하는 것을 허영은 좋지 못한 의미로 의심하는 모양이어서 차차 불온한 말이 나오기 시작하였다. 더구나 밖에서는, 물론 여편네들 사이에, 안빈의 아내가 죽은 것은 순옥이가 약과 음식에 독을 넣은 때문이라는 말까지도 쉬쉬하고 돌아다녔다. 이 말이 옥남의 동무, 그 입 헤프고, 모든 것을 악한 각도에서 보는 버릇을 가진 배은희의 수작임은 말할 것도 없다. 지난여름 원산에서도 은희가 옥남을 찾아와서, 옥남이가 순옥의 손에 주사도 맞고 음식도 먹노라는, 옥남의 편에서는 순옥을 좋게 말하노라고 하는 말을 듣고서,

"아, 저런!"

하고 펄쩍 뛰며,

"그래 시앗의 손에서 약을 받아먹어? 게다가 또 주사를 맞어? 그리고 살아날 줄 알어? 독약을 살살 치는 거야. 표 안 나게시리 말려 죽이는 줄 모르구?"

하는 소리를 순옥이가 이층 층층대를 올라가다가 엿들은 일도 있었다. 은희가 이런 소리를 앓고 누워 있는 옥남의 친정어머니에게 하여서 그이가 사위 안빈을 보고 노발대발했다는 말이 그 집 식모를 통하여 안빈의 집 순이 엄마 귀에 들어온 것을 순옥이가 들은 일도 있었다. 은희가 허영을 찾아가서 그런 말을 했는지는 알 수 없으나 허영이가 성화같이 순옥에게 혼인을 재촉하고, 또 순옥을 향하여 의심스러운 눈을 가지고 있는 것을 보면 아마 그런 말이 귀에 들어간 듯도 싶었다.

어젯밤 순옥이가 인원을 보고 이런 사정들을 말할 때에 인원은,

"그럼 왜 얼른 혼인을 해버리지 않어? 어차피 허영이하구 혼인할 바에야 얼른 해버리면 좋지 않어?"

하고 순옥을 꾸짖듯이 말을 하였다.

"그러기루 저 아이들은 어떡허우? 토요일 밤 하루만 선생님이 댁에 오셔서 아이들 데리구 주무시고 일요일 오전에 아이들 데리구 노시구 병원 시간만 끝나면 내가 맡아가지구 있는걸. 그나 그

뿐인가, 선생님 식전이랑 옷이랑 그건 누가 보살펴우?"

"아, 그 수원 아주머닌간 어디 갔나?"

"그이가 또 며느리가 죽었다고 집으로 갔다우."

"그럼 삼청동 집엔 순이 엄마뿐이야?"

"그럼, 아이들하구."

"그러기루 순옥이가 언제까지나 그 일을 하구 있을 수는 없지 않어?"

"그야 그렇지만. 그렇더라도 집일을 돌아볼 사람이 오기나 해야지, 지금 어떻게 뚝 떠나오?"

"그런데 안선생은 어떡헐 작정야? 새 마나님을 하나 얻든지, 아이들 돌보고 살림살이할 사람을 하나 구하든지 하지 않구."

"왜 사람을 안 구하시나? 저 천주교당에랑 다른 교회에랑 염탐을 하지요. 그러니 이 겨울에 어디서 사람을 얻소? 봄이나 돼야지."

"그도 그래."

"그런데 안선생은 재혼은 안 하실 생각야?"

"그걸 내가 어떻게 아오? 아무러기로 부인이 돌아가시구 일 년두 되기 전에 설마 재혼이야 할라구."

"사내들이 머 그런 거 생각하나?"

"내 생각엔 선생님은 다시는 혼인하실 것 같지 않아."

"왜?"

"그저 그럴 것만 같아."

"순옥이 위해서?"

"나 위해서는 뭐에요? 언니두."

"사실은 그렇거든. 안선생하고 순옥이하고 혼인하는 게 원형이정이어든. 그것을 억지로 안 하자니깐 모두 이 곤란이어든."

순옥은 말이 없었다.

"순옥이두 그렇지 뭐야? 안선생한테 시집을 갔으면 아무 문제 없을걸. 그래 정말 순옥이는 허영이하고 혼인할 테야?"

"그럼, 약혼한걸."

"약혼이야 머 파혼하면 고만이지. 혼인했다가 이혼들도 하는데."

순옥은 고개를 도리도리 흔들었다.

"그럼 어떡허자는 거야? 순옥이는 하루바삐 허영이하고 혼인을 해야겠는데, 안선생 살림을 돌볼 사람이 없어서 못 떠난다는 거야? 지금 순옥이 걱정이 그거란 말야?"

순옥은 고개를 끄덕끄덕한다.

"그럼 내일이라두 안선생 집 일 보아줄 사람만 생기면 순옥이 걱정이 피겠나?"

순옥은 고개를 끄덕끄덕하며 한숨을 쉰다.

"나 보기에는 꼭 그런 것만 같지도 않은데."

하는 소리에 순옥은 울어 쓰러지고 말았다.

이러한 어젯밤 순옥과의 담화를 생각하면서 인원은 안빈 병원에 들어섰다.

"순옥이 있어요?"

인원은 마침 복도에 있는 어간호사를 보고 물었다. 인원도 근래에는 순옥이를 찾는 것이 잦아서 어간호사와도 사귀었다. 그렇게 무뚝뚝해 보이던 어간호사도 사귀어보면 역시 보통 여성의 상냥함이 있었다.

"언니요?"

하고 순옥이가 진찰실에서 인원의 소리를 듣고 뛰어나왔다.

"순옥이 바빠?"

인원은 올라설 뜻도 없는 듯이 신발 벗는 데에 선 채로 묻는다.

"아니, 왜?"

"나 이야기 좀 할 게 있어서."

"무슨 이야기? 들어오슈."

하고 순옥은 어젯밤 생각을 하였다.

하얀 간호사복에 하얀 간호모를 쓴 순옥은 참 깨끗하다고 생각하면서 인원은 순옥을 따라 응접실로 들어갔다.

"이 방이 순옥이하고 허영이하고 그 희극이 연출되던 방야?"

하고 인원은 앉기 전에 우선 방 안을 휘둘러보았다. 인원은 이 응접실에 들어오기는 처음이었다.

"앉으오."

"응."

"어젯밤엔 내가 울고 그래서 언니 또 못 주무셨겠어."

"순옥인 더 못 잤겠지."

순옥은 한숨을 쉬고 고개를 숙인다.

"나, 한마디만 순옥이한테 물어볼 테야."

하고 인원은 빙그레 웃는다. 그러나 그 웃음은 매우 괴로운 웃음이었다.

"무어 언니?"

"순옥이 정말 허영이하고 혼인할 테야?"

"그럼."

"정말?"

"그럼."

인원은 순옥을 한참 물끄러미 바라보다가,

"정말? 그럼 순옥이 정말 진정에서 나오는 대답야?"

하고 낯을 한 번 찡긴다.

순옥은 한참이나 말없이 고개를 숙이고 앉았더니, 얼마 후에야 고개를 들어서 인원을 바라보며 말한다.

"진정이거나 아니거나 인제는 허하구 혼인할 길밖에 없지 않어, 언니? 어젯밤에두 언니한테서 돌아와서 곰곰 생각해보니깐, 내가 벌써 혼인을 해버릴 걸 그랬어. 괜히 선생님께도 여러 가지로 불안만 끼치구."

"무슨 불안?"

"선생님께도 걱정이 될 거 아니오, 내 일이."

"무슨 일이?"

"저것이 어찌 되겠는고 하는 걱정도 되실 것이구 또 이러쿵저러쿵 말도 돌아다니고. 글쎄 나만 없었으면 그런 소리도 다 안 날 것 아니오? 선생님 처가댁과도——글쎄 그게 무슨 일이오? 그래서 난 얼른 여기서 떠나려고 작정을 했어, 언니."

"아이들이랑 선생님이랑 다 마음에 걸리더라두?"

"할 수 없지, 어떡허우? 내가 있으면 있을수록 도리어 선생님께 걱정만 되는걸, 도움은 안 되구."

두 사람은 한참 동안 말이 없이 마주 보고만 있었다.

얼마 동안 그렇게 말없이 앉았다가 인원이가 자리에서 벌떡 일어나면서,

"안선생은 오전 중에는 삼청동 댁에 계시다지?"
하고 갈 차비를 한다.

"응. 왜?"

"나 가서 안선생님 좀 만나게."

"왜? 무슨 일로?"

"순옥이 일이지 무슨 일야? 나 안선생보고 담판을 좀 하게."

"담판? 무슨 담판?"

"순옥일 어떡헐 테요, 하고. 그게 무어야? 사람을 기름을 다 말리우니."

"왜, 선생님이 잘못인가 뭐?"

"그럼, 뉘 잘못이고?"

"선생님이 날 어떡허시오?"

"왜 어떻게 못 해? 같이 산다든지, 그렇지 아니하면 놓아주든지. 그게 다 무어야? 희미중이[105]로. 내 가서 한바탕 몰아세고 올걸. 양단간 끝장을 내라구."
하고 인원은 순옥의 어깨를 한 번 툭 치고는 문을 나온다.

순옥은 속으로, 영리한 인원이가 웬걸 그렇게 무례한 말을 하랴, 하고 역시 상긋 웃기만 하고 인원을 떠나보내었다.

그러나 인원을 보내고 나서 생각하니 대체 무슨 일로 인원이가

안선생을 찾아갈까 하는 것이 궁금하였다. 왜 좀 자세히 물어보고 보내지를 않았을까 하고 제가 분명치 못한 것을 후회하였으나 그때에는 인원은 벌써 삼청동 집에를 갔을 것이었다.

인원이가 삼청동 갔을 때에는 안빈은 세 아이를 데리고 뒷 솔밭 속으로 거닐고 있었다. 순이 엄마에게 그 말을 듣고 인원은 안빈이가 아이들을 데리고 어떤 모양으로 노나 하는 것이 알고 싶은 호기심이 나서 아무쪼록 안빈의 눈에 아니 뜨이도록 주의하면서 뒷 솔밭으로 올라갔다.

벌써 삼월이라 하건마는 아직도 수풀 속에는 군데군데 녹다 남은 눈이 있었다.

안빈은 세 아이를 데리고 늙은 소나무 사이에서 숨바꼭질을 하고 있었다. 안빈은 양복바지에다 조선 저고리와 마고자를 입고 그러고는 캡을 쓰고 있었다. 안빈이가 정이를 피하여 달아날 때에는 흰 생목¹⁰⁶ 저고리 고름 끝이 너풀하는 것이 우스웠다.

협이와 윤이는 한 번도 안 잡혔으나 안빈은 가끔 정이에게 붙잡혀서 그 조그마한 손으로 얻어맞고는,

"아뿔사! 내가 정이한테 잡혔네."

하고 웃었다. 정이도 제가 장한 듯이 손뼉을 쳤다. 그러고는,

"또, 또."

하고 아버지에게 뛰기를 재촉하였다.

세 아이의 깨득깨득 웃는 소리와 이따금 안빈의 큰 웃음소리가 들렸다.

아침 햇발이 나뭇가지들을 통하여 흘러 들어와서 사람들을 어

룽어룽[107]하게 만들었다. 아마 뒷산에 식전 산보 갔던 패들인지 사오 인이 숙정문[108]께로서 내려오다가 안빈네 사 부자가 놀고 있는 양을 구경하고 있었다. 그 사람들 때문에 인원도 안빈의 눈에 띌 걱정 없이 구경할 수가 있었다.

"자 인제 집으로 간다구."

하고 안빈이가 정의 손을 잡으니 협도 윤도 말없이 아버지의 뒤를 대섰다.

"선생님!"

하고 인원이가 안빈의 앞에 나타나서 인사할 때에는 안빈도 놀랐다.

"언제 왔소?"

하고 안빈이가 웃을 때에 협이와 윤이도 인원에게 인사를 하였다.

"아까 왔어요."

"그럼 우리 노는 것 다 보았군."

"저도 한데 뛰어들어서 놀고 싶은 것을 억지루 참았어요."

하고 인원은 소리를 내어서 웃었다.

"그럼 왜 아니 뛰어들었소?"

안빈은 걷기를 시작하며 묻는다.

"날마다 그렇게 애기들하고 노세요?"

"아니, 다른 날이야 내가 집에서 자오?"

"다른 날은 순옥이가 이렇게 애기들 데리구 숨바꼭질해요?"

"모르지."

"안 해, 안 해. 하자구 해두 조금 하군 안 해."

하고 윤이가 나서며 불평을 한다.

"나하구 날마다 할까?"

하고 인원이가 윤의 어깨에 손을 얹는다.

"우리 집에 오나, 머?"

하고 윤은 인원을 힐끗 본다.

"윤이가 오람 올게. 그럼 나하구 놀 테야?"

하고 인원은 고개를 숙여서 윤의 얼굴을 들여다본다.

윤은 만족한 듯이, 그러나 의문이란 듯이 인원을 보면서 고개를 까딱까딱한다.

"선생님, 이렇게 어떻게 사십니까?"

인원은 방에 들어가 앉는 대로 이런 말을 안빈을 보고 하였다. 그리고 방을 휘둘러보았다. 순옥에게 들은 바와 같이 방은 옥남이 살았을 적의 것과 하나도 변치 아니하였다. 다락 쪽 말뚝에 걸어놓은 옥남의 옥색 생목 치마와 흰 명주 저고리도 그대로 걸려 있었다.

순옥의 물건은 하나도 보이지 않는 것을 인원은 속으로,

'그것 얌전도 하지!'

하고 감탄하였다.

"허, 걱정이오."

하고 안빈도 인원의 말에 쓴웃음을 웃었다.

"수원 아주머니라는 이는 못 오시게 됐나요?"

"흥. 그이두 못 온대. 며느님이 돌아갔어. 또 인젠 너무 늙으시고."

"그러기루 이렇게 견디셔요? 하루 이틀두 아니구."

"허, 그렇구려. 그래도 아내가 병원에서 앓고 있을 때에, 살아나기 어려울 줄은 알면서도 다시 집에 돌아오려니, 하고 은근히 믿었더니, 아주 가고 말았소그려."

하고 안빈은 한숨을 쉰다.

그때에 아이들이 다 밖으로 나가는 것을 보고,

"선생님, 혼인을 하시죠."

하고 인원은 단도직입으로 메었다.

"혼인?"

안빈의 얼굴에는 약간 놀라는 빛이 뜬다.

"네. 재혼을 하셔야죠."

안빈은 흠 하고 고개를 숙인다.

한참 있다가 안빈은 고개를 들면서,

"내가 인제 무슨 재혼을 하겠소?"

하고 빙그레 웃는다.

"왜요? 늙으셔서요?"

"늙기야, 아직도 오십도 전에 무엇이 늙었겠소마는."

"그럼 왜 못 하셔요? 그래도 부인이 계셔야 선생님 뒤도 걷구."

"내 뒤, 머 거둘 거 있나?"

"아니, 식전이랑 의복이랑——."

"먹는 거야 식모 있으면 되고, 옷은 값도 주고, 또 양복만 입으면 빨랫집에 맡기면 고만이고——."

"어떻게 그렇게 하셔요?"

392

"왜 못 해? 중들이 살겠소?"

"중들은 중들이지마는——."

"무어, 그저 먹고 입으면 되지. 호강할 생각은 없고."

"선생님은 그러시더라두 애기들은 어떡해요?"

"아이들야 내가 혼인 안 하는 게 좋지."

"왜요?"

"누가 전실 아이들 길러주러 시집올 사람 있겠소? 계모와 전실 자식이란 늘 비극의 원인입니다."

"계모도 계모 나름이죠."

"그야 그렇지."

"그런데 왜 혼인 안 하세요?"

"어디 세상에 그런 좋은 사람이 쉽소? 설혹 있기루니 그런 좋은 사람이야 복 많은 좋은 사람을 찾아서 배필이 되지, 저마다 바랄 수가 있나?"

"왜? 선생님은 그만한 복이 없으셔요?"

"내가 무슨 복이 있겠소. 복이 있으면 왜 그렇게 좋은 아내가 이렇게 얼른 죽겠소? 박복한 사람의 가장 총명한 일은 제가 박복한 줄을 아는 겝니다. 박복하면서 복을 구하는 것은 저축한 재산도 없으면서 호화롭게 살려는 것과 마찬가지야, 반드시 화를 받는 것이어든."

"그렇게 복이란 미리 정해놓은 것일까요?"

"인원은 어떻게 생각하시오?"

"저도 인과라는 것을 인정도 합니다마는 그래도 요행이라는 것두 있는 것 같아요."

"요행?"

"네. 세상에는 아무 복도 없을 듯한 사람이 복을 받는 수도 있지 않아요?"

"해가 혹시 서편에서 뜨는 일도 있소?"

"그거야 없지마는요."

"안 심은 씨가 나는 수도 있소?"

"그거야 없지마는요."

"그럼 요행이 어디 있소? 우리가 모르는 게지. 다윈이 그 진화론에 찬스란 말을 썼지. 그것은 원인 알 수 없는 결과란 말야. 원인 없는 결과란 말은 아니오."

"그럼 저 같은 것은 일생에 복이란 받아보지 못하게요?"

"왜?"

"제가 어디 무슨 복 있어요?"

"왜, 없어?"

"무엇이 있습니까."

"우선 건강 있고."

"그까짓 거."

"병이 나보면 건강이 어떻게 큰 복인 줄을 알지."

"건강만 있으면 고만인가요?"

"또 재주두 있고."

"흥, 그까짓 재주!"

"재주 없는 사람이 되어서 보시오──인원의 재주가 얼마나 부러울까?"

"그까짓 재주가 저를 몇 푼어치나 행복되게 해줍니까?"

"그럴 리가 있나. 그 재주가 있으니까 고등교육도 받고, 또 남의 선생님도 되고 그러는 것 아니오?"

"그까짓 선생이 무어 그리 좋아요?"

"그럼 남의 집 식모는? 먹을 것, 입을 것 없는 거지는?"

"그보다야 낫지요마는."

"인원은 제가 누리는 복을 인식을 못 하는구려. 제가 이 인류 중에 어떻게 많은 중생보다도 큰 복을 받구 있는지 그것을 인식을 못 하고 고맙게 생각을 못 하는구려. 이 세상에는 인원보다 팔자 좋은 사람보다도 팔자 사나운 사람이 더 많소. 많기로 조금만 많은 게 아니라, 훨씬 크게 더 많단 말요. 또 아직 모르지, 인원이 아직 삼십도 미만이니까 앞으로 찾을 복이 얼만지 아오? 필시 많을 것이오. 그 복을 제 손으로 흩어버리지만 아니하면."

인원은 안빈의 말을 들으매, 누를 수 없는 기쁨을 깨달았다. 제가 복이 있다는 말이 기쁜 것이 아니라, 그 이치를 알게 된 것이 기뻤다. 안빈의 말은 하늘의 금빛을 가지고 인원의 마음을 비추는 것 같았다. 그리고 정말 자기가 지금 받고 있는 복이 고맙다는 생각이 용솟음쳐 오름을 깨달았다. 그러나 안찬 인원은 그런 빛을 당장 안빈에게 보이기는 싫었다. 그래서 부러 반항적으로,

"그럼, 선생님은 왜 박복하시다고 하세요. 저보다도 훨씬 복이 많으시면서?"

하고 대들었다.

"암, 내가 받은 복도 분에 겹도록 많지. 내가 박복하다고 한 것은 이 세상에서 가장 좋은 여자를 다시 아내로 삼을 복이 없단 말이지. 가장 좋은 아내는 가장 좋은 남편을 찾아야 할 것 아니오?"

"그래두 어디 세상에서야 그래요? 못난이가 현숙한 여자를 아내로 삼는 수도 있고—그렇지 않아요?"

"얼른 보기에 그런 일도 있지만, 그래도 다 무슨 인연이 있기에 그럴 터이지."

"그게 요행이 아니겠어요? 찬스라는 게 아니구요?"

인원은 어리광 절반으로 대들었다.

"인원은 그렇게 생각하오?"

하고 안빈은 웃고 만다.

"그럼, 선생님은 모든 것이 다 인연으로 된다고만 믿으십니까?"

"나는 그렇게 믿소."

"그럼 왜 선생님은 인연을 끊으려구 하세요?"

인원은 빙그레 웃는다.

안빈은 약간 의외라 하는 빛으로 인원을 본다.

"내가 인연을 끊어?"

"그럼요."

"내가 무슨 인연을 끊었소?"

"그럼 왜 순옥이하고 혼인 안 하세요?"

안빈은 그제야 웃는다.

"누가 보아도 순옥이는 선생님과 혼인을 해야 옳은데 선생님은 왜 아니 하려 드십니까?"

"순옥이하고 혼인?"

"그럼요. 못 할 이유가 무엇이에요?"

안빈은 말없이 눈을 감는다.

"혼인하셔서 안 될 이유는 없죠?"

"그것이야 없지."

"그것 보세요. 그럼 왜 혼인을 안 하셔요? 순옥이가 선생님을 사모하는지 아시죠?"

"말은 들었소."

"말루 듣기만 하셨어요, 느끼시진 않으시구?"

"느끼기도 하지."

"그것 보세요. 그럼 왜 선생님은 순옥이와 혼인을 안 하셔요? 선생님도 순옥이를 사랑하시지요?"

"사랑하지."

"그것 보셔요. 그런데 왜 혼인을 안 하셔요?"

"그런데, 오늘 웬일이오? 내게 그런 담판 하러 왔소?"

"그럼요, 담판 안 해요? 순옥이가 그렇게 괴로워서 죽어가는데 선생님은 왜 모른 체하고 계셔요?"

"내가 모른 체?"

"그럼 모른 체가 아니고 무어에요? 그동안 순옥이가 어떻게나 기름이 빠졌는지 아십니까? 아주 죽게 됐습니다. 저를 만나면 울기만 하구요. 그런 거 아십니까?"

"왜?"

"왜가 무엇입니까? 선생님은 순옥이가 괴로워하는 것 모르십니까?"

"글쎄, 참 미안한 일이오. 내 집이 이 꼴이 돼서─사람은 안
얻어지고─그러니까 순옥두 차마 못 떠나는 줄은 나도 잘 아오.
그렇지만 내 집 일이야 어떻게나 될 것이니까, 내 집 걱정은 말고
어서 혼인을 하라고 말해주시오. 나도 그동안 그렇게 말을 하자
하자 하면서도 말을 못 했소그려."

"아이참, 선생님도. 딴전만 하시네, 아이참."

"왜?"

"왜가 무엇입니까?"

"내 말에 무어 잘못된 것 있소?"

"아이참, 점점 더하시네."

"무엇이?"

"순옥이가 누구하구 혼인을 하란 말씀이에요?"

"아니, 누구하고라니? 허영씨하고 약혼 안 했소?"

"약혼이 무슨 약혼입니까? 말루만 그렇지."

"그럼?"

"순옥이가 왜 허영이한테 시집간다구 하는지 모르세요?"

"내가 어떻게 아오?"

"허영이가 선생님 명예 손상하는 말을 하고 돌아다닌다구, 그
입을 막노라고 그랬답니다. 또 선생님 부인 마음 편안하시게 해
드리노라고 그랬구요. 어디 순옥이가 허영이를 사랑해서 그런 거
에요?"

안빈은 눈을 감고 고개를 숙여버린다.

398

인원은 안빈이가 괴로운 표정이나 괴로워하는 말 한마디를 발하지 아니하더라도 안빈의 가슴속의 괴로움을 눈앞에 분명히 보는 것 같았다. 그리고 일종의 쾌감을 짝한 동정심이 솟아오름을 깨달았다. 인원이가 일종의 쾌감을 가진다는 것이, 순옥이가 가끔 인원에게서 느끼는 그 잔인성이었다.

안빈이가 오랫동안 대답이 없는 것을 보고 인원은 한 번 더 재우친다.

"선생님도 순옥의 그런 심경을 아시죠?"

"대강은 짐작했소."

하는 안빈의 대답은 말이라기보다는 신음에 가까웠다.

"그런데 왜 선생님은 순옥이를 모른 체하세요?"

"모른 체 안 하면 어떡하오?"

"어떡하오는 무엇입니까. 순옥이가 이 세상에서 믿는 이가 선생님밖에는 없는 줄 아시지요? 선생님이 순옥에게는 빛이요, 생명이신 줄은 아시지요? 그런데 왜 선생님은 순옥이를 건져주시지 아니하세요? 선생님은 그렇게두 무정하신 어른이십니까?"

"무정한 것도 아니지마는."

"그러시면서 왜 순옥이를 모른 체하세요? 순옥이가 불쌍하지 않습니까?"

"그러니 내가 어떡하란 말이오?"

"혼인하시지요."

"그건 안 될 말이오."

하고 안빈은 두어 번 고개를 흔든다.

"왜요?"

"혼인할 사람이 따로 있지."

"왜, 순옥이가 선생님 부인 되기에 부족해요?"

"아니, 그런 말이 아니오."

"그럼은요?"

"나는 순옥이를 이 세상에서 드물게 보는 좋은 여자로 믿소."

"그럼 왜 혼인 안 하세요? 사랑이 없으셔서요? 순옥이가 사람은 좋으나 정이 가지 않는단 말씀입니까?"

"아니, 그런 말도 아니야."

"그럼은요? 왜 안 하세요?"

"내가 순옥이를 너무 사랑하기 때문에."

하는 안빈의 눈은 빛난다.

"너무 사랑하시기 때문에요?"

"응."

"너무 사랑하시면 혼인은 못 하십니까?"

"그렇소."

"거 이상한 논리십니다?"

"얼른 들으면 이상한 것 같지. 그러나 그게 조금도 이상한 논리가 아니오."

"그게 이상하지 않고요? 사랑하니깐 혼인 못 한다──그게 이상하지 않고 무엇이 이상해요? 저는 그런 이론 처음 들어보아요."

"인원은 그런 이론 처음 듣소?"

"처음이에요."

"흠."

"어서 말씀해주세요. 전 선생님 이론 모르겠어요."

안빈은 무엇을 한참 동안이나 생각하고 있더니 인원의 물끄러미 쳐다보는 맑은 눈을 바라보면서 이렇게 말한다.

"성경에 이런 말씀이 있소. 어떤 사두개 교인인가가 예수를 시험한 말이지——한 여자가 처음엔 삼 형제의 맏형과 혼인을 해 살다가 그 남편이 죽어, 그러니까 그 남편의 다음 동생과 살다가 또 그 남편이 죽어, 이 모양으로 삼 형젠가를 다 남편으로 삼고 살다가 마침내는 저도 죽었으니, 이다음에 부활한 뒤에 그 여자가 누구의 아내가 되겠느냐고——이렇게 예수께 물어본 일이 있지 않소?"

"네, 있어요. 생각나요."

"그래 그때에, 예수께서 그 사두개 교인인가에게 무엇이라고 대답하신지 아시오?"

"네."

"무어라고 하셨소?"

"부활한 뒤에는 아내니 남편이니 시집이니 장가니 그런 것이 없느니라고——그러셨지요. 선생님?"

"옳아. 그렇게 대답하셨소."

"그러니깐 어떻단 말씀예요?"

"그거지, 그저 그거야."

"그거라니요?"

"인원이, 보살님 부처님 알지?"

"이야긴 들었지요."

"가령 관세음보살이란 어른이 남자요, 여자요?"

"몰라요. 여자 아니에요?"

"어째서?"

"그래도 관세음보살이라면 어째 여자 같아요."

"하느님은?"

"하느님이오?"

"응. 하느님은 남자요, 여자요?"

"하하하하, 글쎄요. 하느님 아버지라니깐 남성이겠죠? 여성이면 하느님 어머니라고 할 텐데. 하하하하, 모르겠어요. 무엇이에요?"

안빈은, 그러나 웃지도 아니한다.

"사람보다 이상 경계에 가면 벌써 남성이니 여성이니가 없는 것이오. 예수께서 보신 천당으로 말해도 벌써 남녀 성을 초월한 경계야. 쇠똥구리가 쇠똥 덩어리를 소중히 여기지 않소? 사람은 그것을 우습게 보지? 그와 같소. 사람 이상 경계에서 볼 때에 사람들이 연애니 혼인이니 하는 것도 그러한 말요. 그러기에 예수께서 어디 혼인하셨소? 그 제자들도 안 했지. 석가세존께서는 한번 혼인을 하셨어도 나중에는 아내로 말고 제자로 그 부인 야수다라를 대하시지 않으셨소?"

"그럼 연애나 혼인이란 그렇게 천한 것이에요?"

"아니, 천하다는 게 아니지. 연애나 혼인이나 인류 사회에서야 대단히 소중한 것이지. 군신, 부자, 부부 이 세 가지가 인류사회의 모든 도덕 관계의 벼리[109]가 아니오? 그렇지만 그 이상 경계도 있단 말야."

"그러니깐 선생님은 신이시니깐 동물적인 연애나 혼인 같은 건 안 하신단 말씀에요?"

"흠흠."

"그럼 그 말씀이 아니구 무엇이에요?"

"내가 신이라는 게 아니오. 내야 동물적이요 또 동물적인 범부요 속인이겠지마는 내가 순옥이를 볼 때에는 그 속에 신성만을 보고 싶단 말요. 순옥이도 사람이겠지, 사람의 몸을 가졌으니까 사람의 몸에 붙은 모든 업장──본능이란 말이지──모든 업장을 가지고 있을 테지. 그러나 나는 지나간 삼 년간──응 벌써 사 년인가, 순옥이가 내 병원에 온 지가 벌써 만 사 년 가까이 되는군──지나간 사 년간 나는 순옥을 한 여성으로 보지 아니하고, 음, 무엇이라고 할까? 벌써 사람의 경계를 뛰어넘은 존재로 보았단 말요. 정직하게 고백을 하자면, 순옥이가 젊고 아름다운 한 인류의 여성으로 내 눈을 끄는 순간도 없는 것은 아니었지마는 그래도 나는 그를 한 성인으로, 이를테면 신성으로 존경도 하고 사랑도 해왔단 말요. 나는 피에서 순수한 아우라몬을 발견한 것이 순옥이에게서밖에 없었어. 순옥이가 나보다 나이가 어리니까 이 세상 풍속을 따라서, 나는 그를 딸이나 아랫사람 모양으로 대우를 해왔지마는 사실은 내 스승이야, 내 지도자고. 이만하면 내가 순옥과 혼인할 마음이 없다는 뜻을 알겠소?"

"전 모르겠어요!"

"몰라? 그저 그런 거요."

인원은 한참 동안 무엇을 생각하고 있더니,

"그럼 선생님은 영 순옥이와 혼인은 못 하신단 말씀이십니까?"

"그렇소."

"그럼 다른 여자하고는요?"

"응?"

"아니, 다른 여자하고도 혼인 안 하시겠나 말씀예요."

"지금 생각 같아서는 할 마음 없소."

"선생님두 생각이 변하셔요?"

하고 인원이가 웃는다.

"내가 무언데 생각이 안 변하겠소?"

하고 안빈도 웃는다.

"저희가 보기에는 선생님은 한번 잡수신 생각은 영영 안 변하실 것 같아요."

"흥, 그러면 성인이게."

"왜 재혼을 안 하셔요?"

"일생에 한 번 혼인을 했으면 고만이지 무얼 두 번씩이나 하겠소."

"그럼, 두 번 세 번 혼인하는 사람은 죄겠네요?"

"그런 것도 아니겠지마는 나는 다시 혼인할 마음은 없어."

"인제 가정생활이 진력이 나셔서 그러셔요?"

"아니, 내 가정생활은 행복된 가정생활이었소. 내 죽은 아내가 드물게 보는 현부인이었어."

"그럼 돌아가신 부인께 절을 지키시느라구 그러세요?"

"허허허, 그런 것도 아니지마는. 또 한 번 같이 살던 남편이나 아내를 일생에 생각하고 절을 지킨다는 것도 좋은 일 아니오? 아름다운 일이고. 암만해도 두 번 세 번 재혼을 하는 거야 탐욕이겠지. 그렇지 않소? 세상에는 한 번도 혼인 생활을 못 해보는 사람도 있는데."

"그래 탐욕이 될까 봐서 재혼을 안 하셔요?"

"흥흥, 인제 내 나이면 가정의 낙이라는 욕심을 초월할 나이도 되었고, 인제는 제 욕심 채움보다 남 위하는 일두 좀 해야지."

"그럼 아주 혼인이 싫은 것은 아니십니다그려?"

"그야 바로 깨닫고 보면 사람의 몸을 가지고 세상에 나오는 것부텀이 괴로움의 근본이니까 혼인이란 것은 더구나 괴로움을 갑절 하고 또 자녀를 낳아서 괴로움의 씨를 연속시키는 것 아니겠소? 그래도 내가 말야, 내 아내로 오는 사람이라든지, 내 아들딸로 오는 사람을 말야, 이 세상에서도 행복되게 해주고, 오는 세상에서는 더욱 행복되도록 지도해줄 능력이나 있다면야 아내를 몇을 얻고 자식을 몇을 낳아도 상관없겠지마는 우리 같은 거야 어디 그런가? 장가를 드는 것이나 자식을 낳는 것이나 결국 제 욕심 채움밖에 더 있어? 아내 위해서 장가들고, 자식 위해서 아비 되는 사람이 있다면 그 사람이라야 비로소 혼인할 정당한 자격이 있는 사람이어든. 안 그렇소, 인원?"

"너무 어려워서 전 몰라요."

인원은 안빈의 말을 다 알아들으면서도 이렇게 톡 쏘았다.

안빈도 인원의 성미를 알므로 웃었다.

"그럼, 선생님 이렇게 하세요."

하고 인원은 손을 한 번 들었다 놓는다.

"어떻게?"

하고 안빈은 인원을 물끄러미 본다. 인원의 이지적이요, 싸늘한 듯한 속에 흐르는 따뜻한 우정을 생각한다.

"어떻게 하는고 하니요, 가정교사를 하나 두세요."

"가정교사?"

"네, 가정교사. 여자 가정교사. 애기네들 거두구 살림두 맡길 사람을요."

"글쎄, 그런 사람이 어디 있소?"

"제가 한 사람 권해요?"

"누구?"

"한 사람 있기는 있는데요. 선생님 마음에 들지 모르지마는."

"어떤 사람?"

"몸은 건강하구요."

"그게 첫째지."

"또 고등교육도 받았구요——전문학교요. 학교 교사 노릇도 몇 해 했구요. 처녀구요. 얼굴은 숭해두요."

"얼굴이야, 얼굴 택하겠소마는 그런 사람이 왜 가정교사를 오오? 직업이 없나?"

"직업은 있어요. 교사."

"그런 사람이 왜 가정교사로 오오?"

"그 사람은 올 수 있대요. 선생님 마음에만 들면."

"인원이가 좋다고 보는 사람이면 어련하겠소."

"선생님 저를 믿으셔요?"

"그럼, 믿지 않고."

"선생님은 누구나 다 믿으시지요. 아무도 안 믿는 사람은 없으시죠. 특별히 저만을 믿으시는 것이 아니라."

"허허."

"그런데 그 사람이 나이가 좀 젊어요."

"전문학교 출신이라면 나이가 많기로 얼마나 많겠소?"

"서른 살두 다 못 되었어요."

"그런 이가 왜 가정교사로?"

"그런 사정이 좀 있어요. 돈 벌려고 그러죠. 월급은 얼마나 주셔요?"

"글쎄, 본인의 희망을 들어보아야 알지 않겠소? 아이들과 살림을 잘 맡아만 준다면야 돈을 교계[110]하겠소?"

"선생님, 그럼 제가 권하면 꼭 그 사람을 쓰시겠습니까? 그러다가 보시구 퇴하시면 어떡해요?"

"인원이 권하는 사람이면 쓰겠소."

"약속하셨습니다."

"응."

"저를 써주셔요, 가정교사루."

"인원을?"

하고 안빈은 놀란다.

"네. 왜, 저는 안 돼요?"

안빈은 말없이 무엇을 생각한다. 인원의 뜻이 알아지는 것 같았다. 동시에 순옥의 뜻도 알아지는 것 같았다.

"학교는 어떡허구?"

"학교에 다니면서 해도 좋구요. 또 학교에서 아주 나와버려도 좋구요."

"그건 너무 큰 희생이 아니오?"

"무엇이 큰 희생이에요. 선생님께 도움만 된다면야."

"그래도, 참 감당키 어렵구려."

"순옥이가 하두 선생님을 존경하는 것을 보니깐 저도 선생님을 좀 연구해보고 싶어요. 또 선생님네 세 애기를 교육도 해보고 싶어요."

"나를 연구?"

"네. 순옥이는 선생님을 신같이 생각합니다. 생명으로 생각하구요. 빛으로 알아요. 제가 뵙기에는 선생님두 사람이신데요. 우리와 같은 몸을 쓰시구 우리와 같이 이 땅을 밟구 다니시건마는. 그러니깐 제가 순옥이만큼 선생님을 몰라뵙는 거지요. 그러니깐 오래 뫼시고 있어서 선생님이 어떤 어른이신가 좀 알아보고 싶어요. 제 마음이 악한 마음이지요?"

"흥, 순옥이가 날 잘못 보았지. 인원이가 나를 바로 본 거구."

"글쎄, 그런 것 같은데요. 그래도 순옥이는 그렇게 생각을 아니해요. 그런 것을 보니깐 제가 아직 선생님을 다 알지 못하나 보아요. 순옥이가 저보다 머리가 좋거든요. 예민하구."

408

"나를 연구하러. 그건 안 될 말인데."

"왜요? 제가 옆에서 선생님을 샅샅이 연구하고 있다면 좀 거북하셔요?"

하고 인원은 웃는다.

"그런 건 아니지만, 내가 어디, 연구함을 받을 만한 사람인가?"

"그런 걱정은 마셔요."

이리하여 인원이가 안빈의 집 살림을 맡아 보기로 하고 안빈의 집에서 나왔다.

'참 이상한 여자다.'

안빈은 인원을 보낸 뒤에 이렇게 생각하지 아니할 수 없었다. 순옥을 찾아오는 인원은 가끔 안빈을 찾고는 꺼림 없이 떠들기도 하고 웃기도 하였다. 안빈은 그를 명랑한 여성으로, 또 정직한 사람으로 호감을 아니 가지고 있었음이 아니나, 인원이가 그처럼 생각이 익고 여문 사람인 줄은 몰랐었다. 그는 이제 순옥을 위하여 저를 희생하자는 것이라고 안빈은 생각하였다.

안빈의 집으로서 병원으로 온 인원이가 다시 순옥을 응접실로 끌어들여서 지금 안빈의 집에 가서 안빈을 만나고 온다고 하는 말을 하매, 순옥은 아까 하던 걱정을 생각하고 염려스러운 듯이 이렇게 첫마디를 물었다.

"글쎄 언니, 선생님 뵙구 또 무슨 소리를 하고 왔수?"

"안선생 나쁜 사람야!"

인원의 첫 대답은 이것이었다.

"왜?"

하고 순옥이가 깜짝 놀란다. 그처럼 인원의 얼굴에는 분개하는
듯한 빛이 있었다.

"아무리 타일러두 안 들어."

"타이르는 건 무에요, 어른더러?"

"벽창호야, 벽창호."

"왜, 무엇이?"

"아무리 타일러두 순옥이하고는 혼인은 안 한대. 그런 벽창호
가 어디 있어?"

"아이참, 누가 그런 소리 하랬소? 글쎄, 그게 다 무슨 소리요?
혼인은 다 무엇이야? 선생님이 날 무얼루 보셨겠어? 아이참, 언
니두."

하고 순옥은 인원을 흘겨보며 입맛을 다신다.

"왜? 내가 뭐 잘못 말한 것 있어? 제가 지키고 못 하는 말을 대
신해주었는데, 도리어 타박이야?"

"글쎄, 할 소리가 따루 있지, 내가 언제 선생님께 시집가고 싶
다고 했수?"

"글쎄, 안선생이 순옥인 싫다는데 무슨 걱정야? 내 말을 듣고
안선생이 부덕부덕 순옥이와 혼인을 하재야 걱정이지. 그렇지 않
어? 안선생은 순옥이는 사람이 아니니깐 혼인은 못 한대."

"사람이 아니라니?"

"신이래, 신. 순옥이는 사람이 아니구 신이래 신. 게다가 순옥
이는 나이가 어려서 딸자식 대접은 하지만 스승이라나, 지도자
구. 나 원, 못 들을 소리두 없지, 허."

410

"아이참, 언니두."

"그리구 말야. 돌아간 마나님이 못 잊혀서 수절을 하신다나. 그래서 다시는 장가를 안 드신다나. 내 뭐라구 했어, 순옥이가 처음 삼청동 가는 길에?"

"무어?"

"판관사령이라구 안 했어? 안선생이. 흥, 내 말이 틀리는 법 있어? 죽은 마나님한테두 꿈쩍을 못하는 양반이란 말야. 그리구 이 양반 말씀 보아요, 재혼하는 건 탐욕이라나. 저 이혼하고 재취하고두 부족해서 삼호요 사호요, 하구 첩 얻구 오입하구 하는 사내들은 다 지옥으로 간대."

"아이 무얼, 선생님이 그렇게 말씀하셨을라구."

"그리고, 내가 안선생더러 그럼 순옥인 왜 꼭 붙들어두고 기름을 다 빼시오? 순옥이가 죽게 된 줄 모르시오? 그랬지."

"그건 다 무슨 말법이오?"

"그러니깐 안선생 대답 보겠지, 어서 혼인을 하라구 말을 하자 하면서도 못 했으니 인원이가 순옥이더러 그렇게 말 좀 해, 그러겠지. 왜 안선생은 순옥이를 보면 입이 붙어? 자기는 말 못 하구 애꿎은 인원이더러 그런 말을 하라게? 흥, 그러면 내가 모를 줄 알구 뻔히 다 아는걸."

"무얼 뻔히 알어?"

"안선생의 속에 안선생이 둘이어든."

"안선생이 둘?"

"그럼 둘 아니구? 한 안빈은, 어서 순옥을 놓아주어야 하겠다

하고, 한 안빈은, 순옥을 어떻게 차마 놓아 보내나, 그런단 말야. 뻔허지. 그러니깐 안선생두 사람이란 말야. 자기 말대루 속인이 구 범부구."

"언니는 안선생 속을 모르셔요."

"내가? 왜?"

"저보다 경계 높은 마음을 어떻게 알아보우? 저와 같거나 저보 다 낮은 속이나 알아보지."

"어렵시오. 내가 안선생 속을 몰라? 내가 안선생보고 그랬는데 뭐. 순옥이는 안선생을 신으로 아는 모양이지마는 제가 보기에는 선생님도 사람이에요, 그랬지. 그러니깐 안선생 말씀이, 인원이 가 바로 보았소. 순옥이는 나를 잘못 보았고. 그 양반이 정직만은 해, 하하."

"아이, 그 허튼소리 좀 그만두오. 그래, 오늘 선생님 만나 뵈인 결과부터 말씀을 하오. 대관절 무슨 일로 선생님을 찾아갔소?"

"급하긴 하이. 그걸 지금 말하는 것 아니야? 순옥이와 혼인하시 오, 못 하겠소, 왜 못 하겠소? 순옥이가 사람이 아니요, 신이니까 못 하겠소. 그럼 순옥이를 괜히 붙들구 있지 말구 놓아주시오. 네, 놓아주겠소. 이게 내 담판의 결과지 무어야?"

"그건 언니가 담판 안 하기루 내가 몰루? 누가 언니더러 그런 소리 하랬소?"

"아무려나 안선생이 다 눈들이 삐었어, 뇌가 어떻게 되었거나."

"왜?"

"나 보기엔 순옥이두 멀쩡한 사람이구, 이쁘구 재주 있구 상냥

412

한 계집애구 하건만 글쎄 이걸 신이라니, 신이 되어서 혼인을 못 한다니. 그리고 그 좋은 아내감을 허영이를 주어버린다니. 또 안 선생으로 보아두 내 눈엔 분명히 사람이구, 사내구, 홀아비구, 의학박사, 문학박사, 제국학사원 수상자──훌륭한 신랑감인데, 이것두 신이라구, 사람은 아니라구, 그러니깐 남편은 못 삼는다구, 순옥이가 십 리만큼 천 리만큼 달아나려 드니 이것이 눈이 뻔 것 아니구 무어야?"

"아이참, 언니가 왜 그따위로 되었소?"

"그따위로 되었으니깐 안박사네 애보기로 들어가지."

"안박사네 애보기는 다 무어야?"

"흥, 오늘 내가 취직하고 왔다우."

"취직?"

"응."

"취직은 또 무슨 취직이야?"

"안선생네 애보기라니깐."

"정말요?"

"그럼. 내 입에서 언제 거짓말 나오는 것 보았어?"

"그야 그렇지."

"가만히 생각해보니깐, 안선생이나 순옥이나 주변 없는 양반들이 이대루 두었다가는 큰일 내겠단 말야. 그래서 안선생이 도저히 순옥이하구 혼인은 못 하신다길래, 또 어떤 여자하구두 재취는 안 하신다길래, 그럼 내가 안선생네 살림과 아이들을 맡기루 하마구 그랬지. 그랬더니 그럭하라구."

인원의 말에 순옥은 인원이가 지금까지 우스개 모양으로 하던 말이 다 참말임을 알아들었다. 그리고 인원이가 순옥이 저를 위하여 어떠한 희생을 아낌없이 하려는가를 알고, 갑자기 가슴이 뭉클하고 눈이 쓰려짐을 깨달았다.

"언니."

하고 인원을 바라보는 순옥의 눈에는 눈물이 고여 있었다.

"순옥이."

하고 인원도 얼굴 근육이 씰룩거렸다.

"이 순옥이가 언니 은혜를 무엇으로 갚수?"

"순옥이."

"응?"

"인제는 허영씨하구 혼인해서 좋은 아내가 되라구, 좋은 어머니두 되구."

"그럴게 언니. 내 꼭 그렇게 될게요."

"그래, 응, 순옥이. 좋은 아내, 좋은 어머니면 그것이 여자의 일생 아냐?"

"그럼."

"선생님 염려는 말아요, 아이들 걱정두 말아. 내가 담당했어."

"언니."

"왜?"

"언니."

하고 순옥은 인원의 두 손을 덥썩 잡고 그 무릎에 쓰러져 운다.

순옥이가 우는 것을 보니 인원도 걷잡을 수 없이 눈물이 쏟아졌다. 여간해서 눈물을 보이지 아니하는 인원이니만큼 한번 울기를 시작하면 얼른 그쳐지지 아니하였다.

인원의 몸이 떨림을 감각하고 순옥이가 고개를 들어 인원을 바라볼 때에는 인원의 커다랗고 누르스름한 눈에서는 눈물이 줄줄 흘러내렸다. 순옥은 십여 년 동안 인원과 가까이 지냈어도 인원이가 이처럼 우는 양을 본 일이 없었다. 그렇게 언제나 웃음이 떠돌던 인원의 얼굴이 온통 울음이 되어버린 것 같았다.

인원의 우는 양을 보매, 순옥의 울음은 새로 터졌다. 순옥이가 인원의 무릎에 엎드려 울 때에 인원의 손이 순옥의 머리와 목과 뺨을 두루 만지는 것을 감각하였다. 그 손의 촉각이 더할 수 없는 애정과 동정을 순옥의 가슴에 폭폭 들이박는 것 같았다.

"언니, 왜 우시우?"

하면서 순옥은 인원의 목에 한 팔을 걸고 손바닥으로 눈물을 씻으면서 먼저 말을 붙였다.

"순옥이는 왜 울어?"

"왜 우는지 모르겠어. 그저 눈물이 쏟아져요."

"나두 그렇지. 순옥이가 우는 것을 보니깐 그렇게 설움이 북받쳐 오르는구만. 어째 모두들 들러붙어서 순옥이를 가기 싫다는 데루 억지루 끌어넣는 것만 같단 말이야."

"언니, 인제는 그런 말은 말아요. 내 운명은 벌써 결정이 된 것을."

"글쎄, 그것이 알 수 없는 일 아니야. 왜 사랑하는 사람 곁에는 있지를 못하고 원치 않는 사람한테루 아니 가면 아니 되느냐 말이야?"

"그게 참 이상해. 언니, 허영이란 사람이 십 년 전부터 그렇게 싫으면서두——싫다 싫다 하면서두 자꾸만 그리루 끌려가는구려, 언니. 그게 아마 인연의 힘이라는 것인가 보아."

"그래, 인연이란 운명이란 말이지?"

"그럼. 영어로 페이트라면 하늘에 있는 신들이 사람의 일생을 간섭한다는 말 아니우? 인연 업보라는 것은 신의 간섭이 아니라, 제가 짓는 업으로 결정된다는 것만이 다르지."

"그래 아무려나 우리 힘으로는 저항할 수 없는 힘이 우리를 이리루 저리루 끌구 가는 것만은 사실인 것 같아."

"언니, 내가 왜, 허영이하구 혼인하기루 결심한 그 이튿날——바루 언니가 삼청동 집에 와서 밤늦두룩 이야기하던 그 이튿날 말이야——내가 선생님께 허영이하구 혼인한다는 결심을 말씀했더니 선생님 말씀이 전생에 맺힌 인연은 될 수 있는 대루 금생에서 풀어버리는 것이 좋다구. 그것을 안 풀어버리면 내생에까지 끌고 가는 거라구 그러시겠지. 그러니깐 내가 아마 허영씨한테 전생에 큰 빚이 있나 보아. 언니 그렇지?"

"글쎄."

하고 인원은 잠시 무엇을 생각하다가,

"그런데 순옥이."

하고 순옥을 바라본다.

"응?"

"그래 허영이가 재산이나 좀 있대?"

416

"그걸 내가 어떻게 아우?"

"한 번두 안 알아보았어?"

"그걸 내가 왜 알아보우? 내가 언제 허영이 집에 시집갈 생각
했던가?"

"그러다가 먹을 것까지 없으면 어떡해?"

"대수요?"

"대수라니? 허씨가 돈벌이할 사람은 못 되지 않어?"

"버는 게 다 무어요? 있는 것두 깝살릴 사람이지."

"그럼 어떻게 해?"

"먹을 게 있으면 다행이구 없거든 벌어먹지."

"누가? 순옥이가?"

"그럼, 내라두 벌지 어떡허우?"

"순옥이가 무얼 해서 남편까지 벌어먹여?"

"간호사 노릇이라두 하지. 먹구 입을 것은 하느님이 다 아신다
구 아니 했수? 그저 다 제 업으로, 분복으로 생각할 수밖에."

"식구는 단출하다지?"

"응, 어머니 한 분뿐이래."

"세 식구로구면. 그러나 또 아이들 안 나나?"

"아이들이야 또 저희들이 먹을 것 가지구 태어날 테지."

"그렇기두 하겠지마는. 아이 그러기루 그렇게 되면 고생이 오
죽이야?"

"누가 낙 보러 시집가우? 한세상 인생 고생해보잔 말이지. 그래
서 다행히 내가 남편 될 사람에게 전생부터 밀려오는 악업의 빛

을 다소간이라두 갚아지면 다행이구. 그렇지 않수? 언니."

"그것두 그렇지. 생각하면 그렇기두 해. 그런데 시어머니란 양반이 또 어떤 양반이구? 소년 과수로 외아들 가진 시어머니는 며느리 미워하는 법이라는데."

"누가 아우? 내가 세상에 나올 때에 아무것두 모르구 뛰어나온 모양으로, 시집가는 것두 그렇지 머. 제비를 뽑아보아야 알지, 미리부터 이젠가 저젠가 궁리해보기루 소용 있소?"

"그두 그렇지. 인생의 모험이지."

"경험이구, 수련이구. 난 그렇게 생각하우, 언니."

"옳게 생각했어."

"그래두 언니가 계시니깐 마음이 든든해. 인제는 언니가 어머니 같애."

"순옥이, 우리 어디 힘껏 살아가보자구, 무엇이 되나."

순옥의 오빠 영옥이를 동구 밖까지 전송하고 들어온 허영은 미칠 듯이 기뻤다. 고무신을 한 짝은 마당으로 차버리고 한 짝은 마루까지 끌고 올라가면서,

"어머니!"

하고 지게문을 열어젖히고 안방으로 뛰어 들어가면서,

"어머니, 됐어요."

하고 감기로 누워 있는 어머니 한씨 옆에 퍼더버리고 앉았다.

"무엇이 됐단 말이냐? 저 문부터 닫구 보려무나."

"어머니, 우리나라서 일등 가는 며느님 얻으시게 되었소. 석순옥이하구 혼인하게 되었습니다. 사월 초여드렛날──음력으로 바

로 삼월 삼질이에요. 또 사월 팔일이구요. 석가여래 탄생하신 날입니다. 좋은 날이지요. 어머니?"

"아아니, 순옥인가 무언가 안박사하구 산다면서?"

"그럴 리가 있습니까, 어머니. 순옥이란 아주 옥 같은 사람입니다."

"난 네 입에서 들은 소리다. 네 입으루 안 그랬느냐? 그년이 마음이 변해서 안박산가 한 사람한테루 가버렸다구. 그런데 인제는 또 너한테루 시집을 온대? 갈보냐, 기생이냐? 그건 다 무어란 말이냐?"

"아이 어머니두. 제가 홧김에 그런 말을 했죠. 순옥이는 그런 사람이 아니래두 그러십니다."

"나는 모르겠다. 네가 언제 내 말을 들었느냐? 헌 계집을 데리구 살든지 갈보를 작첩을 하든지 나는 몰라. 사당 고사와 폐백만은 내 눈이 시퍼렇게 살아 있는 동안에는 못 할 줄만 알어. 아이구 머리야, 이년의 머리가 왜 이리두 아프단 말이냐. 늙으면 어서 죽지 않구 왜 살아서 못 볼 꼴을 다 보는지 모르겠다, 에헴."

한씨는 일부러 허영을 보지 않도록 허영이가 집어주는 타구를 탁 빼앗어서 가래침을 뱉고 아랫목 벽을 향하고 돌아눕는다.

"어머니는 가만히 계시다가 순옥이 효도나 받으셔요——호강이나 하시구. 어머니 말년 팔자가 아주 늘어지셨는데 그러십니다."

"흥, 늘어지구 가늘어지구, 그년이 안박사 마누라두 독약을 먹여서 죽였다는데 나두 그년의 손에 독약이나 안 먹었으면 좋겠다."

"어머니, 그게 다 무슨 말씀이시우? 며느리두 자식인데 자식을 거들어서 그런 악담을 하시우?"

"며느리—그까짓 간호사년. 그년의 상판대기가 반지르르하니깐 네가 거기 반해서 허겁지겁하나 보더라마는, 두구만 보아라. 그년이—."

하고 한씨는,

"서방 잡아먹을 년이더라."

하는 말은 사위스러워서[111] 삼켜버리고 말았다. 한씨의 마음에는 순옥이가 제 음식과 아들의 음식에 독약을 치는 요사스러운 양이 보이는 듯하였다.

"어머니두. 아들의 경사에 왜 그렇게 흉한 말씀을 하시우?"

하고 허영은 불쾌하여서 문소리를 크게 내고 어머니 방에서 나왔다. 그러나 한씨가 그런다고 허영의 마음은 조금도 흔들리지 아니하였다.

사흘째 되던 날 허영은 빚을 얻어서 금강석 약혼반지를 사 가지고 아침 일찍이 영옥의 하숙을 찾아갔다.

"오늘 마침 노는 날이구 하니 약혼식이나 하세."

하고 허영은 반지갑을 내놓았다.

"혼인이 내일모렌데 약혼식은 무슨 약혼식인가?"

하고 영옥은 그 반지갑은 들어보지도 아니하였다.

"그래두 내가 순옥씨 손에 약혼반지를 끼어보구 싶네그려."

"이게 반진가?"

"응, 열어보게그려."

"봉한 걸?"

"봉했으면 어떤가? 열어보아. 순옥씨 마음에 들는지, 원."

"그건 열어보면 무엇 하나? 대관절 이건 얼마나 주구 산 거야?"

"어디, 열어보구 자네 알아맞춰보게."

"내가 그런 걸 아나?"

하면서도 영옥은 허영이가 무료해할 것을 염려하여서 그 갑을 열어보았다. 파르스름한 금속에 맑은 보석이 끼어 있었다.

영옥은 그것이 금강석 박은 백금 반지인 줄은 알면서도,

"이게 무언가?"

하고 반지를 두 손가락으로 치어들고서 허영을 보았다.

"백금이지. 한데 다이아몬드가 너무 작아서——여긴 그것밖에 없대."

하는 허영은 대단히 만족한 모양이었다.

"글쎄 이런 건 무엇 하러 사? 자네 세사가 어떤지 자세힌 모르네마는 이런 것은 수십만 원 재산이나 가진 사람들이 하는 일이야."

하고 영옥은 대수롭지 아니한 듯이 반지를 도로 갑에 집어넣는다. 그때에 금강석이 번쩍하고 푸른빛을 발한다.

"그게 다 순옥씨께 대한 내 정성이지."

"순옥에게 대한 정성은 고맙지마는 이렇게 부질없는 짓은 말란 말일세."

"그까짓 돈 오백 원을 무얼 그러나."

"이게 오백 원짜린가?"

"오백오십 원이라구 매어놓은 것을 일 할이나 깎아서 오백 원인데."

"자네가 미쳤네, 어서 가서 물러오게."

"왜?"

"왜라니. 정신 말짱한 사람이 오백 원짜리 반지를 손가락에 끼구 다녀? 순옥이가 자네 집에 가면 불 때구 걸레질해야 할 처진데, 그래, 오백 원짜리 금강석 반지를 끼구야 부지깽이가 손에 잡힌단 말인가? 걸레가 쳐지구?"

"내가 설마 자네 매씨 부엌일이야 시키겠나?"

"그럼 어떡허구?"

"그래도 부엌일은 안 시켜."

"흠, 나 자네 속 모르겠네."

"왜 내가 자네 매씨 밥 굶길까 보아서 그러나? 애여 그런 걱정은 말게, 허영이가 아무리 가난하구 못났더래두 내 사랑하는 아내를 밥 굶기구 헐벗길 사람은 아닐세."

"글쎄, 그야 그렇겠지마는 이게 일이 아니란 말일세. 자네 생각에는 순옥이가 이런 것을 좋아할 줄 아는지 모르겠네마는 그 애가 그런 것을 좋아하는 애가 아니란 말야. 그 애가 금강석 반지가 소원이면 왜 부자 남편이 없어서 시집을 못 가는 줄 아나? 어서 이거 가지구 가서 물르게. 그리구 정 약혼반지를 사야겠거든 값싼 은반지나 사 오게."

"물러주나, 왜? 물르면 반값밖에 못 받을걸."

"글쎄, 이 사람아, 그게 무슨 부질없는 짓이야? 인제는 자네 일이 남의 일이 아니니까 말일세."

"그렇지만 이왕 사 온 걸 어찌하나. 일생에 한 번 아닌가, 내 뜻대루 하게 해주게."

"흠."

하고 영옥은 입맛을 다시고 나서,

"그래 어떡허잔 말야? 순옥이를 이리루 불러오란 말인가? 나하고 순옥이한테루 가잔 말인가?"

하고 반지 일은 단념해버리나, 순옥의 장래가 마음이 놓이지 아니하고 무슨 큰 불행이 순옥의 앞에서 기다리는 듯한 불길한 예감이 생겼다.

"글쎄, 어떡허는 게 좋을까? 자네가 형님이니 자네가 지시하게."

"그럼 안박사 병원으로 가지."

"글쎄 내 생각도 그래."

"그럼 가만있게. 내 나가 순옥이한테 전화를 걸구 올 테니."

하고 영옥은 허영을 혼자 방에 두고 한길 가 담배가게로 뛰어나갔다. 영옥은 잘 먹지도 않는 담배를 한 갑 사가지고 전화를 빌려 순옥에게 걸었다. 나온 것은 순옥이었다.

"순옥이냐?"

"오빠세요?"

"너 오늘 병원에 있지? 어디 안 가지?"

"갈 데 없어요. 왜요?"

"허군이 약혼식을 하재."

"약혼식은 다 무어요? 혼인날이 내일모렌데."

"그래두 하구 싶다는구나. 허군이 약혼반지를 사 가지구 지금 나한테 와 있는데, 내 세수하거든 데리구 갈 테다."

"약혼반지?"

"응. 금강석 박은 백금반지야——오백 원에 샀다구."

"오백 원! 아유, 미쳤네. 그건 무엇 하러 사우?"

"나두 한바탕 야단을 했다. 널랑 아무 말두 말어라. 한번 사면 물르지는 못한대——반값밖에는 못 받는대."

"그러기루 그걸 누가 끼우?"

"암말 말구, 오늘만 끼려무나. 또 허군 섭섭하게 하지 말아라. 그리구 안선생 계시지?"

"삼청동 댁에 계셔요."

"몇 시에 나오시니?"

"점심 잡숫구 오후에 나오셔요."

"오후에? 지금 좀 나오시라고 못 할까? 한 삼십 분 동안, 열 시 쯤 해서."

"오빠가 말씀해보셔요."

"그래라. 그럼 안박사한테는 내 말할게, 널랑은 인원이나 청해라. 안박사하구 인원이하구 나하구 그리구 너희 둘하구 그러면 그만이지."

"그건 꼭 해야 된대요, 그 약혼식인간?"

"허군이 하구 싶다니 소원대루 해주려무나."

"그건 뭘 쑥스럽게."

"그럼 열 시에 간다."

"오세요."

하고 순옥은 경황없는 듯이 전화를 끊는다.

영옥은 삼청동 안박사를 전화로 불렀으나 아이들 데리고 뒷산에 갔다는 어멈의 대답이었다.

허영과 같이 안빈의 집으로 가서 안빈을 청해가지고 가는 것이 옳으리라고 생각하고 그 뜻을 안빈 집 전화 받는 사람에게 이르고, 그러고는 담배가게 주인에게 전화를 빌려주어서 고맙다는 인사를 하고 집으로 돌아왔다.

"전화 걸었나?"

하고 허영은 영옥이가 방에 들어서기도 전에 물었다.

"응."

"순옥씨가 무에래?"

"무얼 무에래? 열 시에 간다구 그랬지. 그리구 저 박인원씨 부르라구 했네——괜찮지?"

"그거 참 잘했네. 박인원씨가 참 좋은 사람이야. 재주 있구 명랑하구."

"순옥이하구는 어려서부터 친한 동무지. 친형제나 다름없어."

"나두 그런 줄 아네. 그런데 안박사는?"

"댁으루 전화 걸었더니 아이들 데리구 뒷산에 갔다구. 그래서 아홉 시 반쯤 해서 모시러 간다고 그랬네."

"응, 그러는 게 옳지. 어른 대접이 되구."

하고 허영은 무엇에나 다 만족이었다.

영옥은 찬물에 세수를 하고,

"자 가세."

하고 허영을 데리고 나섰다.

"저기 가서 우리 택시 불러 타고 가세."

하고 허영이가 대학병원께로 나섰다.

영옥은 "전차로 가도 될 텐데" 하면서도 오늘은 허영의 마음대로 하여주리라 하고 말없이 슬슬 허영의 뒤를 따랐다.

자동차 속에서 의논이 변해서 허영은 먼저 병원으로 보내고 영옥이만이 안빈을 청하러 갔다.

안빈의 집 대문 밖에서 영옥은 안빈이가 아이들을 데리고 산에서 내려오는 것을 만났다.

"석군, 웬일인가?"

하고 안빈은 반가운 웃음으로 영옥에게 손을 내밀었다. 영옥은 한 손에 모자를 벗어 들고, 한 손으로 안빈이가 내미는 손을 잡아 흔들었다.

"선생님, 산보 갔다 오세요?"

하고 영옥은 협과 윤과도 악수를 하였다.

"들어오게."

"네."

두 사람은 안방으로 들어갔다. 영옥도 그것이 안부인 생전에 있던 대로인 것을 인식할 수가 있었다. 더구나 다락의 못에 걸린 치마와 저고리가 안빈 부인의 것임도 순옥의 말을 들은 대로였다.

"선생님, 진지 잡수셨어요?"

"응, 벌써 먹었어."

하고 안빈은 양복을 입기를 시작한다.

"협이가 몇 학년 되나, 사월부터."

"오 학년야."

"오 학년? 이번에 두 반장야?"

"응."

하고 협은 웃었다.

"윤이는?"

"삼 학년이야."

"삼 학년야? 오빠는 오 학년인데 윤이는 왜 삼 학년야?"

"하하."

하고 두 아이는 웃고 대답 없이 밖으로 나갔다.

"그래, 어째 왔나?"

안빈은 칼라를 끼우면서 영옥에게 묻는다.

"허영군이 순옥에게 반지를 끼워주고 싶대요."

"으응."

"그래 오늘 노는 날이구 하니 약혼식을 하자구 식전에 저한테
를 찾아왔어요."

"그래?"

"그래서 그럼 선생님 병원으로 가자구 그랬지요. 허군은 먼저
병원으루 갔습니다."

"으응, 그래 날 데리러 왔네그려."

"네. 선생님하구요, 저 박인원이하구요, 저하구 그렇게."

"응 그러기루 병원에서?"

"어떱니까?"

"병원에선 좀 안 되지."

"왜요?"

"병원이니까——불행한 사람들 모이는 데니까."

"그럼 어디서 해요?"

"가만있게."

하고 안빈은 넥타이 매던 손을 잠깐 쉬고 무엇을 생각하더니,

"자네, 내가 오늘 점심을 내기를 허락하겠나?"

하고 영옥을 본다.

"허락이라니요?"

"아니, 자네가 오늘 일에는 주인이니까 말일세."

"네에. 선생님이 아버지 되셔요."

"그럴까?"

하고 안빈은 양복장 문을 열어젖히고 양복을 꺼내면서,

"그럼, 석군——으응 어디가 좋을까? K호텔이 조용하지. 아니,
C호텔루 하세. C호텔에 전화 걸구——으응, 우리가 몇인가?"

하고 고개를 돌려서 영옥을 본다.

"선생님하구 저하구 인원이하구 모두 다섯이지요."

"응, 다섯. 다섯 사람 점심 먹을 텐데, 그 식당 곁에 있는 별실
쓸 수 있느냐구, 그것이 예약이 되었으면 이층 다화[112]회실두 좋다
구 그러게."

"아이들도 같이 가야지요?"

영옥은 일어나서 문을 열다가 말고 묻는다.

"글쎄."

"데리구 가세요."

"그럴까?"

"그럼 어른 다섯하구 아이가 셋이라구 그러게그려. 자네 다른 친구 청할 사람은 없나."

"전 없어요."

"허영군은 어떤고? 아무도 안 오시나?"

"그 사람 어디 친척 있어요?"

"그렇게 없나?"

"시골은 누가 있다나 보던데 서울은 없나 보아요."

"그럼 그 어머니."

"어머닌 감기루 앓는다나 보지요. 감기 아니래두 류머티스루밖에 안 나온대요."

"류머티스?"

"네."

"응, 허영군 선대인[113]은 일찍 돌아가셨나?"

"허영이가 어려서 돌아가셨대요. 허영이 말에는 술루 돌아갔다구요."

"술루?"

"네. 글두 짓구 글씨두 쓰구 그랬는데 술을 많이 자시구 돌아갔다구 그러더군요. 허영이 삼촌두 한 분 있었는데, 어디 군수두 다니구 하다가 역시 술루 패가를 하구 어디 시골루 간 모양이에요.

아마 연지[14]두 없는가 보던데요."

"허군두 술 먹나?"

"좀 먹는 모양이에요."

"응, 그럼 그렇게 전화 걸게——안빈이라면 지배인이 알는지 모르겠네."

안빈과 영옥이가 수송동 병원에 왔을 때에는 벌써 인원도 와서 허영이며 순옥이며 모두 함께 현관에 나와 맞았다. 순옥은 여전히 간호사복을 입고 있었다.

"선생님, 지금에야 와 뵈어서 죄송합니다. 용서하십시오."

하고 허영이가 얼굴 가득 웃음이 되어서 안빈이가 신을 벗고 올라서기도 전에 허리를 세 번이나 굽혔다.

안빈도 웃으면서, 그러나 말은 없이 허영의 손을 잡아 흔들었다.

여전히 순옥이가 안빈의 모자와 외투를 받아 들었다.

"저 응접실로 들어가시지."

하고 안빈은 허영과 영옥을 보았다.

"네, 여태껏 응접실에 있었습니다. 저는 도무지 선생님께 뵈일 낯이 없습니다."

하는 허영을 영옥이가 팔을 끌고 응접실로 들어가버린다. 허영의 말에 안빈은 한 번 고개를 끄덕할 뿐이요, 대답은 없었다.

안빈은 여러 해 습관으로, 거의 자동적으로 발에 끌려서 진찰실로 들어가 제자리에 앉는다.

"아무 일 없나?"

하고 안빈은 앞에 선 어간호사를 바라본다.

"네, 칠호실 환자가 열이 좀 올랐습니다."

"응, 또 삼호실?"

"네, 삼호실은 밤에 잘 잤어요."

"또 사호실 환자 울지 않나?"

"아침엔 웃던데요. 밤에두 안 울었대요."

"응."

하고 안빈은 순옥을 돌아보면서

"순옥이 옷 갈아입지. 사 년 동안이나 수고했네. 인원, 그거 됐소?"

"네, 가지구 왔어요."

"열한 시 반에는 우리 다 어디루 갈 테니까 순옥이 어서 옷을 갈아입어. 화장두 좀 하구. 기쁜 날은 기쁨을 돕도록 하는 게 좋은 일이야. 그리구 어간호사, 내가 얼른 회진을 하지."

이 말에 어간호사는 안빈에게 예방의를 입히고, 청진기를 한 손에 들고 설압자며 회중전등이며 알코올 병이며 이런 것을 담은 사기 이반[115]을 딴 손에 들고 대령한다.

"순옥이, 이리 나와."

하고 인원이가 순옥이를 끌고 먼저 나간다.

순옥은 마치 정신 잃은 사람 모양으로 안빈의 앞에 멀거니 서 있다가 인원에게 끌려서 나간다.

"순옥이, 방에 들어가 있어."

하고 인원은 응접실로 뛰어가서 불룩한 보퉁이를 들고 온다.

순옥은 방에 들어와서는 새끼손가락 하나를 입에 물고 잘근잘

근 씹으면서 정신없이 멀거니 창밖을 바라보고 서 있었다.

"자 수모 대령했습니다. 아가씨, 작은아씨."

하여도 순옥이가 꼼짝 아니하는 것을 보고 인원은 보퉁이를 방바닥에 털썩 놓고 순옥의 어깨를 잡아 흔든다.

"이거 왜 이러구 섰어? 그게 기쁨에서 오는 황홀이란 거야? 자 이걸 좀 보아요."

그제야 순옥이가 고개를 돌려서,

"그건 다 무에요?"

하고 방바닥에 놓인 보퉁이를 본다.

"무엔가 끌러보아."

순옥은 싫은 것을 억지로 하는 것 모양으로 보자기 매듭을 끄른다. 그것은 옷이었다. 모두 옥색 계통 빛에 난초 무늬 있는 하부다에로 지은 치마와 저고리와 속옷이며 그러고는 안팎 자주 모본단 두루마기와 역시 옥색 가까운 빛 양말과 흰 가죽 장갑과.

"또 이건? 구두?"

"그것두 열어보아."

"이건 언니가 사 왔수?"

순옥은 구두 상자는 열어보지도 아니하고 인원을 돌아본다.

"사긴 내가 샀어. 밤 도와 짓구—내가 순옥이 수모란 말야."

"사긴 언니가 사?"

"응, 선생님이 순옥이한테 선물루 주시는 거야. 이거 입구 어머니 가서 뵈이라구."

"어머니?"

432

"그럼 어머니한테 안 갈 테야?"

"응."

순옥은 고개를 끄덕끄덕한다.

"어서 가서 세수하구 단장하구 그래요. 그리구 이 옷을 갈아입구. 흥, 어쩌다가 약혼식 예복이 되구 말았어."

"정말 선생님이 이 옷을 날 주라구 그러셔?"

"그럼, 왜?"

"아니, 글쎄."

"그럼, 사 년 동안이나 실컷 부려먹구 옷 한 벌두 안 해주어? 치."

하고 인원은 입을 삐쭉한다.

순옥은 이 옷 속에 안빈의 한량없는 사랑이 박혀 있는 것 같아서 만일 곁에 아무도 없다면 그 옷을 안고 울고 싶었다. 민감한 인원은 순옥의 눈과 옷을 번갈아 보았다.

"자, 어서 세수하구 와서 갈아입어. 좀 맞나 보게. 무얼 그리 들여다보구 있어?"

"세수는 금방 한 세수를 또 무얼 하우?"

순옥은 그제서야 앞에 놓인 옷에서 눈을 뗀다.

"그럼 분이라두 좀 처덕처덕 바르구우."

"분이 어디 있어?"

"분 없어?"

"병원에 온 뒤루 언제 분 발라보았나?"

"그럼 크림이라두 찍어 발러."

"왜, 내 얼굴이 숭업수?"

"숭업긴. 더 이쁘게 하란 말이지."

"머린 괜찮지?"

하고 순옥은 머리를 만지다가 하얀 간호모에 손이 가자 깜짝 놀라는 모양으로 손을 치운다.

"그놈의 거 벗어버려, 그 궁상."

"궁상은 무어요?"

"그 고깔 말야."

"참말 고깔을 쓰게 되었으면 좋겠소."

하고 간호모를 벗어서 손에 들고 본다.

"머리 괜찮으니 크림이나 좀 발라요. 그리구 이 궁상두 벗어버리구."

하고 인원은 일어나서 순옥의 등뒤로 돌아가서 간호복 끈을 끄르고 이 소매 저 소매 어린애 옷 벗기듯 벗겨서는 방 한구석에 동댕이를 친다. 그러고는 순옥의 두 겨드랑 밑에 손을 넣어서 번쩍 일으켜 세우며.

"넨장, 그 색시 말두 퍽두 일리네.[116] 자 어서 벗구 입어."

순옥은 옷을 갈아입는다. 옷을 입고 옷고름을 매는 동안에 여자의 옷에 대한 본능이 일어나서 순옥은 몸을 이리 기웃 저리 기웃 치마폭도 굽어보고 이 팔을 들어서 펴 보고 굽혀 보고 저 팔을 들어서 펴 보고 굽혀 보고, 소매 길이와 끝동 모양도 본다. 그리고 저고리 고름을 다 매어 매듭을 손바닥으로 한 번 눌러놓고 그러고는 인원의 손에서 두루마기를 받아 입고 고름 매듭을 한 손으로 짚은 대로 이리 기웃 저리 기웃 옷 모양을 본다.

"꼭 맞어, 언니."

"그럼 안 맞어?"

"그리기루 견양"두 안 내구 어떻게 이렇게 맞수?"

"내 눈 견양이 틀리는 법 있어?"

"바느질은 누가 했수?"

"내가 했지, 누가 해?"

"마르기는?"

"마르기두 내가 말랐지."

"언니가?"

"왜 난 못 할 것 같어?"

"언니가 언제 바느질 배웠수?"

"그까짓 걸 누가 다 배워서 해? 왜 순옥인 할 줄 몰라?"

"난 참, 몰라."

"저를 어째! 흥, 시어머니한테 구박받겠군."

"음식두 양식밖에 할 줄 아우, 내가?"

"흥, 그 알량한 양식."

"그래두 양식은 남만치 할 것 같어."

"국은."

"국이야 끓이지."

"흥, 조선 음식에는 국이 제일 어려운 거라나."

"국이?"

"그럼."

"찌개는?"

"그것두 어렵지마는 찌개는 보통 음식이지, 해두 국은 정식이거든."

"언니는 김치 깍두기두 담글 줄 아우?"

"흥, 나두 해보진 못했어. 자 구두두 신어보아요."

하고 인원은 구두 상자를 열고 칠피[118] 구두를 내어서 순옥의 발 앞에 놓고,

"자, 앉아서 양말부텀 신어. 그 거지 같은 흰 양말 벗어버리구. 발은 씻었어?"

"아이, 언니두."

"그럼 어여 신어."

순옥이가 흰 무명 양말을 벗는다. 그것은 군데군데 꿰맨 것이었다. 그리고 은빛에 연옥색을 섞은 빛깔 나는 비단 양말을 신는다.

"대님은 없어?"

"없어. 이렇게 이렇게 꼭 끼면 되지 머."

"안 돼, 요것아. 코튼이나 붙어 있지, 그래 실크가 무르팍에 붙어 있어? 주르르 흘러내리지."

"그럼 붕대루 졸라매지."

순옥은 방구석에 있는 붕대 오라기[119]로 대님을 치려고 하는 것을 인원이가 그 붕대 오라기를 빼앗으면서,

"인내. 내 대님 주께. 그렇게도 모양을 잘 내이던 작자가 왜 이 꼴이 되었어?"

하고 제 자줏빛 나는 대님을 끌러서 순옥의 다리에다가 끼워준다.

"자, 인제 구두 신어보아. 자 여기 주걱 있어."

순옥은 구두를 신고 일어나서 서성서성해본다.

"맞어?"

"응."

"발 안 아퍼?"

"아니, 꼭 맞어."

"됐어, 인제. 인제 정말 여왕이신데. 헝, 허영씨가 웬 복이야. 조런 것을 옭아 가게. 자, 인젠 향수나 좀 뿌려."

"향수가 어디 있수?"

"향수두 없어? 그럼 아우라몬이나 좀 피우라구. 오늘은 안피노 톡신 넘버 쓰리 냄새는 아니 피우는 거야. 알았어?"

순옥은 씩 웃고 고개를 끄덕끄덕한다.

"눈썹에두 입술에두 아무것두 안 바르나?"

"언닌 바르우?"

"난 학교 교사니깐 안 바르지, 또 늙은이구."

"흥, 인젠 또 늙은이요?"

"언젠 무엇인데?"

"전엔 말괄량이지."

"하하, 인젠 늙은 말괄량이지."

"하긴——어서 늙었으면 좋겠어."

하고 순옥은 앉아서 구두를 벗는다.

"왜?"

"젊은 게 무어이 좋수? 젊으니깐 연애니 약혼이니 하구——남의 입에 오르내리지. 늙으면 누가 무어라겠수?"

"흥, 하긴 그래. 순옥이가 육십만 되었으면──."

"육십은 무슨 육십. 앞으루 한 오 년만 지나두 사내들이 거들떠보기나 하겠수? 아직 젊은 살 냄새가 물큰물큰 나니깐 모두들 못 먹어서들 야단이지."

"흥."

"그렇지 않구. 허영이두 내 젊은 살 냄새에 취해서 죽네 사네 하구 야단이지 뭐, 내 속을 보구 그러우? 인제 내가 아이나 두어 개 낳구 눈추리[120]에 가는 주름이나 잡혀보구려, 벌써 시들해질걸. 그걸 누가 모르나, 다 알지. 아이를 둘을 낳는 건 무에야? 기껏 일 년만 지내문 시들해져서 또 딴 젊은 여자 생각을 할걸. 누군 안 그러우? 사내들 다 그렇지 뭐. 우리 동무들 보구려, 시집가서 내외 정말 사랑으루 사는 사람 어디 있수? 다들 남편 불평이지."

"쩻, 그렇긴 하지. 그야 사내들 잘못 만난 것두 아니겠지."

"여자두 그렇지. 여자두 그렇지마는 여자야 한번 시집가면 일생 마치는 것 아니오? 더구나 자식이나 낳으면 재출발이란 건 없지 않수? 안방 구석에서 속이나 폭폭 썩이다가 죽지. 그래두 사내들이야 그런가? 자유가 많지 않수? 딴 여자를 사랑해두 그리 숭두 아니구. 그렇지만 여자야 그래?"

"그러니 사람의 속을 보구 사랑하는 남편을, 대한 천지에 어디서 구해?"

"흥, 속은 없이 사는 백성들이니깐."

"그래두 허영씨야 순옥이 살만을 사랑하는 거야 아니겠지. 그래두 시인이니깐. 또 십 년이나 두구 순옥이 하나만을 사랑해왔 구."

"십 년이나 두구 나 하나만을 사랑해?"

"그럼, 누구 또 있어?"

"있는지 없는지 알진 못하지마는, 그래 요새 사내들이 나이가 삼십이 넘두룩 마음까지 동정을 지키구 있을 것 같수? 여러 계집 애한테 걸다가는 퇴맞구 또 걸다가는 퇴맞구 그랬지. 퇴 아니 맞 은 적두 있는지 모르지. 혼인까진 못 했어두. 난 허가 동정일 줄 은 애시에 믿지두 않수."

"아이, 멜랑콜리가 생기네."

"흥, 알구 보문 멜랑콜리만 생겨?"

"내가 내 속을 들여다보아두 더러운 욕심투성이니, 흥, 남의 탓 을 어떻게 해?"

하고 인원은 긴 한숨을 쉰다.

"그래, 내가 허영 같은 사람에게나 합당하길래 허영이한테 시 집가게 되지."

하고 순옥은 입술이 마른 듯이 위아랫입술을 번갈아 빨아들이다가,

"그게 다 내가 주제넘어서 하는 생각이지, 건방져서 하는 생각 이구."

하고 자탄하는 듯이 고개를 끄덕끄덕한다.

"무엇이? 무엇이 순옥이가 건방진 거야?"

"아아니, 내가 허영씨보다 나은 사람이거니 하는 생각이 말야. 나는 그보다도 더 높은 사람의 짝이 되어야 할 사람이어니 하는

생각이 말야. 그렇지 않수? 하지만 헌 남편두 내게는 분에 과하다
——이렇게 생각해야 옳지, 언니? 그리구 허씨가 날 그렇게 사랑
해주구, 또 아내루까지 삼아준다니 고맙구 황송하다——이렇게 생
각하는 것이 내 도리에 옳지, 언니? 비록 이생에서는 허씨에게 내
가 신세를 진 일이 없어두 전생에라두 필시 은혜를 많이 받은 이
어니——이렇게 생각하는 것이 선생님 뜻에 맞을 것 같어——그럼
그렇게 생각하는 게 옳지. 내가 죄지, 죄구말구. 내가 허씨하구
혼인할 바에야, 내 몸과 마음을 다해서 그이를 사랑하구 돕구 기
쁘게 해드리는 것이 옳지. 그렇지, 언니? 내가 이렇게 찌뿌드드하
게 생각하구 있는 것이 잘못이지, 언니? 잘못이구 말구. 오늘 내
가 기뻐해야지. 허씨가 섭섭하지 않게 해야지. 그러는 게 옳지,
언니? 그게 또 선생님 뜻을 받는 것일 거구. 그렇지 않우? 내가
정말 선생님을 사랑하구, 선생님을——내 생명으루——내 빛으루
안다면——그 어른 뜻을 잘 받들어서 실행하는 게 내가 마땅히 할
일이지. 그렇지, 언니? O, What I Ought Do? Well——그렇게 하
는 게 옳지, 언니? 선생님이——이 옷을 주신 것이——일생을 진리
속에서 살아라——너를 완전히 죽이고 진리 속에서 살아라, 그런
뜻이지, 언니?"

이렇게 띄엄띄엄 혼잣말처럼 중얼거리고 있는 순옥의 숨소리는
점점 높고 가쁘다. 인원은 순옥의 말의 한 마디, 얼굴과 눈의 한
움직임도 놓치지 아니하려는 듯이 말끄러미 순옥을 보고 있을 뿐
이요 대답이 없었다. 순옥의 숨이 차지는 대로 인원의 숨도 차졌
다. 순옥의 가슴이 자주 들먹거리는 대로 인원의 가슴도 들먹거

렸다. 순옥이가 말을 끊고 인원을 쳐다볼 때에야 비로소 인원도 몸을 펴고 숨을 크게 내쉬었다.

"순옥이, 지금 순옥이가 한 말이 모두 순옥의 말이 아니라 성신이 시키신 말씀야."

하는 인원의 눈에는 눈물이 번쩍하였다.

"그렇수, 언니? 내 말이 옳수? 내가 바루 생각했수?"

"그럼."

하고 인원은 무엇이라고 대답해야 옳을까를 생각하다가,

"옳구 옳지 않구가 문제가 아니야."

"그럼?"

"순옥의 생각은 신의 생각야."

"고맙수, 언니가 옳다면 옳은 거야. 내 오늘 기쁘게 하께요. 이따가 허씨가 약혼반지를 내 손에 끼워줄 때에두 내 기뻐하께."

하고 순옥은 잠깐 말을 쉬었다가,

"언니, 이따가 만일 내가 시무룩해지거나 그런 일이 있거든 언니가 날 일깨워주어요, 응. 자, 언니 우리 저 방으루 가, 응접실루."

하고 벌떡 일어나서 옷을 바로잡고 머리를 만지면서,

"언니, 내 얼굴이랑 머리랑 괜찮지?"

하고 차렷을 해 보인다.

"괜찮어."

하고 인원은 아무리 해도 쾌활을 회복할 수가 없었다. 가슴이 무거웠다.

"옷은?"

하고 순옥은 모로 서고 뒤로 서고 몸을 틀어 보고 하면서 인원에
게 보인다.

"맞어, 좋아."

"이거 좀 치우구."

하고 순옥은 벗어놓은 옷들을 주섬주섬 거두어서 트렁크 위에 개
켜놓고 마지막으로 간호복을 들고 이것을 걸어둘까, 하고 망설이
다가 정신없이 그것을 손에서 떨어뜨린다.

인원은 고개를 돌렸다.

그래도 그날 약혼식은 무사히 끝났다. 허영이가 순옥의 교의 앞
에 한 무릎을 꿇고 순옥의 왼편 손 무명지에 약혼반지를 끼워줄
때에 순옥은 낯을 붉히고 웃기까지 하였다.

허영은 너무도 기뻐서 허둥지둥하였다. 곁의 사람이 면괴하리
만큼 순옥이만을 바라보고 있었다. 또 안빈에게 대하여서는,

"제 죄가 한량없습니다. 선생님 용서하셔요."

하는 말을 하도 여러 번 하여서 나중에는 영옥에게 옆구리를 찌
름을 받기까지 하였다.

안빈도 웃고 유쾌하게 식탁에서 이야기 제목을 제공하고 있었다.

'아, 무사히 난관을 지냈다.'

하는, 어깨가 가벼워지는 듯한 생각까지도 났다. 그리고 안빈이나
영옥이나 모두 허영, 석순옥 두 사람의 행복된 장래를 진심으로
빌었고 그들이 행복되기 위하여서는 어떠한 힘드는 일이라도 도
와주리라, 하고 각각 속으로 결심하였다. 그러나 옆의 사람들의
애씀이 어떤 사람의 운명의 방향을 고칠 수가 있을까.

첫날밤

자정이 넘어서 여편네 손님들도 다 갔다. 여편네 손님들이라야 어머니 한씨의 친구들과 그 친구들의 딸이며 며느리들이었다. 술들을 먹고 순옥에게는 아무 흥미 없는 이야기들을 하고 웃고 떠들었다.

한씨는 그래도 며느리 순옥의 폐백을 받기는 받았다. 순옥이가 절을 하고 잠깐 고개를 들 때에 한씨의 노려보는 눈살이 칼날과 같이 날카로움을 보고 순옥은 소름이 끼쳤으나 모든 최악의 경우를 다 예상한 순옥이라 놀라지도 아니하였다. 다만 인생 모험의 첫 굽이어니 할 따름이었다.

순옥이가 제 방이요, 신방인 건넌방에 온 것은 새로 한 시가 거진 되어서였다.

"인제 가서 자려무나. 네 남편은 아직 안 왔느냐?"
하고 시어머니 한씨의 명령을 듣고 순옥은 소리 아니 나게 문을 닫고 방으로 건너온 것이다.

방에는 자리가 깔려 있었다. 병풍을 문 쪽으로 치고 남 모본단 이불의 다홍 깃이 사십 와트 전등빛에 핏빛같이 빛났다. 긴 베개, 요강, 자리끼, 그리고 순옥이 자신의 몸에 걸린 노랑 저고리, 자주 고름, 자주 끝동, 다홍치마, 쪽 찐 머리. 순옥은 잠깐 제 모양을 체경에 비추어 보고 무서운 듯이 옆으로 비켜섰다.

'나는 시집을 왔구나.'

이렇게 생각하면서 이불 위에 펄썩 주저앉았다. 이층장, 삼층 장, 의걸이장 들의 자개와 장식 들이 어른어른한다.

어머니, 오빠, 동생들, 안선생, 인원의 얼굴 들이 떠 나왔다 스러졌다 한다.

허영은 아직도 아니 들어온다. 신문사 축들에게 끌려서 명월관으로 갔다는 말을 들었다.

대청에 걸린 낡은 시계가 한 시를 뗑 친다. 그 소리를 듣고 나니 인원이가 혼인 선물로 사준 대리석 책상 시계가 책상 위에서 재각재각 하는 소리가 들린다.

종묘 수풀에 바람이 지나가는 소리가 우수수하고, 반자[121] 위에서는 쥐가 바스락대는 소리가 신경을 자극한다.

순옥은 주발 뚜껑을 열고 물을 한 모금 마신다. 입이 쓰고 침이 걸다. 몸이 먼 길이나 걸은 것처럼 녹신하였다. 그러면서 신경은 마치 밤송이 모양으로 가시가 돋친 것 같았다.

순옥은 여러 가지로 앉을 자리와 앉은 자세를 고쳐보았다.

'남편이 돌아오기 전에는 아내는 앉아서 기다리는 법이라지.'

444

하고 순옥은 남의 일처럼 속으로 중얼거려보았다.

'남편!'

그 말이 어려서는 무척 정답고 아름다운 말로 들렸었다. 그러나 지금은? 순옥은 '남편'이라는 말에서 아무 감흥도 찾지 못하였다.

고양이들이 아웅거리고 어디로 지나간다.

또 바람 소리가 우수수.

자동차의 사이렌이 무섭게 날카롭게 들린다.

안방에서 시어머니의 기침 소리와 가래 돋우는 소리가 들린다.

"아이 곤해."

순옥은 안빈의 병원 간호사실이 그리웠다. 그러고는 삼청동 집이 그리웠다. 협이랑 윤이랑 정이랑 가지런히 누워서 자는 양이 그리웠다.

순옥은 제가 아들과 딸 들을 낳아서 기르는 것을 생각해본다.

허영은 아직도 아니 돌아온다.

순옥은 한 번 하품을 한다.

드러눕고 싶다는 충동을 느끼면서 순옥은 베개를 본다. 엄청나게 높고 긴 베개다. 순옥은 무서운 듯이 그 베개를 이불로 덮어버린다. 그러할 때에 순옥의 손에서 금강석이 전등빛을 반사하여 눈이 부실 만한 강한 광채를 발한다. 순옥은 손을 눈앞에 가까이 들고 반지를 들여다본다. 그 백금 반지 곁에 넓적한 황금 반지가 누런빛을 발하고 있었다.

'석순옥. 이제 허영에게로 시집가니, 남편이 병들거나 병신이 되거나 배반하지 아니하고──.'

하던 서약이 생각난다. C예배당, P목사, B교장, 모교 동창들. 순
옥의 손가락에 혼인반지를 끼우느라고 허둥거리던 허영의 손.

"두 시 오 분 전이야."

하고 순옥의 눈이 책상 시계에 갔을 때에,

"문 열어라."

하고 호기 있는, 그러나 어음이 분명치 아니한 허영의 소리가 들
린다.

"네에."

하는 어멈의 대답이 들리고 행랑방 문 여는 소리가 난다.

"안—돼—안—돼. 들어갔다가—가."

하고 허영이가 혀 꼬부라진 소리로 누구를 붙드는 소리가 들린다.

대문이 열리는 소리.

"여보게—이 사람. 달—아—나—는—법이—어디—있
—느—냐—말야."

하고 허영이가 비틀거리고 들어오는 발자국 소리가 들린다.

"어머니, 주무시우?"

하고 구두를 신은 채로 마루로 쿵쿵거리는 소리.

안방에서는 대답이 없을 것이 물론이다.

"어—이게 무어야? 어 두—시를 친다아."

하고 쿵하고 주저앉아서 구두를 끄르는 모양이다.

순옥은 첫날밤 새아씨가 이러한 경우에 어떻게 하는 것인지를
배우지 못하였다. 일어나 나가서 술 취한 남편을 붙들어주는 것
인지, 요만하고 방 안에 앉았는 것인지를. 순옥은 가만히 앉아서

446

입맛을 다시고 한숨을 쉬었다.

  드르륵 건넌방 창을 잡아 젖히고 나타나는 것은——가른 머리는
이마로 산산이 흘러내리고, 얼굴은 해쓱하고, 눈은 거슴츠레하
고, 코는 찌그러지고(순옥에게는 그렇게 보였다), 헤벌린 입에서는
침이 지르르 흐르고, 고개는 껍질만 붙은 듯이 건들먹거리고, 칼
라와 넥타이는 젖혀지고 찌그러지고, 두 팔은 중풍 한 모양으로
축 늘어지고, 그리고 오장이 뒤집힐 듯한 술 냄새를 푸푸 뿜고,
게다가 싱글싱글 얼빠진 웃음을 띠고.

  순옥은 이, 도무지 처음 보는 광경에 전신이 화석이 되는 것 같
았다.

  허영은 그래도 문을 닫을 정신은 남아서 덧문까지 끙끙대면서
닫아걸고, 획 돌아서서 외투와 모닝코트를 벗어 윗목에 동댕이를
치고,

  "아, 순——옥——씨."

하고 순옥에게 달려들어 순옥의 목을 껴안고 순옥의 입에다가 술
냄새 나는 입을 비빈다.

  '첫 키스!'

  이것은 남편 된 허영이 십 년 적공으로 싸워 얻은 정당한 권리
다. 순옥은 뿌리칠 수도 없었다.

  순옥이가 숨이 막히도록, 또 오장이 다 뒤집히도록 허영은 그
술 냄새를 순옥의 입과 코에 불어 넣은 뒤에야 고개를 들어 팔에
안긴 순옥의 실심한 듯한 얼굴을 들여다보면서,

  "순옥씨——당——신——이 이를테——면 순옥씨——란 말——요?

내—사랑하—는 아—내 석—순—옥—씨란—말이냐—
말이야? 하하."
하고는 또 한 번 입을 맞추고, 그러고는 또,

"순옥씨라니—인제—는 순옥—이지, 내 아내—니까—마
—누라—니까. 여보 마—누라, 허허."
하고는 고개를 번쩍 들면서,

"아 참, 여보게에에, 이—사—람. 허, 이 사람 갔나? 여보
게."

"누굴 부르세요?"

이것이 순옥의 첫말이다.

"아, 허어어, 아, 이 사람."

"누구 말씀야요?"

"하하하하, 우리 처남—우리 처남 우리 처남 말야. 허어엇, 어
엇, 우우움. 이 사람이 갔군."

"인제 옷 벗으시구 주무세요."

순옥은,

'간호사가 환자 간호하듯 하지.'
하고 인원에게 말한 것을 생각한다.

"여보."

"……"

"마누라."

"네에?"

"우리가 혼인했소?"

"했죠."

"응, 그렇지. 흥, 여보."

"네?"

"나, 물."

순옥은 물그릇을 들어서 허영의 입에 대어주었다. 허영은 물그릇에는 손도 대려 아니 하고, 벌컥벌컥 아까 순옥이가 한 모금 마시고 남긴 물 한 그릇을 다 마셔버렸다.

그렇게 물을 먹고 나서는 주먹으로 입을 씻고 그러고는 옷이며 양말이며 모두 아무렇게나 벗어 동댕이를 치고 자리에 들었다.

순옥이가 남편의 옷을 걸 것은 걸고 개킬 것은 개키고 앉았을 때에, 허영은 무어라고 혀 꼬부라진 소리로 중얼거리며 난잡한 (순옥은 허영의 이때의 언행을 이렇게 생각하였다) 눈찌로 순옥을 바라보며 손을 흔들고 다리를 버둥거려서 이불을 차 젖히고,

"여보——여——보오."

하고 순옥이더러 자리에 들기를 재촉하다가, 미처 고개도 쳐들 사이도 없이, "웩, 웩" 하고 도르기[122]를 시작한다.

순옥은 양말 개키던 것을 놓고 얼른 요강을 허영의 입에 들이대었으나 벌써 베개와 요와 이불 한편 깃에는 누렇고 고약한 냄새가 나는 것이 산란히 쏟아져버리고 말았다.

"이를 어째!"

하고 순옥은 요강을 탁 놓고 낯살[123]을 찌푸렸으나, 다음 순간에 순옥은 간호사의 평정한 직업 심리를 회복할 수가 있었다.

순옥은 얼른 일어나서 물그릇을 들고 밖으로 나갔다. 물을 떠다

가 남편에게 양치질 물을 주려는 것이나 달도 없는 삼월 초생 밤은 지척을 분별할 수가 없이 어두웠고 게다가 물이 어디 있는지 알 수가 없었다.

순옥은 아까 낮에 건넌방 동쪽, 종묘 담 밑으로 우물이 있던 것을 기억하고 더듬더듬 그것을 찾아서 소리 아니 나도록 조심조심하면서 두레박질을 하여서 물을 떴다. 물과 바람이 모두 순옥의 곤한 몸을 오싹하게 하였다.

물을 떠다가 남편을 양치질을 시키고 다른 자리를 벌여서 깔고 남편을 그리로 옮겨 눕히고, 그러고는 토한 것 묻은 베갯잇과 욧잇을 소리 아니 나게 뜯어서 우물로 안고 가서 소리 아니 나게 지르잡아 가지고 들어왔다.

그동안에 허영은 벌써 쿨쿨 잠이 들었다. 고개를 젖히고 입을 벌리고 코를 골고 곯아떨어진 것이었다——그처럼 탐나던 순옥이가 곁에 있는 것도 잊어버린 듯이.

순옥은 방 안의 냄새를 뽑느라고 문을 방싯 열어 잡고 섰다가 잠든 사람에게 바람이 너무 찰 것 같아서 닫아버렸다. 또 설사 아무리 문을 열어놓아서 냄새를 내보낸다 하더라도, 허영의 코와 입에서 끊임없이 악취가 내뿜는 동안은 어찌할 수 없을 것이라고 순옥은 생각하였다.

순옥은 물에 젖어서 시린 손을 제 무릎 밑에 집어넣고 장에다가 등을 기대고 우두커니 앉아 있었다.

코를 찌르는 냄새!

귀 시끄럽게 하는 코 고는 소리!

450

그리고 모양 없이 퍼더버리고 자는 술 취한 사내의 모양!

순옥은 마치 막차를 놓치고 정거장 대합실에 혼자 남은 사람 모양으로 언제까지나 우두커니 앉아 있었다. 몸과 신경이 모두 곤하여서 아무 생각도 감정도 움직이지 아니하였다. 다만 전신이 눈알까지도 쑥쑥 쑤시는 것을 느낄 뿐이었다.

네 시를 치는 소리가 들렸다. 고요한 때라, 시계를 치는 소리가 마치 절에서 나는 종소리만큼이나 요란하였다.

"아이 추워!"

순옥은 몸이 오싹오싹함을 느꼈다. 허영이가 토해서 밀어놓았던 요를 윗목에 깔고 이불 한끝을 덮고 베개도 없이 팔베개를 베고 드러누워보았다. 한 번 크게 하품이 나고는 눈이 저절로 사르르 감겼다. 여러 날 동안 잠을 잘 못 자고 정신을 피곤케 한 끝이라 순옥은 언제인지 모르게 잠이 들어버리고 말았다.

얼마나 잤는지 모르거니와, 무엇이 몸을 건드리는 감각에 소스라쳐 놀라서 눈을 떴을 때에는 허영이가 한 팔을 순옥의 목 밑에 넣고 순옥의 얼굴을 물끄러미 들여다보고 있었다.

'남편이다. 허영이가 인제는 남편이다.'

하고 순옥은 놀랐던 마음을 가라앉히고 긴장하였던 근육을 탁 풀어버렸다.

허영의 입에서는 여전히 술 냄새가 나고 눈도 여전히 거슴츠레하였으나 그래도 아까보다는 정신이 든 모양이었다.

"그날 호텔에서는 선생님이 주시는 포도주두 안 자시노라더니, 영영 약주를 안 자시기루 결심하셨노라더니 웬일이셔요?"

하고 순옥은 아내로서의 첫 항의를 하여보았다.

"자꾸 친구들이 먹으라구 권해서. 내 다시는 술 안 먹으리다—
한 방울두 입에 아니 대리다."

하고 허영은 머리카락이 이마에 흘러내린 머리를 흔들어가며 맹
세를 한다.

"이불에랑 요에랑 베개에랑 모두 토한 거 아시우?"

"내가 토했소?"

"흥, 토했소가 무엇이야요."

하고 순옥은 한숨을 쉰다.

"쩟쩟, 내가 잘못했소. 순옥이, 내가 다시는 안 그러리다. 다시
는 술이라구는 한 방울두 입에 대지 아니하리다. 용서해요, 순옥
이. 그 사람들이 붙들구 놓아주어야지, 응 쩟쩟."

아직도 허영의 입은 얼어 있었다.

"추우시겠어요. 당신 자리에 가서 주무셔요."

"당신도 저 자리루 갑시다. 이게 무어야? 첫날밤에 딴 자리를
펴구."

"요랑 이불이랑 다 더러워서 다른 이부자리를 내려서 깔아드렸
지요. 이건 욧잇두 없는 것 아니야요?"

"그래, 내가 많이 돌랐소?"

순옥은 눈을 감고 못 들은 체를 한다.

"쩟쩟, 그래 그것은 누가 치웠소, 내가 도른 것은?"

순옥은 대답이 없이 한숨만 또 한 번 쉰다.

"당신이 치우셨구려? 쩟쩟."

그래도 순옥은 대답 없이 눈을 감고 자는 모양을 한다.

"어멈을 부를 게지. 옳지, 응, 저기 모두 빨아 널었구먼. 쩟쩟, 응, 응응, 여보, 여보, 여보."

"내가 곤해서 죽겠으니, 가만히 자게 내버려두어 주셔요."

하고 순옥은 장 있는 쪽으로 돌아눕는다.

"여보, 여보, 여보, 순옥이, 순옥이, 쩟."

허영은 물그릇을 찾아서 물을 벌컥벌컥 마시고는 또 순옥이 곁으로 와서,

"여보, 여보, 여보."

하고 부르다가, 쩟, 쩟을 수없이 하다가 마침내 결심한 듯이 순옥을 번쩍 안아다가 자리에 눕힌다. 순옥은 죽은 듯이 가만히 있었다.

이 모양으로 순옥의 혼인 생활이 시작되었다.

허영은 극진히 순옥을 사랑하였다. 신문사 시간이 파하기가 바쁘게 집으로 돌아왔다. 그러고는 밤에도 나가지 아니하고 귀찮으리만큼 순옥을 애무하였다. 그렇다, 그것은 애무였다. 잠시도 순옥의 곁을 떠나기를 싫어하였다. 한방에 있어서도 순옥을 그냥 두지는 아니하였다. 껴안거나 손을 잡거나, 심하면 무릎 위에 올려 앉히기까지 하였다. 이런 일에 대하여서 순옥은 전혀 무저항이었다. 때로 동물적 본능의 쾌감을 느끼지 아니함이 아니나 순옥의 생각에는 허영의 사랑하는 방법이 너무 야비한 듯하여서 마음에 불만하였다.

허영은 순옥 자기를 살덩어리로만 사랑하는 것 같았다. 더구나

허영이가 성적으로 심히 절제가 없음을 볼 때에 그러하였다. 그
래서 한번은,

"여보시우, 너무 난잡하지 않으시우?"

하고 단도직입으로 항의를 한 일조차 있었다. 그때에 허영은,

"이것이 불타는 듯한 내 사랑이오."

하고 한술 더 떴다.

허영은 순옥을 찬미하는 수없는 시를 지었다. 그것을 지어서는
순옥이더러 읽어보라고 하고, 속으로만 읽는 것이 아니라 소리를
내어서 읽어 들려달라고 하였다. 그 시에도 "오 나의 여왕이여!"
하는 구절이 많았다. 보드라운 살의 촉감이라는 둥, 달고 뜨거운
입술이라는 둥, 수없는 포옹이라는 둥, 내 품에 안긴 이라는 둥,
이러한 구절 천지였다. 순옥은 그 시들의 말이 아름답게 된 것을
감탄하지 아니할 수 없었으나 그것이 너무 감각적인 것이 불만이
었다. 그래서 한번은 허영의 시 한 편을 읽고 나서,

"좋은데요, 너무 감각적이야요."

하고 솔직하게 항의를 하였다.

"이게 감각적이 아니요, 영적인 것을 감각화한 것이야. 영의 감
각화——이것이 시인의 직책이어든."

허영은 이렇게 순옥의 비평에 대하여 반박하였다.

그러나 순옥은 허영의 시에서 유행 가요에서 받는 이상의 감흥
을 받기가 어려웠다. 그러나 차마 그렇다고는 말하지 못하고 듣
기 좋게,

"감각파라는 것도 있으니깐 감각적이라구 해서 시가 나쁜 것은

아니겠죠. 다만 내 성질이 감각적인 것보다는 정신적인 것을 요구해서 그런 게죠."

이렇게 말하였다.

순옥의 이 말은 허영의 자존심을 상하는 동시에 안빈에게 대한 일종의 질투를 느꼈다. 다혈질인 허영은 마음속에 솟아오르는 감정을 삭이기가 어려웠다. 그래서,

"당신은 안빈의 작품에 심취해서 그러는 게요. 그래서 내 예술을 못 알아보는 게요."

하고 낯을 붉혔다.

순옥은 허영이가 '안빈'이라고 '씨' 자 아니 달아서 부르는 것을 보고 놀랐다. 동시에 그러한 허영의 태도에 대하여서 강한 반감이 일어남을 느꼈다. 그러나 순옥은 이러한 경우에 취할 수 있는 가장 현명한 방책을 취하였다──그것은 잠자코 있는 것이다.

허영은 솟아오르는 울분을 다 쏟아놓지 아니하고는 견딜 수 없었다. 아내인 순옥이가 남편의 예술을 폄론하고 다른 사람의 예술을 은근히 칭찬하는 평은, 그 남편에게 대한 참을 수 없는 모욕인 것과 같았다. 그래서,

"안빈의 소설은 모르겠소. 허지마는 시루야 어떻게 허영과 비긴단 말요? 안빈의 시는 시 아니어든. 케케묵은, 시대에 뒤떨어진 거란 말요──내용으로나 형식으로나 더구나 그 사상 인생관으로 말하면 중세기식이란 말요. 그 사람은 시대정신을 이해하지 못하구, 이를테면 시대에 역행하는 사람이어든. 그 문학이란 계몽기 문학이란 말야. 젖비린내 나는 여학생들이나 속이는 문학이란 말

요. 순옥이두 잘못 알구 그러는 거요마는, 다시는 내 앞에서는 그런 소리 마시오."

하고 어성이 떨리고 두 볼을 불룩거리면서 순옥을 책망하였다.

순옥은 여기서도 침묵, 무저항주의를 지켰다.

"내가 예술을 알아요? 당신 시를 비평을 하라시니깐 내가 생각한 대루 말한 것이지."

순옥은 이렇게만 말하고 말았다.

이것이 순옥과 허영이가 혼인한 지 두어 달 지나서 생긴 일이었다. 이를테면 내외간의 첫 번 충돌이었다.

그러나 허영은 이러한 감정을 오래 끌고 가는 사람이 아니다. 그는 그러고 나서는 곧 순옥을 애무하였다. 아첨에 가깝도록 순옥의 비위를 맞추려 들고, 난잡에 가깝도록 순옥의 몸을 희롱하였다.

허영의 정신이 왜 좀더 높지 못한가를 불만하게 생각하면서도, 또 허영이가 자기의 몸에 대한 애무가 너무 지나치는 것을 귀찮게 여기면서도, 그러한 중에서도 한 달, 두 달 지나가는 동안에 순옥은 일종의 행복을 아니 느낄 수가 없었다. 시집살이도 차차 손에 익어지고 집과 세간들에도 점점 정이 들고 허영에게 대하여서도 날이 갈수록 그리운 마음이 생기기를 시작하였다. 허영이가 신문사에서 돌아올 시간이 되면 기다려지고, 대문 소리가 나면 얼른 체경 앞에 몸을 한번 비추어 보고 싶게도 되었다. 허영의 귀찮을 정도의 애무에서도 역시 일종의 행복감을 가지게 되었다. 늦도록 처녀 생활을 하던 순옥의 속에 이성의 촉감에 대한 감수

성도 날로 발달되어가는 것 같았다.

'이렇게 한평생 살아가지. 이만하면 사는 게지.'

순옥은 이러한 생각을 하게까지 되었다. 그러한 반면에 안빈에 게 대한 그리움도 차차 견디기 쉬울 만하게 되었다.

아침에 번쩍 눈을 뜨면, "선생님!" 하고 사모하고, 시계가 여덟 시를 치면 병원 현관에 안빈을 맞아서 모자와 외투를 받아 들 것 을 생각하고 못 견디게 그립던 것도 얼마만큼은 줄었다. 도리어 저녁때에 신문사에서 돌아오는 남편의 모자와 외투를 받아 들이 는 것에서 새로운 반가움을 느꼈다.

'선생님은 선생님, 남편은 남편.'

하고 순옥은 제 마음이 안빈에게서 조금씩 떨어져가는 것을 스스 로 변호하였다.

'이렇게 되지 않구야 살 수가 있나?'

순옥은 이렇게 생각하였다.

유월도 거의 다 가서 상긋한 여름옷을 입어도 몸에 촉촉이 땀이 나는 어느 날, 이날은 허영의 생일이었다. 순옥은 앞치마를 두르 고 시어머니의 지시를 받아서 나물을 무치고 전유어를 부치고 있 었다. 조개껍질이 뜰 앞에 산산이 널려 있었다. 시어머니는 마루 끝에 부침개 화로와 소반을 앞에 놓고 앉았고 순옥은 부엌과 시어 머니 사이로 분주히 오락가락하고 있었다. 날려도 날려도 파리들 이 웅웅거리고 모여들 때마다 순옥은 눈살을 찌푸렸다. 이때에,

"순옥이."

하고 살그머니 마당에 들어서는 것은 인원이었다. 인원은 그 예

민한 눈으로 순옥의 모양을 빠르게 훑어보았다.

"아이, 언니."

하고 순옥은 기름과 물 묻은 두 손을 펴 든 채로 우뚝 서서 인원을 바라본다. 인원은 순옥의 집이 처음이었다.

인원은 마루 끝에 앉았는 육십이 다 못 되었을 순옥의 시어머니를 보고, 순옥이더러 귓속으로 그러나 시어머니 귀에 들릴 만한 소리로,

"어머님이셔?"

하고 묻는다.

"응, 어머님이셔."

인원은 낙수 층계 위에 올라서면서,

"안녕하십시요. 저는 며느님하구 한 학교에 댕기던 동무야요. 박인원입니다."

하였다.

한씨는 가슴을 불쑥 내밀고 고개를 번쩍 들면서,

"네에."

하고는 순옥을 향하여,

"아가, 모처럼 오셨는데 건넌방으로 들어오시라구 그러려무나."

하고 다시 인원을 향하여,

"올라오시오."

하면서 지지지지 하고 소리를 내는 알쌈을 뒤집어놓는다.

"저를 보시구 무얼 허우를 하십니까. 아이들을 보시구. 순옥이와 동문데요."

"어디 그럴 수가 있소? 초면에."

"올라오시우, 언니."

"나 다음날 올 테야."

"왜?"

"오늘 바쁘신 모양인데."

"아이, 잠깐만 올라와요."

하고 순옥이가 앞치마에 손을 씻고 인원을 떼민다.

"어서 올라오우. 섰다가 가는 법이 어디 있소?"

한씨는 인원에게 한 번 웃어 보인다. 그 웃음이 한씨의 대단히
거세어 보이는 얼굴을 얼마쯤 부드럽게 하였다.

"안됐습니다, 바쁘신데. 그럼 잠깐만 앉았다가 가겠습니다."

하고 인원은 찜찜하게 생각하면서도 순옥에게 끌려서 건넌방으로
들어갔다.

"아주 해피 홈이로구먼. 스윗 스윗 홈야."

하고 인원은 방에 들어서는 길로 방 안을 한 번 휘이 둘러보고는
웃으며 순옥의 어깨를 툭 친다.

인원은 허영의 책상 앞에 앉아서 책상머리에 놓인 책들을 한 번
슬쩍 보고, 제가 순옥에게 사준 시계를 한 번 만져보고, 획 순옥
이 편으로 돌아앉으며,

"오늘 무슨 날야?"

하다가 마루에 있는 한씨와 시선이 마주치는 것을 보고 자리를
비켜 앉는다.

"생일야."

"누구? 오, 서방님?"

"아이, 가만가만 말해요."

하고 순옥이가 눈을 끔쩍한다.

"순옥이 새서방님 생신야?"

순옥은 고개를 까딱까딱한다.

"오늘이 유월 이십오일——해마다 이날은 이 집에를 찾아와야 겠군——생일 얻어먹게."

"오늘 저녁에 친구를 몇 청한다나."

"또 고구마 으깰 것 없어?"

"무어?"

"순옥이 왜 으깨는 거 잘하지."

이 말에 순옥은 작년 여름 원산에 있던 일을 생각한다. 그것은 그다지 유쾌한 추억은 아니었다. 순옥은 지금의 자기가 벌써 그 때에 원산에 있던 자기가 아님을 느끼고 자연 시무룩해진다.

"선생님 안녕하셔요?"

순옥은 눈앞에 원산의 광경을 그리면서 한 번 한숨을 쉰다.

"안녕하시지 그럼."

"애들두 잘 있구?"

"잘 있어. 정이가 홍역을 했지."

"홍역을?"

"인제는 나와 놀아."

"언니 애쓰셨겠구려? 잠 못 주무시구."

"어머니 노릇이 그만두 안 할까?"

"난 미안해 못 견디겠어."

"왜? 혼자만 재미를 보니깐?"

"재미가 무슨 재미요마는."

"재미가 오죽해야 봄이 다 가구 여름이 다 가두룩 한 번두 안 들여다볼라구. 하두 순옥이가 꿈쩍두 아니 하니깐 무슨 일이나 있나 해서, 선생님이 가 보구 오라구 하셔서 왔어. 아무려나, 가 보니깐 순옥이가 서방님 생신을 차리느라구 땀을 뻘뻘 흘리구 종종걸음을 치구 있더군요, 이렇게 말씀하면 기뻐하시겠지. 난 정말 무슨 일이나 안 생겼나, 그랬어. 그러기루 전화 한번 안 거니 그런 법이 어디 있어?"

하고 인원은 순옥의 다리를 꼬집는다.

순옥은 인원의 농담에는 대답도 아니 하고, 한참이나 시무룩하고 앉았다가,

"언니, 정말 선생님이 날 가 보구 오라구 그러십디까?"

하고 눈을 섬벅섬벅한다.

"그럼."

하고 인원은 어떤 정도까지 말을 해서 관계치 아니할까 하고 잠깐 눈을 검뻑검뻑하고 생각하다가 마음을 작정한 듯이,

"얼마 동안 통 순옥이 말씀은 안 하셔, 선생님이. 그러시길래 웬일인가 했지. 했더니 요새에는 집에 진지 잡수러 오시면 거진 번번이 순옥이 말씀을 하셔요. 원, 어째 아무 소식이 없을까? 어째 허군두 도무지 꿈쩍 아니 할까? 순옥이가 몸이 좀 약한데 어디 앓는 것이나 아닌가? 이런 말씀을 하신단 말야. 그래 내가 오늘

아침에는, 선생님 그럼 제가 가 보구 와요? 그랬지. 하니깐 선생님이 인원이, 그럼 한번 가 보구 오우, 그러신단 말야. 그래 내가 선생님더러, 그럼 순옥이 보거든 무어라구 해요? 그러니깐 선생님 말씀이 무어라구 할 말이 없지, 그저 잘 있는 줄 알기만 하면 그만이지, 그러시겠지. 그래서 내가 왔어. 와 보니깐 좋구먼."

"무엇이?"

"내외분 정의두 좋으신 모양이구, 고부간에두 원만한 모양이구. 그런데 순옥이가 좀 못 됐어. 어디 아퍼?"

"아니, 왜? 내가 못 됐수?"

"응, 좀 여윈 것 같애. 신혼의 피곤이라는 거겠지 아마. 아니, 참, 순옥이 애기 서는 것 아냐?"

"아이, 언니두."

"내외간에 의취는 맞지?"

"그저 그렇지, 뭐."

"내외 싸움은 안 하지?"

하는 인원의 말에 순옥은 얼마 전에 안빈의 예술 문제로 감정의 충돌이 있던 것을 생각하나 그런 말은 안 할 말이라고 작정하고,

"어느 새에 무슨 싸움을 하겠수?"

하여버리고 만다.

"왜, 사랑싸움이라구 있다드구먼그래."

하는 인원의 말에는 순옥은 대답을 아니 하고 만다.

인원은 그래도 순옥의 속을 파보려는 듯이,

"허선생은 순옥이를 퍽 사랑하시지?"

하고 떠본다.

"그럼. 너무 사랑해 걱정이지."

"순옥이는?"

"내가 무얼?"

"순옥이두 허선생께 정이 들었느냐 말야?"

"정이 들어요."

하고 순옥은 솔직하게 말한다.

"오우케이!"

하고 인원은 박장한다.

"아무하구래두 오래 같이 있으면 그만한 정이야 들겠지."

하고 순옥은 제가 허영에게 대하여서 가지는 애정을 속으로 달아
본다.

"아무렇게 들었거나 정만 들면 사는 게지. 싫지만 않으면."

"그럼."

인원은 더욱 소리를 낮추어서,

"시어머니하구는."

"그저 그렇지."

"시어머니가 좀 거세어 보이는데, 그렇지 않어?"

"허."

하고 순옥은 씩 웃고 만다.

"며느리 사랑하는 시어미 없다구 하지마는 요런 며느리야 어떻
게 미워하누."

순옥은 잠깐 무엇을 생각하다가,

"좀 미워하시나 보아."

하고 한숨을 짓는다.

"왜?"

"흐."

하고 순옥은 웃고 말이 없다.

"왜 미워하셔? 순옥이가 무얼 잘못한 건 없을 텐데."

"뭐, 미워하시는 것두 아닌지 모르지."

"왜? 무에라시게."

"그건 말해 무엇 하우?"

"응, 비밀야?"

"비밀일 것두 없지만."

"간뒈!"

하고 인원은 새뜩하는 모양을 보인다. 순옥은 아무 비밀도 없이 무엇이나 다 터놓고 제 편에서 먼저 모든 말을 인원에게 다 해오던 자기가 벌써 두 가지째나 숨기기가 심히 미안하였다. 비록 안빈에 관한 문제로 허영과 충돌이 생긴 것만은 말할 수 없다고 하더라도, 이 말만이라도 아니 할 수 없는 의리감을 느꼈다.

"우스운 일야, 언니. 내 말하께요. 나구 혼인한 후루 허가 신문사에만 댕겨오면 꼭 집에 들어백혀 있거든, 산보두 안 나가구. 그래서 그런지는 몰라두 하루는 밤에 시어머니 다리를 밟아드리구 있는데 그러시겠지, 시어머니가, 나는 너 시아버니하구 혼인한 뒤에 시아버니는 공부 댕기시구, 또 집에 계시더라두 사랑에서 주무시구 한 달에 한 번이나 두 달에 한 번밖에는 안에 들어와 주무시지를 않았느니라구. 이 말부텀이 벌써 이상하지 않우? 그리구는 말야, 글쎄 이런 말씀을 하셔요——네 남편이 내 외아들이다, 그런데 요새에 좀 얼굴이 못 되었다, 그러시는구면 글쎄."

"정말 못 됐어?"

"누가 아우? 날마다 함께 있는 사람이 어떻게 그걸 아우?"

"그래서?"

"그러니 내가 얼마나 부끄러웠겠수."

"허허."

하고 인원은 소리를 내어서 웃는다.

"그래서 내가 그날 저녁부터는 안방에 가서 시어머니 뫼시구 자지."

"지금두?"

"그럼."

"오, 그래서 말랐군, 순옥이가."

"아이 언니두. 그런 소리 할 양으로 마구 대라구 족쳤수?"

"그렇지 않아? 아이를 어여 낳아야지."

"왜?"

"아니 혼인이란 아이 낳기 위해서 하는 수속 아냐? 옳지, 저희 볼 재미만 보구 본목적인 아이는 안 낳는다? 그런 소리가 어디 있어? 그것두 도적질이라는 거야."

"도적질이라니?"

"할 일을 안 하구 삯전만 받아먹는 게 도적질 아니구 무어야?"

"흥, 언니 말이 옳아. 톨스토이두 아이 낳기 위한 목적 이외의

성 관계는 음란이라구 그랬지."

"그것 보아, 내님[124]은 톨스토이 안 보구두 다 알거든."

"흥, 장하우. 그러면 언니는 왜 나이가 삼십이 다 되어두 아이 낳을 궁리를 안 하우?"

"나야 애초에 삯전을 안 받을 작정이니깐, 하하하하."

"그러기루 어떻게 억지루 아일 낳아?"

"안 낳아지는 건 할 수 없지."

"그건 도적질 아닌가?"

"그거야 아니지. 하느님이 면제해주신 거니깐, 너는 말아라 하구."

"흥."

"그래두, 순옥이는 얼른 딸을 하나 낳아놓아야 돼."

"왜?"

"모처럼 이쁘게 낳아놓은 순옥이는 버렸으니깐, 세상에서는 큰 손해여든."

"흥, 가만있어요. 언니, 내 잠깐만 나갔다 올 테니. 어찌 되었나 보구 와야지."

하고 순옥이가 일어선다.

"아 참, 내가 가야지."

하고 인원도 일어선다.

"아냐 언니, 내가 좀더 할 말이 있어. 잠깐만 기다려요. 그리구 무어 좀 잡숫구 가."

하고 순옥은 인원의 어깨를 두 손으로 눌러서 도로 앉힌다.

"아이 싫어! 먹긴 무얼 먹어, 안 먹을 테야. 잠깐 댕겨만 와. 바쁘거든 어머니 거들어드리구."

하고 인원은 마지막 말이 마루에 들리리만큼 어성을 높인다.

순옥을 밖으로 내보내고 인원은 혼자 남아서 또 한 번 장들이랑 책상이랑 이부자리랑을 휘둘러보았다. 인원은 거기서 새아씨 방의 신선하고 향긋함을 찾을 수가 있었다.

그러나 인원은 예상했던 것을 잃어버린 듯한 섭섭함을 아니 느낄 수 없었다. 인원은 혼인한 생활에 불만족한 수심기를 띤 눈물에 젖은 순옥을 예상하였던 것이다. 자기를 만나면 순옥은 한바탕 비극을 연출할 것으로 예상하였던 것이다. 인원은 순옥의 슬픔을 아무쪼록 농쳐줄 준비까지 하고 왔던 것이다. 안빈에 대하여서도 아무쪼록 말을 피하고, 힘 있는 데까지는 순옥을 위로해주고 오리라, 이렇게 잔뜩 마음에 먹고 왔던 것이다. 그러나 와보니 멀쩡하지 아니하냐. 남편과는 정이 들었노라 하고, 내외 정분이 너무 좋기 때문에 홀시어미가 샘을 낼 지경이라고까지 하지 아니하느냐. 얼굴이 좀 수척했을 뿐이지 아주 행복된 외양이 아니냐.

이렇게 생각하면 인원은 순옥에게 대하여 섭섭한 것 외에 일종의 실망과 반감을 아니 느낄 수가 없었다.

'고것이 사내 맛에 홀딱 반했어. 얄은 것!'

이런 혐오의 정까지도 발하였다.

'순옥이가 몰라서 그럴까. 어쩌면 안선생을 사모하던 정을 불과 석 달에 저렇게 떼어버렸을까?'

하고 인원은 「마돈나 에 모빌레」(계집의 마음은 변한다) 하는 노래를 생각해본다. 그러다가는 인원은 다시,

'순옥이가 몸은 좀 혜식은 것 같아두 마음은 매운 앤데.'

하는 생각도 해본다. 인원은 순옥의 속을 다 뽑아 보고야 가리라 하는 잔인한 생각을 먹어본다.

인원이가 순옥에게 대하여 이렇게 섭섭한 생각을 가져볼수록 안빈의 인격의 높음을 아니 느낄 수가 없었다.

순옥이가 병원에서 없어진 뒤로 안빈은 분명히 더 수척하였다. 옥남이가 죽음으로 받았던 타격이 적이 회복될 만하여서 순옥을 잃어버리는 타격을 받은 것이었다. 순옥의 약혼식이 있던 날, 안빈은 진심으로,

'아아 잘되었다.'

하고 어깨가 가볍다고까지 생각하였건마는 속마음은 이성의 이 뜻을 받아주지 아니하는 것이었다.

안빈의 속에 두 사람이 있어서 한 사람은,

'마땅히 갈 사람이 가지 아니하였나? 기뻐하고 그를 위하여 축복하는 것이 네게 남은 일이 아닌가?'

하고, 또 한 사람은,

'네가 보낼 수가 없는 사람을 보내지 아니하였나? 다시 회복할 수가 없는 손실을 일부러 하지 아니하였나? 모로미[125] 슬퍼하고 괴로워할지어다.'

하고 나섰다.

안빈은 물론 첫 소리의 정통의 주권을 인정하고 둘째 소리가 부

정한 모반자임을 탄핵한다. 그러나 안빈에게 있어서는 둘째 소리
는 진압하기가 심히 어려운 폭동이었다. 이것을 폭동으로 인정하
는 동안에는 안빈에게는 안전이 있다. 그러나 이것을 교전 단체
로 보도록 양보하게 되는 날 안빈의 마음의 나라는 전복이 되고
혼란 상태에 빠지는 것이다.

안빈은 순옥을 잊으려 하였다. 그러나 사람에게 가장 야속한 불
행은 잊음의 자유가 없는 것이다. 잊으려고 애를 쓸수록 그것이
더욱 또렷또렷이 기억에 새겨지는 것은 이 무슨 기막히는 모순인
고? 조롱인고?

안빈이가 아침에 병원에를 가면 현관에 나와서 모자와 외투를
받아주면 하루의 기쁨이 시작되던 순옥이가 없었다. 진찰실에 들
어가면 그 맑은 눈과 깨끗하고도 따뜻한 마음을 가지고 안빈의
생각을 점쳐가며 시중을 들어 그렇게 시간 가는 줄도, 피곤한 줄
도 모르는 힘을 주던 순옥이가 없었다. 병원에서 안빈이가 잘 때
면, 삼청동 집에 있으려니 하여 마음이 흡족하던 순옥이가 없었
다. 자기가 삼청동 집에서 밤을 지내는 날이면, 병원에서 편안히
자고 있으려니 하며 빙그레 웃고 편안한 마음으로 잠을 들 수 있
던 순옥이가 이제는 없었다.

"순옥이."

하고 부르면 어느 구석에서나 뛰어나오던 순옥이가 이제는 없었다.

하루 종일 병원 일에 지친 때에, 힘든 연구에 골치가 지끈지끈
하도록 피곤한 때에 교의에 기대어서 눈만 감으면 앞에 나서던
순옥이가 이제는 없었다.

'순옥이가 허영 집 건넌방에 있지 아니하냐?'

하고 안빈은 생각해본다.

그러나 허영의 집 건넌방은 안빈의 무형한 마음조차 들어가기가 금지된 구역이었다. 순옥의 마음도 그와 같아서 허영의 집 건넌방 문에서 나와서는 아니 되는 것이었다.

순옥은 인제는 없었다. 안빈에게는 순옥은 이미 존재하지 아니하는 사람이었다.

안빈이가 그런 줄을 몰랐던가?

안빈은 그런 줄은 잘 알았었다. 다만 안빈이가 미처 모른 것이 하나 있었다. 그것은,

'순옥이가 이렇게 그리울까? 이렇게도 내 가슴속에 파고들어갔던가?'

하는 것이었다.

안빈은 잠이 줄고 식욕이 줄었다. 그것은 곧 안빈의 얼굴에 나타나고 인원의 걱정거리가 되었다.

"선생님, 왜 그렇게 진지를 적게 잡수세요?"

하고 인원은 안빈의 밥주발 뚜껑을 열어보고 애를 썼다.

"많이 아니 먹히는구려."

안빈은 이렇게만 말하였다.

"선생님, 요새에 신색이 좋지 못하십니다. 점점 더하신 것 같아요."

"봄을 타서 그러는 게지."

"무어요, 순옥이가 없어서 그러시는 거 아냐요?"

"흥흥, 무얼 그렇겠소?"

"그래두 순옥이가 없으니깐 허전하시지요?"

"그야 허전하지. 사 년이나 있던 식구가 갑자기 없어졌으니까."

"선생님두 그런 것을 못 잊으십니까?"

"흥, 인원은 잊었소. 순옥을?"

"제가 못 잊는 것과 선생님이 못 잊으시는 것과 같아요? 다르지."

"무엇이?"

"무엇이든지요."

"난 같다구 생각하는데."

"무얼요? 안 같아요."

이런 담화를 한 일도 있었다.

인원이가 보기에(잘못 본 것인지는 모르지마는) 안빈은 입 밖에 내어서 말을 아니 하는 만큼 속의 괴로움은 보통 사람보다 더 큰 것 같았다.

인원의 생각에, 안빈이가 순옥을 잃고 그렇게 괴로워하는 양이 한편으로는 걱정되지마는, 또 한편으로는 아름답게도 보였다. 온통 이성과 의지력으로 뭉쳐놓은 듯한 안빈에게도 아직 그러한 감정의 약점이 남아 있는 것이 유감스럽기도 하면서 동시에 정답기도 하였다.

인원은 안빈을 위로하기에 많은 힘을 썼다. 그것은 안빈을 웃기는 것이었다. 인원이가 웃기려면 안빈은 정직하게 웃었다. 한바탕 웃고 나면 안빈의 얼굴에는 명랑한 빛이 돌았다.

"인원이가 나를 기쁘게 해주려구. 고맙소."

안빈이가 집에서 나올 때에는 인원을 보고 이런 말을 하였다. 그러고는 안빈이 삼청동 길로 걸어 내려갈 때에 인원은 그 뒷모양을 바라보고 적막에 가까운 감정을 느끼는 것이었다.

이날도 안빈이가 아침을 적게 먹은 데서 문제가 시작이 되어서,

"그럼 제가 순옥이를 가 보구 와요."

하고 인원이가 순옥을 찾은 것이었다.

이러한 생각을 하고는 인원은,

'순옥이가 들어오거든 좀 울려주어야.'

하고 순옥에게 대하여 약간 적의를 가진 마음으로 순옥이가 들어오기를 기다리고 있었다.

얼마 있다가 순옥이가 이반에다가 부침개질한 것을 받쳐 들고 들어왔다.

"인젠 다 됐어. 국만 끓이면 고만인데 다 안쳐놓구 불 때라구 하구 왔으니깐 인제 일 없어요. 자 이거 좀 자셔보우. 어머니가 주시는 거야."

"싫어. 남의 집 잔치에 내가 왜 첫 상을 받아, 안 먹어."

"아이그, 그러지 말구 하나 들어보아요. 자, 이 조개 전유어."

"싫어, 안 먹어."

"왜?"

"순옥이가 미워서."

"내가 미워서? 왜, 언니?"

"그게 무어야, 사람이?"

"왜 무어?"

"와서 가만히 보니깐 순옥이는 벌써 안선생 일은 죄다 잊어버렸어. 어쩌문 그래, 석 달두 다 안 돼서?"

인원의 이 말에 순옥은 젓가락에 들었던 전유어를 이반에 떨어뜨려버린다. 그리고 갑자기 낯빛이 흐려지고 고개가 수그러진다.

"선생님은 아주 바짝 마르셨어. 통 진지두 못 잡수시구. 집에 돌아오셔두 늘 시무룩하시구 말씀두 없으시구."

"어디 편찮으시우?"

"어디 편찮으시우는 다 무어야? 순옥이 때문에 그러시지."

"왜, 언니?"

"왜, 순옥이가 무엇 하러 선생님 앞에 나타나서 사 년 동안이나 눈앞에서 알른거리다가 야멸치게 싹 돌아서니, 그럼 안 그래? 순옥이는 서방님께 재미를 붙여서 재미가 폭폭 쏟아지니깐 다 잊어버리지마는 선생님이야 무엇으로 잊어버리시겠어. 적막한 일생이어든, 안선생의 생활이. 그 어른이 그래두 수양이 많으신 어른이나 되니까 그만이라두 하지, 예사 남자 같으면 말라 죽을 노릇 아냐? 말라 죽구말구."

"선생님이 가끔 내 말씀을 하시우?"

"말씀이야 안 하시지. 그 어른이 속에 있는 생각을 말씀할 이야? 말두 안 하니깐 더 곯을 일이어든. 속으로만 앓는단 말야, 속으로만 곯구. 그두 보통 사람 모양으로 술두 먹구 담배라두 먹구, 또 인생을 얼렁얼렁 장난삼아 살아가는 사람이면 좀 나을 거야. 허지만 이 양반은 한번 먹은 마음은 변치 않는 이 아냐? 쬐꼬만

일두 다 어네스트하게 보구. 그런 성미니깐 순옥이에게 대해서두 아주 진정이어든. 아주 무엇에나 골똘하는 이 아니냐 말야? 그러니 그 고통이 얼마나 하시겠어? 곁에서두 어떤 때에는 차마 볼 수가 없어요. 아무리 선생님이 싸구 감추기루니, 그것이 밖에 안 나올 수가 있어?"

"무얼, 그렇게까지야 하시겠어요?"

"어째서?"

"그 선생님은 초탈하신 어른이시니깐. 무얼 그런 감정 때문에 사로잡히시겠어요?"

"초탈? 초탈했으니깐 그만큼이라두 견디시지. 초탈 못 하셨으면 벌써 돌아갔지, 미쳤거나."

"난 그렇게 생각하지 않어. 선생님은 감정을 자유루 통제하시는 힘이 있다구 믿어."

"흥, 그렇게 되었으면 벌써 성인이게? 사람은 아니게?"

"또 그것만 아니지. 그 선생님이 날 같은 것을 무얼 그렇게까지 생각하시겠어요?"

"그럼?"

"그저 순옥이란 불쌍한 계집애다, 이만큼 생각하실 테지. 내가 무어길래 그렇게까지 그 선생님의 사랑을 받겠어요? 인자하신 어른이시니깐 당신을 따르는 나를 가엾게나 생각하신 게지. 난 그렇게 생각해."

"응, 순옥이 말과 같이 선생님두 순옥이가 약혼할 임시에는 그만큼 생각하셨던 모양이야. 적어두 그만큼밖에 생각하지 않는다

구 생각하려구는 했던 모양이야. 그러길래 처음 순옥이가 혼인한
뒤에는 선생님은 그렇게 괴로워하시는 모양을 안 보여요. 여상하
게 웃구, 이야기하구. 허지만 내 생각에는 차차 지내보니 그렇지
가 않던 모양이어든. 아무리 그 어른이 사랑이 아니라구, 마음을
지어 자시구 왔더라두, 뚝 떠나구 나서 생각하니 역시 사랑이라,
눌려진 사랑이었다, 이렇게 깨달으신 모양이야. 그러길래 날이
갈수록 괴로움이 더 깊어가는 것 아니야?"

"그럴까, 언니?"

"그럼, 빠안하지. 또 내가 보기엔 말야, 안선생이 겉으로 보기
엔 이성과 의지력으로 뭉친 사람 같어두 실상은 열정가란 말야.
다른 사람보다 몇 갑절 되는 열정을 속에다가 품구 이것을 누르
구 살아가는 모양이란 말야. 빠안하지 뭐. 안선생 자신은 그 열정
──패션 말야, 그 패션을 죽여버리려구 하는 모양이지. 아마 여러
번 그 열정을 십자가에두 달았을 거야. 그러나 그것이 우리 생명
과 함께, 천지와 함께 시작된 것인데──한날한시에 난 형젠데 그
것이 그렇게 쉽사리 끊어질 거야? 이 육체를 쓰구 있는 동안 그것
을 완전히 극복하기는 어려울 것 같단 말야. 내 생각엔 그래, 안
선생두 여태껏 그 열정이라는 것과 싸우는 생활을 해오시는 모양
이지마는 아직 양편이 교전 중이지, 승부가 끝난 것은 아니란 말
야. 그러니 천생 남보다 몇 갑절 가는 열정을 타구나 그 열정을
밤낮으로 눌러보려구 건건사사에 싸움을 해. 그게 죽을 노릇 아
냐? 그런 판에 순옥이 같은 것이 나타났거든. 이것이 안선생의 마
음 바다를 사 년 동안이나 뒤흔들어놓았단 말야. 그리구는 칼루

싹 벤 듯이 달아나버리구 말았다. 이것이 사람 죽을 노릇 아니냐 말야? 그러니깐 내 생각엔 안선생을 불행하게 해드린 것은 순옥 이란 말야. 안 그래? 순옥이."

"그럼, 내가 어떡허문 좋우?"

"어떡허긴 어떻게 해? 아무렇게두 할 수 없지, 남의 아내가 다른 남자의 일을 어떻게 해? 순옥이로는 아무렇게 할 도리두 없지마는 좀 괴로워나 하란 말야, 슬퍼나 하구——안선생을 위해서."

"내가 괴로워 아니 하는 줄 아시우, 언니는?"

"흥, 말짱한데."

순옥은 한숨을 쉰다.

"그래두 이따금 안선생 생각이 나, 순옥두?"

"언니가 날 퍽 괘씸하게 보시는 거야."

"그럼, 괘씸하게 보지 않구. 그렇게 야멸칠 데가 어디 있어?"

"야멸치지 않음 내가 어떡허우?"

"가끔 선생님 뵈오러 오지두 못해? 적으나 생각이 있으문."

"내가 대문 밖엘 나가는 줄 아우?"

"도무지 안 나가?"

"이 집에 온 뒤루는 저 대문 밖에를 나간 일이 없어요."

인원은 눈을 크게 뜬다.

"왜?"

"목욕탕에두 못 가는데."

"목욕탕에두?"

"그럼. 어머니가 못 나가게 하셔요."

"왜?"

"젊은 여편네가 사람들 많은 데서 뻘거벗구 그게 무에냐구."

"그럼 목욕은 어떻게 해?"

"한 번두 한 일 없지."

"석 달 동안 한 번두?"

"그럼."

"에이 더러워."

"흥흥, 내 몸에 때가 한 근은 앉았을 거야."

"허선생은? 허선생두 목욕 안 하나?"

"모르지. 내가 아우?"

"근데 허선생한테 왜 하소 못 해?"

"무슨 하소?"

"좀 밖에 내보내달라구, 이거 어디 살겠느냐구."

"흥, 허도 내가 밖에 나가는 걸 싫어하나 보아."

"왜?"

"글쎄, 오빠한테를 다녀온대두 말라는걸. 제가 오빠를 청해 오마구. 집구석에 가만히 두어야 마음이 놓이나 보아."

"의처증이 들렸군."

"흥."

"다른 남자하구 만나는 것이 싫어서 그러나?"

"모르지, 내가 아우?"

"그럼 순옥이가 다른 남자 말을 하면 싫어하겠네. 영감님이?"

"싫어해요."

"안선생 말은?"

"안선생 말이 나면 화를 내."

하고 순옥은 제 입술을 빤다. 이것은 순옥이가 괴로운 때에 하는 버릇이다.

"그러기루 그러구 어떻게 살아? 나 같으문 한번 들었다 놓겠네. 나 원, 별일 다 보겠네. 그래서, 그래두 잡아 잡수우 하고 가만있어?"

"가만있지 않음 어떡허우?"

"응, 그래서 순옥이가 한 번두 못 왔구먼. 그래두 갑갑하지 않어?"

"못 나가려니 하구 있지, 그저."

"그래 언제까지나 이러구 있을 테야? 건넌방 구석에 꾹 들어백혀서, 목욕탕에두 안 가구?"

"그럼."

"십 년, 이십 년이라두?"

"하느님께서 다른 길을 보이실 때까지."

"다른 길이라니?"

"무슨 길이든지 말요. 이렇게 혼인을 하구 나니 하느님만 믿어져, 난."

"왜?"

순옥은 한 번 가슴을 번쩍 들어서 한숨을 쉬고 나서,

"이렇게 시집이라구 오니깐 내라는 것은 영 소멸이 되구 마는 걸. 내 자유만이 없는 게 아니라, 내라는 것이 송두리째 없어지구 말아요. 하루를 쓱 지내구 나서 생각을 하면 누구의 뜻으로 어떻게 살아왔는지 모르겠는걸. 누가, 무슨 힘이 나를 이렇게 떠밀어다가, 그렇지 않으면 줄줄 끌어다가 하루의 끝에 데려온 것 같단 말야. 그러니깐 내라는 게 쇠통[126] 없는 거 아뇨? 그러면서두 내다, 하는 생각은 있단 말야. 제 힘으로는 가늘 수 없는, 그러나 분명한 내라는 의식은 있단 말야. 그러니깐 하느님을 믿을밖에 없지 않소? 당신 뜻대로 나를 내 길의 끝까지 끌어다 줍소사, 하구 그렇게 믿을밖에 없지 않아요?"

"그렇게 믿구 사는 게 좋지. 시집 안 간 사람은 안 그런가 뭐?"

"그래두 처녀 적에야 왜 그렇수? 제 자유가 좀 있지. 시집 생활을 하면서 제 자유를 주장하자면 가정은 엉망이 되구 말 거구."

"그래, 하루 종일 하는 일은 무어야?"

"무얼 했는지 모르지. 그저 걸레질 치구, 시어머니, 남편 시중들구, 그리구 부엌에 드나들구, 그러느라면 벌써 해가 다 가요."

"해가 다 가면 서방님이 돌아오시구?"

"그럼."

"서방님이 돌아오시면 더구나 순옥이란 건 스러져버리구 말구?"

"그럼."

"그러군 자구?"

"그럼."

"깨어나면 또 새날이구?"

"그럼. 밤낮 그렇지 뭐."

"그러는 동안에 늙구?"

"그럼."

"그러다가는 죽구?"

"그럼, 그거지. 무어 더 있소?"

"그리구는 또 새 몸뚱이 가지구 태어나구?"

"그럼. 밤낮 같은 것 되풀이지."

"참, 그래. 그러니깐 이 매직 서클을 끊구 뛰어나야 한다는 게야. 안선생 말씀을 빌면 무어? 옳지, 나구 죽는 쳇바퀴를 벗어나야 한다구 했지."

"그러니 그게 쉽사리 벗어나지우?"

"흥, 그 말이 옳아. 순옥이만 그런 것이 아니지. 누구나 다들 그렇지. 아아 우습다, 하하하하."

"ㅎㅎㅎㅎ."

두 사람은 웃었다. 웃고 나니 모든 것이 다 시들한 것 같고 다 해결이 된 것 같았다.

"난 가."

하고 인원이가 일어선다.

"가우? 또 오시우."

하고 순옥도 따라서 일어선다.

"저 갑니다."

하고 인원은 안방을 향하여 한씨에게 인사하고 부엌을 한 번 힐끗 들여다보고 불을 때고 앉았는 식모를 향하여 한 번 웃었다.

한씨도,

"그렇게 아무것두 입매를 안 하구 가서 어떡허나? 또 오우."

하고 영창으로 내다보고, 식모도 연기 나는 부지깽이를 든 채로 부엌문에 서서,

"아씨, 안녕히 가십시오."

하고 인원을 향하여 웃는다.

"흥, 말짱한 남의 아가씨더러 아씨래, 숭해라."

하고 인원은 따라 나오는 순옥을 돌아보고 웃는다.

인원은 대문 밖에 나서서 양산을 펴 들면서,

"들어가, 인제. 괜히 시어머니한테 야단 만나지 말구."

하고 순옥을 바깥 광선에서 한 번 다시 훑어보면서,

"어쩌면, 조렇게 아씨 꼴이 메웠어.[127] 고, 머리 쪽 찐 것하구. 눈썹, 이맛전[128]두 좀 짓지 왜."

하고 웃는다.

"아이 고만 놀려먹으우."

하고 순옥도 부끄러운 듯이 웃는다.

"잘 있어어, 내 또 오께에."

"언니, 또 와요."

"내가 오는 건 싫어 안 하겠나? 사내가 아니니깐."

"흥, 흥."

"어서 순옥이와 꼭 같은 딸이나 하나 낳으라구. 내 나막신이랑 밥주발이랑 사다 주께."

"흥, 흥."

"나오지 말어, 들어가."

하고 인원이가 두어 걸음 걸어갈 때에 순옥이가,

　"언니!"

하고 부른다.

　"왜?"

　인원은 우뚝 선다. 순옥은 인원의 곁으로 가서 그 적삼 뒷자락을 만지작거리면서,

　"언니, 선생님 잘 위해드려요."

하고 눈을 섬먹섬먹[129] 한다.

　"어떻게 위해드려?"

하고 인원은 순옥의 눈을 들여다본다.

　"언니!"

　"왜?"

　순옥은 한 손으로 제 턱을 한참이나 쓸고 있다가,

　"언니, 선생님을 잘 사랑해드리셔요."

하고 한숨을 쉰다.

　"사랑? 날더러 선생님을 사랑해드리랴?"

　"으응. 언니가 왜 선생님을 못 사랑해드리시우?"

　"옳아, 날더러 사랑에까지 순옥이 대용품이 되란 말야?"

하고 인원은 웃으려다가 순옥의 얼굴이 하도 엄숙하기 때문에 웃음을 집어삼킨다.

　"대용품은 왜 대용품이우?"

　"애보기 대용품으룬 내가 순옥이 대용품이 되어줄 테야. 그렇지만 사랑에 대용품두 있어?"

하고 인원은 소리를 아니 내고 씩 웃는다.

"선생님이 정말 나를 사랑하시는 줄만 알았으면."

하다가 순옥은 말을 끊는다.

"다른 데에 시집을 안 갔으리란 말이지?"

순옥은 말없이 고개를 끄덕끄덕한다.

"알았어. 인제 들어가."

하고 인원은 순옥의 어깨를 붙들어서 대문 쪽으로 돌려세워놓고
는 휠휠 동구로 걸어가버린다.

"아가."

하고 한씨는 순옥이가 인원을 보내고 들어오는 것을 안방 영창
밖에 불러 세운다.

"네에."

하는 순옥의 대답에는 울음이 섞였다.

"젊은 아낙네가 문전에서 다른 사람을 붙들구 서서 그렇게 이
야기하는 법이 아니다. 할 말이 있거든 방으루 불러들여서 점잖
게 방에서 하는 것이지 그게 무슨 행세란 말이냐? 또 누가 집에
댕겨갈 때에두 젊은 아낙네란 중문까지밖에는 배웅을 안 나가는
법야. 마루 끝에서 잘 가라구 하면 고만이지, 그게 무에란 말이
냐? 주루루 따라 나가서 행길 가에서 붙들구 수다를 늘어놓구 있
느니. 그래선 못쓰는 거야. 너희 평양 시굴서는 그러는지 모르겠
다마는 우리네는 그런 법 없어. 그건 상것들이나 행랑것들이나
하는 짓이야, 알아들었니?"

"네에."

하고 순옥은 고개를 숙이고 손길을 읍하고 섰다.

"잘한 게냐?"

"잘못했습니다."

이런 책망을 받고 순옥은 방으로 들어갔다. 아무리 누르려 하여도 누를 수 없이 눈물이 펑펑 쏟아졌다. 그러나 얼마 아니 하면 손님들이 올 것이다. 만일 울었다는 표가 나면 남편이 걱정할 것이다. 순옥은 울음을 참느라고 방을 치웠다.

그로부터 얼마 뒤에 하루는 전화국 공부[130]들이 허영의 집에 전화를 매러 왔다.

"안방에 매요? 대청에 매요?"

하고 전신줄과 집게를 든 공부가 순옥을 보고 물었다.

순옥은 전화를 맨다는 소문도 못 들었기 때문에 어리둥절하였으나 시어머니께 여쭈어서 대청에 매기로 하였다.

"탁상 전환데요."

하고 한 공부가 검정 전화통을 들고 들어와서 더 물어보지도 아니하고, 안방과 건넌방을 휘둘러보더니, 건넌방을 보고서,

"이 방이 주인 양반 계신 방이지요?"

하고 한마디 순옥에게 물어보고는 건넌방에 전화를 매어놓고 가버렸다.

그날 저녁에 허영이가 돌아와서 전화가 매어진 것을 무척 기뻐하는 것을 보고 순옥은,

"전화는 무엇 하러 매셨어요?"

하고 반 책망조로 물었다.

"허허, 하루 종일 신문사에 가 있어서 순옥이를 못 보니까, 전화루 몇 번씩 순옥이 음성이라도 들으려구. 내가 그처럼 당신을 사랑하는 줄 아우?"

"고맙습니다. 그렇지만 그까진 일루 그 많은 돈을 들여서 필요두 없는 전화를 매요?"

"필요두 없다니? 당신은 내가 밖에 있는 동안에 내 음성이라두 듣구 싶은 마음이 없소?"

"참으면 고만이지요."

하는 순옥은 자기에게 남편의 음성이라도 들어보고 싶다는 그리움이 없는 것이 슬펐다.

"참다니, 참을 수 있다는 것이 사랑이 부족한 것이란 말야. 나는 순옥이가 그리워서 죽겠거든, 하하하하."

"그다지 그리운 것 같지두 않은데요."

"왜?"

"하하하구 웃으시는 것을 보니깐."

"아아 녹았어, 하하하하, 우리 마누라가, 하하하하하."

하고 허영은 순옥을 끌어서 안는다.

전화뿐 아니라, 또 종묘 담 밑으로 조금 빈 땅에다가 허영은 조그마한 양옥을 짓기를 시작하였다.

'대체 돈이 어디서 생겼을까?'

하고 순옥은 걱정되었으나 그런 말을 물으면 허영은 실없는 소리만 하고 있었다.

"너 웬 돈을 가지구 그렇게 풍청대느냐?"[131]

하고 하루는 안방에서 한씨가 허영을 보고 걱정하는 소리를 순옥도 들었다.

"글쎄, 어머닌 웬 걱정이셔요? 가만히 아들 며느리 효도나 받구 계셔요."

하고 순옥에게 대해서 하듯 역시 실없는 소리로 한씨의 걱정에 대해서도 농쳐버리고 말았다.

또 수상한 것은 '산인'이라는 호로 불려지는 웬 남자를 가끔 집으로 끌고 오는 것이었다. 처음에는 행랑 옆방이라고 할 만한 사랑에서 만나는 모양이더니 몇 번 만에는 건넌방으로 끌어들여서 순옥이를 소개하였다.

"김광인군이오. 내가 대단히 믿구 사랑하는 친구요."

허영은 이 산인이란 사람을 순옥에게 이렇게 소개하였다.

"나 김광인이야요. 허군하구는 형제나 다름없습니다."

하고 손을 내밀어서 순옥의 손을 끌어다가 잡아 흔들었다. 김이란 사람도 허영과 같이 뚱뚱하였으나 그 눈에는 간사함과 음란함이 있다고 순옥은 보았다. 그는 굵은 백금 시곗줄을 늘이고 양복이나 모자나 모두 값가는 것을 쓰고 있었다.

허영이가 김광인을 끌고 오면 으레 맥주를 사들이고 청요리를 시켜 왔다. 그러고는 둘이서 무슨 이야긴지 모르나 혹은 떠들고 혹은 수군수군 밤이 깊도록 이야기를 하고 있었다.

어떤 때에는,

"여보오."

하고 허영이가 순옥을 부르기도 하고 또 어떤 때에는,

"여보셔요, 아주머니."

하고 김광인이가 커다란 징글징글한 소리로 순옥을 부르기도 하였다.

"아주머니 맥주 한잔 잡수시우."

하고 김이 잔을 순옥에게 주었다.

"전 술 못 먹어요."

"아따, 한잔 잡수시우. 이거 어디 무안하지 않아요?"

김은 시뻘건 얼굴에 보기 흉한 웃음을 띠어가지고 이런 소리도 하였다.

술이 잔뜩 취해가지고 김은,

"내가 박농 자당을 안 뵈어서 될 수가 있나."

하고 안방으로 건너와 한씨에게 넙죽 절을 하고는 혀 꼬부라진 소리로 허영과 형제와 같이 친하다는 말을 몇 번인지 되풀이하고는 껄껄대고 웃었다.

순옥은 이 김이란 작자가 심히 불길한 위인임을 직감하였다. 그래서 한번은 오래 참고 벼르던 끝에 허영을 붙들고,

"여보시오, 그 김광인이란 이가 어떤 이요?"

하고 담판을 시작하였다.

"왜?"

"아니, 글쎄."

"내 친구야. 절친한 친구야."

"난 당신 그런 친구 있단 말 못 들었는데요."

"응, 오래전 친군데 한참 떠나 있다가 다시 만났어."

"그가 무어 하는 이야요?"

"왜?"

"아니, 글쎄."

"장사하지."

"무슨 장사?"

"그가 큰 부자요. 금광으로 수십만 원 부자가 되구, 또 이즈막에는 주식계에서는 김광인이라면 모르는 사람이 없소. 아주 명사요. 나하구는 절친하구."

"당신도 요새에 가부소오바(주식 거래) 시작하셨죠?"

"허허, 순옥이가 가부소오바를 어떻게 다 아우? 괜데."

"아니 정말 가부 하시우?"

"왜?"

"당신 태도가 요새에 이상하게 변했길래 말요."

"어떻게?"

"좀 허황해지셨어요."

"하하, 내가 허황해?"

"그럼 허황하지 않구요. 쓸데없는 전화를 매구, 집을 짓구, 값비싼 양복을 맞추구, 안 자신다구 백 번이나 맹세한 술을 자시구, 또—."

하고 순옥은 잠깐 말을 끊는다.

"또 무어?"

"또—. 그런 좋지 못한 친구를 사귀구."

"좋지 못한 친구라니?"

하는 허영의 얼굴에는 성난 빛이 나뜬다.

"그럼 그이가 좋지 못한 친구 아니구 무어야요?"

"김광인이가?"

"그럼요."

"어째서?"

"어째서든지요."

"남편의 친구를 그렇게 헐어 말하는 법 어디서 배웠소? 그게 안 박사한테 배운 거요?"

"그이 행세를 보세요. 친구 집 안방에 와서 그게 무슨 행세야요. 날더러 아주머니라니 내가 왜 등짐장사 여편네요? 또 내 손을 잡구 내 얼굴을 빠안히 들여다보고——그래 그게 단정한 사람의 행세야요?"

"응, 그래서? 그게야 허물이 없으니까 그렇지, 친하니까. 또 술이 취해서 그렇구."

"아무려나 인제부텀은 그런 친구는 아예 끌어들이지 마세요. 될 수 있으면 교제두 마시구요. 당신두 물이 드십니다."

순옥은 혼인 후 일 년에 처음으로 남편에게 대해서 이러한 강경한 태도를 보였다.

이 일이 있은 지 얼마 아니 하여서 하루는 허영이가 오정도 안 되어서 신문사에서 돌아왔다.

"웬일이세요?"

하고 순옥은 남편의 모자와 외투를 받아 들면서 놀랐다.

"신문사 그만두었소. 단연히 그만두기루 하고 사표 제출하구 왔소."

하고 허영은 볼이 부어서 잠깐 안방을 다녀서 건넌방으로 들어왔다.

"왜? 신문산 왜 그만두셨어요?"

"본래, 벌써부터 그만두자는 것이지만."

"왜요? 신문 기자 생활을 그렇게 자랑으로 아시더니. 무슨 일이 생겼어요?"

"사장과 싸우구 나왔어."

"사장과? 사장과 왜 싸우우?"

"인격을 무시하거든. 제가 뭐길래? 나를 무엇으로 알구? 내가 저만큼 돈이 없다 뿐이지 인격으로야 제가 하정배[132]를 해야 할 걸."

순옥은 남편의 이런 말이 대단히 마음에 들지 아니하였다. 그런 소리를 하는 것이 남편의 인격이 높지 못함을 표시하는 것 같아서 슬펐다. 그러나 그런 빛은 아니 보이고,

"왜, 사장이 무어라구 했길래 그렇게 분개하시우?"

하고 남편이 벗어놓은 옷을 정리하였다.

"당신 알 것 아니오."

하고 허영은 내복 바람으로 앉아서 담배만 빨고 있었다.

순옥은 머쓱해서 가만히 있었다.

허영은 순옥에게 대하여서 미안한 마음이 났는지 순옥이가 요 밑에 묻어서 녹여놓은 바지저고리를 다 주워 입고 나서,

"여보, 그까진 신문사 잘 고만두었소."

하고 한 번 씩 웃는다.

"인제는 신문사두 그만두시구 무얼 하실라우?"

하고 순옥이가 걱정스러운 듯이 허영을 바라본다.

"출판 사업을 할라우."

"출판 사업?"

"응, 우리나라에 제일 큰 출판 사업을 하나 시작해서 내 작품을 출판하고."

"당신 무슨 출판하실 작품 있으시우?"

"인제부터 쓰지. 인제부터 본격적으로 저술 생활을 한단 말야. 그리구 문예 잡지두 내구, 내가 주간으로. 그래서 신문예운동의 중심이 된단 말요. 아직꺼정은 우리나라에 문학이라구 할 만한 것이 없었거든. 안빈 시대는 벌써 다 지나갔구. 인제부터는 허영 시대란 말요."

허영에게 그만한 힘이 있을까, 하고 순옥은 방바닥만 들여다보다가,

"그런데 자본은 어디서 나우? 출판 사업에는 자본은 안 드우?"

"자본은 걱정 없어."

하고 허영은 자신 있는 듯이 웃는다.

"누가 당신 위해서 자본을 대준대요?"

"김군이 있거든, 김광인이 말야. 또 나두 얼마 동안 돈을 벌구."

"당신이 무얼 해서 돈을 버시우?"

"내가 아니 하니까 그렇지, 돈을 벌려 들면야 누구만 못하겠소?"

순옥은 도무지 허영의 말을 믿을 수가 없었다.

"돈벌이가 그렇게 쉬운 일인가요?"

"그럼, 쉽지 않구."

"그럼 왜 돈을 버는 사람보다두 못 벌구 되려 실패하는 사람이 많아요?"

"그게야 머리가 나쁘니까 그렇지. 나 같은 사람야 돈을 벌려만 들면야 영락없지."

"다른 사람들두 다 그렇게 생각하구 있답니다."

"그렇게라니?"

"다 제가 남보다 잘난 줄루."

"그럼 내가 못났단 말요?"

하고 허영은 눈에 모를 세운다.

"못나신 것이야 아니겠지마는, 당신은 시인이실는지 몰라두 돈벌이는 못 하실 것 같아요."

"왜?"

"그저 그렇게 생각이 되어요. 신문사 그만두셨으면 가만히 집에 계셔서 글공부나 해보셔요. 돈 버실 생각은 말구. 집에 있는 걸루 밥이나 죽이나 끓여 먹구 살지요."

"그게 안 된 생각이란 말야. 순옥이는 언제나 소극적이거든. 왜 큰 양옥집에 자동차 놓구는 좀 못 살아?"

순옥은 한숨을 쉰다. 남편의 허황한 생각이 가정생활의 전도에 어두운 그림자를 치는 것을 느끼는 때문이었다.

허영은 순옥이가 제 장단에 춤을 추지 아니하는 것이 불쾌하

여서,

"여보, 왜 당신은 매양 나를 불신임하시오?"

하고 대들었다.

"무슨 불신임이야요?"

"내가 무슨 계획을 말하면, 다 반대하는 태도를 취하니."

"어디 그럼 계획을 말씀해보세요."

"그, 어째 그럴까? 어째서 당신이 나를 멸시를 하까?"

"왜 멸시야요. 의논이지요. 내가 보기에는 당신은 실업가 될 양반은 아니란 말이지요. 시인 되는 힘과 부자 되는 힘과는 다르지 않아요? 그 말이야요. 요새에 가만히 보니깐 당신이 돈 벌 욕심이 나서 아마 가부판에를 댕기시는 모양인데 나는 그것이 염려가 되어서 그래요. 우리 집 재산이 얼마나 되는지 나는 아직 모릅니다마는 당신이 가부판에 댕기는 날이면 그까진 것 며칠 안 해서 다 없어지겠어요. 내 생각에는 이번에 당신이 사장한데 책망 들은 것두 그 때문인가 합니다. 집에서는 신문사 시간 맞춰 나가셨는데 신문사에 전화를 걸면 아직 안 들어오셨다니, 그렇게 출근을 게을리 하시구 어떻게 말을 안 들어요?"

하고 잠깐 말을 끊고 생각하다가,

"글쎄 여보시오, 무엇 하러 그 짓을 하시오? 선비면 선비답게 공부나 하구 글이나 쓰시지 돈에 허욕은 무엇 하러 내세요?"

하고 남편을 정면으로 바라본다.

"이 세상은 돈 세상이어든. 금전이 있어야 하거든."

"나만 있으면 행복되시다구 안 하셨어요?"

"허허, 그건 그때에 한 말이구, 하하하하."

하고 허영은 순옥의 어깨를 툭 친다.

"그때에는 나만 있으면 행복될 것 같더니, 지금 와서 생각해보니 잘못이었단 말씀이오?"

"하하하하, 그런 것이야 아니지. 순옥이두 있어야 하지. 돈두 있어야 하구. 하하하하. 안 그렇소?"

허영은 너털웃음을 치지마는 순옥은 갈수록 더욱 새침하였다.

"나 보기에는 지금 당신의 심리는 돈만 생긴다면 순옥이라도 팔아먹을 생각인 것 같소."

"하하하하, 누가 한 십만 원 준다면."

"가부 하다가 정 돈이 급하면 단 만 원만 주어두 팔아 자실 것 같소. 지금 당신 속에 돈에 잔뜩 허욕이 났으니깐."

하고 순옥은 한숨을 쉬었다.

순옥이가 아직 모르거니 하는 동안 허영은 주식 한다는 것을 속이고 있었으나 순옥이가 말끔 알고 앉았는 것을 보고는 허영은 꺼릴 것 없이 전화통 앞에 앉아서,

"여보 야마낑이오? 리쯔끼 가네신 얼마요?"

하고 얼굴이 푸르락누르락하였다.

이따금 돈을 따는 일도 있는 모양이어서 허영은 순옥에게 목도리, 장갑 같은 선물도 사 가지고 들어왔다. 그러할 때에는 그는 대단히 의기양양하여서, 빙글빙글 낯이 온통 웃음이 되어가지고,

"자, 이렇게 내가 애써서 돈을 버는 것두 다 사랑하는 우리 순옥을 위해서란 말이오."

하고 진정으로 기뻐하였다. 순옥은 허영의 이 말이 진정인 줄을 느낀다.

그러나 허영은 재수는 없는 사람이었다. 그는 가부를 시작한 지 반년도 못 되어서 토지와 가옥을 이 번 삼 번으로까지 잡혀서 빚으로 얻은 돈을 다 없애버렸다.

허영이가 술이 취하는 날이 많고 집에 들어와서도 풀이 죽은 날이 많은 것으로 보아서 순옥은 미리 짐작도 하였지마는 다만 방관하는 태도밖에 취할 수 없는 순옥이었다. 순옥이가 할 수 있는 유일한 일은 오직 집에 돌아온 남편에게 불쾌한 낯빛을 아니 보이는 것이었다.

사랑에 깨어진 마음과 돈에 깨어진 마음은 백약이 무효한 병이었다. 그러면서 허영은 최후의 한 줄기의 희망을 가졌음인지, 또는 가장으로, 남편으로 위신을 보전하기 위하여서인지 영 긴박한 재산 상태를 순옥에게 설파하지는 아니하였다.

그러나 최후의 파탄의 날이 왔다. 그것은 순옥이가 허영과 혼인한 지 만 일 개년 남짓한, 창경원 밤 사쿠라 구경할 때쯤 해서 허영도 나가고 없는 때에 허영의 집과 동산이 온통 차압을 당한 것이었다. 재판소 사람이 와서 순옥의 장에까지 봉인을 붙이고 간 것이었다.

순옥은 이런 일은 구경도 처음이었다. 차압하는 절차가 다 끝나기까지 순옥은 손길을 마주 잡고 우두커니 대청에 서 있었다.

한씨는,

"이런 법이 어디 있소?"

하고 집달리를 향해서 야료[133]를 하였으나 젊은 집달리는 웃고만 있었다.

"이 봉한 것 떼면 큰일 나. 잡혀가."

하고 집달리가 가버린 뒤에 한씨는 마룻바닥을 치며 울기를 시작하였다. 동네 애들과 여편네들이 중문까지 들어와서 기웃기웃 구경을 하는 것이 순옥에게는 퍽 부끄럽고 괴로웠다.

그날은 밤에도 허영은 안 돌아왔다.

이튿날도 밤 열한 시나 되어서야 허영이가 술이 얼근하게 취해서 집에 돌아왔다.

순옥은 아무 일도 없는 듯이 허영의 모자와 외투를 받아 들고 건넌방으로 들어왔다.

허영은 불을 끄고 괴괴한 안방을 잠깐 들여다보고는 문을 닫고 건넌방으로 건너왔다. 한씨는 잠이 들 리가 없건마는 아들이 들여다보아도 모른 체한 것이었다.

순옥은 허영이가 풀이 죽어서 아랫목에 펴놓은 자리 위에 펄썩 앉는 것을 보고,

"저녁은 잡수셨소?"

하고 부드럽게 물었다.

"밥?"

하고 허영은 비로소 순옥을 바라보며,

"밥이 목에 넘어가오?"

하고 푸우 하고 길게 분한 숨을 쉬고 나서,

"어제 종일, 오늘 온종일 그놈을 찾아다니다가 종시 못 찾았소.

496

그놈이 하늘엔 아니 올라갔을 터이지, 뒤어지지만 아니했으면 만
날 날이 있을 테야. 이놈이 내 눈에 띄기만 하는 날이면 내가 그
놈의 배를 가르구 간을 내어서 먹구야 말 테다. 이놈!"
하고 온 집안이 쩌르르 울리도록 호통을 뺀다.

"그놈이란 누군데 그렇게 분해하시우?"
하고 순옥은 물그릇을 들어서 허영에게 주면서 물었다.

허영은 순옥이가 주는 식은 숭늉을 벌컥벌컥 마시고 나서 그릇
을 떨꺼덩 소리가 나도록 방바닥에 놓으며,

"순옥이, 면목 없소. 순옥이가 바로 본 것을 내가 순옥의 말을
아니 듣구, 그놈한테 감쪽같이 속아서 집을 망치고 말았단 말요."
하고 주먹을 불끈불끈 쥔다.

이만하면 순옥은 다 알아들었다. 그러므로 허영에게 더 묻지도
아니하였다.

허영이가 분해서 하는 말에 의하면, 김광인이가 금광으로 부자
가 되었다는 것은 말짱한 거짓말이었고 저도 논 섬지기나 있던
것을 기미(期米)[134]와 가부에 죄 털어넣고, 일시 수십만 원 잡은
일도 있었으나 그것도 일 년이 못해서 없애고 한창 궁하던 판에
허영을 만난 것이었다. 그래서 허영의 땅문서와 집문서를 고리대
금업자에게 잡히고 돈을 얻어서, 그것을 가지고 반씩 갈라서 반
으로는 사고 반으로는 팔아가지고는 산 것이 남으면 그것은 제
몫으로 하고, 판 것이 밑지면, 그것은 허영의 몫으로 하고, 이 모
양으로 김 저는 언제나 따고 허영은 언제나 잃는, 이러한 계교를
쓴 것이었다. 이따금 허영이가 딴 것은 김이 허영을 후리기 위하

여 다섯 번에 한 번이나 남는 편을 허영의 몫을 삼은 것이었다. 그뿐더러 허영의 집문서 땅문서도 다른 데에 잡히는 것이 아니라, 김이 형식상으로 제 금고에 맡아두는 것이라고 하였으나 나중에 알고 보니, 그것으로 이만여 원이나 고리채를 얻은 것이었다. 그러면서 허영은 김광인을 제 믿을 만한 후원자로 잔뜩 믿고서 출판 사업까지 한다고 뽐낸 것이었다.

"집은 망쳐놓고 이제 무슨 낯으로 세상에 나가 다닌단 말요. 난 아주 한강에 나가서 죽어버리구 집엔 안 들어올 양으로, 후후."
하고 허영은 앉은 채로 울기를 시작한다.

순옥은 허영의 참모양을 본 것 같았다. 늘 얼렁뚱땅하는 그의 진면목을 본 것이 마음에 기쁜 것도 같았다.

"너무 상심 마시우."
하고 순옥은 손으로 허영의 무릎을 흔들었다.

"상심을 어떻게 안 하우? 집안이 망한걸. 인제부터는 집 한 칸두 없는걸. 이 집만 내 것을 만들자두 삼천 원은 있어야 될걸. 난인제는 죽는 길밖에 없는 사람야. 그래두 김가 놈은 죽이구야 죽을걸."

허영은 점점 제 진면목을 발로[135]하였다. 아무 꾸밈도 없는 저를 순옥의 앞에 드러내어놓은 것이다.

"그까진 것 본래부터 없는 줄 알지요. 그리구 우리 둘이서 벌어서 어머니 봉양하구, 그리구 먹구살지요. 돈 한 이만 원 있어야살구 없으면 죽는 법이 어디 있어요? 인제 그렇게 분해하시드라두 다시 돌아올 것두 아니구요. 또 김 같은 사람야 애초에 사귀시기가 잘못이지. 인제 원수는 무슨 원수를 갚아요? 여보세요, 돈이랑 땅이랑 집이랑 김가의 일이랑 다 잊어버리구, 인제부터 정말 우리 힘으루 우리 생활을 시작합시다. 그리구 당신두 이번 일을 기회루 애여 돈 욕심은 다 버리시구요. 네, 우리 인제부텀 그렇게 살아요, 네. 내 내일부터라도 직업 구해서 먹을 거 벌게. 네, 우리 그렇게 해요. 자, 옷이나 갈아입으시우."

허영은 순옥의 말에 놀란다. 취했던 술이 번쩍 깬 듯이 놀란다. 그리고 순옥이가 저보다 여러 급 높은 사람이라던 영옥의 말을 생각한다. 동시에 허영이 저는 영옥의 말에 결코 순복하지 아니하고 역시 제가 순옥이보다 여러 급이나 높다고 생각하여오던 것을 생각한다. 그래서 일변 부끄러운 마음이 생기는 동시에 순옥이가 한없이 고맙게 생각이 된다. 실상 허영 자신은 부모의 유산에 의지하지 아니하고는 살아갈 자신이 도무지 없었다. 마침내는 가부 하느라고 출근을 게을리 하여서 쫓겨나기까지 하였지마는 신문사에서도 환영받는 기자는 못 되었다.

더구나 줄글에는 재주가 없고 시나 노래밖에 쓸 줄 모르는 허영은 신문사에는 그리 필요한 기술자도 아니었다. 게다가 자존심은 많고 편집 사무 같은 데는 재주만 없는 것이 아니라 "내가 이따위 허드렛일을 해" 하는 식이어서 윗사람이나 동료들 간에서도 호감을 사는 사람이 아니었다. 그러면서도 허영이가 큰소리를 하고 살아온 것은 집칸과 볏섬이나 하는 재산을 믿었음이었다. 인제 그것마저 없어졌으니, 제가 생각하기에도 허영은 끈 떨어진 망석중이[136]였다. 하물며 김광인을 일생에 경제적 후원자가 될 사람으로 크게 믿던 끝이라 허영이 받은 타격은 대단히 컸던 것이다.

허영은 제 말과 같이 한강에 빠져 죽어버릴 생각까지도 하였다. 그가 주머니에 남은 돈으로 오뎅집에서 컵술을 퍼먹을 때에는 이 술이 취하는 기운을 타서 한강으로 달리리라 한 것이었다. 허영이가 대할 면목 없는 사람이 그 어머니와 아내일 것은 말할 것도 없다. 더구나 밤낮 큰소리만 하고 뽐내어오던 그는 아내 순옥을 대하기는 실로 낯에서 쥐가 날 일이었다.

이러한 아내에게서 이러한 부드러운 말—그것은 다만 부드러운 말만이 아니었다—을 듣는 허영이 아무리 둔감하더라도 아니 놀랄 수가 없는 것이 아니냐.

"당신이 내일부터 직업을 구하다니 무슨 직업을 구하우?"
하고 허영은 미안한 듯이 그러나 살아난 듯이 순옥을 바라보며 물었다.

"왜 못 구해요? 교원 자격두 있구 간호사 자격두 있는걸."
하고 순옥은 죽을 뻔하던 자식이 겨우 숨을 돌린 때와 같이 가엾음과 안심함을 느끼면서 빙그레 웃었다. 이 웃음은 허영의 된 상처를 눅이는 힘이 있었다. 순옥의 침착하고 자신 있는 부드러운 말과 웃음에 허영은 갑자기 앞이 환해지는 것 같았다. 그리고 그의 시인적 상상력은 교외의 조그마한 사글세 초가집에서 새로 차릴 가정생활까지 눈앞에 그려보았다.

"당신은 참말 천사시오."
하고 허영은 순옥의 앞에 허리를 굽혔다. 이것도 다른 때와 달라서 허영의 진정인 것을 순옥은 느꼈다.

이튿날 아침에 순옥은 장 속에 두었던 삼천 원 예금 통장을 내어서 허영을 주었다.

허영은 깜짝 놀랐다.

"이게 웬 게요?"

"우리 오빠가 나 시집올 적에 주신 거야요. 두었다가 급한 때에 쓰라구. 이걸루 집만이라두 찾으세요. 집만 찾아놓으면 어머니께서는 마음을 놓으시겠지요. 땅 말씀은 물으시기 전에는 여쭙지 마시구려."

허영은 또 한 번 순옥의 앞에 허리를 굽혔다. 이번에는 이마가 방바닥에 닿도록 그렇게 간절한 절을 하였다. 그리고 허영이가 고개를 쳐들 때에는 허영의 눈에서는 눈물이 흘러내렸다.

"원, 이런. 이런 은혜가 어디 있소?"

"집만 찾으시구, 김씨는 잊어버리세요."

"무엇이나 당신 말씀대루 하리다. 원, 이런. 이런, 도무지 미안하구 무엇이라구, 난 참."

하고 허영은 순옥의 삼천 원 통장과 도장을 손에 든 채로 눈물을 흘리고 앉았다.

허영은 한참 동안 눈물을 흘리고 앉았더니, 불쑥 일어나서 안방으로 건너갔다. 한씨의 큰소리가 나고, 허영의 울음 섞인 소리가 나고, 이러기를 얼마를 하더니, 한씨가 비척거리면서 대청을 걸어서 건넌방 문을 열었다.

"아이, 어머니."

하고 순옥은 끝없는 생각에서 깨어나서 일어나 윗목에 비켜섰다.

한씨는 아랫목에 펄썩 앉으며,

"아가. 거기 좀 앉아라."

하고 순옥을 힐끗 본다.

순옥은 방 한구석에 팔을 짚고 앉아서 고개를 숙인다.

"어미가 며늘자식을 보구 이런 소리를 하게 된 것은 면목이 없다. 허지만 이런 고마운 일이 없구나. 네 남편이 집안을 다 망해 놓은 것을, 너 때문에 집칸이라두 쓰구 살게 되었으니 네게 무어라구 다 할 말이 없다. 네가 아니더면 식구가 다 한데루 나앉을 뻔했구나. 고맙다."

하는 한씨의 말은 흐려진다.

"아이, 어머니, 왜 그런 말씀을 하십니까."

순옥은 이렇게 말할 뿐이었다.

그다음 일요일에 일찍이 순옥은 오빠 영옥을 찾았다. 혼인한 지 일 년이 넘는 동안에 영옥이가 두 번 허영의 집에 다녀갔을 뿐이요, 순옥이가 영옥을 찾아가기는 이번이 처음이었다.

"너, 웬일이냐?"

하고 영옥은 순옥이가, "오빠 계시우?" 하고 방문을 여는 것을 보고 놀란 것도 당연한 일이었다.

"놀러 왔지요."

하고 순옥은 상글상글 웃었다.

"놀러?"

하고 영옥은 아직도 마음이 놓이지 아니하여서 순옥을 훑어보았다.

"왜요? 난 오빠한테 놀러 못 와요?"

"어떻게 허영이가 너를 밖에 내놓았어?"

"흥."

"그래 너의 집엔 아무 일 없나?"

"앓는 사람은 없어요."

"앓는 사람은 없어?"

"왜요?"

순옥은 영옥의 얼굴의 의심스러운 표정이 우스워서 어린애 모양으로 웃는다.

"허영인 무얼 해?"

"무얼 해요. 집에 가만히 있지."

"가부판에 다닌다던데."

"그것두 그만두었어요."

"그만두었어?"

"응."

"왜? 인젠 밑천이 다 떨어졌나 보군."

"맞았어요."

"맞았어?"

"어떻게 오빠가 아시우?"

"무얼?"

"아니, 허가 밑천이 다 떨어진 줄을 말요?"

"밑천이 떨어졌길래 그만두지 않니?"

"왜? 남기군 못 그만두어요?"

"허영이가 어떻게 남기니?"

"왜요?"

"흥."

"못나서요?"

"바루 알았다."

"그래두 자기더러 물어보세요."

"세상에 제일 잘났노라지? 꼭 돈을 번다구 장담하구?"

"아이, 시원두 하시우."

"무엇이?"

"오빠하구 말을 하면 속이 시원해."

"왜?"

"속이 툭 트이셔서 말 안 해두 다 아시니깐."

"그 김가 녀석한테 속아 넘어갔겠구나?"

"어떻게 아세요?"

"왜, 그때에 너의 집에서 보지 않았니? 보니깐 벌써 틀렸더라. 허영이가 그 녀석한테 몽탕 먹혀버릴 괘더라."

"그런 줄 아시구 왜 허보구 말씀 안 하셨어요?"

"무어라구."

"그 김하구 가까이하지 말라구."

"흥, 벌써 틀린걸. 내가 말한다구 듣겠니? 하느님이 타이르셔두 안 되겠더라."

"흥, 오빠가 참 용하셔."

"왜?"

"안 들어요. 나두 그 김이라는 사람이 불길해 보이길래 한번 말을 했지요, 그 사람을 가까이하지 말라구. 영 안 듣는구면. 안 듣기만 하나요, 성을 내는걸."

"무어라구?"

"남편의 친구를 그렇게 나쁘게 말하는 버릇 어디서 배웠느냐구, 그게 안박사한테 배운 거냐구."

"그래, 넌 무에라구 했니?"

"내가 무에라구 했겠어요?"

"잠자코 있었지?"

"맞았어요."

"흥, 제법이다."

"무엇이?"

"네가 잠자코 있는 것이 말야. 그런 때에 그런 사람하구 이론을 하는 것은 어리석은 일이어든. 불장난하다가 손을 데구 나서야 불이 뜨거운 줄 아는 패하구 말이다. 그래 얼마나 밑졌어?"

"몽땅."

"몽땅이라니?"

"있는 거 죄다 흥."

"죄다? 땅이랑, 집이랑?"

"그럼 그것밖에 더 있소?"

"얼마에 잡혔는데?"

"한 이만 원 넘는대."

"그래 어떻게 되었니?"

"다 차압당했지요, 내 장꺼정."

영옥은 놀라는 모양으로 순옥을 물끄러미 본다.

"차압을 당했어? 언제?"

"그끄저께 금요일날."

"집달리가 와서 모두 표질 붙이구 갔어?"

"으응, 오빤 어떻게 아시우, 표지 붙이는 걸?"

"그런다구 그러더구나."

"장관이야요 아주. 이 표지 떼면 큰일 난다구 그러구. 후후후
후."

하고 순옥은 웃는다.

"그래 어떻게 됐어?"

"어떻게 되긴요. 그래서 내가 그 이튿날 오빠가 주신 삼천 원
통장 주었지요, 집이나 찾으라구, 세간하구."

"그래 집은 찾았니?"

"월요일—내일이지. 내일은 와서 표지 떼어준대. 토요일날 갖
다가 물었으니깐."

"그럼, 너, 돈 한 푼두 없구나?"

"없죠."

"네 돈을 그렇게 한 푼 없이 다 주어버리구 어떡하니?"

"왜요?"

"왜요라니. 남편이라는 게 그따위구 한데."

"그 돈을 주구 나니깐 도리어 속이 시원한데요."

"왜?"

"흐흐 남편에게 딴 비밀을 둔 것 같구, 또 딴속을 둔 것 같애

서."

하고 순옥은 잠깐 수삽한[137] 빛을 보인다.

"어지간하다."

"무엇이요?"

"아아니, 네 마음이 상당하단 말이다."

하고 영옥은 몇 번 고개를 끄덕인 뒤에,

"그렇지만 앞으루 어떡할 작정이야?"

하고 순옥의 낯빛을 근심스럽게 바라본다.

"무엇을요?"

"아니, 인제부텀 무얼 먹구 살아가느냐 말야."

"예수께서 무어라구 하셨어요?"

"먹고 입고 살 것 근심 말라구?"

"그럼, 오빠 안 믿으시우, 그거?"

"그래두, 그건 그 나라와 의를 구하는 사람 말이지."

"해를 악인에게두 비치시지요?"

"하긴 그렇지."

"난 그 재산 다 없어진 거 복으루 압니다."

"어째서?"

"그까진 거 때문에 허두 속에 교만이 잔뜩 들구, 시어머니두 그리셨거든요."

"흥흥, 그래. 인제는 그 교만이 빠졌든?"

"난 허하구 사귄 뒤에 십 년이 거진 돼두 허가 참으루 아무 거짓두 거드름두 없는 모양을 이번에 처음 보았어요. 이 앞으루 어

떻게 사나 하구 걱정하는 거며, 내가 그 돈을 내놓았다구 고마워
하는 거며, 또 집안이 망했다구 슬퍼하는 거며, 또 내가 직업을
얻어서 밥을 번다니깐, 당신이 어떻게 그렇게, 하구 미안해하는
거며, 모두 진정야, 오빠. 그리구 오늘 아침에두 오빠한테 가서
직업 얻을 의논이랑 하구 온다니깐 허두 어서 가 보우, 그러구 시
어머니두 오, 어서 가 보아라, 그동안 한 번두 못 가서 안됐구나,
빈손 들구 가느냐? 그러시구. 이것이 그까진 이만 원 돈에 대겠어
요, 오빠? 난 허랑 시어머니랑 그 꾸밈없는 참모양을 나타내는 것
을 보니깐 어떻게나 기쁜지 몰라요. 오빠, 흐흥. 내가 미친 계집
애지요?"

"왜?"

"집안이 망했는데 이따위 생각을 하니 말야요."

"허가 그런 마음을 한 번만 가져주었으면 좋겠다."

"어떤 생각?"

"네가 하는 그런 생각 말야."

두 사람은 한참이나 말이 없었다.

"아이, 내가 너무 내 소리만 했어."

하고 순옥은 고쳐 앉으며,

"오빠, 어머니 편지 받으셨수?"

"응, 바루 어저께."

"안녕하시대?"

"응, 네 걱정만 하시더라."

"무어라구?"

508

"마음이 그저 안 놓이셔서 그러시지. 너 애 안 낳느냐구두 하시 더라."

"내가 아이?"

"응, 과부네 외아들한테 널 시집을 보내셨으니까 걱정이 안 되 시겠니? 며느리가 아들을 하나 낳아놓아야 지위가 견고하거든. 그래서 그러시지, 머."

"그렇게 한 푼 없이 된 줄 아시면 걱정하시겠지요?"

"그럼."

"그래두 어머니는 하느님을 믿으시니깐. 또 오빠."

"왜?"

"언니한테 편지하시우?"

"흐응, 하지, 왜?"

"정말?"

"응, 한 달에 한 번씩은 해. 네 말대루."

"아이 고마워라, 오빠. 오빠 언니를 잘 위해주시우. 언니를 잘 사랑하시구 언니 위해 정성을 다해주시우. 또 난봉나지 말구."

"내가 언제 난봉났니?"

"술 잡숫구 담배 잡숫구, 언니한테 편지 안 하구, 그럼 난봉이 지 무어요?"

"술은 지금두 먹는데, 담배두 먹구."

"그래두 언니만 잘 사랑하시면 괜찮아."

"왜? 허영이는 다른 일두 하는 모양이든?"

"누가 아우? 아무려나 아내야 남편의 사랑을 잃어버리면 죽은 목숨이지 무어요? 또 남편이 아내를 안 위하게 되면 난봉난 거구. 안 그래요?"

"허영이가 사람이 주책이 없어서 여자에게 대해서두 좀 헤플 거다. 더구나 화가 나면 사람이란 난봉이 나는 거야. 허영이가 딴 계집이나 따라다닌다면 너는 어떡할래?"

"가만두죠. 난 나 할 일이나 하구."

"나 할 일이라니?"

"아내 노릇, 며느리 노릇 말이죠. 그러다 정말 딴 여자가 마음에 들어하거든 난 살짝 물러 나오구요."

"꼭 그대루 될까? 정작 당하구 보면 네 마음두 뒤집히지 않겠니, 질투루?"

순옥은 고개를 한참을 도리도리하고 나서,

"아아니, 난 질투심이 날 것 같진 않아. 남편에게 사랑이 부족해서 그런지는 몰라두. 허가 다른 여자를 원하기만 한다면 난 곱다랗게 물러설 것 같아."

하고 멀거니 어디를 바라본다.

"그런데."

하고 영옥이가 아까부터 물어보려면서도 딴말에 가려서 못 물어보고 있던 말을 할 기회가 왔다 하고,

"어떡하련?"

하면서 순옥을 본다.

"무얼요?"

"아니, 넌 인제 어떡할 테냐 말이다."

510

"나요?"

하고 순옥은 한참이나 영옥을 바라본다. 지금까지 마음에 계속하던 생각을 정리해버리는 것이다.

"그래."

"그러지 않아두 오늘 그 의논을 하러 왔어요."

"어떻게 하기루."

"나 의사가 될 테야."

"의사?"

"응."

"시험을 치러서?"

"네, 내가 안선생 병원에 사 년 있었으니깐——몇 달 못 차긴 하지만——시험 칠 수 있지요?"

"치를 수 있기야 하지. 그렇지만 너 언제 의학 공부 했니?"

"병원에 있을 적에 책을 보았어요, 선생님 책을."

"무엇, 무엇?"

"내과랑, 외과랑, 산부인과랑, 소아과, 또 생리학, 병리학——이런 것 다 보았어요. 해부학두 한 벌 보구."

"그럼 다 보았구나."

"한 일 년 내버려두었으니깐 좀 잊어버렸겠지만. 그런데, 물리학하구 화학하구요 임상하구 그게 걱정야."

"왜 물리, 화학 배웠지, 학교에서?"

"그게 언제요? 벌써 십 년이나 넘은걸. 또 우리 학교 선생이 좀 변변치 않아서 물리, 화학을 잘 못 배웠어."

"그럼 시험은 언제 쳐보게?"

"금년에 아직 안 지나갔지요?"

"아직 안 지나갔지. 오월인가 유월인가. 왜 금년에 쳐보게?"

"네, 봄에 절반 가을에 절반 그렇지요?"

"그런가 보더라. 그런데 봄에 치르는 게 아마 물리, 화학이지, 해부학이랑. 가을이 임상이구."

"그렇다나 보아요."

"그럼 언제 준비할 새가 있나?"

"오빠 날마다 좀 가르쳐주셔요. 그리구 오빠 책 좀 빌려주시구."

"내가 교과서가 있나?"

"왜? 집에 두고 안 가져오셨소?"

"북간도 병원에 있지. 책이야 안선생 병원에두 있다면서?"

"거기야 있지만."

"그럼 안선생한테."

하다가 영옥은 말을 끊고 잠깐 생각하더니,

"아무래두 안선생한테 도움을 좀 받아야지. 책두 책이지마는 임상 진단하는 거랑 처방하는 거랑 그걸 배워야지. 너 제일기에 합격하더래두, 가을 제이기까지 몇 달 남았니? 그때에는 환자를 내어놓고 진단을 하구 처방을 내라구 그런다. 그러자면 그냥 간호사루 구경만 한 것 가지구는 안 돼요. 의사한테 설명을 들어가면서 배워야지. 또 정말 환자의 가슴이랑 배랑 두들겨보기두 하구, 들어보기두 하고, 그래야 되지. 그러자면 안선생 병원에서밖에 할 데가 있어?"

"없죠."

하고 순옥은 시무룩하다가,

"그렇게 안 하구 안 되지, 오빠?"

하고 걱정스러운 눈으로 영옥을 바라본다.

"안 되지, 어떻게 되니, 맨꽁무니[138]루. 왜 허영이가 말 안 들을까 보아서 그러니?"

"내가 안선생 병원에 가 있는다면 허가 좋아하겠어요? 그때에 두 바루 이 방에서 허가 제 입으루 혼인한 뒤에두 나는 안선생 병원에 다니면서 일을 보아두 좋다구 하지 않았어요? 그러더니 혼인해놓구는 목욕탕에두 못 가게 하는걸."

"목욕탕에두 못 가게 해?"

"흥, 목욕탕에두 못 갔더랍니다. 지금은 목욕탕을 지어놓았지마는."

"너 그럼, 안선생한테는 한 번두 안 가 뵈었니?"

"어딜 가요?"

"아니, 혼인 후에 한 번두 안 갔어?"

"그 집 대문 밖에가 오늘이 처음야요."

"미친 녀석이로구나. 너두 못난 계집애구."

하고 기가 막히는 듯이 이윽히 순옥을 물끄러미 바라보다가,

"내게 안 온 것두 허영이가 보내질 않아서 안 온 거야?"

하고 분개한 눈찌를 짓는다.

"그럼은요. 내가 오빠한테 온다면, 가지 말라구, 제가 오빠 데

려오마구 그런답니다."

"원, 저런 못난이가 어디 있누? 그러기루 너두 너지, 그런 학대를 받구두 가만있어?"

"그럼 어떻게 해요? 내가 그 집에서 나온다면 몰라두 가만히 있지 어떡합니까."

"그래, 잘 참아져, 그렇게?"

"그럼 참지요, 어떻게 해요?"

"너, 그 집에서 나올 생각은 없니?"

"나오다니?"

하는 순옥의 눈썹이 찍 올라간다.

"이혼하구 나온단 말야. 이혼이란 그런 데 쓰는 게지 무어람."

"이혼요?"

하고 순옥은 한숨을 짓는다.

"그럼, 그리구 어떻게 살아, 일생을?"

"난 이혼할 생각은 없어요."

하고 순옥은 고개를 도리도리한다.

"왜? 허영이한테 사랑이 있어서?"

"사랑이야 내가 언제 사랑 있었던가요."

"그럼, 왜?"

"그걸 무얼 이혼을 해요? 어떻게든지 한번 시집을 갔으면 쓰나 다나 일생을 살지——혼인할 때에 그렇게 서약 안 했어요?"

"흥, 그거야 하긴 서약이지. 그러기루 그걸 누가 생각하니? 한 형식으루 네, 네 그러지."

"오빠두 건성 예루 네, 네 하셨수?"

"흥, 그럼. 그걸 정말루 알구 하는 사람두 있을까? 흥, 하긴 중대한 서약이라야 옳지, 넌 그래, 그 서약을 꼭 고대로 지킬 작정이냐?"

"그럼은요."

"그야, 네 생각이 옳지."

"옳은 것밖에 할 일이 무엇이 있어요? 난 애초에 낙을 보려구 시집간 것은 아니니깐요. 며느리 노릇, 아내 노릇, 또 하느님이 하라시면 어머니 노릇꺼정이라두 해볼 양으로 시집을 간 것이거든요. 고생이 오면 고생두 겪어보자, 불행이 오면 불행두 당해보자. 또 낙이라는 것이 있다면 그것두 맛을 보자—그저 이거야요. 그런데 무얼 이혼을 해요? 좀더 나은 남편 얻어 가서 좀더 편안히 살아보게요? 흥, 오빠, 난 그런 생각은 애초부터 없어요. 난 그저 지금 모양으루 허영의 아내루 또 시어머니 살아 계신 동안 그 집 며느리루 어디 내 힘껏 해볼래요. 내 힘이 얼마나 되나 보게. 난 그저 그것뿐이야요."

순옥의 눈에서는 눈물이 빛난다. 순옥의 말을 듣는 영옥도 몸이 오싹하고 눈자위가 쓰려짐을 깨닫는다. 고개를 숙이고 한참이나 말없이 앉았던 영옥은 고개를 번쩍 들며,

"순옥아."

하고 불렀다. 그것은 목이 멘 소리였다.

"네에?"

하는 순옥의 대답은 들릴락 말락 하였다.

"흑, 흑. 네 말이 옳다!"

하고 영옥은 소리를 내어서 느껴 울었다. 얼마를 오라비와 누이는 마주 보고 울었다.

"그럼, 가자."

하고 영옥은 옷을 입고 나섰다.

"어디루요?"

하고 순옥도 눈물을 씻고 따라 일어선다.

"너의 집에."

"무엇 하려요?"

"가서 네 남편하구 담판을 해야지."

"무슨 담판?"

"너 시험 준비 말이다."

허영은 집에 있었다. 아직 풀대님[139]으로 대청까지 나와서 영옥의 손을 잡고 얼굴이 전체로 웃음으로 변하기는 하였으나 그 풀죽고 초조한 빛을 가릴 수는 없었다.

건넌방에 들어와 앉는 길로 허영은,

"도무지 자네 대할 면목이 없네."

하고 고개를 숙였다.

"응, 순옥이한테 말을 대강 들었어. 더 말 말게."

하고 영옥은 웃어 보였다. 허영은 쓴웃음을 웃었다.

허영은 바로 일 년 전에 영옥이가 바로 이 자리에서 제게 탐욕이 많다고 말한 것을 생각하고 새삼스럽게 부끄러웠다. 실상 저는 탐욕이 없는 줄로 자처하였지마는 필경은 탐욕으로 패한 것임을 승인하지 아니할 수가 없었다. 이것저것 모두 합하여 허영은 영옥을 대하기가 심히 부끄러웠다. 안빈이나 순옥이가 저보다 여러 급 위라던 영옥의 말과 같이 영옥도 허영 저보다 여러 급 위라고 항복하지 아니할 수 없었다. 그렇게 생각하면 허영은 제가 한량없이 졸아듦을 아니 느낄 수가 없었다. 초라한 제 모양을 보는 것이 심히 부끄러웠다.

순옥은 잠깐 앉았다가 어머니 방으로 건너가고 말았다. 제가 자리에 있어서는 말이 불편할 것을 느낀 것이다.

"난 지금 순옥이더러 자네하구 이혼하기를 권했네."

하고 영옥은 사정없는 첫 방망이를 허영의 머리에 내리쳤다.

"엉?"

하고 허영은 펄쩍 뛰는 듯이 고개를 들었다.

"왜? 자네 이혼할 마음 없나?"

하고 영옥은 둘째 방망이를 쳤다. 영옥의 어성은 낮았으나 얼굴은 무서울 만큼 엄숙하였다.

"왜, 순옥이가 자네보구 무슨 말을 하던가?"

하는 허영의 얼굴은 감정의 혼란 상태, 그것이었다.

"아니, 한마디루 대답을 하게——자네 지금두 내 누이를 사랑하는가?"

"그게 무슨 말인가? 내가 그럼 내 아내를 사랑하지 않겠나?"

"그런 대답 말구——그런 말 위한 말 말구 말야. 참으로 진정으로 대답을 해보란 말야."

"참으로 그래."

"그럼 이혼할 수는 없단 말이지."

"암!"

허영은 힘 있게 대답한다.

"그럼 또 한 가지 묻겠네. 이것두 얼렁뚱땅한 대답으루 말구 참으로 대답해보게. 자네 내 누이를 한 인격자루 믿구 존경하나?"

"암, 믿구 존경하구말구."

"그게 정말인가, 참인가?"

하고 영옥이가 재우치는 바람에 허영은 잠깐 주저주저한다.

"허군(박농이라고 안 부르고), 무엇 하러 애써서 말을 꾸미려 드나? 있는 대루 말을 할 게지. 왜 제 감정을 속이려 드나? 무엇이 무서워서 그러나? 인제부터는 자네 그 꾸미는 거 다 벗어버리구 빨가벗은 알몸으로 살라구."

영옥의 말은 한마디 한마디가 허영의 목을 꼭꼭 졸라매는 것 같았다. 삼십여 년 살아오던 생활이 온통으로 사개[140]가 물러나버리는 것 같았다. 허영이 제가 생각하여도 제 말이나 행동에나 언제나 조금씩은 꾸미는 것이 있었다. 그것은 그가 마음에 느껴지지도 아니하는 시를 짓는 데서 생긴 습관일지 모른다고 허영은 생각해본다. 말이 되게 하기를 위하여서 속에도 없는 말을 꾸며대는 것은 허영에게는 인제는 습성이 되고 말았다.

허영은 영옥을 대할 때마다 가장 분명하게 이것을 느낀다. 영옥이가 아무 거리낌도 없이 제 속에 있는 대로 똑바로 말하는 것을 보면 제가 그렇게 못 하는 것이 부끄러웠으나 그래도 저는 여간해서는 영옥의 모양으로 할 수가 없다. 그래서는 여전히 속에 생각하는 것과는 다른 말을 지어서 하는 것이었다. 또 영옥이 말고 다른 사람들을 대할 때에는 이렇게 지어서 꾸며서 하는 것이 대단히 편리하고 효과가 많은 것 같았다. 그래서 말과 생각과는 같지 아니할 것으로 허영은 생각하고 있는 것이었다.

이 경우에도 허영은 제 속에 있는 생각대로 말하자면,

"나도 자네 누이를 사랑은 하네. 그러나 존경은 아니 하네."

이렇게 대답해야 옳을 것이지마는 그 어디, 그렇게 말하는 법이야 있나 하는 생각이 허영의 마음을 주장하는 것이다.

"암, 내가 순옥이를 믿구 존경하구말구."

이렇게 대답한다든지, 또는,

"이 사람, 무슨 소리라구 그런 소리를 하나?"

하고 뽐내는 것이 더욱 편리할뿐더러, 또 당장의 곤경을 면할 것도 같았다.

그러나 허영은 영옥이가 제 속을 빤히 들여다보고서 또 한 방망이가 모질게 제 정수에 떨어질 것이 두려웠다. 이래서 허영은 영옥의 말에 대답을 못 하고 머뭇하고 있는 것이다.

아아 괴로운 일이여! 그러나 마침내 허영은 결심하였다. 눈 꽉 감고 버티자는 예정으로,

"암, 내가 믿구 순옥의 인격을 존경하구말구. 대관절 자네, 그런 말은 왜 묻나?"

하고 뽐내어보았다.

"응, 자네가 순옥을 사랑한다는 말은 믿네. 아무러한 젊은 여자라두, 또 순옥이만큼 난 여자면 자네가 사랑할 터이니까 말일세.

그렇지마는 자네가 순옥일 믿는다, 존경한다 하는 말은 다 거짓말야."

"아아니, 그럴 수가 있나? 그것은 자네가 내 인격을 너무 무시하는 말일세."

"자네 어느 인격을 무시한단 말인가?"

"어느 인격이라니?"

"아니, 자네 정말 속에 있는 인격하구, 또 자네가 그때그때에 임시루 지어놓는 인격하구 말일세."

"그건 다 무슨 말인가?"

하고 허영은 어리둥절한다.

"못 알아듣겠나, 내 말을?"

하는 영옥의 눈에 잠깐 멸시하는 빛이 뜬다.

"아무려나 나는 내 아내 석순옥을 믿구 또 존경하네."

하고 허영은 예정한 코스로 달아남으로 이 기막힌 딜레마에서 벗어나려 한다.

"글쎄, 자네 그 대답에 나는 만족하겠네마는 자네가 만족하기 어려운 것 같아."

"그건 또 무슨 말인가?"

"아니, 자네 속에 있는 인격이 말야—자네 양심이란 것이 항의를 한다면 자네가 괴로울 것 아니냐 말야."

"아아니, 내 말은 철두철미 양심적일세. 나는 이중인격자두 아니요, 속과 다른 말을 하는 사람두 아니란 것을 자네두 잘 알아두게."

하는 허영의 어조와 얼굴에는 분개한 빛조차 떠오른다. 허영은 속에서 자존심이 불어 오름을 깨닫는다. 더구나 아내의 돈 삼천 원을 받아서 집을 찾아놓은 남편으로는 이만한 위신을 유지하지 아니하면 아니 될 필요까지도 느껴져서 허영은 제가 발하는 능력이 상당히 크다는 것까지도 느낀다.

"정말인가? 정말, 자네 말대루 양심적으루 내 누이를 믿구, 또 존경하나?"

"암, 그렇지, 무슨 맹세라도 하겠네."

"맹세는 할 것 없구. 아무려나 고마워."

"무엇이 고맙단 말인가?"

하고 허영은 제가 이번에 취한 정책이 성공한 것을 은근히 탄복한다. 역시 인생 생활에는 참보다도 거짓이 필요하다는 것을 느낀다.

"자네가 적어도 이중인격을 가지는 것과 속과는 다른 말을 하는 것이 옳지 아니하다는 생각만은 아직두 잃어버리지 아니한 것이 고맙단 말일세."

"무엇이? 지금 뭐라구 했나?"

하고 허영의 얼굴에는 경련이 일어난다.

"못 알아듣겠나? 그럼 그만두게."

"고건 모욕일세그려. 자네가 나를 모욕을 하네그려."

하고 허영은 두 주먹을 불끈 쥔다.

"모욕으루 아나? 내 말을 모욕으루 아나? 나는 자네를 누이의 남편으로 보기 때문에 처남 매부두 형제라구 믿기 때문에, 하기 어려운 말을 해본 것일세. 자네의 그 거짓 껍데기를 벗겨볼 양으루. 자네의 진면목을 발로시켜볼 양으루, 자네네 가정에서 불행의 뿌리를 빼어 버려볼 양으루, 내 누이는 마음이 외곬이라 자네하구 이혼을 하라구 권해두 자네를 버리지는 않구, 제 힘껏 자네 아내 노릇을 해볼라니까 할 수 없이 인제는 자네 거짓 껍데기를 벗겨서 내 누이의 일생을 좀 건너기 쉽게 해볼까 하구 그런 겐데 자네가 모욕으루 들으면 난 더 말 안 하겠네. 난 가네."

하고 영옥은 분연히 일어선다.

안방에서 시어머니의 어깨를 주무르면서 건넌방에서 일어나는 일을 주의하고 있던 순옥은 "난 가네" 하는 영옥의 소리가 심상치 아니하게 들리는 것을 보고 문소리가 나면 나가리라 하고 대기하고 있었다. 그러나 문소리가 아니 나는 것을 보고는 하회를 기다리기로 하였다.

영옥이가 일어설 때까지도 버티고 앉았던 허영은 영옥이가 모자를 들고 나가려고 문에 손을 댈 때에야,

"이리 좀 앉게."

하고 일어나서 영옥의 팔을 잡았다. 영옥은 고집도 아니 하고 도로 앉았다.

"내가 모두 잘못일세."

하고 허영이가 고개를 숙였다.

"무엇이 말인가?"

하고 영옥은 냉연한 태도를 취한다.

"자네 말이 절절이 옳아. 내가 모두 거짓일세. 자네가 내 속을

들여다보는 줄을 알면서도 또 한바탕 거짓을 꾸민 거야. 작년에
도 자네가 바루 이 방에서 날더러 거짓과 탐욕과 교만을 버리라
구 하였지마는 오늘이야 내가 그 말을 깨달았네. 내가 탐욕으로
집을 망하구, 또 거짓으로 가정과 몸을 망치려던 것을 인제는 분
명히 깨달았네. 또 여태껏 내가 뻔히 자네 말이 옳구 내가 굴해야
할 줄을 알면서두 처남 앞에 굴하는 게 싫어서——그게 교만 아닌
가? 자네 말대루 내가 내 진면목을 인제야 본 것 같아."

　허영의 이 말에 영옥은 하두 기뻐서 눈물이 흘렀다. 참 허영을
본 것이다.

　"자네 낙루하나? 자네, 낙루하나? 여보게 자네 나를 위해서 낙
루하나?"

하고 허영은 걷잡을 새 없이 느껴 운다.

　"아아, 자네가 낙루를 하네그려. 나를 위해서 이 못나구 거짓된
매부 허영을 위해서. 우후우후. 여보게 여보게, 아아, 우후후후우
우우우."

　허영의 울음소리는 안방에까지도 들렸다.

　"네 남편이 울지 않니?"

　시어머니는 고개를 돌려서 순옥을 보다가 순옥의 눈에도 눈물
이 있는 것을 보고,

　"너두 우는구나. 왜 무슨 일이 생겼니?"

하고 어리둥절한다.

　"아아뇨."

　"그럼 왜들 울어?"

"오라범도 울겠죠."

"왜? 아이구."

하고 시어머니는 한숨을 짓는다.

"아마, 인제부터는 잘 살아가자구 우는 게죠."

"그랬으문야 작히나 좋겠니?"

하는 시어머니도 사돈 손님에게 말이 아니 들리게 하느라고 어성을 낮춘다.

"그래두 네가 건너가 보려무나."

"네."

하고 순옥이가 눈물을 씻으면서 건넌방 문을 열었을 때에는 영옥과 허영은 손을 마주 잡고 있었다.

"점심들 어떻게 하셔요?"

순옥은 두 사람의 얼굴을 슬쩍 보고 나서 이런 말을 하였다.

"자네두 점심 먹게."

하고 허영이가 유쾌하게 말한다.

"어느새에."

"아직 이르긴 하지마는, 오빠 국수장국 끓여드려요?"

"응, 참 그게 좋겠네."

하며 허영은 인제는 청요리도 못 시켜 올 신세인 것을 생각하고 풀이 죽는다.

"아니, 그럴 거 없다."

하고 영옥은 순옥을 슬쩍 보고 다음에는 허영에게로 눈을 돌리며,

"오늘 저녁을 먹세. 너두 가구. 그리구 창경원 밤 사꾸라 구경

이나 하구. 내가 한턱 내지."

하고는 또 순옥을 본다.

순옥도 전체의 공기가 매우 명랑한 것을 보고 상그레 웃는다.

"안선생하구, 박인원씨나 하구. 어떤가, 괜찮지? 정거장 식당이든지 호텔에서든지?"

영옥은 이렇게 보첨하면서 허영과 순옥의 눈치를 본다.

"글쎄 저녁은 저녁이구요, 점심은 잡수셔야지."

하며 순옥은 허영을 본다.

"아니야, 내가 매부보구 무슨 의논 좀 하구는 안선생한테를 다녀와야 할 테야. 아마 점심은 다른 데서 먹을 것 같다."

영옥은 특별히 매부라는 말을 쓴다.

이 말에 순옥은 영옥의 계획을 다 짐작하고,

"그럼, 당신은 무얼 잡수실라우?"

하고 순옥은 허영을 본다.

"내야 아무거나."

순옥은 나가버린다. 순옥이가 안방 문을 여닫는 소리를 듣고 영옥은 허영에게 말을 한다.

"자네, 안박사 언제 찾아뵈었나?"

"안박사?"

허영은 또 곤경을 당한다.

"그새에 못 뵈었는데."

"그새에라니?"

"한 일 년 못 찾아뵈었어."

"그럼, 혼인 후엔 한 번두 안 갔네그려?"

"그만 그렇게 되었어. 이럭저럭 그저 바빠서."

"또 거짓말!"

"허기야 성의가 없어서 그렇지."

"순옥인 몇 번 찾아뵈었겠지, 안박사를?"

"글쎄, 모르긴 모르겠네마는 아마 못 갔을걸."

"왜?"

"그저 당가[141] 살림이니깐 어디 떠날 사이가 있나?"

"쯧쯧쯧쯧."

"허기야 다 성의가 없어서 그렇지."

"쯧쯧쯧쯧."

"똑바로 말하면 내가 안박사를 찾기가 싫었어. 순옥이가 가는 것두 싫었구. 사실이야 그게지."

"응, 내가 자네 입에서 그 말을 들으려구 그런 것일세. 지금두 그런 감정을 가지구 있나? 지금두 안박사가 싫은가? 순옥이가 안 박사를 생각하는 것두 싫구?"

"그게 다 내 잘못이지."

"아니, 그렇게 말 말구 솔직하게 말일세."

허영은 한참 동안 말이 없다.

"자네가 안박사에게 대한 감정을 고칠 수 없다면 더 말할 필요 두 없구."

"역시, 내가 잘못 생각야. 안박사나 순옥을 불신임하는 생각이 구. 암 그렇지."

하고 허영은 눈을 감았다 떴다 하더니,

"그런데 그 말은 왜 묻나?"

하고 영옥을 향하여 싱겁게 웃는다.

"글쎄, 순옥이가 의사 시험을 치를 의사가 있다는데. 아마 생활의 방편을 위해서 그러겠지. 금년에라두 치르구 싶다는데 말야. 그러니 의사 시험을 치르려면 의사 공부를 해야 아니 하느냐 말야. 물론 자네하구 먼저 의논이 된 줄 아네마는 순옥이가 안선생병원 있는 동안 교과서는 한 벌 보았대. 그렇지마는 진단이라든지 치료라든지 처방이라든지 말야, 소위 임상이란 것은 곁에서보기만 하구는 할 수 없는 일이어든. 그래서 내 생각 같애서는 순옥이가 시험 끝날 때까지 다시 안선생 병원에를 댕겼으면 좋을텐데, 그게야 자네 생각대루 할 게 아닌가? 자네 감정이 말야, 그렇게 순옥이가 안선생 곁에 있는 것이 불쾌하다면 못 하는 일이구. 그건 내가 무어라구 말할 수 없는 일이니까. 그렇다면 다른병원에라두. 가만있자, 적어두 다섯 달 동안은 견학을 해야 되겠단 말야. 또 유력한 의사한테 일일이 설명두 듣구 말이세. 그럼어디 자네가 마음 놓구 믿구 순옥이를 부탁할 데가 있나 좀 생각해보게. 대학병원, 의전병원은 무론[142] 되지두 않으려니와 설사 들어간다 하더라두 배울 수두 없구——누가 그렇게 힘을 들여서 시험 준비를 시켜주겠나. 천생 개인의 병원일 수밖에 없구. 순옥이는 날마다 나한테서 배울 말을 하데마는 나 같은 애숭이루는 가르쳐줄 힘두 없을뿐더러 말야, 또 환자가 있어야 가르치지 않나? 그두 내가 개업이나 하구 있으면 모르지마는. 어떡하면 좋겠나?

어디 말해보게. 자네가 마음 놓구 순옥일 맡길 병원이 있는 게 제일 좋을 텐데."

영옥은 말을 마치고 모든 것을 다 허영의 재단에 맡긴다는 태도로 벽에 몸을 기댄다. 지금까지의 긴장을 턱 풀어놓았다.

허영은 영옥의 말대로 아는 개업 의사를 하나씩 점고를 해본다. 이 사람은 어떨까, 저 사람은 안 될까 하고. 허영은 여러 해 신문 기자 생활에, 더구나 학예부 기자로 가정 위생란 같은 것 때문에 의사를 아는 사람도 적지 아니하였다. 그러나 그들이 대개는 술친구로는 좋을는지 몰라도 젊은 아내를 믿고 맡길 사람들은 아닌 것 같았다. 김광인한테 속아 넘어간 허영은 사람을 의심하는 공부를 한 셈이었다.

몇 번을 되풀로 개업의들을 이 사람일까, 저 사람일까 하고 골라보아도 필경은 허영의 마음은 원치도 아니하는 안빈에게로 떨어질 수밖에는 없는 것이었다. 그러나 '안빈은 안 돼!' 하고 허영은 또 한 번 개업 의사들을 점고해본다. 역시 그 결과로는 아내를 안심코 맡길 데가 안빈밖에 없었다.

이에 허영은 제가 안빈에게 대한 생각을 재검토해본다. 저는 안빈을 의심하는 것은 아니었다. 안빈이가 유혹할 사람으로 의심한 것은 아닌 것이었다. 다만 내 것이 다 되었다고 믿었던 순옥이가 돌아서매 그 이유를 제가 무능력하다는 데에 돌리기 싫은 것과, 또 그 분풀이할 대상을 안빈에게 찾은 것뿐이었다. '순옥이가 안빈을 사모하니까, 안빈을 나보다 높이 평가하니까, 그러니까 순옥이가 나를 배반한 것이다. 그러니까 안빈이가 미운 것이다' 하는 것이 허영의 진심이었다. 허영은 이 진심의 생각을 기초로 거기다가 시인적 상상력으로, 안빈과 순옥과의 관계를 각색을 하여서 이것이 각색이라는 말을 아니 하고 마치, 마치가 아니라 꼭 사실인 듯이 세상에 말을 해 돌린 것이었다. 또 그러하는 동안에 저도 그것이 제 손으로 각색한 것임을 이럭저럭 잊어버리고, 그것을 사실로 믿게 된 것이다. 거기서 한층 더 나아가서 허영은 사실에다가 조금씩 거짓말을 보태는 원리를 응용하여서 한번 말을 하거나 글을 쓸 때마다 먼저 각색에 한 점씩 두 점씩 새로운 거짓을 붙여서 각색을 보첨도 하고 수정도 한 것이었다. 그래서는 허영 자신 그 각색을 사실로 여겨서 분개도 하고 울기도 한 것이었다.

순옥이와 혼인하는 목적을 달한 뒤에도 허영은 안빈과 순옥의 관계에 관하여 본래 제가 인식한 첫 사실에 돌아가기를 원치 아니하고 수십 판이나 지난 개정본에 의하여왔다. 대개 첫 사실, 참사실에 돌아가는 것은 시적 흥미를 손상하기 때문이었고, 또 순옥을 볶는 데도 개정판이 편리한 까닭이었다.

그러나 영옥의 손에 거짓의 껍데기를 (잠깐이라도) 벗어본 허영의 눈앞에는 안빈과 순옥의 관계에 대한 첫 사실, 참사실이 눈에 띄었다.

그렇게 안빈과 순옥과의 관계를 바로 인식은 하면서도 순옥이가 안빈을 높이 평가하느니라, 사모하느니라 하면 허영은 일종의 질투심이 끓어오름을 금할 수가 없었다. 그렇지마는, 지금은 그러한 생각을 할 때가 허영에게는 아니었다. 허영의 오늘날 형편으로는 순옥이가 의사 시험에 합격하는 것이 유일한 생명선이었다.

허영은 '단연히!' 하고 결심하였다. 그리고 고개를 번쩍 들어서
영옥을 바라보며,

"아무리 생각해두 순옥이를 안선생께 부탁할 수밖에 없네."
하고 씩 웃었다.

수난

   그해 시월에 순옥은 의사 면허를 얻었다. 순옥은 그것이 퍽 기뻤다. 다만 어려운 시험에 합격된 것이 기쁜 것만은 아니었다. 인제는 가정의 경제적 기초가 설 희망이 있는 것 같았기 때문이다.
   허영도 여간 기뻐하는 것이 아니었다.
   "참 용하오."
하고 순옥의 합격 발표가 있는 날 허영은 미칠 듯이 기뻐하였다.
   "다 안선생님 은혜야요."
하고 순옥도 담대하게 남편에게 말하였다. 허영의 낯빛은 잠깐 흐렸으나 곧 맑아서,
   "암, 그렇구말구. 우리들이 내일 아침 일찍 안선생을 가서 뵈옵고 고맙단 말씀을 여쭙시다."
하는 말까지도 하였다.
   순옥을 시험에 합격게 하려고 안빈은 물론이어니와, 영옥과 인

원도 여간 애를 쓴 것이 아니었다. 영옥은 제 몸을 제공하여서 순옥의 실험용을 삼았다. 심장의 위치는 어디, 그 소리를 듣는 법은 어떠하며, 간장의 위치는 어디, 간장이 부으면 복부의 어느 부분에서 만져지며, 모두 이 모양이었다. 순옥은 영옥을 환자로 삼아서 가슴과 등을 타진도 하고 청진도 하고 또 목구멍도 들여다보고 눈도 뒤집어보고 이 모양으로 연습을 하였고, 또 영옥은 해부학 교실에서 쓰는 표본들도 얻어다 보여주고 또 해부학 교수에게 청하여 사체 해부하는 실경[143]도 두 번이나 보게 하여주었다.

또 인원은 인원대로 제 몸을 순옥에게 제공하여서 못 보일 데 없이 다 보게 하였고 감기가 들거나 속이 불편하면 순옥의 진찰을 받았다. 그러고는 순옥은 제 처방을 안빈에게 보여서 인원의 약을 주기도 하였다.

"무얼 알겠어?"

한번은, 인원은 감기 기침으로 순옥의 진찰을 받을 때에 이런 소리를 하고 놀려먹었다.

"어떻게 어색한지."

하고 순옥도 웃었다.

안빈으로 말하면 모든 기회를 이용하여서 순옥의 지식을 넓히기에 힘을 썼다. 임상의 진단과 처방에는 일일이 설명을 하여주어서 순옥으로 하여금 그것을 필기를 시켰다. 회진을 할 때에도 순옥으로 하여금 카르테를 들고 따라다니면서 필기를 하게 하였고, 안빈이가 전문으로 하지 아니하는 다른 과에 대한 것은 일 없는 틈을 타서 질서 있게 강의를 하여주었다.

이러한 옆 사람들의 도움과 또 순옥 자신이 눈을 바로잡고 하는 정성스러운 공부가 합해서 의사 시험의 난관을 돌파할 수가 있었던 것이다.

순옥의 합격이 발표된 이튿날 허영은 그 전날 말과 같이 순옥을 데리고 삼청동 집으로 안빈을 찾았다.

"컨그래추레이션, 닥터."

하고 인원이가 얼굴 전체가 웃음이 되어서 순옥의 손을 잡아 흔들었다. 인원은 제가 시험에 합격이나 한 것처럼 기뻤다.

"닥턴 다 무어요?"

하고 인원에게 손을 흔들리우면서 순옥도 참으로 기쁘게 웃었다.

"허선생 기쁘시겠어요."

하고 인원은 허영을 보고 인사를 한다.

"기쁩니다. 한량없이 기쁩니다. 하하하."

하는 허영의 웃음도 진정으로 기쁜 웃음이었다.

"이것두 다 안선생님 은혜지요."

하고 허영은 수월하게 이런 말이 나왔다.

"또 박선생께서두 많이 도와주셨다구요. 그 은혜를 다 무얼루 갚습니까?"

하고 허영은 감격하는 어조다.

"제가 무얼 도와드려요?"

하고 인원은 순옥을 본다.

"아니오. 순옥이한테 다 들었어요. 박선생이 온통."

하는 것을 인원이가 낯이 빨개지며,

"저 망할 것이 허선생보구 무슨 소리를 다 했어?"

하고 순옥에게 눈을 흘긴다. 인원은 제가 순옥에게 수없이 벌거벗은 몸을 제공하던 것을 생각한 것이다.

"내가, 언니가 너무 고마워서 그런 말을 다 옮겼어."

하고 순옥은 미안한 듯이 인원을 본다.

안빈이 아침 산보에서 세 아이를 데리고 돌아온다.

"선생님, 선생님. 은혜가 태산 같습니다."

하고 허영은 중문 안에 들어서는 안빈의 앞에 지성으로 허리를 굽혔다.

"음, 그런 기쁜 일이 없소이다."

하고 안빈도 기쁜 웃음을 웃었다.

이날 저녁에, 안빈은 순옥의 의사 시험 합격을 축하하는 의미로 허영, 석영옥, 박인원, 그리고 아이들, 이렇게 저녁을 같이 먹었다. 각 사람이 모두 기쁘고 유쾌하였거니와 허영은 수없이 안빈과 다른 두 사람에게 고맙다는 사례 말을 하고 겸하여,

"선생님, 앞으로두 순옥이를 선생님 병원에 두시구, 제가 독립할 수 있을 때까지 실습을 시켜주십시오."

하고 순옥과는 의논도 없이 청하는 말까지 하였다.

순옥의 기쁨은 말할 것도 없었다. 남편의 마음속에 뭉쳤던 무엇이 확 풀린 것을 기뻐한 것이었다.

그날 밤에 순옥은 허영과 함께 안빈이 불러준 자동차로 집에 돌아와서 비로소 동방화촉야다운 기쁨을 얻었다.

"어쩌면 네가 글쎄, 의사가 되느냐?"

하고 시어머니 한씨도 아들과 며느리를 앞에다 놓고 기뻐하였다.

　쇠운인 허영의 집도 새로운 왕운을 맞은 것 같았다. 이대로만 갔으면 허영의 집은 아주 행복된 가정일 것 같았다. 순옥은 안빈 병원에서 그동안은 약국생이라는 명의로, 다른 간호사들과의 균형을 고려하여 한 달에 사십오 원을 받았으나, 의사가 되어서부터는 일백이십 원으로 월급이 올랐다. 이것이면 허영이네 세 식구의 생활은 하여갈 만하였다. 가으내 겨우내 평화로운 날이 허영의 가정에서 흘러갔다. 허영은 아내가 출근한 뒤에는 책도 보고 시도 쓰고 산보도 다니는 한가한 사람이었다. 가끔 석영옥을 찾을 뿐이었고 별로 교제도 원치 아니하였다.

　"나는 아무리 하여서라도 좋은 시를 써야겠네. 아내가 벌어다 주는 밥을 먹고 앉아서 그래두 무슨 일을 해야 아니하겠나?"

　허영은 영옥을 보고 이러한 소리를 하였다. 영옥은 허영을 장려하였다.

　"크지 않아두 좋으니 진정을 쓰셔요."

하는 순옥의 충고도 허영은 순순히 들었다. 그러나 허영은 진정만을 쓰자면 별로 쓸 것이 없는 것 같았다. 쓸 것이 없을뿐더러 제 진정이란 차마 시로 내놓을 것이 없는 것 같았다.

　"아아 내 생명이 가난함이여,

　기쁨도 슬픔도 할 말이 없어라.

　아아, 내 거문고여, 어느 줄을 뜯어도

　소리를 발하지 아니하는도다."

　하루는 순옥이가 병원에서 돌아온 때에 허영의 책상 위에 이러

한 시가 쓰여 있는 것을 보고,

"브라보!"

하고 순옥은 평상시의 순옥답지도 않게 흥분한 소리를 지르고,
평생 처음으로 제 편에서 남편에게 매달려 기쁨과 애정을 표시하
였다. 허영은 어리둥절해서,

"무엇이 브라보야?"

하고 순옥을 바라보았다.

"이거 당신이 쓰신 거 아니오?"

하고 순옥은 그 종잇조각을 가리켰다.

"흥, 암만 생각해두 좋은 시가 안 나오길래 홧김에 쓴 걸 보구."

하고 허영은 픽 웃었다.

"이게 진정이오! 이게 정말 시요!"

하고 순옥은 그 종이를 쳐들고 한 번 낭독을 하였다. 그러고는 또
한 번,

"이게 정말 시요! 이게 정말 꾸밈없는 진정이오!"

하고 그 종이를 제 가슴에 대어서 기뻐하는 뜻을 표하였다.

"당신이 쓰신 수없는 시 가운데 이것이 고작이오!"

하고 순옥은 허영에게는 영문을 모를 만큼 기뻐하였다.

순옥도 기뻤다. 하루 종일 사모하는 안빈의 곁에 있을 수가 있
었고 또 집에 돌아오면 시어머니나 남편이나 다 웃는 낯으로 대
하여주었다. 집에 돌아오는 길로 순옥은 튼 머리를 내려서 쪽 찌
고 분홍 치마에 고운때 묻은 앞치마를 두르고는 부엌으로 내려가
거나 시어머니의 어깨나 다리를 주물렀다.

"아서라. 온종일 병원 일 보구 곤할 텐데."

하고 한씨는 매양 사양하였으나, 순옥은 하루도 이 일과를 빼는 일이 없었다.

"이렇게 머리를 쪽 찌고 앞치마를 두르고 나서야 가정부인의 기분이 생겨."

하고 언젠가 집에 찾아온 인원을 보고 순옥은 변명하였다.

"인제 정말 스윗 홈이야, 이 집이."

하고 인원은 순옥을 보고 찬탄하였다.

"정말 나는 행복해, 언니."

하고 순옥은 눈에 눈물까지 보였다.

"그런데 애기를 왜 안 낳아?"

하는 인원의 말도 인제 와서는 빈정대는 말이 아니었다.

순옥은 얼굴빛에도 근래에는 많이 화기가 돌고 웃기도 잘하였다. 그러나 제가 거의 완전에 가까우리만큼 행복을 느낄수록 순옥은 인원을 생각하였다.

"그런데 언닌 어떡허우?"

순옥은 언젠가 이런 말을 물었다.

"무얼 어떻게 해? 나는 안선생한테 순옥이 대용품 노릇이나 하구 살지. 인제는 순옥이가 병원에를 날마다 오니깐 내 대용품 가치도 저락이 되구 말았지마는, 그래두 애보기 대용품 가치는 안직두 남았거든, 하하하하."

"그래두."

하고 순옥은 슬픈 눈으로 인원을 본다.

"그래두는 무슨 그래두? 어여 걱정 말어. 내 걱정은 말어."

하고 인원은 상글상글 웃는다. 순옥에게는 인원의 상글상글 웃는
웃음도 적막하게, 슬프게 보였다.

"언니는 나로 해서 희생이 되시는데."

"내가 순옥이 위해서 희생이 되어서 순옥이가 행복할 수 있다
면야 그런 좋은 일이 어디 있어? 내게야 더할 수 없는 영광이지."

"무엇이 영광이오? 곡경[*]이지, 언니야."

"왜 그래, 사람이 세상에 나서 이 썩어질 몸뚱이를 가지구 말
야, 극히 작은 중생 하나를 위해서라두 도움 될 일이 있다구 하
면, 그것을 큰 복으루 알아서 기쁘게 네 몸뚱이를 내어주어라, 그
러지 않았어? 몇천만 생을 나구 죽구 하더라두 그런 복된 기회를
얻기는 어려운 일이니라구. 그러니깐 내가 순옥이를 위해서 희생
이 된다구 하면 그게 영광 아냐? 순옥이는 극히 작은 한 중생이
아니어든, 대단히 큰 중생이어든."

"무엇이 내가 대단히 큰 중생이오? 변변치 못한 계집의 하나
지."

"왜 그래, 안 그래. 순옥이가 허선생하구 혼인하는 것두 어려운
일이라구 보았지만 혼인해서 살아가는 양을 보니깐 더 탄복하겠
어. 내 머리를 끊어 주어두 아깝지 않어, 눈을 빼어 주어두 아깝
지 않구."

"아이, 언니두 황송한 말씀두 하시우."

하고 순옥은 눈물을 떨어뜨린다.

"정말이지. 순옥이 같은 사람을 일생에 한 번두 못 보구 죽는

사람은 얼마야? 일생에 좋은 사람 하나를 단 한 번이라두 보구, 그 옷자락이라두 스쳐본다는 게 어떻게 복된 일인지 난 요새에 와서 뼈에 사무치게 깨달았어. 성경에, 예수의 발에다가 향내 나는 기름을 붓구 제 머리채루 그것을 닦은 여인이 있지 않어? 그 여인의 마음이 요새에야 알아지는 것 같어. 그때에 그 곁에 있던 사람들이 그 아까운 기름을 왜 그렇게 허비하느냐구, 왜 그것을 팔아서 가난한 사람을 구제하지 않느냐구, 그렇게 이 여인이 하는 일을 비난했지. 그랬을 게야. 이 여인의 심리를 그들이 알아볼 수가 없었을 거야. 저마다 그런 마음을 알 수가 있어? 아마 그 여인의 심리를 알아준 이는 예수 한 분뿐이었을 게야. 그렇게 생각하면 그 여인의 신세가 심히 적막하구 가여운 거 같지만, 그것이 귀한 거야. 그러니깐 귀한 거구. 순옥이가 그 여인인 것 같아. 나는 순옥이를 따라보려는 또 한 여인이구. 안 그래, 순옥이?"

"아이, 언니 마음은 어떻게 그렇게두 높구두 맑으시우?"

"그런 것두 아니지."

하고 인원은 무엇을 생각하는지 멀거니 허공을 바라보고 있다가 얼마 뒤에 순옥을 바라보며,

"순옥이."

하고 폭 가라앉은 젖은 듯한 어조로 부른다.

"으응."

"순옥이가 보기에 내 신세가 불쌍해?"

"그럼. 아주 뼈가 저리게."

"왜? 어째서?"

"그게 무어요? 나로 해서 그렇게."

하다가 순옥은 무엇이라고 말할 바를 몰라서 말을 뚝 끊는다.

"순옥이루 해서 남의 집 애들이나 보아주구 고생만 한단 말이
지."

하고 인원이가 순옥의 할 말을 대신하여준다.

"그럼요. 그렇지 않구."

"아냐, 순옥이가 잘못 알았어."

하고 인원은 상그레 웃는다.

"무엇을 내가 잘못 알아요?"

"내가 말야."

"응."

"처음에 안선생 집에 갈 때에야, 그야말루 순옥이를 위해서 나
를 희생하는 생각으로 간 게지. 그때에는 나는 안선생두 잘 몰랐
구 순옥이두 채 몰랐었거든."

"그런데?"

하고 순옥은 인원의 눈과 입에 주목을 한다. 도무지 예상을 못 하
였던 무슨 큰 사건을 인원이가 말하려는 듯함을 순옥이가 직각하
였기 때문이다.

"그런데 지금 와서 보니깐, 내가 순옥이를 위해서 희생이 된 것
이 아니라 순옥이가 나를 위해서 희생이 된 것이란 말야. 그렇게
생각하면 내가 순옥에게 대해서 되려 퍽 미안해요."

하고 인원은 정말 미안한 듯이 웃는다.

"그건 언니, 무슨 말씀이시우?"

"내 말 못 알아듣겠어?"

"못 알아듣겠어, 언니."

인원은 무엇이라고 말할까 하고 잠깐 고개를 숙였다가 부신 듯한 눈으로 순옥을 보면서,

"내가 조금두 고생이 안 된단 말야."

하고 또 한 번 웃는다.

"언니가 고생이 안 돼?"

"응, 내가 아무 불만두 없구, 아무 욕심두 없단 말야."

"아무 욕심두 없어?"

"응, 지금 내 처지가, 내 생활이 아주 만족하구 행복되단 말야."

"행복?"

"그럼."

순옥은 인원을 바라보며, 무엇을 깊이 생각한다. 순옥의 눈썹이 움직인다.

"무엇이?"

하는 순옥의 음성은 가늘다.

"무엇이라니?"

"아니, 언니가 지금 행복되시다니 말요. 무엇이 그렇게 행복되시냐 말야."

"선생님을 모시고 있는 것이. 그리구 아이들을 기르는 것이."

하고 인원은 수삽한 듯이 눈을 내리깐다.

그제야 순옥은 인원의 뜻을 알아들은 듯이 얼굴에 있던 긴장을 푼다. 그러나 다음 순간에 새로운 긴장이 순옥의 눈자위에 일어

난다.

두 사람 사이에는 잠시 말이 끊긴다.

얼마 뒤에 인원이가 고개를 들어서 순옥의 긴장한 눈을 바라보고 상그레 웃으면서,

"내 바루 다 말하께, 순옥이."

하고 말문을 열어놓는다.

"무슨 말?"

하고 순옥도 저도 모르는 웃음을 웃는다.

"내가 말야. 차차 선생님을 모시구 있는 것이 기뻐진단 말야. 도무지 무슨 일이나 힘이 들지 않구. 늘 기쁘단 말야. 그러니깐 순옥이한테 미안한 생각이 나요."

"말이란 그것뿐이우?"

"그럼."

"그게 무엇이 미안하우?"

"미안하지 않구? 순옥이가 가질 기쁨을 내가 가로채는 것이나 아닌가, 이렇게 생각이 되거든."

"아이참, 언니두. 그런 말이 어디 있소?"

"왜?"

"언니가 선생님 뫼시구 있는 게 기쁘시다면 내게두 기쁘구 다행하지, 미안하기는 무엇이 미안하우. 언니가 그렇게 나를 위해서 희생이 되니깐 내가 미안하면 미안하지. 난 또, 무슨 별말이나 있다구. 아이 언니두, 호호호호."

하고 순옥은 여태껏 몹시 긴장했던 것이 싱거운 듯이 웃는다. 인

원은 따라 웃기는 하면서도 어리둥절한다. 한바탕 웃고 나서 순옥은,

"그래, 선생님을 뫼시구 있으니깐 어떠우? 밤낮 언니는 내가 안선생의 무엇에 반했느냐구 놀려먹더니."

하고 인원을 본다.

"잘생긴 큰 산이나 강을 바라보는 것 같아."

하고 인원도 어리둥절하던 표정을 그제야 거두고 엄숙하게 된다.

"산과 강?"

"응, 산이 가만있지 않어? 말두 없구 움직이지두 않구. 그래두 암만 바라보아두 늘 싫지가 않거든. 싫지가 않은 것만이 아니라, 늘 전에 못 보던 새 빛이 난단 말야, 새 맛이 나구. 강두 그렇지. 안선생을 뫼시구 있으면 그런 생각이 나. 그래서 언제 보아두 늘 고요하면서두, 또 잠시두 가만히 있는 때는 없단 말야. 선생님이 조석으로 집에 오신대야 별루 말씀두 없으시지. 인원이 잘 잤소? 이런 말씀이나 한마디 하실까, 원. 그래두 선생님이 한 시간쯤 댕겨가시면 여남은 시간이나 무슨 좋은 강의나 음악을 듣구 난 것 같어. 그래서 속이 깨끗해지구, 편안해지구——순옥인 안 그랬어?"

"그럼, 나두 꼭 그렇지. 난 사 년 동안——인제는 오 년이나 되어가지마는 병원에 있는 동안에 선생님이 날 보시구 특별히 무슨 말씀이나 하시는 줄 아시우? 없었어. 내가 무슨 말씀을 여쭈어보면 대답이나 하시지, 그것두 간단하게 한마디루. 그래두 그 한마디가 다른 사람 천 마디보다두 더 뜻이 많구 설명두 많거든."

"참 그래. 선생님이 가만히 계신 것두 무슨 설법이야. 소리 없는 설법을 하셔서 우리가 귀 아닌 귀로 듣는 셈인가 보아, 안 그래?"

"언니두, 형용두 잘하시우. 참 그래! 꼭 그래!"

"인원이 수고하는군. 저렇게 아이들을 위해서 수고를 해서 어떡하나─이런 말씀 한마디 없으시지. 다른 사람이 그렇다면 내가 좀 섭섭할 거 아냐? 그래두 선생님은 한마디 그런 말씀은 없으셔두 그 눈이, 그 입이, 그 몸이 나를 대할 때마다 인원이 고마워, 인원이가 애를 써, 하구 수없이 사례하는 말씀을 하시는 것 같단 말야. 안 그래, 순옥이?"

"그럼, 꼭 그래. 참 언니 표현이 용하셔. 그럴 것 아니오? 그 선생님 몸이 왼통 고마움으로 되신걸."

"몸이 온통 고마움으로 되다니?"

"고마움으로 된 거 모르우, 언니?"

"몰라, 무어야?"

"그 선생님의 인격의 기초가 고마움이어든. 그 선생님은 무엇에 대해서나 다 고맙게 느끼시는 선생님이시란 말요. 그 선생님의 마음에서 무슨 소리가 난다면 그것은 고마워라, 고마워라의 무궁한 연속일 거야. 사람에게 대해서만이 아니라 무엇에 대해서든지 말야. 풀이나 나무에 대해서두 말야. 그 선생님은 어디서나 언제나 고마움을 느끼신단 말야. 난 그렇게 생각해요, 선생님을."

"옳아, 참 그래. 참 순옥이 말이 옳아. 고마워라 고마워라야. 흥흥."

하고 인원은 고개를 끄덕끄덕한다.

"고마워라, 고마워라!"

하고 인원은 노래 구절 모양으로 한 번 더 뇌어보고,

"그럴 게야. 늘 고마워라, 고마워라 하는 마음으로 있으니깐 마음이 화평할 수밖에. 불평과 원망이 없으니깐."

"그럼, 화평하니깐 늘 기쁘구."

"늘 마음은 사랑이 솟구, 미움이 없으니깐."

"그럼, 번뇌가 없구."

"그래, 번뇌가 없으니깐 마음이 늘 맑구, 서늘하구."

"그럼, 그게 청량(淸凉) 아니오?"

"옳아, 난 그렇게까지는 몰랐어. 어쨌으나 남은 헤아릴 수 없는 무슨 크구 높구 깊은 것이 선생님 속에 있느니라——그만큼만은 나두 알았어. 그래서 잘생긴 큰 산 같다, 큰 강 같다, 이렇게 생각하구."

하고 인원은 깊이 감동하는 듯이 고개를 끄덕끄덕한다.

얼마 후에 인원은,

"순옥이는 고마워라, 고마워라루 살아가?"

하고 긴장한 눈으로 순옥을 바라본다.

"흥, 그게 쉽소, 언니? 그래야 될 줄이야 알지, 그것이 옳은 줄두 알구. 또 그렇게 살아가야만 정말 행복이 있을 줄두 알지만 어디 그렇게 쉽게 되우? 그게 얼마나 큰 공부루 되는 게라구? 여간 십 년, 이십 년 공부만으룬 안 될 거 같아. 언제나 조그만 저라는 게 튀어 나서거든. 손가락 끝 하나로 눈을 가리우면 크나큰 천지가 다 안 보이는 모양으루 이 조그마한 저라는 게 고만 무한히 넓은 고마움과 기쁨의 세계를 덮어서 안 보이게 하구 만단 말야. 글쎄 제 바늘 끝만 한 공로만 보구 다른 사람의 홍두깨만 한 은혜는 못 보는구려. 이래서 불평이 아니오? 가정에서두 그렇구, 세상에서두 그렇구 말야. 그런데 이 바늘 끝만 한 것이 빠져를 주어야지, 영 안 빠진단 말야. 난. 언니야 애초부터 없으시지만."

"흥, 잘 없겠네."

"언니두 그러시우? 언니두 불평과 불만이 있으시우?"

"나 보기에는 순옥이야말루 그 저라는 걸 다 빼버린 것 같어, 선생님을 배워서. 그렇지? 선생님은 도무지 그것이 없으시니깐 난 아직 선생님을 모시구 있는 지가 일 년 남짓밖에 안 되었지만, 영 불평한 빛이 요만큼두 없으시단 말야. 언제 보나 늘 만사가 당신 뜻대로 되어가는 것처럼 만족하신 모양이든. 한 가지 예외는 있지만."

하고 인원은 웃는다.

"한 가지 예외? 그건 무엇이오?"

"순옥이를 그리워하시는 거."

"무얼, 아이 언니두."

"정말야. 선생님두 순옥이 그리워하시는 것만은 아직 못 떼시는 모양야. 또 그것 때문에 괴로워두 하시는 모양이구. 하기야 그 마음 하나나 남았길래 아직 흙을 밟구 댕기는 사람이시지마는."

"무얼 그러실라구, 언니두. 그저 내 일이 걱정이 되셔서 그러시겠지."

하기는 하면서도 순옥의 낯빛이 흐린다.

"그야, 선생님이 그 사랑을 정화하려구야 하시겠지. 여느 남자들의 사랑과도 다른 줄은 나두 알어. 그렇지마는 나 보기에는 그렇기 때문에 더 간절하실 거야. 그렇지 않어? 그냥 예사 사랑과 같이 순옥의 몸이나 탐내는 것이라면, 원 순옥이를 한번 껴안어 본다든가, 원 그러면 풀리기두 하겠지마는 선생님의 감정은——순옥에게 대한 사랑은 말야, 그런 것이 아니거든. 무언구 하니 말야. 이 세상에서 이생에서는 다시 찾을 수 없는 애인을 찾았는데 말야, 그것이 어기어 가는 열차에 탄 사람이란 말야. 보기는 서루 보았는데 함께할 수는 없다——이러한 심정이어든. 내가 본 것이 꼭 맞았지, 머. 지금은 순옥이가 병원에 출근을 하니깐 날마다 육안으로는 서루 만나기두 하지마는 그것이 서루 만나는 것이 아니어든. 역시 맞은편에 휙 지나가는 열차 창으로 보는 것이어든. 안 그래? 순옥이두 마찬가지지, 머. 아무리 내가 이 몸을 희생해두 그 운명의 줄만은 내 힘으로는 끊을 도리가 없단 말야."

하고 인원은 휘 한숨을 짓는다.

인원의 말을 들으면 순옥이가 지금 느끼고 있는 행복감이 깨어지는 것 같았다. 그리고 안빈의 곁을 떠난(비록 날마다 몸으로 서로 대한다 하더라도) 제 생활이 아주 빛을 잃어버리는 것 같았다. 이때에야 비로소 인원이가 제게 대해서 미안하다고 한 말이 알아들리는 것 같았다. 순옥 자신이 처녀의 몸으로 안빈의 곁에 있을 때의 기쁨이 생각났다.

제가 인원을 불쌍히 여길 이유보다는 인원이가 도리어 순옥이 저를 가여워할 이유가 더 많은 것 같았다. 더구나 여자가 처녀에서 아내로 옮아가는 것은 어떤 의미로는 가치의 저락이라고도 생각되는 것이 아니냐? 그렇게 생각하면 순옥이가 일개 간호사인 처녀로 사모하는 안빈의 곁에 있을 때보다 당당한 의사로 허영의 부인으로 있는 것이 한없이 가치가 떨어진 것도 같았다.

'그날은 다시 돌아올 수는 없다.'

하는 탄식이 순옥의 가슴에 폭풍같이 일어났다. 그날은 마음 놓고 제 사모하는 정을 속으로만은 자유로 안빈을 향하여 쏟을 수가 있었다. 그러나 오늘은? 순옥은 남의 아내다. 비록 육체에 관련되지 아니한 순전히 정신적으로 사모하는 정이라 하더라도 함부로 안빈을 향하여서 발할 수는 없는 것이다.

순옥은 안빈의 병원에 다시 다니게 된 뒤로 솟아오르는 제 간절한 사모의 정을 몇 번이나 고삐를 낚았던가. 너는 남편의 아내가 아니냐고. 그것은 안빈 편에 있어서도 그러할 것이라고 생각하면 인원이가 안빈과 저와의 관계를 어기는 열차의 승객에 비긴 것이 과연 합당하다고 생각했다.

인원의 말을 듣기 전에는 그렇게까지 분명하게는 인식하지 아니하고 다만 안빈을 날마다 대하게 된 것이 행복이라고 범박하게[145] 생각하여왔으나 인원의 말을 듣고 보면 그것은 기쁨이 되기보다는 더 애끊는 괴로움인 것 같았다. 순옥에게 대하여 인원의 말은 지식 열쇠가 된 것이었다.

"언니, 왜 그런 말씀을 내게 했소?"

하고 순옥은 솔직하게 인원에게 원망의 말을 하였다.

"왜? 내 말이 순옥이를 괴롭게 했어?"

인원은 놀란다. 순옥은 말없이 고개를 끄덕끄덕한다.

"왜, 무엇이?"

"언니가 말한 열차의 비유가."

"아이, 안됐어, 내가 괜히 잔소리를 해서. 어떻게 해?"

"아이, 무얼? 내가 알아야 할 것을 안 것뿐인데."

"알아야 할 것이라니?"

"나는 남편 있는 아내다, 하는 사실 말야. 사랑이라구 이름 지을 정은 남편 이외의 사람에게는 주어서는 안 된다는 사실 말야." 하고 순옥은 한숨을 길게 쉬고 잠깐 눈을 감고 있다가 다시 뜨며,

"인제 언니 말씀을 들으니깐 선생님이 내게 대해서 전보다두 더 냉랭하신 까닭을 알았어. 나는 철없이 그것을 섭섭하게두 생각하구 어떤 때에는 아마 내가 시집을 갔다구 처녀가 아니라 해서 그러시는가, 하구 죄송스러운 생각두 했지만, 선생님은 다 까닭이 있으신걸."

"무슨 까닭이?"

"너는 남의 아내다, 하는 그것이지, 날더러 인제는 순옥이라구두 안 부르셔요. 석선생이라구 부르시지. 이따금 허부인이라구두 부르시구. 지금 생각하면 허부인이라구 부르실 때에는 내가 선생님께 너무 허물없이 할 때였어요. 내 감정이—선생님께 대한 사모하는 정이 말야, 과도히 끓어오른다고 보실 때면 아마 선생님이 순옥아 이 문지방을 보아라, 하시는 의미로 날더러 허부인, 하구 부르셨나 보아요. 그때에두 몸이 흠칫하지 아니한 건 아니지

만 허나 언니 말씀을 듣고 나니깐 그 뜻이 분명히 알아지는구려."

"흥."

하고 인원은 말이 없다.

얼마 동안 침묵이 계속한 뒤에 순옥은 억지로 지어서 웃는 듯한 웃음을 보이면서,

"언니."

하고 인원을 불렀다.

"왜애?"

하고 인원은 걱정스러운 듯이 순옥의 얼굴을 바라본다.

"언니, 선생님 잘 사랑해드려요."

"그건 또 무슨 말야? 같은 소리를."

"같은 소리가 아냐. 나는 아직두 남의 아내가 되구두 말야, 선생님을 속으로 사랑이라면 말이 안 되겠지마는, 속으로는 사모해드릴 자유가 있는 줄 알구 있었어요. 그렇지만 아냐, 아냐! 내게는 벌써 선생님을 사모할 자유두 없어. 내 마음속에 선생님의 모습이 떠 나오면 나는 얼른 내 남편의 모습을 그 자리에 바꾸어놓아야만 하거든. 선생님의 모습은 떼밀쳐버리구. 안 그렇수, 언니?"

"무얼 그래? 정신적으로—."

"정신적으로니깐 더하지. 그럼 정신적으로니깐 더해. 언닌 아직 아내가 되어보지 않아서 그러시우. 나두 혼인 전에야 언니와 꼭 같은 생각을 가지구 있었지—시집을 가기루니 내가 사모하는 이를 정신적으로야 못 사모할 것이 무엇이냐구. 그렇지만 그건

잘못된 생각야. 아내가 남편 이외의 남자를 그리워한다면 벌써 간음야. 예수께서 안 그러셨수?"

"아이참. 그런 구식 생각이 어디 있어?"

"진리에두 구식 신식이 있나?"

"그러기루 아무리 무엇하기루 그래, 남편 이외의 남자는 존경 두 못 한단 말야?"

"존경이야 해두 좋지."

하고 순옥은 괴로운 듯이 가슴을 내밀어서 한숨을 쉬고 나서,

"존경이야 좋지마는, 글쎄 어디까지가 존경이구 어디서부텀이 사랑이오?"

하고 입술을 빨면서 인원을 바라본다.

"글쎄."

인원도 대답할 말을 못 찾는다.

"그리우면 벌써 단순한 존경은 아닐 거야. 자꾸 보구 싶구, 그 이 곁에 있구 싶구, 그러면 벌써 단순한 존경만이 아니지 무어 요?"

"하긴 그래."

하고 인원은 제가 안빈에게 대한 감정을 분석해보고 한숨을 지 운다.

"그러니깐 난 인제부터 내 가슴속에서 선생님의 모양을 파내야 해요. 선생님의 얼굴과 몸 모습은 내 가슴에서, 내 마음속에서 파 내구."

하다가 순옥은 울음을 삼키고 눈물을 눈시울로 짜 버리면서,

"그리구는 선생님의 정신만—그 무언의 교훈만을 뫼시구 있어야 해. 그것이 선생님의 뜻일 거야. 내가 선생님의 뜻대루 살아가는 것이 선생님을—선생님을—."

그 뒤에 사랑이란 말을 넣을 수는 없고 무슨 말을 할는지를 몰라서 울음으로 끊어버리고, 그러고는 입술을 꽉 물고 안간힘을 서너 번 쓴 뒤에 순옥은 고개를 들면서,

"언니, 언니."

하고 부르기만 하고 말이 아니 나온다.

"왜? 왜 그래, 순옥이?"

하고 인원의 눈도 붉다.

"언니, 선생님을 잘 위해드려요. 잘 사랑해드리구. 언니는 그럴 자유가 있는 몸이 아니오?"

순옥의 소리는 울음에 섞인다.

"순옥이, 순옥이."

"난, 난, 난 인제부터는, 난 인제부터는, 난 내일부터는, 내일부터는—."

하고 순옥은 말이 꺽꺽 막힌다.

"순옥이, 순옥이."

인원의 몸은 떨린다.

"난 내일부터는 병원에 안 가. 안 가."

"왜? 왜?"

"안 가. 인제부터는 이생에서는, 다시는 이생에서는 선생님을 안 뵈일 테야. 생각두, 생각두 아니 하구, 우우."

하고 순옥은 마침내 참지 못하고 울어 쓰러진다.

그날 밤에 순옥은 잠을 이루지 못하였다. 허영이가 잠이 든 뒤
에 순옥은 혼자 괴로워하였다. 허영을 보고는 아무 말도 아니 하
였으나 순옥이 혼자 속으로는 내일부터는 병원에는 아니 가리라
고 생각하였다.

그러나 그렇게 단순히 아니 가면 그만일 수도 없는 데 순옥의
괴로움이 있었다. 다시는 안빈을 만나지 말자 하는 것이 생각으
로는 쉬우나 심히 어려운 일이었다. 차라리 안빈의 병원에 두 번
째 가는 일을 아니 하였었더면 몰라도 이제 또 안빈의 곁을 떠난
다는 것은 마치 영영 돌아 나올 수 없는 어둡고 추운 그늘 속에
몸을 던져버리는 것같이 무섭고 슬프다. 아까 인원과 말할 때에
는 흥분한 끝이라 단연히 일생에 다시는 안빈을 대하지 아니하리
라 하였으나 혼자 가만히 생각하면, 그것은 불가능한 일일 것 같
았다. 날마다 안빈의 곁에 있기 때문에, 또 날이 새면 안빈의 곁
에 갈 수 있느니라 하는 희망이 있기 때문에 남편도 사랑할 수 있
고 집도 사랑할 수 있는 것 같았다.

'두 번째 안빈 병원에 가기 전에는 날마다 안빈을 만나지 아니
하고도 곧잘 살지 아니하였느냐?'

순옥은 이렇게 스스로 물어본다. 그러나 그때는 그때요, 지금은
지금이었다. 일 년 나마 남편인 허영이라는 사람을 경험한 뒤이
기 때문에 안빈의 맑고 향기로운 인격이 더욱더욱 뼛속까지 사무
치게 느껴졌다. 안빈의 눈매 하나, 말 한마디, 몸 한번 움직이는
것이 다 전에보다도 더한 압력을 가지고 순옥이 혼 속에 폭폭 박

혀드는 것이었다.

이런 마음을 품는 것이 남편에게 대해서 미안하다고 순옥은 생각도 한다. 남편이 안빈을 배웠으면 어떻게나 좋을까. 그러나 남편 허영에게는 안빈의 세계는 알아볼 수 없는 것이었다. 그는 안빈의 거처를 알려는 마음조차 나지 못하는 모양이었다.

'못 떠나, 선생님의 곁을 못 떠나.'

순옥은 이렇게 생각한다.

그러고는 남편의 잠든 얼굴을 바라본다. 어찌해서 남편 허영에게는 이 분명히 높은 세계가 아니 보일꼬? 어찌해서 그에게는 물건이나 사람의 껍데기만 보이고 그 알맹이인 혼이 보이지 아니할꼬? 재주도 남만 못하지 아니하고 감수성도 예민한 편이면서도 혼을 보는 눈만 뜨지 못할꼬? 이렇게 생각하면 순옥은 안타까웠다. 허영의 눈을 가린 그 막을 떼어주고 싶었다──그 업장의 막을. 그러나 그 막은 이 세상의 가장 단단하다는 모든 물질보다도 더 단단한 것이라고 한다. 그것은 칼로 끊을 수도 없고 불로 태울 수도 없고 오직 도를 닦는 힘으로만 끊을 수 있는 것이라고 한다.

순옥은 자는 남편 허영이가 심히 가여운 것 같았다. 모든 것을 잃어버린 사람인 것 같았다. 근래에는 순옥에게 대한 호기도 다 사라지고 도리어 순옥을 어려워하는 편이었다. 순옥이가 병원에서 돌아오더라도 순옥의 편에서 먼저 팔을 벌려주기 전에는 감히 순옥을 껴안으려고도 못 하는 것 같았다. 그렇게 호기롭게 난잡에 가까우리만큼 순옥의 몸을 희롱하던 것도 인제는 부쩍 줄어버리고 말아서 슬슬 순옥의 눈치만 보는 듯하였다. 때때로 어색하게 남편의 위엄을 부리려 드는 일도 있으나 그것조차 점점 적어지고 말았다.

그것은 허영뿐이 아니었다. 시어머니 한씨도 이제는 순옥의 앞에 아주 고개를 들지 못하는 것 같았다. 순옥이가 병원에서 돌아오는 길로 앞치마를 두르고 부엌으로 나가는 것을 보면 류머티즘으로 잘 쓰지도 못하는 다리로 비척거리고 마루에 나와 앉아서 무슨 일을 거들어줄 뜻을 보였다.

"어머니 들어가세요. 왜 나오세요? 누워 계시지."

순옥이가 이렇게 말하고 붙들어 들여다가 누이기까지 한씨는 들어가지를 아니하였다.

순옥이가 다리를 밟거나 어깨를 주무르면 한씨는 매양 미안한 빛을 보였다.

"몸살 날라. 가 자거라."

한씨는 십 분에 한 번씩은 이런 소리를 하였다.

순옥이가 병원에서 집에 돌아오면 식모가 내달아 오고 한씨는 일어나서 영창을 열고,

"아이 춥겠구나."

한다든지, 이런 인사를 하고 허영도 뛰어나와서 미안한 듯이 웃고 맞았다. 어떤 때에는 순옥의 우산과 핸드백을 받으려고 하는 일도 있어서 순옥은,

"아스세요, 아이 숭해라."

하고 눈을 흘기나 그러할 때마다 가엾은 생각이 아니 날 수가 없었다. 아내의 벌어들이는, 며느리의 얻어 오는 밥을 먹는다고 해

서 이렇게 모두들 그 기승을 죽여버리는 것이었다.

이런 생각을 하고 순옥은 잠든 남편을 꼭 껴안았다.

허영은 눈을 번쩍 떠서 더할 나위 없이 기뻐하였다.

"왜, 안 자우?"

허영은 순옥의 머리를 쓸면서 이런 소리를 하였다.

"난 당신의 순옥이요."

순옥은 남편의 눈을 들여다보면서 이런 소리를 하였다.

"그럼."

허영은 감격하는 모양을 보인다.

"왜, 요새에는 나를 귀애주지 않으시우?"

순옥은 허영의 속을 빤히 알면서도 이런 말을 하였다. 허영은
빙그레 웃었다.

"무얼 당신이랑 어머니께서랑 내게 대해서 미안해들 하시우?"

순옥은 또 이런 말도 하였다.

"왜 미안하지를 않소? 당신을 대할 낯이 없지."

하고 허영은 시무룩해진다.

"날 남으루 아나 보아. 어머니두 날 자식으룬 아니 아시구."

"원, 천만에. 그럴 리가 있소? 당신이 병원에 간 뒤면 어머니는
아이 비가 오는데, 아이 바람이 찬데, 애기가 몸이 약한데, 이러
신다우."

"난 그렇게 미안해하는 거 싫어. 당신두 전과 같이 날 보구 호
령두 하구 그러세요."

순옥은 이런 말을 하고 남편을 한 번 더 껴안았다.

"고맙소. 순옥이 고맙소."

하고 허영의 음성은 떨렸다.

"나를 잘 사랑해주시우. 그런 미안한 생각을 하는 건 날 사랑하
시는 게 아니야."

순옥은 이러한 소리도 하였다.

이렇게 하고 나면 순옥은 마음이 좀 편안하였다. 그러고 잠이
들었다.

이튿날 순옥은 여전히 병원에를 갔다. 가는 길로 삼청동 집으로
인원에게 전화를 걸고,

"언니, 나 병원에 와 있수."

하고는 끊어버렸다.

인제는 순옥은 의사이기 때문에 현관에서 안빈의 모자와 외투
를 받을 수는 없었고, 다만 인사를 할 뿐이었다.

순옥은 예방의를 입고 예진실에 앉는다. 이 병원에 오는 환자는
원장 안빈의 진찰을 받기 전에 예진실에서 순옥의 진찰을 받게
되었다. 이것은 안빈이 순옥을 위해서 만들어놓은 제도인 것은
말할 것도 없었다. 예전 대합실이던 것을 예진실을 만들고 응접
실을 대합실로 만든 것이었다. 순옥을 위하여서는 간호사 계순이
가 전속이 되어 있었다.

어느 대단히 추운 날이었다. 진찰 시간이 거의 다 끝이 나서 순
옥이가 그날 예진한 환자에 대하여 처방을 연습하고 있을 때에
환자 하나가 왔다. 돌이 지났을락 말락 한 어린애를 안은 중년 부
인이다. 진찰권에 쓰인 이름은 허섭(許燮)이었다.

어린애는 들어오는 길로 기침을 시작하였다. 까르륵까르륵 숨이 막힐 지경이었다. 얼른 보아도 열이 높은 모양이었다. 그 부인의 말에 의하건댄, 한 사오일 전부터 감기가 들어서 몸이 짤짤 끓고 기침이 심하고 설사가 난다고 하고 맨 나중에,

"벌써 병원에 데리고 오려면서도 가난해서요."

하고 부인은 눈물을 머금었다.

체온은 삼십구 도, 맥박은 심히 약하였다. 배에는 가스가 있었다.

'Pneumonia'라고 순옥은 썼다. 그리고 이렇게 열이 높은 폐렴 환자를 이 찬 바람을 쏘이고 안고 온 것을 생각하고 몸서리를 쳤다.

"입원을 하셔야 할 것 같은데요."

쓸데없는 말인 줄 알면서도 순옥은 이런 말을 하였다.

"입원을 무슨 돈으루 합니까?"

하고 그 부인은 부끄러운 듯이 고개를 숙인다. 순옥은 몸소 그 환자를 데리고 원장실로 갔다. 안박사의 진단도 폐렴이었다.

"댁이 멀어요?"

이것은 안빈이가 그 어린애를 안고 온 부인에게 묻는 말이다.

"자하문 밖이야요."

"자하문 밖?"

안빈은 놀라는 듯이 묻는다.

"네, 문안에 살다가."

하고는 그 부인은 말이 막힌다.

"애기 병이 좀 중한데요."

558

하고 안빈은 잠깐 생각하더니 곁에 선 어간호사를 보고,

"병실 있소?"

하고 묻는다.

"오늘은 없습니다. 내일은 구호실이 비지만."

이러한 문답을 듣다가 그 부인은,

"아냐요. 입원은 못 합니다. 돈이 없는걸요."

하고 어린애를 안고 일어서며,

"약이나 주세요. 입원할 처지가 되나요?"

하고 까르륵거리는 어린애를 폭 껴안고 둥개둥개를 한다.

안빈은 그 말은 들은 체도 아니 하고 어간호사더러,

"그럼 내 연구실, 거기 이 애를 입원시켜."

하고 지시한 뒤에 그 부인더러,

"댁이 가깝다면 그냥 가시라구 하겠지마는 지금 이 애를 자하문 밖으로 데리구 가시지는 못하십니다. 입원료는 아무 때에나 돈 생기실 때에 갚으세요. 그리구 염려 말구 입원을 시키세요."

하고는 계순이더러 주사할 준비를 시키고 나서 순옥을 보고 처치할 것을 말한다.

허섭이는 안빈의 연구실(그것은 옥남이가 입원했던 방이다)에 입원하였다.

순옥은 안박사의 지시대로 허섭에게 주사를 놓고 가슴에 습포[146]를 대고 흡입을 시키도록 하였다.

이튿날 아침에 순옥이가 안빈을 따라서 회진으로 허섭의 방에 들어갔을 때에는 그 중년 부인은 없고 어떤 여학생인 듯한 젊은

부인이 있다가 안빈과 순옥을 보고 부끄러운 듯이, 그러나 수없이 고맙다고 하는 것을 보고 그것이 허섭의 어머니인 줄을 순옥은 짐작하였다. 그 여자는 몸이 퉁퉁하고, 얼굴이 잘생긴 편은 아니나 순직해 보이고, 그 몸가짐이나 말하는 것으로 보아서 상당한 교육을 받은 사람인 듯하였다.

'아비 없는 자식.'

순옥은 안빈이가 허섭의 가슴을 보는 동안에 허섭과 그 여인을 보고 이런 생각을 하였다.

그날 오후에 순옥이가 허섭에게 주사를 놓으러 들어갔을 때에 주사를 막 놓고 나오려고 할 적에 그 여인은,

"이 애가 살겠습니까."

하는 말로 순옥을 붙들었다.

"그럼요. 염려 마세요."

하고 우뚝 서서 그 여인을 한 번 더 훑어보았다. 사실로 허섭은 기침도 좀 유해지고 담도 순하게 돋웠다.

순옥이가 한 걸음 다시 문으로 향할 때에 그 여인은 순옥의 뒤에 따르는 간호사를 힐끗 보고 무슨 말을 할 듯 할 듯 머뭇거렸다.

순옥은 얼른 이 사람의 뜻을 알아차리고 간호사더러 먼저 나가라는 눈짓을 하였다.

간호사가 나간 뒤에 그 여인은 한 번 어색한 웃음을 지어 웃으면서,

"석선생이시죠?"

하고 순옥을 본다.

"네, 나 석순옥이야요. 언제 날 보셨어요?"

하고 순옥도 잠깐 놀란다.

"뵈인 일은 없어요. 사진으루는 뵈었어두."

"이 애기 어머니세요?"

순옥은 이런 말로 그 여인의 어색해하는 것을 풀려고 한다.

"네."

그러고는 그 여인은 다시 말이 없었다. 순옥은 다시 무슨 말이 있을까 하고 얼마를 기다리다가,

"이 애기 아버지는——."

하고 아비가 없느냐고 물으려다가 못 하여서 말을 끊는다.

"이 애는 아버지가 없답니다."

하고 그 여인은 고개를 숙인다.

"돌아가셨나요?"

"아니요."

"그럼 이혼을 하셨어요?"

"그런 것두 아냐요."

"네에."

하고 순옥은 말을 더 파묻는 것이 이 여인에게 고통이 될 듯하여서,

"너무 땀 나지 않게 하셔요. 먹이는 것은 간호사가 시키는 대로 꼭 지키셔야 합니다."

하고 그 여인을 향하여 잠깐 고개를 숙이고 나오고 말았다.

순옥은 그날 집에 돌아와서도 허섭의 어머니라는 그 여인의 일이 잊혀지지 아니하였다. 무슨 까닭이 있는 모자인 것은 의심할

여지도 없지마는 그 까닭이란 것이 순옥이 자기에게 무슨 관계가 있는 것인가, 어찌하여서 그 여인이 순옥에게 무슨 말을 할 듯 할 듯하고 머뭇거리는 것일까.

그 뒤에도 순옥은 날마다 허섭의 병실에 이삼 차씩이나 들어갔으나 허섭의 어머니는 다만 일어나서 고맙다고 인사를 할 뿐이요, 별로 무슨 말이 없었다. 그래서 순옥도 마음에 있던 의심도 다 잊어버리고 말았다. 허섭의 병은 매우 중태였으나 입원한 지 일주일쯤 지나서부터는 열이 뚝 떨어지고 소화기도 좀 회복이 되었다. 그래서 주사도 오늘이 마지막이라고 하는 날 순옥은 그 여인을 보고,

"인제 걱정 없습니다. 내일부텀은 주사두 안 맞아두 좋아요."

하고 주사 맞는 것이 싫다고 번번이 우는 허섭의 눈물을 씻겨주었다.

"아이, 고맙습니다."

하고 그 여인은 허섭을 일으켜 안고 젖을 물리면서,

"네가 꼭 죽을 뻔했구나."

하고 한숨을 쉬고 나서,

"인제는 퇴원을 해두 좋습니까."

하고 순옥을 본다.

"며칠 더 계시지요."

순옥은 별로 생각도 없이 이런 말을 하고 병실에서 나오려고 할 때에 그 여인이,

"선생님."

하고 순옥을 불렀다. 그의 표정이 순옥이가 그를 처음 대하던 날과 꼭 같았다. 계순이도 그것을 알아차려서 먼저 나가버렸다.

"무슨 말씀이 있으셔요?"

하고 순옥은 허섭의 조그마한 손을 만졌다.

"선생님. 이 애가 허영씨 아들입니다."

하고 그 여인은 눈물을 떨어뜨렸다.

"네?"

하고 순옥은 한 걸음 뒤로 물러섰다.

그 여인은 입술을 꼭 물고 안간힘을 쓰더니 결심한 듯이,

"이 말씀을 할까 하고 여태껏 망설였어요. 그날 선생님을 처음 뵈온 날두 이 말씀을 할까 할까 하다가 참았지요. 지금 바쁘지 아니하세요?"

하고는 침착한 여유를 보이면서 순옥의 눈치를 본다.

순옥은 가까스로 놀란 가슴을 진정하였다. 그리고 마음이 산란한 모양을 그 여인에게 아니 보이려고 교의를 끌어다가 그 여인과 무릎이 마주 닿을 만한 위치에 앉으며,

"이 애기가 허영씨 아들이야요?"

하고 금방 들은 말을 믿을 수 없는 듯이 재차 물었다. 아무리 누르려 하여도 가슴이 울렁거리는 것이 가라앉지를 아니하였다.

"네, 허영씨 아들입니다."

하고 그 여인이 도리어 침착하였다. 그 휘주근하고[147] 때가 묻은 옷을 입은 여인의 얼굴에는 마치 순옥을 조롱하는 듯한 웃음까지도 뜬 것같이 순옥에게는 보였다. 그러나 기실은 그 여인의 얼굴

은 슬픔과 원망으로 경련이 되고 있었다.

"아이, 어느 허영씨 말씀입니까?"

순옥은 어리석은 소리인 줄을 알면서도 이렇게 묻지 아니할 수가 없었다.

"어느 허영씨라니요? 석선생 남편 되시는 허영씨지요. 이 애 얼굴이 석선생 사랑양반 닮지 않았습니까? 이 눈어염하구, 이 코하구, 이 이맛전하구, 이 귀까지두. 닮지나 않았으면 좋겠다구 내가 얼마나 빌었을까요! 그러나 어쩌면 요렇게두 닮습니까! 자 보세요."

하고 그 여인은 젖꼭지를 빼고 어린애를 순옥의 앞에 내민다.

말을 듣고 보면 순옥의 눈에도 그 애는 허영을 닮은 것 같았다. 마치 호적에도 없는 어미의 몸에서 나온 아들이 아비를 닮지도 아니하면 어떻게 그 아비의 아들인 것을 증명하랴 하는 것과 같이 그 아이는 허영을 닮았다.

순옥은 말이 없었다. 그러나 손가락이 떨렸다.

그 여인은 순옥의 얼굴에 일어나는 표정을 살피다가 안심한 듯이 다시 어린애에게 젖꼭지를 물리면서,

"나는 이 아이를 내놓지 않으려구 했어요. 제 아비는 나를 속이고 배반한 원수지만 이것이야 어쨌든 내 간줄기에서 떨어진 것 아닙니까. 그래서 나는 거지가 되더라두 이 아이는 내가 기르려구 했어요. 그래두 에미 마음이라 차마 떠날 수가 없군요. 이 얼굴 모습이 제 아비──아이 용서하세요. 말이 버릇이 없어서──내가 철이 없어서──용서하세요. 이 아이 얼굴 모습이 제 아버지

닮은 것이 눈에 띄면 속이 벌컥 뒤집히구 분이 치밀어요. 그래서 이 핏덩어리를 척척 때려서 울린 일두 여러 번입니다. 그래두, 그래두, 이것을 내어놓기는 싫어요. 밥을 굶어두 이것을 이렇게 끼구 앉았으면 울면서두 기쁨이 있군요. 접때에 이 애 처음 입원하던 날두 얼마나 집에서 혼자 울었는지요. 그렇지만 가만히 생각해보니깐 내가 이것을 끼구 있다가는 죽여버릴 것만 같아요. 이번에만 해두 참 안박사 선생님 덕에 이렇게 입원꺼정 하구 또 석 선생님이 이렇게 잘 치료를 해주셔서 살아났지마는 또 무슨 병이 나거나 하면 돈 한 푼 없이 이걸 어떻게 해요? 또 잘 먹일 것두 없구. 직업은 떨어지고,──홀어머니 한 분 모시구. 이담에 공부시킬 걱정두 있구. 또 지금은 암것두 모르지만 아비 없는 자식이란 말 듣게 하는 것두 차마 못 할 일이구요. 백방으루 생각해보았어요. 이번에 앓다가 죽어버렸으면 하는 생각두 해보았습니다. 그렇지만 무슨 좋은 일을 보겠다구 이것이 또 살아났습니다그려. 그래 이럴까, 저럴까 생각한 끝에, 또 석선생님을 오래 두구 뵈이니깐 그렇게 마음이 인자하시구 처음 뵈일 때에는 좀 분했습니다. 흐흐흐흐."

하고 경련적인 웃음을 웃고 나서 그는 말을 잇는다.

"그래 결심을 했습니다. 섭이를──이것을."

하고 다시 젖꼭지에서 떼어서 순옥의 앞에 내밀면서,

"이것을 저 아버지하구 정말 어머니한테 보내기루."

하고는 울음에 목이 멘다.

"정말 어머니라니요?"

하고 순옥은 그 여인에게 대하여 가엾은 동정을 가지면서 물었다.

"석선생이 정말 어머니 아니셔요? 낳기는 내가 낳았지만. 그러니 이걸."

하고 그 여인은 섭의 얼굴을 한 번 들여다보고 고개를 흔들어서 눈물을 떨구고 나서,

"이걸 선생님이 낳으신 것으루 알구 호적에두 선생님이 낳으신 거루 넣어주시구——내가 낳은 거루 하면 서자가 안 돼요? 인제는 선생님두 혼인하신 지가 두 해가 되었으니까 아기 낳으실 때두 되었으니 선생님이 낳으신 거루 호적에 넣어주시구, 그리구 선생님이 그렇게 인자하시니깐 당신이 낳으신 자식처럼 길러주세요. 난, 난, 다시는, 다시는 어미라구 나서진 않을 테야요. 일생에 다시는 못 만나두 좋아요. 나 같은 어미 밑에서 자라는 거보담은 선생님 같으신 이를 어머니라구 부르는 것이 제게두 행——복——일——거——아——니——야요?"

하고 흑흑 느껴 운다.

순옥이도 같이 울었다. 엄마가 우는 것을 보고 섭이도 젖꼭지를 놓고 운다.

이날 병원 시간이 끝난 뒤에 순옥은 참으로 오래간만에 안빈과 원장실에서 단둘이 대하였다.

순옥이가 문을 두드리고 안빈의 방에 들어갔을 때에 안빈은 순옥에게 앉기를 권하며,

"응, 허군 좀 어떠시오?"

하는 것이 첫인사였다. 허영이가 근일에 두통이 나고 가끔 현훈

증[148]이 난다는 것이었다.

"그저 그래요. 맥이 단단한 것 같애요."

"맥이?"

"네."

"허군 나이 얼마?"

"서른다섯이야요."

"응. 혈압을 한번 재보구려."

"네."

"피검사두 한번 해보지."

"피요?"

"응, 그럴 린 없겠지만."

"바세르만 반응을 보게요?"

"글쎄, 만일 그렇다면 치료를 해야 안 하오?"

이 말에 순옥은 또 한 가지 앞이 캄캄함을 느낀다. 젊은 사람이 혈압이 높다면 매독을 의심할 수도 있는 것이다. 다음 순간에 순옥은 섭을 생각하였다. 부모가 매독이 있으면 그 자녀에게 선천 매독을 상상하지 아니할 수 없는 것이다.

"그러면 그, 그 자녀두 선천 매독을 상상해야지요?"

"그렇지."

하고 안빈은 순옥을 본다. 혹 순옥이가 임신 중이어서 그런 말을 묻는 것인가 함이었다.

"그런데 선생님."

하고 순옥은 말하기 어려운 듯이 손으로 테이블클로스를 만진다.

"응."

"저 허섭이 말씀야요."

"허섭이?"

"네, 저, 연구실에 입원한."

"왜? 괜찮지?"

"네, 병은 괜찮아요."

"그런데?"

"허섭이가 허영의 아들이래요."

"무어?"

하고 안빈도 놀란다.

"그 애가 말씀야요. 허영의 아들이래요. 그 애 어머니가 사범학교 졸업하구——그, 왜, 첫날 그 애 데리구 왔던 그 부인 안 있어요?"

"응, 그 뚱뚱한."

"네, 그 부인이 허섭의 외할머닌데요. 과수루 그 딸 하나를 길러서——그러니깐 허섭이 어머니지요. 그 애 간호하구 있는 그 젊은 여자 말씀야요——이귀득이라구요, 이름이."

"응."

"그 과수 마누라가 그 딸을 길러서 남의 집 침모살이를 하면서 공부를 시켰대요. 그래서 보통학교 훈도까지 됐는데 아마 문학소녀던가 보아요. 어떻게 허영일 알게 되어서 아주 혼인까지 하기루 다 작정이 되었더래요."

"응, 허군하구?"

568

"네, 그런데 그때에 제가 나선 것이야요. 가만히 귀득이라는 이의 말을 듣구 앞뒤를 따져보니깐요."

"응."

"아마 내게 대해서는 단념을 하구, 그 여자하구 혼인을 하려다가 그만 그때에 제가 툭 튀어 나서서 혼인을 하게 된 것인가 봐요."

"응흥."

"그런데 벌써 이귀득이는 저렇게 애를 배구, 그러니깐 학교에두 못 다니게 되구, 그리다가 애를 낳구요."

"응."

"그래두 그렇게 살기가 어려워두 그 애는 제가 기르려 했다구요."

"응."

"그랬지만 이번 보니 그 애를 제가 맡아가지구 있으면 안 되겠다구 깨달았노라구요."

"응."

"그러니 그 애를 절더러 맡아달라는 거야요. 호적에두 제가 낳은 거루 넣구요──그이가 낳은 거루 하면 서자가 되지 않느냐구요."

"응."

"그러구 울어요. 사람은 퍽 순실해요. 머리두 좋은 모양이구요."

"응."

"그래서, 제가 그렇거들랑 지금이라두 허영하구 혼인해 살라구, 나는 곱다랗게 물러나주마구, 제가 그랬지요."

"응."

"그러니깐 그건 싫대요. 허영에게 대해서는 본대[149]부터 애정이 있었던 것은 아니라구요. 허영이가 하두 정성으루 그러니깐 그만 넘어갔노라구요. 인제는 다시는 그 사람은 대하기두 싫다구요."

"흥."

"그럼 일생을 혼자 살 생각이냐구 그랬더니, 그건 모르겠노라구요. 본대 자기를 사랑하던 사람이 있었더래요——같은 학교 훈도가. 사범학교 적부터 알았노라구요."

"그래?"

"그 사람이 저를 퍽 동정해서 지금이라두 저만 허락을 하면 혼인을 한다구 그런다구요."

"응."

"그러니 이 애만 절더러 맡아 길러달라구요. 자기는 다시는 어쩌라구 나서지 않는다구요."

"응."

"그러니, 선생님. 제가 어떻게 하면 좋습니까?"

하고 순옥은 안빈을 바라본다.

"그래, 허부인 마음이 흔들리셨소?"

"왜 선생님, 절더러 허부인이라구 하십니까?"

"왜?"

"순옥아, 하구 부르시지. 선생님이 허부인이니 석선생이니 하구 부르시면 저는 슬퍼요. 순옥아, 그렇게 불러주셔요."

안빈은 가만히 순옥을 바라보고 말이 없다.

"네, 마음이 흔들렸습니다. 처음에 이귀득이가 그 애를 가리키면서 이것이 허영씨 아들이라구 할 때에는 숨이 막히는 것 같았어요. 그리구는 손발이 떨리구요. 그러나 선생님을 생각하구— 선생님이 제가 되어서 이 일을 당하시면 어떡하실까 생각하구 곧 마음을 진정했습니다."

"지금은?"

"지금은 그 모자가 불쌍하기만 해요. 전 이귀득이하구 한참이나 둘이 울었어요. 귀득이두 첫 번 저를 대할 때에는 분했노라구, 그래요."

"지금은?"

"지금은—."

하고 순옥은 인자하다는 말을 차마 못 하여서,

"지금은 호감을 가진 모양야요."

하고 한숨을 쉰다.

"응홍."

하고 안빈은 만족한 듯이 빙그레 웃는다.

"그래, 처음에는 왜 그렇게 분했소, 순옥이가?"

하고 안빈은 처음으로 순옥이라는 말을 쓴다.

안빈이가 '순옥이가' 하고 불러주는 말에 순옥은 가슴이 울렁거리도록 기뻤다.

"놀라구 또."

"또 분해서?"

하고 안빈이가 빙그레 웃는다.

"네에, 분했어요. 일생에 그런 분한 건 처음 보았어요. 그것이 질투라는 것입니까?"

"그렇겠지."

"어떡헙니까?"

"무얼?"

"제 마음에 질투가 생겨서 말씀야요."

"지금두?"

"아니, 지금은 없습니다마는."

"바람에 일어났던 물결이니 자면 고만이지, 어떡하오?"

"제 마음엔 그런 건 없는 줄 알았는데요."

"한 번 질투의 표본을 경험했으니 다시는 일어나지 못하게나 하구려."

"앞이 캄캄해져요, 아뜩해지구."

"지금?"

"아니, 아까요. 질투가 일어날 때에."

"그래서 사람두 죽이는 거 아니오?"

"다시 그런 마음이 일어날 때에는 어떡허면 좋습니까?"

"사랑, 자비심."

순옥은 입술을 빤다.

"자비심이란 저를 잊어버리는 것이니까. 이 경우에는 순옥으로는 순옥이를 잊어버리구 세 사람만을 생각해야지."

"세 사람이오?"

"응. 이귀득, 섭이, 그리구 허군."

"허요?"

"그럼, 허군이 지금 몸이 약하니까. 허군에게 가장 타격이 적두
룩."

"네, 알았습니다."

"이 처지에 허군을 보호하구, 불쌍히 여길 사람이 순옥이 아니
오?"

"네."

"그리구는 이귀득씨 소원대루 해주는 것이 좋겠지. 순옥이가
기쁘게 그렇게 할 수가 있다면 그것이 최상이겠지."

"네."

"순옥의 일생이 수난의 일생인 것, 순옥이가 향락을 하러 이 세
상에 온 것이 아니라 수난을 하러 이 세상에 나온 것을 잊지 말
구."

"네."

"순옥의 수난의 결과가 어느 한 사람에게라도 기쁨이 되구 도
움이 되면 그것이 순옥의 본의 아니겠소? 기쁨이구."

"네."

"이 세상에 누구는 수난자 아닌 사람이 있소? 다 수난자지."

"네."

"다 제 행복을 위하노라구 수난들을 하구 있지. 기실은 저두 남
두 다 불행케 하면서."

"네."

"이제 순옥은 적더라도 다섯 사람을 불행하게 할 권리를 가졌소."

"다섯 사람요?"

"응. 허군, 허군 자당, 허섭, 허섭 생모, 그 외조모."

"네."

"그 반면에 순옥은 이 다섯 사람을 행복케까지는 몰라도 그 불행을 최소한도로 경감해줄 권리와 권력도 가졌소. 그것을 아시오?"

"네, 알겠어요."

"그것이 순옥의 당면의 의무겠지. 과제구, 또 사업이구. 안 그렇소?"

"네, 그렇습니다."

"이 처지에 '네 그렇습니다' 할 사람이 그리 많지 않소. 크게 분을 내구, 큰 계획들을 만들어서 굉장히 큰 풍파를 일으키는 것이 저마다일 것이겠지."

"네."

잠깐 침묵.

"난 순옥이를 믿소."

"네."

"내가 순옥이를 사랑하는 것이 순옥의 그 힘이오."

"네."

얼마 잠잠한 후에 안빈은,

"만일 이 일을 처치하는 데 대해서 경제적으로 필요하거든 조금두 꺼리지 말구 내게 말하오."

하고 순옥을 본다.

"네."

또 얼마 동안 침묵이 있은 뒤에,

"순옥이."

하고 안빈은 힘 있게 순옥을 부른다.

"네."

안빈은 이윽히 순옥을 바라보다가,

"하느님께서 순옥을 훈련하시느라구, 순옥의 사랑의 힘을 시험하시느라구 순옥에게 이런 과정을 주신 것이오."

"네."

"이보다 더 어려운 일이 앞에 또 있겠지."

"네."

또 잠깐 침묵.

"순옥이."

"네?"

"난 순옥이를 믿소. 모든 시험과 단련을 다 이기어서 사랑의 일생을 완성할 사람인 줄을 믿소."

"네."

한참 두 사람 간에는 말이 없었다. 순옥은 고개를 숙이고 있고, 안빈은 순옥의 숙인 머리를 바라보고 있었다.

얼마 후에 순옥은 고개를 들어서,

"선생님."

하고 불렀다. 순옥의 눈에서는 눈물이 흘러내렸다.

"말하오, 순옥이."

"선생님, 저는 지금 선생님 훈계루 힘을 얻었습니다. 제 산란하던 가슴이 정돈이 되었어요. 제 비척거리던 다리가 바로 설 수가 있는 것 같구요. 선생님 뜻에 맞두룩 이 일을 처리해보겠습니다. 그리구 일생을 선생님의 뜻을 받아서 살아가보겠습니다."

하는 순옥의 눈은 빛나고 얼굴은 긴장하여진다.

"좋소. 그리하시오."

잠깐 침묵 뒤에 순옥은 고개를 들면서,

"그럼 어린애는 제가 맡겠어요."

하고 안빈의 동의를 구하는 듯이 안빈의 눈을 바라본다.

"그러는 게 좋겠지."

잠깐 침묵.

"선생님."

순옥은 점점 감상적 기분이 된다. 한편으로는 일종 영웅적인 긍지를 느끼면서도 또 한편으로는 퍽 외롭고 서러운 생각이 북받쳐 오른다.

"왜?"

하고 안빈도 지금 순옥이가 받는 운명이 한 젊은 여성이 당해내기에는 너무 벅찬 것을 생각하고 가엾은 동정이 아니 일어날 수 없었다.

"제가 이렇게 언제까지나 선생님 곁에 뫼시구 있어두 좋습니까."

하는 순옥의 말에 안빈은 의외인 듯이 눈을 들어서 순옥을 이윽히 바라보다가,

"사정 되는 대루 하지."

하고 얼굴의 긴장을 푼다.

"사정 되는 대루요?"

하고 그 뜻을 모르는 듯이 순옥은 의심스러운 눈으로 안빈을 본다.

"그럼. 무엇이나 억지루 할 것은 아니란 말이오. 또 내일 일을 모르니까."

"저는 선생님 슬하를 떠나서는 살아갈 수가 없어요."

하고 순옥은 마침내 벼르면서도 하지 못하였던 말을 흥분과 이 자리의 기회의 힘을 빌려서 쏟아버렸다. 슬하라는 말에 힘을 주었다.

"그런 말 하는 것 아니오."

"왜 그럽니까?"

"하느님을 떠나서는 못 산다구 생각해야 하는 것이야."

"제게는 아직은 하느님두 안 보이구 부처님두 안 만져져요. 선생님을 통해서만 저는 하느님두 부처님두 뵈올 수가 있어요."

하고 순옥은 얼굴이 붉도록 흥분한다.

"차차 직접 뵈올 때가 오겠지. 나 같은 것은 하느님께 올라가는 발등상[150]으로나 쓰이게 되면 큰 영광이구."

또 잠깐 순옥은 고개를 숙이고 말이 없으나 숨결이 높은 것은 안빈도 느낄 수가 있었다. 순옥은 평생에 두 번 할 수 없는 어려운 말을 안빈에게 한 것을 느낀다.

"선생님."

하고 순옥은 더욱 열정을 보인다.

"응."

하고 안빈의 음성은 심히 냉정하다. 그의 얼굴은 무서우리만큼 엄숙하였다.

"제가 이 모양으루 선생님을 사모하는 것은 남의 아내루서 죄는 아니죠?"

하고 순옥은 얼마 전에 인원이와 이 문제로 담화하던 것과, 곧 안빈의 곁을 떠나려고까지 결심하였던 것을 생각한다. 그리고 순옥은 도저히 안빈의 곁을 떠나서는 살 수 없다는 간절한 생각을 느낀다. 순옥의 이 말에 안빈은 고개를 숙이고 한참이나 묵상에 잠긴다. 안빈은 이 말에 대한 대답이 까딱 잘못하면 순옥을 그르칠까 염려함이었다.

아마 오 분이나 지나서 안빈은 가만히 고개를 들었다. 안빈은 제 말이 사욕에서 나오는 말이 아니 되도록 진리의 근원에서 나오는 말이 되도록, 이 말이 젊은 아내인 여성 순옥을 그릇된 길로 끌지 않도록 염려하면서 입을 열었다.

"모든 악은 탐욕에서 나오는 것이니까 탐욕을 떠난 것이면 말이나 행실이나 악이 될 리가 없지. 그러나 양심이 맑은 사람을 유혹할 때에는 악마는 천사로 차리고 오는 법이니까, 그것이 악마인지 천사인지를 밝혀보는 공부를 해야 하겠지. 그건 그렇구, 지금 순옥이 경우루 말하면 될 수 있는 대루 내게 향하는 원, 사모라든지, 존경이라든지 하는 감정두 될 수 있는 대루 누르는 것이 옳겠지."

"네."

하고는 순옥은 잠깐 말을 끊었다가,

"제가 이렇게 선생님 곁에, 선생님 슬하에 뫼시구 있어두 좋지요?"

하고 이미 안빈이가 대답한 문제를 재차 묻는다. 마치 금방 안빈이가 한 말의 뜻을 못 알아들은 사람 모양으로.

안빈은 순옥이가 이 말을 하는 뜻을 헤아려본다. 그 물음 속에도 상당히 심각한 괴로움이 있음을 알 수 있었다.

"허군한테 미안한 마음 안 나두룩만 하구려. 그러면 내 곁에 있어두 좋지. 순옥이 묻는 말이 그 말이오?"

"네."

"허군이 몸이 약하니 정신 격동 안 되두룩 잘하시오. 어린애 문제두 시기를 보아서 두 분이 잘 의논을 하시오."

하고 안빈은 슬쩍 화두를 돌려서,

"그리구 돈 쓸 일 있거든 내게 말하시오."

하고는 말을 끊는 태도를 보인다.

"네. 그럼 전 집에 가겠어요."

하고 순옥은 의자에서 일어난다.

"혈압계 가지구 가지."

"네. 한번 선생님 진찰을 받으랄까요?"

"글쎄, 그건 마음대루, 하지만 허군이 부인이 있으니까 여기서 진찰을 받기가 부끄러울 테지. 우선 혈압이나 재구 피검사나 해

보구려. 또 기생충으로두 그럴 수가 있으니까 분변 검사두 해보
구려."

"네."

하고 순옥은 안빈에게 절하고 무엇인지 모르나 무거운 듯한 기쁨
을 가지고 안빈의 방에서 나왔다. 순옥은 가슴에 뭉쳤던 무엇이
풀려서 몸이 거뜬해짐을 깨달았다.

순옥은 외투까지 다 입고 병원에서 나오기 전에 허섭의 병실에
들어갔다. 섭을 한 번 더 보고 가고 싶었던 것이다.

섭이는 잠이 들어 있었다. 병도 놓이고 하여 편안히 자고 있었
다. 제가 어떠한 운명에 있는 줄도 모르고.

"나 집에 가요. 내 집에 가서 의논하구 이 애를 맡아서 잘 길러
드리두룩 해내일게요. 아무 걱정 말구 계시우."

이렇게 순옥은 제 입김이 귀득의 입에 닿으리만큼 입을 가까이
대고 말하였다.

"네, 고맙습니다."

하고 귀득은 순옥을 정면으로 대하기가 어려운 듯이 고개를 숙인
다. 순옥은 귀득에게 작별 인사를 하고 나오려다가 다시 돌아서며,

"여보세요."

하고 아직도 고개를 숙이고 섰는 귀득의 곁으로 간다.

"네."

하고 귀득이가 고개를 든다.

"똑바로 말씀하세요, 날 이선생의 편으루 아시구. 이렇게 우리
들이 이상한 관계에 있는 것을 생각지 마시구, 날 믿는 친구루 아

시구 똑바로 말씀하세요."

하고 순옥은 귀득의 어깨에 가만히 손을 놓는다.

"무엇을 말씀야요?"

"이선생이 저렇게 아들까지 낳으시구 하셨으니 허영씨하구 혼인해 사시구만 싶으시다면 내 기쁘게 그렇게 하두룩 해드릴게요. 나는 지금 허영씨하구 이혼을 하더라두 조금도 타격이 없습니다. 되려 내 소원이야요. 그러니 똑바로 말씀하세요."

"아아니요. 난 조금두 그 사람하구 혼인할 뜻은 없습니다. 있으면 있다구 하죠. 선생님이 그처럼 말씀하시는데 내가 왜 내 속을 그이겠어요?"[151]

"그러면 저 애기가 가엾지 않아요? 어머니를 떨어지는 게 얼마나 슬픈 일입니까. 젖두 아직 안 떨어진 것을 의붓어미 손에 내어놓으시는 것이 불쌍하지 않아요? 그러니 비록 애정은 없으시다하더라두 두 분이 같이 사시는 게 좋지 않아요?"

"아니요, 싫어요."

"그럼 섭이를 떼어놓으시구두 견디시겠어요?"

"잊어버릴 때까지 울죠. 자꾸 우노라면 잊어버릴 때가 오겠지요."

"정말 그러셔요?"

"네, 정말입니다. 죽어두 허영이란 사람은 다시 대하기두 싫어요. 그 이름만 들어두 싫구요."

순옥은 귀득을 이윽히 바라보고 있다가,

"좀더 생각해보세요. 그럼 난 갑니다. 애기는 과식시키시지 마세요."

하고 순옥은 집으로 왔다.

오는 길로 순옥은 허영의 혈압을 재어보았다. 일백구십——일백
육십. 순옥은 놀라서 몇 번 다시 재어보았으나 바늘은 언제나 일
백구십까지 돌고야 말았다.

"내 혈압이 높소?"

하고 허영은 순옥의 눈치를 보면서 물었다. 순옥은 그 말에는 대
답도 아니 하고,

"좀 누우셔요. 가슴 좀 봅시다."

하고 순옥은 허영의 심음을 들어보았다. 심장이 확대한 것 같고
승모판[152] 폐쇄부전도 있는 것 같았다. 순옥은 허영의 다리와 손끝
을 만져보아서 각기의 증상을 알아보았으나 그런 것은 없는 모양
이었다.

"옷 입으셔요."

하고 순옥은 청진기를 집어넣었다.

"어떠우?"

하고 허영은 근심스럽게 물었다.

"안선생한테 한번 진찰을 받읍시다. 혈압두 높구, 심장두 좀 어
떤 것 같은데."

하고 순옥은 시무룩하고 허영을 바라보았다.

허영은 아버지가 역시 심장병으로 서른일곱에 돌아간 것을 생
각하고 가슴이 덜컥 내려앉음을 느낀다.

"매독 올랐던 일 없어요?"

하고 순옥은 부드럽고 냉정한 어조로 물었다.

"아아니, 매독이라니?"

하고 허영은 펄쩍 뛴다.

"바로 말씀을 하셔요. 그래야 치료를 하지."

"아아니, 내가 화류병 옮을 일을 한 일이 없는데 왜 매독이 오르우?"

하고 허영은 노여워하는 빛을 보인다. 그러나 허영의 말이 물론 순옥에게는 믿어지지 아니하였다.

"그러기루 사내가 나이가 삼십이 넘두룩 어떻게 동정을 지키우? 당신은 내가 불쾌하게 생각할까 해서 속이시는 것이겠지마는."

하고 순옥은 좀 잔인한 소식자(消息子)[153]를 허영의 가슴에 집어넣었다.

"아아니, 당신은 왜 나를 매양 신용을 아니 하우? 나를 거짓된 사람으로 돌리우? 내가 철이 나자부터 이성이라구 당신 하나를 사랑했지, 내가 어디 다른 여자를 손끝이나 대어보았단 말이오?"

하고 허영은 눈까지 부릅떴다. 순옥은 더 말하고 싶지 아니하여서 밖으로 나와버렸다.

순옥이가 나간 뒤에 허영은 제가 지금까지에 육체관계를 맺은 여성을 하나, 둘, 누구누구 하고 세어보았다. 그리고 아현동에서 매독을 올라서 육공육호 다섯 대를 맞은 일을 생각하고 슬그머니 겁이 났다. 허영은 인과의 무서운 손길이 제 목덜미를 사정없이 내리누름을 깨달았다. 이것은 허영에게 있어서는 첫 경험이었다.

첫 경험이니만큼 더욱 무서웠다.

그 회상의 끝에 허영의 기억은 이귀득에게로 돌아갔다. 허영이가 건드리려던 여러 여자들 중에 가장 얼굴은 못났으나 가장 허영을 존경하고 순종하던 이귀득이었다. 그는 숭배한다고까지 할 만큼 허영을 존경하였다. 그러나 그것이 허영에게 대한 연애의 정이 아니고 한 문학소녀의 문사에게 대한 사모의 정인 줄은 허영도 알았다. 그러기에 허영이가 그의 몸을 건드리려 할 때에는 그는 한사코 저항하였던 것이다. 그러나 잘나지 못한 순실한 계집애가 허영의 손에 걸려서 아니 넘어갈 수는 없었다.

허영은 순옥이가 제 손에 들어오지 못할 줄을 안 때에 귀득을 아내로 삼으리라고 결심하고 정면으로 귀득의 어머니를 공격한 것이었다. 귀득의 어머니가 보기에는 허영은 사윗감으로 부족은 없는 것 같았다. 더구나 허영은 귀득이 어머니의 일생까지도 보장한다고 맹세한 것임에랴.

이리해서 허영은 그 어머니의 내락을 얻어가지고는 귀득이를 꼬여 데리고 돌아다니면서 귀득의 처녀를 빼앗아버렸다. 그날 귀득은 온종일 울었다. 제 애인인 동료 김훈도를 생각한 것이었다.

귀득이가 임신하였다는 말을 허영에게 고할 때에는 허영은 벌써 순옥과 혼인한 뒤였다.

허영은 신문사에 다니는 동안은 귀득에게 매삭 얼마씩 생활비를 주었고 언제까지나 생활비는 담당한다고 서약을 하였다. 허영이가 고본(股本)[154]으로 돈을 벌려던 동기 중에는 귀득에게 대한 책임감도 있었던 것이다. 그러나 허영이가 파산을 하게 되매 허

584

영은 귀득이와 관계를 끊어버리고 말았다. 허영은 은근히 귀득이 모녀가 사람이 순실하고 또 점잖아서 저를 찾아다니며 야료할 걱정이 없는 것을 믿고 안심하고 있는 중이다. 그러나 허영에게는 귀득이 일이 늘 마음에 걸렸다. 그리고 두 번밖에 못 본 그 어린 애가 마음에 걸렸다. 그 두 식구가 다 죽어버렸으면 하는 때도 있었으나 그러한 생각을 한 끝에는 무엇이 무서운 듯하였다.

그날 저녁을 순옥은 특별히 시어머니 한씨 방으로 가지고 들어갔다. 상에 놓고 먹기가 어려워서 손에 들고 들어가서 방바닥에 놓았다. 한씨는,

"아가, 이 상에 올려놓고 먹어라."

하고 제 상에 순옥의 그릇들을 올려놓을 자리를 비켰다.

"아냐요. 이대로 좋습니다."

하고 순옥은 사양하였으나,

"어서 이리 올려놓아라. 어미하구 겸상하는 게 무슨 숭이냐?"

하여 순옥은 제 그릇들을 한씨의 상에 올려놓았다.

한씨는 대단히 만족한 듯이,

"점심에 변또밥[155]이 차서 어떻게 먹니?"

하는 말 같은 것도 물었다. 시어머니가 물을 말 때를 기다려서 순옥은,

"어머니."

하고 입을 열었다.

"응?"

하고 한씨는 밥을 씹으면서 순옥을 본다.

"어머니, 손자 보시구 싶지 않으셔요?"

순옥은 웃으면서 이렇게 말을 시작하였다.

"왜 손주가 보고 싶지 않겠느냐? 남 같으면 벌써 손주며느리두 볼 때가 됐는데."

하고 한씨는 유심히 순옥을 보며,

"왜? 네 몸이 어떠냐?"

하고 눈을 크게 뜬다.

"아냐요. 저는 아무렇지두 않습니다."

하고 순옥은 부끄러운 듯이 웃는다.

"이 달에두 있을 것이 있었니?"

"아이 어머니두, 아닙니다. 그런 말씀이 아냐요."

"그럼. 손주 보고 싶으냔 말은 왜 해?"

하고 한씨는 숟가락을 공중에 든 채로 순옥을 바라보고 있다.

"어서 진지 잡수셔요. 이거 식습니다."

하고 순옥은 한씨의 숭늉 그릇을 만져본다. 한씨는 물 만 밥 한 술을 더 떠서 입에 넣었으나 순옥의 말의 뜻이 궁금한 모양을 보인다.

"어서 바로 말을 하려무나 갑갑하구나."

하고 한씨는 마침내 순옥을 재촉한다.

"어머니, 손자님이 벌써 났어요."

"무어?"

"어머니 손자님이 벌써 돌이 지났어요."

"그게 다 무슨 소리냐? 난 외손주두 종손주두 없는 사람인데."

"어머닌 모르시겠지요. 저와 혼인하기 전에 어떤 보통학교 여선생을 하나 얻어서 아이까지 낳았어요. 그 애 어머니하구 혼인하기루 약속까지 했더래요. 그런 걸 그만 제가 나서서 그렇게 되었어요. 그 애 이름이 섭이야요, 불꽃 섭 자. 벌써 돌 지나구 두 달이나 되었어요."

"그게 정말이냐?"

"네에. 제가 왜 어머닐 속입니까?"

"네가 나를 속일 리야 있느냐마는 누가 네게 없는 말을 하지 않았느냔 말이다."

하고 한씨는 기가 막힐 듯이 밥숟가락을 떨어뜨린다.

"아냐요. 지금 그 애가 병원에 입원해 있어요. 폐렴으루. 그래 제가 한 보름 동안이나 치료해주었어요. 그 애 외할머니랑 그 애 어머니랑두 와 있구요."

"그래 분명히 그 애가 허영의 아들이라구 그래?"

"그럼요. 아주 꼭 닮은걸요. 눈이랑 코랑 이맛전이랑 귀꺼정두."

하고 순옥은 귀득이가 하던 말을 고대로 옮긴다.

"저런 미친놈이 어디 있나!"

하고 한씨는,

"영아, 영아."

하고 성난 어성으로 허영을 부른다.

"네."

하는 허영의 대답이 건너온다.

"너 이리 좀 오너라."

하는 한씨의 어성에는 위풍이 늠름하였다.

"왜 그러세요?"

하고 허영이가 안방으로 들어온다.

순옥은 밥상에서 물러앉는다.

한씨는 밥그릇들이 소리를 내도록 밥상을 드윽 밀어놓으며,

"너 이 녀석. 나두 모르게 웬 계집을 얻었니, 응?"

"계집은 웬 계집이오?"

"그래. 계집 얻은 일이 없단 말이냐?"

"하하하. 어머니두 망령이시우."

"아아니, 네 처가 다 보구 왔다는데 날더러 망령이래."

한씨의 이 말에 허영은 순옥을 본다.

순옥은 그것을 못 본 체한다.

"당신은 어디서 어떤 미친년의 소리를 듣구 어머니께 무어라구
여쭈었소?"

하고 허영은 도리어 책망조다.

"아아니, 계집을 얻어서—어떤 보통핵교 여선생을 얻어서 자
식까지 낳았다는데 그래 너는 잡아떼는 게냐?"

보통학교 훈도라는 말에 허영은 가슴이 뜨끔하여서 순옥을 바
라보면서,

"아아니, 어디서 무슨 소리를 듣구 그러우? 엉터리두 없는 소리
를. 어디 그 말한 년이나 놈을 대우. 내가 인력거라두 타구 가서
질문을 좀 하게."

하고 더욱 호기를 부린다.

순옥은 한숨만 짓고 말이 없다. 남편이 여전히 거짓 껍데기를 벗지 못하는 것이 슬펐다.

"아가, 어서 말을 하려무나, 저는 그런 일이 없노라구 뻗대니."
하는 한씨의 기억에도 물론 이귀득이가 없을 리는 없었다. 아이가 났다는 말만은 허영도 한씨에게 말하지 아니하였다. 한씨는 속으로, 저 못난 자식이 일을 어떻게 해놓아서 이렇게 발각이 나게 하노, 하고 그것이 슬펐다.

"왜 말을 못 하우?"
하고 허영은 한 번 더 순옥에게 호령을 한다.

순옥은 그제야 고개를 들어서,

"이제 와서 어머닐 속이구 나를 속이면 무얼 하우? 이귀득이를 당신이 모를 리가 없지 않소? 또 섭이란 이름까지 당신이 손수 지어준 아들을 왜 모른다구 하우. 아마 섭의 외할머니가 나 있는 병원인 줄 모르구 안선생 병원으로 섭이를 데리구 온 모양입디다. 그래두 안선생 병원에 오기가 다행했지요. 돈두 없는 걸 또 병실 두 없는 걸 안선생이 연구실에다가 입원을 시켜주셔서 한 보름 치료하구, 인제는 병은 다 나았으니 지금이라두 아드님을 한번가 보시구려. 그런데 섭이 어머니가 날 알아보구 하는 말이, 섭이를 자기가 길러보려구 했지만 먹을 것이 없어서 못 하겠다구, 또 사생자, 애비 없는 자식 소리 듣게 하기두 가엾고 하니 날더러 맡아다가 길러달라는 거야요. 그래도 모르신다구 버틸 작정이시우?"

하고 순옥의 눈은 잠깐 날카로워진다.

허영은 그만 고개가 수그러지고 만다.

"이 미친놈아, 이 못난 놈아. 이놈아, 이놈아. 글쎄 무슨 낯바닥으루 네 처를 대하느냐? 흥, 그리구두 뻗대. 그리구 모른대. 어디 말 좀 해보아라, 이놈아."

하고 한씨는 담뱃대로 아들을 향하여 상앗대질[156]을 한다.

잠시 방 안은 고요하였다.

"어머니."

하고 순옥이가 침묵을 깨뜨린다.

"그래 말해라."

"어머니. 저 섭이 데려올 테야요. 어머니 손주 아닙니까? 또 그 어린것이 무슨 죄가 있습니까? 그저 제 어미를 떨어지는 것이 가엾지만. 벌써 돌이 지났으니깐 인제는 젖을 떼어두 괜찮아요. 죽하구 우유하구 먹이면 괜찮습니다. 어머니, 섭이 데려와두 좋지요?"

"네 마음대루 하려무나. 이 에미가 입이 백이 있기루니 네 앞에서 무슨 말을 하겠니? 면목 없기루 말하면 이 늙은 년이 네 앞에 엎대어서 석고대죄를 해 싸지, 그래두 에미라고 그두 못 한다마는."

"아이 어머니두 망령이셔. 왜 그런 말씀을 하십니까?"

하고 순옥은 허영을 향하고 몸을 돌리며,

"그런데 내가 당신 말씀을 한마디 들어야 할 게 있어요. 꼭 속에 있는 대루 말씀하세요. 이건 중요한 문제니깐. 내 면을 본다든지 그런 생각 마시구 꼭 속에 있는 대루 똑바로 대답하세요."

하고 푹 수그린 허영의 흐트러진 머리를 본다.

"무슨 말이오?"

하고 허영은 잠깐 고개를 들었다가 순옥의 시선과 마주치고는 도로 고개를 숙여버린다.

"간단히 요령만 말하리다."

하고 순옥은 긴 한숨을 한 번 쉬고 나서,

"섭이루 보든지, 또 불쌍한 이귀득씨루 보든지, 인제부터라두 당신이 이귀득씨하고 혼인을 하세요. 나는 이혼해드릴게. 어머니를 떨어지는 자식이나 자식을 떼어놓는 어머니나 다 못 할 노릇 아니오? 자식 떼구 돌아서는 어미는 발자욱마다 피가 고인다구 안 했어요? 네, 그렇게 하세요, 그게 옳습니다. 이귀득씨한테는 그런 큰 적악[157]이 어디 있어요? 아무것두 모르는 섭이게두 큰 적악이구요."

허영은 말이 없다.

한씨도 말이 없다.

허영은 순옥이를 이혼해버릴까 하는 생각을 해본다. 순옥에게서 받는 일종의 압박감이 허영에게는 견디기 어려운 때가 많았다. 더구나 섭이를 집으로 데려오면 그 압박감은 더욱 커져서 고개를 들기가 어려울 것 같았다. 허영의 본심으로 말하면 아내라는 것은 막 내리누르고 살고 싶었다. 요릿집에서 기생 희롱하듯 매양으로 희롱도 하고 종의 자식을 부리듯 매양으로 부려먹을 수 있는 아내가 허영의 소원이었다. 그런데 순옥은 허영의 줌[158]에 벌었다.[159] 혼인한 처음에는 막 내리눌러보기도 하였으나 암만해도 말랑말랑하여 보이는 순옥에게는 허영의 힘으로는 눌려지지 아니하는 무엇이 있었다. 더구나 재산이 다 없어지고 순옥이가 벌어들이는 밥을 받아먹게 됨으로부터는 순옥은 마치 높은 어른과 같이 어려웠다. 이것이 허영에게는 고통이었다. 또 순옥의 예쁘고 젊은 살냄새로 말하면 한 이태 동안이나 맡았으면 시들할 지경까지는 아니라 하더라도 없어서는 죽을 지경까지는 아닌 것 같았다. 차라리 이따금 새 여자의 살이 그리운 때도 있었다.

'아주 제 말대로 이혼을 해버릴까?'

그러나 그렇게 생각하면 순옥을 내놓기는 아까웠다. 아주 놓아주기에는 순옥은 너무도 아름다운 것이었다. 그나 그뿐인가? 지금 순옥을 내놓으면 병들고 주변 없는 허영은 무엇을 먹고 사나? 이 집도 이를테면 순옥의 집이 아닌가. 조석을 끓여 먹는 것도 순옥의 힘이 아닌가.

'암만해도 순옥이와 이혼할 수는 없다.'

허영은 한숨을 쉰다.

'그러면?'

허영은 자문하여본다.

'순옥이도 가지고 귀득이도 가지고—귀득이도 그리웠다. 그의 순종하는 것, 그리고 몸이 실해서 푸근푸근한 것이 좋은데.'

허영은 이런 생각을 해본다.

'그 김가 놈한테 걸리지만 않았더라도 귀득이를 몰래 딴살림을 시키고.'

허영은 이렇게 생각하면 김광인의 일이 이가 갈리도록 분하였다.

'그럴 것 없이 귀득이를 저 사랑방에 데려다 두자고 순옥이더러 말해볼까? 그랬으면 십상일 것 같은데.'

허영은 이렇게도 생각해본다. 그러나 그것은 아무리 허영으로라도 너무나 뱃심이 좋은 생각인 것 같았다. 필경 허영은 아무 결론에도 달하지 못하고 말았다.

한씨는 한씨대로 또 제 생각을 하고 있었다. 순옥은 한씨에게는 조금도 마음에 꼭 드는 며느리는 아니었다. 한씨는 허영보다도 순옥을 줌이 벌게 생각한다. 순옥에게 대해서는 시어머니의 위권을 마음대로 부릴 수 없는 것이 역정이 나는 때가 많았다. 순옥이가 시어머니인 자기를 봉양하는 절차에 어느 것이나 부족한 것이 없고 흠할 것이 없는 것은 한씨도 안다. 그러나 한씨 생각에 시어머니의 재미란 며느리를 막 휘두르고, 막 닦고, 제 마음대로 들이고 내고 하는 것인데 순옥에게 대해서는 그리할 수가 없는 것이 아니꼽고도 분하였다. 며느리에게 눌려서 산다 하는 관념은 워낙 거세고 기승스러운 한씨에게는 견디기 어려운 고통이었다.

'그러니 차라리 이 거북살스러운 며느리를 내어쫓고 그 온순하다는 귀득이를 불러들여?'

한씨는 이런 생각을 한다.

그러나 다음 순간에,

'이 며느리를 이제 내어보내면 먹기는 무엇을 먹고?'

하는 걱정이 생긴다.

순옥이가 매삭 벌어다가 시어머니 손에 바치는 일백이십 원은 여간 큰 돈이 아니었다. 허영은 신문사에를 칠팔 년이나 다녀도 육십 원 이상 월급을 받아본 일이 없었다. 그나 그뿐인가. 이제 순옥을 내보낸다면 쓰고 있는 이 집을 찾은 돈 삼천 원은 내주어야 할 것 아니냐.

'그거야 안 내주기로니 제가 어떡헐 테야. 무슨 표 써주었나?'

한씨는 이런 생각도 해보았으나 아무리 하여도 지금 당장에(다른 도리가 생긴 뒤에는 몰라도) 순옥이를 내보내는 것은 이롭지 못하다는 결론에 다다랐다.

이렇게 생각하매, 한씨는 주책없는 허영이가,

'그럼 이혼합시다.'

하고 들고 나설 것이 겁이 나서 앞을 질러서,

"아가. 그게 무슨 소리냐? 이혼이라니 당치 않은 말이다. 서루 귓머리 풀구, 육례를 갖추어서 만난 내외가 머리가 파뿌리가 되도록 유자생녀하구 백년해로를 하는 것이지 살아생이별이라니, 그런 말이 어디 있느냐? 또 너루 말하면 내 집에는 분에 겨운 며느리야. 내가 하루에두 몇백 번이나 마음으루 네게 절을 하구 있다. 너무두 소중하구 고마워서. 내가 천성이 간사하지를 못해서 네게 곰살궂게는 못 한다마는 이 에미 마음은 그렇지 않다. 하느님이 내려다보시지, 내가 없는 소릴 하겠느냐? 아가, 애여 그런 말은 말어라, 그런 생각두 말구."

하고 한 번 가래를 고슬은[160] 뒤에 말을 이어,

"네 남편이라는 게 저렇게 친절치를 못해서 그런 철없는 짓을 저질러놓았지만, 어떡허느냐? 이래두 남편이구 저래두 남편이지.

594

네 일생에 속두 많이 썩힐 줄 안다마는 어떡허느냐? 이왕 내외가
되었으니 네가 참구 살아가야지. 안 그러냐, 아가? 그러니깐 이혼
이니 무엇이니 그런 숭한 소릴 말구, 그 아이나 데려다 기르자.
이 일두 내가 이래라저래라 할 일이 못 되지, 다 네 생각이지마는
그렇게 해라."
하고 한씨는 제 말에 감동이 되는 듯이 차차 음성이 젖으며,
 "아가, 내가 인제 살면 며칠이나 살겠니? 밤낮 골골하는 게 오
는 봄을 볼지 말지 하지. 이 늙은 어미가 죽기 전에 너희들이 의
초[161] 좋게 화락하게 살아서 뉘[162]를 보여주렴. 그러구 내가 죽을
때에 아가 네 손에 마지막으루 물숟갈이나 받아먹게 해주면."
하고 추연한 빛을 보인다.
 한씨는 말을 끝내고는 저고리 고름으로 눈물을 씻는다. 그리고
허영이가 무슨 말을 하기를 기다리다가 종시 아무 말이 없는 것
을 보고,
 "영아, 왜 말이 없느냐? 아무리 처가속[163]이라두 이런 때에는 분
명히 말을 하는 거다. 잘못했다구 할 것은 해야 하구."
하고 못마땅한 듯이 아들을 바라본다.
 허영은 좀 마음이 뜨끔하였다. 사내대장부가 여편네 앞에, 아내
에게 애원의 말을 한다는 건 격이 떨어지는 것 같았다. 그러나 허
영은 한마디 아니 할 수 없음을 느꼈고 이왕 말을 한다면 순옥의
비위를 맞출 말을 하는 것이 용이하다고 생각하였다.
 "여보."
하고 허영은 그의 특유한 여성 숭배자적 어조로 순옥을 향하고

불렀다.

"네."

하고 순옥은 잠깐 고개를 들어서 남편을 바라보았다.

"다 용서해주우. 사랑은 한량없는 용서가 아니오? 일곱 번씩 일흔 번이라두 용서하라구 예수께서 말씀하시지 아니하셨소? 다 용서해주우."

하는 허영의 음성은 금시에 울음이 터져 나오기나 할 듯이 떨리기까지 한다.

순옥은 고개를 숙이고 가만히 듣고만 있었다.

허영은 자기의 이 정성과 이 열정으로 순옥의 얼어붙은 마음을 풀고야 말려는 듯이 더욱 감격적인 어조로,

"이혼이라니? 그게 말이 되우. 나는 그 말 한마디가 당신의 입에서 흘러나왔다는 사실만도 영원히 가슴 아픈 일이라고 울고 싶소. 당신이 내가 어떻게나 사랑하는 아내요? 어떻게나 내 생명을 다 바치는 아내요? 그런 아내 당신을 이혼이라니. 아아 그런 말을 들은 내 귀를 저주하고 싶소. 다시는 내 생전에는 그런 말을 마시오. 그런 생각두 말구. 내가 죽거든 나를 당신 손으루 싸서 묻어주구, 그런 뒤에만 당신의 자유가 있으리다. 순옥이, 순옥이, 아아, 용서하구 나를 사랑해주시오."

하고 애가 타는 듯이 머리를 수없이 흔든다.

한씨는 허영의 말하는 법이 모두 못마땅하였으나 순옥을 붙드는 효과는 있을 것을 생각하고,

"아가, 나두 그만큼 말을 했구, 네 남편두 저렇게꺼정 말을 하

니 참구 네 맘을 풀어라. 자, 인제 너희들 방으로 가거라. 나는 좀
—눕겠—다—아이구—허—리—야."
하고 만족한 듯이 눕는다.

순옥도 더 말할 필요가 없는 것 같아서 한씨에게 처네[164]를 덮어
주고 허영은 돌아다보지도 아니하고 일어나 나왔다.

순옥은 방에 들어와서 시어머니 한씨와 남편 허영의 말을 어디
까지 믿고 어디서부터 안 믿을 것인가를 생각해보았다.

두 사람의 말에는 다 조리도 있고, 정성도 있는 것 같았다. 그러
나 그 말들에는 어디인지 모르게 빈 구석이 있는 것 같았다. 그
열렬한 말들이 순옥의 혼 속으로 푹 들어가지 아니하는 것이 슬
펐다. 순옥은 불현듯 옥남을 생각하였다. 그가 원산에서 어느 달
밤에 하던 말, 그의 임종의 병석에서 하던 말들을 생각하였다. 어
떻게도 참되고 어떻게도 사랑에 차고 어떻게도 사람의 혼 속으로
푹푹 스미어 들어가던가. 순옥은 옥남이가 그리웠다. 옥남이를
한번 만나서 실컷 울면서 이야기를 하여보고 싶었다. 그런 사람
들이 모여서 사는 나라는 없을까.

그러나 순옥은 한씨와 남편의 말을 종합하여서 한 가지 결론,
한 가지 참된 사실만은 찾았다. 그것은 그들이 순옥이를 필요하
게는 안다는 것이다.

'이것으로 만족하자. 그들이 나를 필요로 하는 동안 나는 그들
의 필요에 응해주자.'

순옥은 이렇게 생각하고 마음을 잡아버렸다.

허영은 대단히 미안한 듯이 또 면목이 없는 듯이 순옥을 애무하

였다.

허영이가 잠이 든 뒤에도 순옥은 정신이 말짱하였다. 낮에 심음을 들어본 탓인지 곁에 누워서 자는 허영의 숨소리가 대단히 가쁜 것 같았다. 순옥은 가만히 허영의 가슴에 귀를 대어보았다.

"쿵쿵 찌르륵, 쿵쿵쿵쿵 찌르륵."

이렇게 허영의 심음에는 불쾌한 잡음이 섞이고 또 그 심음 자체가 억지로, 가까스로 뛰는 심장의 소리인 것 같았다. 얼마 오래 살지도 못할 인생이면서 대수롭지 못한 것에 늘 탐욕을 가지고 그것이 못 이루어져서 번뇌하는 생명의 소리. 순옥은 이렇게 생각하고 이불귀로 허영의 어깨를 막아주었다.

이튿날 아침에 순옥은 일어나는 길로 안방으로 가서 한씨의 요 밑에 두 손을 넣으면서,

"어머니, 잠이 잘 드셨어요."

하고 방그레 웃어 보였다.

한씨는 그 말에는 대답도 아니 하고,

"넌 좀 잤니?"

하고 한씨는 손을 들어서 순옥의 분홍 저고리 입은 팔을 한 번 쓸어주면서,

"이거 너무 솜이 얇구나."

하고 어머니다운 걱정까지 한다.

"병원 갈 때에는 다른 저고리 입어요. 두둑하게 솜 둔 거요."

"그래 마음잡았니?"

"네. 어머니 하라신 대루 할 테야요."

"오 착하다."

아침을 먹고 순옥은 제 장 문을 열고 옷 한 벌을 꺼내었다. 치마저고리로부터 버선까지 일습을 꺼내서 보에 싸 들고 병원으로 왔다.

허섭은 누워서 놀고 귀득은 그 곁에 앉아 있었다.

순옥은 귀득이가 눈이 뻘겋게 부은 것을 보았다. 그리고 거기 대한 설명을 구하는 듯이 귀득을 물끄러미 바라보았다.

귀득은 순옥의 시선을 피하여서 고개를 숙인다.

"왜 눈이 아프셔요?"

순옥은 이렇게 말을 붙였다.

"아뇨. 좀 울었더니."

하고 두 손바닥으로 눈을 한 번 쓴다. 순옥은 더 묻지 아니하고 한숨을 쉬었다.

"잊힐 때까지 울죠. 우노라면 잊힐 때가 오겠죠."

하던 귀득의 말을 생각하였다.

순옥은 이 사람, 귀득의 슬픔을 없이하는 길이 허영과 같이 살게 하는 데에 있음을 더욱 느꼈다. 저 어린것을 떼어놓고 애통할 젊은 어미—게다가 몸은 버리고 의지할 데는 없고 먹을 것조차 없는 젊은 여인의 일을 생각하면 가슴이 아팠다. 그리고 순옥이 제가 고집을 하기만 하면 이 일은 실현될 것인 줄도 안다. 그러나 순옥은 그것은 할 수 없는 일이라고 생각한다. 왜?

허영은 중병인이다. 순옥의 의학 지식으로 보면 허영의 병은 나을 수 없는 병이었다. 매독은 둘째다. 가장 치명적인 것은 아마 허

영의 심장병일 것이다. 그것도 아마 유전 받은 체질 외에 매독이
원인일 것이지마는. 귀득이가 이런 남편한테 시집을 가는 것은
다만 더 큰 한 불행을 찾아 들어가는 것에 불과할 것이다. 이 여
인이 그 남편을 데리고 어떻게 사나? 그것은 아마 못 할 일일 것
이다.

　순옥은 이렇게 생각하였다. 그리고 단연히 귀득이를 보고,

　"그럼 섭이는 내가 맡아 기르기루 합니다."

하고 선언을 하였다.

　귀득은 아마 고맙다는 표인지 고개만을 한 번 끄떡하고는 대답
은 없이 약병 마개를 가지고 누워서 놀고 있는 섭을 본다. 그 눈
에는 벌써 눈물이 있었다.

　귀득은 어저께 순옥이더러 섭이 맡아달라고 말은 하여놓고도
밤에 섭이를 끼고 누워서 생각하면 그것을 떼어놓고는 살 수가
없을 것 같아서,

　"아니, 안 돼. 우리 섭이는 아무한테도 안 주어."

하여도 보고,

　"섭아, 엄마하고 살자. 엄마 죽을 때까지."

하기도 하여보고, 그러다가는 섭이가 잠이 들고 따라서 귀득이
마음이 적이 냉정하여지면,

　"아니, 이 애는 석순옥이에게 맡겨야지."

하기도 하여보고, 그러다가는 또 섭이가 킹킹거리고 고갯짓을 하
여서 젖꼭지를 찾을 때면,

　"아니, 못 내놓아. 못 내놓아."

하고 섭을 안고 떨기도 하였다. 이러느라고 귀득은 혼잣말로 중얼거리다가, 울다가 이 모양으로 간밤을 거의 뜬눈으로 새웠다.

그러나 사세가 섭이를 순옥에게 아니 줄 수 없는 형편임을 귀득은 잘 인식하였다.

얼마 후에야 귀득은 고개를 들어서 순옥을 보고 쓴웃음을 지어 웃으며,

"내가 어리석어서요. 이렇게 울길 잘해요."

하고 눈물을 씻었다.

"내가 이선생 속을 다 압니다. 내가 섭이를 맡아 기르더라두 언제든지 섭이가 보구 싶으시거든 와 보셔요. 난 조금두 어떻게 생각지 않습니다."

이 말에 귀득은 못 미더운 듯이 눈을 크게 떠서 순옥을 보다가,

"아이머니, 그런 법이 어디 있습니까?"

하고 말은 놀람에서 나오는 진정이었다.

"왜요? 어머니가 제 자식을 못 만나 보는 법은 어디 있어요? 조금두 그런 생각은 마셔요."

하는 순옥의 말이 진정임을 인식할 때에 귀득은 더욱 놀라지 아니할 수 없었다.

'이것이 무슨 사람인가?'

하고 귀득은 인사체면 다 잊고 언제까지나 순옥의 얼굴을 들여다보았다.

이때에 순옥은 교의를 끌어다가 앉으며 들고 왔던 보퉁이를 제 무릎 위에 놓고 매듭을 끄르려고 손을 대면서,

"내가 이런 것을 드려서 이선생이 어떻게 생각하실는지 모르겠어요. 조금두 어떻게 알지는 마셔요."

하고 한 번 웃고 그 보퉁이를 끌러서 의복 일습을 내보이면서,

"이게 입던 건 아냐요. 하니 갈아입으셔요."

하고 귀득의 원체 휘주근한 옷이 반달 동안이나 병원에서 입고 뒹굴어서 수세미처럼 된 치마저고리를 본다.

"아아 그걸 주시면 어떡허십니까?"

하고 귀득은 또 한 번 의외인 일에 두 손을 무릎 위에서 비튼다.

"이선생이 키는 나와 어상반하시지만 내가 몸이 좀 가늘어서 품이 맞으실는지 모르겠어요. 그중 큰 것을 고르느라구 했지만."

하고 저고리를 들어서 뼘어[165]보고 나서,

"미안하지만 어디 입어보셔요."

하고 저고리를 귀득에게 준다.

귀득은 순순히 일어나서 제 저고리를 벗고 순옥의 저고리를 받아 입어본다.

"꼭 맞습니다."

하고 귀득은 마음에 맞는 의복을 입을 때에 가지는 여자의 본능적인 기쁨이 얼굴에 나타난다. 순옥도 일어나서 뒤품이랑 깃고대[166]랑 화장[167]이랑을 손으로 만져보고,

"뒤품이 좀 어떤 듯해두."

하고 또 치마를 들어서,

"이걸 먼저 입으실 걸 그랬군."

하는 것을 귀득은 또 순순히 입었던 저고리를 벗고 또 치마를 벗

고 그리고 치마를 입고 여미고 그리고 저고리를 입고 고름을 맨
다. 그러고는 진정으로 기뻐하는 빛을 보인다.

"모두 옥색이 되어서 늙어 보이셔서 안됐어요."

하고 순옥은 옥색 하부다에 치마저고리를 입혀놓은 귀득을 바라
보았다. 새 옷을 갈아입고 얼굴에 웃음을 띤 귀득은 훨씬 돋보여
서 순진한 애티와 참함이 있다고 생각하였다. 얼굴에서 피곤한
빛과 빈궁에 시달린 빛만 떼어놓고 화장을 하고 나서면 상당한
얼굴일 것 같았다.

  이리하여서 허섭은 순옥이가 사다가 준 새 옷을 입히고 새 처네
를 둘러서 새로 얻어 온 계집애 등에 업혀서 순옥이가 안동하여
허영의 집으로 오게 되었다. 귀득은 울었으나 순옥이가 예기하던
것과 같은 비극의 장면도 없이 섭이가 병원 대문으로 나가는 것을
보고는 도로 병원으로 들어갔다. 순옥은 좀 어리고 물러 보이는
귀득에게 상당히 독한, 참고 견제하는 힘이 있음을 발견하였다.

사랑의 길

허영의 피의 바세르만 반응은 양성이었다. 그래도 그는 그런 일이 없노라고 순옥을 대하여 뻗대었고 순옥도 더 물으려고도 아니하였다.

허영은 영옥의 손에 구매 요법을 받고 있었다. 영옥을 대하여서도 저는 매독을 옮을 기회는 없었는데 아마도 목욕탕에서 옮은 것이라고 여러 번 자탄하였다. 영옥도 캐어물으려고 아니 하고 못 들은 체하였다.

섭이는 어미를 떨어져서 이삼일간은 울었으나 차차 어미 생각도 잊어버리고 할머니와 아버지에게 정이 들었다. 순옥은 섭에게 대하여 물론 골육의 정은 생길 리가 없으나 먹는 것과 입는 것을 다 보살피고 밤에는 제 곁에 뉘어서 재웠다. 섭이도 순옥을 보면 "엄마 엄마" 하고 팔을 벌리고 달려들었다.

이 모양으로 몇 달이 순탄하게 지내어서 또 봄이 오고 가고 첫

여름도 가까이 왔다. 늦은 봄 첫여름은 서울이 세계에 대하여 자랑할 만한 좋은 철이다. 옥색 모시 진솔 치마 적삼은 이제는 서울 여성에는 흔하지 아니한 것이지마는, 역시 그것은 이 철의 주인이어서 종로에 한 사람만 그렇게 차린 사람이 나서더라도 그는 이 철의 주인이 아니 될 수 없는 것이다. 그러매 순옥의 옥색 모시옷은 이 시절에 가장 빛이 났다.

순옥은 마음이 늘 화평하고 기뻤다. 하루 종일 병원에서 환자를 보아주고 집에 돌아가면 안식이나 행락이 있는 것은 아니라도 또 할 일, 서비스가 있었다. 남편에게 주사(혈압에 관한 것)를 놓고 어린애를 씻기고 옷을 갈아입히고 시어머니 어깨와 다리를 주물러드리고, 그리고 병신인 남편을 위로해주고, 이리하여서 몸이 피곤하게 되는 것이 순옥의 낙이었다.

하루는 순옥이가 병원에서 일을 하고 있다가 급히 새 옷을 갈아입어야 할 사정이 생겨서 집으로 달려왔다. 창덕궁 대궐 앞에서 집골목을 들어서려 할 때에 식모가 바구니를 끼고 나오는 것을 만났다. 식모는 깜짝 놀라는 듯이 순옥의 앞을 막아섰다. 그리고,

"아씨, 아씨."

하고는 말을 못 하였다.

"왜 그러나?"

하고 순옥도 이상하다는 빛을 띤다.

"들어가시지 마셔요."

"들어가지 말라구?"

"네."

"왜?"

순옥은 더 놀라지 아니할 수 없었다.

"제가 조금 있다가 병원으루 아씨를 찾아갈 테니, 그때에 다 말씀 여쭐 테니, 지금은 댁에 들어가시지 마셔요."

"으응."

하고 순옥은 이윽히 식모의 눈을 들여다보다가 말없이 돌아서서 마침 파조교 쪽으로서 오는 버스를 잡아타고 병원으로 오고 말았다.

순옥은 식모가 말하려는 내용을 대강은 짐작할 수가 있었다. 필시 귀득이가 온 것이로구나 하였다. 어린애를 데려온 지 삼사 개월이 되도록 한 번도 귀득이가 다녀갔다는 말이 없는 것을 이상하게 알았던 터이므로, 귀득이가 집에 찾아왔다고 해서 놀랄 것은 없었다. 아무 때에나 섭이가 보고 싶거든 와서 보라고 순옥이가 이미 허락한 것이 아니냐? 이만큼 생각하고 순옥은 병원에서 여전히 볼일을 보고 있었다. 순옥이가 병원에 돌아온 지 한 시간 반쯤 되어서 과연 식모가 찾아왔다. 그러기로 식모가 어떻게 이렇게 집을 떠날 수가 있을까 하는 것을 불현듯 의심하면서 식모를 순옥의 방인 예진실로 불러들였다. 오후가 되어서 방은 조용하였다.

"그런데 어떻게 나왔나? 마님께서 가라고 그러시던가?"

순옥은 식모의 입도 열게 할 겸 이렇게 말을 붙였다.

"마님께서 내어쫓다시피 하시는걸요. 저녁 지을 때까지 나가 있다 오라구요."

하고 식모는 분개한 빛을 보인다.

"그건 다 무슨 소린가?"

하고 순옥은 놀랐다.

"참 아씨가 가엾으셔요. 글쎄, 아씨가 어떤 아씨신데 마님이나 서방님이나 그렇게까지 하십니까. 그걸 생각하면 제가 다 분해요. 그렇게 천하에 없이 착하신 아씨를——."

"아니 무슨 일인데 그러나? 어서 말을 하게."

순옥도 무엇인지 모르면서도 마음이 설레는 것을 누를 수 없었다.

"벌써 아씨께 말씀을 하자 하자 하면서도 아씨께서 얼마나 분해하실까 해서 못 하구 있었어요."

"아니 무슨 말인데 그러나?"

"글쎄, 그 애기 어머니가 온답니다. 그 섭이 애기 어머니가 말씀야요."

"오늘 그이가 왔나?"

"오늘이 무어야요? 섭이 애기 데려오신 지 한 댓새 뒤부터 오기 시작한 것을, 글쎄 차차 발이 잦아져서 요새에는 거진 날마당이랍니다."

순옥은 귀득이가 오늘 처음 온 것이 아니라 섭이를 데려온 지 댓새 뒤부터 오기 시작했다는 말에는 아니 놀랄 수가 없었다.

"이 애 어머니 아니 왔어요?"

하고 순옥이가 혹시 묻는 때면 허영이나 한씨나,

"그년이 왜 와?"

하고 힘 있게 부정하였고 어떤 때에는 한씨는 물론이요, 허영까지도,

"그년이 오기로 왜 집에 들여?"

하도록 부인하였다. 그러나 역시 허영과 한씨는 순옥을 속인 것이다 하고 생각하면 과연 분한 마음이 아니 생길 수 없고, 또 식모를 대하기가 부끄럽지 아니할 수가 없었다. 그래도 순옥은,

"응, 그 말인가? 내가 그 애기 어머니더러 언제나 애기를 와 보아두 좋다구 했어."

하고 처음부터 하리라고 별렀던 말을 하고 억지로 짓는 웃음으로 빙그레 웃기까지 하였다. 그러나 순옥은 몸에 일종의 경련이 일어남을 깨달았다.

"글쎄, 제가 낳은 아이니 애기나 보러 온다면야 제가 왜 이렇게 분해하겠어요? 글쎄 이것 보세요, 그 애기 어머니가 처음 온 날 말씀야요──그날 눈이 왔습니다. 바람이 불구──웬 젊은 여학생 같은 아낙네가 쓰윽 들어온단 말씀이지요, 그래 웬 보지 않던 사람인가 하구 보구 있노라니깐 처음에는 글쎄 아씨가 계시느냐구 그러겠지요. 절더러. 그래 병원에 가셨다구 그러니깐, 그럼 주인 서방님이 계시냐구 그런단 말씀야요. 그런데 제가 미처 대답두 하기 전에 아 글쎄, 건넌방 쌍창이 드윽 열리더니만 서방님이 반색을 하시면서 아 귀득이오? 이러시구는 글쎄 허겁지겁으로 마루루 내달아 나오셔서 글쎄 어서 들어오우, 야 이거 웬일이오, 하고 손목을 끌어 올리는구먼요. 저랑, 순이랑 곁에서 보구 있는데 글쎄, 그런 일이 어디 있습니까? 그리구는 서방님이 그 귀득인가 한

여편네를 건넌방으로 끌구 들어가시려구 하시니깐 그 여편네는 새침해가지고 섭이가 어디 있어요? 난 섭이를 한번 보러 왔어요, 하고 처음에는 잘 안 들어가요. 그러는 걸 서방님이 글쎄, 이번에는 그 여편네의 등을 떼밀구 허리를 껴안아서 막 끌구 들어가신 단 말야요——건넌방으루, 섭이 애기는 안방에서 자는데. 그리구는 한바탕 울구불구하는 소리가 나구 서방님이 무에라구 달래시는 소리두 나구 너털웃음을 치는 소리두 나구 하더니, 그리구는 한참이나 괴괴하단 말씀야요. 아마 그동안이 한 시간은 됐을 거야요. 아무려나 마당에 났던 그 여편네 발자국이 다 눈에 묻혀버려서 안 보이게 됐으니깐요. 그래 제가 안방으루 들어가서 마님 보구 그 이야기를 다 했지요. 허니깐 글쎄 마님 하시는 말씀 좀 들어보세요. 여보게 얼른 가서 국수하구 꾸미[168] 한 매[169]하구 사다가 국수장국 좀 끓이게, 그리시구는 절더러 글쎄, 자네 아씨보고는 아예 이런 말은 말게, 만일 말이 나면 자네 소원[170] 줄 알겠네, 하구 글쎄, 이렇게 어르신단 말씀야요. 글쎄 그런 법이 어디 있습니까. 한 아들에 열 며느리라는 말두 있지마는 글쎄 며느리두 며느리 나름이지요. 아씨 같으신 며느님을 글쎄, 그러니 할 수 있어요? 바구니를 끼구 국수를 사러 나왔지요. 그래 속으루 분하면서 골목으로 나오노라니깐, 순이 년이 바르르 따라 나온단 말씀야요. 그래서 제가 넌 이년 어디 가니? 그러니깐 그 계집애가 쌕 웃으면서 아씨 오시나 망보라세요, 그러겠지요. 그래 국수를 사다가 장국을 끓이면서도 눈치를 보구 있노라니깐 서방님이 먼저 건넌방에서 나오셔서 안방으루 들어가시더니 모자분이 몇 마디 말씀을 하시는 모양이더니 글쎄, 마님이 쌍창을 여시면서 아가 이리 온, 그러시는군요. 글쎄 아가 이리 온은 무엇입니까? 그러더니 그다음에는 서방님이 글쎄 지게문을 여시면서 여보 어머니 와 보이우, 아 글쎄, 그러시는군요. 여보 어머니 와 보이우는 글쎄 다 무엇입니까. 그리구는 상을 올리라구 호령호령하셔서, 글쎄, 아가 어서 더 먹어라, 그동안 섭이를 내놓구 어떻게 살았느냐? 이런 말씀까지 하시구 마치 댕길러 온 작은며느님이나 귀애하시는 것 같단 말씀야요. 글쎄 그런 법이 어디 있습니까?"

순옥은 정신이 아뜩아뜩함을 느끼면서 식모의 이야기를 듣고 있을 뿐이었다.

식모는 순옥을 힐끗힐끗 보면서 잠깐 숨을 태워가지고 말을 계속한다.

"그리구는 처음에는 닷새만큼 엿새만큼 온단 말씀야요. 올 적마다 번번이 국수장국을 끓이구요. 그리구는 대낮에 끼구 드러누웠구요——아씨 자리를 내려 깔구. 그리구는 글쎄 요마적[171]에는 절더러 그 자리를 걷으라는군요 글쎄, 그래 하두 분해서 제가 그 자리를 걷어치우면서 혼잣말로 천하에 이런 법두 있나? 우리 아씨만 불쌍하시지, 이런 소리를 했습지요. 했더니 고 순이 년이 그 말을 마님께 고자질을 했나 보아요. 그 뒤부터는 마님께서 저를 미워하셔서 그 여편네가 오기만 하면 목욕을 갔다 오라든지, 아이들을 가 보구 오라든지 그러셔서 저를 내어쫓소와요. 그래 오늘두 국수장국만 끓여 바치구는 쫓겨났습지요. 아까두 국수 사러 나오던 길에 아씨를 만났소와요. 지금은 순이 년이 아마 애기를

업구 동구에 나와 서서 망을 보구 있을 것입니다. 인제는 그 여편
네가 아주 섭이 애기를 안구는 젖통을 내어놓구 대청으루 서성거
린답니다. 그러면 서방님은 싱글벙글하시구, 그 뒤를 따라서 오
락가락하시구요. 글쎄, 또 이것 보셔요——."

하고 식모가 무슨 이야기를 더 하려는 것을,

"인제 말 그만 하게. 더 듣기 싫여. 어서 집으루 가게."

하여 순옥은 식모를 쫓아 돌려보내었다.

식모를 돌려보내고는 순옥은 책상에 쓰러져서 울었다.

얼마를 울다가 누가 방문 밖에 오는 소리를 듣고 순옥은 얼른
고개를 돌리고 눈물을 씻었다. 들어온 것은 계순이었다.

"원장 선생님 아직 안 가셨어?"

순옥은 계순을 보고 이렇게 물었다.

"아니요. 연구실에 계신가 보아요."

하고 계순은 순옥의 붉은 눈을 슬쩍 보고는 방을 치우기를 시작
하였다.

순옥은 연구실로 안빈을 찾아갔다. 안빈은 책상 앞에 서서 무슨
책을 찾고 있었다. 안빈은 힐끗 고개를 돌려 그 눈이 붉은 것을
보았다.

"왜?"

하고 안빈이가 멈칫 설 때에 순옥은,

"선생님!"

하고 안빈의 두 어깨에 팔을 걸고 매달리며 느껴 울었다. 순옥은
방에 들어올 때까지는 이렇게 하리라는 생각은 없고, 다만 제가

당한 일을 보고를 하고 그의 가르침을──가르침이라기보다도 이런 일들을 견디어 나아갈 힘을 얻자는 것이 목적이었으나, 안빈을 대하니 갑자기 설움이 치밀어서 저를 잊고 이렇게 안빈에게 매달린 것이었다.

"웬일이오?"

안빈은 한 번 다시 물었다. 순옥은 얼굴을 안빈의 예방의 가슴에 비비고 울었다.

"순옥이, 앉아서 이야기를 하오."

하고 안빈은 한 손에 책을 든 채로 순옥의 물결치는 등을 굽어보았다.

순옥은 안빈의 몸에서 떨어졌다.

두 사람은 마주 앉았다.

순옥은 눈물을 거두고 식모에게 들은 이야기와 그동안에 제가 허영의 집에 대하여서 한 일을 대강 말하였다. 순옥은 말을 다 하고 나서 식모가 하던 말대로,

"글쎄 선생님, 이런 일도 있습니까."

하고 또 울먹울먹한다.

"그런 일을 순옥이만이 당하는 줄 아오?"

이것이 안빈의 첫말이었다.

"또 있을까요?"

하고 순옥은 안빈을 바라본다.

"제 생각만을 하고 사는 중생 중에야 맨 그런 일이겠지."

"그러기로 어떻게 그렇게도 속입니까? 부모 자식 간에, 내외간

에?"

하고 순옥은 새삼스러운 분한 마음을 느낀다.

"하느님도 속이고 저도 속였는데, 탐욕에 눈이 어두우면 곁에서 보는 사람이 있는 줄도 모르지 않소? 하느님도 감쪽같이 속을 것 같거든."

하고 안빈은 어조를 고쳐서,

"순옥이 분하오?"

하고 가여운 듯이 순옥을 본다.

"네, 어떻게 분한지 몸이 떨려요. 누를 수가 없이 분합니다."

"무엇이?"

"제가 분해하는 것이 질투는 아니야요. 속은 것이 분해요."

"순옥은 정성껏 그들을 위해서 애를 쓰는데, 그것을 알아주지 않구 말이지?"

"네."

"아직 순옥이 정성이 시어머니나 남편에게 통하지 아니한 게지."

"벌써 이태나 같이 살았는데도 아니 통하면 언제나 통합니까?"

하고 순옥은 일종의 절망을 느낀다.

"순옥이가 이런 일을 당해도 분한 마음이 아니 생기는 때에, 그때에야 비로소 순옥의 마음이 두 분에게 통하겠지."

"네?"

순옥은 안빈의 말뜻을 잘 알아들을 수가 없었다.

"순옥이가 속으로, 나는 저들을 위하여서 잘하는데 하는 생각이 있는 동안 순옥의 정성에는 아직 다른 사람의 혼을 뚫고 빛을 비치어줄 힘이 없는 것이오. 어머니의 사랑이 어떻소? 하루에도 몇 번씩 잘못하기로 그것을 분하게 생각하오? 자식이 보채어서 밤을 며칠을 연하여 새웠기로 그것을 제 공으로 제 수고로 생각하오? 아니 하지."

"네."

"끝까지 세 사람을 위해보구려. 위한다는 생각 없이, 어머니가 자식에게 대한 생각과 같은 생각으로 끝까지 가보구려."

"이 일생에 그 일이 이루어지겠어요?"

"그게야 모르지. 사람이 소리를 배워도 제 소리가 나자면 이십 년은 해야 한다니까."

여기까지 와서는 순옥의 마음을 뒤집어놓던 분기는 사라져버렸다. 그러나 순옥의 마음은 마치 모든 것이 다 불타버렸거나 물에 씻겨버린 빈 터와 같이 막막하였다. 아무 생각도 없고 맥이 탁 풀려버려서 금시에 매시시[172] 잠이 들어버릴 것과도 같았다.

"선생님."

순옥은 폭 가라앉은 정신을 가까스로 수습하여서 안빈을 바라보았다. 안빈은 대답하는 대신으로 고개를 들어서 순옥을 바라보았다.

"선생님, 저는 인제는 더 나아갈 기운을 잃어버린 것 같습니다. 선생님, 연속해 오는 이 타격들이 제게는 너무 큰 것 같아요."

"그보다도 더 큰 타격이 올 때에는 어떻게 하려고, 어느 사이에 그런 말을 하오. 다 참아야지. 참되 부드럽게 참아야지. 이를 악

614

물고 참는 것 말고, 어머니가 어린 자식에게 대해서 참는 모양으로 모든 것을 순순히 참는단 말이오. 그러기에 주인욕지(住忍辱地)하여 유화선순(柔和善順)하는 것을 석가여래께서 보살의 안락행(安樂行)의 첫 허두에 말씀하셨소. 주인욕지──욕을 참는 자리를 떠나지 말고서, 그 말이오. 유화선순이란 것은 부드럽게 화평하게 선하게 순하게란 말요. 그러니까 중생을 바른길로 인도하는 첫 비결이 참는 것이란 말이오. 참을 수 있는 것을 참는 것이야 누구는 못 하나? 참을 수 없는 것을 참길래로 참는 것이라지── 안 그렇소? 예수께서도 그렇게 말씀하시지 아니하였소? 용서하라고. 또 원수를 사랑하라고. 하느님이 해를 악인에게나 선인에게나 꼭 같이 비치시는 것을 배우라고. 그리고 맨 나중에 하늘 위에 계신 너희 하느님 아버지께서 완전하심과 같이 너희도 완전하라고. 또 바울도 그러지 아니하셨소? 사랑은 참고 사랑은 용서한다고. 또 예수께서 그러셨지. 형제가 내게 잘못을 할 때에 몇 번이나 참으리까고 누가 여쭐 때에 너희 조상께서 일곱 번 참고 용서하라고 하였거니와, 나는 진실로 너희더러 이르노니, 일곱 번씩 일흔 번이라도 참으라고. 이에 대해서 부처님께서는 무한히 참고 영원히 참으라고 하셨소. 사랑은 참는 것이니까. 그런 사랑이 점점 높은 정도에 올라가면 참는다는 것마저 없어질 것이오. 모두 자비니까, 온통 자비니까, 자비 속에 참는 것은 어디 있소? 참는다는 것이 아직 사랑이 부족한 것이지. 정말 나를 완전히 잊고 나를 잊는 줄도 잊은 줄까지도 완전히 잊고 보살행을 하는 마당에야 참는다는 생각이 날 까닭이 없지. 그러니까 부처님은 벌써 참는 경계를 넘어서셨지. 그렇지마는 우리는 아직 참는 시대야, 억지로라도 참는 공부를 하는 시대요. 아니 참는——참을 것이 없는 지경에 들어가기 위하여서 참는 가시밭을 피를 흘리면서 걸어가는 것이오. 우리 중생이——인류가 말이지, 다 참는 공부를 완성한 때면 이 사바세계가 곧 극락정토요, 천국은 거기 가는 중간도 못 되고."

안빈은 여기까지 말하고 잠깐 말을 끊고 순옥을 바라보다가,

"순옥."

하고 부른다.

"네."

"내 말 알아들었소?"

"네."

"이게 내 말이 아니오. 나는 이 말을 할 사람이 못 돼. 이것은 다 성인의 말씀이오. 나는 다만 성인의 말씀을 순옥에게 옮겨주는 것이오. 알겠소?"

"네."

"그러면 순옥이가 무얼 얼마나 수난을 했으며 무얼 얼마나 참 았소? 아직 허군이 순옥의 눈알도 빼어내지 아니하고 손목 발목도 아니 잘랐는데. 어느새에 못 참는다고 하면, 이다음에 어느 사람이 순옥의 목을 자르고 가슴을 가를 때에는 어떻게 참을 작정이오?"

"차라리 목을 자르는 것이 참기 쉬울 것 같아요."

"그렇게도 생각되겠지. 그러나 순옥이가 순옥이 속에 있는 내

라는 가시를 아주 뽑아내어버린다면 조금도 분할 것이 없을 것이오. 그때에는──그 내라는 가시를 뽑아버린 때에는 말야──그때에는 지금 순옥의 마음에 일어나는 분한 생각이 불쌍하다, 가엾다 하는 생각으로 변해서 나올 것이지. 나를 빼어버린 사람에게는──다시 말하면 사랑하는 사람에게는 말야, 자비심으로 사는 사람에게는 말야, 분하다는 생각이 다 변해버리고 말아서 분이란 것은 아주 없으니까. 안 그렇소?"

"네."

"나는 순옥이가 사랑에서 완전하기를 바라오. Be perfect as your Father which is in Heaven is Perfect! 이 말 기억하오?"

"네."

"내가 할 말은 그것뿐이오."

"그럼 제가 어떻게 하면 좋습니까?"

"순옥이가 알겠지."

순옥이가 안빈에게서 나오는 길로 자하문 밖으로 나갔다. 그것은 귀득의 모친을 만나서 그들 모녀의 진정의 소원을 듣자는 것이었다. 순옥은 귀득의 모녀와 허영이 모자의 진정의 소원을 들어서 그대로 하여주리라고 결심한 것이었다.

그러나 자하문 밖 귀득이가 들었던 집에서는 귀득이 모녀는 벌써 떠난 지가 두 달째나 된다고 하였고, 그 안채에 들어 있는 사람은 귀득의 모녀가 문안으로 들어간 것밖에는 모른다고 하였다.

순옥은 실심한 걸음으로 다 저문 뒤에야 집으로 돌아왔다.

"어째 오늘은 이렇게 늦었소?"

하고 건넌방 쌍창을 열고 내다보며 반가운 웃음을 웃는 남편을
보고 순옥은 전과 같이 방그레 웃을 수는 없었다.

"어머니, 저 왔습니다."

"오, 시장하겠구나. 몸인들 안 곤하겠니?"

하는 시어머니의 인사말도 예사와 같이 들려지지 아니하는 것이
순옥에게는 괴로웠다.

"괜찮습니다."

하는 제 대답에 퉁명스러운 음향이 없기를 순옥은 힘을 썼다.

순옥이가 안방에 들어설 때에 그래도 섭이만이 무심코 "엄마
엄마" 하고 손을 내흔들었다. 순옥은 다른 때 같으면 어서 우유를
타 먹이려고 애를 썼으련마는 섭이가 흐뭇하게 제 어미의 젖을
얻어먹었으려니 하면 지금까지 제가 서두른 것이 부끄러운 듯도
하였다.

그래도 팔을 벌리고 덤비는 어린것을 그냥 모른 체를 할 수는
없었다. 순옥은 넙적넙적 기어오르는 섭이를 안아 쳐들었다. 섭
은 좋아라고 해부닥거리고 작은 손으로 순옥의 적삼 자락을 쳐들
었다. 아까 귀득의 젖을 먹던 생각을 하고 젖을 찾는 것이라고 순
옥은 생각하였다.

순옥은 아무리 하여도 평상스러운 기분에 돌아올 수가 없었다.

"어디 몸이 불편하우?"

허영은 순옥을 보고 이런 소리를 물었다.

"괜찮아요."

하고 순옥은 허영에게 주사를 놓았다.

저녁 후에 순옥은,

"순아."

하여 안방에 있는 순을 불러내었다.

"나하구 좀 나갔다 오자."

하고 순옥은 순이를 데리고 밖으로 나갔다.

대문 밖에 나서서 순옥은 순의 어깨를 잡으며 좀 무서운 음성으로 불렀다.

"순아."

"네?"

하고 순이는 고개를 들어서 어두움 속으로 순옥의 얼굴을 쳐다보았다. 순이는 웬일인지 이때에는 순옥이가 무서웠다.

"너 섭이 애기 어머니 집 알지?"

"아냐요, 몰라요."

하고 순이는 똑 잡아뗀다.

"요년, 네가 나를 속여?"

하고 순옥은 발을 들었다 놓았다.

"아냐요. 정말 모릅니다."

순이는 약은 대신에 세찼다. 순의 눈에는 마님이, "요년, 아씨 보구 한마디라두 뻥끗했단 봐라" 하던 무서운 눈이 생각킨다. 순이는 어머니한테로 달아나고 싶었다. 그래도 순이의 어깨를 잡은 아씨의 손은 더욱더욱 힘 있게 조여들어서 어깨뼈가 아플 만하였다.

"요년, 그래두 잡아떼어?"

하고 어르는 아씨의 말에 순이는 복종하지 아니할 수 없음을 깨닫는다.

"아씨, 마님이 아씨보구 암말두 말라구 그리셨어요."

하고 훌쩍훌쩍 울기를 시작한다.

그제야 순옥은 순이의 어깨를 놓으며,

"어서 그 집으로 가자."

하고 순이를 앞에 세우고 따라섰다.

종묘 담 모퉁이 어두운 길로 한정 없이 내려가서, 종묘 정문 조금 못 미쳐서 어떤 조그마한 대문 앞에 순이가 우뚝 서며, 순옥을 힐끗 보고 손가락으로 그 대문을 가리켰다.

'어떻게 할까?'

하고 순옥도 몸을 담 그늘에 숨기고 잠깐 주저하다가,

"순아."

하고 가는 목소리로 불렀다.

"네?"

하는 순이의 대답도 들릴락 말락 하다. 순이는 이제는 모든 것을 아씨께 바칩니다 하는 듯이 순옥의 겨드랑 밑에 착 다가선다. 종묘 담 너머로서 푸른 풀 냄새 같은 것이 무럭 넘어온다.

순옥은 제가 하는 일이 옳은가 그른가 하고 한 번 더 생각하고 나서 순이의 등을 안으면서 귀에 입을 대고 말한다.

"순아, 너."

"네."

"너, 내가 온 눈치는 보이지 말구."

"네."

"너, 여러 번 심부름 와보았지?"

"네."

"밤에두 와보았니?"

"네. 아씨 평양 가신 날."

"응, 그럼. 그저 집에서 심부름 온 것처럼 찾어, 응."

"네. 그리군 어떻게 해요?"

"그러군."

"네."

"그러군 내가 들어가지."

"네."

하고 순이는 잠깐 주저하다가,

"아씨가 들어가심 어떡허세요?"

하고 순옥의 얼굴을 빤히 쳐다본다.

"내가 아는 이니깐."

하고 순옥은 순이의 등을 떼민다.

순이는 그 일각 대문으로 가서 달그락달그락 문을 흔들면서,

"문 열어주세요. 아씨, 문 좀 열어주세요."

하고 부른다.

"거 누구냐?"

하는 소리가 나온다. 그것은 귀득의 어머니 소리라고 순옥은 알아들었다.

"순이야요. 어머니."

하고 문을 열고 나오는 것은 분명히 귀득이라고 순옥은 알았다. 귀득의 좀 낮은 듯, 썩 쉰 듯한 특색 있는 음성이었다.

"순이냐?"

하고 귀득은 대문 빗장을 열면서,

"어째 왔니? 서방님이 나 오라시든?"

하고 대문을 한 짝만 열고 고개를 내민다.

"내야요. 내가 왔어요."

하고 순옥이가 나설 때에는 귀득은 가슴에 총이나 맞은 사람 모양으로 비틀비틀 뒤로 쓰러질 것 같았다.

이 광경을 보고 달아나려는 순이를 순옥은,

"순아, 어딜 가? 나하구 같이 가자."

하고 불러 앞을 세우고 대문으로 들어가서 손수 대문을 걸었다.

두 손을 두 뺨에 댄 채로 어리둥절하고 섰는 귀득을 보고 순옥은,

"불의에 와서 놀라셨겠어요. 급히 좀 할 말씀이 있어서요. 어머님 계셔요?"

하고 귀득의 얼굴을 정면으로 바라보았다. 그리고 저도 모르게 마음속에 일어나는 얼음 가루를 날리는 듯한 찬바람을 억지로 눌러버렸다.

"들어오셔요."

하는 말이 그래도 얼마 후에는 귀득의 입에서 나올 수가 있었다. 그리고 순옥을 인도하여 방으로 들어갈 수가 있었다.

순옥은 귀득이 모녀와 삼각형의 위치로 앉았다. 전등불 밑 좁은 방에 모녀를 대해 앉으니, 순옥은 도리어 감정이 안정해지는 것

을 깨달았다. 안빈이가 말하던 '불쌍하다' 하는 생각이 날 여유도 있었다. 독과 조롱을 바른 말들이 혀끝에까지 나와서 날름거리던 것도 움츠러들고 평상시의 순옥을 회복할 수가 있었다.

"난 아직 예전 댁에 계신 줄 알고 자하문 밖에를 갔었어요."

하고 순옥이가 먼저 입을 열었다. 이때까지에 말이라고는 귀득이 모친이,

"선생님 오셨어요? 이리 앉으세요."

하는 한마디뿐이었었다.

"아이, 저런."

하고 귀득의 모친이 순옥의 자하문 밖에 갔었단 말에 미안한 빛을 보인다.

"그럼 할 말씀부터 얼른 하겠어요."

하고 순옥은 두 모녀를 힐끗 보며,

"다른 말씀이 아니라요. 전에 병원에서두 여러 번 말씀한 일이 있습니다마는, 귀득씨와 허선생과의 관계를 분명히 하는 것이 좋겠어요. 나는 모르구 있었는데요. 오늘 알아보니깐, 그동안 귀득 씨가 여러 번 집에를 다니셨다는데 그렇게 나를 속이구 다니실 일이 아니란 말씀야요. 우선 남이 보기에두 모양이 숭업구요. 또 귀득씬들 그것이 무엇입니까. 내외두 아니구 실례 말씀이지마는 첩두 아니구요. 그렇게 창피하신 일을 할 필요가 없단 말씀야요. 내가 병원에서두 안 그랬어요? 지금이라두 두 분이 혼인을 하시라고. 그렇게 서로 못 잊으시구 나 한 사람을 꺼려서 비밀히 만나보시는 처지에 왜 떳떳하게 혼인을 못 하십니까. 그도 내가 나서

서 반대를 할 제 말씀이지, 나는 언제나 두 분을 위해서 곱게 물러나드린다는데 무슨 걱정입니까. 내가 오늘 댁에 찾아온 것이 이 말씀 때문이야요. 저번만 해두 말씀야요. 귀득씨나 또 귀득씨 어머니시나, 허선생하구 혼인하실 마음은 영 없으시다니깐, 나두 그럼 그러라고 한 것이구요. 또 설사 귀득씨가 무엇이라구 말씀하시더라두 강권이라두 할까, 또 내가 아주 들일까 이렇게 생각해보았어요. 그래도 내가 물러나지 않구 섭이만 맡아 기른다구 한 것은 내 깐에는 귀득씨를 위하노라구 한 것이야요. 그건 무슨 말인고 하니요, 허선생이 병환이 있으십니다. 중병이야요. 내 입으로 이런 말씀을 하기는 무엇하지마는 나으실 수 없는 병이십니다. 그러니 허선생은 중병지인이야, 또 내가 나가는 날이면 조석두 어려울 지경이야, 이런 데를 귀득씨더러 들어가시라구 하고 내가 쏙 빠져나온다는 것이 귀득씨를 불행 속에 차 넣는 것 같단 말씀야요. 그래서 내가 섭이를 맡아드리구 귀득씨는 새 길을 찾으시기를 바랐던 것인데, 그렇지마는 인제야 할 수 없지 않아요. 아무리 해도 두 분이 떨어질 수는 없으신 모양이니 어서 꺼릴 것 없이 떳떳하게시리 혼인하시고 사세요."

하고 입을 다물었다.

순옥은 귀득을 이선생이라고 부르지 아니하고 귀득씨라고 불렀다. 말에 상당한 경어는 쓰건마는 가끔 칼끝같이 날카로운 말이 나가려는 유혹을 느낀다. 그러한 유혹을 느낄 때마다 순옥은 제 마음이 깨끗지 못함이 제 마음이 자비만으로 차지 못하고 질투와 멸시의 두 갈래 챈 혀끝이 날름거리는 것이 괴로웠다.

"도무지 석선생님께 대해선 할 말이 없습니다. 면목이 없구요."
하는 것이 귀득의 모친의 말이었다. 귀득의 모친은 이런 말을 하고는 딸을 돌아보았다. 귀득은 울고 있었다.

"선생님."
하고 귀득은 얼마 후에야 고개를 들었다. 눈물에 젖은 그 얼굴은 순옥의 눈에는 퍽 초췌해 보였다.

"말씀하셔요."
하고 순옥은 아까와 같은 엄격한 태도가 아니요, 부드러운 어조로 귀득의 마음을 눅이려 하였다.

귀득은 용기를 모아서 입을 열었다.

"지금 와서 제가 석선생님께 무슨 변명이 있겠어요. 선생님이 제 얼굴에 침을 뱉으시거나 발길루 차시거나 칼루 저를 찌르시기루니 무슨 말이 있겠습니까. 제가 제 죄를 알거든요. 처음에는 제가 석선생님을 원망두 했어요. 허선생 말씀에는 석선생이 자꾸 떨어지지를 아니하여서 할 수가 없어서 혼인을 했노라고 그러셨거든요. 그렇지만 이번 일이야 제가 백번 죽어 싸게 잘못했지요."
하고 땅이 꺼지게 한 번 한숨을 쉬고 나서 귀득은 말을 잇는다.

"애초에는 저두 이러자던 것은 아냐요. 아이를 떼어놓고 며칠을 지내노라니 젖은 퉁퉁 붓고 어린건 눈에 밟히구요. 아주 죽겠어요. 참을 수가 없어요. 그래서 어머니는 그런 법이 없느니라구 말라구 그렇게 그러시는 것을 제가 우겨서 섭이나 한번 보구 온다고 찾아갔지요, 그 집에를. 정말 섭이만을 한번 보고만 오려구 했어요. 그랬던 것이 정작 가니깐, 그이가 억지로 등을 떠밀고 허리를 껴안다시피 해서 방으로 끌어들이는구면요. 저 애두 보았습니다. 그래 끌려 들어가니, 어떡헙니까? 모르던 사람끼리도 아니고. 그래서 이거 내가 죽을죄를 짓는다, 내가 석선생님께 못 할 일을 한다 하면서두 다시는 다시는 안 간다구 맹세까지 하구두 또 가구 또 가구 그랬습니다. 그러다가——그러다가 인제는 또 인제는——또 아이까지 뱄어요."

하고는 우우우 하고 소리까지 내어서 운다.

아이까지 배었단 말에 순옥의 눈초리가 샐쭉 올라갔다. 그러면 귀득이가 초췌하여 보이는 것이 그 때문인가 하고 순옥은 물끄러미 귀득을 바라보았다. 식모가 "대낮에 아씨 자리를" 어쩌고 하는 말을 들었으나 설마 하였었다. 그러나 이제 보면 그 말이 모두 사실이었구나 하고 순옥은 정신이 어찔어찔해지는 듯함을 깨달았다. 순옥은 속으로 한 번 더 결심을 굳게 하였다——이혼을 하자는.

"글쎄 그것이 무슨 짓이냐? 이년아. 이 어미의 낯에 똥칠을 하니. 또 애비 없는 자식을 배구, 글쎄, 날더러 왜 이 꼴을 보게 한단 말이냐? 아이구 이년의 팔자야."

귀득의 모친은 안채에서나 담 밖으로 들릴 것을 꺼려서 어성은 낮추면서도 가슴이 미어지는 듯하게 힘을 써서 말을 한다.

"다 알았습니다. 나두 그런 줄로 대강은 짐작했어요."

하고 순옥은 귀득이 모친의 편을 향하여,

"왜 아비 없는 자식입니까. 지금이라두 정식으로 혼인만 하면 그만입니다. 나는 이혼을 하기루 작정을 했으니까요. 모녀분이 허선생더러 정식으로 혼인을 해달라고 그러셔요."

하고는 순이를 데리고 귀득의 집에서 나왔다.

  그래도 귀득이 모녀는 대문까지 나와서,

  "선생님 안녕히 가셔요."

하는 인사까지 하였다.

  순옥은 인제는 아주 냉정하게 되었다. 일은 다 결정이 된 것이
었다.

  집에 오는 길로 순옥은 건넌방으로 먼저 들어가서,

  "어디 갔다 왔소?"

하는 허영을 끌고 안방으로 건너왔다.

  허영은 순옥의 수상한 태도에 가슴이 덜렁하면서도 감쪽같이
꾸민 일이 누설될 리는 만무하다고 안심하고 부러 기운을 내어서
웃으며 순옥의 뒤를 따라서 안방으로 건너왔다.

  "어디 갔다 왔소?"

하고 허영은 건넌방에서 순옥에게 물은 말을 또 물었다. 그것은
평심서기(平心舒氣)[173]인 제 마음의 여유를 보이자는 것이었다.
그러나 순옥은 이때에 남편의 비위를 맞추고 있을 여유가 없었
다. 그는 단도직입으로 할 말을 하기로 결심하였다.

  "어머니."

하는 것이 순옥의 첫말이었다.

  "응?"

하고 한씨도 순옥의 심상치 아니한 기색을 살폈다.

  "암만해두 제가 이혼을 해야겠습니다."

하는 말이 떨어지기가 바쁘게 허영은,

"무어? 그건 또 무슨 소리요?"

하고 남편의 위권으로 소리를 질렀다.

　그래도 순옥은 여전히 한씨에게 하는 말로,

"어머니, 저를 이혼해주라구 그러세요. 그리고 이귀득이와 혼인하라구요."

하고 아주 침착하였다.

"글쎄, 왜 또 그런 말을 꺼내느냐? 참답게 잘 살다가 왜 또 그런 숭한 소리를 하느냐 말이다. 아서라, 그런 소리 하는 거 아니다."

하고 한씨는 아들에게로,

"왜 네가 또 무슨 소리를 했느냐? 네 처더러?"

하고 양미간을 찡긴다. 대수롭지는 아니하나 조금 귀찮다는 모양으로.

"아뇨, 내가 무슨 말을 해요?"

"아가, 그럼 왜 그런 숭헌 소리를 하느냐? 아서라."

　순옥은 차마 더 이 모자로 하여금 가면 연극을 계속하게 하기가 싫었다. 그들의 가면에 대한 반감이나 연민보다도 이제는 그런 것을 보기에는 진절머리가 났다. 만일에 그들로 하여금 말을 더 하게 한다면 필시 아니라고, 이귀득이가 집에 발길도 한 일이 없느니라고, 이귀득이가 설사 온다 하더라도 문지방에 발이나 넘겨놓게 하겠느냐고, 이러한 대사를 낭독할 것은 분명한 일이었다. 그들로 하여금 그러한 연극을 벌이게 하여놓고서 실컷 구경하다가 나중에 벼락같은 한소리로 그들의 가면을 벗겨놓는 것이 순옥에게는 너무 잔인한 일인 것 같았다. 그래서 순옥은,

"이제 와서도 저를 속이실 것이 무엇입니까? 제가 다 알았는걸요. 귀득이가 언제부터 집에 다니기 시작한 것이며, 집에 와서는 어떠한 대접을 받고 어떠한 일을 한 것이며, 또 귀득이가 지금 태중인 것까지도 다 알았는걸요. 지금 제가 다녀온 데가 귀득의 집이야요. 그렇게 제가 다 안 것을 무엇 하러 속이려 드십니까."

하는 말에 허영은 낯에서 쥐가 나서 고개를 푹 숙여버렸다. 그러나 한씨는,

"아니, 어떤 년이 그런 소리를 다 일러바쳤느냐?"

하고 한 번 큰소리를 한 뒤에야 고개가 수그러지고 말았다.

순옥은 한씨와 허영을 한 번 차례로 돌아보고 나서, 허영에게 하는 말로,

"여보시오. 그렇지 않아요? 귀득씨가 애기를 뱄으니 어서 혼인을 하셔야 되지 않아요? 그러니깐 난 내일로 이혼해주셔요."

하고 최후의 말을 하였다.

"난 아무것도 할 말이 없소. 면목두 없고."

허영은 고개도 들지 않고 이런 소리를 중얼거렸다.

"면목이 없으시오?"

하고 순옥은 웃었다.

"그저 내가 마음이 약해서 그리되었구려. 제가 와서 울고 매어달리니까——차마 떼밀치지를 못해서. 당신께 대한 사랑이 부족한 것두 아니구 내가 그 사람에게 애정을 가진 것두 아니면서두 꼭 한 번, 한 번 실수로."

하고 허영은 또 그의 상투 수단인 변명을 꾸며대려는 것을 순옥

이가 다 듣기도 싫어서,

"귀득씨 말은 그와 다르던데."

하고 약간 빈정거렸다.

"아니, 그년이 무어랬길래?"

하고 허영이가 고개를 들고 되산다.

"응, 그년이 또 무에라구 네게다가 없는 소리를 한 게로구나."

하고 한씨도 기회를 얻은 듯이 살아난다.

"이다음에, 혼인하신 뒤에 종용히 물어보지요."

하고 순옥은 가면 연극이 다시 벌어지려는 것을 미리 순을 잘라
버리고,

"그럼, 저는 가요. 어머니 안녕히 계셔요. 어머니라고 부르는
것두 이것이 마지막입니다."

하고 한씨 앞에 한 번 하직하는 절을 하고 그다음에는 허영을 향
하여서,

"그럼, 난 가요. 내일 오빠가 오실 테니, 딴말씀 마시고 이혼 수
속을 다 하도록 하셔요. 괜히 질질 끌 것 없습니다. 이귀득씨나
부디 끝까지 잘 사랑하셔요."

하고 일어나 나와서는 건넌방으로도 아니 들어가고 바로 대문으
로 나간다. 식모와 순이는 마당에서 안방 이야기를 다 듣고 있다
가 순옥이가 나가는 것을 보고,

"아이, 아씨 어딜 가셔요, 이 밤중에?"

하고 길을 막는다.

허영이가,

"여보, 여보."

하고 대문 밖까지 뛰어나왔으나 순옥은 뒤도 돌아보지 아니하고 골목 밖으로 사라져버리고 말았다.

허영이가 혼자서,

"여보, 여보."

하고 서너 번 더 부르는 소리에 자리에 들었던 동네 사람들이 눈들을 뜨고 귀들을 기울였다.

허영이가 안방에 돌아왔을 때에는 한씨는 벌써 식모와 순이를 불러놓고 족쳐대고 땀방울같이 으르는 판이었다. 한씨의 생각에는 이 불행이 모두 식모와 순이 때문이었다. 그뿐이 아니라 한씨의 생각에는 남편이 다른 계집을 상관한다고 해서 이혼이니 무엇이니 하는 것은 심히 괘씸한 일인 것 같았다. 귀득이는 허영의 첩으로 두고 그 몸에서 나는 아이는 순옥이가 낳은 것으로 입적을 시키면, 만사태평일 것 같았다. 한씨는 자기가 젊었을 때에 남편이 첩을 세 번이나 갈아들여도 끽소리도 못한 것을 생각하였다.

허영이가 영옥을 찾아가서 사죄를 하고 순옥이를 다시 오게 하여달라고 말을 하여볼까 하고 있을 때에 영옥이가 허영의 집에 찾아왔다.

"어서 들어오게."

하고 허영은 매부가 처남에게 대하여서 하는 침착과 친절을 아니 잃으려고 힘을 썼다.

건넌방에 들어와 앉은 뒤에 허영은,

"그래 논문은 다 됐나?"

하고 웃기까지 하면서 물었다.

"이달 안에는 글을 내기는 내겠네."

하고 영옥도 예사롭게 대답하고 나서,

"병은 좀 어떤가?"

하고 허영의 좀 초췌하고도 풀죽은 얼굴을 본다.

"괜찮아. 순옥이가 붙어 있는 동안이야 설마 내가 죽겠나?"

허영은 이런 소리를 한다.

"자네, 자동차만 타면 어디 좀 가두 괜찮겠지?"

영옥은 이런 소리를 묻는다.

"왜, 어디?"

허영은 눈을 크게 뜨고 얼굴을 덮었던 웃음이 스러진다.

"경성부청에 댕겨오세."

하고 영옥은 단도직입을 한다.

"경성부청에? 왜? 순옥이가 무에라던가?"

"인제는 여러 말을 할 필요가 없지 않은가? 가서 이혼하구 오지."

"자네까지 그런 소리를 하나?"

"내가 그럼 무슨 소리를 해야겠나? 어서 부청 호적계에 사람들 많이 오기 전에 일찌감치 다녀오세. 무어 그리 좋은 일이라구 사람들 모이기를 기다려서 가겠나?"

영옥의 말은 차차 냉혹해진다.

"아니, 내외 싸움은 칼루 물 베기라는데."

"내외 싸움이라니? 웬 내외 싸움 있었나? 사정이 이혼을 안 하

632

면 안 되게 된 것이지. 자네가 이혼을 안 하면 안 되게 만들어놓
은 것이구."

"아니, 안 돼. 이혼은 못 해."

하고 허영은 도리어 토라지고 만다.

"이혼은 안 돼?"

"암, 안 되지. 할 수 있거든 해보게그려."

이때에 지금껏 밖에서 엿듣고 있던 한씨가 쑥 들어온다. 영옥은
경의를 표하여 잠깐 일어섰다가 앉는다.

한씨는 선 채로,

"아낙네가 나서서 이런 말씀을 하는 것이 안됐습니다마는 들으
니깐 이혼이니 무엇이니 그런 말씀이 나는 모양이니 어디 그런
법이 있습니까. 어젯밤에두 그 애가 나 이혼해주우, 불쑥 이런 소
리를 하구는 온다 간단 말 없이 쑥 나가서 아니 들어오니, 어디
그런 해괴한 일이 있습니까. 아무리 개화 세상이기루서니 어디
그런 법이 있습니까? 또 설사 남편이 첩을 하나 얻었기루니 그걸
루 이혼을 한다는 게 『대전통편』[174]에두 없는 말입니다. 어디 처첩
안 거느리는 사내가 어디 있습니까. 여필종부라니 남편이 하는
일이면 꾹 참구 있는 것이 도리에 옳지, 어디 그런 말이 있습니
까. 이혼이라니요? 우리네 집에서는 그런 해괴한 일은 듣두 보두
못하였습니다. 이혼이라니, 말이 아니 됩니다. 얘, 영아, 네 어미
가 눈이 시퍼렇게 살아 있는 동안 이혼은 못 할 테니 그리 알어
라. 사돈께서도 그리 아십시오."

하고는 물러가면서,

"원 이혼이라니? 점잖은 집안에 그런 말이 어디 있어?"
하고 혼잣말 모양으로 중얼거리면서 안방으로 들어가버린다.

영옥은 지난밤에 허영의 모자가 의논한 전술임을 간파하고 더
말할 필요가 없음을 느꼈다. 다만,

"아무려나 순옥이는 다시 자네 집에는 아니 올 테니 그리 알
게."
하고 일어나 나왔다.

허영은 마루 끝까지 나와서 영옥에게 손을 내밀었으나 영옥은
못 본 체를 하고 그 손은 잡지 아니하였다.

허영은 영옥이가 중문을 다 나가기도 전에 방으로 들어왔다.

"내가 왜 이혼을 해주어?"

허영은 이렇게 중얼거렸다. 허영은 순옥과 이혼하기가 진정으로
싫었다. 허영이가 사랑하는 것은 순옥이요, 귀득은 아니었다. 다
만 귀득도 싫지는 아니하였다. 처첩 안 거느리는 사내가 어디 있
느냐 하는 한씨의 말이 허영의 마음에 꼭 들었다. 설사 순옥이가
다시 제 품에 돌아오지는 못한다 하더라도 놓아주기는 싫었다.
순옥이를 이혼을 하여주는 것은 '누구 좋은 일'을 하여주는 것만
같아서 심사가 나는 것만 하여도 이혼을 하여주기는 싫었다.

허영은 삼층장 서랍을 삼분의 일쯤 빼고 걸어놓은 순옥의 분홍
저고리와 옥색 치마와 흰 앞치마를 보았다. 그것은 다 고운때가
묻은 것이었다. 그것을 바라보니 불현듯 순옥이가 그리웠다.

허영은 벌떡 일어나서 그 순옥의 옷들을 끌어 내렸다. 그러고는
그것을 두 손으로 뭉쳐서 가슴에 안았다가는 코에 대고 킁킁 맡

왔다. 비누 냄새 섞인 살냄새가 물씬물씬 허영의 코로 들어왔다.

'순옥이가 아주 가버려?'

하면 허영은 못 견디게 순옥이가 그리웠다. 그동안 순옥이가 허영의 건강을 위함이라 하여서 허영을 멀리하였기 때문에 도리어 순옥이가 더욱 그리웠다. 만일 순옥과 귀득과를 놓고 가치를 따진다고 하면 순옥은 옥이요, 귀득은 사금파리였다. 허영은 아무리 하여서라도 순옥을 다시 제 품에 끌어들이지 아니하면 아니 된다고 생각하여본다.

그러나 다음 순간에 허영은 제 신세를 한번 돌아본다. 낫지 못할 병, 돈 한 푼 없는 가난, 잃어버린 아내, 귀득의 뱃속에 든 아이 이것저것 이렇게 생각하면 허영은 울고 싶었다. 더구나 순옥이가 아니 돌아오면 내일부터라도 조석을 무엇으로 끓이나?

'영옥이를 보고 빌었더면 좋을걸.'

하고 허영은 다시 순옥의 옷을 안고 냄새를 맡는다.

영옥은 허영의 집에서 나와서 순옥이가 기다리고 있는 제 하숙으로 돌아왔다.

"어떻게 되었어요?"

하는 순옥의 물음에 영옥은,

"내가 무어라든."

하는 말로 대답하였다.

"이혼 안 한대?"

"그럼 왜 할라든?"

"그래 무어래요?"

"네 시어머니가 길길이 뛰더라. 우리네 점잖은 집에는 그런 해괴한 일은 듣두 보두 못했다구. 허영이두 아직 절대루 안 된다던데. 그럴 거 아니냐?"

"왜요?"

"왜요라니? 제 일밖에 생각 안 하는 사람이 제 손에 있는 걸, 왜 머리카락 하나나 내어놓니?"

"안 하겠건 말라지."

하고 순옥은 시무룩한다.

"그럼, 넌 어떡하련?"

"무얼 어떻게 해요. 가만있지."

"하긴 인제 한 달쯤 지나노라면 허영이 편에서 이혼을 해달라고 빌기두 할 거다."

"왜요?"

"혼자 있기가 적적은 하구──허영이란 작자가 여편네 없이 한 달을 지내니? 그러니깐 넌 안 돌아오구. 이귀득인가 그 여자라두 데려올 생각이 날 것 아니냐. 그러면 이귀득이가 네가 나온 줄을 아니까 비싸게 조를 것 아니냐. 혼인 안 하면 아니 된다구. 그러면 너한테 이혼을 청하러 올 거 아니냐?"

"하하하하, 오빠두."

하고 순옥은 영옥이가 허영의 심리를 분석하는 것이 우스워서 웃는다.

"어떻게 그렇게 잘 아시우, 허의 속을?"

"이기주의자의 속이야 뻔할 거 아니냐? 동물의 심리 마찬가지

636

지 무에냐. 물리학이나 화학적 변화 마찬가지구. 이로우면 하구 해로우면 안 하구, 그게 중생의 심리지 무에냐?"

"참 그래요."

"성인의 마음도 헤아릴 수가 있구. 그는 언제나 저는 잊구 남을 위해서 하거든. 제일 헤아릴 수 없는 마음이 있느니라."

"그게 무에야요?"

"네나 내나 아주 악인두 못 되구, 아주 성인두 못 된 중동치기[175] 의 마음 말야. 이것 헤아릴 수가 없거든. 어떤 때에는 옳은 것을 표준으루 하다가, 또 어떤 때에는 이로운 것을 표준으루 행동을 하니까 그야말루 불가측이란 말이다."

"아이참 그래요, 오빠. 아이참 그래요."

"왜, 너야 나보다야 낫지."

"아이, 무어이 그래요, 오빠두."

"그래두 네가 안선생한테 시집 안 가구 허영이한테 가는 거랑, 또 이귀득이한테 하는 거랑 다 어지간해."

하고 영옥은 물끄러미 순옥을 바라본다.

"무얼 그래요. 내야 선생님한테 시집이라두 가구 싶은 걸, 선생님이 끌어주시질 아니하니깐 못 갔지─아이 모르겠어요."

하고 순옥은 부끄러운 듯이 낯을 가린다.

영옥은 더욱 눈을 크게 떠서 순옥을 바라본다.

"다 억지루 하는 거야요."

하고 순옥은 더욱 낯을 붉힌다.

"우리야 다 아직 억지루 하는 경계 아니냐? 억지루 옳은 일을 하는 게 우리루야 고작이지 어떡허니. 너는 억지루나마 옳은 길을 걸어가지마는 나는 그 억지루조차 못 하지 않니?"

하고 영옥은 한숨을 쉰다.

"하긴 오빠는 열은 좀 부족해서. 머리는 그렇게 맑구 밝으시면서도 정열이 없으신 것 같아. 왜 그러시우?"

"네가 바루 보았다. 나두 그게 흠인 줄 알아."

"오빠는 그 좋으신 머리에 정열만 내시면 위인이 되실 거야."

"내가 미지근하지?"

"어떤 때엔 싸늘하셔요."

"흥, 그것이 현대 지식 계급 청년의 특징이어든. 소위 이지적이니 주지적이니 하는 거 아니냐? 그게 병이지. 과학 줄이나 본다는 청년들은 그것을 자랑으로 알거든. 모든 것을 다 알구 다 싸늘한 비평적 눈으로만 보구—이것을 자랑으로 안단 말이다. 그렇지만 알긴 몇 푼어치나 아니—그저 아는 체지. 싸늘, 싸늘? 흥, 말은 좋지. 아주 싸늘하면 상당한 경계게. 그것두 싸늘한 체지 그저. 정욕의 불길을 펄펄 태우면서 인생의 의무에 대해서만 싸늘이어든. 그러니까 빈정대는, 아는 체하는 이기주의자밖에 더 될 게 있니? 내 심리 상태가 그게야."

하고 스스로 조롱하는 듯이 픽 웃는다.

"그런 줄 아시면서 왜 못 고치셔요?"

"그게 다 병이지. 악한 습관이지. 이제 된방망이를 한 개 얻어맞아야 정신이 들지."

"아이, 오빠두. 남의 말 하듯이 하시는구려."

"흐흥, 나는 네가 가는 길만 바라보구 있다. 그것두 싸늘한 마음으로. 하지만 네 정열에 나두 조금씩 끌리는 것 같긴 해."

영옥의 이 말에 순옥은 몸이 긴장하여짐을 느낀다. 순옥이 제가 걸어가는 길을 바라보고 있다는 영옥의 말은 심상한 말이 아닌 것 같았고, 제 두 어깨에는 중대한 무슨 사명이 있는 것 같았다.

순옥은 영옥에게 취직할 자리를 구하여주기를 부탁하였다.

"안선생 병원에 있구 싶건 있으려무나. 무얼 그다지 세상을 꺼리느냐."

하는 영옥의 말에 용기를 얻으면서 순옥은 여전히 안빈의 병원에 있었다.

그로부터 한 달 반이나 지나서 어느 더운 여름날 아침 일찍이 허영이가 영옥을 찾아왔다.

"순옥이와 이혼을 하게 해주게."

하는 것이었다.

"절대로 이혼을 안 한다더니, 웬일인가?"

하고 영옥은 허영의 초췌한 얼굴을 보았다. 그 지방 기운 많은 얼굴에는 쭈글쭈글 주름이 잡히고 눈가죽이 축 늘어진 것이 마치 중늙은이의 피부와 같았다. 그의 호흡에서는 꺼르륵꺼르륵 하는 소리까지 들렸다.

"아무리 생각해보아두 순옥이가 내게 대한 사랑이 다 없어진 모양이니까, 공연히 순옥의 자유를 얽어맬 필요는 없단 말야. 원체 순옥이가 사랑한 것은 안박사니까, 인제라두 안박사하구 혼인할 자유를 주는 것이 내 호의요, 또 의무일 것 같단 말야. 그래서 그러네."

하고 허영은 천연덕스럽게 한숨을 쉬었다.

"그런 걱정은 말게."

하고 영옥은 허영의 거짓말이 미워서 그 껍데기를 벗기려 들었다.

"순옥이 걱정은 말어. 순옥이는 그렇게 애써 이혼할 필요는 없다니까. 원체 순옥이가 자네더러 이혼을 하자구 한 것은 이귀득씨를 위한 것이니까. 만일 자네가 이귀득씨와 혼인하기 위하여서 이혼을 청한다면 오늘이라두 하두룩 하겠네마는 안박사니 어쩌니 하구 딴소리를 하려거든 이번에는 내 편에서 이혼을 반대하겠네."

하고 딱 잡아떼었다.

허영은 공연한 말을 꾸며댄 것을 후회하였다. 기실은 귀득이 모녀가 날마다 혼인을 해달라고 조르는 것이었다. 허영은 귀득이가 그리웠으나 귀득은 다시는 허영의 품에는 들지 아니하고 혼인하여달라고만 졸랐다. 허영은 그때에 그렇게 영옥에게 이혼은 못한다고 뽐내고, 이제 다시 제 편에서 이혼을 청하기가 심히 부끄러웠으나 결국 순옥과는 이혼하고 귀득과는 혼인하지 아니할 수 없음을 깨달았다. 한 가지 걱정은 이혼을 하고 나면, 순옥이가 매삭 백 원씩 보내어주는 돈이 끊어질 근심이 있는 것이었다. 순옥은 허영의 집에서 나간 뒤에도 두 번이나 월급날에는 돈 백 원을 하인을 시켜서 허영의 집에 보내었다. 허영의 생각에는 이혼을 한 뒤에도 귀득이가 직업을 구하는 동안만이라도 그 백 원을 주었으면 한다. 귀득이가 취직을 한다 했자 기껏 사십 원 월급밖에는 못 받을 것을 생각하면 허영은 마음이 놓이지 아니하였다. 허영의 욕심 같아서는 순옥은 여전히 아내로 건넌방에 있고 귀득은 첩으로 아랫방에 살았으면 좋을 것인데 순옥이도 말을 듣지 아니하고 귀득이도 호적에 넣어주어야 산다고 하는 것이 야속하였다.

"소갈머리 없는 계집년들."

하고 허영은 화도 내어보았다.

허영의 최후의 희망은 순옥이가 등이 달아서 허영에게 이혼을 조르러 오는 것이었다. 그리하면 이편에서는 배부른 흥정인 듯이 뻗대어서 순옥에게서 돈 천이나 받아낼 수도 있을 것이 아닌가. 그래서 오늘날까지 기다렸으나 순옥의 편에서는 아무 말이 없을 뿐더러 도리어 월급날이면 돈 백 원씩을 또박또박 보내어주었다. 이에 할 수 없이 허영은 제 편에서 순옥에게 이혼을 청하기로 결심한 것인데 그래도 한번 에누리를 해보느라고 마치 순옥을 위하여서나 이혼을 하여주려는 것같이 꾸미려다가 그만 영옥에게 되걸리고 만 것이다.

나중에는 허영이가,

"이혼을 해주게. 내 잘못은 다 용서하구 이혼을 해주게."

하고 영옥에게 매달려서 마침내 영옥의 허락을 얻었다.

이날은 찌는 듯이 덥고 비가 오락가락하였다. 겉옷은 비에 젖고 속옷은 땀에 젖고, 마음조차 후줄근하게 땀에 젖는 날이었다.

허영은 경성부청 대서소 창에 붙어서 이혼계 용지 한 장을 얻어 가지고 창 앞에 놓인 높은 책상에서 뭉투룩한 붓으로 저와 순옥과의 성명 생년월일 등을 썼다. 누가 뒤에서 엿보는 것 같아서 마음이 놓이지 아니하였다. 허영은 이태 전에 순옥과 혼인한 기쁨을 안고 혼인계를 쓰던 것을 생각하고 한숨을 쉬었다.

'증인?'

하고 허영은 쓰던 붓을 멈추었다. 이혼계에는 증인 두 사람이 필요하였다. 증인은 누구를 세우나? 하고 허영은 누구를 찾기나 하는 듯이 힐끗 뒤를 돌아보았다. 우비를 입은 사람, 우산을 든 사람이 발을 끌고 수없이 오락가락하였다.

'증인은 영옥이가 오거든 의논해서.'

하고 허영은 연월일을 마저 쓰고 처음에서부터 한 번 내리읽어보았다.

원적, 주소, 남편 아무개, 아내 아무개, 협의상으로 이혼한다는 것이요, 별로 신통한 것은 없었다.

허영은 오자가 없는 것을 알아본 뒤에 멀거니 이귀득과의 혼인신고를 또 쓸 것을 생각하였다. 그러고는 세 번 장가를 들면 정승되는 것만 한 팔자라는 말을 생각하고 픽 웃었다.

'귀득이가 죽어, 내 건강이 회복이 되어, 또 한 번 장가를 들어.'

이렇게 생각하면, 셋째 아내의 향긋하고 보드라운 살이 제 몸에 닿는 것과 같은 쾌감이 느껴지고 왕성한 성적 충동이 일어남을 깨달았다.

"박농, 무얼 그렇게 들여다보구 있어?"

하고 어깨를 툭 치는 사람이 있어서 허영은 달고 아름다운 공상을 깨뜨려버렸다.

허영은 책상 위에 놓인 이혼계 두 통을 얼른 집어서 어떻게 감출 바를 몰라서 쩔쩔매면서, 뒤를 돌아보았다. 그것은 허영과 같은 신문사에 다니던 기자다.

"아, 홍군. 이거 얼마 만인가?"

하고 허영은 얼굴 전체가 웃음이 되어서 손을 내민다.

"그런데 그렇게 꿈쩍두 아니 해. 아무리 미인을 부인으루 삼았더래두 친구두 좀 찾아보는 걸세."

하고 홍군이란 사람은 빈정대는 듯이 허영을 향하여서 웃으며,

"그래, 밤낮 마누라 궁둥이에만 붙어 있는 거야?"

하고 한 번 허영의 어깨를 아프리만큼 때린다.

"에, 이 사람."

하고 허영은 홍의 어깨를 마주 때리면서,

"그런데 자네 어쩨 왔나?"

하고 싱겁게 웃는다.

"내야 여기 와야 밥이 생기니까 왔지마는 자네야말루 무엇 하러 부청에를 왔나? 이 비 오는 날. 그리구 지금 쓰던 건 무엇이야? 어디 좀 보이게."

"아냐, 암것두 아닐세."

하고 허영은 손에 말아 쥐었던 이혼계를 저고리 속주머니에 집어넣어버린다.

"응, 자네 부청 출입인가?"

하고 순옥이가 아직도 아니 오나 하고 출입구 있는 쪽을 바라본다. 사람들은 점점 더 많이 들이밀린다.

홍이란 사람은 허영의 꼴이 말이 아니다 하는 생각을 하면서,

한 번 더 허영의 손을 잡아 흔들고는 이층으로 올라가버린다.

허영은 도장을 아니 찍은 생각이 나서 이혼계를 다시 꺼내어서 책상 위에 놓고 제 도장을 찍고 있을 때에 또 누가,

"요, 허영군."

하고 어깨를 툭 쳤다.

허영은 또 분주히 이혼계를 접어서 주머니에 넣으면서,

"야, 백암. 자네 웬일인가?"

하고 아까 홍군이란 사람과 하던 모양으로 웃고 악수를 한다.

"허군, 기뻐해주게."

"왜 무슨 좋은 일이 생겼나? 최은숙씨하구 혼인을 하게 되었나?"

하고 허영은 백암이라는 사람이 싫다는 최은숙을 한사하고[176] 따라다니던 것을 생각한다.

"응, 혼인했어. 그런데 혼인 신고두 하기 전에 아이가 났단 말일세."

"에이, 이 사람."

"아냐, 혼인한 지는 서너 달 되는데, 게을러서 미처 혼인 신고를 안 했단 말야. 그랬더니 그저께 밤에 아이가 났거든—아들야. 그놈 아주 썩 잘났어. 그래서 오늘 당장 혼인 신고와 출생 신고를 한몫에 하러 왔단 말야, 하하하하. 그게 편하거든, 호적계 사무두 하나 줄구, 하하하하. 그런데 참, 자네 앓는다더니?"

"그저 그래."

하고 허영은 이 건강하고 행복된 친구와 저를 대조하여 침울해

진다.

"그래 어째 왔나. 자네두 아들 났나?"

하고 백암은 남의 사정을 도무지 몰라준다.

"얼마 지나면 나두 아들을 하나 낳겠네."

하고 허영은 귀득의 불룩한 배를 생각한다.

"또 보세. 호적계에 사람 많이 오기 전에 일찌감치 온다는 것이 이렇게 늦어서."

하고 백암이라는 사람은 비에 젖어서 번쩍번쩍하는 비옷 자락을 너풀거리면서 남쪽 호적계 있는 쪽으로 가버린다.

허영은 홍과 백암 두 사람을 만났기 때문에 마음이 무거워졌다. 다들 기운차게 휠휠 인생의 꽃밭 사이를 걸어가는데 저 혼자만 병들고 풀이 죽어서 길가에 밀려 나와서 먼지를 무릅쓰고 뭉개는 것 같아서 슬펐다. 허영도 순옥과 혼인을 하고 혼인계를 바치러 오던 이태 전에는 세상에서 가장 행복된 사람이었었다.

그러나 오늘의 허영은? 허영은 이 불행이 모두 순옥이와 귀득이 때문에 생기는 것만 같았다.

'응, 괘씸한 년들!'

하고 허영은 비에 젖은 창을 노려보았다.

'응, 이혼하구말구. 아니꼬운 년 같으니.'

하고 허영은 속으로 순옥을 눈 흘겨보면서 다시 호주머니에서 이혼계와 도장을 꺼내었다.

'꼭 이혼을 하구야 만다. 네가 오늘 제발 빌더라도 나는 안 들을 테다.'

하고 허영은,

'아스세요, 이혼은 마셔요, 제가 잘못했습니다.'

하고 제게 빌고 울고 매달리는 순옥을 홱 뿌리치는 모양으로 몸을 한 번 흔들고는 도장을 인주 그릇에 서너 번 꽉꽉 찍어서 허영이라는 이름 밑에 찍었다.

'보아라! 인제는 내가 너를 이혼을 했어.'

하고 허영은 도장 찍힌 이혼계를 한 번 노려보았다.

허영이가 이러고 있을 때에,

"여보게 허군."

하고 백암이란 사람이 허영에게로 달려왔다.

"응?"

하고 허영은 또 이혼계를 얼른 감추고 돌아섰다.

"저기 자네 부인이 오셨네. 웬 남자 한 분하구."

"응? 어디?"

하고 허영은 당황한다.

"저 호적계 앞에. 내가 자네를 보았다니까, 아까부텀 자네를 기다리시노라구 그러데."

하고 백암은 허영을 한 번 훑어본다.

"호적계 앞에?"

하고 허영은 백암을 따라선다.

"원, 사람이 많아서."

하고 백암은 허영의 내외가 무슨 일인가 하고 앞서서 걸어간다.

과연 순옥과 영옥은 저쪽 창 앞에 가지런히 서 있었다. 순옥은 옥색 송고직 원피스에 역시 옥색에 가까운 남빛 비옷을 입고 오 긋한[177] 맥고모[178]를 소곳하게 쓰고 있었다.

허영은 순옥을 보자, 가슴이 덜컥 내려앉았다.

'안 돼! 어떻게 이혼을 해?'

하고 허영은 순옥이가 대단히 아까움을 깨달았다.

영옥이가 허영을 보고 잠깐 손을 들어서 인사를 하고, 순옥도 허영과 눈이 마주치자, 조금 웃는 모양을 보였다. 백암이라는 사람은 이만큼 떨어져서 사람들 틈에 끼여서 곁눈으로 허영이 내외가 하는 양을 보았다.

허영은 아무 일도 없는 듯이 터벅터벅 순옥이와 영옥이가 섰는 곁으로 걸어가서 먼저 영옥과 악수하고 다음에는 순옥의 어깨 뒤에 손을 짚으면서,

"괜찮소?"

하고 걱정스러운 듯이 순옥의 얼굴을 들여다보았다. 허영은 순옥을 껴안고 싶은 강한 충동을 받으면서 순옥의 몸에 제 몸이 닿도록 바싹 순옥의 곁에 다가섰다.

"괜찮아요."

하고 순옥은 쌀쌀스럽게 대답하고 허영이 시선과 몸을 다 피하려는 듯이 영옥의 편으로 바싹 다가서서 허영의 손이 제 어깨에서 미끄러져 떨어지게 한다.

허영은 등골에 찬물을 끼얹는 듯함을 깨닫는다.

"그거 다 준비됐나?"

하고 영옥이가 허영을 돌아보며 손을 내민다. 이혼계 쓴 것을 내

라는 말이다.

"여보게, 우리 어디 찻집으로나 가세."

하고 허영이가 씰룩씰룩하는 웃음을 웃는다.

"찻집엔 무엇 하러?"

"이거 어디 사람이 많아서."

"여기 사람 없는 때 어디 있나? 어서 이혼계 이리 내게. 도장 찍어서 집어넣구 원, 어딜 가든지."

"아냐, 그거 바쁘겠나? 또 증인이 없어. 증인 두 사람이 있어야 한다는데."

"난 증인 도장 얻어 가지구 왔네. 자네는 여기서 하나 얻게그려. 아까 그 친구두 좋지 않은가?"

"아냐, 그래두 어서 어디루 가세."

"아니, 여기를 한 번 오기두 어려운데 또 와? 어서 할 일을 직닥직닥[1] 해버려야지. 어서 그거 내게."

하는 영옥의 말은 잔인하리만큼 싸늘하다.

허영은 마지못하여서 양복 속주머니에서 꾸깃꾸깃하여진 이혼계를 꺼내었으나 영옥에게 주지는 아니하고 주물럭주물럭하고 있다.

"어서 이리 내!"

하고 영옥은 허영의 손에서 그것을 빼앗는다.

허영은 그것을 빼앗기고는 입을 씰룩씰룩하면서 영옥이가 하는 양을 바라본다.

영옥은 허영의 손에서 이혼계를 빼앗아서 구김살을 펴가며 한

번 내력을 읽어보더니 그것을 들고 창 밑에 놓인 글 쓰는 상 앞으로 가서 증인 이름을 써넣고 순옥의 도장과 증인의 도장을 꾹꾹 찍는다. 허영은 그것을 보고 운명의 끝이 점점 가까워짐을 깨닫고 마음이 초조해진다. 순옥을 이혼하고는 살 수 없을 것같이 순옥이가 그리워진다. 거의 무표정이라 할 만큼 냉정한 순옥의 태도와 얼굴은 허영에게 순옥의 새로운 아름다움을 보여주었다. 몇 분이 아니 지나서 이 순옥이가 완전히, 영원히 제 품에서 떠나버린다고 생각하면 도무지 마음을 지접[180]할 수가 없었다. 다만 며칠이라도 아니, 단 하루만이라도 순옥이와 더 살고 싶었다.

"여보."

하고 허영은 순옥의 곁으로 바싹 다가서며 순옥을 불렀다. 순옥은 허영이가 부르는 소리를 들었으나 대답은 없었다.

"여보, 여보, 순옥이."

하고 두 번 세 번 부르는 말에 순옥은 마지못하여,

"네."

하고 힐끗 허영을 바라보았다.

"이거 창피하지 않소?"

"무엇이오?"

"이렇게 사람들이 많이 보는 데서 서루 사랑하는 내외가 이렇게 이혼을 한다는 것이 말요."

"그리 영광스러울 것두 없지요."

하고 순옥은 눈을 내리깐다.

"그럼 여보, 순옥이. 한 번 더 참으시구려."

"내가 무얼 참아요? 당신이 이혼을 해달라고 청하시구는."

"아니, 난 당신에게 자유를 드리느라고."

하다가 영옥의 편을 한 번 힐끗 본다. 그동안에 벌써 영옥이가 이혼계를 가지고 곁에 온 것이다. 허영은 하려던 말을 뚝 끊어버리고 새로 각설로 순옥을 향하여,

"여보, 우리 며칠 더 생각해봅시다. 내일두 좋아. 내일두 좋으니 우리 오늘은 어디루 가서 차나 한잔 먹구 이야기나 합시다."

하고 그러고는 영옥을 향하여,

"여보게, 우리 그렇게 하세."

하고 동의를 구한다. 영옥은 그런 말은 들은 체도 아니 하고,

"자, 어서 저 친구한테 가서 증인이나 서달라구 그러게. 사람이 그 모양인가? 이혼하기루 다 결심을 해놓구 이혼계에 도장까지 다 찍어놓구는 인제 순옥이를 보니까, 또 마음이 흔들려서——쩟쩟. 자, 어서 저 친구 가기 전에."

하고 허영의 팔을 끈다. 허영은 아니 끌리려고 버틴다.

"관두게. 내 가서 말함세."

하고 영옥이가 허영의 팔을 탁 놓고 백암의 곁으로 간다. 백암은 아직도 제 차례를 기다리는 모양인지, 또는 제가 볼 일은 다 보고도 허영이네 일행의 연극이 끝나기를 기다리는 모양인지, 저쪽에 창에 기대어서 비 오는 바깥을 내다보고 담배를 피우고 있었다.

영옥은 백암이라는 사람의 곁으로 가서,

"용서하세요. 나 석영옥이야요——허영군 처남입니다."

하고 모자를 벗었다.

"네, 그러십니까. 나 조원구야요."

하고 백암은 영옥의 손을 잡아 흔든다.

"초면에 이런 말씀을 해서 미안합니다."

"아니, 천만에."

"내 누이가 허영군하구 이혼을 아니 하면 아니 될 사정이 생겼어요. 그래서 이혼을 하러 왔는데요, 허영군 편에 증인이 없단 말씀야요. 보니 허영군하구는 친하신 모양이시니 수고스러우시지마는 증인을 좀 서주셔요. 여기다가 선생의 주소 성명을 적으시고 도장만 찍으시면 고만입니다. 이거 대단히 미안합니다. 아시다시피 허영군이 좀 수줍어서, 그래, 초면에 이렇게 어려운 말을 여쭙는 거야요."

"아니, 어려울 거야 있습니까마는 글쎄 이혼이라니 웬일이셔요?"

"허영군이 다른 여자와 혼인을 아니 하면 아니 될 사정이 생겨서요. 그래서 내 누이가 물러나야만 하게 사정이 된 거야요."

"아무려나 가보지요."

하고 백암은 영옥을 따라서 허영과 순옥이가 서 있는 곳으로 온다. 영옥이가 이혼계를 빼앗아 들고 백암에게로 가는 것을 보고 허영은 심히 초조해서,

"여보."

하고 순옥을 불렀다.

"말씀하셔요."

하고 순옥은 구두 끝만 내려다보고 있다.

"이번만 용서하시오. 꼭 이번 한 번만."

"글쎄, 지금 와서 무얼 용서하란 말씀야요? 일은 다 끝난걸."

"아니, 꼭 이번만. 그리구 나하구 집으루 갑시다. 오늘 하루만
이라두 좋으니, 나하구 집으루 갑시다."

"ㅎㅎㅎ."

하고 순옥은 저도 모르게 웃어버렸다. 허영이가 저더러 집으로
가자는 심리를 분석하여본 것이다.

"왜 웃소? 나는 가슴이 찢어지게 아파서 하는 말인데."

"흥, 그런 마음 먹지 마시구 귀득씨 하나나 잘 사랑하셔요."

"글쎄, 오늘 하루만."

하고 허영은 다시 순옥의 어깨에 손을 얹으려는 것을 순옥은 살
짝 비켜선다.

"당신이 내 마음을 몰라주는구려. 내가 당신을 어떻게 사랑하
는가를. 만일 내 사랑의 백분지 일이라도 아니 천분지 일이라도."

순옥은 허영이가 떠는 음성으로 말하는 것을 다 듣지도 아니
하고,

"여보셔요, 인제는 그런 말씀을 마시구요. 인제야 무엇 하러 그
런 연극을 또 하려 드십니까. 이혼을 하고 나오면 아마 생활이 걱
정이 되겠지요. 그렇지만 염려 마셔요. 내 지금 모양으로 내가 월
급을 받는 동안은 매삭 백 원씩은 보내드릴 테니. 또 내 돈 삼천
원, 집 저당 찾은 것두 달란 말은 아니 하겠구요. 그리고 내 세간
이랑 이부자리랑 옷이랑 그건 다 귀득씨게 주셔요──내가 귀득씨
한테 보내는 혼인 선물 모양으로. 귀득씨가 웬걸 옷이랑 세간이

랑 해가지구 올 힘이 있겠어요?"

하고 잠깐 말을 끊었다가 허영의 얼굴을 물끄러미 들여다보면서,

"또 당신 병환이 심상한 병환이 아니니깐요. 성생활은 많이 조심하셔야 합니다. 그리구 무슨 일이 있거든 의사 부르시기두 어려울 테니 오빠를 부르셔요. 오빠더러 주사두 놓아달라구 하시구. 오빠야 당신 친구니깐 상관없지 않아요?"

하고 눈물을 떨어뜨린다.

순옥의 이 말을 듣고는 허영은 순옥이더러 하루만이라도 집으로 가자는 말을 더 할 수가 없었다. 허영은 순옥에게 대하여 미안하고 부끄럽고 고맙고 어찌할 줄을 몰랐다.

이렇게 순옥과 허영은 수속을 마치었다.

순옥은 부청으로서 돌아와서 안빈에게,

"선생님, 저 이혼하고 왔어요."

하고 간단히 보고하였다.

"이혼?"

하고 안빈은 잠깐 눈을 크게 떠서 놀라는 빛을 보였으나 곧,

"응."

하고 다시 아무 말이 없었다.

순옥은 허영과 이혼을 한 것이 기뻤다. 다시 처녀로 돌아온 듯한 자유로운 가뿐한 기쁨이었다. 남편이라는 허영과 이혼을 하여 버리고 나니 마음껏 안빈을 가슴에 품을 수가 있는 것 같았다. 이제부터는 도무지 꺼릴 것 없이, 사람에게도 양심에도 꺼릴 것 없이 마음속에다가 안빈을 사모하는 생각을 꽉 채울 수가 있는 것

같았다.

 그날 저녁에 순옥은 삼청동으로 인원을 찾아갔다. 인원과 만나는 말에 순옥은,

 "언니, 나 허하구 이혼했수."

하고 인원의 두 손을 꽉 쥐었다.

 "이혼? 언제?"

하고 인원은 놀랐다.

 "오늘."

 "아니, 허영이가 절대루 안 한다더니."

 "이번에는 절대루 하자는군."

하고 순옥은 기쁨을 감추지 못하였다.

 "오빠 말씀이 맞았남?"

하고 인원도 그제야 웃는다.

 "맞았어. 우리 오빠가 참 머리가 좋아. 열이 좀 부족하지만."

하고 순옥은 인제는 커다란 정이를 번쩍 쳐든다. 정이는 꺄득꺄득 웃는다.

 "그래 인제는 어떻게 할 테야, 순옥인?"

 "무얼 어떻게 해? 그대루 있지."

 "병원에?"

 "그럼. 선생님이 나가거라 하시면 나가구."

 "나가거라는 왜?"

 "알겠소? 이혼한 년이라구 나가라구 하실는지두 모르지."

하고 한참 정이와 윤이와 장난을 하다가,

654

"나두 이혼한 여편네루 선생님 뫼시구 있기가 무엇해서 오빠더러 취직자리를 하나 얻어달라구 그랬어. 그랬더니 선생님 곁에 있구 싶건 있으라구, 무얼 그다지 세상 입을 꺼리느냐구 그러겠지, 오빠가."

"내가 할 말야."

"언니두 그렇게 생각하우?"

"그럼 그렇지 않구."

"아무려나 좋아. 난 아주 좋아서 죽겠어. 하두 좋아서 죽을 모양이니 안 좋수? 이귀득이 모녀두 좋아서 죽을 것이구, 안 그렇수 언니? 이렇게 좋은 일이 어디 있어!"

"망할 것. 아주 어린애 같으이."

"좋아 죽겠는 걸 어떡허우? 이제는 내 마음껏 선생님을 사모해두 괜찮구, 그래두 호적계 앞에 서서 이것이 허하구는 마지막 보는 것이어니 하면 눈물이 납디다."

"너무 좋아서?"

"아니, 그래두 안됐거든."

하고 순옥은 웃음을 거두고 시무룩해진다.

"안되긴 무얼 안돼? 잘됐지."

"그래두 허가 자꾸만 날더러 참으래요."

"참기는? 제 편에서 청하구는."

"그래두 날 대하니깐 안됐나 보아."

"놓아주기가 아까워서 그러지. 하루만 집으루 가서 같이 살자구 안 그래?"

하고 인원이가 웃는다.

"아이, 언니두."

하고 순옥은 눈을 크게 뜬다.

"왜?"

"어떡허면 그렇게 꼭 알아맞추우?"

"하하하하, 빠안하지 뭐. 그냥 놓아 보내기는 아깝거든, 하하하하."

두 사람은 소리를 내어서 한참이나 웃었다.

"언니가 우리 오빠와 꼭 같어——머리 좋으시기가."

"왜, 오빠두 그렇게 예언을 하셨어?"

"그럼, 중생의 마음이란 동물 심리와 마찬가지여서 빠하니라구."

"그럼, 그렇지 않구."

"언닌 비범한 사람야."

"이건 왜 이래?"

"아니, 정말야. 우리 오빠가 혼인만 안 하셨으면 언니하구 내외가 되었으면 꼭 맞을 거야."

"흥, 언제는 순옥이 대용품을 시키더니, 인제는 또 순옥이 올케 대용품을 시킬 생각야?"

두 사람은 또 웃었다.

"우리 올케는 마음은 참 착한데 교양이 좀 부족해——이지적이 못 되구. 그래서 오빠가 좀 불만인가 보아."

하고 순옥은 혼잣말 모양으로 중얼거린다.

"그런 소린 다 고만두구. 그래, 순옥이 세간은 다 어떻게 할 테야?"

"무슨 세간?"

"아니, 순옥이 장이랑, 옷이랑, 이부자리랑 말야."

"다 주었어."

"누굴."

"귀득이."

"옳아, 남편 아울러 더음[181]으루 다 주어버렸다?"

"흐흐흐, 그럼."

"옳아 됐어, 인제는 선생님보구 세간을 해내라구 그러려구."

"그건 다 무슨 소리요?"

"인제는 선생님하구 혼인하구 살란 말야. 나두 놓아줄 겸."

"아이, 그게 다 무슨 소리요? 언니두."

"왜? 내 말이 옳지, 뭐. 애초에 내 말대루 했더면 이런 고생 안했지. 그게 다 무에야?"

"그러기루, 아이, 언니두."

하고 순옥은 인원을 향하여 눈을 흘긴다.

"그럼, 앞으로는 혼자 살 테야, 일생?"

"그럼 그 짓을 한 번이나 하지, 또 해?"

"왜? 진절머리가 나서."

"아무렴, 그건 한 번이나 모르구 하지 두 번 할 일은 아냐, 숭해."

"아이구, 노상 숭하기만두 안 한 모양이던데, 순옥이두."

"무엇이?"

"왜 그때 서방님 생일 채릴 때쯤은 어지간히 재미가 쏟아지던 모양이던데. 아, 참, 허영씨 생일이 요새가 아냐?"

"음력으루 유월 이십팔일."

"오, 참 그렇군. 그래 작년에두 그렇게 생일을 채렸어?"

"그럼, 국 끓이구 갈비 굽구."

"나물 볶구?"

"그럼."

"금년에는 새 마나님이 채리겠군?"

"흥."

"생일날 우리 둘이 한번 찾아가볼까, 그 집에?"

"아이, 미쳤나?"

"생일이나 무어나 그 화상은 순옥이가 이혼을 하구 나오면 무얼 먹구 살자는 거야?"

"생각해보구려."

"순옥이가 생활비를 대어준단 말야?"

"어떡허우?"

"순옥이가 주기루니 그걸 받아먹어? 그게 목구멍으로 넘어갈까."

"허허허, 그럼 씹어 삼키면 넘어가지 도루 나오우?"

"핫하하하, 나 같으면 못 받아먹겠네."

"그렇게 말하면 집은 내 집 아닌가? 저당 잡혀서 떠나가는 것을 오빠가 내게 분재[182]해준 돈 삼천 원으루 찾은 건데."

"집두?"

"그럼, 한 푼 있나? 없지. 시굴 논마지기나 있던 건 김광인인가 한 협잡꾼에게 걸려서 가부 한답시구 몽땅 집어넣었지요. 내 세간까지 집행 딱지가 붙었더라우, 집까지두. 그런 걸 내게 있던 삼천 원으루 간신히 찾았다우."

"그래야 고마운 줄두 모르지, 그것들이?"

"왜, 고맙다구야 하지, 그 어머니두."

"입으루만, 뒷구멍으룬 별짓 다 하구."

"흥."

두 사람은 잠시 마주 보고 말이 없었다. 순옥은 허영과의 혼인 생활을 회고하였다. 삼 년 동안이 삼십 년만큼이나 긴 것 같았다. 일생의 꽃다운 한 토막을 고양이한테 도적맞은 것 같기도 하지마는, 또 한껏 생각하면 그 삼 년의 생활이 제게는 퍽 값진 무엇인 것도 같았다.

그 삼 년의 생활의 어느 대목을 뚝 끊어 보더라도 거기서는 순옥의 피가 뚝뚝 흐를 것 같았다. 순옥은 인생길을 그만큼 걸었다고 마음에 대견도 하였다.

인원은 순옥의 얼굴에 노성한[183] 빛이 있는 것을 불현듯 느끼면서,

"순옥이."

하고 불렀다.

"응?"

하고 순옥은 추억에 잠겼던 머리를 들어서 인원을 바라보았다.

"순옥이가 그만큼 고생두 하구 희생두 했으니 인제부터는 실컷

흠씬 낙을 좀 보라구."

인원은 동정이 찬 눈으로 순옥을 보았다.

"낙을?"

"그럼 낙두 좀 보아야지."

"어떻게?"

"선생님하구 혼인하라구. 그러면 즐거운 가정을 이룰 거 아냐? 그야말루 이상적 가정을 이룰 거 아냐? 난 순옥이가 한번 그렇게 재미있게 사는 것을 보면 죽어두 여한이 없을 것 같아. 어느 모루 봐두 순옥이는 고생할 사람은 아닌데 필시 복 있게 살아야 할 사람 같은데 순옥이야말로 아무 흠두 없는 사람 아냐? 괜히 고생을 사서 하는 것만 같단 말야. 그만하면 순옥의 액운이 다했을 것이니, 인제부터는 선생님 모시구 재미나게 살아보라구."

인원의 표정과 음성은 하도 은근하고 진정스러워서 순옥은 그 것을 들을 때에 마음이 무거워졌다. 이 친구의 이렇게도 간절한 사랑의 정을 단마디로 물리치기 어려웠다. 그뿐 아니라 이제는 벌써 처녀가 아니요, 여편네의 경험을 가진 순옥으로서는 재미나는 가정이라는 것이 그립기도 하였다. 진정으로 사랑하고 사모하는 남편과 좋은 아름다운 가정을 이뤄 사는 것이 인생의 지극한 낙이 아닐 수가 없음을 느낀다. 인원의 말마따나 만일 순옥이가 안빈과 내외가 된다면, 좋은 즐거운 가정을 이룰 것도 같았다. 그러나 다음 순간에 순옥은,

'그러나 그것은 영원히 없을 일이다.'

하는 생각을 할 때에 그것은 일종의 기쁨이요, 자랑인 동시에 또

한 일종의 슬픔이요, 적막이기도 하였다.

"언니 생각은 고맙수, 해두 그건 안 될 말야."

하고 서너 번 고개를 흔들어 보였다.

그러나 이때에 인원이가 한 말은 순옥의 마음을 이상한 힘으로 흔들었다.

"그건 안 될 말야."

하는 반면에서는,

"될 수도 있지."

하는 소리가 여무지게 울려오는 것이었다.

그러나 순옥은 곧,

'They will be done.'

하고 마음에 그려지는 이기적인 달콤한 그림을 쓱싹 지워버렸다.

그렇더라도 순옥의 일상생활은 행복되었다. 날마다 안빈의 곁에서 병자를 보고 또 왕진을 가고──모두 다 자유로워서 아무 거리낌이 없는 것이 기뻤다. 조용히 제 방에 앉았을 때에는 마음껏 안빈의 그림자를 가슴에 안을 수가 있었다. 그래서 마치 지긋지긋한 겨울이 지나가고 따뜻한 봄의 볕을 받으면서 양지쪽 파릇파릇한 풀판에 앉아서 돌돌돌 흘러가는 개울 소리를 듣는 것과 같이 마음이 화창하였다. 아무 걱정도 아무 괴로움도 없고 완전한 만족이 속에 있는 듯하였다.

수선과 계순도 순옥의 기쁨에 찬 낯빛을 가끔 바라보았다.

"선생님 저는 기뻐요."

순옥은 안빈을 보고 무두무미[184]로 이러한 소리까지도 하였다.

지루한 장마 중에도 순옥은 마치 종달새 모양으로 유쾌하였다. 그뿐더러 그의 마음은 구름 한 점 없는 하늘과 같이 맑았다.

"언니, 나는 참 기뻐."

순옥은 인원을 보고도 이러한 말을 여러 번 하였고 영옥을 보고도,

"오빠, 나는 참 행복되어요. 아무 요구도 없어요. 완전한 만족이야요."

이러한 말도 하였다. 그때에 영옥은 물끄러미 순옥을 바라볼 뿐이요, 말이 없었다.

순옥이가 허영과 이혼한 지 한 달쯤 지나서 하루는 아침에 영옥이가 안빈의 병원에 왔다.

영옥은 나와서 맞는 순옥을 보고,

"선생님 계시냐?"

하고 물었다.

"왕진 가셨어요. 왜요? 올라오셔요."

하고 순옥은 영옥을 원장실로 인도하였다.

"너, 돈 좀 있니?"

영옥은 앉는 길로 이렇게 물었다.

"얼마나? 한 오십 원은 있어요."

"한 이삼백 원."

"내가 웬 이삼백 원이 있어요?"

"너 월급 받은 것 다 어떻게 했니?"

"허영이 주지요, 백 원씩."

"허영일 주어?"

"그럼요. 그저께도 보냈는데."

영옥은 물끄러미 순옥을 보고 고개를 끄덕끄덕한다.

"왜요? 돈은 무엇 하게요?"

"허영이가 혼인 비용이 없다구 나한텔 왔구나. 날까지 받아놓았는데 돈이 한 푼두 없다구. 요새는 누가 집두 잡아주지 않는다구."

"그래서 오빠더러 혼인 비용을 대달래?"

"흥, 어떡하니?"

"원 별일이 다 많아요."

"선생님더러 좀 꾸어달라지."

"선생님한테 꾸면 언제 갚수?"

"네가 벌어 갚으렴."

"헛허허허."

"우스우냐?"

"글쎄, 그런 일이 어디 있어요?"

"왜, 너 불쾌하니?"

"아니, 불쾌할 건 없어두."

"넌 가서 웨딩 마치나 쳐주련?"

"들러리 서주지, 홋ㅎㅎㅎ."

"오죽해서 나한텔 왔겠니?"

"몸은 어때요?"

"누가? 허영이?"

"네."

"꼬락서니 말 아니지. 헐떡헐떡하더라."

"아이참."

얼마 아니 하여서 안빈이가 돌아왔다.

"오, 석군인가?"

"선생님 안녕하셔요."

"그래 논문 어떻게 되었나?"

"교수가 달라구 해서 주었어요."

"그럼 인젠 다 끝났지?"

"글쎄올시다. 교수가 무어라구 할는지요."

"자네 학위 연구는 무얼 할라나?"

"아직 아무 작정두 없죠."

"연길서 오라구 할 테지?"

"오라구는 하죠."

"자네 나하구 있어보지 않으려나?"

"선생님하구요?"

"응, 난 요양원을 하나 해보겠는데. 장마만 지나면 건축에 착수를 할 생각이야. 설계두 다 되었어."

하고 안빈은 일어나서 책장 문을 열고 청사진 한 뭉텅이를 내놓는다.

영옥은 그 청사진을 뒤적거린다.

"위치는 창의문 밖이야. 세검정 가보았나?"

"가보았어요."

"거기서 한참 올라가면 북단이라는 데가 있지. 게가 당양[185]하구 수석[186]두 좋구. 자동차 길이 없는 것이 흠이지마는 거기다 지어볼라구. 청부업자 말이 명년 사월까지는 낙성이 된다는데, 그때면 자네 학위 얻는 일두 끝날 것 아닌가. 그렇게 되면 자네 남매가 이 병원을 맡으란 말일세. 난 요양원에 가 있구."

"그러기루 제가 무슨 힘으로 이런 큰 병원을 맡습니까?"

"힘이라니? 돈?"

"네."

"돈은 벌어서 갚게그려. 애초에는 이 병원을 팔아서 요양원을 지어볼까 했어. 암만해두 결핵 치료는 시내에서는 안 되겠단 말야. 그런데 가만히 보면 결핵 환자는 대개는 마음이 좋은 사람인데, 다시 말하면 세상을 위해서 아까운 사람이 많단 말야. 그래서 요양원을 하나 만들구 내가 연구한 치료 방법두 한번 충분히 써보구 싶구. 그래서 이 병원을 팔아서 요양원을 지어볼까 했는데, 김부진씨라구 이 병원 지을 때에 내게 자본 대어준 이 말야ㅡ그이가 내게는 큰 은인이지ㅡ내가 얼마 전에 그 빚을 갚으면서 요양원 지을 말을 했더니, 내가 갚은 빚을 도루 내어준단 말야,ㅡ이만 오천 원을. 그리구두 부족한 것은 더 대어주마구. 그리구 이 병원은 그냥 해가라구. 그래야ㅡ시내에두 병원이 하나 있어야 요양원에두 필요하지 않겠느냐구. 그런데 마침 석군두 학위를 얻게 되구 또 순옥이두 자립 생활을 해야 할 처지구, 그래서 내가 김부진씨의 호의를 받기루 했네. 그러니 자네 잘 생각해보게. 또 순옥이두 생각해보구."

이렇게 말하면서 안빈은 설계의 대략을 설명하여주었다.

"어떤가? 설계가 괜찮지?"

"좋은 것 같습니다."

하고 영옥은 산 밑, 시냇가에 띄엄띄엄 벌여 있는 소쇄한[187] 이십여 채의 조선집뿐인 작은 집의 무리와 전면에 있을 본관과 그리고 그 사이에 있을 잔디밭들, 꽃밭들, 나무들을 상상해보았다. 그것은 아름다운 풍경일 듯하였다.

"맑은 일광과 깨끗한 공기와 좋은 물과 고요한 환경과 자연의 풍경과 이것을 마음껏 이용하자는 것이야. 도회 사람들이 굶주린 것이 이것을 굶어서 병이 난 것이니까."

하고 안빈은 만족한 듯이 설계의 전체의 평면도의 한편 끝을 가리키며,

"여기가 시낸데 말야, 여기를 막아서 먹을 물 저수지를 만들자는 거야. 그리구 겨울에는 시냇물이 마를 염려가 있으니까 여기다가 큰 우물을 하나 파구. 신선한 냉수──이것이 또 병인에게는 큰 약이어든."

하고 영옥을 번갈아 보며,

"그런데 아무리 이렇게 위치두 좋구 설비도 좋더라두 결국은 사람 문젠데. 사람에두 맑은 일광, 깨끗한 공기, 아름다운 경치, 좋은 물이 될 사람이 있어야 된단 말야."

하고 안빈은 순옥을 보며.

"순옥이 보기에 어간호사가 사람이 좋지?"

하고 묻는다.

"네, 참 존경할 만한 사람이야요."

하고 순옥은 솔직하게 대답한다.

"순옥은 수선을 알아보리라고 생각했소. 계순이두 아직 어리지 마는 마음이 좋아. 석군 자네 어디 좋은 간호사 아는 사람 있나?"

"저는 없어요."

"좋은 간호사가 어려워. 병원에는 실상 간호사가 어떤 의미루 는 힘이 있거든. 환자를 기쁘게 하고 위안을 주고 하는 것은 간호 사란 말야. 또 환자로 하여금 의사를 신임하게 하는 것도 간호살 세. 순옥이야말루 참 좋은 간호사였었지, 하하. 아까운 간호사가 의사가 되었어, 하하."

하고 안빈은 전에 없이 소리를 내어서 웃는다.

"그렇다시면 저는 도루 간호사가 될 테야요—요양원에."

하고 순옥이가 낯을 붉힌다.

"아니, 그건 웃는 말이구. 또 인원이가 간호사가 되면 좋은 간 호사가 될 거야. 참 두뇌가 명석하거든. 그리구 쌀쌀스러운 듯하 면서도 동정이 많은 사람야. 우리 아이들이 친어머니 모양으로 따라. 그러니까 어미 여읜 고아들이라는 빛이 도무지 없어. 어떻 게나 고마운 일인지. 그 솜씨루 환자들을 간호하면 환자들이 참 만족할 거야. 그렇지마는 세상에서 간호사란 얼마나 거룩한 직업 인지를 잘 인식하지 못하지. 간호사들 자신두 그렇구, 일반 민중 두 그렇구."

"결국은 좋은 백성들이 사는 나라라야 좋은 간호사가 있을 것 입니다."

하는 영옥의 말에 안빈은,

"음, 옳아, 옳은 말이야. 석군 말이 뜻 깊은 말일세. 부처님이시
나 예수시나 다 넓은 의미의 간호사시거든. ──평생을 좋은 간호
사로 사셨거든."

하고 대단히 만족한 듯이 고개를 끄덕끄덕한다.

"참, 내 말만 해서 안됐네. 석군 내게 무슨 일이 있어?"

하고 안빈은 웃음을 거두고 청사진을 치우려 든다. 순옥이가 대
신 청사진을 아까 모양으로 말아서 아까 넣었던 곳에 넣는다.

"석선생님 환자 오셨습니다."

하고 계순이가 왔다. 순옥은 계순을 따라서 나간다.

"선생님께 돈을 좀 꾸러 왔어요."

하고 영옥이가 말하기 어려운 듯이 입을 연다.

"돈 얼마나?"

"한 이삼백 원이오."

"왜? 논문 제출하는 데 쓰게?"

"그건 다 냈습니다."

"그럼?"

"허영군이 혼인 비용이 없다구 저한테를 왔어요. 지금 집에서
기다리구 있습니다. 오는 토요일이 혼인날이라나요. 그래 순옥이
게나 있을까 하구 왔더니, 순옥이두 돈이 오십 원밖에는 없다구
요. 그동안 이혼한 담에두 매삭 허영군 생활비를 대어주었대요."

"응흥."

하고 안빈은 끄덕끄덕한다.

"허군 병은 어떤가?"

"헐떡헐떡해요. 혈압이 이백이 넘구요."

"응, 그럼 치료를 하구 있나?"

"제가 가끔 가죠."

"응."

안빈은 또 고개를 끄덕끄덕한다.

"그럼, 이렇게 하게. 내 삼백 원 줄 테니, 이백 원만 지금 허군을 주구, 나머지 백 원은 혼인식 끝난 뒤에 주게."

"알았습니다."

하고 영옥은 간호사가 가져다가 주는 십 원 스무 장, 백 원 한 장을 받아 넣고 안빈의 방에서 나왔다.

신부로 차린 이귀득은 상당히 아름답게 보였다. 허영은 대단히 만족한 마음으로 혼인식장에 들어갔다. 새로운 처녀가 아닌 것이 유감이었으나, 그래도 허영에게는 기쁨이 있었다. 허영의 눈은 가끔 신부의 배로 향하였다. 약간 불룩한 듯하지마는 그렇게 눈에 띄지도 아니하였다. 그렇기도 할 것이다. 귀득은 거의 숨이 막힐 만큼 배를 꼭 졸라매고 살았고 오늘은 더구나 그러한 것이었다.

그래도 허영의 친구도 오고 또 귀득의 친구도 왔다. 귀득이가 아비 없는 아이를 배어서 학교에서도 나오고 또 허영을 순옥에게 빼앗겨서 아주 천더기[188]가 된 것을 비웃는 동무도 있었지마는 가엾이 여기는 동무도 있었다. 그들은 이날이 귀득이가 누명을 벗는 날이라고 하여서 모두들 기뻐하였다. 귀득이가 교사로 있던 보통학교 교장도 이날에 출석을 하여서 축사까지 하여주었다. 그것은 귀득에게 대하여 여간 큰 감동이 아니었다. 귀득은 이 일이 눈물이 나도록 고마웠다.

허영의 이혼에 증인을 선 백암이라는 조원구는 증인 선 인연으로 그런 것은 아니지마는 이번 허영의 혼인에 많이 수고를 하였다. 그가 들러리를 선 것은 물론이었다.

"귀득이가 순옥에게 통쾌하게 원수를 갚았다."

여자들 중에는 이러한 소리를 하는 이도 있었다.

"순옥이야 아마 안박사하구 살 터이지."

이러한 소리를 하는 이도 있고,

"언제는 안박사하구 안 살았나? 글쎄 오륙 년이나 죽자 사자 하고 한집에 있으면서, 아무러하기로 안박사가 순옥이를 그냥 두었겠어?"

이렇게 단언하는 사람조차 있었다.

순옥이가 미인일세, 수잴세, 의살세 하는 것이 같은 여성인 사람들에게는 미웠다.

허영의 이혼과 혼인을 기회로 하여서 순옥과 안빈의 소문이 또 한 번 세상에 짜하게 돌았다. 그리고 그 결론은,

'못난이 허영이가 여태껏 안빈과 순옥과의 관계를 모르고 속아오다가 이번에야 그도 알아채고는 단연히 순옥이를 이혼해버린 것이라.'

고 하여 대개는 허영의 역성을 들었다.

옥남이 말까지도 나왔다. 옥남도 순옥이 때문에 속이 상해서 죽었느니라 하는 사람도 있고, 또 옥남은 사람이 인자해서 끝끝내

속아서 살다가 죽었느니라 하는 사람도 있었다. 순옥이가 옥남을 독살하였느니라 하는 사람도 물론 없지 아니하였다.

어찌했든지 이귀득 모녀에게 이 혼인이 큰 기쁨이 된 것은 말할 것도 없는 일이었다. 그늘에 숨어서 살던 그들이 이 혼인으로 말미암아서 당당하게 장모요, 부인이 된 것이었다. 이미 낳은 섭이나 또 뱃속에 든 아이나 이제부터는 아비 없는 자식이 아니다. 당당한 허영 부인이 낳은 허영의 아들이 아니냐.

"오늘은 혼인 신고를 해야겠소."

하는 허영의 말을 듣는 귀득의 기쁨은 참으로 컸다. 그것은 바로 신방을 치른 이튿날이었다. 분홍 치마 노랑 저고리인 새아기의 차림으로 제 손으로, '妻 李貴得'〔처 이귀득〕이라고 쓴 밑에다가 도장을 꼭 찍을 때에도 마치 인생의 행복의 절정에 선 것 같아서 눈이 쓰먹쓰먹[189]함을 금할 수가 없었다. 하늘은 이 가엾은 중생인 이귀득의 눈을 잠시 분홍 수건으로 동여서 바로 곁에까지 임박하여 있는 모든 불행(그것들은 다 그의 지난 여러 생의 업보다)을 보지 못하게 만들었다. 그 분홍 수건의 이름은 어리석음(無明)이라 하더라도 그것이 이 불쌍한 생명에게 주는 하늘의 호의일는지 모른다.

향락이니 행복이니 하는 것이 어느 것인들 이귀득의 것과 다르랴. 다 허깨비, 다 번갯불, 다 풀잎의 이슬. 그러나 허영이나 귀득에게는 이것은 영원한 것인 것 같았다. 허영의 병은 나을 것만 같고, 재산도 어디서 생길 것만 같고, 모든 일이 다 그들의 뜻대로 될 것만 같았다. 그러나 아아, 그것은 삽시간이었다──실로 눈

깜빡할 사이였다.

귀득이가 허영과 신혼여행에서 돌아온 날 밤 귀득은 배가 아프다고 몸을 비틀었다. 그리고 하혈이 시작되었다.

허영은 다만 허둥지둥할 뿐이었다. 의사를 불러야 할 터인데 누구를 부르나, 이렇게 망설이는 동안에 시계는 새벽 한 시를 쳤다. 귀득의 하혈은 그칠 줄을 몰랐다.

"돈만 있으면야."

그러나 허영에게는 돈이 없었다. 혼인식 이튿날 영옥이가 준 백 원을 가지고 허영은 철없이도 배천 온천으로 신혼여행을 가서 호텔 일등실에 들어가지고 거드럭거렸다. 임신 삼 개월 남짓한 귀득이, 심장병을 가진 허영이가 온천에서 일주일이나 지나도록 무사하고 자동차를 타고 경편차[190]를 타고 기차를 타고 집으로 돌아온 것만 하여도 기적이라고 아니 할 수가 없었다. 돈화문 앞에서 택시 값을 치르고 나니 주머니에 남은 돈이 겨우 팔십몇 전!

"어떻게 하나? 어떻게 하나?"

하고 쩔쩔맨 끝에 허영은 귀득을 어머니에게 맡기고 씨근벌떡거리며 영옥의 집을 찾았다. 거기밖에는 갈 곳이 없었던 것이다. 허영은 대문 밖에서,

"영옥이, 영옥이."

이렇게도 불러보고,

"석선생, 석선생."

이렇게도 불러서야 겨우 깊이 잠이 든 영옥이가 일어나 나왔다.

"자네 웬일인가?"

하고 영옥이가 자리옷 바람으로 대문을 열었다.

"어서 옷 입고 우리 집에 좀 같이 가세."

하는 허영의 말은 무슨 말인지 분명히 알아들을 수도 없을 만큼 숨찬 소리였다.

"왜 무슨 일이야?"

"큰일 났어. 여편네가 배가 아프다고 몸을 못 펴고 또 피가 나와."

하면서 허영은 영옥을 따라서 방으로 들어갔다.

영옥은 자리옷을 벗고 내복과 양복을 주워 입으면서 한마디 한마디 묻는다.

"왜, 어째 그리시나?"

"며칠째, 온천에서부터 배가 좀 아프구 피가 나온다구 그러길래 뜨뜻한 물에 오래 들어가 앉으라구 했지."

"온천이라니?"

하고 영옥은 놀란다.

"배천 온천에를 한 사오일 가 있다가 어저께 왔어."

"무어?"

"온천에 갔던 게 잘못인가?"

"임신 중에 온천이라니? 게다가 기차 자동차를 타구."

하고 영옥이가 기가 막히는 듯이 허영의 얼굴을 물끄러미 바라본다.

"누가 그런 줄 알았나?"

"아니, 자네만 해두 집에 가만히 누워 있어야 할 사람이!"

허영은 말이 없다. 두 사람은 길에 나왔다.

"쩟!"

하고 영옥은 입맛을 다시면서 우뚝 선다.

"내가 가니 무얼 해? 무슨 기구가 있어야지."

"그럼 어떻게 하나?"

하고 허영은 애원하는 듯이 영옥을 바라본다.

"유산이 되는 모양인데."

하고 영옥은 잠시 머뭇거리다가,

"순옥일 부르세."

하고 허영을 본다.

"글쎄, 저거 생명이 위태하겠나?"

"그게야 보아야 알지만, 그런데 피 나는 지가 몇 시간이나 되었나?"

"조금씩 피가 보인다는 말은 한 삼사일 되었는데, 밤 아홉 시쯤부터—."

순옥이를 부른다는 말에 허영은 가슴이 내려앉는 것 같았다. 신혼여행 중에는 허영은 귀득을 향하여 밤낮 순옥의 흉만 본 까닭이었다. 이렇게도 속히 원수가 외나무다리에서 만나게 될 줄은 허영은 몰랐다. 허영은 물론 귀득에게 이번 혼인 비용을 영옥이가 주었다는 것이나 지금 조석을 끓여 먹는 것이 순옥이가 보내어주는 돈이라든지, 또 지금 쓰고 있는 집이 순옥의 돈으로 찾은 것이라든가 하는 말은 할 까닭이 없었다. 귀득이가,

"순옥이 말이 당신 병이 돌아가실 병이라구, 또 순옥이 제가 나

가면 조석 끓일 것이 없느니라고 해요."

이러한 말을 할 때에는 허영은 낯까지 붉히며,

"저런 죽일 년이! 그년이!"

하고 주먹까지 불끈 쥐었다.

그러나 그렇더라도 아니 부를 수는 없었다. 그렇게 생각하니 순옥을 한번 만나 보는 것이 기쁘기도 하였다.

"그럼 어떻게 하나? 내야 무슨 면목으로 순옥씨를 부르나?"

하고 허영은 '순옥이'라고 아니 부르고 '순옥씨'라고 불렀다. 그것이 대단히 예절다운 일이라고 생각한 것이다.

"저기 가서 자동차를 하나 불러 타고 안선생 병원으로 가세."

하고 영옥이가 택시 있는 데를 향하고 걸어갔다. 밤 두 시나 가까운 창경원 길에는 사람 하나 없었다.

영옥과 허영은 안빈의 병원으로 갔다. 허영더러는 자동차 속에 있으라고 하고 영옥만이 내려서 초인종을 눌렀다.

소리에 응하여 나온 것은 계순이었다.

"석선생님 웬일이세요?"

하고 계순은 깜짝 놀란다.

"석선생 얼른 왕진 가자구, 유산되는 환자라구 그러시오, 얼른."

이렇게 계순을 돌려보내고는 영옥은 문밖에서 서성거리며 별이 반짝거리는 밤하늘을 바라보고 사람의 운명이란 것을 생각하고 있었다. 허영의 운명, 순옥의 운명, 귀득의 운명, 또 귀득의 뱃속에 있는 핏덩어리인 생명의 운명을. 내일 일은커녕, 다음 초의 운명도 알 수 없는 일생의 일을.

　'내 운명은?'

하고 영옥은 깜박깜박하는 어떤 별을 바라보면서 빙긋 웃었다.

　이때에,

　"오빠 오셨어요?"

하고 순옥이가 머리를 내밀었다.

　"채렸니?"

　"왕진 가방에 다 넣어 오라구 그랬어요."

하고 순옥은 영옥의 얼굴에서 무슨 비밀이나 찾으려는 듯이 물끄
러미 바라보면서,

　"아니, 어디야요? 어떤 사람이 유산을 하는데 이 밤중에 오빠가
날 부르러 오시우? 오빠 왜 못 가시구?"

하고 혹시 이 일이 영옥에게 관계된 일이나 아닌가 의심하여본다.

　"허영군 새 부인이란다."

　"무어요?"

　"그 친구가 내가 준 돈 백 원으루 배천 온천에 신혼여행을 갔더
란다. 그런데 돌아오는 길로 배가 아프고 피가 나온대. 그래서 허
영이가 내게 달려왔으니 내게 무엇이 있니? 그래서 네게루 왔다.
허영이는 저 차 속에서 기다리구 있어."

　"그러기루 내가 어떻게 가우?"

　"그럼 어떡허니? 지금 누굴 불러?"

　"그러기루."

　"그냥 의사루 불려 가는 줄만 알려무나."

"아이참, 오빠두 같이 갑시다."

"그럼 너 혼자 보내겠니?"

"그러기루 아이참."

순옥은 이런 소리 한마디를 더 하고는 간호사가 왕진 가방을 들고 나온 것을 받아 들고 허영의 집으로 왔다.

자동차에서는 허영이가 한편 구석에 앉고 가운데에 영옥이가 앉고 이편 구석에 순옥이가 앉았다. 순옥은 자동차 속에 허영이가 있단 말을 들었으므로 어두운 속에 약간 고개를 숙여서 그에게 인사를 하였으나 그것이 허영의 눈에 띄었을 리도 없고, 또 허영이도 순옥을 향하여 고개를 숙였으나 그것도 순옥의 눈에는 보이지도 아니하였거니와, 보려고도 아니 하였다.

허영이가 순옥과 영옥을 끌고 들어오는 것을 보고 마루에 서성거리고 있던 식모와 순이가 처음으로 놀라고 다음에는 피 묻은 며느리를 들여다보고 앉았던 한씨가 눈을 크게 떴다. 이런 급한 때에 인사를 하고 어쩌고 할 경황이 없는 까닭으로 도리어 한씨에게나 순옥에게나 이 장면이 덜 거북하였다. 다만 한씨가 영옥에게 경의를 표하느라고 일어설 뿐이었다.

귀득은 입술이 하얗다. 실혈을 많이 한 것이다. 그는 마침 진통이 쉬는 동안인지, 또는 기탈이 된 것인지 네 활개 뻗고 눈을 감고 누워 있었다.

순옥이가 귀득의 팔목의 맥을 잠깐 잡아보고 그 옷고름을 끄를 때에야 귀득은 깜짝 놀라는 듯이 눈을 떴다. 그리고 순옥의 눈이 저를 들여다보고 있는 것을 발견하였다.

"석선생님."

하고 귀득의 눈에서는 눈물이 주르르 흘러내렸다.

순옥이가 응급 처치를 하였으나 실혈이 많기 때문에 귀득은 마침내 이튿날 해 뜨는 것을 못 보고 죽고 말았다. 순옥과 영옥은 이상한 인연으로 귀득의 임종을 본 것이었다.

이 변에 타격을 받은 것, 신혼의 피로, 이런 것들이 모두 원인이 된 모양이어서 허영은 귀득의 장례날 묘지에서 내려오다가 언덕에서 굴러서는 일어나지 못하였다. 뇌일혈이 된 것이었다. 정신도 있는 둥 만 둥, 사지를 가누지 못하였다.

이때에 영옥을 부르러 온 것은 백암이라는 조원구였다. 경성부청에서 그날 한 번 본 사람이다.

"석선생, 좀 가 보아주셔야겠어요."

하고 장례에 참례하느라고 모닝을 입은 채로 달려온 것이다.

"허군 자당께서 말씀이 석선생에게 좀 여쭈어달라고 그러신단 말씀야요. 그래서 내가 허군더러 석선생에게 여쭈려구 물으니까 말은 못 해두 고개를 끄덕끄덕하던걸요. 그걸 보면 아주 정신이 없진 아니한 모양야요. 허, 허군두 불쌍한 사람이지마는 석선생야말로 참 봉변이시죠. 허군 자당 말씀이 이번에도 석선생 남매분이 밤중에 오셔서 밤을 새우셨다구요. 참 그런 어려운 일이 어디 있습니까. 이건 도무지 세상에 없는 일이거든요."

이렇게 조원구는 노상 인사말만은 아닌 듯싶게 영옥과 순옥의 의기 있음을 칭찬하였다.

영옥은 길게 한숨을 쉬었다. 그리고 한참이나 말이 없이 있다가,

"그럼 가 보지요마는, 허군이 원래 심장병이 대단하고 혈압이
높아서——어째 희망이 없는 것 같습니다."
하고 조를 따라나섰다.

영옥이가 마루 끝에 올라서는 것을 보고 한씨는 인사체면 다 불
고하고 영옥의 한 팔을 잡고 매달려 몸부림을 하면서,

"선생님 내 아들을 살려주시오. 그동안 모든 잘못은 다 잊어버
리시고 석선생님 내 아들을 살려주시오. 저것이 외아들야요. 저
것이 죽으면 나는 어떻게 합니까. 석선생님, 영이를 살려주시오.
아무런 짓을 해서라도 이 은혜는 갚을 터이니, 전에 지은 죄는 다
사해주시고 석선생, 내 아들 영이를 살려주시오."
하고 한 소리를 또 하고, 또 하고 하면서 매무시가 흘러 내려가는
것을 추키려고도 아니 하고 영옥에게 매달려서 울었다.

외아들이 죽어간다는 지극한 슬픔이 이 여인의 육십 년 지켜오
던 거짓과 교만의 껍데기를 깨뜨렸구나 이렇게 생각하면서 영옥은,

"죽기는 왜 죽습니까."
하고 위로하는 말을 하였다.

허영은 가만히 눈을 감고 있었다. 가끔 얼굴 근육과 사지에 가
벼운 경련이 일어났다.

"여보게, 허영군 낼세. 나 영옥이야."

"이 사람 정신 차려. 석선생이 오셨네."
하고 영옥과 조원구가 번갈아 허영의 어깨를 흔드나 허영은 도무
지 인사불성인 모양이었다.

영옥은 가지고 온 강심제를 주사하였으나 개업의가 아닌 그에

게 지혈제라든가 다른 약은 있을 리가 없었다. 강심제는 허영을
위하여서 늘 준비하여 두었던 것이었다.

영옥은 약도 얻을 겸 안빈에게 허영의 병에 대한 문의도 할 겸
곧 안빈의 병원으로 갔다.

"허영군이 뇌일혈로 인사불성이 되었습니다."

하는 영옥의 말에 안빈은,

"뇌일혈?"

하고 눈을 크게 뜨고 놀랐다.

"그거 참 이상한 일입니다."

"왜?"

"글쎄, 그 돈 백 원 말씀야요."

"응, 그 백 원이 어찌 되었어?"

"그걸 제가 두구두구 조금씩 주었더면 좋을 것을 사흘째 되던
날 한몫 주었습니다. 신혼 초에 돈이 군색해서 잠시의 행복이라
도 온전치 못할 것 같아서요."

"그래서?"

"한데 이 친구가 그 돈을 가지고 배천 온천에 신혼여행을 갔었
더라나요."

"으음."

"그러고는 돌아오는 길로 이귀득씨가 유산이 되었지요. 허영군
이 저렇게 되구요."

"흠."

하고 안빈은 아귀의 목에는 밥이 들어가거나 물이 들어가거나 들

어가는 대로 불이 되어서 먹을수록 더욱더 배가 고프고 목이 마른다 하는 것을 생각하였다.

"그래 인사불성이야?"

"네, 장례를 지내고 묘지에서 내려오다가 굴렀다구요."

"맥은 어떻던가?"

"맥이 아주 약해요. 그래 강심제 주사를 놓았습니다마는 사지에 경련이 일어나구요."

"허군 자당도 몸을 잘 쓰지 못한다지?"

"네, 류머티스루요."

"그러니 어떻게 하나? 누가 간호 하나?"

하고 안빈은 한 번 한숨을 쉰다.

"간호할 사람이 어디 있습니까. 제 생각에는 허군 어머니마저 몸져서 누울 것 같습니다."

"십상팔구지."

"오늘은 장례에 갔던 친구들도 와 있고 그렇지마는 누가 날마다 와주겠어요. 그러니 입원을 시키자니 무슨 힘으로 입원을 시킵니까. 그도 하루 이틀에 나을 병도 아니구요. 저 병이 낫기로니 전신불수나 반신불수가 될 것이 아니야요?"

"그렇지."

"그러니 어떻게 합니까. 허군 어머니는 허군이 장례에서 저 꼴이 되어서 들어오는 것을 보구는 저를 불러달라고 그러더래요. 제가 허군 집에 가니까 허군 어머니가 제게 매어달려서 울어요. 전에 지은 죄는 다 잊고 아들을 살려달라구요. 참 딱한 일이올시다."

"그래도 순옥이가 돌아보아주어야지 어떻게 하겠나?"

"그러니, 순옥이도 이제 새삼스럽게 무슨 명목으로 허군을 돌아봅니까?"

"그저 인연 있는 불쌍한 사람으로 돌아보는 게지."

"그럼, 순옥이가 다시 허영군의 집에 가서 산단 말씀이지요?"

"그밖에 도리가 없지 아니한가. 내 생각에는 순옥이도 이 말을 들으면 그런 생각을 할 것 같으이."

"글쎄올시다. 사정은 그렇긴 합니다마는."

안빈과 영옥이가 이러한 이야기를 하고 있을 때에 순옥이가 환자 보던 것을 끝을 내고 두 사람이 있는 방으로 들어왔다.

순옥은 방에 들어오는 길로 영옥을 향하여,

"이귀득씨 장례 지냈어요?"

하고 묻는다.

"응."

"언제?"

"오늘."

"오빠두 가 보셨어요?"

"내가 어떻게 가니? 난 안 갔다. 그런데 또 큰일이 생겼다."

"무슨 일요?"

"허군이 묘지에서 내려오다가 넘어져서 뇌일혈을 일으켜서 인사불성이 되었구나."

"뇌일혈요?"

682

"응, 그래 허군 어머니가 내게 사람을 보내어서 내가 지금 그리로 댕겨오는 길이다."

"대단해요?"

"글쎄, 정신 못 채려. 뇌일혈이 처음에야 다 그렇겠지마는."

순옥은 얼이 빠진 사람이 되어 물끄러미 허공을 바라보고 있다. 아무리 곁에 사람이 들러붙어서 호의로 도와주어도 어떤 사람의 운명의 방향을 남의 힘으로는 돌릴 수 없는 것을 순옥은 느낀다.

'치를 것은 치르고 받을 것을 받는다!'

순옥은 한 번 더 이것을 생각하지 아니할 수 없었다.

안빈과 영옥은 말없이 순옥을 바라보고 있었다. 그의 마음이 어떤 모양으로 움직이나 하는 것을 절반은 흥미로 절반은 동정을 가지고 지키고 있는 것이다.

얼마 후에 순옥은 꿈에서 깨는 듯이,

"그 어머니는 어떠셔요?"

하고 영옥을 보았다.

"내가 가니깐 내 팔에 매달려서 우시더라. 전에 지은 죄는 다 잊어버리고 아들 영이를 살려달라고 한 소리 또 하고, 한 소리 또 하고."

순옥은 또 한참이나 잠자코 무엇을 생각하고 있더니, 안빈 편으로 고개를 돌리며,

"선생님, 제가 가 보겠습니다. 가 보아서 제가 그 집에 있는 것이 좋겠으면 도루 그 집에 가 있겠어요."

하고 눈물을 떨어뜨린다.

"가 보오."

하고 안빈은 순옥을 바라보았다.

"오빠, 내 옷 갈아입고 오께, 나하고 같이 가셔요."

하고 순옥은 나가버린다.

"순옥이가 다시 허군 집에 들어갈 수밖에 없겠지."

하고 안빈은 혼잣말 모양으로 중얼거린다.

"그럼, 제가 선생님 병원에 와 있을까요?"

"그렇게 할 수가 있겠나? 교실을 떠나도 괜찮겠나?"

"무어 어떻습니까? 오후에 틈나면 잠깐 가 보구요."

영옥은 고개를 숙이고, 학위가 좀 늦기로 어떠냐 하는 생각을 한다. 누이 순옥의 의기에 그만한 것은 희생을 하여도 좋다 하는 생각이 난다. 영옥은 고개를 들어서 안빈을 보며,

"선생님, 순옥에게 주던 월급을 저를 주실 수 있겠습니까?"

하고 물었다.

"그러지."

하는 것이 안빈의 간단한 대답이었다.

영옥이가 순옥이를 데리고 허영의 집에 갔을 때에는 허영이가 아는 친구들이 칠팔 인이나 모여 있었다. 이것은 조원구가 사방으로 전화를 걸어서 부른 것이었다. 조원구는 허영이가 금방 숨이 넘어가는 것으로 알고 있었다. 그 친구들은 대개 신문 기자와 문사 들이었다.

그들은 순옥이가 오는 것을 보고 아니 놀랄 수가 없었다. 순옥이가 허영의 병실인 건넌방으로 들어올 때에 그들은 다 일어섰

다. 대개 순옥이가 허영과 결혼 생활을 하는 동안에 그들은 한두 번씩은 다 허영의 집에 놀러도 오고 또 생일날 같은 때에 밥을 먹고 술을 먹고 한 패들이었다.

순옥은 잠깐 고개를 숙여서 그 사람들에게 묵례를 하고는 허영의 누운 곁에 앉아서 의사의 태도로 허영의 맥을 짚어보고 가슴을 들어보고 눈시울을 뒤집어보고 피부의 지각 반응을 보았다. 그리고는 가방을 열어서 몇 가지 주사약을 꺼내어서 꼭지를 따서 피하와 정맥에 주사를 놓았다. 그리하는 동안에 영옥은 마치 간호사 모양으로 순옥의 일을 거들어주면서 순옥이가 익숙하게, 그러고도 침착하게 하는 양을 신통하게 대견하게 자랑스럽게 생각하고 있었다. 만일 허영이가 정신을 차린다면 순옥이가 온 것을 보고 얼마나 놀랐을까. 그러나 허영은 여전히 혼수상태에 빠져 있었다.

순옥은 할 것을 다 하고 나서는 주사하는 기구를 가방에 도로 집어넣어서 한편 구석에 밀어놓고 일어나 나왔다.

순옥이가 하는 양을 정신없이 바라보고 있던 사람들은 순옥이가 일어나서 방에서 나간 뒤에야 숨들을 내쉬었다. 대단히 감격성을 가진 조원구는 오늘에야 순옥이가 누구인 것을, 어떠한 사람인 것을 처음 안 것 같았다. 다른 사람들도 순옥에게서 일종의 경건한 감동을 받았다. 그것은 다만 이혼받은 전 아내가 전남편의 새 아내의 병을 보았다든지, 또는 전남편의 문병을 와서 치료를 한다든지 하는 것이 처음 보는 일이요, 의외의 일이라고 하여서만은 아니었다. 이때에 순옥의 얼굴과 몸에서는 일종의 빛과

향기를 발하였다. 모여 앉은 사람들은 거의 다 장난꾼이요, 별로
엄숙하다든지 경건하다든지 하는 기분을 경험하지 아니한 사람들
일뿐더러, 도리어 이른바 현대 사상으로 그러한 것을 우습게 여
기는 편이었지마는, 이날 순옥을 대할 때에 그들은 전에 경험하
지 못한 경건한 감정을 경험한 것이었다. 순옥을 보고 앉았는 동
안 그들의 마음은 푹 가라앉고 맑아지고 편안하였다. 순옥은 거
의 무표정이라 할 만하게 태도가 냉정하였으나 그래도 그의 몸에
서는 따뜻한 자비의 빛이 흐르는 것 같았다.

순옥이가 방에서 나간 뒤에도 그들은 말이 없이 순옥이가 앉았
던 자리에 순옥의 모양을 물끄러미 바라보고 있었다. 그러다가
안방으로서 허영의 모친 한씨의 울음 섞인 말소리가 들릴 때에야
그들은 이 환상에서 깨어났다.

영옥에게 매달려서 울고 난 한씨는 까무러칠 듯이 사내바람[191]
이 나서 사람들이 안방으로 쳐들어다가 뉘었던 것이다. 그 곁에
는 식모와 순이가 지키고 있고 어미를 잃은 섭이가 배가 고픈지
순이의 등에 업혀서 칭얼대고 있었다. 순옥이가 들어가도 섭이는
엄마라고 부르지 아니하였다. 그동안에 잊어버린 것이었다.

순옥은 한씨의 곁에 앉았으나 한씨는 잠이 든 모양으로 가만히
눈을 감고 있었다. 그 얼굴은 찌그러진 것 같고 검은 기운이 돌아
서 소름이 끼치리만큼 험상을 띠었다. 서창으로 비치는 석양의 광
선에 광대뼈가 더욱 두드러져 보이고 눈은 더 들어가서 밤의 한
점이 와서 서린 것 같았다. 이맛전에 너슬너슬한 반쯤 센 머리카락
이 올줄과 같이 굵다란 그림자를 그의 두드러진 이마에 던졌다.

"주무시나?"

하고 순옥이가 식모를 돌아보고 물었다.

"너머 우시구. 아까 까무러치셨어요. 글쎄, 세상에 그런 변이 어디 있어요?"

하고 식모가 대답하는 말소리에 놀란 것인지 한씨는 흠칫 놀라는 모양을 하면서 눈을 번쩍 뜬다.

한씨의 눈에 순옥이가 비칠 때에 한씨는 또 한 번 놀라는 표정을 하고 벌떡 일어나면서 마치 할퀴기나 하려는 듯이 두 손을 내밀어서 순옥의 두 어깨에 걸고 낚아채며,

"아가, 네가 왔구나―네가 왔구나. 우리 모자는 너를 배반해두 너는 우리를 안 잊구. 아가, 네가 또 왔구나―아―아―아."

하고 목을 놓아 운다.

순옥도 눈물이 쏟아짐을 막을 수가 없었다. 그것은 다만 한씨의 애통에 동정하는 눈물만은 아니었다. 온통 교만과 거짓과 탐욕으로만 빚어놓은 듯한 한씨의 혼이 참회와 감사의 하늘빛에 깨어난 듯한 것에 감격하는 눈물이었다.

"아가, 영이가 죽는구나―아, 영이가 죽는구나―아, 너 같은 며느리를 소박을 한 죄루 이 늙은 년이 이생에서 벌써 벌을 받는다―아, 아가―아가―아, 영이를 살려다우―우, 영이를 살려다우―우. 네가 하느님께 축원을 해서 영이를 살려다우―우우―우. 그놈이 네게 적악을 했지. 그래두 너는 여태껏 우리 모자를 먹여 살렸건마는 그것이 고마운 줄두 모르구―우―우. 이

제 그 천벌이 내렸구나. 아가, 네가 하느님께 빌어서 이 벌을 벗겨다우—우—우. 아가, 아가."

하고 한씨는 더 힘차게 순옥을 으스러져라 하고 껴안으면서,

"아가, 영이를 살려다우, 응. 응, 아가 영이를 살려다우. 그것이 외아들인데. 아가, 영이를 살려다우."

하고 한씨는 마지막에는 순옥을 놓고, 마치 부처님 앞에서나 하는 모양으로, 반은 미친 사람 모양으로 순옥의 앞에 합장을 하였다가는 절을 하고 또 합장을 하였다가는 절을 한다.

순옥은 말없이 가만히 앉아 있었다. 무엇이라고 할 말이 없었던 것이다. 다만 무엇인지 모를 큰 뭉텅이가 뿌듯하게 가슴을 채우는 것만 같았다. 그러다가 한씨가 수없이 절을 하고 빌고 울고 하는 것을 보고는 더 참을 수가 없어서 순옥도 마침내 울음이 터지고 말았다. 입술을 깨물고 울음을 집어삼키려 하나 가슴과 등이 터질 듯이 불룩거렸다.

순옥은 한참이나 울고 나서 두 손으로 한씨의 합장한 손을 꽉 잡으면서 가까스로,

"어머니 진정하셔요. 제가 제 힘껏은 다할게요. 제가 오늘부터는 다시 어머니를 모시고 있을게요."

한마디를 하고는 울어 쓰러졌다.

식모도 울고 순이도 울었다. 순이 등에 업힌 섭이도 으아 하고 목을 놓아서 울었다.

한씨는 지금 순옥이가 한 말이 못 미더운 듯이 잠깐 순옥을 바라보다가 순옥이가 쓰러져 우는 것을 보고는,

"고맙다—아, 아가, 고맙다—아. 하느님이 내려다봅소사. 이
착한 며느리를 하느님이 내려다봅소사—아."
하고 또 합장하고는 절을 하고 합장하고는 절을 하였다.

사랑에는 한이 없다

순옥은 그날 밤부터 허영의 집에 있기로 결심하였다.

"오빠, 오늘부터 이 집에 있을 테야요."

하고 순옥이가 영옥을 대청으로 불러내어서 말할 때에, 영옥은 선선히,

"그래라. 선생님 병원에는 내가 대신 가서 있기로 벌써 다 말씀을 드렸다."

하고 유심하게 순옥을 바라보았다.

"선생님은 무에라셔요?"

"그러라 하시더라."

"오빠, 가끔 와주셔요."

순옥은 역시 일종의 적막을 아니 느낄 수가 없었다.

"그럼, 내 종종 오마. 부디 마음에 기쁨을 잃지 말고, 신념 잃지 말고."

"네, 염려 마셔요. 내 끝까지 잘할게요."

"오, 그래라. 응."

순옥은 잠깐 입술을 빨다가,

"그런데 오빠."

하고 고개를 들었다.

"응?"

"나 취직자리 하나 구해주셔요."

"취직자리라니?"

"생활빌 벌어야지요."

"생활비는 걱정 말어."

"어떻게?"

"네가 받던 월급을 내가 받기로 했으니 그걸 네게 주께."

"아이, 어떻게 그렇게 하우?"

"왜 못 하니?"

"오빠가 날 삼천 원씩이나 주셨는데 그것도 오빠 형편으로는 과하지 않아요? 식구는 많고."

"그러기로 어차피 내 연구하는 동안의 예산은 있는 걸 무얼 그러니?"

"아냐요. 이담에 내가 정말 혼자 힘으로는 못 살게 되거든 그때에 도와주셔요. 지금은 내 힘으로 벌어먹고 살 테니."

"그렇거든 선생님 병원에 그냥 통근을 하려무나. 난 네가 낮에도 허군 옆을 안 떠나려고 그런다구?"

순옥은 말없이 고개를 흔든다.

"왜? 왜 선생님 병원에는 못 있니? 다른 데 취직을 해야 되고."

"네, 어디 다른 데에 구해주셔요. 오빠 계시던 북간도도 괜찮아요."

"북간도?"

"북간도면 어때요? 아무 데나 좋아요. 그런 데가 도리어 생활비 싸고 좋지. 또 얼마 있다가 독립해서 개업할 수가 있겠구요. 아무래도 저 병이 오래갈 병 아냐요? 십여 년 갈 수도 있는 병 아냐요? 그러자면 차차 독립해서 개업을 해야 안 해요? 시골이면 집 한 칸만 있으면 개업을 할 수도 있거든요."

"아니, 그러기로 말하면 선생님이 명년 봄에는 저 병원을 너하고 나하고 둘이 맡으라고 아니 하시던?"

"이 일이 안 생겼으면 그렇게 하지마는 인제는 안 돼요. 나는 꼭 어느 시골로 가야만 해요."

"그건 왜 그래?"

순옥은 한참이나 머뭇머뭇하다가,

"세상 사람의 입도 있구요."

"세상 사람의 입이 무어?"

"허가 몸이 성하구 이혼을 안 했을 적에두 무에라구 말들을 했는데 앞으로는 더할 것 아냐요. 이번 내가 이혼하구 선생님 병원에 있는 동안에두 말들이 많았던 모양예요. 난 괜찮지마는 선생님께 불명예구요. 또 허도 인제 의식이 회복되면 또 질투가 생길 것 아닙니까. 이왕 허의 병을 보아줄 바이면 그의 마음을 괴롭게 할 게 없지 않아요. 그래, 어느 모로 보아두 나는 어느 시골로 우선 취직을 할 수밖에 없다구 생각해요."

"네 말이 옳다."

영옥은 고개를 끄덕끄덕한 뒤에,

"아마 북간도면 곧 될 상도 싶다. 날더러 어서 내려오라고 재촉하는 편지가 오니까."

"그러기루 내가 오빠 대신이야 어떻게 합니까. 지금 그 병원에서는 오빠 학위를 팔아먹을 생각두 하고 있을 것인데."

"그렇더라도 나는 갈 수 없지 아니하냐? 아무려나 그럼 몇 군데에 알아보자."

이렇게 의논이 되었다.

일주일쯤 지나서 허영은 차차 의식을 회복하였다. 순옥이가 곁에 앉아 있는 것을 허영이가 분명히 알아본 것은 그로부터서도 이삼일 후였다. 말이 어눌해지고 사지에 힘이 없었으나 의식만은 통상 상태에 회복이 되었다.

허영이가 처음 제 곁에 순옥이가 있는 것을 알아보았을 때의 놀람은 컸다. 그는 눈을 크게 뜨고 순옥을 바라보며 무엇인지 알아듣지 못할 소리를 하였다.

"괜찮아요. 내가 인제부터는 아무 데두 안 가고 당신 곁에 있어서 간호해드릴 테니 마음 놓으시오."

하고 순옥이가 귀먹은 사람에게 말하듯이 큰 소리로 알려줄 때에는 허영은 또 한 번 놀라며 어린애 모양으로 킹킹 소리를 내고 울었다.

"울지 마셔요. 왜 울어요? 웃으시지."

하고 순옥은 어린애를 달래는 모양으로 한 손으로 허영의 손을 잡고 한 손으로는 눈물을 씻겨주었다.

허영은 제 음성이 저도 알아들을 수 없음을 의식하고는 다시는 말이 없었다.

순옥은 허영이가 어눌해진 것이나 초췌한 것이나 낙루하는 것이 불쌍하면서 의식이 분명해진 것이 대견해서 얼른 안방으로 뛰어 건너가서,

"어머니, 애아범이 정신이 들었습니다."

하고 저도 놀라리만큼 큰 소리로 외쳤다.

"무어, 정신이 들었어?"

하고 한씨는 지척지척 일어나서 걸으려 하나 다리가 잘 말을 듣지 아니하였다. 순옥은 한씨에게 제 어깨를 빌려서 그를 건넌방으로 데리고 왔다.

허영은 한씨가 들어오는 것을 보고,

"어머니."

하고 부르고 또 눈물을 흘렸다.

그 소리는 꽤 알아들을 만은 하였다.

"오, 영아, 네가 살아났구나—네가 살아났구나—아."

하고 한씨는 쓰러지는 듯이 아들의 곁에 앉아서 울기를 시작한다. 허영도 울고 한씨도 운다.

순옥도 옷고름으로 눈물을 씻는다.

"영아—아."

하고 한씨는 허영의 얼굴과 손과 발을 마치 젖먹이를 귀애하듯이

어루만지며,

"애기가 너를 살려냈구나—아. 밤잠을 못 자구 오줌똥을 받아내구, 우유를 먹이구, 입을 벌리구 미음을 흘려 넣구—우—애기가 너를 살려냈구나—아. 하느님이 애기 정성을 보아서 너를 살려주셨구나—아."

하고 끝없는 푸념을 하였다.

순옥은 한씨의 어깨에 손을 대어서 허영의 곁에서 떼려 하며,

"어머니, 인제 그만 건너가셔서 누우셔요. 몸 상하십니다."

하고 가만가만히 흔들었다.

"오냐, 내 건너가마, 무엇이나 다 네 말대루 하마."

하고 허영을 한 번 더 어루만지고 순옥의 편으로 돌아앉으며, 또 합장을 하고,

"오냐, 가마. 아가 아가, 네 은혜를 무엇으루 갚느냐. 이 큰 은혜를 무엇으루 갚느냐? 우리 모자를 살려준 은혜를 다 무엇으루나 갚느냐. 네가 사람은 아니다. 그럼, 사람이 어디 그런 사람이 있겠느냐. 네가 관세음보살님 화신이지, 네가 어떻게 사람일 수가 있느냐?"

하고 눈물을 줄줄 흘리며 절을 한다.

"어머니두, 망령이셔요. 어서 건너가셔요."

하고 순옥은 한씨의 두 겨드랑 밑에 손을 넣어서 안아 일으킨다. 한씨는 한 팔을 들어 순옥의 어깨에 걸고 일어난다. 순옥은 한씨를 부축하여서 안방으로 건네다가 자리에 뉘었다. 누운 뒤에도 한씨는 순옥의 손을 두 손으로 옴키어 잡고,

"아가, 고맙다. 고마워라."

하는 소리를 수없이 하였다.

구월 일일부터 순옥이가 북간도 국자가 연길 천주교 병원에서 시무하게 되어서 팔월 말 아직도 대단히 더운 날 밤 급행으로 한 씨와 허영을 끌고 서울역을 떠났다. 영옥이가 먼저 가서 있을 데를 다 마련하여놓은 것이었다.

역두에는 안빈과 인원과 수선과 조원구와 기타 몇 친구들이 전송을 나왔다. 허영은 조원구와 영옥과 두 사람의 부축을 받는다는 것보다는 두 겨드랑을 추켜 들려서 차에 올랐다. 허영의 팔과 다리는 가죽만 매달린 모양으로 데룽데룽하여 도무지 기운을 쓰지 못하고 목도 똑바로 가누지는 못하였다. 그래도 전송 나온 사람들을 향하여서는 분명치 못한 어음으로나마 무슨 의사 표시를 하려고 애를 썼다. 인원이가 세간을 쌀 때부터 와서 거들어주었고 정거장에 나와서도 짐을 부치느라, 차에 들고 오를 것을 나르느라 분주하였다.

허영은 세 번이나 안빈을 향하였다. 허영의 눈이 안빈에게로 오면 안빈은 그 뜻을 알아차리고 허영의 앞으로 갔다.

"선생님, 선생님."

하는 소리와,

"순옥이가, 순옥이가."

하는 소리와,

"용서하셔요, 용서하셔요."

하는 소리밖에는 알아들을 수가 없었으나 그 얼굴의 표정(그것조차 자유롭지는 아니하였으나)으로 보아서 그것이 고맙다, 미안하다 하는 말인 줄은 알아들을 수가 있었다.

허영은 눈방울을 굴리고 입을 씰룩거리고 아무리 하여서라도 안빈에게 속에 있는 말을 하려고 애를 쓰면 쓸수록 더 어눌하였다. 허영은 마침내 눈물을 흘리고 절망한 듯이 고개를 숙였다.

"허군, 내가 다 알아들었소."

하고 안빈은 허영의 축 늘어진 손을 잡아 흔들며,

"마음을 편안히 가지시오. 아무 일에도 애쓰지 말고 그저 행운유수,[192] 제월광풍[193](行雲流水霽月光風)의 심사로 지내시오."

하고는 또 한 번 손을 흔들었다.

"네, 네. 고맙습니다. 선생님 용서하셔요, 용서."

아마 이러한 뜻인가 싶은 말을 허영은 중얼거렸다.

사람들은 지나는 길에 한 번씩 이 광경을 보았다.

"자, 인제 그만 올라가게."

하고 영옥과 원구가 커다란 인형을 끌어 올리듯 허영을 침대차 속으로 끌어 올렸다.

따르르하고 발차 시각이 가까웠다는 신호가 울었다.

순옥은 말없이 안빈의 앞에 고개를 숙였다. 안빈도 말없이 잠깐 모자를 들었다.

순옥은 고개를 들면서 안빈의 얼굴을 한 번 바라보았다. 언제 다시 대할지 모르는 안빈의 얼굴이다. 순옥은 다시는 아니 돌아올 길을 떠나는 결심이었다. 순옥은 다른 사람들에게도 골고루 인사를 하고 차에 올랐다. 순옥은 차가 떠날 때에 안빈과 인원이가 서서 바라보고 있는 양을 보고서 비로소 눈물이 흘러내렸다.

"들어오너라."

하고 영옥이가 어깨를 잡아끌 때에야 순옥은 승강대 계단에서 올라서서 영옥에게 끌려서 차실로 들어갔다.

"오빠!"

하고 영옥의 어깨에 매달려서 우는 순옥의 속을 영옥이가 알아보고, 손을 들어서 순옥의 등을 어루만지며,

"순옥아, 용사답게."

하였다.

"오빠, 내 용사답게 할게요."

하고 순옥은 눈물을 씻고 침대로 들어갔다.

인원은 순옥을 작별하고 안빈과 함께 삼청동 집으로 돌아와서 방에 들어오는 길로 안빈을 보고,

"선생님, 순옥이가 참 불쌍해요."

하였다.

"왜?"

하고 안빈은 도리어 의외인 듯이 인원을 보았다.

인원은 안빈의 대답이 그렇게 냉정한 것이 의외였다.

"그럼, 선생님은 순옥이가 불쌍하다구 생각지 아니하십니까?"

하고 인원은 눈을 크게 떴다.

"인원은 순옥이가 불쌍하다고 생각하오?"

"그럼요. 가슴이 미어지게 불쌍하지요."

"왜 불쌍해?"

"불쌍하지 않구요. 그게 무업니까? 사랑도 없는 병신 남편을 끌구, 병신 어머니를 끌구 생소한 만리타국으로 가니. 게다가 이혼하구 다른 여자하구 혼인까지 했던 사내를 끌구. 그도 사람이나 값있는 사람이면 모르지만, 허영이 같은 사람을 위해서 일생을 바치니 그게 무엇입니까? 피눈물이 나게 불쌍하지요."

"간호사의 눈에는 환자는 다 평등이지. 값있는 사람이래서 간호를 하여주고, 값없는 사람이래서 간호를 아니 하오?"

"어디 그와 같습니까, 순옥의 일이?"

"난 같다고 생각하는데."

"어째서 같아요, 순옥의 일이?"

"그럼 같지 않고? 순옥이가 허영군한테 다시 간 것은——첫 번 갔을 적에도 그랬지마는, 간호사가 환자를 간호하는 생각으로 간 것이라고 믿는데."

이 말에 인원은 놀라는 빛을 보이며,

"그럼 선생, 그게 선생님이 하신 말씀야요?"

하고 안빈을 바라본다.

"무슨 말이?"

하고 안빈도 알 수 없다 하는 듯이 인원을 본다.

"아니, 순옥이가 허영이한테 시집간 것이 간호사가 환자를 간호하는 심리로 간 것이라구 하는 말씀이 말야요?"

"왜, 누가 그런 말을 해?"

"글쎄, 그래요, 순옥이가. 그때에 허영이하구 혼인하기로 결정할 적에 말씀이야요. 제가 순옥이더러, 너 사랑두 없는 사람하구 혼인을 해가지구 어떻게 일생을 살겠느냐구 했더니 순옥의 말이, 무어 간호사가 환자 간호하는 셈 치구 살지, 그런단 말씀야요."

"응, 순옥이가 그랬나?"

"그게 선생님이 순옥이보구 하신 말씀야요?"

"아니, 난 그런 말 한 일은 없어."

"어쩌면."

하고 인원은 신기하다는 빛을 보인다.

"순옥이뿐 아니라, 누구나 그렇지. 어디 완전한 사람 있나, 세상에? 의사의 눈으로 볼 때에는 다들 몸에 무슨 병이 있는 모양으로 마음에는 더하거든. 더구나 현대 사람은 마음으로 보면 모두 병투성이어든. 건강한 남자가 어디 있나, 건강한 여자는 어디 있고? 몸이나 마음이나 말야. 그러니까 혼인을 하거나 친구를 사귀거나, 또 부자 형제간에도 말야, 서로 환자를 간호하는 심리를 가지는 길이 옳은 길이지. 그래서 저편이 무엇을 잘못하면, 오 병자니까 그렇다 이렇게 용서하고 또 제 몸이 고달프면, 오 병자를 간호하는 사람이 고달픈 것은 당연하다 이렇게 단념하고, 또 마음에 쾌락이나 행복에 목마른 생각이 날 때면, 응, 우리 집 식구들이 다 건강하고 행복된 날에야 내게도 쾌락과 행복이 있을 것이다, 이렇게 생각하고 살아갈 것이 이 인생이 아니오? 인원은 이렇게 나를 도와주고 우리 아이들을 길러주는 것이 고통이오?"

"아뇨, 그와는 다르지요."

"무엇이?"

"무엇이든지 달라요."

"정말 인원은 나와 아이들을 위해서 이렇게 여러 해를 고생을 하여도 만족하오?"

"그럼요. 저는 만족합니다. 전 기뻐요."

"나도 인원이가 기쁘기를 바라오. 순옥이도 마찬가지지."

"안 그래요. 그와는 달라요."

"무엇이 달러?"

"순옥이는 선생님 곁을 떠나서는 못 살 애거든요. 선생님 곁에 있으면야 무슨 고생을 하더라두 순옥이는 고생으로 알지 아니할 거야요. 선생님은 순옥이의 빛이시구 생명이시거든요. 그런데 선생님은 순옥이를 덜 사랑하셔요."

"내가?"

"그럼요. 선생님은 순옥이의 정곡[194]을 몰라주셔요. 너무 냉정하셔요."

"무엇을 보고 인원이가 그런 말을 하오. 내가 순옥에게 대해서 냉정하다고?"

"그럼, 선생님이 정말 순옥이를 사랑하셔요?"

"그럼, 사랑하지 않고?"

"그야, 사랑야 하시겠지마는 좀더 말씀야요. 특별하게 말씀야요. 중생을 다 같이 평등으로 사랑한다는 그러한 사랑 말구요. 이 세상 모든 여성 중에서 그 여자 하나만을 사랑한다는 그런 사랑 말씀야요."

"그런 사랑이야 수두룩하지 않소?"

하고 안빈은 빙그레 웃는다.

"그런 사랑이 수두룩해요?"

"그럼, 남녀가 사랑할 때에야 다 그런 사랑이지. 연애라는 게 다 그런 사랑 아니오? 이 세상에서 그런 사랑은 누구나 다 한두 번씩은 해보는 사랑이오."

"그래도 변하지요."

"변하지."

"그러니깐 무엇이 그리 좋은 사랑야요? 일생에 안 변해야지요."

"일생에만? 영원히 안 변하는 사랑도 있지."

"영원히요?"

"그럼, 천지가 여러 억만 번 부서져도 안 변하는 사랑."

"그러한 사랑이 어디 있어요?"

"내가 순옥이를 사랑하는 사랑이 그러한 사랑이오, 순옥이가 나를 사랑하는 사랑도 그러한 사랑이고."

인원은 이 말에 입을 반쯤 연 채로 숨을 끊고 안빈을 바라본다. 안빈의 말이 그렇게도 담대하고 놀라웠던 것이다.

"그럼, 왜 선생님은 순옥이의 혼인을 허락하셨어요? 선생님이 말아라 하시기만 했더면 순옥이는 혼인을 안 했을 거야요. 왜 순옥을 일생 선생님의 곁에 두시지 아니하셔요? 더구나 이번같이 순옥을 언제 돌아올지 모르는 먼 길을 떠나보내셔요?"

하고 인원은 어렴풋이 안빈의 뜻을 알면서도 이렇게 물었다.

"왜? 순옥이가 혼인을 하거나 나한테서 멀리로 떠나가는 것과 내가 순옥을 사랑하는 것과 무슨 모순이 되오?"

702

"모순이 아니구요. 정말 그처럼 사랑하시면 잠시도 떠나시기가 싫으실 것 아닙니까?"

"암, 싫지."

"그것 보셔요. 그런데 왜 떠나셔요? 명예 때문에 그러셔요? 세상이 무어라고 할까 보아서 그러셔요? 선생님 그렇게 약하셔요?" 하고 인원은 매우 흥분한 어조로 따진다.

"아니, 나는 명예라든가 세상이 무어라고 할 것을 두려워서 그러는 것은 아니오."

"그럼, 무엇입니까?"

"마침 순옥이가 할 일이 나를 떠나서야 할 일이니까 그런 게지."

"순옥이가 할 일요? 순옥이가 할 일이 무엇입니까?"

"사랑하는 일."

"누구를 사랑하는 일요?"

"누구든지, 어느 중생이든지, 인연 있는 중생을 사랑하는 일 말이오. 지금 순옥의 처지에 있어서는 허영군을 사랑하는 일 말야."

"순옥이가 왜 허영을 사랑해서 혼인했습니까? 사랑해서 북간도로 갔구요?"

"그럼, 무엇이오?"

"순옥이가 사랑하는 이는 선생님밖에 없어요. 순옥이가 허영과 혼인한 것이야 선생님 때문이지요."

"나를 사랑하는 사랑이나 허영군을 사랑하는 사랑이나 마찬가지요. 순옥이가 나를 무슨 좋은 것을 가진 사람으로 알고 사랑하겠지?"

"그럼요. 이 세상에서 가장 완전한 어른으로 알구요."

"허영군은 불쌍해서 사랑하는 것이고."

"그럼요. 그게야 사랑인가요? 불쌍히 여기는 것이지요——자비심이나 될까, 원."

"옳지. 인제 인원이가 올 데를 왔소."

"무엇 말씀야요?"

"순옥이가 하는 일, 또 일생에 하려는 일이 자비심의 일이라는 것 말야. 인원이가 나를 도와주고 우리 애들을 기르느라고 고생을 하는 것이나 다 마찬가지로 자비심의 일이오. 중생을 기쁘게 하기 위하여서 제 몸을 바치는 일 말야."

"아니요. 저는 자비심으로 선생님 댁에 와 있는 건 아닙니다. 선생님을 도와드린다구 할 것도 없지마는."

"그럼 무엇을 바라고 이 고생을 하고 있소?"

"제가 하구 싶어서 그러지요. 선생님 댁에서 순옥이 대신으로 선생님 댁 일을 해드리는 것이 마음에 기뻐서요. 다른 집 일은 할 것 같지 않아요. 자비심이면 평등일 것 아녀요. 저는 자비심은 없어요. 좋은 사람은 좋고 싫은 사람은 싫은걸요."

"그게 인연이라는 거야. 우리네 중생의 자비심은 그런 형식으로 나타나는 것이지, 인연을 통해서. 우리 몸이 생기기를 한 때에 한 사람밖에는 안을 수 없게 생겼으니까, 성인의 지위에 오르는 날에 인연 없는 사랑을 할 수가 있을 터이지. 순옥이는 허영군 하나를 끝까지 잘 사랑하여주면 그것으로 순옥의 이 범생의 목적은 달하는 거야."

인원은 안빈의 말을 알아들었다. 그러나 안빈이가 말하는 사랑은 너무도 쓸쓸하고 너무도 고생스러운 것 같았다. 그 사랑──자비심이라는 사랑이 거룩하고 깨끗하고 높기는 높으나 우리에게는 손이 아니 닿는 곳에 있는 보물인 것 같았다.

인원에게는 아무리 생각하여도 순옥의 생활은 견디기 어려운 수난으로밖에 아니 보였다.

"아무리 생각해도 순옥이는 불행해요, 불쌍하고."

인원은 얼마쯤 반항적으로 말하였다.

"왜, 인원이는 순옥이를 불행하다고만 할까? 난 인원의 속을 모르겠소."

하고 안빈은 빙그레 웃는다.

"글쎄, 불쌍하지 않구 무엇입니까? 천하 사람더러 다 물어보아두 순옥이가 불쌍하다구 할 것 아닙니까?"

"응, 인원이는 천하 사람들을 표준으로 행복과 불행을 말하는구려?"

"그럼, 무엇야요?"

"세간적으로 말하면 순옥이가 불행하다고 할 테지. 일생을 거지의 생활을 하신 석가여래나 예수께서 불행하다는 그러한 표준으로 본다면 순옥이는 불행한 사람이겠지."

"그와 다르지요. 석가여래나 예수께서는 모든 중생을 위해서, 천하 사람을, 모든 인류를 다 위해서 그런 고생을 하셨지마는 순옥이야 그게 무엇입니까. 변변치도 아니한 병쟁이 하나를 위해서 일생을 망쳐버리니."

인원은 제 논리가 당당한 것에 스스로 놀라고 스스로 자랑스러
웠다.

"석가여래도 한 번에 한 사람씩 구원하신 것이오, 그의 수없는
전생에는 한 생 한 사람씩 건진 일도 많으셨고. 그래서 한 번 세
상에 날 적마다 한 중생을 건져서 천 생에 천 사람 만 생에 만 사
람, 이 모양으로 중생을 건지는 것이 석가여래의 생활이요, 또 모
든 보살의 생활이오. 『법화경』에 이런 말씀이 있소. 지적보살(智
積菩薩)이라는 이의 말씀인데, '我見釋迦如來. 於無量劫. 難行苦
行. 積功累德. 求菩提道. 未曾休意. 觀三千大千世界. 無有乃至如芥
子許. 非是菩薩捨身命處. 爲衆生故. 然後乃得成菩提道'〔아견석가
여래. 어무량겁. 난행고행. 적공누덕. 구보제도. 미증휴의. 관삼천대
천세계. 무유내지여개자허. 비시보살사신명처. 위중생고. 연후내득
성보제도〕. 가만있어, 내 보여주리다."
하고 안빈은 일어나서 책상에서 『법화경』을 내어서 제파달다품
(提婆達多品)의 그 구절을 인원에게 한 번 더 읽어주고 나서,

"이 글 속에, 삼천 대천세계에 겨자씨만 한 땅도 이 보살이 중
생을 위하여서 목숨을 버리지 아니한 곳은 없느니라 하는 말씀
말요. 이것은 수사학적 과장도 아니고, 또 비유도 아니고 말 고대
루요. 우리가 지금 앉아 있는 이 자리도 석가여래께서 보살행을
하시는 동안에 어느 중생을 위하여서 몸을 버리신 곳이오. 즉 일
생을 바치신 곳이오, 피를 흘리신 곳이고. 아마 그 어른이 그때에
위하여서 몸을 버리신 중생이라는 것이 안빈이 나일는지 모르지,

박인원일는지도 모르지. 아마 그렇겠지. 그 어른이 인원이를 위하여서 목숨을 버리신 일이 있고, 또 안빈이를 위하여서도, 또 저협이나 윤이나 정이를 위하여서도, 또 한 목숨씩, 혹은 두 목숨씩, 세 목숨씩 버리신 일도 있으시니까, 인원이나 안빈으로 하여금 잘못된 길을 벗어나서——잘못된 길이란 탐욕의 길 아니오? 재물이나 이름이나 제 쾌락이나, 즉 오욕(五慾)을 탐하는 길 말야——이러한 저를 망치고 남을 망치는 길을 벗어나서, 저를 건지고 남을 건지는 길, 즉 기리이타(己利利他)의 길을 걷게 하기 위하여, 그래서 이 세계로 하여금 살기 좋은 세계가 되게 하고 모든 중생들로 하여금 사랑의 기쁨과 완전 속에 살게 하기 위하여서 그러신 것이란 말요. 지금 우리 마음속에 반짝반짝하는 사랑의 불똥이라도 있는 것이 다 그 어른이 목숨을 버리셔서 심거주신 것이오. 여기는 크신 자비심을 느끼고 크신 은혜의 빛을 아니 느낄 수 없단 말요. 무명(無明)의 어두움 속에 헤매는 우리에게 빛을 주셨으니까, 차고 할퀴는 우리에게 사랑의 길을 가르쳐주셨으니까, 이러한 자비심이 어디 있소? 이러한 큰 은혜가 어디 있소?"
하고 인원을 잠시 물끄러미 바라보다가 한층 어성을 높여서,

"우리가 깨어서 말요. 우리가 무명의 길고도 깊은 꿈을 깨어서 부처님의 자비와 은혜를 느낄 때에 우리가 할 일이 무엇이겠소?"
하고 또 한 번 말을 끊었다가,

"그것은 우리가 오늘까지 가졌던 모든 욕심을 버리고, 오늘까지 하여오던 모든 욕심의 일을 버리고, 예수의 말씀마따나 '모든 것을 다 버리고' 부처님의 뒤를 따르는 일밖에 무엇이겠소? 그것

이 진리니까, 그것이야말로 우리를 구원하는 길이요, 또 우리의 유일한 행복이요, 기쁨의 길이니까."

하는 안빈의 눈에서는 전에 못 보던 빛을 발한다. 그 빛은 부드러우나 힘찼다. 인원은 몸이 딴 세상에 있는 듯함을 느낀다.

안빈은 다시 입을 열어서,

"지금 순옥이가 하는 일이 그 일이오. 자비와 은혜를 느껴서 자비와 은혜의 길을 걸어가는 것이오. 순옥은 벌써 '천하 사람이다'라는 그러한 세간을 벗어난 사람이요, 불교 말로 하면 욕계(欲界) 즉, 욕심의 세계를 벗어난 사람이오. 순옥에게는 벌써 세상에서 말하는 행복이니 불행이니 하는 것은 없어. 그의 마음에는 오직 자비의 일이 있을 뿐이야. 이를터이면 그 사람은 바람이 불고 비가 오고 춥고 덥고 한 대기권을 떠나서 언제나 한 모양의 온도요, 한 모양의 고요함인 성층권(成層圈)에 올라가 있는 것이오. 그러니까 인원이가 순옥이를 불쌍하다든가, 불행하다든가 하는 것은 옛날 말이란 말요. 지금은 순옥에게는 당치도 아니한 말이야."

하고 인원의 눈을 유심히 바라보면서 말을 끊는다.

인원은 한참이나 잠자코 안빈의 말을 생각하여보다가,

"그렇지만 순옥이가 그걸 의식하겠습니까?"

하고 안빈을 본다.

"의식하다니, 무엇을?"

"제가 부처님의 높은 이상을 따라서 자비의 길을 걷는 것이라는 뜻을 말씀야요."

"인원이는 어떻게 생각하오? 순옥이가 의식하리라고? 못 의식하리라고?"

"제 생각에는 순옥이는 그렇게 높게까지는 의식할 수 없을 것 같아요. 순옥이만 아니라 그런 높은 생각을 하는 사람이 어디 있겠어요? 제 생각에는 순옥이는 부처님이니 하느님이니 그런 생각보다는 선생님을 사모하니깐, 선생님을 따라서 선생님을 위해서 저런 고생까지라두 하는 것만 같아요."

"응, 인원의 말이 옳소."

하고 안빈은 고개를 끄떡끄떡한다.

"제 생각이 옳지요? 순옥이는 그러한——내가 중생을 위하여서 몸을 바친다는 의식을 가지구 허영을 따라가는 것은 아니지요?"

"응, 그 말이 옳아. 그러나 의식하고 못 하는 것이 별로 상관이 없어. 의식 못 하고 하는 것이 도리어 더 좋은 일이야. 내가 좋은 일을 한다 하는 의식을 가지고 좋은 일을 하는 것보다 그저 무의식으로 좋은 일을 하는 것이 더 공덕이 크단 말요, 더 아름답고. 부처님이라는 말도 못 듣고 하는 좋은 일이면 더욱 좋지. 그러나 그래도 그것도 다만 의식을 못 할 따름이지 모두 부처님의 빛에 비추어진 것이어든——중생의 마음속에 자비심이 생기는 것은, 또 인원의 말 모양으로 순옥이가 설사 눈에 보이는 안빈을 사모하여서 거기서 사랑의 마음을 발하고 사랑의 힘을 얻음이라 하더라도 그래도 상관없이. 그래도 결국은 부처님의 빛을 받아서 움직이는 것이니까. 그것이 아까도 내가 인원에게 말한 인연이라는 게야——순옥이가 안빈을 통하여서 사랑의 빛을 보았다 하면 그것이 순옥의 인연이지, 또 안빈의 인연이고. 무슨 인연으로 무엇을 통하여서 보았거나 사랑의 빛, 자비의 빛을 보았다면 그것은 필경 부처님의 빛을 본 것이란 말야. 창에 비친 빛을 보고 달을 알거나 물에 비친 그림자를 보고 알거나, 다 달을 알기는 마찬가지가 아닌가?"

"그럼, 순옥에게는 고통은 없겠습니까?"

"때때로 고통을 느끼는 일도 있겠지."

"어떤 때에요?"

"옛날의 탐욕의 습기(習氣)가 일어날 때에."

"탐욕의 습기가 무엇야요?"

"사람이란 옛날 버릇을 떼어놓아도 그 자리에서 가끔 움이 돋거든."

"영 안 돋게 하는 수는 없어요?"

"오래 두고 안 돋치는 새 습기를 길러야지."

"그래도 사랑의 길이란 난행고행이지요. 아까 『법화경』 말씀에도 난행고행이라구 하였으니."

"세상눈으로 보면 난행고행이지. 또 처음 시작할 때에는 난행고행이고, 인원이가 우리 아이들 길러주는 것과 마찬가지지. 모든 어머니가 자식을 기르는 것과 마찬가지고. 인원은 우리 아이들 기르는 것이 난행고행이라고 생각하오?"

"아뇨, 재미가 있어요——기쁘구요."

"보살의 난행고행도 그런 것이오. 순옥이가 허영군 모자를 도와주는 것도 그것이고."

또 인원은 한참 동안 안빈의 말뜻을 생각하고 있다가,

"그러다가 순옥이가 제 일생만 망치고 허영씨 모자를 건지지도 못하면 어찌합니까?"

"건지지 못하다니?"

"허영이란 사람이 어디 순옥의 호의를 알아주어요? 아무리 순옥이가 정성을 다해두 허영이나 그 어머니나가 말씀야요. 건져지지 못하구 죽어버린다면 순옥이는 공연한 고생을 한 셈 아냐요?"

"갓난이는 어떤가?"

"갓난이라니요?"

"갓난이가 제게 젖을 먹여주고 옷을 입혀주고 오줌똥을 쳐주고 하는 그 어머니의 호의와 정신을 의식하나?"

"못 하죠."

"의식은 못 해도 그 젖을 먹고 그 옷을 입고 모락모락 자라지 않나?"

"그건 그렇지마는."

"그와 마찬가지지. 원인을 쌓으면 반드시 결과는 오는 것이니까. 인과의 일을 믿소, 인원이는?"

"인과는 믿어요."

"그러면 왜?"

"그래두 허영이나 그 어머니가 도무지 못 깨닫고 말 수도 있지 아니합니까. 저그나 웬만하면 그동안에 순옥이가 쓴 정성으로만 해도 깨달았어야 옳을 것 아냐요?"

"대소한 추위가 청명 곡우의 봄철 일기가 되자면, 얼마나 걸리는지 아나? 꽁꽁 얼었던 땅이 녹고 강에 얼음이 풀리고 하자면 이

삼 개월의 긴 시간이 지나야 하는 것이오."

"그렇더라두 봄은 올 때가 있지 않습니까. 그래두 사람의 목숨은 한이 있으니, 바른길을 깨닫지 못한 채 죽어버릴 수두 있지 아니합니까? 순옥의 경우가 꼭 그것일 것 같아요."

"응, 인원은 사람의 목숨의 영원성을 믿지 아니하오? 이 우주에는 없던 것이 생기는 법도 없고, 있던 것이 없어지는 법도 없소. 났다 죽는다 하는 것은 한 계단에서 다른 계단으로 옮아가는 것을 가리켜서 말하는 것이오. 우리는 스러질 수가 없는 존재야— 마치 이 허공이 스러질 수가 없는 모양으로. 그러므로 우리의 행위의 인과의 사슬도 영원히 끝날 수가 없는 것이오. 우리가 우리의 존재의 목적을 완성하는 날에 비로소 우리는 무여열반(無餘涅槃)에 들 수가 있는 것이오. 그러니까 순옥이가 허영군이나 허영군 자당에게 하는 일도 결코 결과 없이 스러질 원인이 될 리는 없는 것이오. 이생에 안 되면 다음 생에, 다음 생에도 안 되면 또 다음 생에, 언제나 순옥이가 허영군의 마음에 심은 씨가 날 날은 있는 것이오. 이것은 시간적으로 한 말이지마는, 공간적으로 본다면 순옥이 한 사람의 사랑의 일이 여러 천, 여러 만 사람의 마음에 사랑의 불을 붙여놓은 것이야. 순옥이가 벌써 사랑의 불을 붙여놓은 사람도 여러 사람이오. 나도 순옥의 사랑의 불씨를 얻은 사람 중에 하나야. 순옥이라는 사람을 보았기 때문에, 그 사람이 살아가는 양을 보았기 때문에, 내 마음의 사랑의 불이 더 큰 세력을 얻을 수가 있었거든. 우리 마음에 있는 사랑의 불은 다른 마음의 사랑의 불을 볼 때에 더욱 빛을 발하고 열을 발하는 것이야.

만일 순옥이가 지금 모양으로 사랑의 생활을 계속한다면 그 일생에 얼마나 많은 중생의 마음속에 탐욕의 식은 재에 묻혀서 마치 아주 불이 꺼진 듯이 졸고 있는 사랑의 숯에 불을 붙여놓을는지 모르지. 사랑이야말로 생명의 본질이니까. 인원이, 이것이 우리의 할 일이 아닌가. 이 일밖에 더 할 일이 어디 있는가. 이렇게 우리의 사랑의 불로 중생의 사랑의 숯을 태워서 이 세계를 사랑의 세계로 화하는 것——이것밖에 우리가 할 일이 무엇이냐 말야. 안 그렇소, 인원?"

하는 안빈의 눈은 아까보다도 더욱 빛난다.

인원도 자기의 존재가 한량없이 높이 올라 뜨는 것을 깨닫는다. 그러나 안빈의 말은 여전히 인원에게는 키가 모자라는 것 같았다.

"그러기루 그날이 언제 옵니까?"

하는 것은 인원만의 한탄은 아닐 것이다.

"내가 사랑으로 완성되는 날!"

하고 안빈은 힘 있게,

"내가 사랑으로 완성되는 것은 내 자유니까. 나를 사랑으로 완성하는 일이 끝나는 날, 그날은 중생이 사랑으로 완성이 되고 이 세계가 사랑의 세계가 되는 날이야."

"그러니, 그것이 언제야요."

인원은 더욱 끝없는 바다를 바라보는 듯한 망망함을 느낀다.

"우리 정이 자라서 어른이 되는 것을 바라는 것과 마찬가지지."

하고 안빈은 웃는다.

"그게야 잠깐이지요. 우리 생전에 볼 수가 있지요."

인원도 따라서 웃는다.

"저것도 잠깐야. 우리 생전에 아니 보려도 아니 볼 수 없고."

"어떻게 그래요?"

"태양계가 한 억만 번 나고 죽고, 나고 죽고 하는 동안이 우리 생명으로 보면 한 찰나여든, 눈 한 번 감았다 뜰 새여든."

"아유!"

하고 인원은 기막힌 듯이 웃는다.

"인원의 눈이 짧은 시간을 보는 데만 습관이 되고 긴 시간을 보는 습관이 아직 안 생겨서."

"그게 비유는 아닙니까?"

하고 인원은 의심스러운 듯이 안빈의 눈을 바라본다.

"비유라니?"

"아니요. 이 세계를 사랑의 세계로 만들기가 어려우니 하는 비유가 아닌가 말씀야요."

"아니, 둘에 둘을 넣으면 넷이 된다는 것과 같은 사실이지, 실상(實相)이고——실상!"

암만해도 인원은 안빈의 생각을 안을 수가 없었다. 그것은 너무도 아름이 벌었다. 인원은 여러 번 맴을 돈 것과 같이 어쩔하였다. 인원의 발은 땅에서 떨어지지를 아니하였다. 그러면서 안빈의 말은 이상한 힘으로 인원을 꽉꽉 내리눌렀다.

그렇지마는 두고두고 생각하면 안빈은 그러한 생각으로 살아가는 것 같았다. 몇 해 뒤에 인원이가 간호사의 일을 보게 되어서 안빈이가 모든 환자에게 접하는 태도를 볼 때에 더구나 그것이 안빈의 생활의 지도 원리인 것을 절실히 느꼈다. 어느 환자에게 대하는 것이나 다 그 정성되고 친절하고, 또 환자가 다녀간 뒤에도 그 사람의 일을 잊지 아니하는 것이 마치 사랑하는 형제나 자매와 다름없는 것을 볼 때에 인원은 안빈에게 대한 인식을 시정하지 아니할 수가 없었다.

'그러면 순옥에게 대한 애정도 연애가 아니었던가?'

인원은 안빈의 순옥에게 사랑에 대하여서 이러한 의심을 일으키게 되었다. 왜 그런고 하면, 지금 인원이가 이해하는 것과 같은 안빈으로서는 어떤 여자를 특별히 사랑하고 그리워한다는 것은 있을 수 없는 일인 것 같았다. 그에게는 평등한 자비심이 있을 뿐이 아니냐. 인원은 이렇게 생각하여본다.

그러나 인원의 기억에는 처음 순옥이가 허영과 혼인을 할 때에 분명히 안빈은 괴로워하는 것 같았다. 외로워하는 것 같았다. 얼굴까지도 초췌하고 식사도 줄었던 것 같았다. 그래서 인원은 생각하기를 안빈이가 명예를 위하여서 체면을 위하여서 순옥을 혼인은 시켜놓고도 일종 실연의 오뇌를 받는 것이라고 단정하였다. 그러면 그것이 인원이가 잘못 보았던 것인가. 또는 그때는 안빈도 아직 중생의 때를 다 벗지 못하여서 중생다운 번뇌를 가지고 있던 것이 그동안에 안빈의 경계가 높아져서 지금은 중생적인 번뇌를 완전히 해탈한 것일까. 만일 그렇지도 아니하다 하면, 안빈의 속에는 아직도 모순된 두 인격이 다투고 있는 것일까. 인원은 이 모양으로 여러 가지로 생각하여보았으나 시원한 해결을 얻지 못하였다.

그러나 인원은 차차 안빈에게 대해서 어리광을 못 하게 되었다. 아무러한 말이나 막 하던 그러한 버릇을 언제인지 모르게 잃어버리고 말았다.

'안선생은 내 아름에는 버으는 사람이다' 하는 생각이 깊이 박혀버려서 그의 속을 헤아려보는 것조차 무엄한 듯한 생각을 품게 되었다.

순옥이가 북간도로 간 지가 벌써 삼 년이나 지나서 한번 인원은 순옥에게 하는 편지에,

'나는 이제 와서 선생님은 이미 우리와 같은 사람은 아닌 것을 보았나이다. 내가 과거에 선생님의 속이 이러저러하게 상상도 하고 형에게 말도 한 것은 모두 취소할 수밖에 없음을 깨닫나이다. 내 스스로 약은 체하고 밝은 체하여 남의 속을 잘 아노라 하던 건방진 자신은 완전히 부서지고 말았나이다. 나는 이미 선생님의 속을 추측하고 상상하는 일을 버렸나이다. 왜 그런고 하면, 선생님의 속은 나로는 도저히 헤아릴 수 없음을 깨달았음이로소이다. 앞으로는 다만 선생님을 우러러 절하고 말없이 그 어른의 뒤를 따라갈 뿐인가 하나이다.'

하는 구절이 있었다.

인원은 일시——그것은 꽤 오래였다——안빈에게 대한 사모의 정이 연애에 가깝게 나아간 일이 있었다. 그것은 순옥이가 혼인한 지 얼마 아니 하여서부터였다. 인원이가 순옥을 대하여,

"나는 순옥에게 대하여 미안해."

하는 뜻의 말을 한 것이 이것인데, 그때에 순옥은 이 말을 그 말

로 듣지 아니하고 말았던 것이다.

그러다가 순옥이가 허영과 이혼하고 다시 안빈의 병원에 와서 살게 됨에 미쳐서는 인원은 이를 악물고 그 감정을 죽여버렸었으나 순옥이가 북간도로 가버린 뒤로부터는 인원은 비록 말로는 표하지 아니하였으나 안빈에게 대한 정의 고삐를 놓아주었었다. 만일 인원이가 맵고 쌀쌀한 의지력의 사람이 아니었던들 안빈을 향하여 그 속을 쏟아놓았을는지도 모른다. 그러나 인원은 그것을 꾹꾹 누르고 삼켜버렸던 것이다.

그러는 동안에 협이, 윤이와 정이가 다 자라서 학교에를 다니게 되고 인원이가 병원 일을 보게 되어서부터는 인원의 안빈에게 대한 인식이 일변한 것이었다. 이리하여서 인원의 속에 불붙었던 것은 아무도 모르게 꺼버리고 말고 그 자리에 안빈을 우러러 사모하는 정이 깊이 뿌리를 박은 것이었다.

안빈의 북한(北漢) 요양원이 준공이 되어서 수송동 병원을 영옥에게 맡기고 안빈이 북한 요양원으로 이사를 갈 때에 안빈은 가족까지도 요양원 구내에서 한 오 분쯤 떨어진 주택으로 솔가를 하였다. 그때에 안빈은 인원을 불러서,

"인원은 어떻게 하려나?"

하고 의향을 물었다.

"무엇을 말씀야요?"

하고 인원은 놀라는 표정을 하였다.

"인원도 북한으로 가려오?"

하고 안빈이가 물을 때에는 인원은 눈물이 쏟아지도록 섭섭하였다.

안빈이가 저를 살에 붙어서 뗄 수가 없는 식구로 알아주지 아니하는 것이 섭섭하였던 것이다. 이때야말로 인원의 안빈에게 대한 감정이 가장 열렬하였던 무렵이었기 때문에,

"선생님이 이제는 너는 쓸데없으니 나가거라 하면 나갈 테야요."

하고 인원은 울었다.

안빈은 인원의 마음속에 심상치 아니한 것이 있음을 느꼈다. 그리고 가엾게 생각하였다. 가장 냉정한 체, 가장 이지적인 체, 가장 모든 번뇌에서 떠난 체하는 인원의 속에 그러한 것이 일어난 것이 귀엽기도 하고 가엾기도 하였던 것이다.

안빈은 인원을 위로하여서 인원의 원대로 북한으로 데리고 가기로 하였다.

어수선, 이계순 두 간호사에 대하여서도 서울에 있거나 북한으로 가거나 자유의사대로 하라고 하였으나, 두 사람이 다 북한으로 간다고 하는 것을 안빈은 계순만은 문안 병원에서 주임 간호사가 되어야 한다고 이르고 수선만을 데리고 가고 새로 간호사 다섯과 소년 간호원 다섯을 모집하였다. 소년 간호원은 보통학교 졸업 정도로서 폐가 좋지 못하여 요양을 요하는 소년으로 골랐다. 이 소년 간호원이라는 것은 안빈의 창안이었다.

순옥이 북간도로 간 뒤로 처음에는 몇 번 자세한 사정을 적은 편지가 안빈에게도 오고 인원에게도 왔으나 차차 편지가 뜸하여지다가 일 년 좀 지나서부터는 연하 엽서나 있을 정도로 거진 연신이 끊어지고 말았다. 영옥이한테도 별로 통신이 없다고 하였다.

북간도에 간 뒤의 순옥의 생활은 실로 참담한 것이었다.

첫겨울 추위에 벌써 한씨의 류머티즘이 더쳐서 전혀 기동을 못하게 되고 허영은 허영대로 누워서 뭉갤뿐더러 신경이 이상하게 홍분하여서 순옥을 들볶기를 시작하였다.

허영이가 순옥을 들볶는 재료는 말할 것도 없이 안빈과의 관계에 관하여서였다. 북간도에 가서 반년 남짓해서 순옥은 계집애를 낳았다. 이 아이가 뉘 아이냐 하는 것이 허영의 의심거리였다. 달로 계산하면 물론 순옥이가 허영의 집을 떠나기 전에 잉태한 것이언마는 허영은 구태여 그것을 가지고 순옥을 볶았다. 순옥이가 병원에 간 동안이면 허영 모자는 그 문제를 가지고 찧고 까불었다. 유모가 곁에 있는 것도 꺼리지 아니하고 그러한 소리를 함부로 하였다. 순옥에게 대한 감사의 정도 차차 식어가고 순옥에게 대한 원망만 날로 깊어갔다.

병원이란 것이 서양 사람 원장 외에는 남자 의사 한 사람과 순옥이가 있을 뿐이어서 이것이 또 허영의 신경을 날카롭게 하였다. 그 이의사라는 조선 의사가 한 번 허영의 집에 다녀간 뒤로부터는 허영의 의심은 부쩍 더하였다.

그것은 이의사가 얼굴이 동탕하고[195] 젊은 때문이었다. 순옥이 필시 이의사와 좋아하리라 하는 질투였다.

"여보, 그, 이의사라는 사람이 필시 좋지 못한 사람이오. 당신 그 사람과 가까이하지 마시오."

허영은 어음도 분명치 아니한 소리로 이런 말을 여러 번 하였다. 그러할 때면 순옥은 웃는 낮으로,

"염려 마셔요. 그이두 그렇게 나쁜 이가 아니구, 나두 그렇게 나쁜 사람은 아니오."

이러한 소리로 농쳐버렸다.

그러면 허영은,

"당신이 왜 그 사람을 변호를 하우. 변호를 하는 것을 보면 무슨 까닭이 있지 않소?"

이런 말로 불평을 하였다.

순옥이가 낳은 딸은 길림(吉林)이라고 이름을 지었다. 길림성에 와서 낳았다는 말인데, 물론 허영이가 지은 것이다. 길림의 이름을 지을 때쯤 하여서는 허영은 순옥에게 대하여서 오직 감사와 애정만 느끼고 있어서 순옥이가 병원에서 돌아오기만 하면 순옥의 손을 달라고 하여서 잘 잡을 힘도 없는 제 손으로 잡고 수없이,

"고맙소, 순옥이 고맙소."

하고는 눈물을 흘렸다. 병으로 마음이 더욱 약하여진 허영은 가끔 울었다. 그러고는 허영은 순옥이더러 다시 호적에 들기를 간청하였다. 이 간청에 대하여 순옥이가,

"이제 다시 무슨 호적에를 들겠어요. 호적에 안 들면 어때요?"

한 대답이 허영의 감정을 건드린 시초였다.

그러는 중에 길림이가 차차 자라면서 침을 아니 흘리는 것이 또한 문제가 되었다. 한씨의 말에 의하면 자기 집 아이들은 모두 어려서 침을 흘려서 턱주가리가 헌다는 것이다. 딴은 섭도 돌을 잡으면서부터 턱이 벌겋게 헐어가지고 있었다. 허영도 물론 칠팔세가 되기까지 침을 흘렸다고 한다.

"왜 길림이는 침을 안 흘려? 우리 집 애들은 모두 침을 흘리는데?"

이러한 소리를 한씨가 순옥의 앞에서도 여러 번 뇌었다. 그리고 그런 말을 할 때마다 표정과 어조가,

'너 이년 들어보아라.'

하는 듯하였다.

차차 자랄수록 길림이는 실로 허영을 닮은 곳이 없는 것 같았다. 섭이가 허영을 벗겨서 씌운 듯한 데에 비겨서 더욱 그것이 눈에 띄었다. 길림이는 공평하게 본다면 제 어미 순옥이를 닮은 것이었으나 허영이가 보기에는 그것이 안빈의 모습 고대로인 것만 같았다.

어떤 날 허영이가 길림이를 들여다보고 그 얼굴이 보면 볼수록 안빈을 닮은 것만 같아서 화를 내어서,

"이년 내다 버려라."

하고 소리를 지른 것을 유모가 순옥에게 고하였을 때에는 순옥도 슬프고 불쾌하였다.

그날 저녁에 순옥이가 길림이를 안고 젖을 물리고 있을 때에, 벽을 향하고 돌아누웠던 허영이가 갑자기 고개를 순옥의 편으로 돌리면서,

"똑바로 말을 하우. 그년이 뉘 씨요?"

하고 얼굴을 찡그릴 때에는 불쾌한 말이 혀끝에까지 나왔으나 꾹 참아버렸다. 그리고 빙그레 웃었다.

"왜 말을 못 하우. 안빈의 자식이면 안빈의 자식이라고, 왜 말

을 못 하우?"

하고 허영은 더욱 대들었다.

"하느님이 아시지 않아요."

하고 순옥은 부드럽게 대답하였다.

"하느님? 흥, 걸핏하면 하느님, 흥."

하고 허영은 더욱 악의를 보였다.

"왜 나를 안 믿으시우. 당신이 내가 안선생 병원에 다니는 것을 싫어하길래 이렇게 멀리꺼정 오구, 또 안선생한테는 편지두 말라기에 편지두 끊구, 당신 원하시는 대루 다 해드리는데, 왜 그리두 나를 믿지 아니하시우?"

순옥은 울고 싶었다.

"안빈이하구 지금두 만나는지 누가 알어? 편지질을 하는지 안 하는지 누가 알구. 흥, 내가 병신으루 꿈쩍을 못하니까."

"아니, 내가 언제 어떻게 안선생을 만나우?"

"안빈을 불러오지는 못해. 왜?"

하고 허영은 더욱 화를 낸다.

순옥은 이 사람과 더 말할 필요가 없다고 생각하고 입을 다물어 버렸다. 그래도 허영은 마치 시절이나 만난 듯이 더욱 추격을 계속하였다.

"그럼 왜 저년이 안빈이를 뒤집어쓰구 나왔어?"

"어디가 안선생님 같소? 이 애가 어디가 안선생님을 닮았다구 그러시우?"

하고 순옥은 길림의 얼굴이 허영을 향하도록 길림을 돌려 안았다.

길림은 허영의 얼굴을 보기가 무섭게 까르륵 막히도록 운다. 비록 어린것이나 저를 미워하는 마음을 느끼는 것이었다. 낮에 온종일 어린 길림이는 허영과 한씨의 미움받이를 하고 있는 줄을 순옥도 안다. 그것은 유모의 말을 들어서만이 아니라 길림이가 허영이나 한씨의 얼굴을 보면 울거나 고개를 돌리는 것이 가장 웅변으로 제 속을 어미에게 하소하는 것이었다.

"저 봐, 저년이 내 얼굴을 보기만 해두 우니, 저년이 그래 내 자식야?"

하고 허영은 몸만 자유로우면 일어나서 때리기라도 할 듯이 길림이를 노려보았다.

"당신이 어린애에게 미운 마음을 품으니까 어린애가 무서워하지요."

하고 순옥은 아니 할 말을 하였다.

"흥, 또 훈계야? 딴 서방 자식의 역성이구?"

순옥은 이러한 경우에 안빈이면 어떻게 할까, 하는 생각을 하고 말없이 우는 길림의 입에 젖꼭지를 넣어서 돌려 안았다. 길림의 눈에 허영의 험상을 띤 얼굴이 보이지 않도록.

길림은 허영의 얼굴이 아니 보이매 한편 손으로 다른 편 젖꼭지를 주무르면서 잠이 들려 하였다.

"오, 그 착한 어미를 잃어버리고, 오."

하고 칭얼대는 섭이를 달래는 한씨의 소리가, 네 들어보아라 하는 듯이 안방으로부터 울려갔다.

순옥은 한숨을 쉬고 눈물을 흘렸다.

물론 이러한 언쟁은 해결이 날 성질의 것은 아니었다. 날마다 이러한 일이 있으면서도 날마다 다섯 식구가 한집에 살아가는 동안에 봄이 가고 가을이 갔다.

이렇게 한 해 두 해 세월이 흘러가도 허영의 마음은 여전히 질투에서, 한씨의 마음은 여전히 의심과 미움 속에서 지글지글 끓고 있었다. 그리고 병세만 점점 진행하고 있었다.

이렇게 삼사 년이 지나는 동안에 허영이가 안빈에게 대한 질투는 좀 줄고 길림의 문제로 순옥을 볶는 것도 좀 줄었다. 그러나 그 대신에 그의 질투의 불은 더욱 현실적인 데로 옮아 붙었다. 그것은 순옥이가 이의사와 서로 좋아한다는 것이었다.

이의사와 순옥과의 문제는 다만 허영 모자의 문제만은 아니었다. 그것은 이의사가 그 부인과 불화하여 마침내 자식이 둘이나 있는 그를 함흥 친정으로 쫓아 보낸 데에 근거를 둔 것으로 누가 보든지 이의사의 이 심경 변화의 원인을 순옥에게서 찾을 것이었다.

사실 이의사는 비록 교인이라고는 하나 좀 허랑한 편이었다. 그는 학생 시대에 운동선수이던 만큼 몸이 건장하고 정신이 쾌활하였으나 도덕적 절제력은 부족한 사람이었다. 그의 부인은 이러한 시대의 여러 애인 중에서 뗄 수 없어서 합하여진 사람이었다.

순옥이가 병신 남편과 병신 시어머니를 모시고 도임한 뒤에 이의사의 호기심이 순옥의 아름다운 얼굴에 쏠렸을 것은 말할 것도 없었다. 그리고 딴 여자에게 마음을 둔 남편의 아내에게 대한 태도가 데면데면[196]할 것도 자연한 일이었다. 사실상 이의사는 순옥을 한번 만져보려는 야심을 가졌었다.

    그러나 한 해 두 해 지나는 동안에 순옥이가 어떻게 몸을 단정히 가지고 마음을 경건히 가지는 것을 본 이의사는 도리어 순옥의 감화를 받아서 순옥을 존경하게 되었다. 더구나 순옥은 허영과는 이미 이혼한 사이요, 섭이라는 아이와의 관계며, 순옥이가 이혼한 아내로서 허영의 식구를 치는 동기와 사정을 안 뒤로는 이의사도 순옥을 천사와 같이, 신과 같이 생각하였다. 그러나 중생의 번뇌를 벗어나지 못한 이의사는 순옥에게 대한 이러한 사모의 정이 더욱 열렬한 연애의 정으로 되고 말았다. 원래 열혈적인 사람인 만큼 더욱 그러하였다.

    이의사의 이 마음이 그 아내에게 알려져서 내외간의 불화는 더욱 커지고 마침내 그 부인은 두 아이를 데리고 함흥으로 가버린 것이다.

    조그마한 연길 사회라, 이 소문이 짜하게 퍼졌다. 그리고 그것이 허영의 귀에까지 들어간 것이었다.

    하루는 허영이가 또 질투를 꺼낼 때에 순옥은 앞질러서,

    "내, 병원에서 나오리다. 병원에서 나와서 꼭 집에 박혀 있을게요. 그러면 안심되시지 않아요?"

하고 결심을 말하였다.

    그러고는 이튿날 순옥은 원장을 보고도 그 결심을 고하였다.

    늙은 원장은 순옥의 말을 다 듣고 나서,

    "석의사, 사직하실 것 없소. 나, 석의사 믿소. 석의사 하느님 뜻대로 살고, 석의사 뜻대로 사는 사람 아니오. 하느님 뜻대로 사는 사람 잘못 있을 수 없소."

하고 순옥을 만류하였으나 순옥은 남편의 병이 전보다 중하여서 낮에도 집을 떠날 수 없다는 사정을 말하고, 새로 의사가 올 때까지 근무하기로 하고 사표를 제출하고 말았다. 그로부터 며칠 뒤에,

"석선생 용서하셔요."

하고 이의사가 조용한 틈을 타서 진찰실에서 순옥의 앞에 고개를 숙였다.

"무슨 말씀이셔요?"

하고 순옥은 이의사를 바라보았다. 아직 자기가 사직한다는 것은 원장밖에는 아무도 모를 것을 알기 때문이었다.

"석선생 사직하신다지요?"

하고 이의사는 기임이라기보다도 죄송하다는 표정을 하였다.

"네?"

순옥은 원장이 발표하기 전에 제 입으로 발설하는 것이 옳지 아니할 듯하여서 어찌할 바를 몰랐다.

"제가 원장한테서 들었어요──석선생께서 사표를 제출하셨다는 말씀을."

"네에."

"저는 석선생이 왜 사직을 하시는지 알아요."

"집을 낮에도 떠날 수가 없어서 그럽니다."

"아냐요, 제가 다 알아요. 모두 저 때문에 그러시는 줄 잘 알아요. 용서하셔요. 또 석선생께서 비록 말씀은 아니 하시더라도 제게 바라시는 것이 무엇인지도 알았어요. 저는 석선생을 사랑하였습니다. 지나간 사 년간 열렬하게 석선생을 사랑하였어요. 그러

나 저는 원장한테 오늘 석선생께서 사직하신다는 말씀과, 또 석선생이 어떠한 이라는 말씀을 듣고, 어리석은 소리 같지마는 제가 이 앞으로 석선생을 사랑하는 법을 배웠어요. 그것은 석선생을 내 선생님으로 모시고 사모하는 것이야요. 석선생의 뜻을 본받아서 행하는 것이야요. 그렇게 함으로만 제가 석선생 계신 데에 같이 있을 수 있고, 버릇없는 말을 용서하셔요——제가 석선생을 품에 안고 석선생의 품에 안길 수가 있다고 믿어요."

"그게 무슨 말씀이십니까?"

하고 순옥은 부드러운 눈으로 이의사의 흥분된 얼굴을 바라본다.

"며칠 동안 제가 하는 양을 보셔요. 그러시면 제 마음을 아실 것입니다. 그리고 저를 용서해주실 것입니다."

"아니, 그게 무슨 말씀이십니까? 저는 이선생님 말씀하시는 뜻을 모르겠어요."

하고 순옥은 이의사가 이 사건에 책임을 지고 제가 먼저 물러난다는 뜻이나 아닌가 하여 눈을 크게 떴다.

"아냐요, 제가 석선생을 걱정하시게 할 리는 없습니다. 석선생의 제자로서의 첫걸음을 떼어놓는 거야요."

하고 이의사는 빙그레 웃었다. 그러나 그 웃음 속에는 비통한 것이 있었다.

이튿날 순옥이가 병원에 출근하였을 때에는 이의사는 없었다. 순옥은 그것이 염려가 되어서 수간호원을 보고 물었으나 그도 모른다고 하였다. 원장한테 물으면 시원히 알련마는 순옥은 원장에게 이의사의 말을 묻기가 부끄러웠다.

그날 병원 시간이 끝난 뒤에 원장의 부인이 일부러 순옥을 순옥
의 방으로 찾아와서,

"석의사, 오늘 바쁘지 않아요?"

하고 물었다. 그러고는,

"우리 집에서 차 잡수셔요. 칸트 신부, 에른스트 수녀와 함께."

이렇게 청하고 갔다.

칸트 신부란 육십이나 된 노인으로 조선에 이십 년, 만주에 십
오 년이나 와 있는 이로, 조선인의 풍속과 습관을 연구하여서 독
일문으로 책을 저술하여서 학계에 이름이 있는 이요, 에른스트
수녀라는 이는 아직 나이 사십이 다 못 된 젊은이로서 역시 조선
에 십여 년, 만주에 오기는 순옥보다 이삼 년 먼저 와서 고아들을
기르고 있는 이다. 이 병원에 수간호원이라는 에카르트도 수녀
로, 그는 이 병원 창립 때부터 베크 원장과 같이 와서 나이 오십
이나 된 이다. 이들 중에 내외가 갖춰서 가정생활을 하는 것은 오
직 베크 원장뿐이요, 그 밖에는 혹은 신부 혹은 수녀로 제 것이라
고 할 것은 옷과 책상과 책뿐이라고 할까, 그것도 그들이 죽거나
다른 데로 가거나 하면 다음에 오는 사람이 쓰게 되는 것이다. 이
모양으로 전혀 제 것이라고는 가진 것이 없는 그들이었다.

순옥은 안식교의 선교사들의 청정하고 경건한 생활을 흠모하고
자랐거니와 이들 천주교의 신부, 수사, 수녀 들의 생활을 볼 때에
는 참으로 성경에 보던 예수께서 세상에 계시던 때에 그 제자들
이 하던 생활을 보는 것과 같다고 생각하였다.

"두 벌 옷도 가지지 말고 몸에 전대도 지니지 말고."

하신 예수의 말씀을 받아서 제 재산이라는 욕심을 전혀 떼어버리고, 제 몸의 행복이라든지 안락이라든지를 다 버리고 오직 하느님의 길인 사랑의 도리를 세상에 펴는 것으로 일생을 바치는 그들의 생활이 실로 높고 귀하게 순옥에게 보였다. 모든 현대의 조선 사람으로는 염두에도 두어보지 못하는 높은 생활인 것 같았다. 순옥이가 병든 남편과 시어머니를 위하여 일생을 바치는 것쯤은 그것에 비길 것도 없었다. 저 신부들이나 수사, 수녀로서 보면 그저 당연한 일에 지나지 못하였다. 모두 저급한 이기적인 물욕 생활만을 하고 있는 조선에서이기 때문에 순옥이가 하는 일이 어려운 일인 것 같았다. 저는 기껏 인연 있는 사랑을 할 뿐이 아니냐. 남편이던 사람, 그의 어머니, 그의 아들, 이런 인연 있는 이를 위하는 것쯤은 당연하고 또 당연한 일에 지나지 못하였다. 에른스트 수녀는 뉘 자식인지도 모르는 고아를 위하여서 일생을 바치지 아니하느냐. 에카르트 수녀는 월급을 위함도 감사를 위함도 아닌 간호사의 생활로 일생을 바치지 아니하느냐. 그러면서 그들은 언제 보나 경건하고, 언제 보나 만족하고, 언제 보나 화평한 얼굴을 가지고 있다. 더 좋은 보수를 바라고 이리로 저리로 새 자리를 찾을 생각도 없이, 더 나은 집에서 더 편하게 살고, 더 좋은 의복을 입으리라는 생각도 없고, 평생 꼭 같은 감, 꼭 같은 빛깔, 꼭 같은 모양의 옷을 입고 날마다 꼭 같은 일을 하고 그 속에서 만족과 감사를 가지지 않느냐. 그들은 얼굴에 분을 바르지 아니하나 자연히 거룩한 빛이 발하고 몸에 향수를 뿌리지 아니하나 저절로 하늘의 향기를 뿜었다. 탐욕을 끊은 몸에서 빛과 향기를 발한다는 것을 순옥은 실지로 경험하였다.

순옥은 저 신부나 수사, 수녀의 마음에도 때로 번뇌가 일어날 것을 생각하여본다. 아마 날마다 하루에도 몇 번씩 우리네 예사 사람의 마음에 일어나는 것과 같은 번뇌가 일어날 것을 생각하여 본다. 그러나,

'그러나 그들은 곧 하느님 앞에 무릎을 꿇고 참회의 기도를 올린다. 그리고는 새 힘과 은혜를 받는다.'
고 생각하면,

'그것이 속인과 다른 점이다. 그것이 하느님의 자녀가 되는 길이다!'
하고 스스로 단정을 한다.

만일 이들 도인들을 날마다 접촉하는 기회가 없었던들 순옥은 가정생활의 곤경을 이겨나가기가 더 어려웠을는지도 모른다. 순옥은 가톨릭교의 교리에 대하여서는 공명이 아니 되었으나 그 교역자들의 행, 즉 생활 방식에 대하여는 전폭으로 흠모하였다.

칸트 원장 부인이 청한 시간에(그것은 오후 네 시 반이었다) 순옥은 원장의 집으로 갔다. 가을빛이 원장의 주택 마당에 잘 들어 있었다. 아직 베란다에서 다과회를 할 만하건마는 이날은 원장의 응접실 겸 서재라고 할 만한 방에 차탁을 벌였었다.

차탁에는 차와 과자와 포도주가 나왔다. 그들에게는 잡담이란 것이 없었다. 순옥도 일 년에 두세 번은 이러한 대접을 받아보았거니와 어떤 때는 말없이 차와 과자만 먹고 헤어지는 일도 있었다. 그것만으로도 그들은 유쾌하고 만족하고 감사한 모양이었다.

혹시 화제가 나온다 하면 으레 선교사로 있다가 늙거나 병들어서 구라파에 돌아간 사람들의 말이거나, 그렇지 아니하면 죽은 교역자의 생애에 관한 말이었다. 잡담까지도 그들의 성직에 관한 것뿐이었다. 그러므로 차라리 잡담이 없다는 것이 옳을 것이다.

이날도 처음 한참 동안에는 도무지 말이 없었다. 주부가 과자나 포도주를 권하고 고맙다는 말을 하고 이것뿐이었다. 다들 엄숙하게 똑바로 앉았건마는 그래도 그것이 지어서 하는 것이 아니요, 그들이 제 방에서 혼자 있을 때에도 늘 그렇게 하는 자세이기 때문에 조금도 어색하거나 갑갑스러운 맛이 없이 부드럽게 어울렸다. 순옥은 안빈을 생각하였다. 안빈의 태도가 이렇다고 생각하였다. 점잖게, 엄숙하게 하면서도 부드럽고 따뜻함이 있던 것을 생각하였다.

차를 둘째 잔을 따를 때쯤 하여서 원장이 순옥을 보고 입을 열었다.

"석선생 좋은 제자 한 사람 얻으셨소."

하는 것이 그의 첫말이었다.

순옥은 눈을 들어서 원장의 움쑥 들어간 눈을 보았다. 원장의 말이 무슨 말인지 그 뜻을 원장의 눈에서나 찾아내려는 듯이.

원장의 말에 다른 사람들이 다 순옥을 바라보며 고개를 끄덕끄덕하는 것을 보매, 그들 간에 서로 먼저 아는 말이라고 순옥은 생각하였다.

"이의사가 함흥 갔소이다. 부인 데려온다고."

하는 것이 원장의 둘째 말이었다.

순옥은 원장의 두 번 말을 합해서 대강 그 뜻을 상상하였다.

원장은 다시 입을 열었다.

"어저께 저녁때에 이의사가 나를 찾아와서, 석의사의 제자가 된다고 선언하였소이다."

하는 말에는 물론 얼마쯤 유머가 섞여 있었다. 그러기에 모두 다 빙그레 웃었다. 그들의 웃음은 관골로만 웃는 것이었다. 다만 그들의 눈이 잠시 빛을 발할 뿐이요, 입결까지는 웃음이 내려오는 법이 없었다.

"이의사 이렇게 말하였소이다. 석의사가 그 남편을 사랑하는 마음을 십분지 일이라도 본받으면 그 부인 잘 사랑하고 만족하게 할 수 있다고."

하는 원장의 말에 칸트 신부가,

"석의사, 하느님의 사랑의 큰일 하셨소이다. 하느님의 신이 석의사의 속에 거하시오. 베크 원장에게서 석의사의 말씀을 듣고 우리 구주 예수 그리스도와 하느님 아버지신 분께 영광 드렸소."

하였다.

이날의 다회는 순옥을 위해 베푼 모양인데 말은 이뿐이었다. 워낙 말이 없는 사람들의 일이라 이만하면 예사 사람들의 천언만어의 칭송에 지지 아니하였다. 순옥은 두 어깨에 무거운 무엇이 내리누르는 듯함을 느낀다.

사실은 이러하였다.

이의사가 원장을 찾았다는 것보다도 원장이,

"시간 끝난 뒤에 이의사 잠깐 내 집으로 오시오."

하여 호출을 당한 것이었다.

이의사를 앞에 불러놓고 원장이 한 말은,

"이의사, 석의사가 사직한다고 사표를 내셨소이다."

하는 한마디뿐이었다.

이의사는 원장의 입에서 다음 말이 나오기를 기다렸으나 다시
는 말이 없었다.

이의사는 한참이나 원장의 말을 더 기다리다가 원장이 말을 더
하지 아니하는 것이 이의사 스스로 생각하라는 뜻임을 알았다.
이에 이의사는 원장 앞에서 참회를 한 것이었다.

세상에서 이의사 자신과 석의사와의 사이에 무슨 관계가 있는
것처럼 말하는 것은 전혀 무근한 일인 것, 이의사 자신은 석의사
에게 대하여 사랑하는 열정을 가지고 있었으나 석의사가 언제나
한 모양으로 대범하게 엄숙하게 자기를 대하였다는 것, 근래에
와서 석의사의 높은 정신을 깨달았다는 것, 또 제 가정의 내막을
말하는 것이 도리에 옳지 아니하나 아내 노신영이와 혼인 초부터
의합하지 아니하여 항상 이혼할 생각을 가지고 있었다는 것, 그
러나 지금에 와서 생각하면 그것이 다 아내의 허물이 아니라 제
허물인 줄을 깨달았다는 것, 제가 석의사의 정신의 십분지 일만
가졌다면 아내를 잘 사랑하고 만족하게 할 수 있음을 깨달았다는
것을 말하고 나중에,

"저를 사흘만 수유(受由)[197]를 주셔요. 함흥 가서 아내를 데리고
와서 사랑의 가정의 재출발을 하겠습니다."

하여 결심을 표명한 것이었다.

이의사의 말을 가만히 듣고 앉았던 원장은 자리에서 일어나서 이의사의 손을 잡아 흔들며,

"당케 슈엔, 당케 슈엔(고맙소이다)."

하고 낯을 붉히기까지 하면서 흥분하였다.

"사흘만 가지고 되겠소? 한 일주일 쉬셔도 좋소이다. 이 수유, 원장 내가 주는 것이 아니라 사랑의 하느님이 주시는 것이오."

하고 원장은 한 번 더 이의사의 손을 잡아 흔들었다.

이의사는 베크 원장의 의술이 구식인 것과 사상이 구식인 것을 늘 낮추어 보고 있었다. 이의사는 실상 베크 원장에게 대하여 경멸을 가질지언정 존경을 가져본 일은 없었다. 그러나 이날에 이의사는 베크 원장을 새로 인식하지 아니할 수 없었다. 그가 얼마나 제가 그릇된 길을 걸어가는 것을 보고 마음으로 아팠기에, 또 얼마나 제가 '바른길'로 들어가는 것을 보고 기뻐하기에, 제게 대하여서 이렇게까지 할까 하면 이의사는 제 속에는 없던 무슨 큰 정신을 늙은 베크 원장에게서 발견한 것 같았다. '옳지 아니함'에 대하여서는 그것이 누구의 일이든지 제 불행처럼 슬퍼하고 '옳음'에 대하여서는 그것이 누구의 일이든지 제 행복처럼 기뻐하는 감정——그것은 이의사에게는 까마득하게 손이 닿지 아니하는 높은 곳에 놓인 보물인 듯하였다.

이의사는 원장이 흥분한 모양을 보고서야 비로소 흥분이 되는 듯이 떨리는 목소리로,

"베크 원장, 저는 원장께 대하여서도 늘 호의를 가져오지 아니하였습니다. 그런데……그런데……"

하고 사죄하는 말을 하려는 것을 원장은,

"용서하시오."

하고 이의사의 말을 막고,

"그런 말씀 하실 것 없소이다. 우리는 하느님의 의로움 앞에서
는 다 죄인이오. 우리는 오직 회개함으로만 의롭다 함을 얻는 것
이오. 나는 이의사가 앞으로 새로운 빛 속에서 새로운 길로 새로
운 출발을 할 것을 믿소. 이의사 옛 몸을 십자가에 못 박고 거듭
나셨으니 지나간 말씀 할 것 없지 아니하오? 하느님, 석의사를 통
하시와 이의사의 졸던 영혼 깨우신 것이오."

하였다.

이의사는 실로 지극한 기쁨을 안고 함흥 길을 떠난 것이었다.
자기를 원망하고 있을 아내를 대하여, 또 어린 자녀들을 대하여
어떻게 할 것을 두루두루 생각하면서.

나흘 만에 이의사는 아내와 두 아이를 데리고 연길로 돌아왔다.
돌아온 이튿날 이의사는 가족을 데리고 순옥의 집을 찾았다. 함
흥서 사 온 배와 사과를 허영에게 선물로 가지고 왔다. 허영은 불
의에 이의사가 찾아온 것을 보고 한참은 어리둥절하였으나, 이의
사의 아내가 순옥에게 대하여 대단히 다정스럽게 또 존경하는 것
을 보고는 허영은 마음이 좀 풀렸다.

그러나 허영의 마음은 뿌리 없는 풀 모양으로 도무지 한곳에 자
리를 잡지 못하였다. 그리고 그의 마음에는 의심과 질투가 얼키
설키 꽉 차서 무엇이나 바로 보이지를 아니하였다. 순옥이가 저
를 슬슬 기이는 것만 같았다.

이렇게 잠시도 마음의 평안을 얻지 못하고 지글지글 질투와 의혹 속에 속을 끓이고 있는 허영은 갈수록 몸이 쇠약할 뿐이었다. 어음은 더욱 불분명하여지고 입도 잘 다물지 못하여 침을 질질 흘리고 있었고, 콧구멍이 가려운 것을 손에 들려준 막대기 끝으로 긁을 힘이 없어서 혼자 짜증만 내고 있었다. 순옥이가 병원에서 돌아오면 곁에 앉아서 허영의 가려운 코를 긁어주어야 하였다. 어떤 때에는 자리를 더럽힌 것을 쳐주어야 하기도 하였다. 순옥으로도 분명히 알아들을 수 없는 소리로 무슨 말을 하고는 순옥이가 그것을 알아들어주지 않는다 하여서 또 화를 내었다. 이렇게 앓는 사람을 하루 종일 혼자 두고 다닌다고 하여서 또 골을 내었다.

　집에 둔 식모가 대단히 마음이 인자한 사람이 되어서 앓는 두 식구와 두 아이를 퍽 잘 보아주건마는 허영이나 한씨나 밤낮 잔소리를 하여서는 그를 울렸다. 서울서 데리고 왔던 순이는 일 년이 못하여서 "이런 집에는 금을 되로 퍼주어도 못 있겠다"고 가버리고 이 지방에서 얻은 사람도 오래 붙어 있을 수는 없었다. 한씨는 서울서 하인 부리던 솜씨로 식모나 아이 보는 아이를 종 부리듯 하므로 자존심이 많은 이 지방 사람들은 그것을 참지 못하였다. 지금 있는 사람은 병원에서 일 보던 사람을 순옥이가 특별히 사정을 하여서 와 있게 한 사람인데, 그 사람도 순옥의 낯과 정을 보지 아니하면 벌써 가버렸을 것이었다. 한씨는 실로 사람을 사람으로 보지 아니하고 볶는 것이었다. 몸을 못 쓰는 자기와 허영의 더러운 것까지 받아내어주는 것이 어떻게나 힘들고 고마운 일인 줄을 도무지 이해하지를 못하였다. 자기네는 본래 높은 사람이요, 자기네 집에 와서 일 해주는 사람은 천생으로 천한 사람인 것같이 생각하는 습관이 아무리 하여도 빠지지를 아니하였다. 이 사람 저 사람 하는 말도 아니 쓰고 반드시 이것 저것으로 불렀다. 예로부터 별로 귀천의 별이 없이 살아온 이 지방 사람들은 밥을 굶을지언정, 이런 대접은 참지를 못하였다.

부리는 사람들이 공손치 아니한 것은 한씨가 보기에는 순옥의 잘못 때문이었다. 순옥이가 그들을 평등으로 대우하기 때문에 건방지게 되는 것이라고 앙탈을 하였다. 사람을 같은 동포로 보는 마음은 한씨의 속에는 일어날 수가 없는 것 같았다. 순옥이가 하인도 평등으로 대우하는 것은 순옥이가 시골서 자라난 상것이기 때문이라고밖에는 한씨에게는 해석되지 아니하였다.

그러하기 때문에 이 지방 늙은 부인네들이 순옥의 집이 외로운 것을 동정하여서 찾아오더라도 그들이 다녀간 뒤에는 한씨는,

"참, 시굴 상것들야."

하고 흉을 보았다. 그것은 말의 사투리와 의복을 보고 하는 말인데 한씨는 도저히 그들이 찾아오는 호의를 순하게 호의로 받지를 못하였다. 이리하여서 이곳에 와서 사는 지가 사 년이 넘어도 한씨는 친구 하나도 사귀지 아니하였다. 저만 높은 사람이라고 생각하기 때문이었다.

"왜 나를 이런 무지막지한 곳으로 끌어다가 이렇게 고생을 시키느냐?"

하고 한씨는 순옥을 원망하였다.

순옥은 아무리 하여도 제가 집에 온종일 있어야만 할 것을 느낀다. 그러나 개업이란 그렇게 수월하게 될 수 있는 것이 아니었다. 순옥은 한씨나 허영이나 얼마 남지 아니한 여생을 될 수 있는 대로는 편안하게 하여주고 싶었다. 날마다 곁에 있어서 허영의 코를 닦어주고 한씨의 다리와 어깨라도 밟아주고, 대소변 가누어주는 것도 제 손으로 하면 남이 하는 것보다는 조금이라도 나을 것 같았다. 그래서 이 겨울이 지나고 봄만 되면 집을 하나 짓고 개업을 하리라고 생각하였다. 마침 합당한 기지도 나는 것이 있어서 약간 저금하였던 것으로 이백여 평의 땅까지도 사놓았다.

그해 겨울에 이 지방에서만 아니지만 악성인 유행성 감기가 돌았다. 특별히 이 지방이 심하여서 병원에서는 이 병을 앓는 사람 때문에 눈코 뜰 새가 없었다.

멀쩡하던 사람이 갑자기 사십도 이상의 열이 올라가지고는 눈물 콧물이 흐르고, 기침이 나고, 그러다가는 폐렴이 되어버리는 것인데 그 균이 독소가 대단하여서 심장을 침노하는 일이 많고 혹시 살아나더라도 신장염이나 신경통 같은 것을 남기는 일이 많았다.

연길에 이 병이 들어온 지 삼 주일이 넘지 아니하여서 묘지에는 새로운 무덤이 늘고 골목골목에 곡성이 아니 들리는 데가 없었다.

병원 간호사로 처음 이 병에 붙들린 것은 간호원장이었다. 그는 일주일 만에 침대 위에 일어나 앉아서 성모상을 향하여 합장하고 죽었다. 때는 오전 두 시. 순옥은 에른스트 간호원장이 어떻게 아름답게 앓다가 어떻게 거룩하게 죽는 것을 보고 감격하였다. 그는 곁에 있는 순옥에게는 말할 것도 없거니와 찾아오는 사람에게마다 고마움과 반가움을 보였다. 순옥은 옥남이가 죽을 때를 회상하지 아니할 수 없었다.

실로 간호원장은 아무것도 마음에 걸리는 것이 없는 듯이, 모두 만족하고 모두 감사한 듯이 세상을 떠났다. 그가 마지막으로 기도를 올릴 때에 그 눈에는 거룩한 희망의 빛이 있었다. 그를 보내는 칸트 신부, 베크 원장, 기타 수녀들도 다 경건하게 종용하게 성호를 바치고 있었다. 고요히, 깨끗이 하느님을 믿고 살다가, 고요히 깨끗이 하느님의 의로우심과 자비하심을 믿으며 죽는 죽음이었다. 이런 경우에 죽음은 무서운 것도 흉한 것도 아니요, 사는 것이 아름답고 고마움인 모양으로 그 모양으로 아름답고 고마운 것이었다.

베개 위에 똑바로 누워서 눈을 감은 시체에는 조금도 괴로움이나 무서움의 빛이 없었다. 춤을 추는 촛불 그림자도 조금도 무섭지 아니하였다.

둘째로 앓은 사람이 이의사의 부인인데, 그는 임신 중이언마는 용하게 살아났다. 다음에 누운 것이 이의사 자신이었다. 그리고 그 이튿날 한씨가 열을 발하고, 또 며칠 아니 하여서 허영 부자가 열을 발하였다. 그 이튿날 베크 원장이 누웠다. 또 병원 직원으로 아직 몸이 성하여서 걸어다니는 사람은 순옥과 간호사 둘과 약제사뿐이었다. 앓지 않는 수녀들은 임시로 간호사가 되어서 병구완할 사람 없는 집으로 순회하고, 신부와 수사들도 거진 호별 방문을 하다시피 하여서 구제에 힘을 썼다.

오직 한 사람뿐인 의사인 순옥은 아침부터 저녁까지 잠시도 쉬일 새가 없었다. 집에는 낮 동안에 세 번씩 들르기도 하고 밤이면 집에 있어서 거진 눈을 붙일 사이가 없었다. 한씨는 순옥이가 집안 식구들의 병에 등한하다고 나무랐다. 허영도 불평이었다. 남 때문에 집안을 안 돌아보는 것은 괴악한 심보라고까지 극언하였다.

이러한 생활을 계속하기 근 일주일에 순옥은 어떤 날 아침에 피를 뱉었다. 초가을부터 오후면 몸이 오싹오싹하고 밤낮 감기나 든 것과 같음을 느끼면서도 참아왔다. 식욕이 떨어지고 때로 기침이 나고 오한이 나는 수도 있었다. 그것이 그동안 과로에 마침내 못 견디어서 터지고 만 것이라고 순옥은 생각하였다.

'최후의 일순간이다!'

하고 순옥은 아무에게도 그런 말을 아니 하고 여전히 병원 일과 집안 식구들의 병을 보았다.

허영은 도저히 살아날 도리가 없는 것 같았다. 원체 심장이 약한 데다가 고열로, 또 인플루엔자 균의 중독으로, 발병된 지 사흘이 못하여서부터 맥박은 말 못 되게 약하고 또 부정하였다. 의식이 있는 것도 오전뿐이요, 오후가 되면 혼수상태에 빠졌다. 정신만 들면 허영은 곁에 있는 순옥에게 짜증을 내었다.

"왜 주사 안 해?"

하여 한량없이 주사를 재촉하는 것이었다. 자기가 혼수상태 중에 맞은 것은 회계에 넣지 아니하는 것이었다.

그러나 또 주사를 놓아주면 왜 병이 낫지 아니하느냐고 불평이었다. 한방의를 대어서 약을 먹어야 낫는다는 둥, 산삼을 먹어야 낫는다는 둥, 서울 있었으면 병이 나았을 것을 북간도에 왔기 때문에 병이 아니 낫는다는 둥, 이러한 불평을 하였는데 이 마지막 불평은 모자가 공통이었다.

셋이 앓던 중에서 가엾게도 섭이가 먼저 죽었다. 이번 인플루엔자에 어린애의 사망률이 대단히 많았다. 순옥은 죽은 귀득을 생각하고 섭이를 살려내지 못한 것을 대단히 미안하고 슬프게 생각하였다.

한씨는 순옥이더러 들어라 하는 듯이,

"왜 길림이 년이 안 죽고, 섭이 놈이 죽는단 말이냐."

하고 열에 떠 있으면서도 원망스럽게 울었다.

할머니의 말귀를 알아듣는 듯이 길림이가 "으아" 하고 울면서 순옥에게 와서 매달렸다.

"요년, 요년! 왜 우느냐. 요 사위스런 년 같으니."

하고 한씨는 눈을 부릅뜨고 순옥에게 매달린 길림이를 노려보았다. 그 눈은 어른인 순옥이가 보기에도 무시무시하였다. 길림이는 엄마의 등 뒤에 착 달라붙어서 까르륵 막힐 듯이 울었다. 엄마가 집에 없을 때에는 야단을 만나고도 얻어맞고도 울지도 못하던 길림이었다. 섭이와 싸우면 얻어맞는 것은 길림이었다. 먹을 것이나 장난감이나 모두 섭에게 빼앗기고 심지어 엄마까지도 빼앗기는 일이 많았다. 순옥이도 섭의 역성을 들어주기 때문에 섭은 순옥을 제 어미로 알고 있었던 것이다.

"요년아, 그래두 울어! 고 여우 같은 울음소리를 들으면 소름이 쪽쪽 끼친다. 무슨 애가 울음소리가 고따위로 청승맞아?"

하고 한씨는 와락 화를 내었다.

길림이는 목소리가 맑고 고왔다. 그것이 한씨 귀에는 청승맞게 들리는 것이었다.

"이년, 울지 말어!"

하고 순옥은 길림이를 안고 방에서 나왔다. 날은 춥다. 눈이 뿌린다. 북간도에서 아니고는 볼 수 없는 바람이 윙윙 소리를 내며 눈보라를 뿌리고 달아난다.

순옥은 길림을 안고 울었다.

허영의 방에 들어가더라도 길림이는 환영을 못 받는다.

한참이나 순옥은 길림이를 안고 툇마루에서 울다가,

"자 들어가자. 할머니 앞에서 울지 말어."

하고 한씨의 방 문고리를 잡으려 들면 길림이는 싫다고 몸부림을 하였다.

"그럼 아버지 방에 갈까?"

하면 길림이는 그것도 싫다고 몸부림을 하였다. 그러고 엄마의 가슴에만 폭 안겼다.

"추운데."

그래도 길림이는 고개를 도리도리하였다.

"그럼 아주머니 방에 가 있을 테야?"

하고 순옥은 길림의 뺨에 뺨을 대었다. 아주머니라는 것은 식모다.

"엄마두."

하고 길림이는 순옥의 손을 끌었다.

"난 아버지 곁에 있어야지."

742

하였다.

　네 살 먹은 길림이는 경우를 잘 아는 듯이 엄마에게 안겨서 식모의 방으로 갔다.

　순옥이가 허영의 방에 들어왔을 때에는 허영은 마치 마지막 숨을 모으는 모양으로 눈이 곧아지고 씨근씨근하고 있었다.

　"여보, 여보시우."

하고 순옥이가 놀라서 허영의 어깨를 흔들 때에 눈이 좀 크게 떠지는 것을 보면 아직 의식은 있는 모양이었으나 팔목의 맥은 만져질락 말락 하였다.

　'인제 마지막이다.'

하고 순옥은 긴 한숨을 한 번 내쉬면서 허영의 왼편 젖가슴에 강심제 주사를 연해 두 대를 놓았다. 아직 피부의 지각도 있는 모양이었다.

　순옥은 주사의 반응을 기다리는 동안에 귀를 허영의 가슴에 대어보았다. 가슴 전체가 수포음으로 꽉 찬 것 같았다. 뿌지지뿌지지, 마치 산 게를 여러 십 마리 담아놓은 자루에 귀를 대는 것 같았다. 심장이 약해지느라고 더욱 수포음이 많아진 것이다.

　"여보. 여보시우."

하고 순옥은 허영의 코와 제 코가 마주 닿으리만큼 제 얼굴을 허영의 얼굴에 가까이 대고 불러보았다. 허영의 눈알이 잠깐 순옥이 쪽으로 구르는 것 같았으나 말은 없었다.

　순옥은 허영이가 숨지기 전에 다만 한순간이라도 바르게 뉘우치는 마음과 평화로운 속을 가져보았으면 하고 속으로 빌었다.

순옥은 머리맡에 놓인 물그릇에서 물 한 숟가락을 떠서 허영의 입에 흘려 넣었다. 목젖이 움직이며 반쯤은 분명히 목구멍으로 흘러 들어갔으나 반은 주르르 입 밖으로 흘러나왔다. 그 입술은 까맣게 탔다. 헤벌린 입으로 보이는 이빨에도 검은 때가 끼어 있었다.

순옥이가,

"여보, 여보시우."

하고 여러 번 연해서 부르는 소리에 의심이 나서 한씨가,

"애야, 왜 그러느냐?"

하고 옆엣방에서 불렀다.

순옥은 인제는 아니 알릴 수 없다 하고 장지 하나를 새에 둔 한씨의 방으로 갔다.

"어머니, 애아범이 어려울 것 같습니다."

하였다.

"어렵다니? 죽겠단 말이냐?"

하고 벌떡 일어나 앉았다. 사십 도 가까운 열을 가진 한씨다.

"네, 어려울 것 같아요."

"영아, 이놈아, 내가 먼저 죽거든 죽어라."

하고 기어서 아들의 방으로 가려 들었다.

순옥은 한씨를 부축해서 허영의 곁에 갖다가 놓았다.

한씨는 병이 다 나은 듯이 누우려고도 아니 하고 허영을 흔들며 아우성을 하였다. 식모도 뛰어 들어왔다. 길림이는 식모의 방에서 잠이 든 모양이었다.

"영아, 영아, 이놈아, 계집 하나 잘못 얻은 죄루 우리 모자가 이 만리타향 오랑캐 땅에 와서 죽는구나! 아, 계집 하나 잘못 얻어서—어."

하고 수없이 순옥에게 대한 원망의 푸념을 하였다.

그래도 허영은 의식을 회복하지 못하였다.

순옥이가 허영의 가슴에 강심제 주사를 하려는 것을 한씨가,

"또 그놈의 주사를 해? 오, 인제는 가슴에다가 독약을 찌르는구나—어서 죽으라구. 인제는 가만두어두 죽는다. 아서라—아, 섭이두 그놈의 독약으루 죽이구—우 네 남편두 그놈의 독약으루 죽이구—우, 나두 그놈의 독약으루 죽여라! 아, 그러구 너의 모녀만 무병장수하구 잘 살아라—아."

하고 순옥의 손이 허영의 가슴에 닿지 못하도록 가로막아 앉는다.

순옥은 주사침을 방바닥에 떨어뜨리고 고개를 숙여버렸다. 강심제 주사로 버티어오던 허영의 심장은 점점 약하여지는 것이었다. 허영은 어디서 나온 기운인지 두 발로 이불을 걷어차고 눈을 부릅뜨고 팔을 내둘렀다. 사전기(死戰期)[198]에 들어간 것이었다.

"이놈! 이놈아!"

하고 허영은 가위눌린 사람의 아우성을 하였다.

"영아, 영아! 아."

하고 한씨는 허영을 흔들었다.

"순옥이. 순옥이!"

하고 허영은 고개를 내둘렀다.

"나 여기 있어요."

하고 순옥이가 허영의 곁으로 가려는 것을 한씨가 순옥의 가슴을 팔로 탁 쳐서 떼밀쳤다.

순옥은 갑자기 기침을 하고 빨간 피를 뱉었다.

"오, 네년도 이제는 죄악이 관영[199]하여서 피를 토하는구나."
하고 한씨는 이를 갈았다.

"순옥이! 주사. 주사!"
하고 허영은 몸을 이리 뒤집고 저리 뒤집고 하면서 영각[200]을 하였다. 허영의 몸에서는 굵은 땀방울이 솟아서는 흘러서 등불 빛에 번쩍번쩍하였다.

"오냐, 다 알았다. 네가 순옥이 년의 독약 주사 때문에 죽는다——아."
하고 한씨는,

"이년아, 이년아, 이 웬수엣년아."
하고 순옥의 머리채를 끌어서 방바닥에 엎어놓고 입으로 막 물고 주먹으로 막 때렸다.

순옥은 아무 저항도 아니 하였으나 그저 설워서 한없이 울었다. 만일 식모가 한씨를 껴안아서 한씨의 방으로 끌어가지 아니하였던들 한씨는 순옥을 죽여버렸을지도 모른다.

허영의 사전기는 짧았다. 그는,

"안 가, 안 가! 이놈아, 안 간다!"

"순옥이 주사, 주사."

"저놈을 때려 쫓아요, 저놈들!"

"자동차 왔어, 어머니 자동차 왔어."

"응, 귀득이두 왔어. 안 가요, 안 가요."

이런 소리를 잠꼬대 모양으로 떠들고는 고만 쓰러져서 목에 가래가 끓기 시작하였다. 한씨는 순옥의 악담을 하다가는 통곡을 하고 허영을 부르다가는 통곡을 하였다.

순옥은 연해서 오륙 차나 각혈을 하여서 똑바로 무엇을 볼 수도 없었다. 색채도 분명치 아니하고 모양도 어른어른할 뿐이었다.

새로 한 시 좀 지나서 허영은 마침내 운명하였다. 허영이가 죽은 지 사흘 뒤에 한씨도 죽었다. 불과 십여 일 내에 허영의 집 세 식구가 죽어버리고 순옥은 몸져서 누웠다.

그 이듬해 사월. 철은 봄이언마는 아직도 북방에는 눈이 날릴 때에 순옥은 다섯 달 동안이나 입원하여서 사생 간에 방황하던 연길 천주교 병원을 떠나서 영옥과 인원의 보호로 서울 길을 향하였다.

인원은 십이월부터 안빈의 명으로 북간도에 와서 순옥을 간호하고 길림을 보아주고 있었다. 순옥은 일시 위험 상태에 빠졌었으나 이월 말 삼월 초부터 열이 내리기 시작하고 구미도 생겼다. 그동안 베크 원장, 이의사의 정성은 여간이 아니었다. 신부와 수녀들도 순옥을 한 성도로 대우하였다.

인원도 병원에 온 뒤로 대단히 평판이 높았다.

나중에 영옥이가 내려와서 순옥이나 인원이가 다 안빈 박사의 감화를 받은 사람이라는 말을 한 뒤에 베크 원장과 칸트 신부는 안빈 박사의 생활과 학설을 연구하여서 독일에 소개한다고 독일 사람다운 결심을 하였다.

순옥이가 연길역에서 차를 타는 날 역두에는 남녀 수백 명 사람이 전송을 나왔다. 민족의 차별도 없이 다들 이 놀라운 사랑의 사도, 정성스러운 의사와 떠나기를 아꼈다. 수녀들도 진정으로 석별의 정을 표하였다.

"순옥이 일 많이 했어."

하는 인원의 말도 결코 웃는 말만이 아니었다.

오후 다섯 시 순옥의 일행이 서울에 내릴 때에는 안빈이 역두에 나와 있었다.

순옥은 차에서 내리는 길로 사람들이 보는 것도 꺼리지 아니하고,

"선생님!"

하고 안빈의 가슴에 매달렸다.

안빈도 두 손으로 순옥의 어깨를 만졌다.

"감정 격동 말고."

하였다.

순옥은 안빈의 북한 요양원으로 들어왔다.

안빈은 순옥을 위하여 산과 시내를 잘 바라볼 수 있는 곳에 방 둘과 마루 하나와 일광욕할 마당 하나를 갖춘 작은 집 하나를 지어서 거기 순옥을 거처하게 하였다. 다른 한 방에는 인원이가 길림을 데리고 거처하게 하였다.

북한에 풀꽃이 피고 나비들이 날아다니는 철이 되었다. 능금꽃도 피었다. 졸졸졸 흐르는 산 시내 소리도 따뜻하게 들리는 날이었다. 순옥은 수영복처럼 생긴 일광욕복을 입고 등교의에 누워서

일광욕을 하고 있었다.

하루에 오 분씩 늘려서 하는 일광욕이 인제는 하루에 두 시간 이상이나 하게 되어서 순옥의 살이 까무스름하게 탔다. 인제는 장딴지며 넓적다리며 젖가슴에도 토실토실 새살이 올라서 북간도에서 왔을 때에 껍질만 마주 붙었던 순옥과는 딴사람이 되었다. 인제는 자는 약도 아니 먹어도 하루에 팔구 시간이나 잠을 자고 소화약을 아니 먹어도 하루에 세 때 밥이 곧잘 내렸다.

가만히 등교의에 누워서 전신에 볕을 쬐면서 하늘을 바라보면 순옥은 언제나 마음이 기뻤다.

혹시 흰 구름이 둥실둥실 떠간다든지 새소리가 들린다든지 꽃향기가 바람에 풍겨온다든지 하면 순옥은 노래를 부르고 싶도록 마음이 들뜨기도 한다.

인원이가 유리병에 맑은 냉수를 떠 가지고 예반에 인단 유리컵을 놓아 가지고 온다.

"자 냉수 먹어."

하고 인원은 컵에 물을 부어서 순옥에게 준다.

순옥은 컵을 받아서 쭉 들이켜고 그것을 도로 인원에게 주며,

"언니, 노래가 부르구 싶어."

하고 웃는다.

"안 돼, 아직."

하고 인원은 보채는 아이를 위협하는 듯한 눈을 짓는다.

"안 되지?"

하고 순옥은 소리를 아니 내고 노래를 부르는 시늉을 한다. 다리

로 박자까지 맞추면서.

"안 되지는 다 무에야? 제가 의사면서."

"내가 왜 의사요. 지금야 언니 밑에 있는 앓는 어린 계집애 동생이지."

하는 순옥의 얼굴에는 서른두 살 된 어머니라고는 믿어지지 않는 애티가 보였다.

인원은 웃는다.

비취옥 빛이 나는 날개를 팔랑거리는 나비가 어디서 날아와서 순옥의 머리를 한 번 싸고돈다.

"선생님이 무에라셔? 내 병이 낫는다셔?"

하고 순옥이가 눈을 파랑 나비의 뒤를 따르면서 인원에게 묻는다.

"그럼. 인제부터는 산보를 좀 시켜두 좋다구 그러시던데. 또 한 번 여러 환자들을 모아놓구 순옥이를 보이신다구——모범 환자루."

"모범 환자?"

하고 순옥은 방그레 웃는다.

"그럼, 모범 환자 아니구. 글쎄 처음 북간도서 올 때를 생각해 보아요. 몸은 꼬치꼬치 마르구. 글쎄 그 삼십칠 도 오 부 열이라니 그 무슨 완고한 열이었어?"

"사지는 쑤시구, 잠은 안 오구."

"그럼. 그러던 것이 어쩌면 불과 석 달에——으응 웬 석 달은 되었나? 두 달 열흘인가밖에 안 되지."

"그게 머, 내가 모범 환자가 되어서 그렇수?"

하고 순옥은 얼굴에서 장난꾼스러운 웃음을 거둔다.

"그럼?"

인원도 엄숙한 기분이 된다.

"선생님과 언니의 사랑으루——지극하신 사랑으루 그렇지."

하고 순옥은 눈물을 떨어뜨린다.

"아서, 그렇게 비감하지 말어."

하고 인원은 순옥의 눈과 뺨에 흐르는 눈물을 씻긴다.

"나는 병이 낫는 것이 싫어, 언니."

하고 순옥은 고개를 살래살래 흔든다.

"그건 다 무슨 소리야?"

"아니, 정말. 난 언제까지나 이만하게 앓다가 죽었으면 좋겠어."

"숭해라. 왜 그런 소릴 해? 인제 이 여름만 지나면 성한 사람이될걸."

"성한 사람이 되는 것이 싫어요, 언니."

"글쎄, 왜 그런 소리를 해?"

순옥은 말없이 한참이나 앞산 위에 뜬 구름을 바라보다가 눈을 인원에게로 돌리며,

"내가 왜 언니보구 안 그랬수? 처음 북간도에서 와, 여기 처음 입원한 날 말야. 나는 지금이 제일 행복되다구. 병이 있기 때문에 마음 놓구 선생님 곁에 있을 수가 있다구. 참말루 안 그렇수. 내 병 덕에 그동안 두 달 동안 실컷 선생님의 사랑을 받을 수가 있었거든, 그것이 내 평생소원이 아니오? 선생님 곁에 있는 것이. 그렇지만 내 병이 다 나아서 만일 내가 성한 사람이 되어버린다면

또 선생님 곁을 떠나야만 할 거야. 그래서 검온할 적마다 열이 내리는 것이 싫어요. 진정야, 언니."

하고 순옥의 눈에는 또 눈물이 괸다.

"순옥의 마음은 나두 알아."

하고 인원도 고개를 돌려서 눈물을 씻는다.

"나는——."

하고 순옥은 주저하는 듯이 말을 끊고 제 입술을 빨다가,

"나는 사십이 넘기 전에는 다시는 선생님 곁에를 아니 오려고 했어요, 언니."

하고 길게 한숨을 쉰다.

"사십은 왜?"

"나두 나이가 사십만 넘으면야 아무리 내가 선생님을 뫼시구 있기루니 누가 무어라구 하겠수?"

"그러기루 지금이야 순옥이를 보구 누가 무에라구 해? 그야말루 지금 순옥이 험구를 하는 사람이 있다면 그 입이 맥혀버리지."

"아이, 무얼 그래요."

하고 순옥은 고개를 흔든다.

이때에 길림이가 어디서 풀꽃을 한 줌 따서 흙 묻은 손에 들고 들어오다가 엄마를 보고는 그 꽃을 다 내버리고 엄마 교의 곁으로 가서 팔에 매달린다.

순옥은 길림을 보자 허영과 한씨 생각이 난다. 한씨와 허영은 끝까지 길림에게 대해서 의심을 품는 양을 보였던 것을 기억한다. 그러한 기억이 들어오매 순옥의 맑던 얼굴이 흐려진다. 두 사

람이 죽는 순간에라도 맑고 화평한 마음을 다만 한순간이라도 품어보지 못하게 한 것이 슬펐다. 그러한 생각을 할 때마다 순옥은 제가 어떻게나 힘도 없고 값도 없는 존재인가를 아니 느낄 수가 없었다. 만일 순옥에게 이 세상에 살아 있을 욕망이 있다고 하면 그것은 다만 한 중생에게라도 참된 기쁨과 화평을 주는 것이었다. 그러나 지나간 육 년 동안에 순옥은 전심력을 다하느라고 하였건마는, 한씨와 허영에게 얼마나 한 기쁨과 화평을 주었는가. 순옥의 눈앞에 한씨와 허영과의 비참하고도 추악한 임종이 떠오를 때마다 순옥은 그것이 마치 제게 내려온 벌인 것같이 느껴지지 아니할 수가 없었다. 순옥의 마음의 추악함이, 죄 많음이 한씨와 허영과의 임종이라는 각색을 가지고 순옥의 눈앞에서 연출된 것같이 생각하였다.

'어디서나 또 한씨와 허영을 만나서, 또 한 번 며느리가 되고 아내가 되어서 기어이 그들의 마음을 참기쁨으로 인도하고지고.'

순옥은 수없이 이러한 원을 세웠다.

인원은 순옥의 낯빛이 흐리는 것을 보고,

"길림아, 아주머니하구 가서 우리 손 씻어, 응. 아이 이 봐, 손지지!"

하고 길림을 안고 나가버린다. 길림은 싫다는 말도 없이 인원의 손에 매달려서 나가버린다. 북간도에 있을 때에 조모 한씨의 미움받이로 기를 펴지 못하던 길림은 여기 온 뒤로 마음을 펴고 자라는 까닭인지 살도 더 오르고 눈치를 살살 보던 것도 없어지고 아주 토실토실하게 명랑하게, 순진하게 자랐다.

"내 소원대루 됐어. 길림이가 꼭 순옥이야."

하는 인원의 말은 조금도 꾸미는 말은 아니었다. 허영 모자가 절치부심하도록 길림은 허영을 한 가지도 닮은 곳이 없었다. 순옥의 어머니까지도 길림을 보고,

"꼭 네 엄마 어렸을 때다."

하고 감탄하도록 순옥을 닮았다. 한씨가 그렇게도 미워하던 길림의 목소리도 여기 와서는 누구에게나 귀염을 받았다. 유치원 노래를 곧잘 옮겼다.

안빈, 인원, 수선, 영옥, 이러한 사람들 속에 있는 순옥은 마치 새로운 세상에 나온 것 같았다. 그러한 사람들의 온기로, 빛으로 이 요양원에 있는 직원이나 일꾼이나 또 환자들이 모두 부드러운 금빛과 향기로운 연꽃 바람 속에 있는 것 같았다. 이 요양원에서 약 일 년간 치료하고 나간 어떤 시인이,

"북한의 낙원!

거기는 밝은 빛과 따뜻한 대기가 있다.

그것은 사랑이다─사랑에서 솟는 기쁨이다."

하고 일 년 동안 이 분위기 속에 있을 기회를 얻게 한 제 중병에 대하여 감사한다고 한 것이 시인적 과장은 아니었다.

순옥이가 다른 환자보다도 몇 갑절, 아마 수없는 갑절, 이 북한 요양원의 따뜻함과 기쁨을 느낀 것은 말할 것도 없다. 순옥이가 생각하기에 이러한 환경은 이 세상에서는 다시는 찾아볼 수가 없는 것 같았다. 연길 선교사 사회의 분위기가 심히 맑고 엄숙하였으나 그것은 마치 고딕 건물 모양으로 좀 무겁고 음침한 것 같았

다——북한의 그것과 비교하면.

순옥이가 느끼기에 북한 요양원의 공기는 예전 안빈 병원의 그
것보다도 더욱 밝고 더욱 맑고 더욱 따뜻하고 더욱 향기로운 것
같았다. 순옥은 그 원인을 생각하여보았다. 서울 시내가 아니요,
북한의 산속이라는 것도 한 원인일 것 같았다. 그러나 땅이 무슨
상관이랴. 선인이 사는 곳은 지옥도 극락이요, 악인이 사는 곳은
극락도 지옥이다. 이 고요한 밝음은 땅에서 오는 것이 아니라, 사
람에게서 오는 것이었다. 그 사람이란 안빈과 인원과 수선과 및
그들의 빛을 받는 사물들이었다. 이렇게 생각할 때에 순옥은 안
빈의 빛이 지나간 사 년 동안에 커졌음을 깨달았다. 그의 수염과
머리카락에 센 터럭이 느는 대로 빛이 늘고, 그의 얼굴에 주름이
느는 대로 향기로운 따뜻함이 느는 것 같았다.

'옳다, 선생님은 자라셨다!'

순옥은 이렇게 결론하였다.

'그 빛 속에서 나도 자라는가?'

순옥은 이러한 생각을 하여본다. 인원이나 수선이나 다 전보다
도 위의가 엄숙하고 빛났다. 사람을 사랑하는 힘이 는 것 같았다.
반 이상 안정 요법을 하는 결핵 환자들을 그들은 진실로 친절하
게 익숙하게 취급하였다. 마치 어머니나 누나의 애정으로 자식이
나 동생을 간호하듯이 그러면서도 조금도 지어서 하는 빛이 없이
극히 자연스럽게 하는 것이 순옥의 눈에 띄었다. 순옥도 제가 간
호사로 있을 시절에 환자에게 대하던 태도를 기억한다. 순옥도
애정을 가지고 친절하게 하노라고는 하였으나 도저히 인원이나

수선에게 미치지 못하는 것 같았다.

더욱 놀란 것은 인원에게서는 그 쌀쌀스럽고 어떤 때에는 잔인하다고 하리만큼 남의 허물을 알아내고, 빈정거리는 입도 삐쭉거리던 것도 스러지고 수선도 그 무뚝뚝하던 것이 믿음성스러운 위엄으로 변한 것이었다.

순옥이가 몸이 좀 편안해지고 건강이 증진할수록 이러한 것을 더욱더욱 느꼈다.

한번은 회진 시간이 아니고 한가한 때에 순옥의 병실에 찾아온 안빈을 보고 순옥이가 이러한 뜻을 말하였더니, 안빈은,

"그동안 오 년 동안에 순옥이가 더욱 자란 것이지. 순옥의 마음이 더욱 맑아지고."

이러한 말을 하고 웃었다. 그러고는 뒤를 이어서,

"우리도 순옥이가 보기에 전보다 자랐으면 고마운 일이고."

하고 안빈은 또 한 번 만족한 듯이 웃었다.

그로부터 열몇 해의 세월이 흘렀다. 안빈의 나이 만 육십 세가 되는 날은 눈이 많이 오는 동짓달이었다. 안빈은 날마다가 생일이라고 해서 옥남이가 세상을 떠난 뒤로는 생일잔치라는 것을 한일이 없었다. 그러나 이날 안빈은 모든 식구를 다 모아서 만찬을 같이하였다. 아들 협이도 벌써 의학사요, 딸 윤이가 스물넷, 정이가 스물둘, 순옥의 딸 길림이도 열여섯, 순옥이와 인원도 다 사십이 넘은 중년이었다. 수선은 오십을 바라보는 중늙은이였다. 영옥도 벌써 오십이 가까웠다.

북한 요양원의 안빈의 주택은 예나 이제나 마찬가지로 질소한[201]

그 집이었다. 병실만은 증축 또 증축으로 이제는 이백의 환자를 포용하였다.

안빈의 이층 서재에서는 전등 불빛이 흘러나왔다. 다들 식사를 마치고 차와 과일을 앞에 놓고 앉아 있었다. 윤이, 정이, 길림이가 서비스를 하고 있었다. 이의사도 있었다. 그는 북간도에서 순옥과 한 병원에 있던 의사로 안빈과 그 사업을 사모하여 이 요양원에 온 것이었다. 협이도 이제는 이 요양원의 주인이었다.

"다들 바쁘게 지냈네."

하는 것이 안빈의 첫인사였다.

사람들은 모두 안빈만 바라보고 말이 없었다. 차를 마시던 것도 과일을 먹던 것도 다 잊어버리고 이 늙은 박사가 오늘 무슨 뜻으로 식구들을 다 모아놓았을까 하는 것을 궁금히 여겼다.

"다들 바빴어. 이 요양원이 창립된 지도 벌써 십오 년이야—오는 사월이면 만 십오 주년 아닌가. 그런데 다들 바빴지?"

하고 안빈은 수선, 순옥, 인원, 영옥, 이 모양으로 죽 둘러본다. 그래도 사람들은 안빈의 '바빴다'는 말이 무슨 뜻인지를 모른다.

"인원이하고도 한번 조용히 마주 앉아서 말할 새도 없었어. 순옥이가 여기 온 지도 벌써 십 년이 넘었지마는 역시 그랬고. 생각하면 퍽 바빴어, 다들."

하고 안빈은 빙그레 웃는다. 안빈의 머리는 삼분지 이나 백발이었고 눈썹에조차 센 터럭이 있었다. 본래 수척한 얼굴이지마는 근년에 더욱 수척하여서 싸늘하다고 하리만큼 맑은 기운이 돌았다. 그래도 눈의 빛과 음성만은 젊은 것 같았다.

"참 선생님은 바쁘게 지내셨어요. 여름에나 겨울에나 한 번도 휴가라고 없으셨으니."

하고 인원이가 비로소 대꾸를 놓는다.

"인원이가 나보다 더 바빴지. 이 네 아이들의 어머니 일을 하느라고."

하고 안빈은 협이, 윤이, 정이, 길림이를 돌아본다.

네 젊은 남녀는 일제히 인원을 바라본다.

인원은 말이 없이 고개를 숙였다.

"자, 우리 오늘 저녁에는 신세타령들이나 해볼까. 다들 불쌍한 사람들만 모여 사는 우리 식구들이니. 영옥군은 예외지마는. 안 그런가? 수선이나 인원이는 일생에 가정 맛도 못 보고 제 집이란 것도 못 가져보고 일생에 날마다 앓는 사람 시중만 하고 또 순옥이는 순옥이대로 갖은 고생을 다 하고. 또 이 애들은 어머니 없는 자식으로 길림이는 아버지 여읜 자식으로, 생각하면 모두 불쌍한 사람들 아닌가. 나로 말해도 홀애비로 반생을 살고. 다들 불쌍한 사람들 아닌가? 자, 우리 속에 있는 대로, 속에 먹었던 대로 신세 타령들을 해볼까. 어디 길림이부터. 제일 어린 사람부터 먼저 하기라고. 길림이 어떠냐. 아버지가 안 계시니까 섧지?"

하고 안빈은 웃으며 길림이를 본다.

길림은 검은 치마에 흰 저고리, 고등여학교 삼년생이다. 자랄수록 순옥과 꼭 같았다. 목소리까지도 몸가짐 걸음걸이, 무슨 말하기 어려운 일이 있을 때면 입술을 빠는 버릇까지도 같았다.

길림은 쌕 웃고 고개를 숙인다.

"어서 말해보아라."

하고 안빈의 재촉에 길림은 빨개진 낯을 들고,

"저는 설운 거 몰라요. 늘 기뻐요."

하는 것이 그의 대답이었다. 말은 못 하나 속으로는 길림은 '당신이 내 아버지시야요' 하는 생각을 하여본다. 실로 길림은 자식이 아버지에게서 얻을 것을 모두 다 안빈에게서 얻었다.

"그래 그다음엔 정이."

"박선생님이 어머니신걸."

하고 정이가 웃는다.

"응. 또 윤이."

"이따금 돌아가신 어머니가 그리울 때면 서러워요. 그래도 어머니가 안 계시니깐 이렇다 하는 일은 단 한 번도 없었어요. 제가 어머니께 구할 것은 박선생님이 다 주신걸요. 박선생님을 어머니라고 부르지 못하는 것만 섭섭해요."

하는 것이 윤의 대답이었다.

"응. 또 협이."

"저두 윤의 생각과 같아요. 박선생님하구 순옥이누나하구 두 분의 사랑이 어머니의 사랑을 보충하고도 남았어요. 어머니 없는 외로움이나 불편을 느껴본 일은 없습니다. 차차 자라면서 생각할수록 박선생님과 순옥이누나의 정성이 어떻게 큰 것을 더 알아지는 것 같아요. 두 분의 사랑 속에서 헌신적 사랑이라는 것을 배운 것 같습니다."

하고 협은 한 번 빙긋 웃고 나서,

"이 말씀이 하기 어려운 말씀입니다마는, 아버지 저는 큰일 났어요."

하고 안빈을 바라본다.

"왜?"

"저도 인제 혼인할 나이가 안 되었습니까?"

"그런데?"

"그런데 어디 눈에 차는 여자가 있어요? 여자만 보면 박선생님과 순옥이누나와 비교를 하니 어디 그 수준에 닿는 여자가 있어요?"

"아이 오빠두. 전 무엔데."

하고 윤이가 협이를 바라보며 웃는다. 윤이는 제 학교 동무 중에서 몇 사람을 협에게 소개하였건마는 협은 다 퇴한 까닭이었다.

모두들 웃었다. 안빈도 웃고 협이도 웃었다.

"그다음엔 순옥이로군."

하고 안빈은 순옥을 본다.

"저는 일생에 한이 꼭 하나 있습니다."

하고 순옥의 얼굴이 흐린다.

"무엇?"

하고 안빈도 엄숙해진다.

"이 애 아버지하구 이 애 할머니하구 편안한 마음으로 돌아가시게 하지 못한 것이 평생 한이야요."

하고 순옥은 길게 한숨을 쉰다.

"흠. 그렇겠지. 그렇지마는 순옥이 힘껏은 다했으니까."

하는 안빈의 위로에 순옥은,

"지금 같으면 좀더 해드릴 수도 있을 것 같아요."

하고 길림의 어깨를 만진다. 길림은 허영이가 저를 눈 흘겨보던 것과 한씨가 소리를 지르고 쥐어박고 하던 것을 몽롱하게 기억한다.

"그래도 순옥이가 길림의 아버지와 할머니께 쓴 정성은 언제나 사라지지 아니하고 두 분의 생명을 건지는 씨가 되고야 말 것을 믿으니까──사랑의 씨는 겁화²⁰²에도 아니 타는 것이니까."

하고 안빈은 순옥을 위로한다.

"그것을 제하고는."

하고 순옥은 낯이 흐림을 거두며,

"저는 이 세상에 가장 행복된 사람 중에 하나라고 믿어요. 제 소원은 완전히 성취되었으니깐요. 선생님 곁에서 거진 반생이나 보낼 수가 있었으니깐요. 제 만족은 완전해요. 제게는 이 이상의 소원은 하나두 없습니다. 더구나 북간도서 온 뒤에 십여 년간은 저는 완전한 기쁨 속에서 살았습니다. 무엇을 하고 언제 세월이 이렇게 흘러갔는지도 몰라요. 앞으로 더 소원이 있다고 하면 그것은 제가 죽기까지 선생님 곁에 모시는 거야요."

하고 말하는 동안에 순옥의 눈과 얼굴은 갈수록 빛난다. 소리도 떨린다. 순옥은 일생에 처음 안빈의 앞에서 제 속을 고백한 것이다.

인원은 물끄러미 순옥을 바라보고 한숨을 쉬었다. 이십 년 한결같이 변함이 없는 순옥의 사랑이 새삼스럽게 인원의 마음을 때린 것이다.

협과 윤과 정도 마치 새로운 사실이나 발견한 듯이 눈을 순옥에게로 모았다. 청춘의 그들에게는 순옥의 말이 인원에게 준 것보다도 더한 감동을 준 것이었다. 아직 열여섯 살밖에 아니 되는 길림도 그의 천재적인 조숙이 어머니의 감정을 이해케 하는 것이었다. 그야말로 어머니 순옥의 고백을 듣고 아니 놀랄 수가 없었다.

안빈은 마치 돌로 깎은 사람 모양으로 의자에 기대어서 꿈쩍을 아니 하고 있었다. 순옥의 말을 아니 듣더라도 그러리라고 상상치 아니한 것은 아니지마는 직접 순옥의 입에서 그런 말을 듣고 보면 역시 가슴이 울렁거림을 금할 수가 없었다.

수선도 놀란 듯이 순옥의 얼굴을 번갈아 바라보았다.

순옥은 일좌가 제 고백에 놀라서 제게로 주목하는 줄을 알매, 일종의 수치를 느끼면서도 속에 쌓고 쌓고, 싸고 싸서 두었던 것을 이 기회에 쏟아놓고 싶은 충동을 느꼈다.

"제 일생에 무엇이 잘된 일이 있다고 하면, 그것은 선생님이 제 몸을 통하셔서 하신 일입니다. 무어 잘한 일이야 있겠습니까마는 그래두 가만히 생각하면 석순옥이 저로는 못 할 일들인 것 같아요. 저는 아무 지혜두 깨달음두 없었습니다. 지금두 없습니다. 저는 무엇이 좋은 일인지 아닌지두 몰라요. 그저 선생님 뜻이 이러시리라 하는 것을 생각하고, 그것을 따라서 살아왔습니다. 앞으로도 그렇게밖에는 살아갈 힘이 없는 저야요. 제 가슴에는─제 가슴에는 오직 선생님이 계실 뿐입니다."

순옥의 콧등과 이마에는 땀까지도 비친다. 순옥의 얼굴이나 음성이나 다 이십 년 전의 처녀 시대에 돌아간 것 같았다.

안빈은 여전히 말도 없고 몸도 움직이지 아니하였다.

순옥은 한참 동안 말을 끊었다가 다시,

"제가 선생님의 사상인들 어떻게 안다고 하겠어요. 근 이십 년을 두고 되어보아두 선생님의 생각은 한량이 없으신 것 같아요. 그래서 저는 선생님의 사상을 헤아리기를 단념하였습니다. 그러고 단 한 가지 선생님의 한량없으신 덕 가운데서, 단 한 가지 제 지혜로 알아지는 것만을 붙들고 일생을 살아왔습니다. 그것은 저를 죽여라, 하는 정신이라고 보았습니다. 저를 죽이고 너와 인연 있는 자를 사랑하여라. 무한히 무궁히, 무조건으로——이렇게 저는 생각하였습니다. 저는 한량이 없으신 선생님의 덕 중에서 이 한 가지를 배우는 것으로 일생의 목표를 삼고 살아왔어요. 제가 그 정신으로 살 수가 있을 때면 제가 사모하는 선생님의 품에 드는 것이거니, 이렇게 믿고 살아왔습니다. 이를테면 선생님의 머리카락 한 올을 안고 기쁘게 기쁘게 살아온 거야요."

순옥은 이렇게 말하고 제가 너무 말을 많이 한 것이나 아닌가 하고 뉘우치는 생각도 나면서 손수건으로 콧등과 이마의 땀을 씻고 말을 끊었다.

순옥이가 말을 끊은 뒤에도 안빈이나 다른 사람들이나 다 잠자코 몸도 움직이지 아니하고 있었다.

얼마의 침묵이 지나간 뒤에 비로소 안빈이 고개를 들며,

"인원이 말하오."

하고 인원을 보며,

"인원도 퍽 적막하고 고생스럽고 바쁜 중에 청춘을 다 보냈지?"

하고 빙그레 웃는다.

"아뇨, 저는 조금도 적막한 줄두 고생스러운 줄두 모르고 살았어요. 문안에 있을 때에는 선생님 애기들에게 정을 푹 쏟고 살았구요. 여기 나온 뒤에 십여 년에는 한편으로는 협이, 윤이, 정이의 사랑을 되받고, 또 한편으로는 환자들을 사랑도 하구 사랑도 받구 사느라구 사십 평생을 그야말로 사랑 속에 산걸요. 가끔 동무들이 남편의 정이 그립지 아니하냐, 자식의 정이 생각히지 않느냐, 그렇게 물어요. 그래서 혹시나 그런가 하고 생각해보면 도무지 그런 요구가 없단 말씀야요. 왜 그럴까 하고도 생각하면 그도 그럴 것이 아닙니까. 제가 아들 하나 딸 삼 형제가 있거든요. 또 남편으로는 그동안 이 요양원에 입원했던 남자들이 다 제 남편이구요—제 말이 좀—좀 무지하게 되었습니다마는 꼭 그래요. 그게 사실인걸요."

인원은 제 말에 픽 웃는다. 그러나 듣는 사람들은 다 고개를 끄덕끄덕한다.

"응, 또 수선이."

"아이, 제가 무얼 압니까?"
하고 오십이 다 된 사람이—그렇게 사내 녀석 같던 사람이 수삽한 빛을 보인다. 수선은 제가 보통학교밖에 교육을 못 받은 것을 생각한다. 그리고 일생에 별로 독서라고 할 만한 독서도 아니 한 사람인 것을 생각한다.

"무얼 안다는 것이 아니라, 신세타령을 하란 말야."
하고 안빈은 수선을 바라본다.

"저는 아무것도 할 말씀이 없어요. 어떻게 살아온지 모르게 살아온걸요. 그저 선생님 은덕으로 일생을 편안히 살아온 거야요."

하고 수선은 더욱 수삽한 빛을 보인다. 남들이 보기에 우스우리만큼 수삽해한다.

"흥. 어떻게 살아온지 모르게——어떻게 살아온지 모르게."

하고 안빈은 수선의 말을 두 번이나 반복해보더니 한 번 더,

"어떻게 살아온지 모르게——남을 위하여 저를 희생하는 줄도 모르게 일생을 바쳤다."

하고 혼잣말 모양으로 중얼거리더니 고개를 번쩍 들어서 수선과 일동을 바라보며,

"내가 육십 평생에 닦으려고 애쓴 것이 수선의 경계에 도달하려는 것이야."

하고 깊이 감동한 듯이 고개를 끄덕끄덕한다.

사람들은 안빈의 말을 듣고 수선이가 한 말에서 비로소 새 뜻을 찾는다.

안빈은 얼마의 침묵이 지난 뒤에 입을 연다.

"고맙소. 나도 여러 사람들의 사랑 속에 육십 평생을 기쁘게 살아왔소. 내 죽은 아내 옥남의 사랑이 아니면 내가 지금까지 목숨을 부지할 수도 없었을 것이고, 김부진씨의 은혜가 아니더면 내가 병원 사업을 못 하였을 것이고, 수선이가 아니더면 내 병원이 어떻게 되었을는지 모르고, 또 인원이가 아니더면 내가 자식들을 어떻게 길렀을는지를 모를 것 아닌가. 또 순옥의 그 깨끗하고도 열렬한 사랑이 내 병약한 체질과 정신에 자극과 격려를 아니 주

었던들 내가 벌써 노쇠하여버렸을는지 몰라. 나는 이 기회에 순옥에게 무한한 감사를 드리오. 순옥을 생각하면 내 가슴속에서는 새로운 정력과 용기와 감격이 끓어올랐어. 순옥도 일생에 처음으로 고백을 하였으니 나도 일생에 처음으로 고백하오."

안빈의 말이 여기까지 올 때에 순옥은 느껴서 운다. 인원의 눈에도 눈물이 괸다.

안빈은 우는 순옥을 한 번 힐끗 보고 말을 계속하여서,

"또 협이, 윤이, 정이가 다 인원의 좋은 교육을 받은 덕에 아비를 기쁘게 하여주는 아들과 딸이 되어준 것이 내게 큰 기쁨이야. 나야말로 분에 넘치는 은혜를 받은 행복자야."

하고 안빈은 일동을 향하여서 합장하고 고개를 숙인다. 일동도 갑자기 몸의 자세를 고쳐서 안빈을 향하여 고개를 숙인다.

협이와 윤이와 정이가 느껴서 운다.

"모두 선생님 덕화시죠."

하고 지금까지 가만히 듣고만 있던 영옥이가 감격에 떨리는 목소리로 한마디를 던진다.

"저도 순옥씨를 통하여서 선생님의 덕에 감화된 한 사람야요."

이것은 북간도에서 온 이의사의 말이다. 열정적인 이의사는 눈이 빨개진다.

"아니, 아니!"

하고 안빈은 강하게 고개를 흔든다. 사람들은 다시 안빈을 본다. 안빈 자신도 감격에 넘쳐서 말의 두서를 잡기가 어려운 듯이 한참이나 머뭇머뭇하더니,

"내가 오늘 저녁에 하려는 말이 이 말야. 순옥이나 인원이나 수
선이나, 또 석군이나 이군이나 마치 나 안빈이란 사람을 중심으
로 생각하는 모양이요, 또 우리들 불쌍한 무리들이 이렇게 오늘
날까지 사랑의 기쁨 속에서 옳음을 위해서 바쁘게 살아오게 한
힘이 나 안빈에게나 있는 것같이 말하는 것이지마는, 그것이 큰
인식 착오야. 내 정말 감사한 절을 드릴 분을 말할 테니 들어보시
오."

하고 잠깐 말을 끊었다가,

"첫째로 우리가 시시각각으로 고마운 절을 드릴 분은 우리의
마음속에 사랑과 옳음의 씨를 주시고 이것이 돋아나도록 힘써주
시는 부처님이시고——하느님이라든지, 원 이름야 무에라든지 말
야. 우리 속에 사랑의 씨가 없었더면 우리의 지난 생활이 어떠하
였겠나? 둘째로 우리가 시시각각으로 고마운 절을 드릴 분은 우
리 조국님이시고, 조국님이 아니시면 어떻게 우리가 질서 있는
사회에서 살기는 하며 옳은 일은 하겠나? 그런데 우리가 조국님
의 은혜를 느끼는 감정이 부족해. 셋째로는 부모시고, 넷째로는
중생, 즉 남님이셔. 남님이란 말은 퍽 서투른 말이지마는 우리가
남이니 남들이니 하고 가볍게 생각하는 것이 큰 잘못이어든. 우
리가 중생의 은혜 속에 살지 않나? 그러니까 남님이라고 불러야
옳을 거야. 이건 내가 발명한 말이 아니라, 부처님의 가르치심이
야. 사대은——네 가지 큰 은혜라고. 사람이 이 네 가지 큰 은혜만
잊지 아니하면 그것이 도야. 이 네 가지 은혜를 잊지 아니하는 사
람이면, 자연히 감사의 생활을 할 것이고, 감사의 생활은 곧 사랑

의 생활, 자비의 생활이어든. 순옥이가 아까 내 사상이 한량이 없다고, 그중에서 저를 잊는 사랑만을 배웠노라고 하였지마는 한량이 없는 것은 부처님의 사랑뿐이고, 또 저를 잊는 사랑이면 부처님의 한량이 없는 사상을 다 포함한다고 믿어. 나 안빈이가 오늘할 일은 부처님, 나라, 어버님, 남님을 그대들에게 소개하는 일야."

하고는 잠시 말을 끊는다.

사람들이 잠잠히 안빈의 말을 생각하여본다.

얼마 후에 안빈은 한 번 기침을 하고,

"내가 인제 나이 육십인데 그동안 하도 바빠서 반성하고 수양할 기회가 없었고, 또 몸도 좀 피곤하단 말야. 인제는 아이들도 다 자라고, 또 요양원도 기초가 잡히고 했으니 나는 한참 더 공부를 할라네. 석군, 이군, 순옥이, 또 협이, 수선이, 인원이, 또 윤이도 한다니까 다들 이 요양원을 맡아서 해가기로 하라구."

하는 선언을 한다.

일동은 이 선언에 깜짝 놀란다.

안빈은 시계가 아홉 시를 땅땅 치는 것을 듣고 놀라는 듯이,

"아차 너무 늦었군. 자 다들 가서 아홉 시 회진을 해야지. 윤아, 내 예방의 가져온."

하고 안빈이 먼저 일어난다.

서문

1 하백(河伯) 물을 맡은 신(神).

2 추폭(暴) 정밀하지 못하고 거칠고 사나움.

사랑

1 은조사 중국에서 나는 사(紗)의 하나. 여름 옷감으로 쓴다.

2 깨끼저고리 안팎 솔기를 발이 얇고 성긴 깁을 써서 곱솔로 박아 지은 저고리.

3 얽다 얼굴에 우묵우묵한 마맛자국이 생기다.

4 화탁 꽃을 올려놓는 탁자.

5 전자(篆字) 한자 글씨체의 하나. 대전(大篆)과 소전(小篆)의 두 가지가 있다.

6 횡축 가로로 걸도록 길게 꾸민 족자.

7 니커보커스 knickerbockers. 자전거를 타기 위해 만든 무릎 아래까지 오는 팬츠.

8 퍼더버리다 팔다리를 아무렇게나 편하게 뻗다.

9 노라꾸로(のらくろ) 1930년대 일본 잡지 『소년구락부』에 연재된 다가와 스이호(田河水泡)의 만화 「노라쿠로」의 주인공 개의 이름.

10 박장 두 손바닥을 마주 침.

11 당집 서낭당, 국사당 따위와 같이 신을 모셔두는 집.

12 헤식다 바탕이 단단하지 못하여 헤지기 쉽다. 맺고 끊는 데가 없이 싱겁다.

13 판관사령(判官使令) 감영이나 유수영의 판관에 딸린 사령이라는 뜻으로, 아내가 시키는 대로 잘 따르는 남자를 놀림조로 이르는 말.

14 애여 아예. 애초부터.

15 새뜩하다 좀 토라져서 말대꾸도 아니 하다.

16 노 어 '노여웠어'의 축약. 화가 날 만큼 마음에 섭섭하고 분하다.

17 시울 눈, 입 따위의 가장자리. 여기서는 우산의 가장자리.

18 허긴다 허덕이다. 어린애가 팔다리를 마구 놀리다.

19 지게문 옛날식 가옥에서, 마루와 방 사이의 문이나 부엌의 바깥문.

20 가댁질 아이들이 서로 잡으려고 쫓고, 이리저리 피해 달아나며 뛰노는 장난.

21 의전병원 경성제국대학 의학부 부속병원. 지금의 서울대학교 병원.

22 작히나 '작히'를 강조하여 이르는 말.

23 수종(隨從) 남을 따라다니며 곁에서 심부름 따위의 시중을 듦.

24 용혹무괴(容或無怪) 혹시 그런 일이 있더라도 괴이할 것이 없음.

25 문사 시대 문필에 종사할 때.

26 곧다 '곱다'의 방언. 얼어서 감각이 없고 놀리기가 어렵다.

27 안동(眼同) 사람을 데리고 함께 가거나 물건을 지니고 감.

28 배우(配偶) 배필. 짝.

29 아탁시아 ataxia. 운동 실조. 기능 장애.

30 고부슴하다 고부스름하다. 안으로 곱은 듯하다.

31 형적 사물의 형상과 자취를 아울러 이르는 말.

32 금분(金分) 금의 성분.

33 씬 scene. 장면. '신'이 올바른 표기이나 이 책에서는 '씬'으로 표기함.

34 안접 편안히 마음을 먹고 머물러 있는 모양.

35 종작없다 대중으로 헤아려 잡은 짐작을 할 수 없다.

36 조인광좌(稠人廣座) 여러 사람이 빽빽하게 많이 모인 자리.

37 블라스피머스 blasphemous. 불경스러운 언사. 신성 모독.

38 유까다(ゆかた, 浴衣) 일본 사람이 아래위에 걸쳐서 입는 두루마기 모양의 긴 무명 홑옷. 옷고름이나 단추가 없고, 허리띠를 두름. 목욕 후 또는 여름철에 평상복으로 입음.

39 도꼬노마(とこのま, 床の間) 일본 건축에서, 객실인 다다미방의 정면에, 바닥을 한 층 높여 만들어놓은 곳.

40 아타락시아 집념에 사로잡히지 않고 동요가 없이 고요한 마음의 상태. 에피쿠로스의 철학에서 행복의 필수 조건.

41 천연(遷延) 일이나 날짜 따위를 미루고 지체함.

42 어음(語音) 말의 소리.

43 강시(殭/屍) 얼어 죽은 송장.

44 까마몽톨한 까맣고 몽톡한.

45 심 '셈'의 방언. 계산.

46 차착(差錯) 어그러져서 순서가 틀리고 앞뒤가 서로 맞지 아니함.

47 주릿대를 안기다 죄인의 두 다리를 한데 묶고 다리 사이에 두 개의 주릿대를 끼워 비트는 형벌을 주다.

48 숭물 흉물. 성질이 그늘지고 험상궂은 사람.

49 한뎃솥 바깥에 걸어놓고 밥을 짓는 솥.

50 늙마 늘그막.

51 원정(原情) 사정을 하소연함.

52 할딱하다 심한 고생이나 병으로 얼굴이 여위고 핏기가 없다.

53 느껍다 어떤 느낌이 마음에 북받쳐서 벅차다.

54 깨뜩거리다 신이 나서 몹시 경망하게 행동하는 모양.

55 소도록하다 수효가 많아서 소복하다.

56 넘썩 목을 길게 빼고 넘어다보는 모양.

57 미감 아름다움에 대한 느낌. 또는 아름다운 느낌.

58 방면위원(方面委員) 1853년 프러시아에서 창설한 구빈 제도로서, 일정한 지역 안에서 그 담당 구역 내 거주자의 생활 상태를 조사하여, 빈곤으로 생활 곤란을 받는 사람들을 인보 사업의 정신으로 보호 지도하는 기관.

59 견본시(見本市) 견본 시장. 판매 촉진을 위하여 임시로 상품의 견본을 진열하고 선전과 소개를 하는 시장.

60 고빙 학식이나 기술이 뛰어난 사람에게 어떤 일을 맡기려고 예의를 갖추어 모셔옴.

61 면괴하다 면구하다. 낯을 들고 대하기가 부끄럽다.

62 기망 음력으로 매달 열엿샛날.

63 참척 자손이 부모나 조부모보다 먼저 죽는 일.

64 갈마반도(葛麻半島) 함경남도 영흥만 남쪽에 있는 반도. 북쪽의 호도반도와 함께 원산항의 방파제 구실을 한다.

65 도한 심신이 쇠약하여 잠자는 사이에 저절로 나는 식은땀.

66 분복 각자 타고난 복.

67 모전 짐승의 털로 색을 맞추고 무늬를 놓아 두툼하게 짠 부드러운 요. 융단.

68 송고직 색깔이 서로 다른 섬유들을 섞어 뽑은 실이나 서로 다른 색의 실들을 꼬아 짠 혼합 색실천. 원래 날실과 씨실에 두 올 꼰 목화실을 쓰나 지금은 여러 가지 다른 실로도 이 효과를 내며, 겉보기가 좋고 질겨서 여름 학생복 · 어린이 옷감 · 어른 양복감 따위로 쓴다. 개성에서 처음으로 짠 것이라고 해서 지은 이름이다.

69 상성 몹시 보챔. 성화를 바침.

70 양징 '양질(良質)'의 오류인 듯.

71 해부닥 해반닥거리다. 눈을 크게 뜨고 흰자위를 반득반득 자꾸 움직이다.

72 젤러스 jealous. 질투.

73 칼모틴 Calmotin. 흰빛 가루의 최면제인 브롬발레릴 요소의 상품 이름.

74 사로자다 염려가 되어 마음을 놓지 못하고 조바심하며 자다.

75 눈어염 눈구석.

76 약귀때 약을 담는 그릇. '귀때'는 주전자의 부리같이 그릇의 한쪽에 바깥쪽으로 내밀어 만든 구멍. 액체를 따르는 데 편리하도록 만들어져 있음.

77 및다 미치다.

78 세자재왕불 정광여래 성불 이후 쉰세번째 성불한 부처님의 이름.

79 법장비구 법장보살. 아미타불의 성불하기 전의 이름.

80 서방정토 서쪽으로 십만 억의 국토를 지나면 있는 아미타불의 세계. '정토'는 부처나 보살이 사는, 번뇌의 굴레를 벗어난 아주 깨끗한 세상.

81 안양세계 극락.

82 일래 지난 며칠 동안.

83 더음받이 '덤받이'의 잘못. 덤으로 받는 일이나 그런 물건. 여자가 전남편에게서 배거나 낳아서 데리고 들어온 자식.

84 원형이정(元亨利貞) 하늘이 갖추고 있는 네 가지 덕. 사물의 근본이 되는 원리.

85 일도양단(一刀兩斷) 칼로 무엇을 대번에 쳐서 두 도막을 냄.

86 자재(自在) 속박이나 장애가 없이 마음대로임.

87 부덕부덕 '부득부득'의 잘못. 억지스럽게 자꾸 우기거나 조르는 모양.

88 무명훈습(無明薰習) '훈습'은 우리의 몸과 입으로 표현하는 선악의 말이나 행동, 생각 등이 없어지지 않고 반드시 어떠한 인상이나 세력으로 자기의 몸과 마음에 머물러 있는 상태. 향이 옷에 배어드는 것에 비유한 것임. '무명훈습'은 무명(無明)이 몸에 배어 여러 가지 허망한 모양을 나타내고 생멸 변화하는 현상을 말함.

89 워리 worry. 근심, 걱정. 특히 공연한 걱정·기우.

90 번열 몸에 열이 몹시 나고 가슴속이 답답하여 괴로운 증상.

91 성습 버릇이 됨.

92 망계 분수없는 그릇된 꾀와 방법.

93 담박하다 담백하다.

94 무릎맞춤 두 사람의 말이 서로 어긋날 때, 제삼자를 앞에 두고 전에 한 말을 되풀이하여 옳고 그름을 따짐.

95 경마 남이 탄 말을 몰기 위하여 잡는 고삐.

96 자차(咨嗟) 자탄.

97 영탄(永嘆) 길게 숨을 내쉬며 한탄함.

98 교계(敎誡) 가르치고 훈계함.

99 업장 삼장(三障)의 하나. 말, 동작 또는 마음으로 지은 악업에 의한 장애.

100 삼팔 삼팔주(三八紬). 중국에서 생산되는 올이 고운 명주.

101 하부다에(はぶたえ, 羽二重) 질 좋은 생사로 짠, 얇고 부드러우며 윤이 나는 본견. 비단.

102 단속곳 여자 속옷의 하나. 양 가랑이가 넓고 밑이 막혀 있으며 흔히 속바지 위에 덧입고 그 위에 치마를 입음.

103 끝동 여자의 저고리 소맷부리에 댄 다른 색의 천.

104 변상 평소와 다른 상태나 상황. 변화한 모습이나 형상.

105 희미중이 '희미(稀微)하다'에서 나온 말인 듯.

106 생목 천을 짠 후에 잿물에 삶아서 뽀얗게 처리하지 아니한. 원래 그대로의 무명. 생무명.

107 어룽어룽 뚜렷하지 아니하고 흐리게 어른거리는 모양.

108 숙정문 조선 태조 4년(1395)에 건립한 서울 사대문의 하나. 문루(門樓)가 없고 암문(暗門)으로 되어 있는데 순조 때 폐문되었다. 지금의 삼청공원 뒤에 있었다. 일명 북청문.

109 벼리 일이나 글의 뼈대가 되는 줄거리.

110 교계(較計) 계교(計較). 서로 견주어 살펴봄.

111 사위스럽다 마음에 불길한 느낌이 들고 꺼림칙하다.

112 다화(茶話) 차를 마시며 하는 이야기. 다담(茶談).

113 선대인(先大人) 돌아가신 남의 아버지를 높여 이르는 말. 선고장(先考丈).

114 연지 한 뿌리에서 난 이어진 가지라는 뜻으로, 형제자매를 비유적으로 이르는 말.

115 이반 '예반'의 잘못. 나무나 쇠붙이 따위를 둥글고 납작하게 만들어 칠한 그릇.

116 일리다 '일으키다'의 경기 방언.

117 견양 실물에 겨누어 치수와 양식을 정함.

118 칠피(漆皮) 옻칠을 한 가죽.

119 오라기 실, 헝겊, 종이, 새끼 따위의 길고 가느다란 조각.

120 눈추리 '눈초리'의 충남 방언.

121 반자 지붕 밑이나 위층 바닥 밑을 편평하게 하여 치장한 각 방의 천장.

122 도르다 먹은 것을 게우다.

123 낯살 얼굴의 주름살.

124 내님 일본어에서 거들먹거리며 자기를 과시할 때 쓰는 '오레사마(おれさま, 俺様)'를 우리말로 그대로 옮겨 쓴 것으로 추측됨.

125 모로미 모름지기. 사리를 따져보건대 마땅히.

126 쇠통 '전혀'의 황해 방언.

127 메다 '모이다'의 경기 방언. 시집간 아씨 꼴이 다 되었다는 뜻.

128 이맛전 이마의 넓은 부분.

129 섬먹섬먹 슴벅슴벅. 눈까풀이 조금 움직여 감겼다 펴졌다 하는 모습.

130 공부 품팔이꾼.

131 풍청대다 흥청거리다.

132 하정배 예전에, 신분이 낮은 사람이 양반을 뵐 때 뜰아래에서 하던 절.

133 야료(惹鬧) 까닭 없이 트집을 잡고 함부로 떠들어댐.

134 기미(期米) 현물 없이 쌀을 팔고 사는 일. 실제 거래를 목적으로 하는 것이 아니고 쌀의 시세를 이용하여 약속으로만 거래하는 일종의 투기 행위이다. 미두(米豆).

135 발로 마음속의 것이 행동, 태도, 작품 따위에 겉으로 드러남.

136 망석중이 나무로 다듬어 만든 인형의 하나. 팔다리에 줄을 매어 그 줄을 움직여 춤을 추게 한다.

137 수삽하다 몸을 어찌하여야 좋을지 모를 정도로 수줍고 부끄럽다.

138 맨꽁무니 아무 밑천이 없이 맨주먹으로 일을 함. 또는 그렇게 일을 하는 사람.

139 풀대님 바지나 고의를 입고서 대님을 매지 아니하고 그대로 터놓음.

140 사개 상자 따위의 모서리를 맞출 때에 가로 나무의 끝과 세로 나무의 끝을 꼭 끼어 물리도록 들쭉날쭉하게 파낸 부분. 또는 그러한 짜임새로, 사개가 물러난다는 말은 사리의 앞뒤 관계가 빈틈없이 딱 맞아떨어지던 것이 물러나버린다는 뜻.

141 당가 집안일을 주관하여 맡음.

142 무론(毋論) 물론.

143 실경(實景) 실제의 경치나 광경.

144 곡경(曲境) 몹시 힘들고 어려운 처지.

145 범박하다 구체적이지 못하고 대강 두루 걸친 범위가 넓다.

146 습포 염증을 가라앉히기 위하여 헝겊에 냉수나 더운물 또는 약물을 축이거나 약을 발라서 대는 일. 또는 그 헝겊.

147 휘주근하다 옷 따위가 풀기가 빠져서 축 늘어져 있다.

148 현훈증 정신이 아찔아찔하여 어지러운 증상.

149 본대 본디. 사물이 전하여 내려온 그 처음. 본시(本是), 원래(元來).

150 발등상(趺床) 나무를 상 모양으로 짜 만들어 발을 올려놓는 데 쓰는 가구.

151 그이다 '기이다(감추다)'의 평안 방언.

152 승모판 이첨판(二尖瓣). 심장의 좌심방과 좌심실 사이에 있는 판막. 피가 거꾸로 흐르는 것을 막는다.

153 소식자 진단이나 치료를 위하여 체강(體腔), 장기(臟器) 조직 속에 삽입하는 대롱 모양의 기구.

154 고본(股本) 예전에, 여러 사람이 공동 투자로 사업을 할 때에, 이들 투자자가 각각 내던 자본금. 또는 그 투자 사실을 증명해주는 문서.

155 변또밥 도시락.

156 상앗대질 '삿대질'의 본말.

157 적악 남에게 악한 짓을 많이 함.

158 줌 '주먹'의 준말.

159 벌다 몸피가 한 주먹이나 한 아름에 들 정도보다 조금 더 크다.

160 고슬은 가지런하게 하거나 다듬은.

161 의초 부부 사이의 정의(情誼).

162 뉘 자손에게 받는 덕.

163 처가속 아내의 친정 집안 식구들.

164 처네 이불 밑에 덧덮는 얇고 작은 이불.

165 뼘다 뼘으로 물건의 길이를 재다.

166 깃고대 옷깃의 뒷부분. 특히 깃 달 때에 목 뒤로 돌아가는 부분.

167 화장 저고리의 깃고대 중심에서 소매 끝까지의 길이.

168 꾸미 국이나 찌개에 넣는 고기붙이. '고명'의 북한어.

169 매 맷고기나 살담배를 작게 갈라 동여매어놓고 팔 때, 그 덩어리나 매어놓은 묶음을 세는 단위.

170 소위(所爲) 하는 일.

171 요마적 이마적. 지나간 얼마 동안의 아주 가까운 때.

172 매시시 온몸에 힘이 없이 나른한 모양.

173 평심서기(平心舒氣) 마음을 평온하고 순화롭게 함. 또는 그 마음.

174 『대전통편』 조선 시대에, 김치인이 왕명에 따라 편찬한 책. 『경국대전』『대전속록』『대전후속록』『수교집록』『속대전』을 한데 모은 것이다. 6권 5책.

175 중동치기 중간치기.

176 한사(限死)하다 죽기를 각오하다.

177 오긋하다 안쪽으로 조금 오그라진 듯하다.

178 맥고모 맥고모자. 밀짚모자.

179 직닥직닥 즉각. 당장에 곧.

180 지접 몸을 붙이어 의지함.

181 더음 '덤'의 잘못. 제 값어치 외에 거저로 조금 더 얹어주는 일.

182 분재(分財) 가족이나 친척에게 재산을 나누어줌.

183 노성(老成)하다 나이에 비하여 어른 티가 나다.

184 무두무미(無頭無尾) 머리도 꼬리도 없다는 뜻으로, 밑도 끝도 없음을 이르는 말.

185 당양(堂陽)하다 햇볕이 잘 들어 밝고 따뜻하다.

186 수석 물과 돌로 이루어진 자연의 경치.

187 소쇄(小瑣)하다 사소하다.

188 천더기 천덕꾸러기.

189 쓰먹쓰먹 씀뻑씀뻑. 눈꺼풀이 잇달아 움직이며 감겼다 떠졌다 하는 모양.

190 경편차(輕便車) 경편 철도. 기관차와 차량이 작고 궤도가 좁은, 규모가 작고 간
단한 철도.

191 사내바람 산후 발한(産後發汗). 아이를 낳은 뒤에 한기(寒氣)가 들어 떨고 식은
땀을 흘리며 앓는 병. 여기서는 떨며 식은땀을 흘리는 모양.

192 행운유수(行雲流水) 떠가는 구름과 흐르는 물을 아울러 이르는 말.

193 제월광풍(霽月光風) 비가 갠 뒤의 맑게 부는 바람과 밝은 달.

194 정곡(情曲) 간곡한 정.

195 동탕하다 얼굴이 두툼하고 잘생기다.

196 데면데면 사람을 대하는 태도가 친밀감이 없이 예사로운 모양.

197 수유(受由) 직업이나 일 따위에 매인 사람이 다른 일로 말미암아 얻는 겨를.
말미.

198 사전기(死戰期) 죽음 직전의 상태. 의식이 없어지며 호흡이나 맥박이 점차로 없
어진다.

199 관영(貫盈) 가득 참.

200 영각 원뜻은 소가 길게 우는 소리로, 고통으로 인해 부르짖는 신음 소리.

201 질소하다 꾸밈이 없고 수수하다.

202 겁화(劫火) 세상이 파멸할 때 일어난다고 하는 큰불.

무명(無明)의 세계를 구원하는
초월적 사랑

한승옥

『사랑』은 춘원이 1938년에 병보석으로 출감한 후 창작하여 박
문서관에서 출간한 전작 장편소설이다. 이 작품의 서사 구조는
석순옥(石荀玉)을 중심으로 안빈(安賓)과 허영(許榮)의 삼각관계
가 기본 축이 되어 진행된다. 여학교 교사였던 석순옥은 어릴 적
부터 사모하던 안빈의 곁에 있고 싶어서 그의 병원에 간호사로
자원하여 들어간다. 안빈은 석순옥이 간호사로 적합지 않다고 생
각하여 자택으로 보내 부인 천옥남의 면접을 보게 한다. 옥남 역
시 순옥이 간호사를 하기에는 너무 인텔리이고, 미인이라 적합지
않다고 생각하지만, 남편의 사랑에 대한 믿음이 있기에 쾌히 그
렇게 하기로 결정한다.

일찍이 문사로서 명성을 얻었던 안빈은 문사로서의 명성이 자
신에게 어울리지 않음을 느끼고 의학 공부를 하여 의사가 된 인
물이다. 그가 의사가 된 데는 부인 옥남의 희생과 경제적인 도움

이 컸다. 안빈은 인류의 생명을 좀먹는 정서가 분노, 공포, 슬픔, 걱정 그리고 연애의 감정이라고 생각하여 혈액 속에서 그러한 성분을 찾는 실험을 계속한다. 안빈은 인간의 정서 변화와 그에 따르는 마땅한 혈액을 구할 수가 없어 동물까지 실험한 결과 공포, 분노, 슬픔의 독소 성분인 안피노톡신 1, 2, 3호를 발견한다. 그러나 연애의 감정은 인간만이 지니는 감정이기에 쉽게 이를 규명할 수 없어 고민한다. 안빈의 모습에 안타까움을 느낀 순옥은 자신의 혈액을 뽑아 실험용으로 제공하기로 마음먹는다. 순옥은 이를 위해 자신을 오랫동안 사모해오던 허영을 불러내어 월미도로 구경을 간다. 여기서 순옥은 허영으로 하여금 자신을 포옹하게 한 다음, 자신의 피와 허영의 피를 채취한다. 안빈이 이 피를 검사한 결과, 허영에게서는 애욕과 욕정의 성분인 아모로겐이, 순옥의 피에서는 성인의 피에서나 발견되는 아우라몬이 검출된다.

안빈은 그동안의 연구로 박사학위를 받고 명성이 더해진다. 허영은 함께 월미도를 다녀온 후 계속 청혼하지만 순옥은 이를 거절한다. 허영은 이에 앙심을 품고 안빈과 순옥이 불미한 관계라는 헛소문을 낸다. 그러고는 뻔뻔하게 안빈을 찾아와 순옥과 혼인하게 해달라고 조른다. 안빈은 순옥에게 허영과 순옥의 관계가 전생으로부터 비롯된 은원 관계로 맺어진 업보라고 말한다.

한편 삼청동 집에 옥남의 친구 배은희가 찾아와 안빈과 순옥이 불미한 관계라고 옥남을 충동한다. 그러나 옥남은 어떤 일일지라도 남편을 믿는다고 고집한다. 안빈은 옥남과 아이들을 데리고 원산으로 휴양을 간다. 그곳에서 두 사람은 서로의 깊은 믿음과 사랑을 확인하고, 병원으로 돌아와야 하는 안빈은 순옥을 원산으로 보내 옥남을 간호하게 한다.

옥남은 자신을 지성으로 간호하는 순옥의 정성에 감화된다. 옥남은 순옥에 대한 질투의 감정이 사라지고 순옥에게 참회한다. 옥남은 순옥이 안선생을 사모하는 것을 알고 있었다며 자신이 죽으면 안선생과 혼인해 아이들을 돌보아달라고 부탁하지만 순옥은 거절한다. 생물학적인 부부 관계보다 거룩하고 영원성을 지닌 사제 관계로 남겠다고 말한다.

순옥은 서울로 돌아와 허영과 혼인할 것임을 안빈에게 밝힌다. 옥남의 병세가 더욱 심해져 순옥은 집 안에서 아이들을 돌보고 안빈은 옥남을 간호한다. 옥남은 남편에 대한 애정이 더욱 깊어져 떠나는 길이 슬프기만 하다. 안빈은 그러한 아내를 관세음보살과 아미타불에게 맡기고 의지한다.

순옥은 옥남이 죽기 전에 허영과 혼인하려는 의사를 밝혀 결백을 증명하려 한다. 하여 순옥은 언니처럼 따르는 박인원(朴仁遠)에게 옥남이 죽거든 안선생과 혼인해달라고 부탁한다. 순옥은 오빠 영옥에게 허영과 혼인할 뜻을 밝히고, 허영을 만난다. 허영은 순옥을 보고 그동안의 잘못을 뉘우치며 눈물을 흘리며 참회한다. 그런 허영에게 순옥은 혼인을 허락한다.

옥남은 온몸이 부어오르며 병세가 심해진다. 안빈은 불안해하는 옥남에게 내생에 다시 부부 인연으로 만나리라고 말한다. 그 말에 옥남은 마음의 평안을 찾는다. 옥남은 순옥에게 아이들과 안선생을 맡긴다고 말하고, 순옥과 허영의 혼인 사실을 알지 못

한 채, 찬미가를 부르면서 깨끗한 종교적 죽음을 맞는다. 인원은 안빈에게 순옥과 혼인하라고 하지만, 안빈은 순옥이 너무나 거룩한 인물이기에 그렇게 할 수 없다고 말한다. 대신 인원이 안빈 집에 가정교사로 들어가게 된다.

허영과 순옥은 마침내 혼인한다. 순옥은 전생에 허영에게 많은 빚을 지어 금생에 갚는 것이라 생각하고 몸과 마음을 다해 기쁘게 해주어야 한다고 결심한다. 모두 그들의 앞날의 행복을 기원한다. 순옥은 만취한 허영의 토사물을 닦아내며 혼인 첫날밤을 고통스럽게 치른다. 그러나 이후 자기를 희생하며 모든 것을 바쳐 허영과 시어머니를 받든다. 순옥은 허영의 애무와 사랑 속에 잠시나마 행복을 느낀다. 순옥을 찾아온 인원은 안빈을 잊은 순옥의 모습에 배반감을 느낀다. 인원은 안빈이 순옥을 그리워하고 있음을 말하자 순옥은 혼인을 잠시 후회하지만, 인원에게 안빈을 맡긴다. 혼인 일 년 후 허영은 사기꾼 김광인에게 걸려 신문사를 그만두고 주식과 미두에 전 재산을 털어 넣었다가 모두 탕진하고 집까지 날리고 만다. 순옥은 자신의 돈으로 집을 겨우 다시 찾는다. 오빠 영옥은 그런 순옥에게 허영과 이혼할 것을 권하지만 순옥은 거절한다. 순옥은 남편과 시어머니를 먹여 살리기 위해 의사 시험을 보겠다고 한다. 영옥은 허영에게 순옥이 시험 준비를 할 수 있도록 안빈에게 부탁할 것을 말한다. 허영은 내키지는 않지만 달리 방법이 없어 허락한다.

순옥은 여러 사람의 도움으로 의사 시험에 합격하여 안빈의 병원에 의사로 근무한다. 인원은 순옥에게 안빈을 사모하게 된 자신의 마음을 이야기하고, 순옥과 안빈이 서로 마주 달리는 기차와 같은 사이라고 이야기한다. 순옥은 그 말에 크게 깨닫고 안빈을 떠나겠다고 결심하지만, 정작 자신은 안빈 곁을 떠나서는 살 수 없음을 느낀다. 순옥은 병원에서 나오는 돈으로 허영과 시어머니를 극진히 모신다. 허영과 시어머니 한씨는 순옥에게 미안하게 생각하여 전과 같이 순옥을 구박하거나 허세를 떨지 않는다.

어느 날 병원에 한 어린 아기가 폐렴에 걸려 위독한 상태로 찾아온다. 입원비가 없어 돌아가려는 것을 불쌍히 여겨 병실도 없는 상태에서 안빈의 연구실에 입원시킨다. 다음 날 아기 어머니 이귀득은 그 아기가 허영의 아들임을 순옥에게 고백한다. 귀득은 허영이 혼인을 약속한 후 아이를 임신시키고 배반하여 자신은 학교도 그만두게 되었고, 지금은 생계도 막연하여 아기 허섭을 순옥에게 맡기겠다고 한다. 순옥은 허영에게 귀득과 혼인할 것을 권하고 자신은 물러나겠다고 말하지만, 당장 생계가 막연한 허영은 순옥과 이혼할 수 없다고 한다. 순옥은 이에 아이 섭을 받아들여 키우기로 결심한다.

순옥은 자신이 병원에 간 틈을 이용하여 귀득이 집에 와 허영과 한방을 쓰고 며느리 행세를 하고 있음을 알게 된다. 이들의 배신에 절망한 순옥은 안빈에게 이를 이야기하나, 안빈은 순옥에게 진정한 사랑은 자비이므로 그들을 바른길로 인도하라고 충고한다. 안빈은 결핵 환자를 위한 요양원을 건설하려고 계획하고 지금의 병원은 영옥이 맡으라고 제의한다. 순옥은 허영에게 자기가 이혼해줄 터이니 귀득과 혼인하라고 제의한다. 허영은 처음엔 거절하지만 한 달 뒤 귀득과 혼인하기 위해 순옥과 이혼한다. 영옥은 허영의 혼인 비용을 안빈에게 부탁한다. 안빈의 돈으로 혼인식을 치르고 자신의 처지는 생각지 않고 병약한 몸으로 신혼여행을 다녀오나, 귀득은 하혈을 하여 위급한 상태에 빠진다. 급히 순옥을 불렀으나 미처 손쓸 시간도 없이 출혈량이 많아 죽고 만다. 허영은 귀득의 장례를 치르고 오다가 언덕에서 굴러 뇌일혈로 사경을 헤매게 된다. 어머니 한씨도 충격으로 몸져눕는다. 순옥은 돌볼 이 없는 그들을 돌보기 위해 안빈 곁을 떠나 허영의 곁으로 간다.

순옥은 생계를 이을 방도로 개업을 하기 위해 북간도 연길로 허영 모자와 함께 떠난다. 허영 모자는 처음에는 순옥에게 고마움을 느끼나, 연길에 와 순옥이 낳은 딸 길림이 안빈의 씨가 아니냐며 순옥을 괴롭힌다. 순옥은 안빈이 말한 자비심에 의지하며 견뎌낸다. 북간도에서 한 병원에 근무하는 이의사는 순옥의 미모와 마음씨에 반해 순옥을 사모하여 부인과의 관계가 소원해져 부인이 떠난다. 이로 인해 허영은 순옥을 더욱 의심한다. 순옥은 병원을 그만두고, 이의사는 원장의 충고로 아내를 찾고 순옥에 대한 마음은 존경과 사모하는 마음으로 변모한다. 연길에 심한 감기 바이러스가 돌아 많은 사람이 죽어간다. 허영 모자와 아이 섭까지 전염되어 순옥은 모두를 진료하느라 쇠약해져 각혈을 한다. 허영 모자는 마지막까지 순옥을 원망하며 추악한 모습으로 죽고 섭도 죽는다. 사경을 헤매던 순옥은 안빈의 요양원으로 와서 건강을 회복하고, 안빈의 곁에 있음으로 해서 행복을 느낀다. 그리고 안빈이 환갑이 되던 날, 모두 한자리에 모여 그간 있었던 일을 돌아보며 헌신적 사랑에 대해서 이야기한다. 안빈은 공부를 계속하겠으니 요양원은 나머지 사람들이 운영하라고 하며 자리에서 일어선다.

『사랑』에는 많은 인물이 등장한다. 그중 가장 중심이 되는 인물은 석순옥이다. 석순옥은 여학교 교사를 그만두고 어릴 적부터 사모해왔던 안빈의 곁에 있고자 간호사로 그의 병원에 취직한다. 어릴 때 안빈의 글을 읽고, 그를 사모하기 시작하여 그에 대한 사랑은 커서도 변함이 없다. 순옥의 성격은 "몽상적이요 순정적이요, 문학을 좋아하고 종교적 동정이 강"하다. 안식교 가정에서 자라나 안식교리를 따르며, 서양 요리를 즐겨 한다. 안빈을 정신적으로 사모하며, 그를 위해 헌신한다. 정신적 사랑은 안빈에게 있고, 그 사랑을 증명하기 위해 허영과 혼인하나 파경에 이르지만, 안빈의 가르침대로 허영 모자의 병구완을 위해 자신을 희생한다. 육체의 세계보다 높은 정신의 세계가 있다고 믿으며, 그것을 실천하는 것이 인생의 목표라고 생각하여 성녀의 삶을 살고자 하는 인물이다.

순옥이 온몸과 마음을 다 바쳐 사모하는 의학박사 안빈은 이 소설에서 성자적 삶을 살아가는 모든 이의 지표가 되는 상징적 인물이다. 젊었을 때는 글을 쓰나, 자신의 글이 젊은이들의 정신에 해독이 있으리라고 여겨 문사로서의 명성을 버리고, 의학 공부를 시작하여 의사가 된 인물이다. 인류의 생명을 가장 많이 좀먹는 정서가 슬픔과 걱정, 그리고 연애라고 생각하여, 그것에 관한 실험으로 박사학위를 받는다. '안빈낙도'를 좌우명으로 여기고 있으며, 모든 중생이 다 한마음으로 되어 있다는 불교 사상을 믿고 있다. 사랑은 이기적 동기에서 나오는 것이 아니라 상대방을 위해 자신을 아낌없이 바치는 것이라고 생각하고, 인간은 누구나 태어날 때부터 업보를 지니고 나오지만 그것을 참회와 자비로 극복하여야 한다고 여긴다. 순옥이 처음에 간호사로 올 때 마음이 조금 흔들리나 차차 순옥을 지켜보면서, 순옥은 이미 사람의 경계를 뛰어넘은 존재라는 것을 알게 된다. 아내와 사별하고, 순옥을 허영에게 보내고 외로워하기도 한다. 그러나 사랑의 양 방향에서 방황하는 순옥에게 그의 높은 정신으로 자비를 행하라고 충고한다. 안빈은 "선생님은 이미 우리와 같은 사람은 아닌 것을 보았나이다"라는 순옥의 말처럼, 종교적·정신적으로 높은 경지에 이르러 있다. 안빈은 그러한 높은 정신을 사랑, 즉 자비심으로 행하여야 한다고 여기며, 결핵으로 죽은 아내를 위해 요양원을 지어 환자들을 돌보며 평생을 지낸다.

안빈과 순옥이 선의 축에 서는 인물이라면 악의 축에 서는 인물이 허영이다. 허영은 순옥을 좋아하는 시인으로, 물질적이고 관능적인 인물이다. 자신의 그러한 세속적인 성격과 순옥의 신앙적인 성격이 합쳐져서 완전한 하나를 이루는 것이라 생각해서 순옥을 열렬히 사모한다. 그는 순옥과 결혼하고 나서, 탐욕적이고 허세적인 욕심으로 재산을 탕진하여 순옥에게 경제적으로 의지하고, 순옥이 출근하고 없는 틈을 타서 과거의 여인을 집에 들여 순옥과 이혼하게 된다. 여러 환경의 어려움 속에 있으면서도 자신의 욕심과 거짓된 마음을 버리지 못하여 결국 그 죗값을 치르게 되는 인물이다. 그래서 순옥과의 이혼을 계기로 자신의 죄의 대가로 귀득의 죽음을 맞고 자신 또한 병을 얻게 된다. 그러나 심신의 어려움 속에서도 탐욕과 거짓, 이기심을 버리지 못해 결국 응당 그에 걸맞은 죽음을 맞는다. 최후의 순간까지도 허영에 뜬 마음을 버리지 못하는 인물이다.

『사랑』에는 중심축이 되는 이들 세 인물 말고도 몇몇의 중요 인물이 등장한다. 그 처음이 안빈의 부인인 천옥남이다. 천옥남은 박사 안빈의 아내로서, 안빈을 지극히 내조하여, 그를 현재 의사의 자리에 있게 한 인물이다. 평범하지만, 안빈의 그 높은 정신세계에 도달하려고 노력하는 인물이다. 누구보다 안빈을 가장 잘 이해하고 있으며, 그에 대한 사랑 또한 믿음과 신뢰로 두텁다. 그러나 순옥이 오자 사태는 좀 달라지지만, 옥남의 병을 간호하는 순옥을 보고, 자신의 마음을 순옥 앞에서 회개한다. 순옥의 높은 정신세계를 알고, 회개하면서 옥남 역시 성녀와 같은 인물이 된다. 그래서 그녀는 그 모든 상황을 이해하고 순옥을 아끼게 되어 남편과 아이들을 순옥에게 부탁하게 된다.

다음 박인원은 순옥의 언니 역할을 하는 친구로서 순옥과 대비되는 성격을 지닌 인물이다. 순옥이 몽상적이고 순정적인 데 반해, 인원은 이지적이고 냉정하며 실제적인 인물이다. 순옥이 어떠한 일을 행하려 할 때마다 이성적이고 합리적인 충고로 순옥의 감성적인 면을 따끔하게 꼬집는다. 그러나 순옥 대신에 상처(喪

妻)한 안빈을 돌보면서 안빈에게 감화되어 순옥을 이해하게 되며, 결국 안빈의 곁에 함께 머물면서 안빈처럼 높은 정신의 세계에 도달하고자 노력하는 인물이다.

『사랑』을 집필할 당시 춘원은 극한적 상태에 빠져 있었다. 정신적 지주인 도산이 서거하였고, 사랑하는 아들 봉근이 여덟 살이란 어린 나이에 패혈증으로 죽었고, 일제는 수양동우회 사건을 빌미로 춘원에게 변절을 강요하고 있었다. 당시의 상황은 점점 우리 민족이 독립할 수 없는 쪽으로 불리하게 진행되고 있었다. 일제는 대륙 침략은 물론, 세계를 제패하겠다는 망상에 빠져 군국주의를 노골적으로 강화하고 있었다.

춘원은 누구보다도 열렬한 민족주의자였다. 그는 민족을 위해 자기를 희생하겠노라고 항상 공언했던 사람이다. 춘원은 결과적으로 변절하였다. 이로 인해 그는 민족사적 측면에서뿐 아니라 개인사적으로도 커다란 오점을 남겼다. 그러나 그 과정은 참담함 바로 그것이었다. 『사랑』은 이런 참담한 갈등이 상징적으로 작품화되었다는 데 그 일차적 의의를 찾을 수 있다.

우리 민족은 이미 그때 현실적으로 일제에게 유린된 상태다. 이것은 이광수의 첫 장편소설인 『무정』에서 영채의 정조가 유린되는 것으로부터 시작된 것이었다. 정조를 유린당한 영채는 자살하려다가 병욱에게 구원되어 내일을 기약하며 유학의 도정에 올랐다. 그 후 『흙』에서는 허숭을 통해 우리 민족이 잘사는 길은 농촌을 낙토로 만드는 것이라는 데 희망을 걸었다. 그러나 악랄한 일제의 식민 통치는 이것마저도 불가능하게 하였다. 허숭이 투옥되는 것도 이를 상징적으로 보여주는 것이다. 이런 과정을 거친 상태에서 민족에 대한 희망을 포기할 수 없었던 춘원은 『사랑』을 통해 민족에 대한 사랑과 애착을, 안빈에 대한 순옥의 지고한 사랑으로 대체시킨 것이다. 비록 현실적으로는 허영이라는 허위의 현실에 자신의 육체적 존재를 허용하지만, 거기에다가 적극적으로 그 죄인을 위해 모든 사랑을 베풀지만, 결국 그 업보가 스러지자 다시 사모하는 안빈의 품으로 돌아와 평화를 얻게 된다. 이런 맥락에서 보면 이 작품은 매우 현실과 밀착되어 있는 작품이며 결코 허황된 이야기라거나 위선적인 작품이 아님을 알 수 있다. 그의 민족에 대한 사랑이 상징적으로 표현되었고, 이 상징을 이해하지 못하였기에 그런 부정적인 평가가 나온 것이다.

　『사랑』이 허황되고 위선적인 작품이란 평가는 물론 근거가 전혀 없는 것은 아니다. 허황되다는 것은 김동인이 지적하였듯이, 관점에 따라서는 비과학적 사실인——의학적으로 증명이 될 수 없는——사람의 피에 안피노톡신이니, 안티안피노톡신이니, 아모로겐이니, 아우라몬이니 하는 것을 근거로 하여 소설을 전개해나갔기 때문이다. 또한 그의 사상과 인생관이 가장 솔직하게 표현되었다는 『사랑』이, 일제가 야수적인 행위로 우리 민족을 약탈하고 있을 때, 자비 운운하며 원수를 사랑하라고 부르짖으며, 춘원 자신은 변절하여 일제에 아부하는 가운데 이런 내용을 담고 있으니 자신의 훼절을 합리화하기 위해 창작한 것이란 평가에서 자유로울 수 없었기 때문이다.

그러나 다시 한 번 『사랑』을 읽어보면 이런 평가가 한낱 단견임을 알 수 있다. 우선 아모로겐과 아우라몬부터 살펴보자. 한마디로 말해 이성 간에 육체적인 욕망에 사로잡혀 있을 때의 피에서는 아모로겐이 검출되고, 이것을 초월하여 성자적인 자비의 사랑이 있을 때는 아우라몬이 검출된다는 것인데, 이런 학설은 지금에 와서 의학적으로 입증되고 있다. 엔도르핀이니 T임파구니 하는 학설이 지금 우리에게 설득력 있게 다가오고 있다. 또 사람은 사랑을 하면 육체적인 변화가 오게 되어 있다. 사랑을 하면 예뻐진다는 평범한 진리가 이를 증명한다.

우리는 성화(聖畵)에서 성인들의 머리 둘레로 서광이 비치는 것을 목격할 수 있다. 성인의 몸에서 발하는 밝은 빛을 이렇게 표현한 것이다. 여름에 큰 나무를 멀리서 자세히 바라보면 나무의 윤곽을 둘러싸고 있는 희미한 빛을 목격하게 되는데, 이것을 아우라라고 부른다. 이 아우라는 모든 생물에게 공통적으로 나타나는 현상이다. 문학 작품도 걸작일 때는 이 아우라가 발산되기 때문에 독자에게 감동을 줄 수 있다는 것이다. 도자기나 기타 예술품도 마찬가지다. 비록 의학도가 과학적으로 이것을 현재까지 증명하지 못하였을 뿐이지 그것의 실재는 우리가 현실적으로 감지할 수 있는 것들이다. 이것을 춘원은 그의 상상력을 통해 과학적인 방법을 빌려 작품에 형상화하였을 뿐이다. 만일 이런 착상이 허위나 공상이었다면 『사랑』이란 작품도 일시적인 흥밋거리로 전락하고 말았을 것이다. 그런데 오히려 당대보다도 현대 의학이 발달한 지금에 더 설득력이 있다. 춘원은 이런 의학적 상상력을

통해 인간이 벌레 상태에서 인간을 거쳐 성인에 이르는 과정을
『사랑』이란 작품을 통해 보여주려 한 것이다.

따라서 이런 의학적 상상력, 곧 자연과학적 발상에 의한 필연성
에 근거한 소설 형상화 기법은 현대 소설 작가로서의 그의 진가
가 여지없이 발휘된 것으로 보인다. 이 말은 춘원의 소설에 대한
문학관이 실제로 적용되고 실험된 것이란 말도 된다. 춘원은, 자
연주의적 구성으로 소설을 짜야 하며 묘사는 사실적으로 하여야
한다고 말한 사람이다. 소설이 자연주의적 구성을 취해야 한다는
것은 바로 인과 관계의 필연성에 근거하여 창작되어야 올바른 소
설이 된다는 뜻이다. 현대 소설은 우연성을 극히 저어한다. 설득
력이 없기 때문이다. 현대 소설과 로망스의 구별은 근본적으로
사건 전개에 필연성이 내재하느냐의 여부에 있다. 춘원이 『사랑』
에서 의학 실험을 도입하여 소설을 전개한 것은 바로 이런 자연
주의적인 수법을 적극 활용하였음을 의미한다. 따라서 이 작품은
공상과 허황된 잠꼬대로 이루어진 로망스가 아니라 철저한 자연
주의 계통의 소설이란 결론에 도달한다. 춘원의 이런 자연주의적
인 실험 정신과 과학적 인과 법칙은 『사랑』의 내용을 형성하는 기
본 틀이기도 하다.

우리는 불교 사상을 명상적이고 다분히 신비적인 것으로, 하여
비현실적인 것으로 치부해버리기를 즐겨 한다. 불교뿐 아니라 기
독교도 마찬가지다. 과학적으로는 증명할 수 없는 절대적인 정신
적 차원에서 이루어지는 어떤 것으로 인식한다. 춘원은 이런 신
비적이고 비현실적인 고차원적 정신 작용을 아주 간단하고 구체

적이고 현실적인 예로 설명한다. 우리에게 그것이 과학적이고 필연적인 것을 적나라하게 보여준다. 작품에서는 안빈이 죽음을 앞둔 아내에게 쉽게 설명하는 형식으로 설교적 형태를 띠거나, 안빈에게 감화된 순옥이 허영이나 그를 둘러싼 무명(無明)의 세계를 깨달음의 세계로 인도하는 형식으로 드러난다.

춘원이 생각한 영혼 불멸에 대한 인식과 전생, 내생에 대한 인식은 아주 간단하고 평이하다. 그가 이 작품의 「서문」에서 언급한 몇 구절에 이것이 분명하게 드러난다. 춘원의 말을 잠시 들어보기로 하자.

고마우신 하느님은 이 우주가 인과율에 의하여 다스려지도록 지어주셨다. 우리네 벌레와 같은 중생이 하는 조그만 '일'(업)도 하나도 스러짐이 없이 내 예금 구좌에 기입이 되는 것이다. 이 저축들이 모이고 모여서 내일의 나, 내생의 나, 천겁 만겁 후의 나를 결정하는 것이다. 이야말로 하느님의 크신 은혜다. 만일 이 세상에 거름 준 나락이 거름 안 준 나락보다 못되는 일도 있다고 하면, 우리네가 살아가기가 얼마나 힘들 것일까. 밥을 먹어도 배고픈 수도 있고 불을 때일수록 방이 더 추워가는 일도 생긴다면, 우리는 어떻게 살아갈까? 원인이 있으면 반드시 결과가 온다는 것—이것이 어떻게나 고마우신 섭리자의 은혜인가?

간단하지 않은가? 인과의 법칙은 우리가 살아가는 일상생활의 바로 그 순간순간이며, 모두가 다 이에서 벗어나는 것이 아님이.

춘원의 말대로 만일 우주가 한 치라도 인과의 법칙에 어긋나면 어떻게 될까? 그 순간 우주는 멸망하고 말 것이다. 우주는 우리가 인식하지 못하는 순간에도 인과의 법칙에 의해 순환하고 있는 것이다. 그렇다면 불교에서 말하는 인과응보는 결코 신비적이거나 비현실적이 아니라는 이야기가 된다. 『사랑』에서 안빈의 아내 옥남이 편안하게 저세상으로 갈 수 있었던 것도 이런 깨달음 덕분이었고, 순옥이가 허영과 그 어머니 한씨와 귀득, 그리고 허영과 귀득 사이에서 태어난 불륜의 씨마저도 정성을 다하여 희생적으로 보살필 수 있었던 것도 이런 인과응보의 법칙을 깨닫고 전생의 업으로 인식하였기 때문에 가능하였던 것이다.

춘원은 『사랑』을 집필할 당시, 나이로도 중년이 넘어 지천명에 가까웠고 『법화경』을 번역할 정도로 불교에 심취하였다. 또한 『주역』까지도 통달한 때였다. 사상적 편력으로 보면 유교 집안에서 태어났지만, 일찍이 고아가 된 그는 생활력이 없이 방랑만 한 아버지에 대한 반감으로 유교에 대해서도 반감을 보이며 그것을 통렬히 비판하였다. 젊었을 때는 기독교에 심취하였다가 동양 고전, 특히 주역과 『법화경』을 통해 우주의 철리와 종교적 깨달음에 이르는 접점에서 이 작품이 창작된 것이다. 따라서 『사랑』은 춘원의 모든 것이 집약된 작품이라는 결론에 이르게 되는 것이다.

『사랑』이 지금도 우리에게 감동적으로 읽힐 수 있는 것은 바로 그의 이런 심오한 철학이 이 작품에 짙게 투영되었기 때문이다. 문학은 시대정신이 사실적으로 반영되어야 당대에 독자를 얻을 수 있는 것이다. 하지만 이것만이 모두라면 그것은 당대에만 읽히다가 소멸해버린다. 모름지기 명작은 시대를 뛰어넘는 구원성을 지녀야 영원한 생명을 얻을 수 있다. 『사랑』이 지금도 생명력을 지니고 있는 것은 이런 구원성이 진리로 살아 숨 쉬기 때문이다.

작가 연보

1892년(1세) 평안북도 정주군 갈산면 익성리 940번지 돌고지에서 이
　　　　종원(42세)과 삼취(三聚) 부인(23세) 사이에서 전주 이씨 문
　　　　중 5대 장손으로 태어나다. 생후 2개월 만에 풍병(風病)으로
　　　　기절하다. 그 후에도 5, 6세가 넘도록 병약하여 잔병을 많이
　　　　치르다.

1894년(3세) 가세가 빈한하여 2년간 세 번씩이나 이사를 하는 등 극
　　　　도의 곤궁한 생활을 하다. 아명을 보배스러운 거울이란 뜻의
　　　　보경(寶鏡)으로 하다.

1896년(5세) 국문을 비롯하여 한글과 천자를 깨치다. 외조모에게 『덜
　　　　격전』『소대성전』『장풍전』 등을 읽어주고 상급을 받다.

1902년(11세) 아버지 이종원(52세) 콜레라로 사망하다. 같은 해 어머
　　　　니 김씨도 같은 병으로 사망(33세)하여 일시에 삼 남매가 고아
　　　　가 되다. 고향을 떠나기로 결심하고 사당에 불을 놓아 홍패,

책, 위패 등을 태우려 하다. 큰누이동생은 할아버지 이건규에게 맡기고, 젖먹이는 남의 집 민며느리로 들이는 등 세상의 무정함을 맛보기 시작하다.

1903년(12세) 동학 대접주 승이달(承履達)을 만나 동학교도가 되다. 동학에 입도하여 박찬명 대령 집에 기숙하며 동경과 서울에서 오는 문서를 베껴 배포하는 서기의 일을 보다.

1904년(13세) 일본의 동학 탄압에 따라 향리를 떠나 진남포에서 배를 타고 인천을 거쳐 서울로 오다. 부모의 유산인 세목 두 필, 명주 세 필, 광목 한 필을 일흔 냥에 팔아 그것을 노자로 쓰다.

1905년(14세) 궁장중영(弓場重榮)의 『일어독학』을 암송하여 일진회에서 세운 소공동학교의 일어 선생이 되다. 일진회(천도교) 일본 유학생으로 선발되어 도일하다.

1906년(15세) 벽초 홍명희(19세)와 한 하숙에 동거하며 교분을 맺다.

1907년(16세) 도산 안창호가 미국으로부터 귀국하는 도중 동경에서 행한 연설을 듣고 크게 감명받다. 호암 문일평(20세) 등과 교유하다.

1908년(17세) 메이지 학원의 급우인 야마자키 도시오(山崎俊夫)의 권으로 톨스토이에 심취하다. 홍명희의 소개로 육당 최남선(19세)을 알게 되다. 같은 홍명희의 소개로 서울에서 정인보를 만나다.

1909년(18세) 구니키다 돗포(國木田獨步), 나쓰메 소세키(夏木漱石), 기노시타 나오에(木下尙江) 등의 작품을 애독하는 한편 홍명희의 영향을 받아 바이런의 『카인』『해적』『돈 주안』 등을 읽음으로써 당시에 풍미했던 자연주의 문학에 영향을 받다.

1910년(19세) 조부 위독하여 급히 귀국하다. 오산학교 교주 남강 이
승훈의 초청으로 오산학교 교원이 되다.

1913년(22세) 오산학교를 사직하고 세계 여행을 목적으로 한만 국경
을 넘다. 상해에서 홍명희, 문일평 등과 다시 만나 칩거하다.
단재 신채호를 상해에서 만나다.

1914년(23세) 미국 샌프란시스코에서 발행되는 신한민보의 주필로
초빙되어 블라디보스토크를 거쳐 러시아 대륙 횡단 열차로 미
국으로 출발하다. 여비가 없어 바이칼 호반 근처인 러시아 치
타에 머물면서 미국으로부터 여비 오기를 기다리다. 그러나
세계대전이 발발하여 미국 길이 막히다. 다시 귀국하여 오산
학교에서 교편을 잡다.

1915년(24세) 인촌 김성수의 후원으로 재차 도일하다. 와세다 대학
고등예과에 편입하다.

1916년(25세) 매일신보 신년호부터 연재할 소설을 청탁받다. 구고 중
'영채'에 관한 것을 정리하여 『무정』이라 제하여 연재 준비를
하다.

1917년(26세) 한국 신문학사에 획을 그은 『무정』을 1월 1일부터 매일
신보에 연재하기 시작하다. 유학생 모임에서 운명의 여인 허
영숙을 알게 되다. 6월 14일 『무정』 연재를 마치다(총 126회).
두 번째 장편 『개척자』를 매일신보에 연재하다.

1918년(27세) 장편 『무정』이 광익서관에서 단행본으로 출간되다. 백
혜순과 이혼에 합의하다. 허영숙과 북경으로 애정 도피 행각

을 벌이다. 윌슨의 민족자결주의 선언을 듣고 급히 귀국하여
도일하다.

1919년(28세) 「조선청년독립선언서」(2·8 독립선언서)를 기초하고 이
를 영역(英譯)하여 해외에 배포하는 임무를 맡고 상해로 탈출
하다. 도산 안창호 미국으로부터 상해에 도착하다. 안도산의
사상에 매료되다.

1921년(30세) 흥사단(興士團)에 입단하다. 허영숙 위험을 무릅쓰고
이광수를 찾아 상해로 오다. 임시정부에서는 여론이 비등하
다. 이광수 허영숙으로 인해 물의가 빚어지자 눈물을 머금고
허영숙을 귀국시키다. 이광수도 단신으로 상해를 떠나 천진,
봉천을 거쳐 밤차로 압록강을 건너다. 일경에게 체포되어 신
의주로 연행되었다가 서울로 송치, 불기소로 석방되다. 변절
자로 지탄받기 시작하다. 허영숙과 정식으로 결혼하여 신혼살
림을 차리다. 삼종제 이학수 불문으로 출가하다. 「민족개조
론」을 집필하다.

1922년(31세) '수양동우회'를 발기하다. 『개벽』에 「민족개조론」을 발
표하자 개벽사가 폭행을 당하는 등 비난이 거세지다.

1923년(32세) 송진우의 추천으로 단편 「가실(嘉實)」을 익명으로 동아
일보에 발표하다. 김성수와 송진우의 권고로 동아일보 객원이
되다.

1924년(33세) 『재생』을 동아일보에 연재하다.

1925년(34세) 백인제 박사의 집도로 척추카리에스 수술을 받아 한쪽
갈빗대를 도려내다.

1926년(35세)『마의태자』동아일보에 연재하다. 동아일보 편집국장에 취임하다.

1928년(37세)『단종애사』동아일보에 연재하다. 다시 백인제 박사의 집도로 좌편 신장을 도려내는 대수술을 받다.

1930년(39세) '군상' 3부작 중『혁명가의 아내』를 동아일보에 연재하다. 이어서『사랑의 다각형』『삼봉이네 집』을 계속 연재하다.

1931년(40세)『이순신』을 동아일보에 연재하다.

1932년(40세)『흙』을 동아일보에 연재하다.

1933년(42세)『흙』연재를 마치다. 동아일보를 사임하고 조선일보로 자리를 옮기다.『유정』을 조선일보에 연재하다.

1934년(43세) 조선일보 부사장직을 사임하다.

1935년(44세)『그 여자의 일생』『이차돈의 사』를 계속하여 조선일보에 연재하다. 박정호를 문하생으로 삼아 자하문 밖 산장에 같이 기거하며 진정한 교분을 맺다.

1936년(45세)『애욕의 피안』조선일보에 연재하다.

1937년(46세) 조선일보에『그의 자서전』끝내고 이어서『공민왕』연재 시작하다. 종로 경찰서에 노작인『법화경』번역 원고를 압수당하다. 동우회 사건 피의자로 서대문형무소에 수감되다. 신병이 재발하여 병보석으로 경의의전 병원에 입원하다. 도산 안창호도 사경에 이르러 병보석으로 경성제대 병원에 입원하다.

1938년(47세) 안도산 서거하다. 단편「무명」과『사랑』집필 시작하다.

1939년(48세)『사랑』하권 집필을 끝내다.『세조대왕』집필을 시작하다.『꿈』을 집필하다.

1940년(49세) '이광수(李光洙)'를 '가야마 미쓰로(香山光郎)'로 창씨개명하다.

1941년(50세) 『원효대사』 집필에 착수하다. 일본군 진주만 폭격으로 태평양전쟁 일어나다. 일제의 강요로 각지를 순회하며 학병을 권유하다.

1945년(54세) 세 자녀와 함께 사릉(思陵)에서 해방을 맞다. 친일파로 지목되어 사회의 비난을 받다. 허영숙 피신을 권유하다. 이광수 일축하다. 사릉에 칩거하며 독서와 농사로 소일하다.

1946년(55세) 삼종제 운허당 이학수가 있는 봉선사로 들어가다.

1947년(56세) 『도산 안창호』 집필 시작하다. 『꿈』(구고) 간행되다.

1948년(57세) 『돌베개』 간행되다.

1949년(58세) 반민법에 걸려 육당 최남선과 함께 서대문형무소에 수감되다. 아들 영근의 혈서가 주효하여 병보석으로 출감하다. 『사랑의 동명왕』 탈고하다.

1950년(59세) 북한 공산군에 납치되어 북으로 끌려가다. 공산군의 허위 보도에 속아, 딸인 정화가 서대문형무소에 옷 한 벌과 내의, 약품 등을 차입하였으나 이때는 이미 평양으로 이송된 후임을 나중에 알게 되다. 그동안 생사를 알 수 없었으나, 최근 북한에 있는 이광수의 묘소가 확인되다.

주요 작품 목록

1. 시(시조 포함)

작품명	발표지	발표 연월일
옥중호걸	대한흥학보	1910. 1
우리 영웅	소년	1910. 3
곰	〃	1910. 6
말 듣거라	새별	1913. 9
나라를 떠나는 설움	대한인정교보	1914. 6. 1
망국민의 설움	〃	1914. 6. 1
상부련	〃	1914. 6. 1
새 아이	청춘	1914. 12
님 나신 날	〃	1915. 1
내 소원	〃	1915. 3
극웅행	〃	1917. 12
어머니의 무릎	여자계	1918. 9
삼천의 원한	독립신문	1919. 12. 18
미쁨	창조	1920. 5

작품명	발표지	발표 연월일
기운을 내어라	창조	1921. 1
너는 청춘이다	〃	1921. 1
원단삼곡	독립신문	1921. 1. 1
광복기도회에서	〃	1921. 2. 17
밤차	조선문단	1924. 11
반딧불	〃	1924. 11
벗	〃	1924. 12
흉년	〃	1924. 12
선물	〃	1924. 12
팔십 전	〃	1924. 12
붓 한 자루	〃	1925. 2
님네가 그리워	〃	1925. 3
꿈	동아일보	1925. 10. 9
새 나라로	삼천리	1927. 11
인정	문예공론	1929. 6
생과무상	〃	1929. 6
금매화	〃	1929. 6
석왕사에서	신광	1930. 9
새 여자의 노래	조광	1931. 2
누이	신가정	1933. 4
딸	〃	1933. 4
어머니	〃	1933. 4
귀뚜라미	여성	1937. 1
나팔꽃	〃	1937. 1
또 하루	〃	1937. 1
병중음	조광	1938. 9
조 박용철 군	박문	1939. 1
봄과 님	신세기	1939. 3
지원병장행가	삼천리	1939. 12

작품명	발표지	발표 연월일
어버이	신시대	1941. 1
부여행	〃	1941. 1
우리 집의 노래	〃	1941. 1
선전대조	〃	1942. 2
싱가포르 함락되다(일문)	〃	1942. 2
진주만의 구 군신	〃	1942. 4
전망	녹기	1943. 1
조선의 학도여	매일신보	1943. 11. 5
새해	〃	1944. 1. 1
새해의 기원	신시대	1944. 2
승리의 일	매일신보	1944. 7. 15
적 함대 찾았노라	신시대	1944. 12
모든 것을 바치리	매일신보	1945. 1. 18
나는 독립국 자유민이다	삼천리	1948. 8
사랑	새벽	1950. 6
부처나라	〃	1950. 6
간수	〃	1950. 6

2. 소설

작품명	발표지	발표 연월일
사랑인가(愛か, 단편, 일문)	백금학보	1909. 12
어린 희생(단편)	소년	1910. 2
무정(단편)	대한흥학보	1910. 3
헌신자(단편)	소년	1910. 8
무정(장편)	매일신보	1917. 1. 1~6. 14
소년의 비애(단편)	청춘	1917. 6
어린 벗에게(단편)	〃	1917. 7
개척자(장편)	매일신보	1917. 11. 10~ 1918. 3. 15

작품명	발표지	발표 연월일
윤광호(단편)	청춘	1918. 4
가실(단편)	동아일보	1923. 2. 12~23
선도자(중편)	〃	1923. 3. 27~7. 17
거룩한 죽음(단편)	개벽	1923. 3
허생전(장편)	동아일보	1923. 12. 1~ 1924. 3. 21
금십자가(미완장편)	〃	1924. 3. 22~5. 11
혈서(단편)	조선문단	1924. 10
재생(장편)	동아일보	1924. 11. 9~ 1925. 9. 28
H군을 생각하고(단편)	조선문단	1924. 11
어떤 아침(단편)	〃	1924. 12
사랑에 주렸던 이들(단편)	〃	1925. 1
일설춘향전(장편)	동아일보	1925. 9. 30~1926. 1. 3
천안기(장편)	〃	1926. 1. 5~3. 6
마의태자(장편)	〃	1926. 5. 10~1927. 1. 9
유랑(미완)	〃	1927. 1. 6~31
단종애사(장편)	〃	1928. 11. 31~ 1929. 12. 11
혁명가의 아내(중편)	〃	1930. 1. 1~2. 4
사랑의 다각형(중편)	〃	1930. 3. 27~10. 31
삼봉이네 집(장편)	〃	1930. 11. 29~ 1931. 4. 24
처(미완)	해방	1930. 12
무명씨전(단편)	동광	1931. 3
이순신(장편)	동아일보	1931. 6. 26~ 1932. 4. 3
흙(장편)	〃	1932. 4. 12~ 1933. 7. 10

작품명	발표지	발표 연월일
수암의 일기(단편)	삼천리	1932. 4
유정(장편)	조선일보	1933. 10. 1~12. 31
그 여자의 일생(장편)	〃	1934. 2. 18~ 1935. 9. 26
이차돈의 사(장편)	〃	1935. 9. 30~ 1936. 4. 12
천리 밖의 애인(단편)	야담	1935. 12
애욕의 피안	조선일보	1936. 5. 1~12. 21
모르는 여인	사해공론	1936. 5
드문 사람들(단편)	〃	1936. 5
황해의 미인	〃	1936. 6
만영감의 죽음(단편, 일문)	개조	1936. 8
그의 자서전(장편)	조선일보	1936. 12. 22~1937. 5
공민왕(단편)	〃	1937. 5. 28~6. 10
사랑(장편)	박문서관	1938. 10
무명(단편)	문장	1939. 1
상근령의 소녀(단편)	신세기	1939. 1
늙은 절도범(장편)	〃	1939. 2~1940. 2
꿈(단편)	문장	1939. 7
길놀이(단편)	학우구락부	1939. 7
육장기(단편)	문장	1939. 9
선행장(단편)	가정지우	1939. 12
난제오(단편)	문장	1940. 2
옥수수(단편)	삼천리	1940. 3
진정 마음이 만나서야말로(장편, 일문)	녹기	1940. 3~7
산사의 사람들(단편)	경성일보	1940. 5. 17~24
김씨 부인전(단편)	문장	1940. 7
세조대왕(장편)	박문서관	1940. 7
그들의 사랑(미완)	신시대	1941. 1~3

작품명	발표지	발표 연월일
봄의 노래(장편)	신시대	1941. 9~1942. 6
원효대사(장편)	매일신보	1942. 3. 1~10. 31
가가와 교장(단편, 일문)	국민문학	1943. 10
파리(단편)	국민총력	1943. 10
군인이 될 수 있다(단편, 일문)	신태양	1943. 11
대동아(단편, 일문)	녹기	1943. 12
사십 년(미완)	국민문학	1944. 1~3
원술의 출정(단편, 일문)	신시대	1944. 6
두 사람(단편)	방송지우	1944. 8
소녀의 고백(단편, 일문)	신태양	1944. 10
꿈	면학서포	1947. 6
서울(장편)(미완)	태양신문	1950. 1~

3. 산문(문학론, 논설문, 수필, 기행문)

작품명	발표지	발표 연월일
국문과 한문의 과도시대	대한흥학보	1908. ?
금일아한청년과 정육	〃	1910. 2
문학의 가치	〃	1910. 3
특별기증작문(일문)	부(富)의 일본	1910. 3
조선 사람인 청년에게	소년	1910. 6
독립 준비하시오	권업신문	1914. 3. 1, 8, 15, 22
재외 동포의 현상을 논하여 동포 교육의 긴급함을	대한인정교보	1914. 6. 1
지사의 감회	〃	1914. 6. 1
동정	청춘	1914. 12
대구에서	매일신보	1916. 9. 22~23
동경잡신	〃	1916. 9. 27~11. 9
문학이란 하오	〃	1916. 11. 10~13
조혼의 악습	〃	1916. 11. 23~26

작품명	발표지	발표 연월일
교육가 제씨에게	매일신보	1916. 11. 26~12. 13
농촌계발	〃	1916. 11. 26~ 1917. 2. 18
위선 수가 되고 연후에 인이 되라	학지광	1917. 1
오도답파여행	매일신보	1917. 6. 29~9. 12
혼인론	〃	1917. 11. 21~30
부활의 서광	청춘	1918. 3
현상소설 고선 여언	〃	1918. 3
숙명론적 인생관에서 자력론적 인생관에	학지광	1918. 8
자녀중심론	청춘	1918. 9
신생활론	매일신보	1918. 9. 6~10. 19
일본의 오 우상	독립신문	1919. 11. 11
일본인에게(상)	〃	1919. 11. 15
일본인에게(하)	〃	1919. 11. 20
독립전쟁과 재정	〃	1920. 2. 7
세계적 사명을 수한 아족의 전도는 광명이니라	〃	1920. 2. 12
국민개병	〃	1920. 2. 14
독립운동의 문화적 가치	〃	1920. 4. 20
문사와 수양	창조	1921. 1
중추계급과 사회	개벽	1921. 7
팔자설을 기초로 한 조선인의 인생관	〃	1921. 8
소년에게	〃	1921. 11~1922. 2
예술과 인생	〃	1922. 1
금강산유기	신생활	1922. 3~8
민족개조론	개벽	1922. 5
계급을 초월한 예술이라야	〃	1923. 2
민족적 경륜	동아일보	1924. 1. 2~6
우리 문예의 방향	조선문단	1925. 11

작품명	발표지	발표 연월일
중용과 철저	동아일보	1926. 1. 2~3
문학의 부르와 프로	조선문단	1926. 3
조선 문학의 개념	신생	1929. 1
나의 속할 유형	문예공론	1929. 5
선구자를 바라는 조선	삼천리	1929. 12
섬기는 생활	동광	1931. 2
여의 작가적 태도	〃	1931. 4
단결공부	〃	1931. 4
지도자론	〃	1931. 7
조선 민족 운동의 삼 기초 사업	〃	1932. 2
비상시의 비상인	〃	1932. 11
조선 민족의 개념	사해공론	1933. 5
조선민족론	동광총론	1933. 6~7
『흙』을 다 쓰고서	삼천리	1933. 9
나의 문단생활 삼십 년	신인문학	1934. 7
톨스토이의 인생관	조광	1935. 11
문학과 문장	삼천리	1935. 11
도산의 인격과 무대	〃	1935. 12
다난한 반생의 도정	조광	1936. 4~6
소설가의 준비	〃	1936. 9~1937. 2
『무정』등 전 작품을 어하다	삼천리	1937. 1
산가일기(일문)	동양지광	1939. 8
문학의 국민성(일문)	경성일보	1939. 11. 14~17
조선 문화의 장래(일문)	총동원	1940. 1
신체제 하 조선문학의 진로	삼천리	1940. 1
국민문학의 의의	매일신보	1940. 2. 16
창씨와 나	〃	1940. 2. 20
내선일체와 국민문학	조선	1940. 3
황민화와 조선문학	매일신보	1940. 7. 6

작품명	발표지	발표 연월일
예술의 금일 명일	매일신보	1940. 8. 3~8
나의 교우록(일문)	모던일본	1940. 8
심적 신체제와 조선 문화의 진로	매일신보	1940. 9. 4~12
배움의 감격(일문)	경성일보	1940. 9. 19
조선 문예의 금일과 명일(일문)	〃	1940. 9. 30
내선 청년에 고함(일문)	총동원	1940. 9
동포에 고함(일문)	경성일보	1940. 10. 1~9
얼굴이 변한다(일문)	문예춘추	1940. 11
지원병 훈련소의 하루	총동원	1940. 11
문사부대와 지원병	삼천리	1940. 12
신체제 하의 예술의 방향	〃	1941. 1
신시대의 윤리	신시대	1941. 1
일본 문화와 조선	매일신보	1941. 4. 22~5. 1
근로와 문화	〃	1941. 6. 28~7. 3
인고의 총후문화	〃	1941. 7. 6
사상 함께 영미를 격멸하라	신시대	1942. 1
국민문학 문제	〃	1943. 2
올바르게 사는 법	〃	1943. 3
병제의 감격과 용의	매일신보	1943. 7. 28~31
대동아전쟁의 교훈	녹기	1943. 8
학병에게 감사	매일신보	1943. 12. 10
학병에게 보내는 세기의 감격	〃	1944. 1. 17
절ㅎㄴㅁ움	신시대	1944. 7
청년과 금일	〃	1944. 8
전쟁과 문학	〃	1944. 9
반도 청년에게 보냄	〃	1944. 10
대동아문학의 길	국민문학	1945. 1
전쟁과 문화	매일신보	1945. 1. 26~2. 1
소개기	〃	1945. 7. 1~7

4. 단행본

작품명	발표지	발표 연월일
검둥의 설움	신문관	1913
서라벌 정벌기	발행처 불명	1916
무정	신문관	1918
개척자	홍문당서점	1922
조선의 현재와 장래	〃	1923
춘원단편소설집	〃	1924
금강산유기	시문사	1924
허생전	〃	1924
젊은 꿈	박문서관	1926
재생	회동서관	1926
신생활론	박문서관	1926
삼천리강산	삼중당	1926
마의태자	박문서관	1928
일설춘향전	한성도서주식회사	1929
3인시가집	삼천리사	1929
이광수시편	〃	1929
단종애사	박문서관	1930
혁명가의 아내	한성도서주식회사	1930
이순신	대성서림	1932
그 여자의 일생	삼천리사	1935
인생의 향기	홍지출판사	1936
흙	한성도서주식회사	1936
이차돈의 사	〃	1937
문장독본	대성서림	1937
그의 자서전	조광사	1937
애욕의 피안	〃	1937
사랑	박문서관	1938
조선문학독본	조광사	1938

작품명	발표지	발표 연월일
군상	한성도서주식회사	1939
이광수단편집	박문서관	1939
반도강산	영창서관	1939
춘원서간문범	삼중당	1939
수필과 시가	영창서관	1939
춘원시가집	박문서관	1940
세조대왕	〃	1940
문학과 평론	영창서관	1940
유정(일역)	모던일본사	1940
가실(일문)	〃	1940
유정	한성도서주식회사	1940
愛(일문)	모던일본사	1940
수필기행집	조광사	1940
내선일체수상록(일문)	중앙협화회	1941
同胞に寄す(일문)	박문서관	1941
삼봉이네 집	영창서관	1941
사랑(일역)	모던일본사	1942
조선국민문학집	동도서적	1943
유랑	홍문서관	1945
도산 안창호	태극서관	1947
꿈	〃	1947
나―소년편	생활사	1947
돌베개	〃	1948
나―스무 살 고개	박문서관	1948
선도자	태극서관	1948
나의 고백	춘성사	1948
원효대사	생활사	1948
방랑자	중앙출판사	1949
사랑의 죄	문연사	1950

작품명	발표지	발표 연월일
사랑의 동명왕	한성도서	1950
이광수전집	삼중당	1962
이광수전집	우신사	1979
문학에 뜻을 두는 이에게	〃	1983
독립신문: 춘원 이광수 애국의 글	문학생활사	1988
민족개조론	우신사	1993
진정 마음이 만나서야말로	평민사	1995
춘원 이광수 친일문학선집 II	〃	1995
무정 외	동아출판사	1995
흙	〃	1995
동포에 고함	철학과현실사	1997
대도	해난터	1998
도산 안창호	범우사	2000
춘원서간문범	마루	2003
바로잡은 『무정』	문학동네	2003

참고 문헌

강용현, 「이광수의 미학: 그의 문학론을 중심으로」, 『제주도』 20호,
　　　1967. 9.

경환철, 「이광수의 문학과 불교 사상」, 『경기』 1집, 경기대, 1966. 10.

계광순, 「돌아오지 않은 납치인사들」, 『신동아』, 1970. 6.

곽학송, 「그치지 않는 춘원 박해」, 조선일보, 1962. 1. 17.

구인환, 「춘원의 문체론적 연구」, 『국어국문학』 34 · 35호(合), 1967. 1.

──── , 『존재적 현실과 지향적 욕구: 한국 현대소설 작품론』, 문장
　　　사, 1981.

──── , 「이광수의 문학사상」, 『현대사회』 1권 2호, 1981. 7.

──── , 「이광수 소설 연구」, 서울대 대학원 석사논문, 1982. 2.

──── , 『이광수 소설 연구』, 삼영사, 1984.

──── , 「이광수의 『사랑』: 현대문학 감상」, 『한글새소식』, 1985. 10.

──── , 『근대 작가의 삶과 문학』, 서울대 출판부, 1995.

권보드래, 「'정'의 발견과 근대성」, 『문학과 교육』 13호, 2000. 9.

김기진, 「춘원의 『사랑』: 춘원의 『사랑』 독후감」, 『박문』 3호, 1938. 12.

김남천, 「소설성과 개념의 알력: 춘원의 전작소설 『사랑』」, 조선일보, 1938. 11. 13.

김동석, 「위선자의 문학」, 『부르주아의 인간상』, 탐구당서점, 1949.

김동인, 「춘원과 『사랑』」, 『박문』 3호, 1938. 12.

──, 『춘원연구』, 영창서관, 1948.

──, 「문단 30년의 자취」, 『신천지』 24~33호, 1948. 3~1949.

김봉군, 「춘원 문학에 나타난 종교의식」, 『논문집』 9집, 성신여대, 1978. 9.

김양호, 「춘원의 『사랑』 분석: 중간 세계와 작품 구조를 중심으로」, 『단국문학』 5집, 1988. 12.

김영덕, 「춘원의 인생철학고」, 『한국문화연구논총』 20집, 1972.

김영민, 「춘원 이광수의 문학 이론」, 『국어문학』 25집, 전북대 국어국문학회, 1985.

김영일, 「이광수의 한국 종교의식 비판」, 『논문집』 15집, 강남대, 1985. 12.

김용직, 「통념과 작품의 진실: 춘원의 문학사적 위치」, 『문학사상』 1호, 1972. 10.

김우종, 「춘원 문학 연구」, 『논문집』 5집, 충남대, 1966. 11.

──, 「민족개조론은 과연 타당한가: 이광수와 최남선의 한국인론 재고」, 『광장』 148호, 1985. 12.

김윤식, 「이광수와 그의 시대」, 『문학사상』 101~156호, 1981. 4~

1985. 4.

김춘섭, 「이광수의 문학비평과 민족의식」, 『어문논총』 7·8집, 전남
　　대, 1985. 7.

김태준, 「춘원의 문학에 끼친 기독교의 영향」, 『논문집』 3집, 명지대,
　　1969. 10.

김　현, 「위선과 패배의 인간상」, 『세대』 17호, 1964. 10.

─────, 『이광수』, 문학과지성사, 1978.

김희철, 「한국 시에 나타난 불교 사상 연구: 춘원의 불교적 인도주의
　　세계」, 『논문집』 4집, 서울대, 1975. 8.

모윤숙, 「『사랑』 후편을 읽고: 특히 여주인공의 인간 투쟁을 감상함」,
　　『조광』 46호, 1939. 8.

박계주·곽학송, 『춘원 이광수: 그의 생애·문학·이상』, 삼중당,
　　1962. 2.

백　철, 「춘원 문학과 기독교」, 『기독교사상』 75호, 1965.

서경석, 「춘원의 『사랑』론」, 『대구어문논총』 14집, 1996. 6.

서연호, 「한국 국문학상에서 본 춘원」, 『어문론집』 10집, 고려대,
　　1967. 9.

송광호, 「『무정』 연구: 인물 분석을 중심으로」, 『강남어문』 3집, 강남
　　대, 1985. 2.

송명희, 「이광수의 문학비평 연구: 민족주의 문학 사상을 중심으로」,
　　고려대 대학원 박사논문, 1985.

─────, 『이광수의 민족주의와 페미니즘』, 국학자료원, 1997.

송백헌, 「한국 근대 역사소설 연구」, 단국대 대학원 석사논문, 1983.

송지현, 「사랑과 구원의 불연속성」, 『여성문제 연구』 20집, 효성여대, 1992. 9.

신동욱, 「이광수 문학의 재평가」, 『인문논집』 22집, 고려대, 1977. 12.

신동한, 「이광수론」, 『월간문학』 9(2권 7호), 1969. 7.

신상철, 「『사랑』 논고」, 『논문집』 7집, 서울사범대, 1978.

안상선, 「춘원 문학에 나타난 불교적 인생관」, 성균관대 대학원 석사
    논문, 1964. 2.

원용식, 「춘원 시조의 불교 사상 고찰」, 『논문집』 2집, 대전보건전문
    대, 1980. 12.

유금호, 「한국 현대소설에 나타난 죽음의 연구: 이광수·김동인·염
    상섭·현진건의 소설을 중심으로」, 경희대 대학원 박사논문,
    1988.

────, 『한국 현대소설에 나타난 죽음의 연구』, 동천사, 1988.

유종호, 「어느 반(半)문학적 초상: 이광수론」, 『문학춘추』 1권 8호,
    1964. 11.

윤충의, 「춘원 문학의 사랑과 인물 구조」, 『연구논문집』 7집, 대한신
    학교, 1987. 12.

윤홍로, 『한국 근대소설 연구』, 일조각, 1980.

────, 「『사랑』의 해석」, 『동양학』 21집, 단국대, 1991. 10.

이상섭, 「춘원 사상과 기독교」, 『한국문학』 28호, 1976. 2.

이 선, 「춘원의 장편소설 『사랑』 분석」, 단국대 대학원 석사논문,
    1990.

이정화, 『아버님 춘원』, 문선사, 1955.

이태준, 「이광수씨의 전작 『사랑』을 추천함」, 조선일보, 1938. 11. 14.

──, 「춘원의 전작: 춘원의 『사랑』 독후감」, 『박문』 3호, 1938. 12.

이항구, 「춘원 선생은 이렇게 최후를 마쳤다」, 『북한』 1권 6호, 1972. 6.

이화형, 「춘원 소설에 나타난 불교 사상」, 『어문논집』 10집, 고려대, 1967. 9.

──, 「춘원 문학의 종교 사상 연구」, 고려대 석사논문, 1968.

임종국, 『이광수론 친일문학론』, 평화출판사, 1966.

전대웅, 「춘원의 작품과 종교적 의의」, 『동서문화』 1집, 계명대, 1967.

──, 「춘원 문학의 주제: 사랑과 자비의 윤리」, 『기독교사상』 11권 6호, 1967. 6.

정재령, 「서울대 초빙교수로 방한한 막내딸 정화씨가 털어놓는 아버지 춘원: "아버지는 제게 스승이요, 종교요, 희망이었어요"」, 『월간중앙』 296호, 2000. 6.

조연현, 「이광수의 문학과 불교 사상」, 『불교사상』 12호, 1962.

주요한, 「춘원, 그 문학과 사상」, 서울신문, 1963. 11. 15.

──, 「춘원 이광수와 불교 경전」, 『법전』 110호, 1978. 4.

최수한, 「이광수 소설 연구: 애정 삼각관계의 양상과 그 의미를 중심으로」, 서강대 대학원 박사논문, 2001.

최원규, 「춘원 시의 불교관」, 『현대시학』 98호, 1977.

최정석, 「춘원과 대승불교 사상」, 『국문학연구』 1집, 효성여대, 1968.

──, 「작품 『사랑』의 사랑 분석: 사랑의 육파라밀」, 『연구논문집』 8 · 9집(合), 효성여대, 1971.

──, 「춘원 이광수의 대승불교 사상 연구」, 동국대 대학원 박사논

문, 1977.

한승옥, 「이광수 장편소설 연구: 비극적 세계 인식을 중심으로」, 『숭
전어문학』 1집, 숭전대학교, 1984. 1.

──, 『이광수 연구』, 선일문화사, 1984.

──, 『이광수: 비극적 세계 인식과 초월 의지』, 건국대 출판부,
1995.

──, 『이광수 문학사전』, 고려대 출판부, 2002.

한용환, 「이광수 소설의 비평적 연구」, 동국대 대학원 석사논문,
1983.

──, 『이광수 소설의 비판과 옹호』, 새미, 1994.

허영숙, 「병상일기」, 『삼천리』, 1940. 5.

홍혜원, 「이광수 소설의 서사성 연구」, 이화여대 대학원 박사논문,
2000.

한국문학전집을 펴내며

오늘의 한국 문학은 다양한 경험과 자산에서 비롯된 것이지만, 그중
에서도 우리 앞선 세대의 문학 작품에서 가장 큰 유산을 물려받고 있
다. 그럼에도 우리는 가끔 우리의 문학 유산을 잊거나 도외시한다. 마
치 그것 없이는 살아갈 수 없는 소중한 물을 쉽게 잊고 사는 것처럼
그동안 우리는 우리가 이루어놓은 자산들을 너무 쉽게 잊어버리고 있
었는지도 모르겠다. 인기 있는 외국 작품들이 거의 동시에 번역 출판
되고, 새로운 기획과 번역으로 전 세계의 문학 작품들이 짜임새 있게
출판되고 있는 요즈음, 정작 한국 문학 작품들을 체계적으로 정리하
지 못하고 있었다는 점을 최근에 우리는 깊이 반성하게 되었다. 그리
고 이러한 때늦은 반성을 곧바로 '한국문학전집'을 기획하는 힘으로
전환하였다.

오늘의 시점에서 '한국문학전집'을 기획한다는 것은, 우선 그동안
양적으로나 질적으로 괄목할 만한 수준에 이른 한국 문학 연구 수준

을 반영하는 새로운 시각이 전제되어야 할 것이다. 그리고 '우리 것을 지키자'는 순진한 의도에서가 아니라, 한국 문학이 바로 세계 문학이 되는 질적 확장을 위해, 세계 문학 속에서의 한국 문학의 정체성을 찾는 일을 간과해서는 안 될 것이다.

이번 기획에서 우리가 가장 크게 신경 썼던 점은 크게 두 가지이다. 하나는, 그동안 거의 관습적으로 굳어져왔던 작품에 대한 천편일률적인 평가를 피하고 그동안의 평가에 대한 비판적 평가와 더불어 새로운 평가로 인한 숨은 작품의 발굴이었다. 그리하여 한국 문학사를 시기별로 구분하여 축적된 연구 성과들 위에서 나름대로 중요한 작품들을 선별하는 목록 작업에 가장 큰 공을 들였다. 나머지 하나는, 그동안 여러 상이한 판본의 난립으로 인해 원전 텍스트가 침해되고 있는 심각한 상황을 고려하여 각각의 작가에게 가장 뛰어난 연구자들을 초빙하여 혼신을 다해 원전 텍스트를 확정하였다는 점이다.

장구한 우리 문학사의 주옥같은 작품들을 한자리에 모아, 세대를 넘고 시대를 넘어 그 이름과 위상에 값할 수 있는 대표적인 한국문학전집을 내놓는다. 이번에 출간되는 한국문학전집은 변화된 상황과 가치를 반영하는 내실 있고 권위를 갖춘 내용으로 꾸며질 것이며, 우리 문학의 정본 전집으로서 자리매김해 한국 문학의 전통을 계승하고 발전시키는 데 기여하고자 한다. 이 기획이 한국 문학의 자산들을 온전하게 되살려, 끊임없이 현재성을 가지는 살아 있는 작품들로, 항상 독자들의 옆에 있게 되기를 기대한다.

(주)문학과지성사

01 감자 김동인 단편선

최시한(숙명여대) 책임 편집

수록 작품 약한 자의 슬픔 / 배따라기 / 태형 / 눈을 겨우 뜰 때 / 감자 / 광염 소나타 / 배회 / 발가락이 닮았다 / 붉은 산 / 광화사 / 김연실전 / 곰네

극단적인 상황과 비극적 운명에 빠진 인물 군상들을 냉정하게 서술해낸 한국 근대 단편 문학의 선구자 김동인의 대표 단편 12편 수록. 인간과 환경에 대한 근대적 인식을 빼어난 문체와 서술로 형상화한 김동인의 주옥같은 작품들을 만날 수 있다.

02 탈출기 최서해 단편선

곽근(동국대) 책임 편집

수록 작품 고국 / 탈출기 / 박돌의 죽음 / 기아와 살육 / 큰물 진 뒤 / 백금 / 해돋이 / 그믐밤 / 전아사 / 홍염 / 갈등 / 먼동이 틀 때 / 무명초

식민 치하 빈궁 문학을 대표하는 최서해의 단편 13편 수록. 식민 치하의 참담한 사회적 현실을 사실적으로 전해주는 작품들. 우리 민족의 궁핍한 현실에 맞선 인물들의 저항 정신과 민족 감정의 감동과 울림을 전한다.

03 삼대 염상섭 장편소설

정호웅(홍익대) 책임 편집

우리 소설 가운데 서울말을 가장 풍부하게 살려 쓴 작품이자, 복합성·중층성의 세계를 구축하여 한국 근대 장편소설의 대표작으로 꼽히는 염상섭의 『삼대』. 1930년대 서울의 중산층 가족사를 통해 들여다본 우리 근대의 자화상이다.

04 레디메이드 인생 채만식 단편선

한형구(서울시립대) 책임 편집

수록 작품 논 이야기 / 레디메이드 인생 / 미스터 방 / 민족의 죄인 / 치숙 / 낙조 / 쑥국새 / 당랑의 전설

역설과 반어의 작가 채만식의 대표 단편 8편 수록. 1920~30년대의 자본주의적 현실 원리와 민중의 삶을 풍자적으로 포착하는 데 탁월했던 채만식. 사실주의와 풍자의 절묘한 조합으로 완성한 단편 문학의 묘미를 즐길 수 있다.

05 비 오는 길 최명익 단편선

신형기(연세대) 책임 편집

수록 작품 폐어인 / 비 오는 길 / 무성격자 / 역설 / 봄과 신작로 / 심문 / 장삼이사 / 맥령

시대를 앞섰던 모더니스트 최명익의 대표 단편 8편 수록. 병과 죽음으로 고통받는 인물 군상들을 통해 자신이 예감한 황폐한 현대의 징후를 소설화한 작가 최명익. 너무나 현대적이어서, 당시에는 제대로 평가받을 수 없었던 탁월한 단편소설들을 만난다.

06 사하촌 김정한 단편선

강진호(성신여대) 책임 편집

수록 작품 그물 / 사하촌 / 항진기 / 추산당과 곁사람들 / 모래톱 이야기 / 제3병동 / 수라도 / 인간단지 / 위치 / 오끼나와에서 온 편지 / 슬픈 해후

리얼리즘 문학과 민족 문학을 대표하는 김정한의 대표 단편 11편 수록. 민중들의 삶을 통해 누구보다 먼저 '근대화의 문제'를 문학적으로 제기하고 예리하게 포착한 작가 김정한의 진면목을 본다.

07 무녀도 김동리 단편선

이동하(서울시립대) 책임 편집

수록 작품 화랑의 후예 / 산화 / 바위 / 무녀도 / 황토기 / 찔레꽃 / 동구 앞길 / 혼구 / 혈거부족 / 달 / 역마 / 광풍 속에서

한국적이고 토착적인 전통 세계의 소설화에 앞장선 김동리의 초기 대표작 12편 수록. 민중의 삶 속에 뿌리 내린 토착적 전통의 세계를 정확한 묘사와 풍부한 서정으로 형상화했던 김동리 문학 세계를 엿본다.

08 독 짓는 늙은이 황순원 단편선

박혜경(인하대) 책임 편집

수록 작품 소나기 / 별 / 겨울 개나리 / 산골 아이 / 목넘이마을의 개 / 황소들 / 집 / 사마귀 / 소리 / 닭제 / 학 / 필묵장수 / 뿌리 / 내 고향 사람들 / 원색오뚝이 / 곡예사 / 독 짓는 늙은이 / 황노인 / 늪 / 허수아비

한국 산문 문체의 모범으로 평가되는 황순원의 대표 단편 20편 수록. 엄격한 지적 절제와 미학적 균형으로 함축적인 소설 미학을 완성시킨 작가 황순원. 극적인 사건 전개 대신 정적이고 서정적인 울림의 미학으로 깊은 감동을 전한다.

09 만세전 염상섭 중편선

김경수(서강대) 책임 편집

수록 작품 만세전 / 해바라기 / 미해결 / 두 출발

한국 근대 소설의 기념비적 작품인 「만세전」, 조선 최초의 여류화가인 나혜석의 삶을 소설화한 「해바라기」, 그리고 식민지 조선의 현실을 담아내고 나름의 저항의식을 형상화하기 위한 소설적 수련의 과정을 단적으로 보여주는 「미해결」과 「두 출발」 수록. 장편소설의 작가로만 알려진 염상섭의 독특한 소설 미학의 세계를 감상한다.

10 천변풍경 박태원 장편소설

장수익(한남대) 책임 편집

모더니스트 박태원이 펼쳐 보이는 1930년대 서울의 파노라마식 풍경화. 근대 자본주의 사회의 이데올로기와 일상성에 대한 비판에 몰두하던 박태원 초기 작품의 모더니즘 경향과 리얼리즘 미학의 경계를 넘나드는 역작. 식민지라는 파행적 상황에서 기형적으로 실현되던 근대화의 양상을 기층 민중의 생활에 초점을 맞춰 본격화한 작품이다.

11 태평천하 채만식 장편소설

이주형(경북대) 책임 편집

부정적인 상황들이 난무하는 시대 현실을 독자적인 문학적 기법과 비판의식으로 그려냄으로써 '문학적 미'를 추구했던 채만식의 대표작. 판소리 사설의 반어, 자기 폭로, 비유, 과장, 희화화 등의 표현법에 사투리까지 섞은 요설로, 창을 듣는 듯한 느낌과 재미를 선사하는 작품. 세태풍자소설의 장을 열었던 채만식이 쓴 가족사소설의 전형에 해당한다.

12 비 오는 날 손창섭 단편선

조현일(홍익대) 책임 편집

수록 작품 공휴일 / 사연기 / 비 오는 날 / 생활적 / 혈서 / 피해자 / 미해결의 장 / 인간동물원초 / 유실몽 / 설중행 / 광야 / 희생 / 잉여인간 / 신의 희작

가장 문제적인 전후 소설가 손창섭의 대표 단편 14작품 수록. 병적이고 불구적인 인간 군상들을 통해 전후 사회 현실에서의 '절망'의 표현에 주력했던 손창섭. 전쟁 그리고 전쟁 이후의 비일상적 사태를 가장 근원적인 차원에서 표현한 빼어난 작품들을 선별했다.

13 등신불 김동리 단편선

이동하(서울시립대) 책임 편집

수록 작품 인간동의 / 흥남철수 / 밀다원시대 / 용 / 목공 요셉 / 등신불 / 송추에서 / 까치 소리 / 저승새

「무녀도」의 작가 김동리가 1950년대 이후에 내놓은 단편 9편 수록. 전기 작품에 이어서 탁월한 문체의 매력, 빈틈없는 구성의 묘미, 인상적인 인물상의 창조, 인간에 대한 깊이 있는 통찰이라는 김동리 단편의 미학을 다시 한 번 경험할 수 있는 기회이다.

14 동백꽃 김유정 단편선

유인순(강원대) 책임 편집

수록 작품 심청 / 산골 나그네 / 총각과 맹꽁이 / 소낙비 / 솥 / 만무방 / 노다지 / 금 / 금 따는 콩밭 / 떡 / 산골 / 봄·봄 / 안해 / 봄과 따라지 / 따라지 / 가을 / 두꺼비 / 동백꽃 / 야앵 / 옥토끼 / 정조 / 땡볕 / 형

고단한 삶을 살아가는 순박한 촌부에서 사기꾼에 이르기까지 다양한 삶의 모습을 문학 속에 그대로 재현한 김유정의 주옥같은 단편 23편 수록. 인물의 토속성과 해학성, 생생한 삶의 언어와 우리 소리, 그 속에 충만한 생명감을 불어넣은 김유정 문학의 정수를 맛본다.

15 소설가 구보씨의 일일 박태원 단편선

천정환(성균관대) 책임 편집

수록 작품 수염 / 낙조 / 소설가 구보씨의 일일 / 애욕 / 길은 어둡고 / 거리 / 방란장 주인 / 비량 / 진통 / 성탄제 / 골목 안 / 음우 / 재운

한국 소설사상 가장 두드러진 모더니즘 작품으로 인정받는 「소설가 구보씨의 일일」을 비롯한 박태원의 대표 단편 13편 수록. 한글로 씌어진 가장 파격적이고 실험적인 작품으로 주목 받은 박태원. 서울 주변부 중산층의 삶이라는 자기만의 튼실한 현실 공간을 구축하여 새로운 소설 기법과 예술가소설로서의 보편성을 획득한 작품들이다.

16 날개 이상 단편선

김주현(경북대) 책임 편집

수록 작품 12월 12일 / 지도의 암실 / 지팡이 역사 / 황소와 도깨비 / 공포의 기록 / 지주회시 / 동해 / 날개 / 봉별기 / 실화 / 종생기

근대와 맞닥뜨린 당대 식민지 조선의 기념비요 자화상 역할을 하는 이상의 대표 단편 11편 수록. '천재'와 '광인'이라는 꼬리표와 함께 전위적이고 해체적인 글쓰기로 한국의 모더니즘 문학사를 개척한 작가 이상. 자유연상, 내적 독백 등의 실험적 구성과 문체로 식민지 근대와 그것에 촉발된 당대인의 내면을 예리하게 포착해낸 이상의 문제작들을 한데 모았다.

17 흙 이광수 장편소설

이경훈(연세대) 책임 편집

한국 최초의 근대 장편소설 『무정』을 발표하면서 한국 소설 문학의 역사를 새롭게 쓴 이광수. 『흙』은 이광수의 계몽 사상이 가장 짙게 깔린 작품으로 심훈의 『상록수』와 함께 한국 농촌계몽소설의 전위에 속한다. 한국 근대 문학사상 가장 많이 연구되고 있는 작가의 대표작답게 『흙』은 민족주의, 계몽주의, 농민문학, 친일문학, 등장인물론, 작가론, 문학사 등의 학문적·비평적 논의의 중심에 있는 작품이다.

18 상록수 심훈 장편소설

박헌호(성균관대) 책임 편집

이광수의 장편 『흙』과 더불어 한국 농촌계몽소설의 쌍벽을 이루는 『상록수』. 심훈의 문명(文名)을 크게 떨치게 한 대표작이다. 1930년대 당시 지식인의 관념적 농촌 운동과 일제의 경제 침탈사를 고발·비판함으로써, 문학이 취할 수 있는 현실 정세에 대한 직접적인 대응 그리고 극복의 상상력이란 두 가지 요소를 나름의 한계 속에서 실천해냈고, 대중적으로도 큰 호응을 불러일으킨 작품이다.

19 무정 이광수 장편소설

김철(연세대) 책임 편집

20세기 이래 한국인이 가장 많이 읽고 가장 자주 출간돼온 작품, 그리고 근현대 문학 가운데 가장 많이 연구의 대상이 된 작가 이광수의 대표작 『무정』. 쓰여진 지 한 세기가 가까워오도록 여전히 읽히고 있고 또 학문적 논쟁의 중심에 서 있는 『무정』을 책임 편집자의 교정을 충실하게 반영한 최고의 선본(善本)으로 만난다.

20 고향 이기영 장편소설

이상경(KAIST) 책임 편집

'프로문학의 정점'이자 우리 근대 문학사의 리얼리즘의 확립을 결정적으로 보여주는 이기영의 『고향』. 이기영은 1920년대 중반 원터라는 충청도의 한 농촌 마을을 배경으로 봉건 사회의 잔재를 지닌 채 식민지 자본주의화가 진행되어가는 우리 근대 초기를 뛰어난 관찰로 묘사한다. 일제 식민 치하 근대화에 대한 문학적·비판적 성찰과 지식인의 고뇌를 반영한 수작이다.

21 까마귀 이태준 단편선

김윤식(명지대) 책임 편집

수록 작품 불우 선생 / 달밤 / 까마귀 / 장마 / 복덕방 / 패강랭 / 농군 / 밤길 / 토끼 이야기 / 해방 전후

'한국 근대소설의 완성자' '단편문학'의 명수. 이태준은 우리 근대 문학의 전개 과정에서 결코 간과할 수 없는 역할을 담당했던 작가 가운데 한 사람이다. 문학의 자율성과 예술성을 상실하지 않으면서도 현실 문제에 각별한 관심을 보여주었던 그의 단편은 한국소설사에서 1930년대를 대표하는 것으로 인정받고 있다.

22 두 파산 염상섭 단편선

김경수(서강대) 책임 편집

수록 작품 표본실의 청개구리 / 암야 / 제야 / E선생 / 윤전기 / 숙박기 / 해방의 아들 / 양과자갑 / 두 파산 / 절곡 / 얼룩진 시대 풍경

한국 근대사를 증언하고 있는 횡보 염상섭의 단편소설 11편 수록. 지식인 망국민으로서의 허무적인 자기 진단, 구체적인 사회 인식, 해방 후와 전후 시기에 대한 사실적 증언과 문제 제기를 포함한 대표작들을 통해 횡보의 단편 미학을 감상한다.

23 카인의 후예 황순원 소설선

김종회(경희대) 책임 편집

수록 작품 카인의 후예 / 너와 나만의 시간 / 나무들 비탈에 서다

인간의 정신적 순수성과 고귀한 존엄성을 문학의 제일 원칙으로 삼았던 작가 황순원. 그의 대표작 가운데 독자들의 가장 많은 사랑을 받은 장편소설들을 모았다. 한국전쟁을 온몸으로 체득하면서 특유의 절제되고 간결한 문장으로 예술적 서사성을 완성한 황순원은 단편에서와 마찬가지로 변함없는 감동의 세계를 열어놓는다.

24 소년의 비애 이광수 단편선

김영민(연세대) 책임 편집

수록 작품 무정 / 소년의 비애 / 어린 벗에게 / 방황 / 가실 / 거룩한 죽음 / 무명 / 꿈

한국 근대소설사와 이광수 개인의 문학 세계에서 중요한 의미를 갖는 단편 8편 수록. 이광수가 우리말로 쓴 최초의 창작 단편 「무정」, 당시 사회의 인습과 제도를 비판한 「소년의 비애」, 우리나라 최초의 서간체 소설인 「어린 벗에게」, 지식인의 내면적 갈등과 자아 탐구의 과정을 담은 「방황」, 춘원의 옥중 체험을 바탕으로 씌어진 「무명」 등 한국 근대문학의 장르와 소재, 주제 탐구 면에서 꼼꼼히 고찰해야 할 작품들이다.

25 불꽃 선우휘 단편선

이익성(충북대) 책임 편집

수록 작품 테러리스트 / 불꽃 / 거울 / 오리와 계급장 / 단독강화 / 깃발 없는 기수 / 망향

8·15 해방과 분단, 6·25전쟁으로 이어지는 한국 근현대사의 열병을 깊이 있게 고찰한 선우휘의 대표작 7편 수록. 평판작 「불꽃」과 「깃발 없는 기수」를 비롯해 한국 근현대사의 역동성과 이를 바라보는 냉철한 작가의식이 빚어낸 수작들을 한데 모았다.

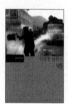

26 맥 김남천 단편선

채호석(한국외대) 책임 편집

수록 작품 공장 신문 / 공우회 / 남편 그의 동지 / 물 / 남매 / 소년행 / 처를 때리고 / 무자리 / 녹성당 / 길 위에서 / 경영 / 맥 / 등불 / 꿀

카프와 명맥을 같이하며 창작과 비평에서 두드러진 족적을 남긴 작가 김남천. 1930년대 초, 예술운동의 볼세비키화론 주장과 궤를 같이하는 「공장 신문」, 「공우회」, 카프 해산 직후 그의 고발문학론을 담은 「처를 때리고」 「소년행」 「남매」, 전향문학의 백미로 꼽히는 「경영」 「맥」 등 그의 치열했던 문학 세계의 변화를 일별할 수 있는 대표작 14편 수록.

27 인간 문제 강경애 장편소설

최원식(인하대) 책임 편집

한국 근대 여성문학의 제일선에 위치하는 강경애의 대표작. 일제 치하의 1930년대 조선, 자본가와 농민·노동자의 대립 구조 속에서 농민과 도시노동자가 현실의 문제를 해결하고자 하는 주체로 성장하는 과정과 그들의 조직적 투쟁을 현실성 있게 그려 낸 작품. 이기영의 『고향』과 더불어 우리 근대 소설사에서 리얼리즘 소설의 수작으로 꼽힌다.

28 민촌 이기영 단편선

조남현(서울대) 책임 편집

수록 작품 농부 정도룡 / 민촌 / 아사 / 호외 / 해후 / 종이 뜨는 사람들 / 부역 / 김군과 나와 그의 아내 / 변절자의 아내 / 서화 / 맥추 / 수석 / 봉황산

카프와 프로문학의 대표 작가 이기영. 그가 발표한 수십 편의 단편소설들 가운데 사회사나 사상운동사로서의 자료적 가치가 높으면서 또 소설 양식으로서의 구조미를 제대로 보여주는 14편을 선별했다.

29 혈의 누 이인직 소설선

권영민(서울대) 책임 편집

수록 작품 혈의 누 / 귀의 성 / 은세계

급진적이고 충동적인 한국 근대의 풍경 속에 신소설이라는 새로운 서사 양식을 창조해낸 이인직. 책임 편집자의 꼼꼼한 텍스트 확정과 자세한 비평적 해설을 통해, 신소설의 서사 구조와 그 담론적 특성을 밝히고 당시 개화·계몽 시대를 대표하는 서사 양식에 내재화된 일본적 식민주의 담론을 꼬집는다.

30 추월색 이해조 안국선 최찬식 소설선

권영민(서울대) 책임 편집

수록 작품 금수회의록 / 자유종 / 구마검 / 추월색

개화·계몽시대의 대표적인 신소설 작가 3인의 대표작. 여성과 신교육으로 집약되는 토론의 모습을 서사 방식으로 활용한 「자유종」, 구시대적 인습을 신랄하게 비판한 「구마검」, 가장 대중적인 신소설 가운데 하나로 꼽히는 「추월색」, 그리고 '꿈'이라는 우화적 공간을 설정하여 현실 비판의 풍자적 색채가 강한 「금수회의록」까지 당대의 사회적 풍속과 세태의 변화를 민감하게 반영한 작품들을 수록했다.

31 젊은 느티나무 강신재 소설선

김미현(이화여대) 책임 편집

수록 작품 안개 / 해방촌 가는 길 / 절벽 / 젊은 느티나무 / 양관 / 황량한 날의 동화 / 파도 / 이브 변신 / 강물이 있는 풍경 / 점액질

1950, 60년대를 대표하는 여성 작가 강신재의 중단편 10편을 엄선했다. 특유의 서정적인 문체와 관조적 시선, 지적인 분석력으로 '비누 냄새' 나는 풋풋한 사랑 이야기에서 끈끈한 '점액질'의 어두운 욕망에 이르기까지, 운명의 폭력성과 존재론적 한계를 줄기차게 탐문한 강신재 소설의 여정을 한눈에 볼 수 있는 기회다.

32 오발탄 이범선 단편선

김외곤(서원대) 책임 편집

수록 작품 일요일 / 학마을 사람들 / 사망 보류 / 몸 전체로 / 갈매기 / 오발탄 / 자살당한 개 / 살모사 / 천당 간 사나이 / 청대문집 개 / 표구된 휴지 / 고장난 문 / 두메의 어벙이 / 미친 녀석

손창섭·장용학 등과 함께 대표적인 전후 작가로 꼽히는 이범선의 대표작 14편 수록. 한국 현대사의 비극에 대한 묘사를 바탕으로 하면서도 잃어버린 고향, 동양적 이상향에 대한 동경을 담았던 초기작들과 전후의 물질적 궁핍상을 전통적 사실주의에 기초해 그리면서 현실 비판적 성격을 강하게 드러낸 문제작들을 고루 수록했다.

33 메밀꽃 필 무렵 이효석 단편선

서준섭(강원대) 책임 편집

수록 작품 도시와 유령 / 깨뜨려지는 홍등 / 마작철학 / 프레류드 / 돈 / 계절 / 산 / 들 / 석류 / 메밀꽃 필 무렵 / 삽화 / 개살구 / 장미 병들다 / 공상구락부 / 해바라기 / 여수 / 하얼빈산협 / 풀잎 / 낙엽을 태우면서

근대 작가의 문화적 정체성이 끊임없이 흔들렸던 식민지 시대, 경성제대 출신의 지식인 작가로서 그 문화적 혼란기를 소설 언어를 통해 구성하고 지속적으로 모색했던 이효석의 대표작 20편 수록.

34 운수 좋은 날 현진건 중단편선

김동식(인하대) 책임 편집

수록 작품 희생화 / 빈처 / 술 권하는 사회 / 유린 / 피아노 / 할머니의 죽음 / 우편국에서 / 까막잡기 / 그리운 흘긴 눈 / 운수 좋은 날 / 발 / 불 / B사감과 러브 레터 / 사립정신병원장 / 고향 / 동정 / 정조와 약가 / 신문지와 철창 / 서투른 도적 / 연애의 청산 / 타락자

한국 근대 단편소설의 형식적 미학을 구축하고 근대적 사실주의 문학의 머릿돌을 놓은 작가 현진건의 대표작 21편 수록. 서구 중심의 근대성과 조선 사회의 식민성 사이에서 방황하는 지식인의 내면 풍경뿐만 아니라, 식민지 조선의 일상을 예리하게 관찰함으로써 '조선의 얼굴'을 담아낸 작가 현진건의 면모를 두루 살폈다.

35 사랑 이광수 장편소설

한승옥(숭실대) 책임 편집

춘원의 첫 전작 장편소설. 신문 연재물의 제약에서 벗어나 좀더 자유롭고 솔직한 그의 인생관이 담겨 있다. 이른바 그의 어떤 장편소설보다도 나아간 자유 연애, 사랑에 관한 작가의 생각을 엿볼 수 있는 작품. 작가의 나이 지천명에 이르러 불교와 『주역』 등 동양고전에 심취하여 우주의 철리와 종교적 깨달음에 가닿은 시점에서 집필된, 춘원의 모든 것.

36 화수분 전영택 중단편선

김만수(인하대) 책임 편집

수록 작품 천치? 천재?/운명/생명의 봄/독약을 마시는 여인/화수분/후회/여자도 사람인가/하늘을 바라보는 여인/소/김탄실과 그 아들/금붕어/차돌멩이/크리스마스 전야의 풍경/말 없는 사람

1920년대 초반 자연주의, 사실주의적 색채가 강한 작품 세계로 주목받았던 작가 전영택의 대표작선. 이들 작품에서 작가는, 일제 초기의 만세운동, 일제 강점기하의 극심한 궁핍, 해방 직후와 사회적 혼돈, 산업화 초창기의 사회적 퇴폐상에 대한 자신의 경험을 소박한 형식 속에 담고 있다.

37 유예 오상원 중단편선

한수영(동아대) 책임 편집

수록 작품 황선지대/유예/균열/죽어살이/모반/부동기/보수/현실/훈장/실기

한국 전후 세대 문학의 대표 작가 오상원의 주요작 10편을 묶었다. '실존'과 '행동'에 초점을 맞춘 그의 작품은, 한결같이 극한 상황에 처한 인간 존재의 의미를 묻는 데 천착하면서 효과적인 주제 전달을 위해 낯설고 다양한 소설적 실험을 보여준다.

38 제1과 제1장 이무영 단편선

전영태(중앙대) 책임 편집

수록 작품 제1과 제1장/흙의 노예/문 서방/농부전 초/청개구리/모우지도/유모/용자소전/이단자/B녀의 소묘/O형의 인간/들메/며느리

한국 농민문학의 선구자로 평가받는 이무영의 주요 단편 13편 수록. 이들 작품에서 작가는, 농민을 계몽의 대상이 아닌, 흙을 일구는 그들의 삶을 통해서 진실한 깨달음을 얻는 자족적 대상으로 바라본다. 이무영의 농민소설은 인간을 향한 긍정적 시선과 삶의 부조리한 면을 파헤치는 지식인의 냉엄한 비판 의식이 공존하고 있다.

39 꺼삐딴 리 전광용 단편선

김종욱(세종대) 책임 편집

수록 작품 흑산도/진개권/지층/해도초/GMC/사수/크라운장/충매화/초혼곡/면허장/꺼삐딴 리/곽 서방/남궁 박사/죽음의 자세/세끼미

1950년대 전후 사회와 60년대의 척박한 삶의 리얼리티를 '구도의 치밀성'과 '묘사의 정확성'을 통해 형상화한 작가 전광용의 대표 단편 15편 모음집. 휴머니즘적 주제 의식, 전통적인 서사 형식, 객관적이고 냉철한 묘사 태도, 짧고 건조한 문체 등으로 집약되는 전광용의 작품 세계를 한눈에 살필 수 있는 계기.

40 과도기 한설야 단편선

서경석(한양대) 책임 편집

수록 작품 동경/그릇된 동경/합숙소의 밤/과도기/씨름/사방공사/교차선/추수 후/태양/임금/딸/철로 교차점/부역/산촌/이녕/모자/혈로

식민지 시대 신경향파·카프 계열 작가로서 사회주의 리얼리즘 문학을 추구한 작가 한설야의 문학적 특징을 잘 드러내는 단편 17편을 수록했다. 시대적 대세에 편승하며 작품의 경향을 바꾸었던 다른 카프 작가들과는 달리 한설야는, 주체적인 노동자로서의 삶을 택한 「과도기」의 '창선'이 그러했듯, 이 주제를 자신의 평생 과제로 삼아 창작에 몰두했다.

41 사랑손님과 어머니 주요섭 중단편선

장영우(동국대) 책임 편집

수록 작품 추운 밤 / 인력거꾼 / 살인 / 첫사랑 값 / 개밥 / 사랑손님과 어머니 / 아네모네의 마담 / 북소리 두둥둥 / 봉천역 식당 / 낙랑고분의 비밀

주요섭이 남녀 간의 애정 문제를 주로 다룬 통속 작가로 인식되어온 것은 교정되어야 마땅하다. 그는 빈민 계층의 고단하고 무망(無望)한 삶을 사실적으로 재현하는 데 탁월한 기량을 보였으며, 날카로운 현실인식과 객관적 묘사의 한 전범을 보여주었고 환상성을 수용함으로써 보다 탄력적인 소설미학을 실험하기도 하였다.

42 탁류 채만식 장편소설

우찬제(서강대) 책임 편집

채만식은 시대의 어둠을 문학의 빛으로 밝히며 일제 강점기와 해방기의 우리 소설사를 빛낸 작가다. 그는 작품활동 전반에 걸쳐 열정적인 창작열과 리얼리즘 정신으로 당대의 현실상을 매우 예리하게 형상화했다. 특히 「탁류」는 여주인공 초봉의 기구한 운명의 족적을 금강 물이 점점 탁해지는 현상에 비유하면서 타락한 당대의 세계상을 여실하게 드러내주고 있다.

43 벙어리 삼룡이 나도향 중단편선

우찬제(서강대) 책임 편집

수록 작품 젊은이의 시절 / 별을 안거든 우지나 말걸 / 옛날 꿈은 창백하더이다 / 여이발사 / 행랑 자식 / 벙어리 삼룡이 / 물레방아 / 꿈 / 뽕 / 지형근 / 청춘

위험한 시대에 매우 불안하게 살았던 작가. 그러나 나도향은 불안에 강박되기보다 불안한 자유의 상태를 즐기는 방식으로 소설을 택한 작가였다. 낭만적 환멸의 풍경이나 낭만적 동경의 형식 등은 불안에 대한 나도향 식 문학적 향유의 풍경으로 다가온다.

44 잔등 허준 중단편선

권성우(숙명여대) 책임 편집

수록 작품 탁류 / 습작실에서 / 잔등 / 속습작실에서 / 평대저울

한국 근대소설사에서 허준만큼 진보적 지식인의 진지한 자기 성찰을 깊이 형상화한 작가는 없었다. 혁명의 필연성을 기꺼이 인정하면서도 혁명과 해방으로 인해 궁지와 비참에 몰린 사람들에 대해 깊은 연민과 따뜻한 공감의 눈길을 던진 그의 대표작 다섯 편을 한데 모았다.

45 한국 현대희곡선

유치진 함세덕 오영진 차범석 이근삼 최인훈 이현화 이강백 이윤택 오태석

이상우(고려대) 책임 편집

수록 작품 토막 / 산허구리 / 살아 있는 이중생 각하 / 국물 있사옵니다 / 옛날 옛적에 훠어이 훠이 / 카덴자 / 봄날 / 오구— 죽음의 형식 / 심청이는 왜 두 번 인당수에 몸을 던졌는가

한국 현대희곡 100년사를 대표하는 작품 열 편. 1930년대부터 1990년대까지 각 시기의 시대정신과 연극 경향을 대표할 만한 희곡들을 골고루 선별하였고, 사실주의 희곡과 비사실주의희곡의 균형을 맞추어 안배하였다.

계속 출간됩니다.